D1933936

KNAUR

Von Marita Spang sind bereits folgende Titel erschienen:
Hexenliebe
Blut und Seide

Über die Autorin:
Marita Spang hat in Psychologie promoviert und arbeitet heute als selbständige Beraterin überwiegend in der freien Wirtschaft. Sie ist Jahrgang 1959 und wuchs in Trier auf. Die Historie ist ihre ganz große Leidenschaft. Bereits für ihren Debütroman *Hexenliebe* wurde sie mit dem Literaturpreis Goldener Homer ausgezeichnet. Ihr nächster Roman *Blut und Seide*, der im November 2015 erschien, fand noch mehr begeisterte Leser. Marita Spang lebt mit ihrer Familie in einem beschaulichen Weinort.

Marita
Spang

DIE FRAUENBURG

Roman

KNAUR

Besuchen Sie uns im Internet:
www.droemer.de

FSC
www.fsc.org
MIX
Papier aus verantwortungsvollen Quellen
FSC® C083411

Vollständige Taschenbuchausgabe März 2018
Knaur Taschenbuch
© 2018 Knaur Verlag
Ein Imprint der Verlagsgruppe
Droemer Knaur GmbH & Co. KG, München
Alle Rechte vorbehalten. Das Werk darf – auch teilweise – nur mit Genehmigung des Verlags wiedergegeben werden.
Redaktion: Dr. Heike Fischer
Karten: Computerkartographie Carrle
Covergestaltung: ZERO Werbeagentur, München
Coverabbildung: www.bridgemanimages.com, www.bridgemanart.com
Satz: Adobe InDesign im Verlag
Druck und Bindung: CPI books GmbH, Leck
ISBN 978-3-426-52023-9

4 5

Meinen Eltern gewidmet,
die mir die Liebe zur Geschichte vererbt haben

»Zu den wenigen Frauen, die in der (…) Geschichte des Spätmittelalters aktiv handelnd hervorgetreten sind, gehört Loretta, Gräfin von Sponheim.«

Johannes Mötsch, 1991

»Man kann sich wirklich darüber wundern, wie einem solch mächtigen Herrn (dergleichen geschehen ist …). Wie das aber verlaufen ist und warum, wissen (nur) die Götter, denen nichts verborgen bleibt.«

Aus dem Neuhochdeutschen frei übersetzt und zitiert aus dem Sponheimer Buch des Historikers Peter Maier von Regensburg im 16. Jahrhundert (aus Julia Eulenstein, 2013)

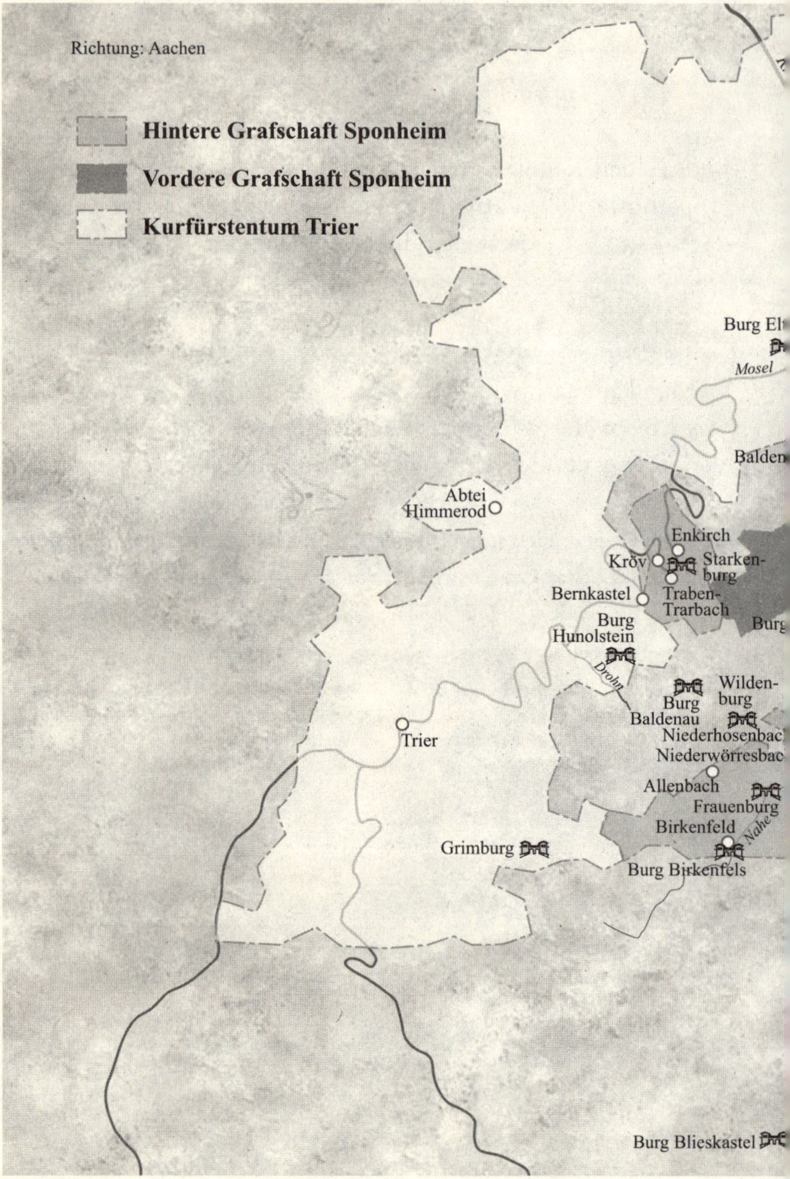

Richtung: Aachen
Hintere Grafschaft Sponheim
Vordere Grafschaft Sponheim
Kurfürstentum Trier
Mosel
Abtei
Himmerod
Enkirch
Kröv
Starken-
burg
Bernkastel
Traben-
Trarbach
Burg
Hunolstein
Drohn
Wilden-
burg
Burg
Baldenau
Trier
Niederwörresbac
Allenbach
Frauenburg
Birkenfeld
Nahe
Grimburg
Burg Birkenfels
Burg Blieskastel

20 km
N
W
O
S
Winningen
Burg
Balduinstein
Bacharach
Rhein
Ingel-
heim
Mainz
Langenlonsheim
Kauzen-
burg
Winterberg
Kreuznach
Traisen
Burg
Wöllstein

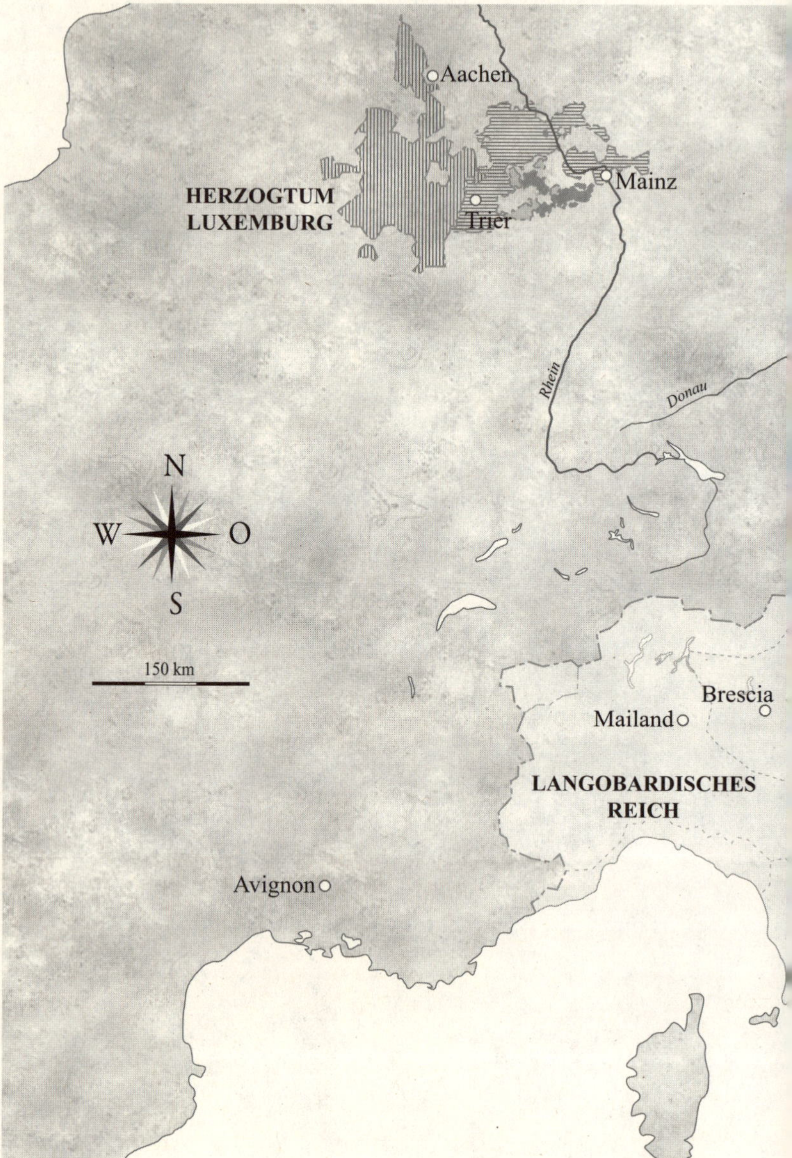
Aachen
HERZOGTUM
LUXEMBURG
Trier
Mainz
Rhein
Donau
N
W
O
S
150 km
Brescia
Mailand
LANGOBARDISCHES
REICH
Avignon

Prag
KÖNIGREICH
BÖHMEN
Donau
Hintere Grafschaft Sponheim
Vordere Grafschaft Sponheim
Kurfürstentum Trier und Mainz
Königreich Böhmen
Langobardisches Königreich
Herzogtum Luxemburg
onconvento
Rom

Dramatis Personae

Es werden nur die handlungstragenden Figuren aufgeführt. Historische Persönlichkeiten sind mit einem * gekennzeichnet. Damit es zu keinen unnötigen Verwechslungen kommt, wurden die gleichlautenden Vornamen einiger historischer Persönlichkeiten verändert.

Lorettas Herkunftsfamilie

*Loretta von Salm, später von Starkenburg-Sponheim**, Tochter von Jeanne und Johann von Salm, Gattin Heinrichs von Starkenburg-Sponheim und spätere Regentin der Grafschaft
Johann I. (im Buch Bernhard) *von Salm**, Lorettas Vater
*Jeanne von Salm**, Lorettas Mutter
*Rüdiger, Klaus** und *Mechthild**, Lorettas Geschwister

Balduins Herkunftsfamilie

*Balduin von Luxemburg**, Erzbischof und Kurfürst von Trier
*Kaiser Heinrich VII.**, Balduins älterer Bruder
*Margarete von Brabant**, Heinrichs Gemahlin
*Walram von Luxemburg**, Balduins zweitältester Bruder
*König Johann von Böhmen**, Balduins Neffe, Sohn seines Bruders Heinrich

Die Familie von Starkenburg-Sponheim

*Johann II. von Starkenburg-Sponheim**, regierender Graf und Lorettas Schwiegervater
*Katharina von Ochsenstein**, seine Gemahlin (im Buch die leibliche Mutter von Heinrich (Martin), in der Realität seine Stiefmutter)
*Heinrich** (im Buch Martin), Johanns ältester Sohn und Lorettas Ehemann
*Johannes** (genannt Hänsel), Lorettas und Martins ältester Sohn
*Gottfried** und *Heinrich** (im Buch Robert), Lorettas und Martins jüngere Söhne
*Pantaleon von Starkenburg**, Priester, Martins Bruder und Lorettas Schwager
*Blancheflor von Veldenz**, Martins Schwester und Lorettas Schwägerin
Blanche von Veldenz, Lorettas angeheiratete Nichte
*Heinrich von Starkenburg** (im Buch Matthias), Dompropst zu Aachen, Lorettas angeheirateter Onkel und späterer Berater

Lorettas Widersacher

*Wildgraf Friedrich von Kyrburg**
*Gottfried**, sein Sohn
*Graf Walram von Kastellaun**, Verwandter Lorettas aus der Vorderen Grafschaft Sponheim-Kreuznach
*Johann (*im Buch Bertram) *von Enkirch**, Verwalter in Lorettas Diensten
Remigius, Priester und Schreiber in Balduins Diensten

Lorettas Getreue und Gefolgsleute

Hilda, Kräuterfrau, Hebamme und Kinderfrau von Lorettas Söhnen
Kathi, ihre Tochter, Kammermagd Lorettas
*Volker von Starkenburg** (im Buch von Falkenstein), Lorettas treuester Gefolgsmann
Johannes von Brunshorn, Nikolaus von Schonenberg, Hugo und Emmerich von Breitenfels, Egbert von Randeck,* Lorettas Ritter
Thaddäus Walch, jüdischer Bankier zu Kirchberg
Miriam, seine Frau

Weitere, überwiegend historisch belegte Personen von Bedeutung

Peter von Aspelt, Matthias von Buchegg*,* Erzbischöfe und Kurfürsten zu Mainz
*Heinrich von Virneburg**, Erzbischof und Kurfürst zu Köln
*Tebaldo Brusato**, Anführer der Aufständischen in Brescia
*Nikolaus** und *Johannes von Hunolstein**, Erbvögte in Hunolstein
*Ägidius von Daun**, Erbvogt im Kröver Reich
Elisabeth von Katzenelnbogen, Gemahlin Walrams von Kastellaun
*Papst Johannes XXII.**, mit Amtssitz in Avignon

PROLOG

Im Dom zu Trier, Mai 1308

Mit klopfendem Herzen näherte sich Loretta an der Hand ihrer Mutter der Hohen Domkirche zu Trier. Staunend hob sie ihren Blick zu den mächtigen Türmen empor, die mit ihren Spitzen den maiblauen Himmel zu berühren schienen.

Der Dom war das prachtvollste Gebäude, das sie jemals gesehen hatte. Geradezu armselig wirkte dagegen die elterliche Burg in Blieskastel mit ihrem klobigen Bergfried.

Während sie vor dem mit biblischen Figuren geschmückten Portal auf Einlass warteten, ließ Loretta ihre Hand über den blankpolierten grauen Stein gleiten, der links neben dem Eingang lag und ihr fast bis zur Schulter reichte. Er fühlte sich so glatt wie Seide an.

»Wer hat diesen riesigen Stein hierher geschafft und warum?«, flüsterte sie ihrer Mutter zu.

Gräfin Jeanne von Salm hob halb amüsiert, halb ärgerlich die Augenbrauen. Neugierde und Wissbegier waren die zwei hervorstechendsten Charakterzüge ihrer ältesten Tochter. Ihrem für ein Mädchen ungewöhnlich scharfen Verstand entging kaum etwas von Bedeutung. Oft war sie darin sogar den Erwachsenen voraus.

Im halbherzigen Versuch, mütterliche Strenge zu zeigen, legte sie der Neunjährigen den mit einem schlichten Goldring geschmückten Zeigefinger auf den Mund. »Schon wieder Fragen,

Loretta. Zu viel Neugier schickt sich nicht für ein sittsames Mädchen, zumal bei einem so denkwürdigen Anlass.«

Loretta blieb unbeeindruckt und sah ihre Mutter bittend an. Ihre dunkelblauen Augen funkelten vor Wissbegierde. Jeanne von Salm konnte ein Lächeln nicht unterdrücken. Rasch warf sie einen Seitenblick auf ihren Gatten Bernhard. Er war offensichtlich ins Gespräch mit einem neben ihm wartenden Edelmann vertieft, der ein prächtiges, mit Goldfäden durchwirktes Obergewand trug. Sein eigenes aus taubenblau gefärbtem feinem Leinen wirkte dagegen schlicht und unauffällig. Einen Augenblick lang huschte ein Schatten über Jeannes Gesicht.

Loretta bemerkte es beklommen. Tag und Nacht suchte ihr Vater Bernhard von Salm das Unheil abzuwenden, das ihm und seiner ganzen Familie drohte. Aber trotz seiner Bemühungen wurde ihre Lage von Jahr zu Jahr schlimmer. Verfolgten ihn und die Mutter die Sorgen selbst heute am Tag der feierlichen Einführung des neuen Trierer Erzbischofs Balduin von Luxemburg in sein hohes Amt?

Ihre Mutter schüttelte sich leicht, als wolle sie ihren düsteren Gedanken entkommen, und beugte sich zu ihr hinunter. »Man sagt, der Teufel selbst habe den Stein vor das Domportal geworfen«, raunte sie Loretta zu.

Das Mädchen sog erschrocken den Atem ein. »Warum hat er das getan?«

Ihre Mutter lächelte wieder. »Als der Baumeister das mächtige Gotteshaus vor vielen Jahren errichtete, konnte er die schweren Säulen, die das Gewölbe tragen sollten, nicht herbeischaffen lassen. Kein Fuhrwerk war groß genug, sie daraufzulegen, kein Ochsengespann stark genug, es zu ziehen. So behalf sich der Baumeister mit einer List.«

Die Gräfin stockte und warf erneut einen verstohlenen Seitenblick auf ihren Mann. Der war noch immer abgelenkt. Ungeduldig zerrte Loretta an ihrer Hand. »Was war das für eine List?«

»Der Baumeister machte dem Teufel weis, er wolle das größte Wirtshaus der Welt in Trier errichten. Der freute sich, denn er hoffte auf viele sündige Seelen, die ihm derart in die Hände fallen würden. Also erklärte er sich bereit, die schweren Säulen vom Steinbruch im fernen Odenwald durch die Lüfte bis nach Trier zu tragen.«

Die Gräfin unterbrach sich erneut, denn nun ging es in der Schlange der Wartenden ein Stück voran. In die Farben des Erzbischofs gekleidete Dienstmannen geleiteten alle Gäste der hohen Messe persönlich an die ihnen zugewiesenen Plätze. Aber noch war es für die Familie derer von Salm nicht so weit. Kurz vor der Kirchentür stockte der Zug. Der Graf schnaubte unwillig, wandte sich dann aber wieder seinem Gesprächspartner zu.

»Und was weiter?« Ein zweites Mal zog Loretta ungeduldig an der Hand ihrer Mutter.

»Der Teufel hielt sich an sein Versprechen und schaffte so viele Steine heran, dass der Bau zügig voranschritt. Eines Tages war es so weit, dass die erste Messe im neuen Gotteshaus gelesen werden konnte. Schon von weitem hörte der Teufel den feierlichen Gesang und erkannte, dass er betrogen worden war. In seiner Wut schleuderte er den Stein, den er gerade trug, gegen den Dom, um ihn zu zerstören. Aber Engel eilten den Gläubigen zu Hilfe und lenkten den Stein aus der Bahn, so dass er keinen Schaden anrichten konnte. Seither liegt er hier vor der Kirchentür als ein Zeichen des Sieges über das Böse, und die jungen Burschen rutschen dem Teufel zum Spott darauf herum.«

Loretta runzelte die Stirn. Eine kurze Weile überlegte sie. »Warum hat der Baumeister die Engel nicht gleich um Hilfe beim Bau des Domes gebeten? Dann hätte er den Teufel doch gar nicht gebraucht!«

Die Gräfin war verblüfft. Gleichzeitig war der Graf auf die leise Unterredung aufmerksam geworden und zischte empört. Zum Glück ging es genau in diesem Moment weiter.

Staunend betrat Loretta das Innere des Doms und vergaß angesichts der prachtvollen Ausstattung ihre unbeantwortete Frage. Ein Mönch sang schwermütig feierlich klingende Choräle. Hunderte von süß duftenden Wachskerzen beleuchteten das Gewölbe, der Fußboden war mit feinen Mosaiken ausgelegt, die fremdartige Pflanzen und Tiere zeigten. In den zahlreichen Nischen standen steinerne Figuren. Manche stellten Menschen dar. Aus den fein gearbeiteten Baldachinen über ihren Köpfen schloss Loretta, dass es wahrscheinlich Heilige waren oder zumindest Könige. Andere Figuren schienen unmittelbar der Hölle entstiegen zu sein. Mit einem leisen Schauder betrachtete Loretta ein Ungeheuer mit gefletschten Zähnen und gefährlich anmutenden Krallen. Woher wussten die Bildhauer eigentlich, wie die Höllenbewohner aussahen?
Bevor Loretta den Mund zu einer weiteren Frage an ihre Mutter öffnen konnte, waren sie an ihrem Platz angelangt. Es war nur ein Stehplatz in der dritten und letzten Reihe vor den Säulen, die das mittlere Gewölbe trugen. Der finsteren Miene ihres Vaters sah Loretta an, dass er sich ärgerte. Nur allzu deutlich zeigte die Platzzuweisung, wie Erzbischof Balduin über das Geschlecht derer von Salm dachte, welches aufgrund schon Jahre währender Erbstreitigkeiten zu verarmen drohte.
Loretta stellte sich auf die Zehenspitzen, konnte aber noch immer nicht erkennen, was im Dom vor sich ging. Die breiten Rücken der Erwachsenen vor ihr raubten ihr jede Sicht. Spontan versuchte sie, sich durch die Reihen nach vorne zu drängeln, und fühlte sich augenblicklich hart an der Schulter zurückgerissen.
Ihr Vater starrte sie drohend an. Unwillkürlich füllten sich Lorettas Augen mit Tränen. Über Wochen hinweg hatte sie gebettelt und gefleht, all ihre Haushaltspflichten getreulich erfüllt, dreimal täglich der Andacht in der Burgkapelle beigewohnt, nur um der Erlaubnis willen, ihre Eltern auf die Reise nach Trier

begleiten zu dürfen. Erst im letzten Moment war sie erteilt worden, als sich herausstellte, dass ihre beiden älteren Brüder Wurst aus der Speisekammer stibitzt und sich daran den Magen verdorben hatten.

Sollten jetzt alle Mühe und sogar dieser unerwartete Zufall umsonst gewesen sein? Sollte sie rein gar nichts von der feierlichen Zeremonie sehen?

Als hätte er ihren Kummer gespürt, drehte sich der Edelmann, mit dem sich ihr Vater vor der Kirchentür unterhalten hatte, just in diesem Moment um und erhaschte einen Blick auf ihr unglückliches Gesicht. Ohne den Grafen von Salm um Erlaubnis zu fragen, zog er Loretta vor sich in die erste Reihe.

Gerade zur rechten Zeit. Denn nun näherte sich der Festzug. Kirchenmänner mit kostbaren Gewändern in allen Farben des Regenbogens kamen heran, flankiert von Messdienern mit schweren Weihrauchgefäßen, die einen betäubenden Duft verbreiteten. Wie gebannt starrte Loretta auf den stolzen, hochgewachsenen Mann, der unter dem erzbischöflichen Baldachin den langen Gang entlangschritt. Sie fühlte sich magisch von ihm angezogen. Sein knielanges Oberkleid war das prächtigste, das sie je gesehen hatte – aus rotem Samt, über und über mit Goldfäden und funkelnden Juwelen bestickt. An den Fingern beider Hände trug er Ringe mit kostbaren Steinen.

Atemlos sah ihn Loretta vorbeischreiten. Der Bischof war ein noch junger Mann mit regelmäßigen Gesichtszügen und energischem Blick aus dunklen Augen. Loretta erinnerte sich an Gespräche ihrer Eltern, die sie in ihrer Fensternische auf Burg Blieskastel heimlich mit angehört hatte. Balduin entstammte dem edlen Geschlecht derer von Luxemburg und zählte erst zweiundzwanzig Lenze. Damit war er der jüngste Erzbischof seit Jahrzehnten und gleichzeitig einer der sieben Kurfürsten des Reiches.

Gebannt verfolgte Loretta jede Einzelheit der Zeremonie, mit der Balduin nach seiner Weihe durch den Papst im französischen Poitiers nun sein Amt im Erzbistum und Kurfürstentum Trier antrat. Die Messe zelebrierte Peter von Aspelt, selbst Kurfürst und Erzbischof von Mainz, der dem Haus Luxemburg in Freundschaft verbunden war, wie Loretta aus den Gesprächen ihrer Eltern wusste.

»Was für ein schöner Mann! Einen solchen hätte ich gern zum Gemahl!«

»Leider ist dies nicht möglich, kleines Fräulein!« Entsetzt merkte Loretta, dass sie ihre Gedanken laut ausgesprochen hatte. »Einen Erzbischof kann man nicht heiraten!« Der Edelmann, der ihr den Platz in der ersten Reihe ermöglicht hatte, zwinkerte ihr lächelnd zu. Loretta errötete bis zum Ansatz ihrer blonden Locken, die ein schmales Schapel aus der Stirn hielt. Beschämt senkte sie den Blick und betrachtete angelegentlich das Rankenmuster des Mosaiks zu ihren Füßen.

Auf einmal war ihr, als ob sich der hell erleuchtete Kirchenraum um sie herum plötzlich verdunkelte. Ein kühler Luftzug verursachte ihr heftiges Frösteln. Schaudernd schlug sie die Arme um ihr ärmelloses hellblaues Obergewand aus feinem Linnen und barg die Hände in den weiten Seitenschlitzen, durch die das zartgelbe Untergewand hervorblitzte. Beunruhigt sah sie sich um. Doch die Menschen in ihrer Umgebung schienen nichts zu bemerken.

Die Zeremonie näherte sich ihrem Ende. Schon formierte sich die Prozession aus geistlichen Würdenträgern zum festlichen Auszug aus dem Dom, vor dem eine jubelnde Menschenmenge wartete. In ihrer Mitte ging wieder Balduin, nun gekrönt mit der goldenen Mitra, die ihm der Mainzer Erzbischof auf dem Höhepunkt der Messe feierlich aufs Haupt gesetzt hatte. Kerzengerade und mit hocherhobenem Kopf schritt er den Gang entlang.

Der kühle Luftzug wurde eisig, als sich der Zug Lorettas Standort näherte. Gleichzeitig ergriff sie eine immer stärker werdende Unruhe. Nun war Balduin auf ihrer Höhe angekommen. Plötzlich verspürte Loretta einen unwiderstehlichen Drang. Sie stürzte auf Balduin zu und rammte ihn mit der ganzen Kraft ihres schmächtigen Mädchenkörpers. Völlig überrascht von dem unvermuteten Angriff, taumelte der Erzbischof zur Seite und stürzte ebenso wie Loretta in zwei Edelleute, die ihn geistesgegenwärtig auffingen. Verblüfft blieben die Träger des Baldachins stehen.

Keinen Wimpernschlag später löste sich ein mächtiger Stein aus einem der Kapitelle der Säulen und stürzte mit ohrenbetäubendem Krachen genau an der Stelle nieder, an der Balduin gerade noch gestanden hatte. Die Menge schrie auf, Menschen sprangen in Panik vor den umherspritzenden Marmorteilen zurück, strauchelten und fielen übereinander. Es glich einem Wunder, dass niemand ernstlich verletzt wurde.

Loretta kam wie nach einer schweren Betäubung wieder zu sich und blinzelte in das Licht der Kerzen. Fassungslose Menschen standen um sie herum. Halb in Trance, sah Loretta ihre Eltern, die sich durch die Menge zu ihr hindurchdrängten.

Noch bevor sie sie erreichten, stand jedoch der Erzbischof vor ihr und ging in die Hocke, bis er ihr direkt in die Augen sehen konnte.

»Wie es scheint, verdanke ich dir mein Leben, junges Fräulein.« Seine wohltönende Stimme zitterte noch ein wenig aufgrund des erlittenen Schreckens. »Wäre ich ungehindert weitergegangen, hätte mir der Stein womöglich den Schädel zerschmettert. Wie ist dein Name?«

»Loretta von Salm, allergnädigster Herr«, flüsterte Loretta.

»Nun, Loretta, woher wusstest du, dass mir ein Unheil droht?«

Loretta schüttelte ratlos den Kopf. »Ich weiß es nicht, hoher Herr.« Sie sprach so leise, dass er sich noch weiter zu ihr vorneigen musste. »Da war plötzlich ein Gefühl, dem ich folgen musste.«

»Ein Gefühl?«
»So ist es, hoher Herr. Eine rastlose Unruhe, die von mir Besitz ergriff. Euch beiseitezustoßen, war wie ein innerer Zwang.«
»Sonderbar, in der Tat. Doch von überaus großem Nutzen.«
Mittlerweile waren auch ihre Eltern herangekommen. Balduin richtete sich auf. »Wie es scheint, bin ich Eurer Tochter zu ewigem Dank verpflichtet, edle Dame von Salm.« Er verbeugte sich in vollendeter höfischer Geste vor Lorettas Mutter. »Auch wenn sie sich nicht erklären kann, wieso sie von der herannahenden Gefahr wusste.«
Trostheischend ergriff Loretta die Hand ihrer Mutter. Sie war eiskalt und feucht. Totenblass sah die Gräfin zu ihr hinab. »Du kannst nicht erklären, woher du wusstest, dass dem ehrwürdigen Erzbischof Gefahr droht?«, wiederholte sie mit einem fiebrigen Glanz in ihren Augen.
Loretta schüttelte wieder den Kopf. Verwirrt und verängstigt verbarg sie ihr Gesicht in den Röcken der Mutter.
Sie ahnte deren nahezu lautlos geflüsterten Worte mehr, als dass sie sie hörte. Trotzdem war sie sicher, sie genau verstanden zu haben.
»Heilige Jungfrau Maria, steh meiner Tochter zur Seite. Sie hat die Gabe.«

Teil 1

VOR TAGESANBRUCH

Kapitel 1

Burg Blieskastel, September 1311

Mitten in der Nacht wachte Loretta auf. Sie war sofort hellwach.

Oh nein, nicht schon wieder! Ein eisiges Gefühl breitete sich von der Magengrube her in ihrem ganzen Körper aus. Sie spürte, wie sich die feinen Härchen auf ihren Armen aufrichteten und sie zu frösteln begann, als stünde sie im Hemd in einem kühlen Wind. Ihre Haut fühlte sich eiskalt an. Um sich zu wärmen, kroch sie tiefer unter die Decke und kuschelte sich eng an ihre jüngere Schwester Mechthild, die friedlich neben ihr schlief.

All ihre Sinne waren bis aufs äußerste geschärft. Ängstlich lauschte sie in die Dunkelheit. Es war nichts Verdächtiges zu hören. Hinter dem leichten Tuch, das vor dem nicht verglasten Fenster hing, schien ein blasser Mond. Von ferne rief ein Käuzchen. Obwohl die Nacht noch spätsommerlich warm war, fror Loretta immer stärker.

Zu der Kälte, die ihren ganzen Körper erstarren ließ, gesellte sich die ihr schon bekannte Unruhe. *Gefahr, jemand ist in Gefahr.* Die Worte dröhnten in ihrem Kopf. Unwillkürlich presste Loretta beide Hände gegen den Schädel und zog die Knie bis zur Brust hinauf.

Ich musste es dem Vater versprechen!

Erst gestern war Bernhard von Salm nach Blieskastel zurückgekehrt, besiegt und geschlagen in der Fehde gegen den mächtigen Bischof von Metz. Es war beileibe nicht die erste Niederlage. Schon zu Lebzeiten ihres Großvaters hatten die Erbstreitigkeiten um den Nachlass ihrer Urgroßmutter begonnen. Die von Salm hatten alle verloren.

Und auch meine Mutter wird wieder gescholten werden, wenn ich diesem seltsamen Ruf in mir folge!

Schon als ihr Vater am Vortag mit seinen Mannen in den Burghof geritten war, hatte sich das Gesicht ihrer Mutter, die neben ihr am Fenster der Kemenate stand, verwandelt. Jeanne von Salm war von Natur aus eine fröhliche, lebensbejahende Frau. War ihr Gatte auf Reisen, wurde in den Frauengemächern noch immer gelacht und gesungen. Abends erzählte die Mutter ihren gebannt lauschenden Töchtern und Kammermägden Sagen und Legenden aus der Normandie und Britannien, wo ihre Vorfahren lebten.

Doch kehrte der Vater zurück, verbittert durch seine zahlreichen Misserfolge und die zunehmende Verarmung seines Geschlechts, welkte ihre Mutter dahin wie eine Blume ohne Wasser. Ihre schlanke hohe Gestalt sank in sich zusammen, die lebhaften Augen verloren ihren Glanz.

Loretta wusste, dass zum einen die Sorge um den fortschreitenden Land- und Vermögensverlust dafür verantwortlich war. Statt einen Teil des umstrittenen Erbes zurückzugewinnen, verlor die Familie infolge der Fehden immer mehr Güter an den Metzer Bischof. Die noch verbliebenen Ländereien waren zum großen Teil verpfändet. Die Schulden wurden von Jahr zu Jahr drückender.

Doch weit schlimmer war es für Jeanne und sie selbst, dass der Vater immer unduldsamer und strenger gegenüber seiner Familie und dem Burggesinde auf Blieskastel wurde. Während er seinen Bauern weiterhin als gerechter und im Zweifelsfall gnädiger Grundherr galt, ließ er seinen Unmut über die verzweifelte Lage immer häufiger am heimischen Herd aus. Bevorzugt galt sein Tadel dabei seiner Ehefrau Jeanne, die er wegen ihrer Fröhlichkeit und Lebenslust der Leichtfertigkeit und Oberflächlichkeit zieh.

Und gestern Abend war es besonders arg. Beim Gedanken an das trostlose Nachtmahl verkrampfte sich Loretta noch stärker. Mittlerweile zitterte sie vor Kälte am ganzen Körper, während sie sich an die Szene erinnerte.

An allem hatte der Vater etwas auszusetzen gehabt. Die Speisen seien zu reichlich für einen Werktag, meinte er, und darüber hinaus zu fade gewürzt. Das Wasser sei nicht frisch genug, der Wein zu warm. Das Tafeltuch habe Flecken, auch die Schürzen der Mägde, die die Mahlzeit auftrugen, wären nicht reinlich.

Vor ihren Augen war Lorettas Mutter geradezu zusammengeschrumpft. Zuletzt war ihre tonlose Stimme kaum mehr zu verstehen gewesen, als sie ihren Gatten um Verzeihung für die zahlreichen Vernachlässigungen ihrer hausfraulichen Pflichten bat.

Dabei lag der Grund für die schlechte Laune Bernhards von Salm ganz woanders. Als Sühne für die erneut verlorene Fehde musste er diesmal den Stammsitz seiner Ahnen in den Vogesen an den Metzer Bischof abtreten, erzählte Lorettas älterer Bruder Rüdiger ihr vor dem Zubettgehen. Er hatte heimlich ein Gespräch seiner Eltern belauscht.

Lorettas Zähne begannen, leise zu klappern. Sie presste sich mit dem Rücken noch enger an Mechthild. Ihre Schwester bewegte sich und rückte im Schlaf von ihr ab. Nun wurde es Loretta noch kälter. Auch ihre innere Spannung wurde stärker und stärker. *Gefahr, jemandem droht Gefahr!* Jede Faser ihres Körpers schien zu vibrieren.

Sie klammerte ihre Hände um die Decke, als wolle sie sich daran festhalten. *Ich kann jetzt nicht aufstehen. Was wird der Vater sagen, wenn ich nachts im Hemd durch die Burg schleiche und er mich dabei ertappt?*

In jüngster Zeit war auch Loretta zur Zielscheibe seiner Kritik geworden. Und wieder lastete Bernhard von Salm die Schuld für die »Eitelkeit seiner Tochter« vor allem der Mutter an.
Dabei kann ich doch nichts dafür. Es überfällt mich einfach und nimmt Besitz von mir!
Nach der Episode im Trierer Dom, wo sie dieses merkwürdige Gefühl von Kälte und drohender Gefahr zum ersten Mal gespürt hatte, war es lange Zeit nicht mehr zum Vorschein gekommen. Die bohrenden Fragen und besorgten Blicke ihrer Mutter wurden seltener und hörten schließlich ganz auf.
Loretta selbst vergaß den Vorfall allerdings nicht. Viel zu stolz war sie darauf, dem mächtigen Kurfürsten von Trier das Leben gerettet und dafür seinen persönlichen Dank empfangen zu haben. Und sie fand sich damit ab, dass es keine Erklärung für ihre Vorahnung gab. Sie hatte vor dem Unfall im Dom weder etwas Auffälliges gesehen noch gehört. Die Unruhe befiel sie damals aus heiterem Himmel. Vielleicht hatte die Jungfrau Maria wirklich ihre schützende Hand über Balduin gehalten und Loretta als Werkzeug für dessen Errettung gewählt, wie es der Blieskasteler Burgkaplan behauptete.
Doch plötzlich trat das *Gefühl* wieder auf. An einem der ersten warmen Frühlingstage in diesem Jahr spielte sie mit ihrem Kätzchen Minni im Burghof. Das Tier war ihr besonders lieb, seitdem ihr Rüdiger erzählt hatte, dass es zusammen mit seinen Geschwistern von einem Stallknecht in einen Sack gesteckt und in die Blies geworfen worden war.
Sie ließ das Kätzchen im Burghof zurück, als ihre Mutter nach ihr rief. Gerade lief sie die steile Stiege von der großen Halle zur Kemenate hinauf, als sie das *Gefühl* wie ein Blitzschlag traf und einen Augenblick lang lähmte. Vor Aufregung zitternd, rannte sie zurück in den Burghof und sah, wie der Hofhund auf das schutzlose Kätzchen zustürzte. Mit dem Mut der Verzweiflung packte sie Minni im letzten Moment, barg das Tierchen an ihrer

Brust und schrie laut um Hilfe, während der Hund sie knurrend umkreiste und anzuspringen drohte. Schließlich kam ihr der Stalljunge Hänsel zu Hilfe, griff den Hund am Strick und zerrte ihn von ihr weg.

Loretta drehte sich im Bett auf den Rücken und streckte vorsichtig die mittlerweile schmerzenden Beine. Mechthild stöhnte im Schlaf und zog an der Decke, in die sich Loretta zur Hälfte eingewickelt hatte. Um ihre Schwester nicht auch noch aufzuwecken, lag Loretta mucksmäuschenstill. Doch die Gedanken rasten weiter durch ihren Kopf.

Damals hat noch niemand etwas gemerkt. Der Vater war unterwegs, und die Mutter wusste nicht, dass ich auf der Treppe umgekehrt und in den Hof zurückgegangen bin. Doch danach geschah es wieder.

Es war Juni. Hänsel, der Sohn eines hörigen Bauern, braune, wirre Locken, blitzende dunkle Augen, immer ein verwegenes Lächeln im Gesicht, blieb ihr nach der Rettung des Kätzchens nicht gleichgültig. Anfangs wollte Loretta nicht wahrhaben, dass sie, gerade einmal zwölf Jahre alt, ihr Herz zum ersten Mal an einen Burschen verloren hatte. Es war nur natürlich, dass sie den zwei Jahre Älteren im Stall aufsuchte, um sich bei ihm zu bedanken. Und dabei die Pferde streichelte, die sie über alles liebte.

Danach fand sie immer neue Vorwände, um wiederzukommen. Anfangs führten sie trauliche Gespräche in einem verschwiegenen Winkel. Dann hielten sie sich an den Händen, und eines Tages begannen sie sogar, unschuldige Küsse auszutauschen.

Natürlich konnte Loretta nur in die Stallungen gehen, wenn ihr Vater nicht da war. Er hatte ihr schon vor Monaten das Reiten verboten, da es in seinen Augen keine angemessene Betätigung für eine Jungfrau darstellte. Aber die Treffen mit Hänsel waren ihr schnell zur lieben Gewohnheit geworden, auf die sie nicht mehr verzichten mochte. Und so nahm das Unglück seinen Lauf.

»Mein Vater kehrt morgen nach Hause zurück«, erklärte sie Hänsel niedergeschlagen, nachdem sie die Neuigkeit erfahren hatte. »Jetzt werde ich dich nicht mehr sehen können.«
Der Junge streichelte ihre Hand. »Nun sei nicht so traurig, Loretta.« Er zeigte sein verwegenes Lächeln. »Ich weiß einen verschwiegenen Ort, an den so gut wie nie jemand hinkommt.«
Es war das Kellergelass unter dem Bergfried. Dort befand sich die Regenwasserzisterne. Sie war für den Fall angelegt worden, dass die Burg belagert wurde und der Feind den Zugang zum Hofbrunnen abschnitt. Hänsel hatte entdeckt, dass der Riegel morsch geworden war, der die Tür verschloss. In diesem Gelass trafen sie sich zweimal, während der Vater sie bei der Andacht in der Burgkapelle oder bei Handarbeiten in der Kemenate wähnte.
Doch bei der dritten Verabredung ging alles schief. Ihre Mutter Jeanne lag wieder mit den schlimmen Kopfschmerzen zu Bett, die sie nahezu blind machten. Nach der Einnahme eines Kräutertrunks war sie in einen unruhigen Schlummer gefallen. Loretta nutzte die Gelegenheit und gab Hänsel aus dem Fenster der Kemenate das verabredete Zeichen, als er gerade den Hof überquerte.
Unter dem Vorwand, einen frischen Kräutertrunk für die Mutter aus der Küche zu besorgen, verließ Loretta die Kemenate. Doch ihr Vater erwischte sie auf der Stiege zum großen Saal und tadelte sie mit strengen Worten. »Was ficht dich an, hier herumzustreunen? Geh sofort zurück und beauftrage eine Magd mit diesem Gang, wie es sich geziemt!«
Die zunehmende Unruhe, die Loretta ergriff, als sie ihren Platz in der Fensternische des Frauengemachs wieder einnahm, hielt sie anfangs für Betrübnis über das versäumte Treffen mit Hänsel. Erst als ihr trotz des freundlichen Sommertags immer kälter wurde, erkannte sie, dass es erneut das *Gefühl* war. Diesmal überfiel es sie stärker als je zuvor: *Gefahr, es ist jemand in Gefahr!*

Sofort hielt es sie nicht mehr auf ihrem Platz. Unter den erstaunten Blicken der Kammermägde stürmte sie aus der Kemenate hinaus und die Stiege hinab. Sie wich ihrem Vater aus, der in der Halle mit dem Stallmeister sprach und ihr in den Weg treten wollte. Blindlings rannte sie über den Burghof in den Bergfried und dort hinab ins Kellergeschoss. Mit ihrem Vater und dem Stallmeister dicht auf den Fersen, erreichte sie die Kellertür und riss sie auf.

Im Licht der einzigen blakenden Fackel, die in einem Wandhalter steckte, sah sie sofort, was geschehen war. Aus unerfindlichen Gründen war Hänsel in die Regenwasserzisterne gestürzt. Er konnte nicht schwimmen und trieb leblos im Wasser. Im letzten Moment riss sie ihr Vater am Arm zurück, als sie in die Zisterne springen wollte, obwohl auch sie nicht schwimmen konnte.

Mit der Stange, an der das Netz befestigt war, mit dem die Wasseroberfläche von Zeit zu Zeit gereinigt wurde, stießen die Männer Hänsels Körper an den Rand und zerrten ihn mit vereinten Kräften aus dem Wasser. Gerade noch rechtzeitig. Der Junge war bereits dunkelblau im Gesicht und kam im Burghof hustend und spuckend nur mühsam wieder zur Besinnung, als der Stallmeister das Wasser aus seinen Lungen presste.

In der nächtlichen Kemenate stand Loretta Hänsels blau angelaufenes Gesicht jetzt so deutlich vor Augen, als läge er wieder leblos vor ihr. Sie ließ die Bettdecke los und schlug die Hände vor den Mund. In ihrer Hilflosigkeit begann sie zu weinen. *Wäre ich Hänsel damals nicht zu Hilfe geeilt, wäre er ertrunken. Was für ein Unheil geschieht nun dort draußen?* Doch noch immer wagte sie nicht, aufzustehen und nachzusehen.

Denn die Begebenheit mit der Regenwasserzisterne war weder ihr noch Hänsel gut bekommen. Wäre der Junge nicht schon halb tot gewesen, hätte ihr Vater ihn wohl auf der Stelle verprügelt. So blaffte er nur den Stallmeister an: »Was hat dieser Bur-

sche im Keller des Bergfrieds zu suchen, anstatt den Mist aus den Ställen zu karren? Erfüllst du so deine Aufsichtspflicht?«
Loretta hatte Hänsel seither nicht wieder gesprochen, doch wahrscheinlich hatte dieser für den Tadel an seinem Meister später büßen müssen.
Über Loretta fiel Bernhard von Salm her wie beim Jüngsten Gericht. »Was hast du, ein Fräulein von hohem Geblüt, mit diesem rotznäsigen Bengel zu schaffen? Woher wusstest du, dass er sich in das Kellergelass geschlichen hatte? Ich habe dich schon zuvor auf der Stiege erwischt. Wart ihr im Bergfried etwa zu einem heimlichen Stelldichein verabredet?«
Loretta war zu erschüttert, um sich schlüssige Ausreden zu überlegen, und gab alles zu. »Doch glaubt mir, verehrter Vater, wir haben nichts Unrechtes getan«, beteuerte sie immer wieder. Bernhard von Salm schnaubte verächtlich.
Nach einem Tag Fasten im Kammerarrest setzte er das Verhör in Gegenwart ihrer wieder vom Kopfweh genesenen Mutter fort. »Woher wusstest du, dass der Bursche beinahe ertrunken ist?«
Loretta hob ratlos die Schultern. »Ich weiß es nicht, verehrter Herr Vater. Es war das gleiche Gefühl wie im Dom zu Trier. Ich kann es mir nicht erklären.
Und wie vor einigen Monaten, als der Hofhund mein Kätzchen umbringen wollte«, ergänzte sie.
Jeanne hörte anfangs nur schweigend zu und betrachtete ihre Tochter mit einem merkwürdigen Gesichtsausdruck, den Loretta nicht deuten konnte. Endlich meldete sie sich leise zu Wort.
»Ich sagte es Euch bereits in Trier, werter Gemahl. Ich glaube, Loretta besitzt die Gabe. Sie war einst unter den Frauen meiner Vorfahren weit verbreitet.«
Loretta erinnerte sich vage. Tatsächlich hatte ihre Mutter damals etwas Ähnliches erwähnt. Doch ihr Vater ließ Jeannes Begründung nicht gelten, sondern fuhr sie stattdessen an. »Stammt

das aus einem dieser heidnischen Märchen, die Ihr Euren Töchtern erzählt? Soll sie am Ende glauben, sie hätte das zweite Gesicht?«
Jeanne blieb stumm und senkte die Augen. Das machte Bernhard von Salm nur noch wütender: »Eure Pflicht als Mutter ist es nicht, abergläubischen Unfug zu fördern, sondern Eure Töchter Demut, Bescheidenheit und Gehorsam zu lehren. Und«, er erhob die Stimme noch mehr, »vor allem auf ihre Tugend zu achten. Wie soll ich für dieses halbe Kind einen standesgemäßen Gatten finden, wenn ich durch Eure Nachlässigkeit nunmehr sogar um ihre Keuschheit fürchten muss? Oder wollt Ihr, dass ich sie einem meiner hörigen Bauern als Eheweib andiene?«
Wieder sagte Jeanne nichts und schüttelte nur den Kopf. Die roten Flecken auf den bleichen Wangen verrieten ihren inneren Aufruhr. *So wehre dich doch endlich!*, flehte Loretta stumm. Doch wie schon so oft zuvor, unterwarf ihre Mutter sich auch diesmal der Willkür ihres Eheherrn und schwieg, um seinen Zorn nicht noch weiter herauszufordern.
»Nun, was habt Ihr also zu sagen?«, insistierte ihr Vater.
»Ich verspreche Euch, Loretta besser zu beaufsichtigen und Euch keinen Grund mehr zur Klage zu geben.«
»Und du?«, fuhr ihr Vater zu ihr herum.
Widerstreitende Gefühle tobten in Lorettas Brust. Wut und Mitleid mit ihrer Mutter mischten sich mit Trotz und Angst vor dem Vater. Schließlich überwog die Angst.
»Auch ich verspreche, Euch in Zukunft in allem gehorsam zu sein.«
»Und sich zu benehmen, wie es sich für ein Fräulein von Adel geziemt?«
»Auch das verspreche ich, verehrter Herr Vater.«
»Und ihr beide sprecht mir auch nicht wieder von dieser zweifelhaften Gabe!« Die Frauen stimmten mit gesenktem Blick zu.
»So will ich diesmal Gnade vor Recht ergehen lassen. Aber

rechne nicht noch einmal mit meiner Milde, Loretta. Das nächste Mal kommst du mir nicht so wohlfeil davon.«

Er wandte sich wieder an Jeanne. »Und auch Ihr nicht, vielliebe Gemahlin.«

Soll ich mein Versprechen nun brechen? Das Herz schlug Loretta bis zum Hals. Nun wurde ihr abwechselnd heiß und kalt, als litte sie an Fieber. Sie sandte ein Stoßgebet zum Himmel. *Heilige Jungfrau Maria, so hilf mir doch. Was soll ich nur tun?* Die Unruhe wuchs sich zur Panik aus. *Da draußen geschieht etwas Furchtbares.*

Am Ende erlahmte ihr Widerstand. Als würde sie von unsichtbaren Fäden gezogen, trieb es sie aus dem Bett. Sie griff hastig nach einem Umschlagtuch und verließ die Kammer mit bloßen Füßen.

Im Dom zu Aachen, September 1311

An der rechten Seite des Erzbischofs von Köln schritt Balduin auf seinen Bruder Heinrich zu. Mit beiden Händen trug er das Salbgefäß aus kostbarem Marmor, das noch aus der Römerzeit stammte. An Heinrich von Virneburgs linker Seite ging Peter von Aspelt, der Mainzer Erzbischof. Er trug die reichbebilderte Bibel in ihrem vergoldeten Ledereinband, auf die der König nach seiner Salbung den Treueid auf die Kirche ablegen würde, bevor ihm der Kölner die Krone aufs Haupt setzte.

Heinrich stand inmitten der prächtigen achteckigen Pfalzkapelle und sah ihnen entgegen. In seiner Miene spiegelten sich Freude, Zufriedenheit und Stolz. Es waren die gleichen Gefühle, die auch Balduin empfand.

So war das ehemals unbedeutende Grafengeschlecht der Luxemburger also endlich am Ziel. Wer hätte das noch vor wenigen Jahren gedacht?

Seitdem ihr Vater 1288 in der Schlacht von Worringen gefallen war, zumal als Parteigänger des besiegten Erzbischofs von Köln, schien das Haus Luxemburg ein für alle Male in die Bedeutungslosigkeit abzugleiten. Schließlich waren nicht nur Balduins Vater, sondern auch drei seiner Onkel auf dem Schlachtfeld geblieben.

Mit großer Mühe hatte ihre Mutter Beatrix die Regentschaft für ihre damals noch unmündigen Söhne behauptet, nur unterstützt von einigen treuen Ratgebern. Es grenzte bereits an ein Wunder, dass Balduins sieben Jahre älterer Bruder Heinrich überhaupt sein Amt als Graf von Luxemburg antreten konnte. Doch seitdem dieser die Zügel in die Hand genommen hatte, schien dem Haus Luxemburg wieder alles zu gelingen. Mit Hilfe des französischen Königs, dem sich Heinrich als Lehnsmann unterwarf, gelang es ihm, sich endgültig gegen die territorialen Begehrlichkeiten seiner adligen Nachbarn zu behaupten. Balduin, als der jüngste Sohn seit jeher für die geistliche Laufbahn bestimmt, wurde schon mit zweiundzwanzig Jahren zum Erzbischof von Trier gewählt.

Ein weiterer kluger Schachzug war die Ehe Heinrichs mit Margarete, der schönen Tochter des Herzogs von Brabant, eines der Sieger von Worringen. Obwohl die Verbindung aus rein politischen Gründen geschlossen wurde, stand sie von Anfang an unter einem guten Stern.

Ärgerlich und beschämt zugleich spürte Balduin einen Anflug von Eifersucht auf seinen Bruder, die ihn auch heute, am Tag des höchsten Glanzes seiner Familie, heimsuchte. Zwar begehrte er Margarete trotz ihrer Schönheit nicht, das wusste er mit Sicherheit. Aber das Glück einer erfüllten Ehe würde ihm auf ewig versagt bleiben.

Dabei lebte Balduin – wie so viele geistliche Fürsten – keineswegs keusch. Aber die Frauen, ledig oder jung verwitwet, stahlen sich wie Diebinnen in der Nacht in seine Gemächer und ent-

fernten sich, bis zur Unkenntlichkeit vermummt, weit vor Tagesanbruch wieder. Und obwohl die meisten geduldig warteten, bis Balduin sie durch einen verschwiegenen Boten zum nächsten Stelldichein rufen ließ, waren es doch gestohlene Stunden, die ein merkwürdig schales Gefühl in ihm zurückließen.
Nun hatten die drei Erzbischöfe den zukünftigen König erreicht. Balduin straffte sich und verscheuchte die unangebrachten Empfindungen. Während einer der Mönche ein feierliches Tedeum anstimmte, ließ er seine Gedanken wieder schweifen.
Nie würde er den trüben Tag im Mai vergessen, an dem Heinrich ihn aufgesucht hatte. »König Albrecht ist ermordet worden«, teilte er dem bestürzten Balduin mit. »Man munkelt, dass Philipp von Frankreich den Kurfürsten seinen Sohn Karl als Nachfolger auf dem deutschen Thron andienen will.«
Balduin nickte nachdenklich. »Wir haben Philipp viel zu verdanken. Auf meine Stimme kann Karl daher zählen.«
Heinrich sah ihn mit einem unergründlichen Gesichtsausdruck an. »So billigt Ihr tatsächlich, dass schon wieder ein Ausländer die deutschen Lande regieren soll?« Noch hatte niemand im Reich die furchtbare Zeit des Interregnums nach dem Tod des letzten Staufers vergessen, während der der Engländer Richard von Cornwall und der Spanier Alfons von Kastilien um die deutsche Krone gestritten und das Reich dabei fast zugrunde gerichtet hatten.
Doch Balduin zuckte die Schultern. »Warum nicht? Habt Ihr bereits vergessen, dass auch Albrecht seine Krone mit Gewalt erobert hat? Vielen im Reich werden die Habsburger zu mächtig. Sie werden kaum einen Nachfolger wählen, der aus diesem Geschlecht stammt. Und wer stünde sonst zur Verfügung?«
Heinrich grinste. »Was haltet Ihr von mir?«
Balduin musterte ihn entgeistert. »Macht Ihr Scherze, Bruder?«
Heinrich schüttelte lächelnd den Kopf. »Überlegt doch einmal, Balduin. Mit Peter von Aspelt, dem Mainzer Erzbischof, der

ebenfalls aus Luxemburg stammt, und Euch hätte ich bereits zwei Kurfürsten auf meiner Seite. Es wird uns einiges kosten, auch den Kölner Erzbischof zu gewinnen. Doch gelingt es, bringt uns der Virneburger auch die Stimmen von Sachsen und Brandenburg.«

Damals verspürte Balduin zum ersten Mal einen Anflug des Triumphes, der ihn heute, am Tag der Krönung seines Bruders, ganz und gar erfüllte. Schon immer hatte er Heinrich für seine Tatkraft und seinen Mut, ungewöhnliche Wege zu beschreiten, bewundert. Und auch diesmal sollte sein Bruder recht behalten.

Das Tedeum des Mönches verklang. Wie im Traum beobachtete Balduin, dass Heinrich sein Haupt senkte und der Kölner Erzbischof sein rotblondes Haar mit dem duftenden Salböl beträufelte. Dann leistete Heinrich den Treueid auf die heilige Mutter Kirche.

Unvermittelt überkam Balduin trotz des hehren Moments ein anderes ungutes Gefühl. Diesmal betraf es den Zeitpunkt der Krönung. Den Gerüchten zufolge war der Papst über die Wahl seines Bruders zum deutschen König durchaus erfreut gewesen. Zu groß war der Einfluss, den Philipp von Frankreich auf den Heiligen Stuhl zu nehmen versuchte, seitdem die Päpste vor wenigen Jahren ihren Amtssitz von Rom nach Avignon verlegt hatten.

Allerdings hätte Heinrich nach seiner Wahl unbedingt die offizielle Zustimmung des höchsten Würdenträgers der Kirche, Approbation genannt, abwarten müssen, bevor er sich in Aachen krönen ließ.

Doch dafür war sein Bruder zu ungeduldig gewesen. Zumal dem Haus Luxemburg schon die nächste unerhörte Ehre ins Haus stand. Heinrichs halbwüchsiger Sohn Johann würde Elisabeth, die letzte Erbin der Premysliden, heiraten und den Luxemburgern damit nach der deutschen auch noch die böhmische Krone einbringen.

Jetzt näherte sich der Kurfürst von Sachsen mit dem Krönungsmantel aus Purpurstoff, der über und über mit Goldfäden bestickt und mit kostbarem Hermelin verbrämt war. Danach trat der Pfalzgraf vom Rhein mit Zepter und Reichsapfel heran. Auf einem purpurnen Kissen trug der Kurfürst von Brandenburg die mit edlen Juwelen besetzte Krone.

Balduin schüttelte das nagende Gefühl kommenden Unheils ab. Heute wurde seiner Familie die höchste Ehre zuteil. Konzentriert beobachtete er, wie Heinrich der kostbare Mantel umgelegt wurde, er hernach die Reichsinsignien entgegennahm und der Kölner ihm schließlich die Krone aufs Haupt setzte.

Als auch seine Ehefrau Margarete mit einem schlichteren Reif zur Königin gekrönt worden war, geleitete die Prozession Heinrich feierlich zum vergoldeten Thron Karls des Großen, der auf einem Podest hinter dem Altar der achteckigen Krönungskapelle stand.

Während des ganzen restlichen Hochamts, das der Mainzer Erzbischof zelebrierte, erfüllte Balduin eine übermächtige Dankbarkeit. Inbrünstig wie nie zuvor sprach er die heiligen Formeln und Gebete mit. Endlich verklangen die letzten Töne des Abschlusschorals.

An der Seite seines Bruders schritt Balduin aus dem Dom, wo eine jubelnde Menschenmenge auf das Königspaar wartete. Diener warfen Silbermünzen unter das Volk, das sich jubelnd darum balgte. Dann strömte die Menge zu den Festwiesen, wo riesige Tafeln aufgebaut worden waren. Jedermann wurde heute mit so viel Fleisch, Brot und Wein verköstigt, wie er essen und trinken konnte.

Mit einer Mischung aus Stolz und Zufriedenheit musterte Heinrich die Menge. Dann wandte er sich zu Balduin um. »Der erste Schritt ist getan, Bruder«, raunte er ihm ins Ohr.

Balduin war verblüfft. »Was meint Ihr damit?«

Wieder sah ihn Heinrich mit jenem unergründlichen Ausdruck

an, mit dem er Balduin schon einmal bedacht hatte, als er ihm von den Plänen für seine Kandidatur auf den deutschen Thron erzählte.

»Nun, heute bin ich zum König gesalbt worden. Im nächsten Jahr möchte ich Kaiser werden. Sobald der Frühling ins Land zieht, geht es nach Rom.«

Burg Blieskastel, September 1311, in der gleichen Nacht

Auf dem Gang vor Lorettas Schlafkammer spendete ein einzelner Kienspan ein wenig trübes Licht. Es war niemand zu sehen. Vorsichtig schlich Loretta die Stiege des Palas hinab in den Rittersaal, in dem das Gesinde schnarchend und prustend auf den verdreckten Binsen lag. Sie mussten dringend gewechselt werden. Im Haushalt des Grafen von Salm fehlte es mitunter selbst am Nötigsten.

Behutsam, um keinen der Schläfer zu wecken, tastete Loretta sich an der kalten Wand entlang bis zum schweren Portal, das in den Burghof führte. Ihr Herz raste noch immer, das Blut rauschte in ihren Ohren. Endlich erreichte sie die eisenbeschlagene und des Nachts mit zwei dicken Riegeln gesicherte Tür.

So leise sie konnte, zerrte Loretta an dem ersten Riegel. *Heilige Jungfrau Maria, hilf! Er rührt sich nicht vom Fleck!* Auch den zweiten Riegel konnte sie kein Jota von der Stelle bewegen.

Plötzlich öffnete eine der Mägde die Augen und starrte sie an. Es war Liese, die in der Küche den Abwasch, das Anfeuern und andere niedrige Arbeiten besorgen musste. Die Köchin und die Knechte stießen die Magd oft herum. Gerade deshalb war Loretta immer besonders nett zu ihr.

Nun sollte sich ihre Freundlichkeit auszahlen. »Bitte komm und hilf mir«, flüsterte sie verzweifelt. Liese ließ sich nicht zweimal bitten und sprang auf. Dabei stieß sie unsanft an ihren Neben-

mann, einen der Waffenknechte der Burg namens Gisbert, der nun ebenfalls erwachte und sich aufrichtete.
»Was ficht euch an, Weibsvolk?«, fuhr er die Mädchen respektlos an. Erst dann erkannte er Loretta. »Was tut Ihr hier zu nächtlicher Stunde, mein Fräulein?«, brummte er erstaunt.
Jetzt war es mit Lorettas Beherrschung vorbei, zumal sich die Riegel auch mit Lieses Hilfe kaum bewegen ließen.
»Zu Hilfe, zu Hilfe!« Kreischend zerfetzte ihr Schrei die Stille und weckte weitere Schläfer. »Helft uns, da draußen schwebt jemand in Todesgefahr!«
Sofort waren mehrere Knechte auf den Beinen. »Wer ist es, mein Fräulein?«, riefen sie durcheinander, während sie die schweren Riegel scheinbar mühelos zurückzogen und das Portal aufstemmten.
Loretta konnte nicht antworten. Ihre Kehle fühlte sich an wie ausgedörrt. Endlich war der Türspalt groß genug, dass sie hindurchschlüpfen konnte. Wie von Furien gehetzt, rannte sie über den matschigen Burghof auf die Stallungen zu. Ein beißender Geruch stieg ihr in die Nase. »Es brennt«, hörte sie entsetzte Schreie hinter sich. »Weckt alle auf und holt Wasser vom Brunnen, es brennt!«
Jetzt war Loretta an der Tür zu einem Holzschober angelangt und riss sie auf. Dichter Qualm drang heraus und nahm ihr die Sicht und den Atem. Wie in Trance versuchte sie trotzdem, hineinzugelangen. Doch Gisbert, der ihr nachgeeilt war, hielt sie zurück. »Ihr könnt Euch den Tod holen«, schrie er sie an. Dann riss er sein Hemd herunter, hielt es sich vor Mund und Nase und stürzte in den Qualm, gefolgt von zwei anderen Knechten.
Nur kurze Zeit später erschienen sie hustend und spuckend wieder im Freien und schleiften zwei Gestalten mit sich, deren Mienen geschwärzt und kaum zu erkennen waren. Es schien ein junges Pärchen zu sein. Beide rührten sich nicht.
»Bringt Wasser!«, schrie Gisbert. Sofort eilten zwei Mägde mit

Eimern herbei, die sie bereits an der Pferdetränke gefüllt hatten. Gisbert schüttete das Wasser über die leblosen Körper. Das Mädchen bewegte sich nicht, aber der Junge kam, keuchend vor Atemnot, langsam wieder zu Bewusstsein.
Erst jetzt erkannte Loretta, wer es war, und starrte ihn wie betäubt an. *Also hatte ich recht! Er war schon fast tot. Und das Mädchen?* Tränen der Verzweiflung schossen ihr in die Augen. *Lebt es noch? Oder habe ich zu lange gewartet?*
In diesem Moment kamen ihre Eltern über den Hof gerannt, Jeanne ohne Kopfbedeckung mit fliegenden Haaren, beide ebenfalls barfuß und im Hemd, über das sie Mäntel geworfen hatten.
»Was ist hier geschehen?«, schnauzte ihr Vater die Knechte an.
Die Männer hoben abwehrend die Hände. »Wir wissen es auch nicht, Herr. Ein junges Paar hat sich wahrscheinlich zu einem heimlichen Stelldichein in der Holzscheune getroffen. Dort ist ein Schwelbrand ausgebrochen und hat sie betäubt. Hätte Eure Tochter Loretta uns nicht gewarnt, hätte die ganze Burg abbrennen können.«
Jeanne von Salm schrie leise auf. Bernhard von Salm beachtete ihren Ausruf nicht weiter. »Wer sind die beiden? Sind sie zu Schaden gekommen?«
Eine Magd beugte sich über die regungslose Gestalt des Mädchens und legte zwei Finger an seinen Hals. Dann richtete sie sich langsam wieder auf.
»Lene ist tot, wahrscheinlich erstickt, hoher Herr«, sagte sie mit zitternder Stimme. »Sie ist die Tochter des Schäfers.«
Dann zeigte sie auf den immer noch keuchenden und nach Luft ringenden Jungen. »Doch der allmächtige Herr sei gelobt. Rüdiger, Euer Ältester, lebt.«

Burg Blieskastel, September 1311,
am Morgen nach dem Brand

»Was faselt Ihr mir schon wieder von dieser Gabe?«, wetterte Bernhard von Salm.

Loretta, die gerade zu ihren Eltern in die Kammer neben dem großen Saal befohlen worden war, stockte vor der spaltbreit geöffneten Tür. Trotz ihrer Beklommenheit konnte sie ihre Neugier nicht bezähmen. Zu gerne wollte sie mehr über diese geheimnisvolle Gabe erfahren!

Wenn mich der Vater beim Lauschen erwischt, werde ich noch härter bestraft, schoss es ihr durch den Kopf. Dann übermannte sie wieder die Empörung über die bodenlose Ungerechtigkeit ihres Vaters, der sie schon in der Nacht ohne ein Wort der Anerkennung barsch in ihre Kammer zurückgeschickt hatte. Dort war sie bis zum Morgengrauen schlaflos geblieben.

Habe ich meinen Bruder nicht vor einem furchtbaren Tod bewahrt? Sollte er mir nicht dankbar sein, anstatt mich zu schelten? Sie fasste einen Entschluss. Noch hatten die Eltern sie nicht bemerkt. Sie verharrte hinter der Tür und lugte vorsichtig durch den Spalt.

Als sie ihre Mutter erblickte, war Loretta aufrichtig überrascht. Jeanne saß kerzengerade auf ihrem Schemel und blickte ihrem Gemahl in die Augen. Als sie antwortete, klang ihre Stimme fest.

»Es ist eine Gabe, die seit Generationen in der weiblichen Linie meines Geschlechts vererbt wird, werter Gemahl. Zuletzt besaß sie Marguerite, die Tante des heiligen französischen Königs Ludwig. Dank ihr half sie seiner Mutter Blanche von Kastilien, die Regentschaft für ihren unmündigen Sohn zu erhalten, bis er das Mannesalter erreichte.«

Während Loretta diese Neuigkeit verarbeitete, verfärbte sich das Gesicht ihres Vaters dunkelrot. Gleichzeitig wurde seine Stimme gefährlich ruhig.

»So ist das also, vielliebe Gattin. Ihr lasst wahrlich keine Gelegenheit aus, mir Eure edlere Abstammung unter die Nase zu reiben, neben der sich mein Stammbaum in der Tat unbedeutend ausnimmt. Doch …«

Zu Lorettas Überraschung schnitt Jeanne Bernhard diesmal das Wort ab.

»Das ist nicht wahr, mein Gemahl, und Ihr wisst es. Nun hört mich an! Anfangs habe ich selbst nicht glauben wollen, dass Loretta die Gabe besitzt. Als sie den Erzbischof Balduin in seiner eigenen Kirche vor dem herabstürzenden Stein bewahrte, redete ich mir nach dem ersten Schrecken ein, es sei nur ein Zufall gewesen. Doch nun hat sie bereits zwei weiteren Menschen das Leben gerettet, zuletzt Eurem ältesten Sohn und Erben.«

»Törichtes Weibergeschwätz«, knurrte Bernhard. »Soll ich Euch sagen, warum meine halbwüchsige Tochter mitten in der Nacht notdürftig bekleidet durch die Burg schlich? Sie wollte Eurem Taugenichts von Sohn das Tor öffnen, damit der nach seinem unkeuschen Treiben unbemerkt zurück in seine Kammer gelangen kann.«

Loretta stockte der Atem. Wie kam ihr Vater auf diese absurde Idee? Jeanne schien den gleichen Gedanken zu hegen.

»Das glaube ich nicht. Warum hätte Loretta das tun sollen?«

»Ich habe bereits mit Rüdiger gesprochen. Er hat diese Machenschaft nach strenger Befragung eingestanden. Im Gegenzug dafür, dass er Loretta trotz meines Verbots ab und an reiten lässt, hat sie seine Liebelei mit der Schäferdirne gedeckt.«

Vor der Tür knirschte Loretta mit den Zähnen. Das sah Rüdiger ähnlich! Was war ihr Bruder doch nur für ein erbärmlicher Feigling! Um den Zorn des Vaters zu besänftigen und von sich selbst abzulenken, war ihm jedes Mittel recht, selbst eine faustdicke Lüge.

Aber der Vorhalt des Vaters verfehlte seine Wirkung auf ihre Mutter nicht. Jeanne gab sich geschlagen. Loretta beobachtete, dass sie sich auf die Lippen biss und den Blick senkte. »So verzeiht meinen Irrtum, werter Gemahl«, murmelte sie. »Ich wusste es eben nicht besser.«

Ihre plötzliche Nachgiebigkeit besänftigte Bernhard von Salm. »So hört, was ich Euch nun zu sagen habe. Rüdiger ist durch den Tod seines Liebchens und seine durch den Qualm verätzte Kehle für diesmal genug gestraft. Ich habe ihm ernsthaft ins Gewissen geredet, und er hat mir auf die heilige Bibel geschworen, dass er von nun an keusch bleiben wird, bis ich ihm eine Gemahlin erwähle.«

Er machte eine Pause. »Größere Sorgen mache ich mir dagegen um unsere Tochter Loretta, liebwerte Gattin. Sie hat sich seit der Sache mit dem Stalljungen nicht wirklich gebessert. Selbst mir gibt sie Widerworte. Das kann ich nicht länger dulden.«

Loretta ergriff eine tiefe Traurigkeit. Immerzu hatte ihr Vater etwas an ihr auszusetzen. Unwillkürlich brannten auf einmal Tränen in ihren Augen.

Doch Jeanne verteidigte sie. »Loretta ist ein gutes Mädchen, mein Gemahl«, beteuerte sie. »Etwas ungebärdig und wild, da habt Ihr recht. Und sie widerspricht, wenn sie glaubt, dass man ihr unrecht tut. Aber sie ist sehr gelehrig und gescheit für ihr Alter und behandelt ihre Geschwister und das Gesinde freundlich und ohne Hoffart. Klaglos erfüllt sie ihre Pflichten im Haushalt und ist eine fleißige Schülerin. Fragt Bruder Blasius, er wird es Euch bestätigen.«

»Dessen bedarf es nicht, meine Liebe. Was Ihr beschreibt, ist das mindeste, was ein Vater von seiner Tochter erwarten kann«, entgegnete Bernhard von Salm. »Wäre es nicht in diesen unsicheren Zeiten von Nutzen, hätte ich schon längst bereut, dass ich sie lesen und schreiben und sogar Latein lernen lasse wie ihre Brüder. Doch wenn ihr Gemahl dereinst ins Feld ziehen muss, so wie ich, ist es von Vorteil, wenn auch sein Weib die Geschäfte der Burg in seiner Abwesenheit führen kann.«

»Aber«, nun erhob er wieder die Stimme, »sollte ich weiter befürchten müssen, dass Loretta die Tugenden ihres Geschlechtes vermissen lässt, schicke ich sie zu den Zisterzienserinnen, auf dass sie dort die Strenge erfährt, die Ihr oft nicht walten lasst.«

Insgeheim atmete Loretta auf. Dies war eine leere Drohung, denn Bernhard von Salm hatte keinen Groschen übrig, um den Schwestern den dafür nötigen Obolus zu entrichten. Auch Jeanne wusste das, obwohl sie demütig nickte. Doch Bernhard von Salm war noch nicht fertig.

»Insbesondere erwarte ich, vielliebe Jeanne, dass Loretta niemals wieder unerlaubt die Frauengemächer verlässt, schon gar nicht des Nachts. Auch hat sie sich von den Stallungen fernzuhalten. Es ist ihr ausdrücklich verboten zu reiten. Erst wenn ich sie verlobt habe, mag sie sich im Umgang mit einem Zelter üben, sofern ihr zukünftiger Gatte damit einverstanden ist.«

Erneut erfüllte Empörung Lorettas Brust und drängte die aufsteigenden Tränen zurück. Gerade erst hatte ihr Vater den einzigen Zelter verkauft, der noch zum Gestüt gehörte, um Schulden zu begleichen. Sie wusste, wie sehr ihre Mutter an dem sanften Tier hing und dass diese jetzt zudem keine Möglichkeit mehr hatte, die Burg zu verlassen.

Doch Jeanne hatte ihre heutige Lektion gelernt und schwieg still.

»Noch ein letztes Wort, werte Gemahlin. Ich habe Euch schon einmal ermahnt. Erwähnt diese sogenannte Gabe nicht mehr! Mädchen in Lorettas Alter haben oft eine blühende Phantasie. Solches Gerede vergiftet das junge Herz Eurer Tochter nur mit nichtigen Eitelkeiten.«

»Ja, mein Gemahl«, stimmte Jeanne ihm ergeben zu.

»Gelobt Ihr es?«

»Ich gelobe es.«

»Gut. Ich freue mich über Eure Einsicht. So werde ich auch diesmal von einer strengeren Bestrafung Lorettas absehen.«

Trotz der letzten Worte ihres Vaters war Loretta tief enttäuscht. *Jetzt werde ich niemals erfahren, was es mit diesen Vorahnungen auf sich hat.*

In diesem Moment wandte Bernhard von Salm den Kopf zur Tür. »Wo bleibt dieses Mädchen denn nur?«

Loretta wartete, bis ihr Vater den Blick wieder abwandte. Dann straffte sie sich, holte tief Luft und stieß die Tür auf.

»Guten Morgen, verehrter Herr Vater, verehrte Frau Mutter.« Sie versank in einen Knicks. »Ihr habt mich rufen lassen?«

Kapitel 2

Königliches Heerlager vor Brescia, Juni 1313

»Diese verfluchte Schwüle!« Erschöpft wischte sich Heinrich mit dem Handrücken den Schweiß von der Stirn. »Nimmt das denn nie ein Ende?«

Balduin sah seinen älteren Bruder mit einem Anflug von Missbilligung an. »Nicht, solange Ihr dem Ersuchen des Papstes nicht nachgebt, Brescias Bevölkerung und die Stadt zu schonen, wenn sie Euch ihre Tore öffnet.«

Heinrich schnaubte. »Ich denke gar nicht daran, Bruder. Ich muss diesem aufrührerischen Gesindel ein für alle Mal zeigen, wer ihr Herr und König ist.«

Balduin schwieg bedrückt. *Und doch bist du dereinst nach Italien gekommen, um den nach innen und außen zerstrittenen lombardischen Städten den Frieden zu bringen,* dachte er bei sich.

Zu seinem Erstaunen sprach Heinrich weiter, als hätte er seine Gedanken gelesen.

»Sie haben all meine guten Absichten zunichtegemacht, Balduin. Habe ich nicht Freund und Feind gleichermaßen gerecht behandelt? Nahezu jede Stadt wurde von zwei miteinander verfeindeten Familien beherrscht. Nicht nur Brescia, auch Mailand, Asti, Pavia, Parma und wie sie alle heißen. Ich habe die bis aufs Blut Zerstrittenen miteinander versöhnt und den Verbannten erlaubt heimzukehren. Sie haben sogar ihre konfiszierten Güter zurückerhalten.«

Sein Tonfall wurde eine Spur schärfer. »Und jetzt wendet sich dieser Verräter Tebaldo Brusato gegen mich und zettelt einen Aufstand in Brescia an, anstatt mir seine Dankbarkeit zu erweisen.« Er schüttelte die Faust gegen die Mauern der Stadt, auf denen Wachsoldaten in der flimmernden Mittagshitze auf und ab gingen.

Mit einer Mischung aus Mitgefühl und Unduldsamkeit betrachtete Balduin den Älteren. Heinrich war kleiner von Gestalt als er und schmächtiger als ihr Bruder Walram, der Zweitälteste und leidenschaftlichste Kämpfer der drei Brüder und folgerichtig einer der Heerführer. Heinrichs Haar wurde schon dünn und klebte an seiner hohen Stirn. Schweißtropfen perlten auf seinen Wangen.

»Natürlich habt Ihr es gut gemeint, Bruder.« Die Hitze führte nun doch dazu, dass sich Balduin entgegen seinem Vorsatz nicht länger beherrschen konnte.

»Doch schon seitdem die Mailänder den Aufstand wagten, nur wenige Monde nach Eurer Krönung zum langobardischen König in ihrem eigenen Dom, war es offensichtlich, dass die lombardischen Städte keinen Friedensboten wollen. Jede Partei in jeder dieser unseligen Städte versucht, uns auf ihre Seite zu ziehen. Niemand will Euch als Schlichter, alle buhlen darum, welcher Seite Ihr schließlich recht geben werdet. Statt Frieden habt Ihr daher nur …« Er brach ab und presste die Lippen zusammen.

Heinrich vollendete seinen Satz. »Ihr meint, Bruder, dass ich ihnen letztendlich nur noch größere Missgunst und Streitlust gebracht habe?«

Nach einem kurzen Moment des Zögerns nickte Balduin. »So ist es, Heinrich. Wer nicht für sie ist, ist gegen sie. Ihr habt zwar Tebaldo Brusato zur Rückkehr aus dem Exil nach Brescia verholfen, ihn aber nicht dabei unterstützt, wieder die Regentschaft über die Stadt zu erlangen. Stattdessen herrschte dort Euer eigener Vikar, bis Brusato das Volk gegen ihn aufhetzte und der Vikar mitsamt Euren Anhängern aus der Stadt fliehen musste.«

Heinrich nickte grimmig. »Genau deshalb will ich diesmal ein Exempel statuieren, Balduin. So wohlfeil wie Cremona kommt mir Brescia nicht davon. Doch seht, was geschieht dort?«

Aufgeregt zeigte er auf das östliche Stadttor, aus dem soeben ein Trupp Reiter hervorbrach.

Balduin kniff die Augen gegen die gleißende Sonne zusammen. »Es scheint, als versuchten sie einen Ausfall. Da!« Er deutete auf einen Trupp Esel, die sich dem Heerlager, schwer mit Säcken beladen, über die sumpfige Ebene näherten. »Wahrscheinlich versuchen sie, an Lebensmittel zu kommen und unseren Nachschub zu rauben.«

Heinrich knirschte mit den Zähnen. »Diese Bastarde! Das hätten sie vor wenigen Wochen noch nicht gewagt. Erst seit dieses elende Fieber mein Heer geschwächt hat, kommen sie wie die Ratten aus ihren Löchern.«

Er stockte. Balduin ahnte seine Frage, kam ihm aber nicht entgegen.

»Wie viele sind diese Nacht gestorben?«, presste der König schließlich hervor.

»Fünfzehn Männer, alles Soldaten, und drei Weiber aus dem Tross. Dazu vier Kleinkinder. Ich habe heute Morgen für alle die Totenmesse gelesen.«

Heinrich nickte stumm. In diesem Moment preschte eine

Gruppe königlicher Söldner den Kämpfern aus Brescia entgegen. An ihrer Spitze wehte das Banner mit dem luxemburgischen Wappen.

»Schaut, das ist Walram! Er wird die Kerle das Fürchten lehren!«

Angespannt verfolgten die Brüder gegen die Sonne das Kampfgeschehen. Jetzt trafen die feindlichen Truppen aufeinander. Schwerter und Lanzen blitzten auf, selbst aus dieser Entfernung hörte man das ohrenbetäubende Krachen, als die geharnischten Reiter in voller Rüstung zusammenprallten.

Der Kampf wogte hin und her, Männer und Pferde stürzten zu Boden. Schließlich nahm der aufsteigende Staub Balduin und Heinrich die Sicht.

Plötzlich lösten sich vier oder fünf Reiter aus dem Getümmel und rasten im Galopp auf das Stadttor zu.

»Sieg, Bruder, Sieg! Sie fliehen wie die Hasen!« Heinrich jubilierte. »Walram treibt sie in ihren Bau zurück.«

Balduin legte die Hand über die Augen, um besser zu sehen. Er war beunruhigt. »Warum werden sie nicht verfolgt? Der Feind muss den Fliehenden das Tor öffnen. Warum nutzt Walram die Gelegenheit nicht, um die Wachen zu attackieren?«

Heinrich winkte ab. »Weil es noch zu viele kräftige Kämpfer in Brescia gibt, Balduin. Sie haben noch nicht genug gehungert. Selbst wenn Walram durch das Tor in die Stadt eindringen würde, hätte er keine Chance gegen die Übermacht und würde mit seinen Mannen niedergemacht werden. Dieser Ausfall kam überraschend, das Gros unserer Streitmacht war nicht darauf vorbereitet. Wir können froh sein, dass Walram überhaupt so rasch reagiert hat. Seht nur, die Esel mit den kostbaren Getreidesäcken werden unbeschadet ins Lager geführt.«

Ein flüchtiger Blick bestätigte Balduin, dass Heinrich recht hatte. Doch die Unruhe blieb.

Da lösten sich zwei Reiter aus Walrams Gruppe und ritten auf

Heinrich und Balduin zu. Vor dem König angelangt, senkten sie grüßend die Lanzen. Es waren zwei Lehnsmannen Heinrichs, Luxemburger wie er selbst.

»Ich grüße Euch, Egbert von Fleckenstein. Was bringt Ihr für Kunde?«

»Wir haben den Anführer der Aufständischen gefangen genommen, mein Herr und König.«

»Tebaldo Brusato? Führte er den Ausfalltrupp an?«

»So ist es, Herr.«

Strahlend drehte sich Heinrich zu Balduin um. »Wir haben ihn, Bruder. Jetzt machen wir ihm als Majestätsverbrecher den Prozess.«

Doch Balduin beachtete Heinrich gar nicht. Stirnrunzelnd betrachtete er die Boten, die die Blicke gesenkt hielten. Ihre Kiefer mahlten, als ob sie an einem übergroßen Bissen würgten.

Balduin holte tief Luft. »Dies ist nicht die einzige Kunde, die Ihr bringt, Egbert. Sprecht freiheraus, was Euch auf dem Herzen liegt.«

Zögernd hob der Angesprochene den Kopf. »Ich fürchte, wir bringen auch schlechte Nachrichten, Herr.« Er stockte.

Heinrichs Lächeln gefror. Balduins Puls wurde schneller. Er beherrschte sich mühsam.

»So sprecht.«

»Es geht um den edlen Herrn Walram, Euren Bruder. Er ist im Scharmützel gefallen.«

Burg Blieskastel, Juni 1313

»Wer sind diese Ritter?«, flüsterte Loretta ihrer Mutter verstohlen zu, als ihr Vater in Begleitung zweier gerüsteter Männer in den Burghof von Blieskastel einritt. Die Wappen auf den Waffenröcken hatte sie noch nie gesehen.

Statt einer Antwort trat Jeanne von Salm vor, den mit Wein gefüllten Willkommensbecher in beiden Händen. »Seid willkommen auf Burg Blieskastel, edle Herren von Hunolstein. Seid auch Ihr willkommen, werter Gemahl.« Nacheinander reichte sie den Angesprochenen den Trunk.

Einen Moment war Loretta verwirrt. Herren von Hunolstein? Burg Hunolstein an der Dhron lag im Hunsrück und war eine der letzten Burgen im Besitz ihres Vaters. Dann ging ihr ein Licht auf.

Dies mussten die Erbvögte der Burg sein, von denen ihr Vater vor seiner Abreise erzählt hatte. Hunolstein war vor langer Zeit im Besitz des Trierer Erzbistums gewesen. Mit Burg und Land waren die von Salm, mit der davon unabhängigen Gerichtsbarkeit jedoch die Vorfahren des heutigen Erbvogts Nikolaus belehnt worden. Die jeweiligen Rechte übten beide Geschlechter seit Generationen aus, da die Lehnsherrschaft Kurtriers unter den Vorgängern Balduins längst in Vergessenheit geraten war.

Nun saßen die Herren ab und verneigten sich höflich vor ihrer Mutter. Als sie auch auf Loretta zutraten, die mit ihren nun vierzehn Jahren als erwachsen galt, erschrak sie und begann zu frösteln. Auch wenn sie nicht mehr darüber sprach, vertraute sie ihren Vorahnungen seit dem Brand. Noch heute machte sie sich Vorwürfe, zu lange gezaudert zu haben, um auch die Tochter des Schäfers zu retten.

Trotzdem war sie froh, dass eine Zeitlang nichts mehr das *Gefühl* in ihr hervorgerufen hatte. Bis zu dem Tag vor einigen Wochen: Da war ein fahrender Krämer auf die Burg gekommen, der in seiner Kiepe allerlei Tand mit sich führte. Obwohl er bescheiden und freundlich auftrat, misstraute Loretta ihm von Anfang an. Da ihr Vater wieder einmal unterwegs war und ihre Mutter mit den schlimmen Kopfschmerzen zu Bett lag, die sie immer häufiger plagten, wagte sie, dem *Gefühl* zu folgen und die Stallungen zu betreten. Sie kam gerade noch rechtzeitig, um ihre kleine Schwester Mechthild zu retten. In einer dunklen Ecke des Stalls war der Krämer gerade dabei, den Rock des weinenden Kindes hochzuschieben, das er zuvor ins Stroh geworfen hatte. Bei Lorettas Anblick flüchtete er.

»Er hat mir ein rotes Haarband geschenkt«, schluchzte Mechthild, »und versprochen, mir neugeborene Kätzchen zu zeigen.«

Nachdem sie die Schwester getröstet hatte, mahnte Loretta die Kleine trotz ihrer Wut auf den Kerl: »Du darfst mit niemandem darüber sprechen, was hier geschehen ist. Sonst werden wir alle bestraft. Du, weil du arglos mitgegangen bist, der Krämer, weil er dir ein Leid antun wollte, und ich, weil ich es ahnte und dich gefunden habe.«

»Aber warum solltest du denn bestraft werden?«, fragte Mechthild ungläubig. »Du hast mich doch gerettet!«

Loretta spürte die vertraute Verbitterung. *Ich bin auch gescholten worden, nachdem ich Rüdiger gerettet habe,* lag es ihr schon auf der Zunge. Doch sie verkniff sich die Bemerkung. »Versprich es mir«, bestand sie stattdessen auf ihrer Bitte.

Angesichts der beiden Ritter aus Hunolstein schauderte Loretta nun erneut zusammen. Heute war das *Gefühl* noch stärker als vor einigen Wochen gegenüber dem Krämer. Diese Männer führten trotz ihrer vollendeten höfischen Manieren etwas Böses im Schilde. Aber was konnte das sein?

Während des ungewohnt üppigen Abendmahls zu Ehren der Gäste lauschte Loretta mit sittsam gesenktem Blick der Unterhaltung. Die Männer waren in Geschäften hier, so viel verstand sie schließlich. Was dies genau für Geschäfte waren, erschloss sich ihr jedoch nicht.

Dagegen fiel ihr auf, dass ihr Vater ungewohnt ungezwungen und fröhlich war und selbst ihre im Alltag immer verhärmter wirkende Mutter unter den Scherzen und Komplimenten der fremden Herren aufblühte. *Einst war meine Mutter eine schö-*

ne Frau, dachte Loretta bedrückt. *Doch die Sorgen lassen sie vorzeitig altern.*

Warum also quälte sie schon wieder diese seltsame Unruhe? Die Gäste schienen doch Glück ins Haus zu bringen.

»Welche Geschäfte macht mein verehrter Vater mit diesen Herren?«, wagte Loretta ihre Mutter schließlich zu fragen. Sie beaufsichtigten gemeinsam die Aufhebung der Tafel, um das immer hungrige Gesinde daran zu hindern, sich an den Resten des gebratenen Wildschweins gütlich zu tun.

Obwohl sich ihr Vater bereits mit den Gästen zurückgezogen hatte, um nach dem Nachtmahl noch ausgiebig zu zechen, schaute Jeanne sich um, ehe sie leise antwortete. »Diese Frage schickt sich nicht, meine Tochter«, unternahm sie einen schwachen Versuch, sich an die Gebote ihres Eheherrn zu halten.

Loretta schlug die Augen nieder. »Verzeiht meine Neugier, Frau Mutter.« Eine kurze Weile schwieg Jeanne still. Dann ging Lorettas Rechnung auf. Längst hatte sie entdeckt, dass sie durch Drängen und Beharren nichts bei ihrer Mutter erreichte. Gab sie jedoch scheinbar nach, kam sie häufig ans Ziel.

So war es auch heute. »Dein Vater hat den Vögten von Hunolstein die Burg mit dem dazugehörigen Land verpfändet. Sie haben uns fast eintausendfünfhundert Pfund Heller gegeben. Damit können wir die aufdringlichsten Gläubiger bedienen und kommen doch sicher über den nächsten Winter. Auch die Ausstattung deines Bruders Rüdiger kann dein Vater bezahlen, wenn dieser im Frühjahr zum Ritter geweiht wird.«

Loretta war entsetzt. Das *Gefühl* verstärkte sich noch. »Aber so werden Schulden durch neue Schulden beglichen«, wandte sie ein.

Ihre Mutter zuckte die Schultern. »Das ist schon seit Jahren so, mein Kind. Burg Hunolstein ist eines der letzten wertvollen Güter, die uns geblieben sind.«

»Doch nun gehört sie den Vögten!«

Jeanne schüttelte energisch den Kopf. »Dein Vater behält alle Rechte als Lehnsherr, Loretta. Die Schuld wird mit den Jahren durch die Pacht der dazugehörigen Dörfer beglichen. Vogt Nikolaus hat gelobt, deinem Vater freien Zugang zu Hunolstein zu gewähren, wann immer er es wünscht, und auch seine Gefolgsleute zu beherbergen und zu verköstigen, wenn es einmal erforderlich ist. Wir könnten sogar dort wohnen, wenn dein Vater es so wünscht.«

Loretta war nicht überzeugt. »Und was haben die Erbvögte dann davon, das Geld zu verleihen?«

Wie schon so oft reagierte Jeanne verblüfft angesichts Lorettas logischer Schlussfolgerungen. Sie überlegte. »Bei einem jüdischen Geldverleiher müsste dein Vater so hohe Wucherzinsen bezahlen, dass wir binnen kürzester Zeit ruiniert wären. Das wissen die edlen Herren und sind deinem Vater in seiner Notlage behilflich.«

»Und sie haben durchaus keinen eigenen Vorteil davon?«, zweifelte Loretta.

Jeanne verlor die Geduld. »Wenn du das wissen möchtest, solltest du deinen Vater selbst danach fragen. Womöglich bekommen die Herren einen geringen Zinsfuß für das Darlehen oder zusätzlich zu den Abgaben der Bauern noch das ein oder andere Fass Wein von unseren verbliebenen Gütern an der Mosel. Womöglich dürfen sie auch die Bauern zur Fron auf ihren eigenen Feldern heranziehen. Ich weiß es nicht. Dein Vater bespricht diese Dinge nicht mit mir.« Sie wandte sich ab und begann, ein beflecktes Tafeltuch zu zerknüllen.

Plötzlich war sich Loretta absolut sicher. »Diese Männer werden unseren Vater betrügen, Mutter«, entfuhr es ihr. »Ihr müsst ihn warnen. Sonst wird unserer Familie weiteres Unheil geschehen. Ich weiß es genau, denn ich habe die Gabe!«

Blitzschnell fuhr ihre Mutter zu ihr herum und legte ihr den Finger auf den Mund. Nach einem raschen Blick über die Schulter zischte sie: »Du weißt, dass es dir verboten ist, darüber zu sprechen, Loretta. Willst du dich und mich wieder in Schwierigkeiten bringen?«

Ihre sichtbare Angst ließ Loretta alle Vorsicht vergessen. »Aber Ihr wisst, dass ich recht habe, Mutter. Ich kann vorhersehen, wenn Schlimmes droht. Geht um Christi willen und sprecht mit unserem Vater!«

Der Schlag auf den Mund war zwar nicht hart, traf sie aber völlig unerwartet. Im Gegensatz zu Bernhard von Salm pflegte Jeanne ihre Kinder kaum jemals zu züchtigen.

»Schweig endlich still, Loretta, sonst lasse ich dich in deine Kammer sperren. Dein Vater will durchaus nichts von deinen Vorahnungen wissen!«

Auf der Ebene vor Brescia, Juni 1313

Wieder stand eine unbarmherzige Sonne über der sumpfigen Ebene vor Brescia. Der Tag war womöglich noch heißer und schwüler als die vorangegangenen.

Obwohl es noch Vormittag war, schwirrten Schwärme von Stechmücken um Mensch und Tier und bereiteten ihnen zusätzlich Pein. Flüchtig kam Balduin der Gedanke, ob es nicht vielleicht diese Blutsauger waren, die den Menschen scharenweise den Fiebertod brachten. Allein heute Nacht waren fast fünfzig Tote zu beklagen gewesen.

Obwohl er sich vor dem Ankleiden von Kopf bis Fuß mit kühlem Wasser gewaschen hatte, floss Balduin der Schweiß in Strömen aus allen Poren. Da nützte es auch nichts, dass er auf den Ornat des Bischofs verzichtet hatte und nur mit Hemd und Hose aus leichter venezianischer Seide bekleidet war. Im Gegenteil spürte er immer wieder die Stechmücken, die sich von dem dünnen Stoff nicht abhalten ließen.

Rund um den Platz begann die Menge an den drei dafür vorgesehenen Seiten, Aufstellung zu nehmen. Scharen von Kämpfern strömten herbei und sammelten sich unter den Bannern ihrer Anführer. Dahinter erklommen Knappen, Lagerbedienstete und Weiber aus dem Tross, teils mit ihren Kindern auf dem Arm, die niedrigen hölzernen Tribünen.

Von seinem Zelt aus musterte Balduin die Stadtmauer von Brescia. Die Hinrichtungsstätte war so weit von der aufständischen Stadt entfernt, dass auch der Pfeil eines geübten städtischen Bogen- oder Armbrustschützen keinen Schaden anrichten konnte. Andererseits sollte auch das Volk von Brescia von den Mauerkronen aus aufgrund der frei bleibenden Seite des Platzes einen ungehinderten Blick auf die Hinrichtung haben. Schon begann sich auch dort eine Menschenmenge zu sammeln. Balduin spürte einen sauren Geschmack im Mund.

Bis zuletzt hatten Heinrichs Gattin Margarete und er selbst seinen Bruder um Mäßigung gebeten. Wäre es nicht besser, Tebaldo Brusato gegen die Zusage der bedingungslosen Übergabe der Stadt freizulassen, um so rasch wie möglich gegen Florenz zu ziehen? Diese Stadt, die alle oberitalienischen Aufstände mit ihrem unermesslichen Reichtum schürte, musste unter allen Umständen unterworfen werden! Dagegen war Brescia unbedeutend. Doch sein Bruder hatte sich nicht erweichen lassen.

Die Sonne kletterte höher. Es war Zeit aufzubrechen. Seufzend griff Balduin nach einer Karaffe mit Wein, die auf einem niedrigen Tischchen im kümmerlichen Schatten seines Zeltes stand. Er nahm einen kräftigen Schluck und spie ihn sofort wieder aus. Es war bester Rotwein aus der Toskana, der nun durch die Hitze schal und lauwarm geworden war. Immerhin vertrieb er den widerlichen Geschmack in seinem Mund.

Mit schweren Schritten näherte er sich der Ehrentribüne gegenüber der zur Stadtmauer hin offenen Seite des Platzes und setzte sich auf den für ihn bestimmten, mit rotem Samt bezogenen Schemel. Plötzlich traf ihn ein heftiger Schlag im Nacken. Er fuhr herum. Hinter ihm stand Heinrich und hob grinsend die Hand. Auf seiner Handfläche erkannte Balduin die schwarzen Überreste eines Insekts. »Verzeiht meine grobe Begrüßung, werter Bruder. Aber dieses Untier tat sich gerade an Euch gütlich.«

»Ich danke Euch«, erwiderte Balduin förmlich. Ihm war nicht nach Scherzen zumute. Zu furchtbar würde das Schauspiel werden, das nun vor ihnen lag.

Hinter Heinrich erklomm Margarete die Stufen der Tribüne. Balduin konnte ihr ansehen, dass auch sie sich elend fühlte. Ihre Haut wirkte wächsern, dunkle Ringe lagen unter ihren Augen. Feine Schweißperlen standen auf der hohen Stirn unter dem Schleier aus feinstem Linnen. Eine Kammermagd fächelte der Königin mit einem Wedel aus Pfauenfedern Kühlung zu. Doch es schien nicht viel zu nutzen. Mit einer Handbewegung bedeutete Margarete der Frau, mit dem Fächeln aufzuhören, nachdem auch sie ihren Platz eingenommen hatte. Balduin fiel auf, dass sie Heinrichs Blick sorgsam mied.

Der König spürte die Missbilligung, die ihm von seinen engsten Vertrauten entgegenschlug. Sein Gesicht nahm einen grimmigen Ausdruck an, während er sich zwischen Balduin und seine Gemahlin auf den vergoldeten Sessel setzte.

»Ich hoffe, Ihr bewahrt Haltung, edle Dame, wie es einer Königin wohl ansteht«, zischte er Margarete mit zusammengebissenen Zähnen zu.

Trotz ihrer Schwäche fuhr Margarete zu ihrem Gatten herum. Ihre dunklen Augen sprühten vor Zorn. »So gewährt dem Todgeweihten zumindest eine gnädige Hinrichtungsart, werter Gemahl. Lasst ihn enthaupten, wie es sich für einen Edelmann geziemt, der sein Leben verwirkt hat.«

Heinrich schüttelte störrisch den Kopf. »Er wird die Strafe erleiden, die das Gesetz für Majestätsverbrecher vorgesehen hat.« In seiner Erregung verzichtete er auf jede Höflichkeitsformel. »Habt Ihr bereits vergessen, dass er den Tod meines Bruders Walram auf dem Gewissen hat?«

»Walram fiel im ehrlichen Kampf, Bruder, wie es jeder Krieger befürchten muss. Dass Brusato das Treffen anführte, war reiner Zufall«, mischte sich Balduin ein.

Heinrich blieb uneinsichtig. »Walram könnte noch heute am Leben sein, wenn dieser Verräter die Stadt nicht gegen uns aufgewiegelt hätte.« Sein Zorn machte ihn ungerecht. »Aber vielleicht bedeutet Euch beiden sein Tod ja nichts. Ich jedenfalls habe Walram geliebt.«

Die Königin zuckte zurück, als hätte Heinrich sie geschlagen. Auch Balduin wurde nun zornig. »Hütet Eure Zunge, Bruder! Ihr wisst sehr wohl, wie teuer uns Walram war. Auch ein gewählter König hat nicht das Recht, die Gefühle seiner Getreuen mit Füßen zu treten.« Er betonte demonstrativ das Wort »gewählt«.

Heinrich und Balduin funkelten sich wütend an. Die Edelleute rings um sie herum wurden aufmerksam und begannen zu tuscheln. Margarete senkte den Kopf und bedeckte ihr Gesicht mit dem Schleier.

Doch bevor die Brüder ihre Auseinandersetzung fortsetzen konnten, ertönten die Hörner der Herolde. Der Zug mit dem Verurteilten näherte sich dem Richtplatz. Von Bewaffneten in voller Rüstung flankiert, stand Tebaldo Brusato mit gefesselten Händen aufrecht auf dem Ochsenkarren, dem der Henker voranging. Neben Brusato saß ein Dominikanermönch, den sich der Gefangene als Beichtvater erbeten hatte. Vor der Ehrentribüne hielt die Gruppe an.

Brusato schüttelte die Hände ab, die ihn grob vom Wagen zerren wollten. Mit hocherhobenem Kopf trat er vor Heinrich und blickte ihm geradewegs in die Augen, während sein Todesurteil verlesen wurde.

Unwillkürlich bewunderte Balduin die Haltung des Verurteilten. Brusato war ein kräftiger Mann von vielleicht vierzig Jahren mit dichtem, noch kaum ergrautem Haar und buschigen Augenbrauen. Unter dem sackförmigen leinenen Büßerhemd ahnte man seine kräftigen Muskeln. Der Erzbischof seufzte. Brusatos robuste Natur würde die Hinrichtung nur noch grausamer machen.
Heinrich trat an den Rand der Tribüne und fixierte den Aufrührer. »Habt Ihr ein letztes Wort der Reue zu sagen, Brusato? Es würde Euch einen gnädigeren Tod einbringen.«
Balduin merkte auf. Waren ihre Bitten doch nicht vergeblich gewesen? Es war schließlich möglich, die entsetzliche Prozedur auch am bereits entseelten Körper zu vollziehen.
Doch Brusato schüttelte den Kopf. »Was wollt Ihr von uns, deutscher Heinrich?«, zitierte er zu Balduins Entsetzen einen Mailänder Aufrührer. »Niemand hat Euch gerufen, niemand will Euch zum König. Ihr habt kein Recht auf die Herrschaft in unseren freien Landen.«
Durch die Menge lief ein entrüstetes Raunen. Diejenigen, die kein Italienisch verstanden, ließen sich Brusatos Worte von ihren Nachbarn übersetzen.
Wie von einer Natter gebissen, fuhr Heinrich zu Margarete herum. »Da seht Ihr, meine Dame, was mein Gnadenerweis bewirkt. Ich hätte befehlen sollen, ihm auch noch die Zunge herauszureißen, bevor er gevierteilt wird.«
Auf seine herrische Geste hin führten die Henkersknechte vier kräftige Pferde herbei. Mit einem Ruck rissen diese dem Verurteilten das Hemd herunter und banden Arme und Beine des nun völlig Entblößten an die Sattelknäufe der Pferde. Grotesk gespreizt hing der Körper Brusatos zwischen den Tieren.
Wieder gab Heinrich ein Zeichen. Die Henkersknechte trieben die Pferde mit Peitschenhieben an, jedes in eine andere Ecke des Platzes.

Sofort übertönten die markerschütternden Schreie des Verurteilten jedes Geräusch auf dem mit Schaulustigen überfüllten Platz. Balduin richtete seinen Blick starr geradeaus, knapp an dem furchtbaren Geschehen vorbei, doch so, dass die Umstehenden nicht bemerkten, dass er den schrecklichen Tod Brusatos auszublenden versuchte. Verschwommen nahm er wahr, dass in der Ferne Gestalten in Waffenröcken des königlichen Heeres von den Mauern Brescias gestürzt wurden. Also nahmen die Einwohner der Stadt für den Tod ihres Anführers unmittelbar Rache an den gemachten Gefangenen. Erst später, bei der Bergung der Leichen, sollten sie erkennen, dass ihre Kämpfer vor ihrem Tod aufs grausamste verstümmelt worden waren.
Endlich verstummte das furchtbare Gebrüll. Undeutlich sah Balduin eins der Pferde an ihm vorbeistürmen, am Sattelknauf baumelte ein blutender Körperteil. Balduin konnte nicht erkennen, ob es ein Arm oder ein Bein des Gerichteten war. Da ließ ihn ein anderes Geräusch herumfahren.
Entsetzt und beschämt erkannte er, dass sich Margarete vor den Augen des ganzen anwesenden Hofstaates auf der Tribüne erbrochen hatte. Ihr kostbares helles Gewand aus feinster Seide war mit hässlichen grünen Flecken übersät.
Wutentbrannt stürzte Heinrich auf seine Gemahlin zu, die Hand bereits zum Schlag erhoben. Doch mitten in der Bewegung hielt er inne. Wie ein waidwundes Reh sah Margarete ihn an.
Balduin erkannte sofort, was seinen Bruder davon abhielt, seine Frau zum ersten Mal in ihrer glücklichen Ehe zu schlagen. Margaretes Gesicht war nun nicht mehr bleich, sondern tiefrot. Ihre dunklen Augen glänzten im Fieber. Dann sank sie ohnmächtig in die Arme ihres Gatten.
»Der Herrgott stehe uns bei«, flüsterte Balduin. »Die tödliche Seuche hat sie ergriffen.«

Burg Blieskastel, Oktober 1313

»Verehrter Herr Gemahl, was ist Euch geschehen?«
Loretta hatte ihre Mutter seit langer Zeit nicht mehr so besorgt um den Vater erlebt.
Auch sie selbst war zu Tode erschrocken, als Bernhard von Salm mit einem dicken Verband um den Kopf und rotbraun getrockneten Blutflecken auf dem zerrissenen Waffenrock über die Zugbrücke in den Burghof von Blieskastel ritt. So streng der Graf ihr gegenüber auch war, er war ihr Vater, und einen Rest Kindesliebe für ihn bewahrte sie noch immer in ihrem Herzen. Manchmal träumte sie sogar des Nachts von den unbeschwerten Zeiten, in denen ihre Mutter auch in Gegenwart ihres Gemahls noch lachte und Bernhard von Salm mit seinen Kindern im Burghof Ball spielte. Wie alt war sie gewesen, als er sie hoch in die Luft gehoben und rundherum geschwenkt hatte, bis sie vor Vergnügen jauchzte? Wahrscheinlich nicht älter als drei oder vier Jahre. Es war sehr lange her.
Und dennoch … was sollte aus ihnen allen werden, wenn sie den Vater vor der Zeit verloren? Das von den Hunolsteinern geliehene Geld war durch die Begleichung älterer Schulden zum größten Teil schon wieder aufgebraucht. Das hatte ihr die Mutter weinend in einer schwachen Stunde erzählt.
Ihrem Vater folgten vier der fünf Dienstmannen, mit denen er vor einigen Tagen aufgebrochen war, um nach seinen zwei Gütern an der Mosel zu sehen. Dort war die Weinlese gerade in vollem Gange, und er wollte die kostbare Ernte vor dem Zugriff weiterer Gläubiger schützen.
Mit ineinander verkrampften Händen musterte Loretta die Gruppe verstohlen. Auch die Waffenröcke der Knechte waren zerrissen und blutbefleckt, mehrere Männer schienen verwundet zu sein.
»Man hat uns betrogen«, knirschte Bernhard von Salm, als er

unbeholfen vom Pferd stieg. Offensichtlich hatte er auch eine Beinwunde davongetragen.
»Vom wem sprecht Ihr, mein Gemahl?«
»Von Vogt Nikolaus, diesem Schuft«, schimpfte Bernhard von Salm ohne Rücksicht auf das herbeieilende Gesinde.
»Vogt Nikolaus von Hunolstein? Was hat er Euch getan?«
»Sein Wort hat er gebrochen, dieser Verräter! Wir begehrten auf unserer Durchreise nur ein Nachtlager auf der Burg, die noch immer mein Lehen ist. Doch als wir ankamen, fanden wir die gräflichen Wohnräume durch seine Familie belegt und sollten mit einem Quartier in den Stallungen vorliebnehmen. Als ich Nikolaus zur Rede stellte, wurde er frech und bezeichnete sich selbst als den rechtmäßigen Burgherrn. Schließlich habe er teuer dafür bezahlt.«
Loretta sah, dass ihre Mutter bleich wie ein frisch gewaschenes Laken wurde. »Und was geschah dann?«
»Ich zog natürlich mein Schwert, um ihn zur Vernunft zu bringen. Doch weit gefehlt! Es kam zum Kampf, und schließlich mussten wir der Übermacht seiner Besatzung weichen. Ich selbst und drei der Getreuen wurden verwundet.«
Jeanne schlug entsetzt die Hände vor den Mund. Loretta überlief es heiß und kalt. Also hatte das *Gefühl* sie erneut nicht getrogen!
In diesem Moment rannte eine Frau über den Burghof. Es war Gisa, die alte Köchin. »Wo ist mein Walter, Herr?«, schrie sie und warf sich vor Bernhard von Salm auf die Knie in den matschigen Burghof. »Wo ist mein Sohn?«
Bernhard wich ihrem Blick aus und starrte zu Boden. »Walter trug im Kampf eine schwere Wunde davon. Er verblutete uns unter den Händen. Wir konnten nichts mehr für ihn tun.«
Die Köchin schrie auf und sank wimmernd in den Dreck. Sie wehrte die Mägde ab, die ihr Beistand leisten wollten. Auch Loretta schossen die Tränen in die Augen. Walter war ein freund-

licher Mann gewesen. Er hatte sie einst das Reiten gelehrt, das ihr der Vater nunmehr verboten hatte.
Bernhard von Salm hob in einer hilflosen Geste die Hände. »Wir mussten aus der Burg fliehen und bei Nacht und Nebel Zuflucht in einem Bauerngehöft suchen. Dort haben wir Walter begraben und zwei Tage ausgeruht, bis wir wieder reisefähig waren.« Er holte tief Luft. »Dabei erfuhren wir außerdem, dass der verfluchte Nikolaus sich überall als neuer Burgherr ausgibt. Er hat den Bauern die Pacht erhöht und diese erbarmungslos eingetrieben, obwohl die Ernte in diesem Jahr schlecht ausgefallen ist. Zudem hat er die Hörigen so lange zum Frondienst auf seinen eigenen Feldern gepresst, dass ein Teil ihres ohnehin mageren Ertrags auf dem Halm verdarb, als ein Unwetter hereinbrach. Viele Getreidevorräte sind verschimmelt und ungenießbar. Die Leute haben Furcht vor dem kommenden Winter.«
Jeanne stöhnte auf. Auch Loretta fühlte sich wie gelähmt. So streng ihr Vater auch oftmals mit dem Burggesinde und der eigenen Familie verfuhr, seinen Bauern war er zeitlebens ein gerechter Herr gewesen. Er hatte sie nie unterdrückt und ausgepresst, wie es andere Grundbesitzer taten, mochten seine Schulden auch noch so hoch sein.
Sie nahm all ihren Mut zusammen und sprach ihren Vater an. »Aber Ihr habt ihm die Burg doch nicht verkauft, sondern nur verpfändet, Herr Vater.«
In seiner Erregung gab der Graf etwas preis, was er unter anderen Umständen nie vor so zahlreichen Zuhörern eingestanden hätte. »Der Bastard hat mich vor aller Augen und Ohren verhöhnt. Die Burg Hunolstein betrachte er als sein Eigentum, bis die Schuld auf den letzten Heller zurückgezahlt sei, rief er mir nach.« Eine Spur Verzweiflung mischte sich in seine Stimme. »Sie ist eins der wertvollsten Güter derer von Salm und seit Generationen in unserem Besitz. Ich habe meinem Vater auf dem Sterbebett versprochen, sie nie zu verlieren.«

In diesem Moment begann Jeanne zu schluchzen. »Das ist alles meine Schuld, mein Gemahl«, klagte sie zu jedermanns Überraschung. In ihrer Verzweiflung schlug sie sich heftig vor die Brust. Dann sank sie neben der wimmernden Köchin in den Matsch.

Angesichts der Schwäche seiner Frau besann sich Bernhard von Salm wieder auf seine Würde als Burgherr. »Was redet Ihr da, Madame?«, sprach er seine Frau auf Französisch an. Und als es nichts nutzte, fügte er in schärferem Ton hinzu: »Bewahrt Haltung und nehmt Euch zusammen.«

Aber Jeanne schien ihn gar nicht zu hören. »Loretta hat es gewusst, mein Gemahl«, weinte sie. »Sie hat mich im Sommer, als die Vögte bei uns zu Gast waren, gewarnt. Doch ich habe nicht gewagt, die Warnung an Euch weiterzugeben.«

»Was ficht Euch an?«, fuhr Bernhard von Salm seine Ehefrau an. Er sprach jetzt wieder Deutsch, so dass das umstehende Gesinde jedes Wort verstehen konnte. »Das ist nicht der Moment für weibische Torheiten.«

Loretta versuchte, ihrer Mutter zu Hilfe zu kommen. »Aber es ist wahr, Vater.«

Doch damit machte sie alles noch schlimmer. »Schweig«, herrschte ihr Vater sie an. »Du sprichst nur, wenn du gefragt wirst.«

Aber Jeanne war nun nicht mehr zu halten. Zitternd deutete sie auf ihre Tochter. »Sie hat die Gabe«, klagte sie. »Sie hat die Gabe und gewusst, dass es so kommen würde. Nun haben wir Hunolstein verloren, weil Ihr nicht wahrhaben wollt, dass sie Unheil vorhersehen kann. Und Gisas Sohn Walter ist tot.« Sie begann, immer heftiger zu schluchzen. Ihr Atem ging stoßweise, sie krümmte sich zusammen und rang in einem heftigen Weinkrampf nach Luft.

Angesichts der Vorwürfe seiner Frau verlor nun auch Lorettas Vater die Beherrschung. »Welche Gabe?«, fauchte er. »Meint Ihr damit die Phantastereien dieses geltungssüchtigen jungen

Dings?« Er machte eine wegwerfende Geste in Richtung Loretta. »Glaubt Ihr, die Gabe«, er spie das Wort geradezu aus, »hätte uns vor diesem Unglück bewahrt? Soll ich mich nach dem nichtigen Geschwafel einer eitlen Jungfer richten?« Er hinkte auf Jeanne zu und fasste sie am Arm. »Steht auf, Madame, und kommt mit ins Haus. Tretet meine Ehre nicht vollständig in den Staub!«

Doch Jeanne konnte nicht aufhören, zu schluchzen und nach Atem zu ringen. Da zerrte Bernhard von Salm sie grob in die Höhe und zerriss dabei ihr Gewand. Das Gesinde stöhnte entsetzt auf.

Einen Moment waren alle Beteiligten wie gelähmt. Bernhard von Salm fasste sich als Erster. »Hilf deiner Mutter ins Haus«, raunzte er Loretta an. »Und ihr«, er zeigte auf die umstehenden Knechte und Mägde, »habt ihr nichts Besseres zu tun, als Maulaffen feilzuhalten? Macht, dass ihr zurück an die Arbeit kommt!«

Angesichts seiner Wut stob das Gesinde auseinander wie eine Schar aufgescheuchter Hühner. Bernhard folgte den Frauen in die Halle und schlug die schwere Tür hinter sich zu, dass es nur so krachte.

»Also«, mühsam beherrscht musterte er die beiden Frauen, »werdet ihr nun zur Vernunft kommen? Ist nicht alles schon schlimm genug? Auch ohne dieses törichte Gefasel?«

Empörung schoss wie eine lodernde Flamme durch Lorettas Körper und verdrängte ihr Entsetzen und ihre Furcht vor dem Vater. Sie hob trotzig den Kopf und sah Bernhard von Salm geradewegs in die Augen.

»Meine Mutter spricht die Wahrheit, Herr Vater, ob Ihr es hören wollt oder nicht. Ich *habe* dieses Unheil vorhergesehen und hätte uns alle davor bewahren können, wenn Ihr es zugelassen hättet.« Sie wich nicht zurück, als ihr Vater mit erhobener Hand auf sie zukam.

Mitten in der Bewegung hielt Bernhard von Salm inne. »Es hilft nichts, dich zu züchtigen. Wenn ich wenigstens Frieden in meinem eigenen Heim haben will, musst du aus dem Haus. Ich suche dir einen Gemahl. Der mag sich dann mit deiner Gabe und anderen Torheiten herumplagen.«

Kapitel 3

Rom, 29. Juni 1314

An der Seite seines Bruders schritt Balduin aus der Laterankirche in Rom. Auf dem Haupt trug Heinrich die schwere, von edlen Juwelen strotzende Kaiserkrone.

Bekränzte Kinder streuten Blumen auf den Weg, bevor der gerade gesalbte Herrscher des Heiligen Römischen Reiches Deutscher Nation seinen Fuß darauf setzte. Knechte warfen kleine Münzen unter die jubelnde Menge am Wegrand. Es hätte der glanzvollste Tag im Leben seines Bruders und auch seines eigenen werden sollen. Doch heute war alles anders als an dem Tag, an dem Balduin freudestrahlend Zeuge von Heinrichs Krönung zum römisch-deutschen König in der Aachener Pfalzkapelle gewesen war.

Da fehlte zum einen Margarete, die schöne Königin. Sie war vor einem halben Jahr in Genua in der Blüte ihrer Jahre gestorben, an den Spätfolgen jenes tückischen Fiebers, das sie sich vor Brescia geholt hatte. Seither hatte Balduin seinen Bruder nicht mehr lachen gesehen.

Auch heute schritt er mit todernster Miene zu seinem prächtigen Schimmel. Nach dem Triumphzug durch die Straßen, die nicht vom Feind besetzt waren, würde es nach alter Sitte ein

Krönungsmahl unter freiem Himmel auf dem Aventin, einem der sieben Hügel Roms, geben.

War Heinrich und mit ihm das Geschlecht der Luxemburger nun endlich am Ziel? Erschrocken stellte Balduin fest, dass er die Frage im Stillen verneinte. »Hättest du doch nur auf mich und dein Weib gehört«, murmelte er mit zusammengebissenen Zähnen, als er sein eigenes Pferd bestieg.

Freilich, Heinrich war seit mehr als fünfzig Jahren der erste zum Kaiser gesalbte deutsche König. Doch um welchen Preis?

Obwohl sich Brescia schließlich ergeben hatte, bestrafte Heinrich die Stadt viel zu hart. Sie verlor all ihre Rechte, musste eine immens hohe Entschädigungssumme aufbringen und Geiseln stellen. Die Stadtbefestigung wurde dem Erdboden gleichgemacht, so dass Brescia nun völlig schutzlos war.

Infolgedessen war der Papst in Avignon über Heinrich verärgert. Auch der französische König Philipp, dem Heinrich einst Treue geschworen hatte, opponierte nun offen gegen seinen ehemaligen Lehnsmann.

Dann überschlugen sich die Ereignisse: Robert von Anjou, der König von Neapel, stellte sich auf die Seite der aufständischen oberitalienischen Städte und schickte seinen Bruder Johannes mit einem Söldnerheer nach Rom. Die neapolitanischen Truppen besetzten das Gebiet rund um den Petersdom, um die Kaiserkrönung zu verhindern, die nach altem Brauch nur dort vollzogen werden konnte. Nicht huldigende Massen, sondern verlustreiche Straßenkämpfe erwarteten Heinrich mit seinem durch die Seuche dezimierten Heer, als er die Stadtgrenze von Rom erreichte.

Vergeblich versuchten Heinrichs Truppen, das Gebiet um St. Peter freizukämpfen. Schließlich verlor der König, wie schon vor der Krönung in Aachen, die Geduld. Obwohl es dazu einer Sondererlaubnis des Papstes bedurfte, drängte er auf die Kaiserkrönung in der Lateranbasilika, der ehrwürdigen, nun jedoch baufälligen Kathedrale der römischen Bischöfe.

Um weiteres Blutvergießen unter der Bevölkerung zu verhindern, stimmten die von Papst Clemens nach Rom entsandten Kardinäle der Krönung schließlich widerwillig zu, obwohl die Erlaubnis des Papstes noch nicht eingetroffen war. Trotz des schönen Scheins, den sein Bruder heute zu wahren versuchte, war jedermann klar, dass diese Krönung am falschen Ort und ohne den Segen des Papstes eher eine Niederlage als ein glanzvoller Sieg war.

Dass Heinrichs Stern sank, war Balduin schon länger bewusst. Seit Margaretes Tod hatte sich sein Bruder mehr und mehr zu seinem Nachteil verändert und reagierte gegenüber seinen Gegnern zunehmend rachsüchtig und ungerecht. Er hatte seine Frau über alles geliebt und machte seine Feinde für ihren Tod mitverantwortlich. Obwohl sie sich im Laufe des Italienfeldzugs oft nicht einig gewesen waren, hatte Margarete bis zuletzt einen mäßigenden Einfluss auf Heinrich gehabt. Jetzt schimpfte man seinen Bruder nicht nur in den aufständischen italienischen Städten, sondern auch an den europäischen Königshöfen und sogar im Papstpalast offen einen Tyrannen und spottete über seinen Allmachtsanspruch, den er mit der Kaiserwürde verband.

Was lerne ich daraus für mich selbst?, sinnierte Balduin auf dem Weg zum Aventin. *Vermische niemals Liebe und Politik, wie es mein Bruder tat. Beides sollte nichts miteinander gemein haben.*

Und lass den Besiegten ihren Stolz und ihre Würde. Behandele sie mit gütiger Strenge und mache sie zu deinen Verbündeten, nicht zu deinen Feinden. Sonst verlierst du auch deine Freunde. Liefen nicht immer mehr Heinrich ehemals wohlgesinnte Städte zu den Aufständischen über?

Und sei listig wie ein Fuchs! Verrate niemandem deine Pläne, bevor du sie nicht in die Tat umgesetzt hast, schloss Balduin seine Überlegungen ab. War Heinrich in seinem naiven Glauben, dass sein Herrschaftsanspruch auch im fernen, seit dem Ende der Staufer unabhängigen Italien Gültigkeit besäße, nicht jederzeit zu durchschauen gewesen? So musste er zwangsläufig scheitern.

Der Aventin kam in Sicht. Schon von weitem konnten die Ankömmlinge die prächtigen Baldachine aus Goldbrokat erkennen, die über der kaiserlichen Tafel errichtet worden waren. Verlockende Düfte umschmeichelten sie, je näher sie den über und über mit Speisen und Früchten beladenen Tischen kamen.

Heinrich saß ab. Die hohen Gäste zogen an ihm vorbei, um ihm zu huldigen. Auch Balduin beugte sein Knie vor dem Bruder und küsste den ihm dargebotenen Krönungsring.

Als er sich erhob, trafen sich ihre Blicke. Immer noch ohne ein Lächeln, doch unverkennbar, stand Triumph in den blassblauen Augen Heinrichs. »Bruder, nun ist es vollbracht. Ich bin der mächtigste Herrscher der Christenheit. War die Krönung heute nicht weitaus glanzvoller und prächtiger als die in Aachen und Mailand?«

Dort hatte sich Heinrich im Januar des vergangenen Jahres zum König der Langobarden krönen lassen.

Balduin biss sich auf die Lippen. Was sollte er antworten? Eine Lüge widerstrebte ihm von ganzem Herzen. Aber würde sein Bruder die Wahrheit ertragen können?

In diesem Moment ertönte ein ohrenbetäubendes Krachen. Ein Stein, so groß wie eine Melone, war mitten zwischen den Speisen auf der festlich gedeckten Tafel neben ihnen eingeschlagen. Gleichzeitig ertönten Schreie und Wehklagen. Fassungslos sah Balduin einen Pagen zu Boden stürzen. Aus seiner Brust ragte ein Pfeil.

»Die Neapolitaner! Sie greifen die Festgesellschaft an.«

Kurzentschlossen packte Balduin seinen Bruder am Arm. »Kommt weg, Heinrich. Hier seid Ihr Eures Lebens nicht sicher.«

Mit zornrotem Gesicht riss Heinrich sich los. »Meint Ihr, ich lasse mich am Tag meiner Krönung von diesen Wegelagerern einschüchtern? Heda, ihr Feiglinge!«, rief er den davonstürzenden Festgästen nach. »Bleibt und teilt mit Eurem Kaiser das Krönungsmahl.«
Doch niemand schenkte seinen Worten Beachtung. Als ein weiterer Pfeil durch die Luft sirrte und Heinrich nur um Haaresbreite verfehlte, verlor Balduin die Beherrschung.
»Verhaltet Euch in Eurem Größenwahn nicht wie ein Narr, Heinrich!«, schrie er seinen verblüfften Bruder an. »Bringt Euch endlich in Sicherheit! Ihr mögt heute die Kaiserwürde erlangt haben. Aber nicht die Unsterblichkeit!«

Burg Blieskastel, März 1315

»Also ist es beschlossene Sache, Graf Johann.«
Johann von Starkenburg-Sponheim nickte. »So ist es, werter Bernhard. Eure Tochter Loretta wird meinen ältesten Sohn Martin ehelichen. Ihr zahlt eine Mitgift von zweitausendzweihundert Pfund Hellern in Raten von vierhundertvierzig Pfund jährlich. Ich überlasse dem jungen Paar die Burg Herrstein samt den Einkünften der dazugehörigen Güter und außerdem das wohlhabende Dorf Niederwörresbach. Diese Besitztümer bringen mehr als vierhundertfünfzig Pfund Heller jährliches Einkommen ein. Mehr als genug, um ohne Sorgen davon leben zu können.«
Zu seinem Erstaunen hatte Bernhard von Salm noch einen Einwand. »Auf Niederwörresbach erhebt auch der kriegerische Kyrburger Anspruch. Glaubt Ihr, dass er auf Dauer Ruhe geben wird?«
Johann schnaubte. »Das glaube ich sehr wohl, mein Freund. Friedrich von Kyrburg hat seine letzte verlorene Fehde noch

nicht verwunden. Er dürfte noch eine Weile damit beschäftigt sein, seine Wunden zu lecken.«

Doch Bernhard war immer noch nicht zufrieden. »Welches Wittengut wird Loretta erhalten?«

»Burg Herrstein wird ihr am Tag der Hochzeit als Wittum überschrieben, um sie und ihre Kinder für den Fall eines frühen Ablebens meines Sohnes abzusichern. Die Urkunde werde ich gleich nach meiner Rückkehr in Starkenburg aufsetzen lassen.«

Jetzt endlich zeigte sich ein breites Lächeln auf Bernhard von Salms zerfurchtem Gesicht. »So wird alles zum Besten geregelt werden. Lasst uns nun darauf anstoßen.« Er hob seinen zinnenen Weinpokal und trank Johann zu.

Johann erwiderte den Gruß, nicht ohne Erleichterung, dass ihm das heikelste Thema erspart blieb. Bei früheren Gelegenheiten hatte Bernhard von Salm angedeutet, dass er Johann zum Verbündeten für eine Fehde gegen die Vögte von Hunolstein gewinnen wolle. Bislang hatte ihm Johann immer nur ausweichend geantwortet, aber heute war er mit dem festen Entschluss nach Blieskastel gekommen, diese Bitte abschlägig zu bescheiden. Er fühlte sich nicht dazu berufen, für Bernhard die Kastanien aus dem Feuer zu holen.

»Ich bin so froh, dass sich nun alles zum Guten wendet«, räumte der stattdessen zu seinem Erstaunen ein.

Johann verkniff sich ein wissendes Lächeln. Selbst ins ferne Italien, in das er Kaiser Heinrich auf seiner Romfahrt begleitet hatte, war die Kunde von Bernhards vergeblicher Suche nach einem passenden Schwiegersohn für seine älteste Tochter gedrungen.

Dies lag keineswegs an irgendeinem Makel Lorettas. Die Jungfer galt als sehr schön und darüber hinaus als für eine Frau ungewöhnlich klug. Der Grund war ein anderer. Kein Geschlecht von Rang wollte sich auf eine Verbindung mit der völlig überschuldeten Familie von Salm einlassen.

Martin wird wohl kaum etwas von der versprochenen Mitgift sehen, dachte Johann. Verstohlen betrachtete er sein Gegenüber. Er kannte den Salmer seit ihren Jugendtagen und hätte ihre Beziehung, anders als Bernhard, nicht als Freundschaft bezeichnet. Dazu unterschieden sie sich zu sehr im Charakter.

Bernhard galt als unbesonnen und selbstgerecht. Er hatte das ehemals reiche Vermögen derer von Salm nahezu völlig mit sinnlosen Fehden und leichtsinniger Schuldenmacherei durchgebracht. Über den beständigen Sorgen war er, kaum jenseits der vierzig, vorzeitig ergraut. Zudem munkelte man, dass er sich zunehmend der Trunksucht ergab. Seine aufgedunsenen Gesichtszüge mit den geplatzten Äderchen rund um die knollige Nase schienen dies zu bestätigen.

Wenn Loretta so schön und so klug ist, wie man es sich erzählt, ist dies zweifellos das Erbe ihrer Mutter Jeanne von Joinville.

Doch Jeanne war mittlerweile nur noch ein Schatten ihrer selbst. Es hieß, sie litte an einer beständigen Melancholie, die allen Glanz aus den Augen dieser ehemals ebenso so schönen wie lebhaften Frau aus uraltem französischem Adel vertrieben hätte.

Ich bin gespannt, was aus Loretta geworden ist, seitdem ich sie als kleines Mädchen im Dom zu Trier gesehen habe.

Plötzlich packte Johann das schlechte Gewissen. Verglich er seinen Sohn Martin mit der stolzen Erscheinung des Erzbischofs Balduin, für den Loretta damals geschwärmt hatte, so zog sie als Ehefrau ohne Zweifel kein gutes Los.

Er schüttelte die unangenehmen Gedanken ab. »Quid pro quo«, murmelte er.

»Was habt Ihr gesagt?«

Johann hatte gar nicht bemerkt, dass er die Worte laut ausgesprochen hatte. »Nichts von Belang, mein Freund«, lenkte er ab. Um keinen Preis hätte er Bernhard eingestanden, dass er Martins schwächliche Konstitution als gerechten Ausgleich für die fehlende Mitgift ansah, die der Salmer nie würde aufbringen können, Ehevertrag hin oder her.

»So lasst jetzt Eure Tochter rufen, Graf Bernhard, und ihr die frohe Botschaft verkünden. Ich würde meine Bekanntschaft mit ihr gerne erneuern!«

Während sie auf das Mädchen warteten, nutzte Lorettas Vater die Gelegenheit, um Johanns Meinung zur politischen Lage einzuholen. »Wie stand es in Italien, als Ihr abgereist seid?«

Johanns Miene verdüsterte sich. »Nicht gut, werter Freund. Kaiser Heinrichs Heer ist durch unnütze Scharmützel und die im Sommer allgegenwärtige Fieberseuche arg dezimiert. Doch je schlimmer es wird, desto mehr betont Heinrich die göttliche Mission seines Kaisertums.«

»Es heißt, er habe den Anspruch der Weltherrschaft sogar gegenüber den Königen von England und Frankreich zum Ausdruck gebracht.«

Johann schnaubte. »Ja, und sich damit überall lächerlich gemacht. Es gelingt unseren Truppen nicht einmal, eine nach langer Belagerung endlich eroberte Stadt kaisertreu zu halten. Sobald Heinrichs Heer abgezogen ist, laufen die Besiegten wieder zum Feind über, sofern sie sich nicht zuvor gegenseitig zerfleischen. Es gibt kaum eine italienische Stadt, in der nicht mindestens zwei Geschlechter um die Vorherrschaft kämpfen.«

»Und wie verhält sich der Papst?«

»Clemens V. hat sich endgültig von Heinrich ab- und dem französischen König Philipp zugewandt. Er fürchtet, dass der Kaiser seinen Allmachtsanspruch auch auf seine eigenen Herrschaftsgebiete in Süditalien ausweiten will. Deshalb unterstützt er seinen Lehnsmann König Robert von Neapel im Kampf gegen Heinrich.«

Johann nahm einen Schluck aus seinem Weinpokal, bevor er fortfuhr: »Ich bin jedenfalls froh, dass ich mich nur bis zur Kaiserkrönung verpflichtet habe, Heinrich in Italien Gefolgschaft zu leisten. Trotzdem bin ich mit meinen Rittern noch fast ein Vierteljahr länger geblieben, bis mich dringende Geschäfte zurück auf die Starkenburg riefen.«

Er blickte vorsichtig auf. Doch Bernhard von Salm schien ihn nicht fahnenflüchtig schimpfen zu wollen, wie es einige fanatische Anhänger Heinrichs vor seiner Abreise getan hatten.

In diesem Moment öffnete sich die Tür. Loretta trat in Begleitung ihrer Mutter ein. Erst jetzt, wo Mutter und Tochter nebeneinanderstanden, erkannte Johann, wie sehr Loretta Jeanne von Salm glich, auch wenn diese heute verhärmt und weit älter aussah, als sie es mit ihren fünfunddreißig Jahren war.

Wie frisch und lebendig wirkte dagegen Loretta! Ihre mädchenhaften Züge, an die er sich noch gut erinnerte, hatten sich mittlerweile zu einem fein geschnittenen Gesicht geformt, in dem vor allem die lebhaften, strahlend blauen Augen den Betrachter in ihren Bann zogen. Loretta hatte außerdem Jeannes schlanke Gestalt, ihre kleine Nase und den vollen Rosenmund geerbt. Das Einzige, was der Vater zur Schönheit seiner Tochter beigesteuert hatte, waren die goldblonden Haare. Sie fielen ihr in dichten Locken bis hinunter zur Taille.

Wie schade, dass du sie bald unter dem Gebende der verheirateten Frau verbergen musst, dachte Johann, als er sich zuerst vor Jeanne, dann vor Loretta verneigte, die ihrerseits höflich knickste.

»Erkennt Ihr mich wieder, edles Fräulein?«

Loretta hob ihre sittsam gesenkten Augen und betrachtete Johanns Gesicht. Plötzlich zuckte ein Lächeln des Erkennens über ihre ernste Miene.

»Ja, edler Herr. Ich habe Euch einst im Dom zu Trier getroffen. Ihr verschafftet mir einen Platz in der ersten Reihe, von dem aus ich die Weihe des edlen Balduin zum Erzbischof beobachten konnte.«

»So ist es. An diesem Tag habt Ihr Balduin, dem Bruder des späteren Kaisers, das Leben gerettet.«

»Seid Ihr der Vater meines zukünftigen Gemahls?«
»Ich habe die Ehre«, antwortete Johann und übersah geflissentlich den leichten Puff, den Jeanne ihrer Tochter versetzte.
Ein strahlendes Lächeln zeigte sich nun auf Lorettas Gesicht und überzog ihre bleichen Wangen mit einem rosigen Schimmer.
Mein Gott, was für eine Verschwendung, kam es Johann auf einmal in den Sinn. *Ich selbst hätte diese Jungfrau gefreit, wäre ich ungebunden.*
In diesem Moment ergriff Loretta mit beiden Händen seine Rechte. »So hat die heilige Jungfrau Maria meine Gebete erhört. Ich werde einem schönen und guten Gemahl angetraut.«
»Loretta«, zischte Bernhard von Salm empört. Das strahlende Lächeln erlosch so plötzlich, wie eine Wolke die Sonne verdunkelt.
Ihr Vater wandte sich an Graf Johann. »Verzeiht meiner Tochter! Mein Weib und ich selbst haben unser Bestes getan, ihr vorlautes Wesen zu bändigen. Ich hoffe …«
Graf Johann hob gebieterisch die Hand. »Ihr müsst Euch für nichts entschuldigen, edler Freund«, sagte er kühl. »Ich schätze eine beredte und kluge Frau. Sie wird meinem Sohn eine ausgezeichnete Gattin werden.«
Bernhard von Salm klappte den Mund zu und errötete ob des Verweises.
Trotz seines forschen Gebarens wurde Johann das Herz schwer. Dieses Mädchen mit seiner außergewöhnlichen Schönheit und seinen Geistesgaben würde im Hause der von Salm auf Dauer verkümmern wie seine Mutter. Doch wäre ihm an der Seite seines Sohnes wirklich ein besseres Leben beschieden?

Burg Blieskastel, Mai 1315

»Mutter, ich flehe Euch an, habt Mitleid. Ich kann Martin von Starkenburg auf keinen Fall heiraten.« Loretta sank tränenüberströmt vor ihrer Mutter auf die Knie und hob bittend die Hände.

Jeanne von Salm runzelte missbilligend die Stirn. Mit einem Wink scheuchte sie die beiden Mägde aus der Kemenate, die sich auffällig langsam in einer Ecke zu schaffen machten.

»Jetzt hat das Gesinde wieder tagelang etwas zu tuscheln«, tadelte sie Loretta. Doch ihr Tonfall strafte die strenge Antwort Lügen. Loretta schöpfte etwas Hoffnung.

»Mutter, ich möchte nichts lieber, als Euch in allem gehorsam zu sein. Doch seit ich den Mann sah, mit dem ich vermählt werden soll, kann ich weder essen noch schlafen. Vom ersten Augenblick an hat er mich abgestoßen. Ich werde ihn niemals lieben können.«

Die Hände ihrer Mutter krampften sich um die Stickerei, an der sie gerade arbeitete. »Die Hochzeit ist beschlossene Sache, Loretta. Der Ehevertrag wurde gestern beurkundet.« Sie bemühte sich, ihrer Stimme einen festen Klang zu verleihen.

Der Hoffnungsfunke erlosch und wich wieder der tiefen Verzweiflung, die Loretta spürte, seitdem sie Martin von Starkenburg vorgestellt worden war.

»Aber er ist ein Krüppel, Frau Mutter. Er riecht schlecht und ist mindestens um einen Kopf kleiner als ich«, schluchzte sie. »Außerdem mag er mich auch nicht leiden. Er hat ja kaum einmal mit mir gesprochen!«

Jeanne legte den Stickrahmen beiseite und ergriff die Hand ihrer Tochter. »Er ist eben noch unbeholfen und ungeschickt im Umgang mit Frauen«, versuchte sie, Loretta zu trösten. »Das wird sich nach eurer Hochzeit sicherlich legen, wenn ihr euch erst einmal näher kennengelernt habt.«

Loretta schüttelte den Kopf. »Und wenn nicht? Bei Vater und Euch …« Sie hielt erschrocken inne, doch es war zu spät.
Ihre Mutter zuckte zusammen und schien nach Worten zu ringen. Loretta senkte den Blick. Die Binsen des Kammerbodens verschwammen vor ihren Augen. *Nun habe ich sie gekränkt. Warum sollte sie mir jetzt noch helfen?*
»Verzeiht mir, Mutter«, stammelte sie. »Ich wollte nicht unehrerbietig sein.«
Zu ihrem Erstaunen reagierte Jeanne von Salm jedoch nicht verärgert. Sie legte Loretta die Hand unter das Kinn und hob ihr Gesicht an. »Steh auf, mein Kind, und setze dich neben mich auf die Fensterbank.«
Loretta gehorchte und nahm verkrampft auf der äußeren Kante der mit Kissen belegten Steinbank Platz.
»Nun lass dir einmal raten, Tochter. Und bedenke dabei, dass ich es gut mit dir meine«, redete Jeanne ihr zu. »Martin von Starkenburg mag kein schöner Mann sein, doch er ist mit einem einflussreichen Geschlecht verwandt. Seine Mutter Katharina ist die Nichte des vormaligen römisch-deutschen Königs Rudolf von Habsburg. Aufgrund dieser Verbindung mit einer der mächtigsten Familien des Reiches gilt Johann von Starkenburg als einflussreichster und angesehenster Graf in der ganzen Region.«
Loretta wurde klar, dass die Mutter sie trotz ihrer Sanftheit nicht unterstützen würde. Plötzlich verwandelte sich ihre Verzweiflung in Trotz. »Das macht eine Ehe nicht glücklich, Frau Mutter«, begehrte sie auf. Unwillkürlich ballte sie die Hände zu Fäusten.
Jeanne versuchte es mit einer anderen Taktik. »Außerdem ist es unchristlich, einen Mann wegen seines Gebrechens zu schmähen«, mahnte sie. »Martin litt vor einigen Jahren an einem Fieber, von dem er sich nie wieder völlig erholte. Das ist der Grund, warum sein rechtes Bein verkürzt und verkrümmt ist. Glaubst du nicht, dass er selbst am meisten darunter leidet?«

Loretta verhärtete ihr Herz. *Vielleicht hat ihn der Herrgott auf diese Weise für seine Sünden gestraft*, lag es ihr auf der Zunge. Doch sie spürte die Haltlosigkeit dieses Vorwurfs und verkniff sich die Antwort. Stattdessen starrte sie auf ihre Knie.

Sie hörte ihre Mutter seufzen. Plötzlich stand Jeanne auf und zog Loretta mit sich hoch. »Komm einmal mit, ich möchte dir etwas zeigen.«

Sie bedeutete Loretta, ihr zu der Truhe aus geschnitztem Eichenholz zu folgen, die ihre spärliche Garderobe barg. Mit einem geheimnisvollen Lächeln legte sie die Hand auf den Deckel. »Dies dürftest du eigentlich heute noch gar nicht sehen. Aber um deine Laune zu heben, mache ich eine Ausnahme und zeige dir, was mir Martins Vater Johann vor seiner Abreise übergeben hat.«

Sie öffnete den leise knarrenden Deckel und ließ ihre Hand über die glänzenden Stoffballen gleiten, die zuoberst lagen.

»Sieh nur, in welch eine reiche und überaus großzügige Familie du einheiraten wirst. Diese leuchtend blaue Seide ist für dein Hochzeitsgewand bestimmt. Die Farbe passt wunderbar zu deinen Augen. Und hieraus«, sie führte Lorettas Hand zu einem weißen Stoff, »wird deine Cotte und dein Schleier gefertigt. Wiederum feinste venezianische Seide und ein kleines Vermögen wert.«

Tatsächlich ließ sich Loretta einen Moment lang ablenken. Neue Kleider gab es nur selten auf Blieskastel, und ein Gewand aus Seide hatte sie noch nie besessen. Sie zeigte auf einen dritten Ballen. »Und wozu dient dieser grüne Stoff?«

Ihre Mutter lächelte glücklich. »Er ist für mein eigenes Gewand bestimmt, das ich an deinem Ehrentag tragen werde. Es ist seit vielen Jahren das erste Seidenkleid.«

Schlagartig schlug Lorettas Stimmung wieder um, diesmal in hilflosen Zorn. Ohne nachzudenken, brach es aus ihr heraus. »Also hat man Euch mit weiblichem Tand bestochen, mein

Glück zu opfern?« Ihre Mutter zog scharf den Atem ein. Loretta überging es in ihrer Erregung. »Glaubt Ihr, ein kostbares Hochzeitsgewand macht es wett, dass mein zukünftiger Gatte stinkt wie ein Ziegenbock? Vielleicht mag Euch das nicht kümmern, aber Ihr müsst in Zukunft auch nicht das Lager mit ihm teilen!«

Als sie den empörten Ausdruck im Gesicht ihrer Mutter sah, bereute sie ihre Worte. Denn nun war Jeanne wirklich verärgert. »Loretta, so spricht eine wohlerzogene Tochter nicht mit ihrer Mutter. Wärst du nicht so niedergeschlagen, müsste ich dich für diese Frechheit streng bestrafen. So aber will ich es mit einer Ermahnung bewenden lassen. Höre gut zu, was ich dir jetzt zu sagen habe, und sieh mir dabei in die Augen.«

Sie wartete, bis Loretta sie zaghaft anblickte. »Du weißt gar nicht zu schätzen, was für ein Glück du hast. Anstatt zu jammern und zu klagen, solltest du froh und dankbar sein, diese Ehe eingehen zu dürfen. In deiner Torheit verschmähst du hoffärtig deinen Bräutigam, ohne zu wissen, was wirklich geschehen wird, wenn du ihm eine ergebene und gehorsame Gattin bist. Doch selbst wenn er dir kein guter Ehemann wird, macht dies dein zukünftiger Schwiegervater mehr als wett. Johann von Starkenburg ist weltgewandt, großzügig und darüber hinaus vollkommen angetan von dir. Allein das ist mehr, als mir je in meiner Ehe zuteilwurde.«

»Aber …«

Doch diesmal ließ Jeanne keinen Widerspruch zu. »Außerdem wirst du ein Leben in sorglosem Wohlstand führen. Allein euer Einkommen aus den Gütern von Burg Herrstein übersteigt um das Vierfache das, womit ich diesen Hausstand seit Jahren bestreiten muss. Prächtige Gewänder, eine Schar Gesinde, ein eigenes Pferd, über all das wirst du verfügen können. Und sollte dein Ehegemahl vorzeitig sterben, erhältst du ein reiches Witwengut. Mein Wittum hat dein Vater längst ohne Aussicht auf

Wiedererwerb verpfändet, und mein Leben hier auf dieser Burg ist erbärmlicher als …« Sie stockte und presste unwillkürlich die Hand auf den Mund. Dabei zitterte sie vor Erregung.
Jeannes gute Worte und Appelle waren nutzlos geblieben. Doch ihr bitterer Schmerz rührte Loretta und besänftigte sie.
»Verzeiht mir, liebe Mutter«, sagte sie demütig. »Ich wollte Euch nicht kränken.« Sie ergriff Jeannes schweißfeuchte Hand und führte sie zurück zur Fensternische. Eine kleine Weile saßen sie schweigend Hand in Hand nebeneinander. Dann beschloss Loretta, diesen seltenen Moment der Vertrautheit zu nutzen. »Aber Ihr habt gerade selbst eingestanden, dass Ihr wisst, wie trostlos eine unglückliche Ehe ist.«
Trotz ihrer gewagten Worte war sie von der Reaktion ihrer Mutter vollkommen überrascht. Als bräche ein Damm in ihr, sprudelten die jahrelang unterdrückten Gefühle aus Jeanne heraus.
»Ja, Tochter, das weiß ich sehr wohl. Als Bernhard von Salm um mich freite, schien er mir sogar ein begehrenswerter Gemahl zu sein. Er machte mir den Hof, wie es sich gehört, und so gab ich mich eitlen Hoffnungen hin. Ich achtete nicht einmal auf das Getuschel, dass ich weit unter meinem Stand vermählt werden würde. Wir waren fünf Töchter im Haus meines Vaters, meine Mitgift war daher nicht hoch. Und das Geschlecht derer von Salm war zwar nicht von vergleichbar vornehmer Herkunft, aber am Tag meiner Hochzeit schien es zumindest wohlhabend und einflussreich zu sein. Doch weit gefehlt!«
Sie rang nach Luft. Loretta war erschüttert. Sie öffnete den Mund, doch ihre Mutter schüttelte den Kopf.
»Jetzt höre, was ich zu sagen habe! Erst nach unserer Hochzeit wurde mir klar, dass schon Bernhards Vater einen Teil der Besitztümer verpfändet hatte, um seine unseligen Fehden um ein längst verlorenes Erbe aus der Linie seiner Mutter zu bezahlen. Wie heute dein Vater unterlag er in der Regel und musste Gut

um Gut als Sühne entrichten. Nach seinem Tod setzte dein Vater zu meinem Entsetzen diesen sinnlosen Kampf fort. Meine Mitgift war im Nu aufgebraucht, unsere Sorgen wurden von Jahr zu Jahr größer. Trotzdem waren die ersten Ehejahre im Vergleich zu heute noch angenehm. Doch je mehr dein Vater an Wohlstand und Ansehen verlor, desto mehr begann er, mir meine edlere Herkunft zu neiden, vielleicht weil er mir das Leben nicht bieten konnte, das ich erwartet hatte. Die Verbitterung über sein Unglück machte ihn im Laufe der Jahre immer liebloser und unzugänglicher.« Nun traten Tränen in ihre Augen. »Heute ist er schon lange nicht mehr der Mann, den ich einst geheiratet habe. Und das wird so bleiben, bis dass der Tod uns einst scheidet.« Ihre Stimme versagte. Sie schluckte heftig.

Loretta traten nun wieder Tränen in die Augen. »Das ist mir nicht verborgen geblieben, herzallerliebste Mutter«, sagte sie sanft. »Mich dauerte Euer Schicksal, und daher hoffte ich …« Sie unterbrach sich erschrocken. *Was rede ich da?*

Doch Jeanne verstand genau, was sie meinte. »Du hofftest, es besser zu treffen als ich«, vollendete sie den angefangenen Satz.

Loretta nickte beschämt.

»Nun, du wirst es besser treffen, mein Kind!« Energisch wischte sich Jeanne mit einem Tüchlein die Tränen ab. »Auch wenn du deinen Gatten nie lieben wirst. Doch bleibt dir dann zumindest die Enttäuschung erspart, die ich durchlitten habe und noch durchleide. Glaub mir, sie zerfrisst das Herz!« Ein trockener Schluchzer entrang sich ihrer Kehle.

»Und mehr noch! Du wirst dich nie vor deinesgleichen so schämen müssen wie ich. Du wirst deine Kleider nicht zum zweiten Mal wenden und deinen Gemahl um jeden Pfennig anbetteln müssen, nur um verlauste Binsen wechseln zu können, in denen schon Ratten nisten. Obwohl dein Vater die Mitgift wohl nie …« Sie hielt abrupt inne.

Doch es war zu spät. Loretta merkte auf. »Ihr meint, mein Vater

wird meine Mitgift nicht aufbringen können?«, fragte sie, zunächst tief betroffen. Dann kam ihr ein kühner Gedanke.
»Das verstößt gegen den Ehevertrag, Frau Mutter. Es gäbe meinem Gemahl einen Grund, mich zu verstoßen. Dann wäre ich wieder frei und könnte hier bei Euch bleiben, bis mein Vater einen anderen Gatten für mich findet.«
Wieder hatte sie mit der Reaktion ihrer Mutter nicht gerechnet. Jeanne fuhr sie an. »Was ist das für ein törichtes Geschwätz, dummes Ding!« Ihr bleiches Gesicht rötete sich vor Zorn. »Was glaubst du, was dir blüht, wenn dein Gemahl dich ins Haus deines Vaters zurückschickt? Du würdest hier auf Blieskastel eine alte verhärmte Jungfer werden! Denn einen anderen Gatten findet dein Vater schon jetzt nicht für dich. Martin von Starkenburg ist der einzige Eheanwärter. Alle anderen Familien von Stand haben abgewinkt, als dein Vater an sie herantrat. Jedermann kennt unsere verzweifelte Lage und möchte nicht durch eine eheliche Bindung in unser Unglück mit hineingezogen werden. Nur Johann von Starkenburg nahm es in Kauf, da er von deiner Schönheit und Klugheit gehört hatte und sich einen gesunden Erben wünscht, wie er freimütig einräumte. Also verscherze dir nicht die einzige Gelegenheit, die du je haben wirst, um diese elende Burg zu verlassen.«
Abgesehen von Jeannes Ausbruch nach der Rückkehr ihres Vaters aus Hunolstein, hatte Loretta ihre Mutter noch nie derart erregt erlebt. Sie war zutiefst erschrocken über die grausame Wahrheit und wusste nicht, was sie sagen sollte.
Was sie dachte und fühlte, musste ihr ins Gesicht geschrieben stehen, denn nun wurde Jeannes Miene wieder sanfter. Sie streichelte ihrer Tochter über die Wange. »Es tut mir leid, dass es so ist, Loretta. Aber lass die Hoffnung nicht fahren.« Sie versuchte ein Lächeln. »Außerdem fürchtet sich jedes Mädchen vor der Ehe«, wiegelte sie ab. »Ganz sicher wird sich alles weit besser

fügen, als es dir heute erscheinen mag. Du kannst deinen Teil dazu beitragen, indem du eine achtsame und gehorsame Ehefrau wirst.«

Loretta nickte mechanisch. Angesichts der Aussichtslosigkeit ihrer Lage fühlte sie sich innerlich wie erstarrt. Schließlich verlieh sie ihren Gefühlen Ausdruck. »Es bleibt mir ja gar nichts anderes übrig«, sagte sie mit zitternder Stimme, mehr zu sich selbst als zu ihrer Mutter. Sie spürte die Tränen, die ihr nun wieder über die Wangen liefen, und wischte sie mit dem Ärmel ab. Plötzlich wollte sie nur noch allein sein. »Ich danke Euch für Eure Lehren, Frau Mutter. Ich weiß, Ihr meint es nur gut mit mir. Doch nun möchte ich Euch nicht länger stören.«

Mit bleischweren Gliedern versuchte sie aufzustehen. Doch Jeanne hielt sie fest.

»Bleib noch!« Ihre Miene nahm einen verschwörerischen Ausdruck an. »Ich habe dir noch etwas mitzuteilen, das dich trösten wird. An sich wollte ich es dir erst am Tag deiner Hochzeit sagen, zumal dein Vater mir verboten hat, überhaupt darüber zu sprechen.«

Lorettas Tränen versiegten mit einem Schlag. Plötzlich durchzuckte sie gespannte Erwartung. »Geht es dabei um die *Gabe*?«, fragte sie atemlos.

Jeanne nickte.

»Darüber wollte ich schon so lange etwas erfahren. Was hat es damit auf sich?«, drängte sie.

Jeanne räusperte sich und ergriff wieder Lorettas Hand. »Gemach, mein Kind. Dazu muss ich etwas ausholen. Ich habe dir heute schon von der edlen Abstammung meiner Familie erzählt. Von Vaterseite her gehören die Vorfahren der Joinvilles zum alten französischen Adel. Doch meine Ahnen mütterlicherseits sind noch weit vornehmer. Unser Stammbaum auf dieser Seite reicht bis zu den normannischen Geschlechtern, die heute das mächtige England beherrschen.«

Sie machte eine kurze Pause, um ihre nächsten Worte zu überlegen.

»Du kennst die Geschichte von König Artus und seiner Tafelrunde. Daher weißt du auch, dass sich viel Mystisches in Britannien erhalten hat. Die Legende, die die Frauen meiner Familie seit mehr als zweihundertfünfzig Jahren von Generation zu Generation weitergeben, besagt, dass eine der letzten Priesterinnen des sagenumwobenen Avalon diese Gabe verliehen hat. Einer meiner Urahninnen namens Lorraine, die sich in kriegerischen Zeiten in großer Not an sie wandte.«

»Was ist das für eine Gabe?«

Jeanne hob die Hand, um Lorettas Ungeduld zu bändigen. »Lorraines Familie drohte im Kampf um die Vorherrschaft auf der Insel zu unterliegen. Die Gabe besteht in der Fähigkeit, Unheil vorherzusehen, das jemandem droht, dem man nahesteht, und es abzuwenden, bevor ein Schaden entstanden ist.«

Loretta war zugleich enttäuscht und erleichtert. »Das ist alles? Aber das weiß ich doch schon, liebe Mutter. Ich habe es etliche Male erfahren.«

In der für sie typischen Geste legte Jeanne ihrer Tochter einen Finger auf den Mund. »Nein, das ist noch nicht alles. Was du nicht weißt, Tochter, ist, dass jede Frau, die diese Gabe besaß, zu großer Macht und hohem Ansehen gelangte. Eine Weile wurde die Gabe von Generation zu Generation vererbt, doch im Laufe der Zeit trat sie immer seltener auf. Zuletzt besaß sie Marguerite, die Tante des französischen Königs Ludwig des Heiligen. Ludwigs Vater starb früh. Sofort wurden Intrigen geschmiedet, um den jungen, noch unmündigen König um sein angestammtes Erbe zu bringen. Sogar Mordanschläge auf ihn wurden geplant. Doch Marguerite, die um viele Jahre jüngere Schwester von Ludwigs Vater, stand seiner Mutter Blanche von Kastilien bei und wendete jede Bedrohung von ihr und Ludwig ab. So konnte Blanche die Regentschaft für ihren Sohn ausüben, bis

Ludwig volljährig war. Sie erhielt ihm mit Marguerites Hilfe den Thron.«

Loretta erinnerte sich, dass ihre Mutter dies nach der Nacht des Brandes schon einmal gegenüber dem Vater erwähnt hatte. Doch ihr kamen Zweifel.

»Seid Ihr sicher, dass es so war, Mutter?«, wandte sie ein. »Das muss fast einhundert Jahre her sein. Bruder Blasius sprach einmal im Unterricht davon. Weil König Ludwig heiliggesprochen wurde, verglich er Blanche von Kastilien sogar mit der Jungfrau Maria. Doch Eure Vorfahrin Marguerite erwähnte er nicht.«

Ein schmerzlicher Zug erschien auf Jeannes Gesicht. »Du bist klug, mein Kind«, sagte sie zärtlich. »Möge die Jungfrau Maria dich allezeit vor Leid und Elend bewahren!« Dann holte sie tief Luft.

»Marguerites eigenes Schicksal war tragisch. Nachdem Ludwig den Thron bestiegen hatte, verliebte sie sich in einen Edelmann, der ihr verheimlichte, dass er bereits verheiratet war. Erst als sie schwanger wurde und die Ehe von ihm begehrte, erfuhr sie von seinem Verrat. Im Wunsch, ihre Schande zu verbergen, nahm sie giftige Kräuter ein, um die Leibesfrucht auszutreiben. Sie starb daran unter großen Qualen und wurde auf persönlichen Befehl des Königs als Kindsmörderin heimlich in ungeweihter Erde verscharrt.

Ludwig war wirklich sehr heilig«, fügte Jeanne mit bitterer Ironie hinzu. »Danach schien die Gabe verloren, und meine Mutter erzählte mir die Geschichte bereits wie ein Märchen aus längst vergangenen Tagen. Als sie bei dir wieder zutage trat, konnte ich es anfangs kaum glauben.«

Sie holte noch einmal tief Luft. »So, nun weißt du alles, mein Kind«, schloss sie ihre Rede.

Loretta runzelte die Stirn. Etwas an der Geschichte schien noch zu fehlen.

»Sagt mir noch eins, liebe Mutter! Warum sah Marguerite denn ihr eigenes Unglück nicht voraus?«

Jeanne seufzte schwer und schien einen Augenblick lang mit sich zu ringen. Dann antwortete sie. »Das konnte sie nicht, Loretta. Denn wie alle Gaben aus Avalon hat auch diese zwei Seiten. Sie verleiht dir die Fähigkeit, Unheil vorherzusehen, das anderen droht, die dir teuer sind. Doch die Gabe versagt, wenn du selbst in Gefahr durch Menschen gerätst, die du liebgewonnen hast. Ich bete jeden Tag zur Jungfrau Maria, dass dir solches nie widerfahren mag.«

Kapitel 4

Buonconvento bei Siena, 24. August 1315

Atemlos sprang Balduin von seinem schweißnassen Pferd. »Wo ist mein Bruder? Wie geht es ihm? Ist er am Leben?«, rief er dem Wachoffizier am Eingang des Heerlagers zu.

Der Mann lächelte breit und verbeugte sich tief. »Ich habe gute Kunde für Euch, edler Herr Bischof. Unserem hochverehrten Herrn Kaiser geht es schon wieder besser. Heute ist er aus dem Fieberdelirium erwacht und hat zum ersten Mal Nahrung zu sich genommen.«

Balduin fühlte, wie ihm eine schwere Last von der Seele fiel. Er wusste, dass das tückische Fieber, dem schon Heinrichs Gattin Margarete zum Opfer gefallen war, jederzeit wieder aufflammen konnte. Doch fürs Erste schien die Gefahr gebannt.

Kurz überlegte er, ob er sich nach dem anstrengenden Ritt erfrischen sollte, bevor er seinen Bruder aufsuchte, entschied sich dann aber dagegen. Zum Baden blieb später noch Zeit genug.

Schließlich würde das Ersatzheer, das er nach Italien geführt hatte, frühestens morgen im Lager ankommen.
Mit schnellen Schritten strebte er dem bunten Zelt zu, vor dem Banner mit dem kaiserlichen und dem luxemburgischen Wappen wehten. Wachen schlugen die Eingangsplane zurück und knöpften das engmaschige Netz auf, das die allgegenwärtigen Stechmücken abhalten sollte. Dann betrat Balduin den mit kostbaren Teppichen ausgelegten Vorraum.
Ein Dominikanermönch saß leise psalmodierend auf einem niedrigen Schemel. Balduin kam der Mann bekannt vor, aber ihm fiel nicht ein, wo er ihn schon einmal gesehen hatte. Beim Anblick seines Bruders vergaß er, darüber nachzugrübeln.
Heinrich war bis auf die Knochen abgemagert. In seinem hageren Gesicht stachen die Wangenknochen spitz hervor, rötliche Bartstoppeln wucherten auf Wangen und Kinn. Dunkle Ringe lagen unter seinen Augen, in denen ein Schimmer des alten Glanzes aufleuchtete, als er Balduin erkannte. Er streckte ihm beide Hände entgegen.
»Balduin, Bruder, Ihr kommt zur rechten Zeit. Wie freue ich mich, Euch zu sehen.«
Balduin ergriff Heinrichs Hände und zuckte einen Moment zusammen. Sie fühlten sich eiskalt und feucht an.
»Ihr müsst sehr krank gewesen sein, geliebter Heinrich«, brach es aus ihm hervor, bevor er recht darüber nachgedacht hatte. Da aber die Worte nun einmal heraus waren, fuhr er fort: »Gestern Abend erreichte mich ein Bote aus Eurem Lager und teilte mir mit, Ihr lägt im Sterben. Ich bin die ganze Nacht durchgeritten.«
Heinrich lächelte matt. »Unkraut vergeht nicht. Doch ich fühle mich in der Tat noch sehr schwach.« Das Lächeln verkrampfte sich. »Doch sagt mir, werter Bruder, habt Ihr ein Heer aus den deutschen Landen mitgebracht?«
Balduin ließ Heinrichs klamme Hände los und zog sich einen

Schemel an das mit dicken Felldecken ausgeschlagene Lager heran. Ein säuerlicher Schweißgeruch stieg daraus empor. Auch Heinrichs dünnes Leinenhemd war mit feuchten dunklen Flecken übersät.
Balduin verdrängte das Gefühl leichten Ekels. Wahrscheinlich roch er nach der anstrengenden Nacht auch nicht besser. »Dreitausend Mann«, sagte er stolz. »Allein Euer Sohn Johann von Böhmen schickt Euch tausend frische Söldner.«
»Der Herrgott sei gelobt«, seufzte Heinrich erleichtert. »Dieser Streitmacht hat der neapolitanische Verräter Robert mit seinen aufständischen Städten nichts entgegenzusetzen.«
Er ballte die abgezehrten Hände zu Fäusten. »So werde ich der Kaiserwürde auch im aufwieglerischen Italien bald ein für alle Mal die Geltung verschafft haben, die ihr gebührt.«
Balduins Freude über das Wiedersehen wich der Beklemmung, die ihn in den letzten Monaten immer stärker befallen hatte.
»Wie viele Männer zählt unser Heer hier vor Ort?«
Heinrichs Miene verdunkelte sich. »Es dürften noch knapp zweitausend sein.«
»Nur noch zweitausend Mann?« Das war weit schlimmer, als Balduin befürchtet hatte. »Aber wir sind mit mehr als fünftausend Kämpfern nach Italien aufgebrochen. Bei meinem Abschied waren es immerhin noch mehr als dreitausend.«
»Die meisten sind an der Seuche gestorben. Einige Fürsten und Grafen musste ich in die Heimat entlassen, da wichtige Geschäfte sie nach Hause riefen und sie mir die Gefolgschaft nur bis zur Kaiserkrönung geschworen hatten. Wieder andere, vor allem Söldner, sind bei Nacht desertiert oder sogar zum Feind übergelaufen, weil ich sie nicht mehr bezahlen konnte.«
»Haben die verbündeten Städte Euch denn keine Soldaten gestellt?«
»Ich habe Truppen aus Pisa, Genua und Venedig angefordert«, murmelte Heinrich.

»Und? Sind sie eingetroffen?«
»Pisa und Genua haben je eine Vorhut geschickt. Die Hauptheere sollen noch folgen.«
»Wie viele Soldaten?«
Heinrich fiel die Antwort sichtlich schwer. »Zusammen etwa dreihundert Mann.«
»Dreihundert?« Balduin war fassungslos. »Wann sollen die Hauptheere folgen?«
Diesmal blieb Heinrich stumm.
»Und Venedig? Wie viele Truppen wird Venedig entsenden?«
Heinrich hob die Hand. Schon die einfache Geste bereitete ihm große Mühe. Balduin hielt beschämt inne.
»Bedrängt mich doch nicht so, ich bitte Euch, Balduin. Ihr wisst doch, dass der Papst den Krieg gegen König Robert von Neapel verboten hat, weil er sein Lehnsmann ist. Er droht jedem, der sich meinen Truppen anschließt, mit dem Kirchenbann.«
Balduin knurrte. »Nach der Überquerung der Alpen erreichte uns sogar das Gerücht, der Papst wolle die Rechtmäßigkeit Eurer Kaiserwürde in Frage stellen. Es heißt, er habe der Krönung im Lateran nur unter der Bedingung zugestimmt, dass Ihr Frieden mit dem Neapolitaner schließt.«
»Von dieser Bedingung habe ich erst im Nachhinein erfahren. Da war ich schon längst zum Kaiser gesalbt.«
Ja, weil du nicht warten konntest, bis die Erlaubnis des Papstes in Rom eintraf, lag es Balduin auf der Zunge, doch er verkniff sich die Bemerkung. Sein Bruder war krank und schwach. Jede Aufregung konnte einen Rückfall ins Fieberdelirium zur Folge haben.
Er stand auf. »Ihr solltet jetzt wieder ruhen, lieber Heinrich. Ich selbst sehne mich nach einem Bad, um den Staub der Reise von den Gliedern zu waschen.«
Heinrich lächelte wieder. »Ich danke Euch, Bruder, für alle Mühe, die Ihr des Kaisertums halber und meinetwegen auf Euch genommen habt. Und seid zuversichtlich! Mit den fri-

schen Truppen aus den deutschen Landen werden wir das aufständische Siena einnehmen, einen der wichtigsten Verbündeten von Florenz und Neapel. Und letztlich ist der Papst mir wohlgesinnt. Er hat mir sogar einen Beichtvater geschickt.«
Balduin erinnerte sich an den Mönch im Vorraum des Zeltes. »Den Dominikaner?«
Heinrich nickte. »Frater Bernardino von Montepulciano. Er kam mit einem Empfehlungsschreiben aus Avignon.«
Balduin wunderte sich. »Direkt aus der Kurie? Das ist ungewöhnlich.«
»Der Heilige Vater sorgt sich um das Seelenheil des mächtigsten Herrschers der Christenheit. Was ist daran ungewöhnlich?«
Balduin reagierte gereizt auf Heinrichs Hoffart. Seinem Bruder stieg die Kaiserwürde zunehmend zu Kopfe.
Doch bevor er etwas entgegnen konnte, fuhr Heinrich fort.
»Schickt mir Frater Bernardino herein, liebwerter Bruder. Ich will beichten und hernach das heilige Abendmahl empfangen. Tagelang war ich zu krank dafür.«
Balduin nickte. »Aber danach müsst Ihr ruhen. Ihr seid noch sehr schwach. Bei Sonnenuntergang komme ich wieder, um nach Euch zu sehen.«
Als der Dominikaner mit gesenktem Kopf an ihm vorbei ans Lager seines Bruders huschte, hatte Balduin erneut das Gefühl, den Mann schon einmal gesehen zu haben.
Unsinn!, schüttelte er den irritierenden Gedanken ab. *Ich muss mich täuschen. Schließlich sehen sie in ihren Kutten alle gleich aus.*

Nach einem erquickenden Nachmittagsschlaf räkelte sich Balduin drei Stunden später wohlig in dem lauwarmen Wasser, das die Bademagd gerade noch einmal auffüllte. Als sie sich nach der Seife bückte, griff er der jungen Frau ans pralle Hinterteil und zog sie zu sich heran. Sie wand sich kichernd.

»Monsignore«, sagte sie auf Italienisch. »Es ist noch hell.«
Balduin fasste in ihren Ausschnitt und entblößte eine milchweiße Brust. Die dunkelrote Warze stand steil empor. Er merkte, wie sich sein Geschlecht aufrichtete.
»Woher kommst du, Mädchen?« Er ließ seinen Daumen um den Warzenhof kreisen.
Die Magd gluckste. »Aus einem kleinen Dorf in der Nähe von Brescia.«
Balduin erstarrte. Brescia! Auf einmal sah er die Hinrichtungsstätte wieder vor sich. Den Aufrührer Tebaldo Brusato stolz vor der Ehrentribüne und auf dem Karren neben ihm … ein Dominikaner! Mit einem einzigen Satz sprang er aus der Wanne und stieß sie dabei beinahe um. Ein Schwall Wasser ergoss sich auf die quiekende Magd.
Hastig griff Balduin nach einem Umhang und schlang ihn sich um die Hüften. Mit nichts anderem am Leib rannte er barfuß durch das Heerlager.
Frater Bernardino war auch Brusatos Beichtvater gewesen und hatte ihn zu seinem furchtbaren Ende begleitet. Das konnte kein Zufall sein.
Atemlos stürmte Balduin an den verblüfften Wachen vorbei ins Zelt seines Bruders. Vergeblich versuchten sie, ihn aufzuhalten.
»Ehrwürdiger Herr, der Kaiser ruht, nachdem er das heilige Abendmahl empfangen hat!«
Doch schon hatte Balduin den Vorhang aufgerissen. Heinrich lag auf der Seite, sein Körper war merkwürdig verkrümmt. Grob riss Balduin ihn an der Schulter herum.
Schwärzlicher Schaum stand auf Heinrichs Lippen, die Augen starrten glasig und blicklos gen Himmel. Es gab keinen Zweifel. Der Kaiser war tot.
»Wo ist Frater Bernardino?«, schrie Balduin die entsetzten Wachen an. »Sucht und ergreift ihn!« Die Männer stürmten aus dem Zelt.

Bis zum Einbruch der Nacht durchkämmten die Soldaten jeden Winkel des Lagers und der Umgebung. Schließlich gaben sie unverrichteter Dinge auf. Frater Bernardino war spurlos verschwunden.

Die Starkenburg an der Mosel, Ende August 1315

An der Hand ihres Vaters trat Loretta auf den mit Birkenzweigen ausgelegten Hof der Starkenburg hoch über der Mosel. Sie war der Stammsitz des Geschlechts derer von Starkenburg-Sponheim, das sich schon vor einigen Generationen vom Hauptzweig der Sponheimer im Nahegau abgespalten hatte.

Ihrer trüben Stimmung zum Hohn war heute ein strahlender Spätsommertag. Die Mosel schlängelte sich als blaugrünes Band durch das Tal, Sonnenstrahlen brachen sich auf der Wasseroberfläche, die wie ein Diamant glitzerte. Die Weinberge ringsum standen in saftigem Grün und versprachen eine reiche Ernte, wie ihr Schwiegervater am Vorabend erzählt hatte. Es könnte ein so glücklicher Tag in ihrem Leben sein, wenn sie nur ihrem zukünftigen Gemahl in Liebe zugetan wäre.

Und er mir, dachte Loretta beklommen, während sie sich der Johanneskapelle näherten, wo der Priester und ihr Bräutigam an der Seite ihres Schwiegervaters bereits auf sie warteten. Immer wieder kreisten ihre Gedanken um das trauliche Gespräch, das ihre Mutter am Vorabend mit ihr geführt hatte.

»Die Hochzeitsnacht ist für eine Jungfrau möglicherweise eine garstige Angelegenheit.« Jeanne nahm kein Blatt vor den Mund. »Zumal wenn der Ehemann unerfahren und ungeschickt ist. Doch mit der Zeit wirst du dich an die Prozedur gewöhnen, und hast du erst einmal empfangen und deinen ersten Sohn geboren, nimmst du diesen Preis dafür gerne in Kauf.«

Loretta erschrak. »Was macht diese Sache denn gar so garstig?«

Natürlich hatte sie eine vage Vorstellung davon, dass Eheleute irgendetwas miteinander taten, um Kinder zu bekommen. Doch Genaueres hatte sie nie in Erfahrung bringen können.
Ihre Mutter errötete. Dann holte sie tief Luft. »Erinnerst du dich an den Tag, als du heimlich in den Ställen beobachtet hast, wie der Zuchthengst die rossigen Stuten bestieg?«
Loretta war verwirrt. Natürlich erinnerte sie sich daran, zumal ihr Vater sie entdeckt und zur Strafe drei Tage lang bei Wasser und Brot in einer Dachkammer eingesperrt hatte.
Jeanne wich ihrem Blick aus. »So ist es nicht nur bei den Tieren, sondern auch bei den Menschen.«
»Was? Nein, Ihr meint, mein Mann wird mich von hinten bespringen und …« Ihr fehlten die Worte.
Jeanne hob abwehrend die Hand. »Die heilige Mutter Kirche schreibt zum Glück genau vor, wie es die Menschen zu tun haben.«
»Und wie tun es die Menschen?«
»Nicht von hinten«, antwortete Jeanne schwach und mied Lorettas Blick. »Du wirst auf dem Rücken liegen, wenn sich dein Ehemann an die Gebote hält.«
»Und dann?«
Jeanne rang sichtlich um Fassung. »Mehr musst du jetzt noch nicht wissen, Kind«, wich sie aus. »Versuche, dich zu entspannen, und bete zur Heiligen Jungfrau. Sie wird dir beistehen.«
»Wie denn, da sie doch selbst eine Jungfrau war?«
Jeanne verlor die Geduld. »Es ist das Los jeder Ehefrau, Loretta. Warte ab, was geschieht, und denke immer daran: Sobald du deinem Mann den ersten Sohn geboren hast, ist deine Stellung als Ehefrau und Herrin des Hauses gesichert.«
Danach schwiegen sie beide, bis das Glöckchen zur Vesper rief. Jeanne wirkte bedrückt und stach sich beim Sticken mehrmals in den Finger. Loretta versuchte vergeblich, ihren inneren Aufruhr zu bekämpfen und sich selbst gut zuzureden. Aber immer

wieder drohte die Panik vor dem Unbekannten, das vor ihr lag, sie zu überwältigen. Worauf lief diese Ehe hinaus? Dann wieder ergriff sie tiefe Resignation, hatte sie doch keine andere Wahl.

In der Tat war die Lage der Familie von Salm in den letzten Monaten immer verzweifelter geworden. Da der Vater nahezu alle Güter verpfändet hatte, erzielten sie kaum noch Einnahmen. Zudem war das Schlachtross ihres Vaters plötzlich an einer Kolik gestorben. Trotz Jeannes flehentlicher Bitten hatte der Graf fast den ganzen Rest ihres Geldes für den Erwerb eines neuen Pferdes verwendet.

In dieser Zeit erinnerte sich Loretta oft an Jeannes mahnende Worte nach Martins erstem Besuch auf Blieskastel. Zeitweise war sie sogar froh darüber gewesen, der bedrückenden häuslichen Atmosphäre bald für immer entkommen zu können. Schon bei ihrer Ankunft auf der Starkenburg war ihr außerdem klargeworden, dass ihr Schwiegervater Johann es an nichts fehlen lassen würde, um seinem ältesten Sohn eine prächtige Hochzeit auszurichten.

Und so schritt Loretta jetzt an der Seite Bernhards von Salm auf die Tür der Burgkapelle zu. Den Segen nach der Trauung würde Martins Bruder Pantaleon erteilen, dem als jüngerem Sohn nach dem Brauch der Zeit die geistliche Laufbahn bestimmt worden war.

Während ihr Bräutigam Loretta mit der mürrischen Miene entgegensah, die sie bereits gewohnt war, zog sich ein breites Lächeln über das Gesicht seines Vaters. »Seid willkommen in meiner Familie, edles Fräulein Loretta.« Er verneigte sich mit höfischer Geste und gab seinem Sohn unauffällig ein Zeichen, das Gleiche zu tun. »Das Kleid steht Euch ganz ausgezeichnet zu Gesicht, und der Himmel spiegelt sich in Euren Augen.«

Wider Willen erwiderte Loretta sein Lächeln. Johann von Starkenburg war zweifelsohne der einzige Vorteil dieser Ehe, auch

wenn sie ihn nur selten sehen würde, sobald sie ihren Wohnsitz auf Burg Herrstein bezogen hätte.
Martins Bruder Pantaleon war ihr dagegen nicht sympathisch. Anders als sein schwächlicher Bruder war er ein Mann von stattlicher Statur, wie sein Vater an die fünfeinhalb Fuß groß und besaß männlich schöne Gesichtszüge. Gerüchte besagten, dass er die geistliche Laufbahn nur mit großem Widerwillen beschritten hatte und seinem Bruder das Erbe neidete, das der Vater ungeteilt weiterzugeben beabsichtigte. Es hieß auch, dass er heftig gegen die Verbindung mit Loretta von Salm, der »Tochter eines Habenichts«, gewettert hatte und von Johann aufs schärfste in die Schranken gewiesen worden war. Nun sah er seiner zukünftigen Schwägerin mit kühler Miene entgegen.
Bernhard von Salm blieb mit Loretta vor Martin und Johann stehen, ohne ihre Hand loszulassen. Die Familie stellte sich im Kreis um das Brautpaar auf, die Männer vorne, die Frauen hinten. Flüchtig erhaschte Loretta einen Blick auf ihre Mutter in ihrem kostbaren grünen Seidengewand, in dem sie um Jahre jünger wirkte. Sie lächelte ihr ermutigend zu.
Jeanne stand neben Martins Mutter Katharina, einer schweigsamen, zurückhaltenden Frau, aus der Loretta bislang noch nicht schlau geworden war. Immerhin hatte sie ihren Pflichten als Gastgeberin Genüge getan und ihre Mutter stets freundlich behandelt, was ihr Loretta hoch anrechnete.
Nun trat Johann von Starkenburg vor. Als Vater des Bräutigams würde er die Heiratsformeln sprechen.
»Und so frage ich Euch, Martin von Starkenburg-Sponheim, wollt Ihr dieses Weib Loretta von Salm zu Eurer rechtmäßigen Ehefrau nehmen, sie lieben, achten und ehren, sie nähren und kleiden, sie vor jeder Unbill beschützen und auf ihr christliches Seelenheil achten?«
»Ich will es.« Martins Stimme klang tonlos und gleichgültig.

Jetzt wandte sich Johann Loretta zu. »Und so frage ich Euch, Loretta von Salm, wollt Ihr diesen Mann Martin von Starkenburg-Sponheim zu Eurem rechtmäßigen Eheherrn nehmen, ihn lieben, achten und ehren und ihm in allen Dingen gehorsam sein, wie es sich für eine christliche Ehefrau geziemt?«
»Ich will es.« Loretta erstickte fast an den Worten.
Einen Wimpernschlag lang zuckte ein Schatten über Johanns Gesicht. Neben sich hörte Loretta ihren Vater leise schnauben. Jetzt sprach Johann ihn an.
»Seid Ihr bereit, ehrwürdiger Graf von Salm, Eure Tochter Loretta aus Eurer Vormundschaft zu entlassen und in die Muntgewalt ihres Eheherrn Martin von Starkenburg-Sponheim zu geben?«
»Ich bin bereit.« Im Gegensatz zu den Eheleuten klang Bernhards Stimme klar und volltönend.
Dann nahm er Martins Hand und legte die von Loretta hinein. Martin umfasste sie schlaff und teilnahmslos.

Viele Stunden später war Loretta völlig erschöpft. Nach dem Segen Pantaleons und dem anschließenden stundenlangen Hochamt in der Johanneskapelle nahmen die Brautleute die Glückwünsche der Gratulanten entgegen, die in schier endloser Prozession an ihnen vorbeizogen. Johann von Starkenburg hatte sich auch, was die Hochzeitsgesellschaft betraf, nicht lumpen lassen. Neben seiner zahlreichen Verwandtschaft waren alle Adelsfamilien im weiten Umkreis zur Feier geladen worden.
Als echter Gewinn in Lorettas neuer Familie stellte sich auch Johanns jüngerer Bruder Matthias heraus. Er war wie Pantaleon von geistlichem Stand und hatte es als Dompropst zu Aachen schon zu beträchtlichen Pfründen gebracht.
Mit einem herzlichen Lächeln im runden Gesicht trat er auf die Brautleute zu. Er war deutlich kleiner und korpulenter als Johann. Seine ganze Erscheinung strahlte eine behäbige Gemüt-

lichkeit aus. Lediglich seine lebhaften braunen Augen zeugten von der außerordentlichen Klugheit, die man ihm nachsagte. Die Großzügigkeit seiner Hochzeitsgabe verschlug selbst Lorettas Vater zunächst die Sprache.

»Ich überlasse Euch die Einnahmen aus meinen Dörfern Fischbach und Niederhosenbach nahe Burg Herrstein, solange Ihr dort Euren Wohnsitz habt«, erklärte er mit seiner tiefen, wohltönenden Stimme. »Mögen sie Eurem Eheglück förderlich sein.«

»Das sind Einkünfte von mindestens hundert Pfund Heller im Jahr«, flüsterte Bernhard seiner Frau zu, während Loretta sich aus dem tiefen Knicks erhob, in den sie versunken war.

Im Laufe des üppigen, endlosen Festmahls hatte Loretta reichlich Gelegenheit, ihren Ehemann verstohlen zu betrachten. Martin von Starkenburg war dreiundzwanzig Jahre alt. Auch jenseits seiner Erkrankung hatte es die Natur nicht besonders gut mit ihm gemeint. Er war von hagerer Statur, fast dürr. Anders als die meisten Männer der Starkenburger war er nicht großgewachsen, sondern maß nur etwas mehr als viereinhalb Fuß. Er erinnerte Loretta an die Vogelscheuchen, die die Bauern zum Schutz der Aussaat im Frühjahr auf ihre Felder stellten.

Auch sein Gesicht stünde einer Vogelscheuche wohl an, dachte sie mit einem Anflug von Gehässigkeit. Martins Augen waren von einer unbestimmbaren Farbe zwischen Braun und Grün und standen leicht vor, was seinem Gesicht ein fischähnliches Aussehen verlieh. Die vorderen Zähne unter dem schmallippigen Mund waren schief gewachsen. Schütteres mausbraunes Haar, das sich über der Stirn bereits zu lichten begann, sowie weit abstehende Ohren vervollständigten die unvorteilhafte Erscheinung.

Am unangenehmsten war Loretta jedoch die Feststellung, dass Martins abstoßender säuerlicher Körpergeruch keineswegs an mangelnder Reinlichkeit zu liegen schien. Seine Haare waren frisch gewaschen, seine Kleidung, eine mit Goldfäden bestickte braune Surcotte über einem Untergewand aus ockerfarbener Seide, war offensichtlich so neu wie ihr eigenes leuchtend blaues Seidenkleid. Wie schon kurz nach ihrer ersten Begegnung schauderte Loretta bei dem Gedanken, Nacht für Nacht an der Seite dieses stinkenden Mannes verbringen zu müssen, der ihr bereits jetzt zuwider war.

Das Festmahl wollte kein Ende nehmen. Während draußen im Hof ein halber Ochse und ein Schwein am Spieß gebraten wurden, da Johann von Starkenburg auch seine hörigen Bauern zum Fest geladen hatte, tischten die Küchenknechte im großen Rittersaal eine Delikatesse nach der anderen auf. Gebratene Pfauen und Schwäne im eigenen Federkleid wechselten sich mit Wildbret und Moselfischen aller Art ab. Dazu wurden köstliche Soßen gereicht, gewürzt mit Pfeffer, Ingwer, Safran und anderen teuren Gewürzen, die Loretta nur vom Hörensagen kannte. Jedes Gemüse und jedes Obst, das im milden Klima des Moseltals wuchs, war vertreten, außerdem Süßspeisen und Kuchen, soviel das Herz begehrte. Der beste Wein aus den Starkenburger Gütern floss in Strömen.

Während die Gäste rings um sie herum schmausten, als stünde der Jüngste Tag bevor, stocherte Loretta appetitlos in den Speisen herum, die man ihr vorlegte. Nur durch die Bitten ihres Schwiegervaters ließ sie sich erweichen, zumindest die ausgefallensten Gerichte zu kosten.

Als der Nachmittag sich dem Abend zuneigte, begannen Musikanten, zum Tanz aufzuspielen. Da Martin mit seinem verkrümmten Bein nicht tanzen konnte, führte Johann den Hochzeitsreigen an seiner statt mit Loretta an. Seinem scharfen Blick blieb ihre Melancholie nicht verborgen.

»Nun lasst den Kopf nicht so hängen, liebe Tochter«, raunte er ihr zu, während sie mechanisch die vorgeschriebenen Tanzschritte ausführte. »Ihr werdet es gut bei uns haben. Auch mit

Martin werdet Ihr Euch arrangieren können. Schließlich seid Ihr eine kluge Frau.«

Als sie ihn zaghaft anlächelte, strahlte er sie an. »So ist es schon besser, meine Gute.« Er zwinkerte ihr verschwörerisch zu. »Und sollte es Euch je an etwas fehlen oder Euch eine Sorge bedrücken, wendet Euch ruhig an mich. Ich werde Euch immer behilflich sein.«

Vorübergehend fühlte Loretta sich etwas getröstet. Aber je weiter der Abend voranschritt, desto beklommener wurde ihr ums Herz. *Was kommt da nur auf mich zu?*

Schließlich war es so weit. Als die ersten Sterne am Firmament aufleuchteten, gab Graf Johann der Festgesellschaft das Zeichen. Mit Pantaleon an der Spitze formierte sich der Zug der Gäste, um das Paar zum Brautlager zu geleiten. Nachdem der Priester die Laken und Decken mit Weihwasser besprengt hatte, wurden Braut und Bräutigam bis aufs Hemd entkleidet. Obwohl Loretta der Brauch selbstverständlich bekannt war, empfand sie es als überaus peinvoll, derart vor aller Augen entkleidet zu werden. Vorübergehend erleichtert, schlüpfte sie schließlich unter die Decken und sandte ein Dankgebet gen Himmel, als sich die unwillkommenen Gaffer endlich entfernten.

Doch das Schlimmste stand ihr noch bevor. Kaum hatte sich die Kammertür hinter dem letzten Gast geschlossen, stieg Martin aus dem Bett, humpelte zu Lorettas Seite des Lagers und riss ihr die Decken weg.

»Zieh das Hemd aus«, befahl er ihr grob. Als die Erschrockene keine Anstalten machte, seinem Befehl Folge zu leisten, fuhr er sie an: »Hat deine Mutter dir nicht gesagt, was in der Hochzeitsnacht zu tun ist? Oder hast du bereits vergessen, dass du mir vor wenigen Stunden in allem Gehorsam gelobt hast? Soll ich dich noch heute zu deinem Vater zurückschicken?«

Diese Drohung verfehlte ihre Wirkung nicht. Zitternd setzte Loretta sich auf und zog das feine Leinenhemd über den Kopf.

Obwohl es sommerlich warm war, überzog eine Gänsehaut ihren ganzen Körper.

»So ist es gut. Nun lege dich zurück, nein, die Arme neben den Körper, und spreize die Beine. Nun, wird's bald? Weiter! Ich bin dein Eheherr und habe das Recht, deinen Körper zu sehen. Auch an seinen geheimsten Stellen. Also gehorche mir, sonst …«

Eingeschüchtert und verzweifelt gab Loretta nach und tat, wie ihr geheißen. Dabei wünschte sie sich klaftertief unter die Erde. Um die aufsteigenden Tränen zu unterdrücken, schloss sie die Augen. Natürlich hatte sie sich vor dem Unbekannten gefürchtet, das sie in dieser Nacht erwartete, zumal ihre Mutter sie ja gewarnt hatte. *Aber dass es so schlimm wird, habe ich nicht gedacht.*

Und es war noch lange nicht zu Ende. Auf einmal spürte sie zu Tode entsetzt, wie Martin ihr Geschlecht betastete und die Schamlippen auseinanderzog.

»Dachte ich es mir doch, spröder als eine Trockenpflaume«, hörte sie ihn knurren. Wenig später drückte er ihr ein kleines Gefäß in die Hand. »Hier, reib dich unten damit ein!« *Oh Gott, das kann ich nicht tun!* Wieder drohte er ihr, als sie zögerte. Schließlich öffnete sie die kleine tönerne Phiole, die eine ölige Flüssigkeit enthielt, und verteilte sie um ihre Vulva, während Martin sie beobachtete. Loretta glaubte, vor Scham zu vergehen.

Mit geschlossenen Augen ließ sie sich wieder auf die Laken zurücksinken. Eine ganze Weile geschah nichts. Als sie schließlich vorsichtig unter halb geschlossenen Lidern hervorlugte, sah sie, dass auch Martin sein Hemd abgestreift hatte. Zum ersten Mal erblickte sie sein verkrüppeltes Bein. Es saß merkwürdig verdreht am Unterleib und war grotesk nach innen gebogen. Auch der Fuß war verkrümmt, so dass er ihn nicht richtig aufsetzen konnte. Vor Schreck riss sie die Augen weit auf.

Martin bemerkte es. Einen Wimpernschlag lang zuckte ein Ausdruck über sein hässliches Gesicht, der Lorettas Scham zu ähneln schien. Doch schon verzog er die Lippen zu einem höhnischen Grinsen.

»Ja, meine Schöne. Nicht jeder ist mit einem solch makellosen Körper gesegnet, wie du ihn dein Eigen nennst.«

Mit diesen Worten begann er, mit den Fingern seiner Linken sein schlaffes Gemächt zu reiben, während er mit seiner Rechten ihre Brüste knetete, bis sie vor Pein wimmerte. *Himmel, hilf, wie lange geht das noch so?*

Schließlich war er so weit. Er stieg aufs Bett und zwängte sich zwischen ihre Knie. Dann winkelte er ihre Beine an und drang roh in sie ein.

Der Schmerz und sein säuerlicher Gestank raubten Loretta fast den Atem. Hilflos spürte sie, wie etwas in ihrem Innern zerriss. Sie schrie auf.

Martin schien dies nicht weiter zu stören. Wieder und wieder stieß er keuchend in sie hinein, bis Loretta dem Rat ihrer Mutter folgte und die Jungfrau Maria lautlos um Beistand anflehte.

Endlich kam Martin zum Höhepunkt. Mit einem grunzenden Laut stieß er ein letztes Mal heftig zu, um sich danach aus ihr zurückzuziehen. Eine warme, ekelhaft klebrige Flüssigkeit rann Lorettas Beine hinunter. Als sie sich mühsam aufrichtete, sah sie, dass sich Blut daruntermischte und das Laken befleckte.

Auch Martin nahm es zur Kenntnis. »So ist es gut. Der Krüppel hat seine Pflicht getan«, brummte er leise. Dann grinste er Loretta wieder höhnisch ins Gesicht. »Ich sehe, du warst ja wahrhaftig noch unberührt.«

Empörung verdrängte für einen Moment ihre Demütigung und den brennenden Schmerz zwischen ihren Beinen.

»Wie könnt Ihr es wagen …«

Martin schnitt ihr mit einer groben Geste das Wort ab.

»Erspare mir dein Gerede! Geh zu der Schüssel und wasch dich!«

Damit drehte er sich auf die Seite und zog die Decke über sich.

Noch bevor sich Loretta gereinigt hatte, schnarchte er schon mit offenem Mund.
Zitternd kauerte sie die nächsten Stunden, nur mit dem Hemd bekleidet, in einem Winkel der Kammer. Dies also war die Prozedur, von der ihre Mutter gesprochen und die wohl alle verheirateten Frauen zu ertragen hatten.
Erst als die Morgendämmerung heraufzog, trieben Müdigkeit und Kälte sie zurück auf das Lager. Während ihr erstarrter Körper langsam unter den weichen Daunendecken wieder warm wurde, erschien plötzlich das verhärmte Gesicht Jeannes vor ihren Augen. Loretta biss die Zähne so fest zusammen, dass ihre Kiefer knirschten.
Immerhin werde ich reich sein, war ihr letzter Gedanke, bevor sie in einen unruhigen Schlaf glitt.

Teil 2

MORGENDÄMMERUNG

Kapitel 5

Burg Herrstein, Mai 1316

Trübsinnig starrte Loretta durch die schmalen Fenster der Kemenate in das eintönige Grau. Es regnete ohne Unterlass. Dicke Nebelschwaden hingen über den Wäldern des Hunsrücks, die Landschaft wirkte herbstlich. Dazu war es für die Jahreszeit ausgesprochen kühl.

Fröstelnd zog sie den pelzgefütterten Umhang enger um die Schultern. Er war ein Christtagsgeschenk ihres Schwiegervaters.

»Wird es denn niemals Frühling?«, seufzte sie und drehte sich zu der betagten Kammermagd um, die dicht am geheizten Kamin saß und ein Untergewand säumte.

Statt einer Antwort zog die Alte die Nase hoch und spuckte in die gerade frisch gestreuten Binsen. Loretta spürte, wie zusammen mit dem Ekel die seltsame Übelkeit aufstieg, die sie seit einigen Tagen plagte. Sie holte tief Luft und schickte sich an, die Magd für ihr Benehmen zu tadeln, als sie die Tränen bemerkte, die der Frau in den Augen standen.

»Was ist dir, Erdmuthe? Welche Sorge bedrückt dich?«

Zu ihrem Schrecken schluchzte die Alte auf und begann, heftig zu weinen. Die Tränen rannen ihr wie ein Sturzbach über die runzligen Wangen.

Loretta zog sich einen Schemel heran und strich der Magd behutsam über den Arm.

»Nun sag mir doch schon, was dich zum Weinen bringt. Vielleicht kann ich dir helfen.«
Die Alte schüttelte den Kopf. Loretta musste sich anstrengen, um ihre gemurmelten Worte zu verstehen.
»Niemand kann uns helfen, Herrin, wenn es dem Allmächtigen gefällt, uns für unsere Sünden zu strafen. Auch Ihr könnt dem Wetter keinen Einhalt gebieten. Es regnet nun schon seit drei Wochen ohne Unterlass. Auf den Äckern fault die Frühjahrssaat, kaum dass sie gesprossen ist. Das Vieh verendet am schimmeligen Heu. Im Dorf beginnen die Menschen zu hungern. Was soll nur im nächsten Winter aus ihnen werden?«
Loretta war betroffen. »Ist es denn so schlimm?«
Die alte Frau nickte. »Schon die Ernte der letzten zwei Jahre war hier im Hunsrück sehr mager und reichte kaum über den Winter. Wir alle haben das junge Grün herbeigesehnt, das sonst im Frühjahr zu sprießen beginnt und unseren Hunger zu stillen half. Doch jetzt findet sich kaum ein Kraut in den schlammigen Wäldern. Nicht nur Mensch und Tier, selbst die Pflanzen sehnen sich nach Wärme und Licht. Doch seht nur hinaus …« Die Alte wies mit zitterndem Finger auf das Grau hinter dem Fenster und begann, wieder zu weinen.
Loretta packte das schlechte Gewissen. *Habe ich aus lauter Elend über mein trauriges Los nicht bemerkt, was in der Welt um mich herum geschieht?*
Natürlich war auch ihr der strenge Winter mit Schnee und Eis bis weit in den April lang geworden. Natürlich sehnte auch sie sich nach Sonne und Wärme, als es endlich zu tauen begann. Und natürlich drückte auch ihr der ständige Regen aufs Gemüt, der nach kaum einer Woche Frühlingswetter eingesetzt hatte und nun nicht mehr aufhören wollte. Dennoch kreisten ihre Gedanken nahezu ununterbrochen um ihre unglückliche Ehe.
Dabei war es ihr nach der Hochzeitsnacht anfangs gar nicht so schlecht ergangen. Martin legte ihr als Morgengabe eine schwe-

re Silberkette um den Hals, die sie allerdings seither nicht mehr getragen hatte. Zwar forderte er jede Nacht seine ehelichen Rechte ein, doch er behandelte sie nie wieder so grob wie beim ersten Mal. Tagsüber war er höflich zu ihr und erwies ihr die Ehre als achtbare Hausfrau.

Trotzdem empfand Loretta Tag für Tag größeren Abscheu vor Martin. Sein durchdringender Körpergeruch verursachte ihr Brechreiz, den sie kaum unterdrücken konnte, wenn er mit ihr verkehrte. Häufiger als nötig schützte sie Unpässlichkeit vor und nutzte dabei den Umstand, dass ihre Blutungen sehr unregelmäßig auftraten und immer wieder lange Pausen dazwischenlagen. Doch auch dann fand sie keinen Schlaf neben ihrem Gemahl und starrte mit brennenden Augen in die Dunkelheit.

Am Tage ging sie schweigend ihren Pflichten als Burgherrin nach und mied Martins Nähe, soweit sie es konnte. Trotzdem entging ihr nicht, dass er nach der Hochzeitsnacht zunächst schüchtern um sie warb und zunehmend unter ihrer Kühle zu leiden begann. Eines Tages hatte er ihr dies auch offenbart.

An einem der wenigen sonnigen Herbsttage im vergangenen Jahr überreichte er ihr ein kleines Körbchen mit saftigen goldgrünen Trauben, die er von einem Besuch an der Mosel mitgebracht hatte.

»Hier«, strahlte er sie mit einem breiten Lächeln an, das seine schiefen Zähne enthüllte. »Diese Trauben habe ich selbst für Euch gepflückt. Da die Ernte nach den verheerenden Unwettern im September so schlecht ausfällt, habe ich dem Winzer ein kleines Vermögen dafür bezahlt. Ich hoffe, sie munden Euch.«

Loretta nahm die Früchte ohne ein Lächeln entgegen. »Ich danke Euch für Eure Güte, mein Gemahl«, antwortete sie tonlos mit gesenkten Augen. Dann winkte sie der alten Erdmuthe. »Bring den Korb in die Küche! Die Köchin soll die Trauben für eine Tunke zum Nachtmahl verwenden.«

Martin zuckte zurück, als hätte sie ihn geschlagen. Als die alte Magd die Kemenate verlassen hatte, sprach er aus, was er fühlte. »Warum seid Ihr so kalt und abweisend, Herrin? Behandele ich Euch nicht mit allem Respekt, den Ihr verdient?«

Loretta starrte verstockt zu Boden. Wütend trat Martin auf sie zu, packte sie an beiden Schultern und schüttelte sie.

»Was habe ich Euch getan, meine Dame? Gebe ich Euch böse Worte, oder schlage ich Euch, wie es andere Männer tun? Nähre und kleide ich Euch nicht standesgemäß? Oder …«, er lachte auf einmal schmerzlich auf, »ist es meine versehrte Gestalt, die Euch abstößt?«

Der kaum unterdrückte Schmerz in seiner Stimme ließ Loretta für einen Moment aufhorchen. Doch Martin fuhr bereits fort, und so verrann der winzige Augenblick, in dem sie sich vielleicht hätten näherkommen können. »Dabei dachte ich anfangs, dass *ich* betrogen würde, vielliebe Gattin. Was für andere Gründe könnte eine so schöne und stolze Maid sonst haben, einen Krüppel wie mich zum Mann zu nehmen, als den, dass sie ihre Unschuld bereits verloren hat? Wahrlich, darin habe ich mich geirrt.«

Seine nächsten Worte hatte Loretta bis heute weder vergessen noch verziehen. »Also muss es ein anderer Makel sein, der Euren Vater bewog, mir die Ehe mit Euch anzutragen. Ich frage mich dauernd, wann und wie er zutage treten wird.«

Mit jäher Wut funkelte Loretta ihn an. Doch die hitzige Antwort erstarb ihr auf den Lippen, als die Magd in die Kemenate zurückkehrte.

Seither lebten sie schweigsam nebeneinanderher. Der Gegensatz zwischen ihrer kühlen Beziehung bei Tage und der erzwungenen Nähe bei Nacht machte Loretta von Tag zu Tag schwermütiger.

Und jetzt ist mir dadurch sogar entgangen, dass meine mir anvertrauten Bauern Not leiden! Freilich, auch in der Burg gab es jeden Tag faden Gersten- oder Erbsenbrei, und die Erinnerung an die Salzheringe in der Fastenzeit ließ sie noch immer schaudern. Doch jeden Tag stand ein frisches Ei zum Frühmahl an ihrem Platz. Abends gab es häufig von Martin gejagtes Wildbret oder ein frisch geschlachtetes Hühnchen. Und noch immer hingen zahlreiche Würste und einige Speckseiten vom Novemberschlachten im Rauch.

Das Schluchzen der alten Frau verebbte. Schuldbewusst schreckte Loretta aus ihren Gedanken auf. Schon wieder hatte sie nur an sich gedacht.

»Machst du dir Sorgen um deine Familie?«, fragte sie mitfühlend.

Die Alte schniefte. »Meine Tochter hat vor drei Jahren geheiratet, den Dorfschmied.« Trotz ihrer Trauer schwang eine Spur Stolz in ihrer Stimme mit. »Sie hatten immer reichlich zu essen. Doch nach dem strengen Winter kann heuer niemand mehr die Dienste ihres Mannes bezahlen, und sein eigener kleiner Acker reicht schon in guten Zeiten nicht zum Leben. Nun habe ich Sorge, dass sie das Kind verlieren wird, das sie trägt. Die Getreidevorräte sind aufgebraucht, die vom Mund abgesparte Saat geht nicht auf, und die Familie lebt von Wurzeln und Gräsern. Meine Lina wird von Tag zu Tag schmaler.«

Jetzt weinte die Alte wieder.

»Und gestern ist die einzige Kuh verendet, die sie noch hatten. Eberhard, mein Eidam, wollte sie schon zu Lichtmess schlachten. Doch es war weit und breit kein Salz zu bekommen, um das Fleisch einzupökeln. So hofften sie, das Tier über den Winter zu bringen, damit sie im Frühjahr auch wieder Milch für die Kleinen hätten. Doch, ach …«

Entschlossen stand Loretta auf. »Warum hast du mir nicht schon viel früher davon erzählt, Erdmuthe?«

Der tadelnde Unterton ließ die Frau zurückschrecken. »Aber ich dachte, Ihr wüsstet es, Herrin«, verteidigte sie sich. »Euer Gemahl reitet doch jede Woche über seine Ländereien, um nach dem Rechten zu sehen.«

Loretta stieß hörbar die Luft aus. Martin hatte ihr nie auch nur ein Sterbenswörtchen von der schlimmen Lage erzählt. Und sie selbst war seit den letzten warmen Tagen des vergangenen Jahres nicht mehr aus der Burg gekommen, sondern hatte sich in ihrem Elend verkrochen. *Das wird sich jetzt auf der Stelle ändern*, schwor sie sich.

Doch bevor sie der Alten antworten konnte, erscholl aus der Halle lautes Geschrei.

Als Loretta mit Erdmuthe die steile Treppe zum großen Saal hinabstieg, war das Burggesinde bereits zusammengelaufen und bildete einen Kreis um eine Gruppe, die Loretta nicht sehen konnte. Inmitten der Leute hörte sie Martins Stimme.

»Schweig, du Weibsstück«, fuhr er jemanden an. »Und du, Klara, berichte freiheraus, was du gesehen hast.«

Energisch drängte sich Loretta am Gesinde vorbei, das erst zur Seite wich, als es erkannte, wer es so heftig puffte. Schließlich hatte sie einen freien Blick auf die Szene.

Martin stand breitbeinig auf seinen Gehstock gestützt vor einem Mädchen von höchstens dreizehn Jahren, das schluchzend in den Binsen kniete. In der Hand hielt er eine Weidenrute, mit der er das junge Ding offensichtlich geschlagen hatte. Ein feuerroter Striemen zog sich über seine Wange. Loretta erkannte eine der Küchenmägde.

Vor Empörung begann ihr Herz, schneller zu schlagen. »Was geht hier vor?«, fragte sie mit scharfer Stimme. Zu ihrer nicht geringen Überraschung richtete ihr Gemahl vor den Ohren des ganzen Gesindes jetzt seinen Zorn gegen sie.

»Etwas, das Ihr, werte Hausfrau, schon längst bemerkt haben müsstet, wenn Ihr Euren Pflichten Genüge getan hättet.«

Loretta spürte, wie ihr Gesicht aufgrund des Tadels brennend rot wurde. Doch Martin beachtete sie gar nicht weiter. »Also, sprich, Klara«, forderte er die Köchin noch einmal auf, »damit auch meine vielliebe Gattin ins Bild gesetzt wird.«

Die Köchin, eine resolute Matrone mittleren Alters, stemmte die Hände in die Hüften. »Ich hatte die da«, sie reckte ihr Kinn verächtlich in Richtung des Mädchens, »schon lange im Verdacht zu stehlen. Immer wieder verschwand ein Ei aus der Speisekammer, oder die Wurst war kürzer als am Tag zuvor, obwohl ich sie sorgsam in der Lade verwahrt hatte. Heute habe ich mich auf die Lauer gelegt und die Diebin prompt auf frischer Tat ertappt.« Sie lächelte stolz und zeigte mit dem Finger auf Loretta, während sie das Mädchen ansprach. »Hier ist deine Herrin, die dir vertraut hat. Zeige auch ihr, was du in deiner Schürze verborgen hattest.«

Zitternd hob das Mädchen den Kopf und richtete seinen flehenden Blick auf Loretta.

»Hab keine Angst, Kind«, beruhigte diese die Magd mit betont sanfter Stimme. »Sage mir erst einmal, wie du heißt.« Zu ihrer Beschämung wusste sie nicht einmal den Namen des Mädchens.

»Katharina heiße ich, Herrin«, antwortete es leise. »Aber alle nennen mich Kathi.«

»Also, Kathi, ist es wahr, was man dir vorwirft? Hast du wirklich etwas aus der Speisekammer gestohlen?«

Das Mädchen schluchzte auf. »Verzeiht mir, Herrin, aber meine Familie leidet so große Not.«

»Lenk nicht von deiner Schuld ab, Diebin«, herrschte Martin die Küchenmagd an. »Zeige endlich, was du erbeutet hast. Damit deine Herrin, die nicht einmal deinen Namen weiß, erkennt, was geschieht, wenn sie die Türen nicht ordnungsgemäß verschließt, wie es sich für einen anständigen Haushalt gehört.«

Loretta atmete tief ein. So grob hatte Martin sie seit der Hochzeitsnacht nicht mehr behandelt, schon gar nicht vor Zeugen. Flüchtig erschien das Bild ihrer Mutter vor ihren Augen, die

von ihrem Vater regelmäßig derart getadelt wurde, auch wenn es Lauscher gab.
Doch ehe sie antworten konnte, hob die Magd ein kleines Stück Brot und einen Zipfel Wurst vom Boden auf und hielt Loretta die armseligen Speisen mit gesenktem Blick entgegen.
»Das ist alles?«, entfuhr es ihr zornig. Die Magd missverstand sie.
»Nein, Herrin. Das Ei zerbrach, als die Köchin mich am Kragen packte.«
Loretta ballte die Hände zu Fäusten und nahm sich zusammen. Mit mühsam beherrschter Stimme wandte sie sich an ihren Mann. »Und dafür züchtigt Ihr die Arme mit Eurer Rute? Wegen eines Schadens im Bruchteil eines Hellers?«
Martin öffnete und schloss den Mund wie ein Fisch auf dem Trockenen. Offensichtlich konnte er nicht fassen, dass ihm Loretta in aller Öffentlichkeit Widerworte gab.
Doch sie wandte sich schon wieder an Kathi. »Was ist der Grund dafür, dass du in der Speisekammer stibitzt hast? Gibt sie«, nun ruckte *sie* demonstrativ ihr Kinn in Richtung der Köchin, »dir nicht genug zu essen?«
Die Köchin wurde vor Wut puterrot. Aber angesichts Lorettas Stellung und sichtbaren Zorns wagte sie keine Widerworte.
Kathi schüttelte den Kopf. »Nein, Herrin. Hier auf der Burg behandelt man mich gut. Ich bekomme zweimal am Tag Grütze oder Brot und zum Nachtmahl dazu eine Suppe.« Sie begann wieder zu weinen.
»Aber im Dorf liegt meine Mutter schon seit Tagen zu Bett und fiebert. Sie kann keine Nahrung mehr in den Wäldern suchen, und meine kleinen Geschwister weinen vor Hunger. Und ich«, schluchzte sie, »arbeite in der Küche ja nur für meine eigene Kost und ein neues Kleid pro Jahr. Ich kann ihnen kaum etwas bringen. Dieses Brot habe ich nicht gestohlen, sondern es mir vom Munde abgespart.«

»Aber das Ei und die Wurst hast du genommen«, fauchte die Köchin. »Gesteh deine Schuld und bereue!«

Das Mädchen rutschte auf den Knien zu Loretta und umfasste ihre Beine. »Ich gestehe es, Herrin. Doch es geschah nur aus nackter Not. Habt Erbarmen! Meine Großmutter hat schon seit Tagen nichts mehr gegessen und ist nun zu schwach, um aufzustehen. Sie wird bald sterben. Was soll aus meinen kleinen Geschwistern werden, wenn auch noch die Mutter stirbt?«

»Genug des Gezeters«, fuhr Martin dazwischen. Offenbar hatte er sich wieder gefasst. Er winkte einen hünenhaften Knecht heran. »Nimm sie und verabreiche ihr zwanzig Schläge mit der Rute. Nicht zu hart, sie soll daran nicht krepieren. Und dann jage sie von der Burg.«

Wie eine Wildkatze schoss Loretta zu ihm herum. »Das werdet Ihr nicht tun, Herr Gemahl«, fauchte sie. »Das Mädchen gehört zu meinem Hausgesinde und steht unter meinem Schutz. Ich bestimme, was mit ihm geschieht.«

Völlig verblüfft starrte Martin sie an. »Was wagt Ihr Euch?«, krächzte er. Doch Loretta drehte ihm kurzerhand den Rücken zu.

»Geh und pack deine Siebensachen, Kathi. Hier auf der Burg kannst du nicht länger bleiben.«

Während das Mädchen ängstlich davonhuschte, sprach Loretta die Köchin an. »Und du begleitest mich in die Speisekammer und packst ein paar Nahrungsmittel für die hungernde Familie ein. Wird's bald?«, herrschte sie die Fassungslose an. »Oder willst *du* Bekanntschaft mit der Rute meines viellieben Gatten machen?«

Widerwillig folgte die Frau Loretta und packte auf ihr Geheiß ein großes Brot, einen frischen Käse, zwei geräucherte Schweinswürste, ein paar verschrumpelte Äpfel vom Vorjahr und ein Dutzend Eier in den Henkelkorb, den Loretta von einem Wandbord nahm und ihr entgegenhielt.

»Und Milch? Hast du auch frische Milch für die Kleinen?«, fiel Loretta ein, als sie schon in der Tür stand. Der Tonkrug passte gerade noch so in den Henkelkorb, der nun bis zum Rand gefüllt war.

Loretta kehrte mit der Köchin in die Halle zurück. Das Gesinde hatte sich zwischenzeitlich zerstreut, wahrscheinlich auf Martins Geheiß. Auch er war nirgends zu sehen. Offensichtlich ließ er sie vorerst gewähren, um keine weitere Szene vor den Burgleuten zu riskieren. *Doch den Preis dafür werde ich heute Nacht zu entrichten haben.*

Loretta verdrängte den Gedanken und schaute sich um. »Du da«, winkte sie dem hünenhaften Knecht, den sie in einer Ecke des Saales erspähte. »Wie ist dein Name?«

»Karlmann, Herrin.« Seine Miene zeigte eine Mischung aus Missbilligung und Bewunderung.

Loretta nickte. »Also, Karlmann.« Sie zog ein kleines Holzkreuz, das sie um den Hals trug, unter ihrem Gewand hervor. »Schwöre mir jetzt auf den Tod unseres Erlösers, dass du Kathi sicher zu ihrer Familie ins Dorf geleitest und dich unterwegs weder an ihr noch an den Lebensmitteln vergreifst.

Also, was ist?«, fuhr sie den Mann an, als der zögerte. »Möchtest du eine Nacht im Karzer verbringen?«

Der Mann räusperte sich. »Ich schwöre es auf das heilige Kreuz«, brummte er.

»Nun, dann macht euch auf den Weg, bevor es dunkel wird.«

Mittlerweile war auch Kathi mit einem kleinen Bündel in die Halle zurückgekehrt.

Lorettas letztes Wort galt dem Mädchen. »Ich komme dich morgen besuchen, Kathi, um zu schauen, wie es dir und deiner Familie geht.«

Plötzlich erfasste sie ein jäher Schwindel. Sie schwankte. Sofort war Erdmuthe an ihrer Seite und stützte sie.

»Was ist Euch, Herrin. Seid Ihr krank?«

Der Schwindel klang bereits wieder ab. Loretta schüttelte den Kopf. »Sorge dich nicht um mich, mir geht es gut.«

Mit zusammengebissenen Zähnen betrat Loretta an diesem Abend die gemeinsame Schlafkammer. Martin erwartete sie bereits, bis aufs Hemd entkleidet.

Ohne die Szene in der Halle zu erwähnen, winkte er sie schroff heran. »Zieh dich aus und leg dich aufs Bett.«

Seufzend tat Loretta, wie ihr geheißen wurde, und spreizte ergeben die Beine, ohne Martins Befehl dazu abzuwarten. Dafür schämte sie sich schon lange nicht mehr.

Doch heute hatte Martin anderes im Sinn. »Dreh dich um und begib dich auf alle viere!«

Verblüfft starrte Loretta ihn an. Was hatte das zu bedeuten?

»Wird's bald?«, herrschte Martin sie an. »Mich gelüstet danach, dich von hinten zu nehmen. Vielleicht wird dich das den nötigen Respekt vor mir lehren.«

Das Blut schoss Loretta ins Gesicht. Sie dachte an das Gespräch mit ihrer Mutter vor ihrer Hochzeit. *Will er mich etwa bespringen, wie es die Pferde tun?*

»Wenn er sich an die christlichen Gebote hält, liegst du dabei auf dem Rücken«, hatte ihre Mutter geseufzt.

Wieder durchflutete Zorn ihren ganzen Körper, mächtiger noch als bei ihrem Streit in der Halle.

»Oh nein, mein Gemahl. Das werde ich nicht tun. Entweder Ihr befolgt die Regeln unserer heiligen Mutter Kirche, oder ich verweigere Euch Eure ehelichen Rechte.«

Trotzig starrte sie Martin in die Augen, ungerührt von der Hand, die er drohend erhob.

»Ihr könnt mich schlagen, aber Ihr könnt mich nicht zwingen«, zischte sie. »Dazu fehlt Euch die Kraft.«

Ihr Gemahl ließ die Hand sinken. Er griff nach dem Krüglein mit der öligen Salbe und warf es ihr zu. »So mach dich bereit, meine allerchristlichste Gattin.« Trotz des Hohns, den er in seine Stimme legte, erkannte Loretta, dass diese Runde an sie ging. Folgsam rieb sie sich ein und spreizte die Beine. Es war sein Recht, sie zu nehmen. Er konnte sie verstoßen und in die Burg ihres Vaters zurückschicken, wenn sie sich weigerte. Aber darüber hinaus würde sie ihm kein Jota entgegenkommen. Weder auf dem Ehelager noch im gemeinsamen Alltag.

Kapitel 6

Burg Herrstein, Mai 1316, am nächsten Morgen

Am nächsten Morgen fühlte Loretta sich elend. Immer wieder wurde ihr schwarz vor Augen, und sie musste sich an den Wänden abstützen, um nicht zu fallen.

Als sie ihr Frühmahl, eine fette Grütze, in der Speckbrocken schwammen, würgend erbrach, fühlte sie sich angesichts des Mangels im Land noch schlechter. Zum Glück hatte sie ohnehin nur einige Löffel zu sich nehmen können.

Wieder regnete es draußen in Strömen. Am liebsten hätte sich Loretta den ganzen Tag in der Kemenate verkrochen, doch das ließ ihr Stolz nicht zu.

Denn trotz ihrer Schwäche hatte sie sich gleich nach dem Aufstehen heftig mit Martin gestritten. Der Anlass war sein Schweigen über die Hungersnot, die das Land heimsuchte.

»Warum habt Ihr mir nie etwas davon erzählt?«, fragte sie vorwurfsvoll, kaum nachdem sie sich angekleidet hatten. »Es gibt schon Familien, die nichts mehr zu essen haben.«

»Was hätte es Euch denn genutzt, es zu wissen?«, fragte Martin schnippisch zurück. Dann lächelte er höhnisch. »Oder hätte

Euch das daran gemahnt, die Türen von Speise-, Rauch- und Wäschekammer zu verschließen, damit sich Diebe nicht ungestraft bedienen können?«

»Ich vertraue meinem Gesinde«, fuhr ihn Loretta an. »Und wie ich den Haushalt führe, ist allein meine Angelegenheit.«

»Das steht noch dahin. Euer Vater ist bis heute die erste Rate Eurer Mitgift schuldig geblieben, die schon seit dem Osterfest fällig ist. Solange Ihr also nur von meinem Vermögen lebt, erwarte ich nicht nur den Respekt und Gehorsam, den Ihr mir als Eheweib gelobt habt, sondern auch äußerste Achtsamkeit im Umgang mit meinem Eigentum.«

Loretta verschlug es vor Wut und einem anderen Gefühl, das sie zunächst nicht zu benennen wusste, die Sprache. Erst als Martin aus der Schlafkammer gehinkt war, erkannte sie, dass es Beunruhigung war. *Was geschieht, wenn Martin die fehlende Mitgift tatsächlich zum Anlass nimmt, um mich zurückzuschicken?* Trotz seiner Warnung beschloss sie, an ihrem Vorhaben festzuhalten und Kathis und Erdmuthes Familien heute einige Lebensmittel zu bringen. Sie wartete, bis Martin die Burg verlassen hatte, um sich wieder irgendwo herumzutreiben. Gerüchteweise hatte sie gehört, dass er sich ab und an mit dem Grafen von Kyrburg traf, dessen Ländereien an die Herrschaft Herrstein grenzten.

Dann wies sie die murrende Köchin an, je einen Sack getrockneter Erbsen und Gerste auf einen Karren zu laden. Da nur noch vier Speckseiten in der Rauchkammer hingen, zögerte Loretta einen Moment, bevor sie beschloss, auch davon eine mitzunehmen. Drei Laibe Käse und nahezu alles Brot, das vom letzten Backtag noch übrig war, vervollständigten die Gaben für die hungernden Familien.

»Und was soll ich heute zum Nachtmahl auftischen?«, fragte die Köchin, die Loretta und Erdmuthe in den Burghof gefolgt war, herausfordernd.

»Am besten beginnst du gleich damit, frisches Brot zu backen«, entgegnete Loretta kurz angebunden. »Schließlich ist der Tag noch jung.«

»Aber Backtag ist erst am Freitag«, protestierte die Matrone.

»Wer sagt das?«

Trotzig senkte die Frau die Augen.

»Also, mach dich ans Werk und setze den Teig an«, beendete Loretta ungerührt den Disput. Erstaunt bemerkte sie, dass ihre morgendliche Schwäche völlig verschwunden war und sie sich voller Energie fühlte. Es tat einfach gut, sich nicht mehr alles bieten zu lassen, sondern die Zügel selbst in die Hand zu nehmen.

Lorettas Euphorie verwandelte sich rasch in tiefe Betroffenheit, als sie die ersten Katen des Dorfes erreichte. Überall erblickte sie abgemagerte Menschen, die ohne ein Lächeln ihrem mühsamen Tagewerk nachgingen und kaum die Kraft für eine Verbeugung oder einen Knicks zu ihrer Begrüßung zu haben schienen. Erstaunt bemerkte sie, dass die Menschen so viel Abstand wie nur möglich zu ihrem Karren hielten. Die meisten verschwanden rasch in ihren Hütten, die aus mit Lehm beworfenem Flechtwerk bestanden und bislang nicht neu gekalkt worden waren, so wie es im Frühling eigentlich Brauch war. Das ganze Dorf wirkte so grau wie das Wetter und die Gesichter seiner Bewohner.

Auf dem vom Regen völlig aufgeweichten Dorfplatz ließ Loretta den Karren anhalten. Dort lagen Werkstatt und Wohnung von Erdmuthes Schwiegersohn, dem Schmied. Man sah dem Gebäude den ehemaligen Wohlstand des angesehenen Handwerkers an. Die Schmiede selbst war wegen der Feuergefahr sogar aus Bruchstein errichtet worden, der offensichtlich aus dem nahe gelegenen Steinbruch stammte. Das Wohnhaus bestand aus unbehauenen Holzstämmen und war damit stabiler als die

einfachen Hütten aus Flechtwerk, die den größten Teil der Behausungen ausmachten.
Loretta ließ sich von Karlmann, dem Knecht, vom Karren hinabhelfen. Trotz der hölzernen Trippen, die sie vorsorglich unter ihre Schuhe aus Rehleder geschnallt hatte, versank sie sofort bis zu den Knöcheln in zähem Matsch. Der Regen war jetzt schwächer geworden, es nieselte nur noch.
Daher bemerkten die Bewohner schnell, dass Loretta Lebensmittel dabeihatte. Noch bevor sie das Haus des Schmieds erreicht hatte, verließen viele Dörfler ihre Hütten und umringten sie. Es waren hauptsächlich alte Männer, Frauen, manche mit apathisch wirkenden Säuglingen an der Brust oder auf dem Rücken, und Kinder, die barfuß bis zu den Knien im Dreck wateten.
»Herrin, erbarmt Euch! Seht unsere Not! Seid barmherzig und gebt uns zu essen«, ertönte es von allen Seiten. »Unsere Männer streifen Tag und Nacht durch Felder und Wälder, doch sie finden nichts mehr, womit wir unseren Hunger stillen können.«
Zutiefst erschrocken starrte Loretta auf die immer größer werdende Menschenmenge, unter die sich jetzt vereinzelt auch erwachsene Männer mischten. Mehrere Frauen und Greise fielen sogar vor ihr auf die Knie und versuchten, mit ihren knochigen Händen ihr Gewand zu ergreifen. Die Not war noch viel größer, als sie es sich vorgestellt hatte!
Trotz ihres Mitleids war sie froh, auf Erdmuthe gehört und zwei starke Knechte zu ihrem Geleit mitgenommen zu haben, darunter Karlmann, den sie am Vortag mit Kathis Begleitung betraut hatte.
In der Tür des Holzhauses war mittlerweile eine bis auf die Knochen abgemagerte Frau erschienen, an deren Gewand sich zwei hohlwangige Kinder klammerten, keines älter als fünf Jahre. Die Frau war hochschwanger, ihr geschwollener Bauch hing wie eine groteske Kugel an ihrem ausgemergelten Leib.
»Lina«, schrie die alte Erdmuthe auf, als sie ihre Tochter erblick-

te. »Lina, wie geht es dir? Sei frohen Mutes, die Herrin bringt dir nahrhafte Speisen.«

»Geht aus dem Weg«, schrie die Alte die Menschen an, die sich zwischen den Karren und das Holzhaus des Schmiedes drängten. »Dies sind Lebensmittel für meine Tochter. Seht sie doch an, sie ist schon fast verhungert.«

»Auch meine Kinder verhungern!«, rief eine der Frauen aus der Menge. »Auch wir brauchen Nahrung.«

»Das ist eure Sache«, fuhr Erdmuthe die Frau zu Lorettas Bestürzung mitleidlos an. »Hättet ihr alle eure Schulden beim Schmied bezahlt, wäre meine Lina jetzt nicht so elend! Wie soll sie ein gesundes Kind gebären, wenn sie aussieht, als würde der Schnitter Tod sie schon bald hinwegmähen?«

»Wovon hätten wir denn die Schulden begleichen sollen? Wir haben doch alle schon seit dem Winter kaum mehr etwas zu essen!«, ertönte es rings um Loretta. »Und von dem wenigen, was noch übrig war, mussten wir dem Grundherrn die Frühjahrspacht bezahlen!«

Lorettas Bestürzung verwandelte sich in Entsetzen. Deshalb waren die Menschen also bei ihrem Anblick zunächst geflohen. Konnte es wirklich sein, dass Martin den Hörigen trotz ihrer Not die Pacht abgepresst hatte? Einen Moment lang ergriff sie wieder der Schwindel, doch mit aller Kraft, die sie aufbringen konnte, schüttelte sie ihn ab. Jetzt war keine Zeit für weibische Schwäche.

Sie hob gebieterisch die Hand. »Geht in eure Hütten und bringt Gefäße herbei, in die ich euch etwas Erbsen und Gerste abfüllen kann. Auch Brot und Käse sollt ihr bekommen, doch nur, wenn ihr mich zuvor diese arme Frau und ihre Familie versorgen lasst.«

Die Menschen verharrten um den Karren herum, als ob sie fürchteten, Loretta würde ihr Versprechen nicht halten, sobald sie den Weg freigaben.

Die holte tief Luft. »Doch wenn ihr mir nicht gehorcht, kehre ich in die Burg zurück, und keiner wird etwas bekommen.« Sie hoffte, dass man ihrer Stimme die zunehmende Furcht nicht anmerkte. Auch die beiden starken Knechte würden sie kaum davor bewahren können, bis aufs Hemd ausgeplündert zu werden, wenn die Menge erst einmal gewalttätig wurde.

Doch schließlich begannen sich die Leute, an jahrhundertelangen Gehorsam gegenüber ihren Grundherren gewöhnt, tatsächlich bis auf ein paar Kinder und Greise zu zerstreuen. Loretta befahl den Knechten, alle Lebensmittel in das Holzhaus zu bringen. Sie war froh, dass die Köchin die Speckseite mit dem Käse zusammen in eine Kiste gepackt hatte. Musste schon alles andere gerecht verteilt werden, wollte sie Linas und Kathis Familien zumindest das kostbarste Lebensmittel vorbehalten.

Im Innern des Holzhauses, das aus einem einzigen Raum mit einem durch eine Flechtwerkwand abgetrennten Schlafplatz bestand, empfing sie muffige Kälte. Kein Feuer brannte in der steinernen Herdstelle, die aussah, als sei sie seit langem nicht mehr geheizt worden. Bis auf einen hölzernen Tisch, ein paar dreibeinige Schemel und einige leere Wandborde gab es keine weiteren Möbel.

»Wo sind die Truhen mit euren Kleidern, wo ist euer wertvolles Zinngeschirr?«, fragte Erdmuthe entsetzt.

»Wir haben in den letzten Wochen alles zu den Juden nach Kirn getragen und verpfändet, um etwas zu essen kaufen zu können«, antwortete Lina mit schwacher Stimme.

»Verpfändet? Auch Eberhards Werkzeug?«

Lina schüttelte den Kopf. »Das Werkzeug hat Eberhard noch behalten. Sonst hat er ja keine Möglichkeit mehr, unseren Lebensunterhalt zu verdienen, wenn diese schreckliche Zeit endlich vorbei ist.«

Die Frau begann zu weinen. »Aber die Decken für unsere Betten hat er heute Morgen mitgenommen, um sie in Kirn zu verkaufen. Nun müssen wir selbst bei Nacht jämmerlich frieren, wenn es nicht endlich wärmer wird.«

Loretta war erschüttert. Aber schon hörte sie die Menge draußen zurückkommen.

»Hast du einen Korb oder einen Sack?«, drängte sie. »Rasch, sonst geht ihr am Ende noch leer aus.«

Lina nickte und huschte in eine Ecke des Raumes. Wenig später füllte Loretta mit Erdmuthes Hilfe eine tüchtige Portion Erbsen und Gerste in zwei Gefäße und fügte einen großen Laib Brot und einen halben Käse hinzu.

»Hast du auch ein Messer? Beeile dich doch!«

Noch tagelang erinnerte sie sich an die verzückten Blicke der Frau, als sie die Speckseite in zwei Hälften schnitt und ihr eine davon übergab.

»Koch dir mit einem Teil davon eine kräftige Suppe!«

Linas Miene wurde wieder traurig. Sie schüttelte den Kopf. »Wir haben seit Tagen kein Brennholz mehr, Herrin. Außerdem fürchte ich, dass es uns so geht wie der Kathi, wenn die Nachbarn bemerken, dass wir sogar Speck besitzen.«

Loretta erschrak. »Was meinst du damit?«

Die Frau senkte den Kopf. »Als Kathi gestern Abend von der Burg kam, hatte sie Lebensmittel dabei. Das blieb im Dorf nicht unbemerkt. Sobald der Knecht fort war, der sie herbegleitete, nahmen die Leute ihr nahezu alles weg, was sie mitgebracht hatte.«

Zorn verdrängte Lorettas Schrecken. »Hat man ihr etwas zuleide getan? Dann werden die Schuldigen es zu büßen haben.«

»Nein, Herrin. So weit ist es noch nicht gekommen.« Lina begann wieder zu weinen und sank auf die Knie.

»Mein Eberhard und der Dorfschulze haben die Meute daran gehindert. Aber der Hunger macht uns alle zu Wölfen.« Sie schluchzte. »Auch ich habe einen der Äpfel gegessen, die Eberhard mitgebracht hat. Und den zweiten den Kleinen gegeben. Verzeiht mir das, Herrin.«

Zu bestürzt, um noch wütend zu sein, verharrte Loretta auf ihrem Platz. Draußen wurde der Lärm lauter. Sie riss sich zusammen, trat in die Tür und winkte den Knechten, die neben dem Wagen standen.

»Hast du noch einen Sack? Ich lasse ihn dir auch zurückbringen.«

Lina nickte und kehrte wenig später mit dem Gewünschten zurück. Rasch verbarg Loretta die zweite Hälfte der Speckseite, einen Laib Brot und den halben Käse darin und schaufelte mit den Händen Gerste und Erbsen darüber. Nahrung war Nahrung, da würde Kathis Familie nicht wählerisch sein, auch wenn sie Erbsen und Gerste jetzt zusammen zu einem Brei verkochen musste.

Kochen? Die Leute hatten ja kein Brennholz mehr. Doch darum würde sie sich später kümmern. Jetzt war dazu keine Zeit.

Die Menschenmenge auf dem matschigen Dorfplatz schien noch größer geworden zu sein, als Loretta Linas Haus verließ und auf den Karren stieg. Hinter ihr folgten die Knechte mit den Nahrungsmitteln. Auf ein Zeichen Lorettas luden sie Kiste und Säcke wieder auf den Karren. Ein ängstliches Raunen lief durch die Menge.

Loretta straffte sich und hob die Hand. »Ihr Leute«, rief sie, so laut sie konnte, »seid still und hört mir zu!«

Sie wartete, bis sich die Dörfler beruhigt hatten. Dann blickte sie in die Runde.

»Schändliches ist mir soeben zu Ohren gekommen. Die Magd Kathi, der ich gestern Abend etwas Nahrung für ihre kranke Mutter und Großmutter mitgegeben habe, wurde noch am Abend von euch beraubt. Schämt euch! Zur Strafe dürfte ich euch nichts von diesen Lebensmitteln hier geben.«

Die Menge stöhnte entsetzt auf.

»Doch ich will dieses eine Mal Gnade walten lassen. Tretet näher, jede Familie soll ihren Anteil erhalten. Doch wenn mir

noch einmal zu Ohren kommt, dass jemand unter euch seine Nachbarn bestiehlt, sorge ich dafür, dass er streng bestraft wird.«
Trotz der leichten Übelkeit, die sie erneut befiel, schaute Loretta durchdringend in die Runde. Die meisten Menschen blickten zu Boden, wenn ihre Blicke sich trafen. Einigen Frauen liefen Tränen die Wangen hinunter.
Schließlich war Loretta zufrieden. »Stellt euch nun in einer Reihe auf, eine Person für jede Familie. Meine Kammermagd hier kennt euch alle. Hütet euch also davor, mich betrügen zu wollen.«
Wenig später halfen Loretta und Erdmuthe den Knechten, die Lebensmittel an die Dörfler zu verteilen. Die Männer füllten Erbsen und Gerste in die Gefäße und Säcke der Menschen. Erdmuthe schnitt mit Linas Messer Brot und Käse in Stücke, die Loretta vom Karren hinabreichte. Die Portionen waren erschreckend klein und würden kaum für mehr als eine Mahlzeit reichen.
Schließlich war nur noch der Sack für Kathis Familie übrig. »Haben alle etwas erhalten?«, wandte Loretta sich an Erdmuthe. Die Alte nickte.
»So lass uns nun Kathis Hütte aufsuchen. Wo liegt sie?«
Erdmuthe wies die schlammige Dorfstraße hinunter. »Dort am Saum des Waldes. Kathis Mutter ist eine Kräuterkundige. Sie ernährt die Familie mit dieser Kunst seit dem Tode des Vaters.«
Mühsam rumpelte der Karren durch den zähen Morast. Immer wieder mussten die Knechte, die neben den beiden Ochsen hergingen, schieben und die Tiere mit der Gerte antreiben, wenn die Räder bis fast zu den Naben im Schlamm versanken. Es begann wieder, heftig zu regnen.
Trotz ihres warmen Umhangs war Loretta völlig durchnässt und durchgefroren, als sie die armselige Behausung endlich erreichten. Die Tür aus geflochtenen Weidenzweigen war so niedrig, dass Loretta sich bücken musste, um hindurchzutreten.

Drinnen empfing sie die gleiche muffige Kälte wie in Linas Haus, doch durchsetzt mit einem üblen Gestank nach Fäulnis und Verfall. Das einzige schmale Fenster war mit einem schmutzigen Lumpen verhängt. Als sich Lorettas Augen an das Dämmerlicht gewöhnt hatten, schrak sie zurück. Zu einem unförmigen Klumpen verknäuelt, lagen drei gespenstisch anmutende Gestalten mit geschlossenen Augen unter einer verschlissenen Decke auf einem dünnen Strohlager. Es waren offensichtlich Kathis Mutter und die kleinen Geschwister. Von dem Mädchen selbst war nichts zu sehen.

Loretta presste die Hand auf den Mund, um den plötzlichen Brechreiz zu überwinden, der in ihr aufstieg, und ging auf die armselige Lagerstatt zu. Hinter ihr folgte Erdmuthe mit dem Sack voller Nahrungsmittel.

Jetzt öffnete die kranke Frau die Augen. »Kathi, bist du zurück? Hast du etwas Kamille am Waldrand finden können?«

»Kathi ist noch nicht da. Ich bin Loretta von Starkenburg und komme, um dir etwas zu essen zu bringen.«

Mühsam richtete sich die Frau auf und stützte sich auf ihre Ellbogen. Die Kleinen neben ihr erwachten und begannen, leise zu greinen.

»Seid Ihr gekommen, um Kathi zurück auf die Burg zu holen?« Ein Hoffnungsstrahl huschte über das eingefallene Gesicht der Frau mit den kirschroten Flecken auf beiden Wangen. Sie schien noch immer zu fiebern.

Loretta schüttelte den Kopf. Die Augen der Frau wurden stumpf. »So wird sie mit uns in dieser Hütte verhungern«, murmelte sie. »Und nehmt Euer Essen mit Dank für Eure Güte wieder mit. Erst gestern haben sie uns überfallen und alles geraubt, was Ihr Kathi geschenkt habt.«

Loretta wurde die Kehle eng. Doch sie schluckte ihren Zorn auf die Dörfler hinunter. »Das wird nicht wieder geschehen«, beruhigte sie die Kranke. Sie blickte sich suchend um. »Hast du

Brennholz und einen Kochtopf? Ich habe Zutaten für eine kräftige Suppe.«

»Weder das eine noch das andere. Wir haben seit Tagen keine warme Mahlzeit mehr gehabt.«

Loretta fasste einen Entschluss. Sie trat unter die niedrige Tür und winkte dem Knecht. »Karlmann, lauf sofort zurück zur Burg und bringe Brennholz mit, so viel du nur tragen kannst. Mit dem schwerfälligen Karren dauert es mir zu lange.«

Der Mann sah sie mürrisch an. Er machte keine Anstalten, sich zu bewegen. Loretta fühlte sich plötzlich todmüde. Erneut befiel sie ein Schwindel. Sie wechselte die Taktik. »Wenn du vor der Mittagsstunde zurück bist, gebe ich dir zum Lohn einen halben Heller.«

Karlmann machte große Augen und drehte sich auf dem Absatz um. »Und bring auch noch einen Topf mit!«, rief ihm Loretta in letzter Minute nach.

Sie wandte sich um, um in die Hütte zurückzukehren, und schrie vor Entsetzen auf. Der Tod persönlich grinste sie an. Dann umfing sie gnädige Dunkelheit.

Als Loretta wieder zu sich kam, brannte ein lustiges Feuer in der Kochstelle. Ein würziger Duft verdrängte den üblen Gestank. Neben ihr saß die kleine Magd Kathi. Ihre Augen begannen zu strahlen, als sich ihre Blicke trafen.

»Der Jungfrau Maria sei Dank.« Sie griff nach einem einfachen Tonbecher, der in der Nähe der Kochsteine stand. »Hier, trinkt diesen Kräutersud. Er wird Euch kräftigen.«

Misstrauisch schnupperte Loretta an dem Gebräu und erkannte den Duft, der die ganze Hütte erfüllte. »Was ist das?«

»Ein Aufguss von Johanniskraut und Schafgarbe«, antwortete Kathis Mutter von ihrem Lager. »Ich habe die Kräuter im letzten Herbst selbst gesammelt. Sie tun Frauen in Eurem Zustand gut.«

Ehe sich Loretta über die seltsamen Worte wundern konnte, fiel ihr Blick wieder auf die grauenhafte Gestalt, die sie vor ihrer Ohnmacht erblickt hatte. Jetzt erkannte sie, dass es sich um einen bis aufs Skelett abgemagerten Menschen handelte, der reglos in einer Ecke der Hütte lag, nur mit einem zerfetzten Hemd bekleidet. Sie erinnerte sich an Kathis Worte vom Vorabend.

»Ist dies deine Großmutter?«

Kathi nickte. Die Fröhlichkeit wich aus ihrer Miene, ihre Augen füllten sich mit Tränen.

»Sie hat seit mehr als zwei Wochen nichts mehr zu sich genommen und alles, was ihr zugestanden hätte, den Kleinen gegeben. Nichts und niemand konnte sie zum Essen bewegen. Nun wartet sie auf ihren Tod.«

Loretta war tief betroffen. »Sie ist euch zuliebe verhungert?«

Kathi nickte schluchzend.

In diesem Moment richtete sich Erdmuthe auf, die vor der Herdstelle gekniet hatte. »Der Brei ist fertig!«, rief sie mit betonter Munterkeit. »Kommt nun, ihr Kleinen, und schlagt euch tüchtig die Bäuche voll. Es ist genug …«

»Halte ein«, unterbrach sie die schwache Stimme der Mutter. »Bis auf Kathi dürfen wir alle nur kleine Portionen zu uns nehmen, bis sich unsere Mägen wieder an die Nahrung gewöhnt haben. Wir können sonst sogar daran sterben.«

Verblüfft blickten Loretta und Erdmuthe die Kranke an. Doch Kathi wischte sich energisch die Tränen ab und zog ihre Geschwister, die sich gierig um den Breitopf drängten, zurück. »Die Mutter hat recht. Vergesst nicht, sie ist eine Heilkundige.«

Nachdem sie einen Schlag Brei in einen Napf gefüllt und ihrer Mutter gebracht hatte, begann sie, die Kleinen mit einem Holzlöffel zu füttern, bis die Kranke eine kraftlose Hand hob. »Jetzt ist es fürs Erste genug. In zwei Stunden können sie die nächste Mahlzeit bekommen.«

Ohne sich um das Weinen der Kinder zu kümmern, legte Kathi

den Deckel auf den Topf. »Wenn es zu dämmern beginnt, gebe ich euch wieder etwas.«
Erschrocken richtete Loretta sich auf. War es schon so spät? Sie war weit vor der Mittagsstunde von der Burg aufgebrochen. Was würde Martin sagen, wenn er bereits zurück war?
Mit Erdmuthes und Kathis Hilfe stand sie auf. »Nun lebt wohl, gute Leute. Und du, liebe Kathi, lass mich wissen, wenn eure Vorräte aufgebraucht sind. Ich sorge dafür, dass ihr Nachschub erhaltet.«
Sie wandte sich schon zum Gehen, als der schwache Ruf von Kathis Mutter sie aufhielt. »Kommt noch einmal zu mir, gütige Herrin, und leiht mir Euer Ohr. Ich habe nichts anzubieten als guten Rat, doch den will ich Euch voller Dank für Eure Barmherzigkeit gerne erteilen. Aber zuvor möchte ich Euch einige Fragen stellen.«
Fassungslos lauschte Loretta den Worten der Kranken.

Burg Herrstein, Mai 1316, drei Tage später

»Ja, seid Ihr denn von allen guten Geistern verlassen?« Von Martins Lippen sprühte der Geifer und benetzte Lorettas Gesicht. Ihr Gatte war erst vor einer Stunde von einer mehrtägigen Zechtour mit dem Kyrburger nach Herrstein zurückgekehrt.
Sie bezwang ihren Ekel und sah ihm ruhig in die Augen. »Die Menschen im Dorf leiden Hunger und Not. Auch weil Ihr ihnen das wenige, das sie noch besaßen, für die Frühjahrspacht abgenommen habt.«
»Ach«, brüllte Martin. »Weil ich mein Recht als Grundherr ausübe, muss ich mir auch noch Vorwürfe anhören? Und das dient Euch zum Vorwand, mein Hab und Gut zu verschleudern?«

»Ich habe den Dörflern Nahrung und Brennholz zukommen lassen. Dinge, die wir auf der Burg noch im Überfluss haben.« Schon am Tag nach ihrem ersten Besuch hatte sie beschlossen, weitere Hilfslieferungen zu den Hungernden zu bringen.
»Noch im Überfluss haben?«, echote Martin. »Die Speisekammer ist nahezu leer, kein Käse, kein Schinken, keine Wurst ist mehr übrig. Der Brennholzvorrat ist ebenfalls bis auf ein paar armselige Scheite geplündert.«
»So heißt Eure Dienstmannen, neues Holz zu schlagen, ein Schwein zu schlachten, und geht selbst auf die Jagd«, antwortete Loretta ungerührt. »Der Sauerteig für das Brot ist bereits angesetzt, ebenso frischer Käse. Wenn Ihr Euch einige Tage geduldet …«
»Geduldet?«, fiel ihr Martin ins Wort. »Ich soll mich noch mehr gedulden?« Er trat so dicht an Loretta heran, dass ihr sein widerlicher Geruch in die Nase stieg. »Ich gedulde mich doch schon seit Wochen, was Eure Mitgift angeht. Doch Friedrich von Kyrburg hat mir die Augen geöffnet. Euer Vater besitzt keinen blanken Heller mehr, um seine Schulden zu begleichen, geschweige denn, die Mitgift zu zahlen. Und Ihr«, er bohrte Loretta anklagend einen Finger zwischen die Rippen, »Ihr habt immer gewusst, dass ich betrogen werde.«
Loretta biss die Zähne zusammen und blieb stumm.
»Erdreistet Euch also noch ein einziges Mal, mein Eigentum an wertloses Pack zu verschwenden, und ich jage Euch von der Burg. Dann könnt Ihr zu Fuß in das jämmerliche Gemäuer Eures Vaters zurückkehren.«
Loretta ballte die Hände zu Fäusten und holte tief Luft. Dann hob sie entschlossen den Kopf und blickte Martin geradewegs in die Augen. »Das werdet Ihr nicht tun, mein Gemahl«, sagte sie, so ruhig sie konnte. »Denn unter dem Herzen trage ich Euer Kind.«

Kapitel 7

Burg Herrstein, Dezember 1316

»Herrin, Ihr müsst etwas essen, sonst nimmt Euer Kind am Ende noch Schaden.«

Angewidert starrte Loretta auf die appetitlich angerichtete Gemüsesuppe, die Hilda, Kathis Mutter, auf den Kastentisch in der Kemenate gestellt hatte. Rüben, Lauch und Sellerie schwammen darin. Sie stammten aus dem Burggarten, den Kathi auf Hildas Geheiß im Sommer in einer wettergeschützten Ecke angelegt hatte.

»Aber ich bringe keinen Bissen herunter, Hilda. Das Kind drückt mir inwendig so auf den Magen, dass kein Körnchen hineinpasst.«

Hilda seufzte. »Das fühlt sich nur so an, Herrin. Zumal es jetzt jeden Tag so weit sein kann. Auch deshalb müsst Ihr essen. Die erste Geburt ist in der Regel die schwerste und kann Tage dauern. Dazu müsst Ihr bei Kräften sein.«

Loretta rührte sich nicht.

Hilda griff zu einem bewährten Mittel, das sie in jüngster Zeit schon häufiger angewandt hatte. Sie zog einen Schmollmund. »Ich habe eigens für Euch diesen Schnittlauch in einem Topf gezogen, obwohl es draußen schon Stein und Bein gefriert, und die Suppe damit gewürzt, damit sie Euch mundet. Ein wenig Dank für meine Mühe hätte ich mir schon erwartet.« Sie hoffte, dass ihre Stimme gekränkt genug klang.

Wider Willen musste Loretta lächeln. Obwohl sie die List ihrer Wehmutter durchschaute, überwand sie sich, griff nach dem Löffel und führte ihn zum Mund. In der Tat schmeckte die Suppe köstlich, und plötzlich war auch ihr Appetit wieder da. Jetzt konnte sie kaum schnell genug essen, so heißhungrig war sie auf einmal. Bereitwillig griff sie nach dem weichen Weizenbrot, das Hilda ihr anbot. Der Weizen hatte Martin ein kleines Vermögen gekostet. Seitdem sie schwanger war, sparte er Loretta gegenüber nicht am Essen, obwohl die Kornspeicher der Burg sich langsam leerten.

»Du Gute«, murmelte sie mit vollem Mund. »Was hätte ich nur ohne dich getan.«

Hildas Augen wurden feucht. »Was hätten meine Kinder und ich nur ohne Euch getan, Herrin? Kaum jemand im Dorf braucht heute noch eine Wehmutter oder könnte meine Kräuter bezahlen. Wenn Ihr uns nicht auf die Burg geholt hättet, wären wir alle verhungert wie meine Mutter.«

»Aber nein!«, rief sie erschrocken, als Loretta ihren Löffel wie erstarrt über der Suppe schweben ließ. »Hört um der Jungfrau Maria willen nicht auf zu essen, weil ich Euch an den Jammer im Land erinnert habe.«

Folgsam tauchte Loretta den Löffel erneut in die Schale. Doch die Suppe schmeckte auf einmal fade.

Kathis Familie war die einzige, die sie aus dem Dorf auf die Burg holen und damit vor dem furchtbaren Elend bewahren konnte, das schlimmer denn je landauf, landab herrschte. Auch die Ernte dieses Sommers war nahezu komplett verlorengegangen, nachdem es nicht zu regnen aufgehört hatte.

Und ich habe nichts mehr für die Ärmsten tun können. Loretta umfasste den Löffelstiel noch fester.

Nie würde sie den triumphierenden Ausdruck im Gesicht der Köchin vergessen, als sie einige Tage nach ihrem Streit mit Martin eine neue Fuhre Lebensmittel ins Dorf bringen wollte.

Die Matrone hatte ihr frech ins Gesicht geschaut. »Der Herr Graf hat es verboten, Herrin. Jeder, der Euch dabei hilft, etwas ohne seine Erlaubnis aus der Burg zu schaffen, wird mit zwanzig Peitschenhieben bestraft und davongejagt.«

Empört hatte Loretta Martin zur Rede gestellt. Die Schamröte schoss ihr ins Gesicht, als sie an die demütigende Szene dachte.

»Die Köchin hat Euch meine Anweisungen getreulich übermittelt, vielliebe Gattin. Kein Stückchen Brot, kein Körnchen Gerste, kein Zweiglein Holz verlässt ohne meine Zustimmung die Burg.«
»Aber das könnt Ihr nicht tun«, protestierte Loretta. »Der Herrgott hat Euch das Wohl dieser Menschen anvertraut. Sie werden sterben wie die Fliegen, wenn das Wetter weiterhin so schlecht bleibt.«
»*Wenn* es so schlecht bleibt«, antwortete Martin unbeeindruckt. »Allein, das steht ja noch dahin.«
In ihrer Erbitterung bedachte Loretta ihre nächsten Worte nicht. »Mein Vater war oft hart und ungerecht zu seiner Familie. Doch niemals hat er als Grundherr so an seinen Untertanen gehandelt, für deren Wohlergehen er am Jüngsten Tag Rechenschaft ablegen muss.«
Martins Gesicht verfärbte sich zornesrot. Er öffnete schon den Mund zu einer harschen Antwort, als plötzlich ein niederträchtiges Lächeln seine schiefen Zähne enthüllte. »Ah ja, da erinnert Ihr mich an etwas, vielliebe Gattin.« Seine Stimme klang ölig. »Euer Vater! Leider ist er nicht so großherzig gegenüber seinen Gläubigern wie gegenüber seinen hörigen Bauern. Doch ich mache Euch ein großzügiges Angebot.« Wie immer, wenn er sich ihr gegenüber beweisen wollte, trat er so nah an Loretta heran, dass sie vor seinem säuerlichen Geruch zurückwich. »Wenn Euer Vater endlich die erste Rate der Mitgift entrichtet, immerhin vierhundertvierzig Pfund Heller, lasse ich jede Woche Korn in meinen Dörfern verteilen. Nicht nur in Herrstein, sondern in allen Flecken, die zur Herrschaft gehören. Und das bis zur nächsten Ernte.«
Er zuckte übertrieben mit den Schultern. »Doch vielleicht müsste jemand, der ihm nähersteht als ich, ihn an die Zahlung gemahnen.« Damit verließ er den Raum. Loretta blieb, bebend vor Scham und Zorn, zurück.

Es dauerte zwei Tage, bis sie ihren Stolz überwand und das erste Bittschreiben an ihren Vater richtete. Ihm folgten noch zwei weitere. Alle waren bis heute ohne Antwort geblieben. *Und mehr zu tun war mir nicht vergönnt!*

Hilda, die ihre trüben Gedanken ahnte, sprach Loretta an. »Ihr habt getan, was Ihr konntet, Herrin«, sagte sie sanft und ergriff ihre Hand.

Loretta ließ den Löffel los. »Ich kann nichts mehr essen, bitte habe Erbarmen.« Ein plötzlicher Schmerz ließ sie zusammenfahren. »Außerdem tritt mich das Kind wieder ganz arg.«

»Ich sagte es Euch doch schon. Es wird ein kräftiger Junge.« Hilda hoffte, dass Loretta ihr die Besorgnis nicht anmerkte. Die Hüften der Erstgebärenden waren sehr schmal, und ihre Beschwerden aufgrund der Schwangerschaft schon seit längerer Zeit ungewöhnlich stark.

»Nun kommt zum Lager. Ich möchte Euch untersuchen.«

Loretta unterdrückte ein Stöhnen, als sie sich erhob und mit schweren Schritten auf das Bett zuging. Aufatmend ließ sie sich in die weichen Kissen sinken. Mit behutsamen Bewegungen schob Hilda ihr Gewand hoch und strich mit sanften Händen über ihren geschwollenen Leib.

»Das Kind hat sich weiter gedreht, und sein Kopf befindet sich jetzt in der richtigen Lage.« Wenigstens dies würde keine Schwierigkeiten bei der Geburt bereiten. Hilda zog den Atem ein. »Doch heute möchte ich Euch noch um eine andere Untersuchung bitten. Ich würde den Geburtskanal gerne von innen ertasten. Möglicherweise ist dies ein wenig schmerzhaft für Euch. Doch ich werde so behutsam wie möglich sein.«

Loretta nickte ergeben. Dann beobachtete sie, wie Hilda ein kleines Salbgefäß aus ihrem Hebammenkorb nahm und sich mit seinem öligen Inhalt die Hände einrieb. Unwillkürlich zuckte sie zusammen. Dann lächelte sie unfroh.

Ihre Rache an Martin für seine unbarmherzige Haltung gegenüber den Dörflern schmeckte noch heute süß. Schon bei der ersten Beichte nach Feststellung der Schwangerschaft hatte der Burgkaplan sie darüber belehrt, dass sie sich bis zur Geburt jeglicher Fleischeslust zu enthalten habe.

An diesem Abend wartete sie, bis sich Martin bereits völlig entkleidet hatte, bevor sie ihn mit der Neuigkeit konfrontierte. »Ich fürchte, ich habe schlechte Nachrichten, werter Gemahl«, seufzte sie gekünstelt. Dann lächelte sie süffisant. »Ihr mögt Eure ehelichen Rechte ausüben, um mich in den meinen als Hausfrau zu beschränken. Doch auf Eure Rechte im Schlafgemach werdet Ihr verzichten müssen, wie mir Bruder Matthäus heute eindringlich eröffnete.«

Sie machte eine kleine Pause. »Der fromme Mann belehrte mich darüber, dass der Verkehr zwischen Eheleuten ausschließlich der Zeugung von Nachkommen dient und daher sofort ausgesetzt werden muss, sobald dieses Ziel erreicht wurde. Obwohl ich es gar nicht besser wusste, hat er mir zehn Paternoster als Buße auferlegt, um zu sühnen, dass ich mit Euch geschlafen habe, obwohl ich bereits empfangen hatte.

Ihr seht«, schloss sie triumphierend, »ich bin aufrichtig um Euer Seelenheil besorgt.« Sie holte Luft. »Und damit niemand argwöhnt, wir würden Gottes Gebote missachten, ziehe ich ab morgen ins Frauengemach, bis ich entbunden habe.«

Zu ihrem Erstaunen erhob Martin keine Einwände und nickte nur stumm. Seither blieb er allerdings noch öfter als früher über Nacht weg. Wahrscheinlich trieb er sich in Begleitung des Kyrburgers in den Frauenhäusern von Kirn oder Oberstein herum.

Loretta dagegen genoss ihre nächtliche Ruhe zunächst nur wenige Tage. Dann überfiel sie eines Morgens ein heftiger Krampf im Unterleib, begleitet von einem kleinen Schwall Blut. Panisch rief sie nach Erdmuthe, die sogleich nach Kathis Mutter, der einzigen Wehmutter im nahen Umkreis, schickte. Hilda erschien,

durch die erhaltene Nahrung erstaunlich schnell gekräftigt, nur kurze Zeit später auf der Burg und untersuchte Loretta mit kundigen Händen.
»Ihr habt Eure Leibesfrucht nicht verloren«, erklärte sie danach zu Lorettas großer Erleichterung. »Doch Ihr müsst Euch mehr schonen und jetzt erst einmal strenge Bettruhe einhalten.«
Dann stockte sie einen Moment. »Wenn Ihr meine Dienste in Anspruch nehmen möchtet, könnte ich hier auf die Burg ziehen und Euch bei Tag und bei Nacht betreuen, bis Ihr entbunden habt.« Ihre Stimme zitterte und wurde so leise, dass Loretta sie kaum verstehen konnte. »Ich verlange keinen Heller von Euch dafür. Aber ich möchte Kathi und meine beiden kleineren Kinder mitbringen und Euch darum bitten, dass wir alle verköstigt werden und ein Lager im Stall erhalten.«
»Und die Großmutter?«, fragte Loretta voll dunkler Ahnungen.
»Sie ist gestorben«, antwortete Hilda traurig.
Loretta richtete sich vorsichtig auf, als ein neuer Krampf sie erfasste. Stöhnend sank sie zurück ins Bett.
»Ihr müsst liegen, bis die Krämpfe mindestens drei Tage nicht mehr aufgetreten sind!«, rief Hilda erschrocken.
Loretta nickte ergeben. »So rufe meinen Ehegemahl, damit ich ihm unser Anliegen vortragen kann.«
Voller Furcht, dass sich Martin nun für die kürzlich erlittene Schmach revanchieren könnte, trug sie ihm ihre Bitte vor. Doch diesmal hatte sie sich in ihm getäuscht.
»Das Wohl meines ungeborenen Erben steht für mich an erster Stelle«, erklärte er. Ob ihrer Erleichterung fiel Loretta erst später auf, dass er ihr eigenes Wohl nicht erwähnt hatte. »So lasst die Frau mit ihrer Familie hier einziehen, bis Ihr entbunden habt. Sie soll Tag und Nacht bei Euch im Frauengemach verweilen, um Euch jederzeit zur Verfügung zu stehen. Um ihre Bälger kann sich die große Schwester kümmern.«
Und so waren Hilda und Kathi mit den kleinen Geschwistern

die einzigen Dörfler, die auf der Burg ein sicheres Auskommen fanden. Draußen im Land wurde die Lage jedoch von Tag zu Tag schlimmer, da das Wetter sich nicht besserte und Korn und Früchte verdarb. Es half nicht einmal, dass Martin im Herbst auf die Pacht verzichtete. *Es hätte ohnehin niemanden mehr gegeben, der etwas besaß*, sinnierte Loretta, während Hilda die Untersuchung beendete.

»Nun ist es jeden Moment so weit«, verkündete sie. »Der Muttermund hat sich bereits leicht geöffnet.«

Plötzlich hörten sie laute Stimmen und Getrappel von Pferdehufen im Burghof. Loretta wunderte sich. »Was ist heute für ein Tag?«, fragte sie Hilda. Durch das endlose Warten auf die Geburt verlor sie allmählich jegliches Zeitgefühl.

»Es ist Samstag, Herrin«, antwortete Hilda. Loretta merkte auf. Die Stimme der Wehmutter klang merkwürdig gepresst.

»Was geht da draußen vor sich?«

Die Hebamme antwortete nicht. Loretta wurde misstrauisch.

»Du verschweigst mir doch etwas!«

Hilda wich ihrem Blick aus. Loretta schwang die Beine über den Rand des Lagers und machte Anstalten aufzustehen.

»Nicht, bleibt liegen, Herrin!«, rief Hilda erschrocken. »Ich sage Euch ja, was ich weiß. Doch es ist eine furchtbare Nachricht, und ich wollte sie Euch in Eurem Zustand ersparen!«

Sie stockte.

»Also?«, drängte Loretta.

»Der Hunger macht die Menschen zu Bestien«, erklärte Hilda gepresst. »Euer Gemahl sitzt heute zu Gericht über den Bauern Oswald und sein Weib Hertha.«

»Was haben sie verbrochen? Geht es um Wilderei?«

Hilda schüttelte den Kopf. »Nein, Herrin. Es ist viel schlimmer.«

Viel schlimmer? Schon auf Wilderei stand die Todesstrafe, ungeachtet des entsetzlichen Hungers im Land.

»Also, was ist es dann?«

Hildas Gesicht verzog sich vor Abscheu. »Man wirft Hertha vor, ihr neugeborenes Kind gleich nach der Geburt gehimmelt zu haben.«
Loretta seufzte betroffen. In solch schweren Zeiten behalf sich so manch eine Frau mit dieser Methode, wenn sie das Pech hatte, schwanger geworden zu sein. Sie versorgte ihren Säugling nicht, so dass das Kleine binnen weniger Tage oder gar Stunden am Mangel starb. Doch in der Regel konnte man den Unglücklichen nichts nachweisen. Da auch in guten Zeiten viele Kinder gleich nach der Geburt starben, kamen die meisten Frauen ungeschoren davon.
»Wie hat man das denn herausgefunden?«, fragte sie daher schaudernd.
Hilda schüttelte sich. »Man hat den Körper des Kindes in einem Kochtopf gefunden. Oswald und Hertha hatten eine Suppe aus dem Fleisch des Säuglings zubereitet.«
Loretta entfuhr ein Laut puren Entsetzens.
Hilda fuhr fort: »Da niemand mehr etwas zu essen hat, merkten die Nachbarn, dass in Oswalds Hütte gekocht wurde. Als sie in der Hoffnung, selbst etwas abzubekommen, eindrangen, entdeckten sie den Frevel. Nun werden die Eltern wohl hingerichtet werden.«
Loretta legte die Hände schützend über ihren gewölbten Leib. Ungeachtet ihres sonstigen Mitgefühls, sagte sie: »Und das zu Recht. Wie entmenscht muss man sein, um solches zu tun?«
Ein heftiger Tritt des Ungeborenen ließ sie keuchen. Plötzlich merkte sie zu ihrer Beschämung, dass ihr eine warme Flüssigkeit die Beine hinunterrann.
Hochrot im Gesicht, winkte sie Hilda heran. »Ich hoffe, du verzeihst mir mein Ungeschick. Doch dein Bericht hat mich so erschüttert, dass ich das Wasser nicht halten konnte und mich nass gemacht habe.«
Ein breites Lächeln erschien auf Hildas Gesicht. »Ihr müsst

Euch nicht schämen, Herrin. Das passiert bei jeder Geburt. Das Fruchtwasser ist abgegangen. Nun ist es so weit. Das Kind will jetzt kommen.«
Noch bevor Loretta antworten konnte, erfasste sie die erste heftige Wehe.

Kurfürstlicher Palast in Trier, Februar 1317

»So lasst mich doch um Christi Barmherzigkeit willen zumindest mit ihm sprechen.«
Stirnrunzelnd sah Balduin von der Pergamentrolle auf, die er gerade studierte. Was war das für ein Lärm im Vorzimmer seiner privaten Schreibstube?
Noch ehe er sich erhoben hatte, um nachzuforschen, wurde die Tür aufgerissen. Eine junge Frau stürmte herein, ihr Gesicht unter dem verrutschten Gebende war tränenüberströmt. Hinter ihr tauchte ein älterer Mönch auf, der hilflos die Hände rang.
»Ich bitte Euch um Vergebung, Herr. Doch Frau Brigitta ließ sich nicht aufhalten.«
Balduin atmete tief durch, um sich zu beruhigen. Bruder Franziskus wurde alt. Es war an der Zeit, ihn durch einen jüngeren Sekretär zu ersetzen. *Einen, der sich zumindest nicht von einem schwachen Weib überrumpeln lässt,* dachte er grimmig.
Trotzdem rang er sich ein Lächeln ab. »Es ist gut, Franziskus. Wartet vor der Tür, um Frau Brigitta hinauszugeleiten.«
»Nein!«, schrie die junge Frau auf. »Hört mich doch wenigstens an, Balduin.«
Seufzend gab Balduin Franziskus einen Wink, die Tür zum Vorzimmer zu schließen. Dann wandte er sich an Brigitta. »Was soll dieser Aufruhr, meine Liebe?«, fragte er streng.
»Das wisst Ihr doch nur zu gut, Herr. Ihr habt mir heute einen Brief überbringen lassen des Inhalts, dass zwischen uns alles zu

Ende ist. Das könnt Ihr mir nicht antun, nach all dem, was gewesen ist.«
Balduin seufzte noch einmal, diesmal vernehmlich. »Frau Brigitta, ich dachte, meine Gründe lägen klar auf der Hand. Euer Gemahl kehrt in den nächsten Tagen nach Trier zurück. Er gehört zu meinen langjährigen Gefolgsleuten und hat mir immer treue Dienste geleistet. Ihr könnt kaum erwarten, dass ich ihn in seiner Gegenwart zum Hahnrei mache.«
»Aber er muss doch nichts von unseren Begegnungen wissen.«
»Wie sollte es ihm denn entgehen, wenn Ihr Euch des Nachts vom Ehelager schleicht, um mich aufzusuchen?«
Brigitta schluchzte auf. »Aber mein Gemahl ist fast dreißig Jahre älter als ich. Ihr seid es, der mich die Freuden der Liebe gelehrt hat.«
»So erinnert Euch in Dankbarkeit daran und bewahrt es in Eurem Herzen. Und nun geht, bevor ein Unbefugter auf uns aufmerksam wird und seinen Nutzen daraus zu ziehen versucht.«
Anstatt seiner Aufforderung Folge zu leisten, schlug die junge Frau die Hände vors Gesicht und sank kraftlos auf die Binsen, die den Boden bedeckten. Ihre Schultern zuckten in einem heftigen Weinkrampf.
Mit einer Mischung aus Mitleid und Unmut sah Balduin auf sie hinab. Als Brigitta nicht aufhörte zu schluchzen, fasste er sie schließlich sanft an der Schulter.
Er bereute seine Geste sogleich, denn Brigitta hob ihr rot verschwollenes Antlitz zu ihm empor und umklammerte seine Hand. »Ich flehe Euch an, schickt mich nicht fort. Ich liebe Euch. Und auch Ihr habt gesagt, dass Ihr mich liebt. Habt Ihr mich damals belogen?«
Balduin zog seine Hand zurück und verbarg sie hinter dem Rücken, wo er sie zur Faust ballte. Wieder einmal bereute er seine Unkeuschheit, die ihm ein übers andere Mal solche Szenen eintrug.

Ein letztes Mal versuchte er es gütlich. »Ich habe die Nächte mit Euch genossen, Brigitta, und mich an Euch erfreut. Doch ich habe sicherlich nie gesagt, dass ich Euch liebe. Diese Art weltlicher Liebe bleibt mir als Mann Gottes versagt.«

»Aber Ihr habt mich begehrt, gebt das wenigstens zu.«

Einen Moment blieb Balduin stumm. Doch Brigitta sprach die Wahrheit. Er hatte die knapp Zwanzigjährige sogar heftig begehrt, als er sie vor einigen Monaten kennenlernte. Ihre Keckheit und ihr hübsches Gesicht hatten ihn gleichermaßen angezogen wie ihre üppige Gestalt. Um sie zu besitzen, hatte er ihren ältlichen Gatten zu einer Mission an den Hof des Mainzer Kurfürsten entsandt und keine Zeit verloren, um Brigitta zu verführen. Doch schnell hatte er herausgefunden, dass ihre Geistesgaben nur mäßig waren. Außerhalb des Betts hatte sie ihn am Ende weidlich gelangweilt. So ließ er ihren Gatten zurück nach Trier beordern und nahm dies zum Vorwand für ihre Trennung. Das konnte er ihr jedoch kaum eingestehen, also tat er ihr den Gefallen und gab zu: »Ja, Brigitta, ich habe Euch begehrt. Unsere Liebe war sündig, doch mein Fleisch war zu schwach, um der Versuchung zu widerstehen.« Er hoffte, Brigitta damit zu besänftigen. Von ihrer Reaktion war er daher vollkommen überrascht. Die junge Frau riss sich den Umhang vom Leib und machte Anstalten, ihr Kleid aufzuschnüren. »Wenn Ihr mich noch immer begehrt, so will ich Euch beweisen, wie sehr ich Euch liebe.« Schon hatte sie sich Surcotte und Unterkleid bis zur Taille herabgezogen und ihre prallen Brüste entblößt.

Nun wurde es Balduin zu bunt. Er wehrte Brigitta, die sich ihm auf Knien näherte, mit beiden Händen ab.

»Bedeckt Eure Blöße, Weib«, fuhr er sie harsch an. »Und benehmt Euch nicht schamloser als die Hure Babylon.« Hätte er nicht bereits vorher gewusst, dass seine Leidenschaft für sie völlig erloschen war, so hätte er es spätestens jetzt erkannt. Denn sein Gemächt rührte sich trotz des Anblicks ihres weißen Leibs nicht.

Entschlossen ging er zur Tür. »Bruder Franziskus!«, rief er den alten Mönch herein. »Nehmt diese Frau und geleitet sie durch den geheimen Gang auf die Straße. Meinethalben auch nackt«, fügte er hinzu, als Brigitta keine Anstalten machte, ihr Kleid wieder zu richten. »Und lasst sie nicht mehr in meinen Palast, sonst sorge ich dafür, dass sie wegen Unzucht an den Pranger gestellt wird.«

Franziskus verneigte sich stumm. Er sagte kein Wort, doch seine Miene verriet Balduin deutlich genug, was er dachte. Der Mönch trat auf die vor Entsetzen ob Balduins Grausamkeit erstarrte Frau zu und reichte ihr die Hand, um ihr auf die Füße zu helfen. Dann verhüllte er sie mit ihrem Umhang, griff sie am Arm und führte sie hinaus. Willenlos ließ Brigitta es geschehen.

Als Franziskus die Tür demonstrativ behutsam schloss, überfiel Balduin einen Moment lang ein schlechtes Gewissen. »Ich habe ihr nie etwas versprochen«, rechtfertigte er sich vor sich selbst. »Und ihr immer wieder gesagt, dass unsere Liebschaft nicht von Dauer sein kann. Doch Weiber sind ja so töricht.«

Er schüttelte sich kurz, als könnte er jeden Gedanken an die verzweifelte Frau damit endgültig loswerden.

»Beim nächsten Mal muss ich eben noch mehr auf der Hut sein«, schwor er sich. Dann kehrte er zu der Urkunde auf seinem Schreibpult zurück.

Starkenburg, April 1317

Der kleine Hänsel schrie zum Gotterbarmen. Rasch eilte Loretta herbei, nahm ihn hoch und wiegte ihn sanft in den Armen. Das Gebrüll verebbte zu einem deutlich hörbaren Schmatzen.

»Ich glaube, er hat Hunger«, sagte sie mit leisem Vorwurf zu Hilda.

Die Wehmutter lächelte nachsichtig. »Ihr seid viel zu besorgt um Euren Erstgeborenen. Er hat erst vor einer Stunde getrunken.«
»Dann hat er sich vielleicht wund gelegen.«
Hilda gab nach und stand auf. Sie wusste, dass es ohnehin keinen Zweck hatte, Loretta zu widersprechen. Die Gräfin hatte einen starken Willen. Ging es um ihr geliebtes Kind, grenzte er gar an Starrsinn.
»Ich bringe ihn zur Amme. Sie soll ihn noch einmal stillen und dann auch gleich windeln.«
Obwohl Hilda ihren Wünschen Folge leistete, spürte Loretta wieder den leichten Schmerz, der sie jedes Mal überfiel, wenn sie ihren Sohn nicht mehr bei sich hatte.
»Könnte ich ihn doch nur selbst stillen und pflegen«, seufzte sie. »Jedes Bauernweib darf sich um seine Kinder kümmern. Mir als adliger Dame bleibt es zum größten Teil versagt.«
Trotz der schweren Geburt grenzte die Existenz des Kleinen, den Martin nach seinem Vater »Johannes« genannt hatte, für sie noch immer an ein Wunder. *Dieses makellose Wesen ist in meinem Leib herangewachsen,* staunte sie oft, wenn sie die winzigen Hände und Füße streichelte. Seit sie sich wieder ein wenig besser fühlte, ließ sie es sich zumindest nicht nehmen, das Kind täglich selbst in warmem Rosenwasser zu baden.
Zum Ärger der Amme bestand sie auch darauf, das Kind tagsüber nicht zu wickeln. »Es kann sich in den starren Binden ja kaum bewegen«, argumentierte sie, während sie die strampelnden Beinchen des Kleinen verzückt betrachtete. Am glücklichsten war sie, wenn er sie mit seinem zahnlosen Mündchen anlächelte. In solchen Momenten war sie Martin fast dankbar dafür, dass er ihr durch die scheußliche Prozedur des ehelichen Verkehrs dieses Kind beschert hatte.
Doch war Hänsel, wie sie den Kleinen in Erinnerung an den Freund ihrer Jugend gleich nach der Geburt genannt hatte, auch

nur eine halbe Stunde fern von ihr, hatte sie Angst um sein Wohlergehen. Furchtsam lauschte sie in sich hinein, ob sie die ersten Anzeichen des *Gefühls* spürte, mit dem sich ihre Gabe bemerkbar machte. Es war seit vielen Monden nicht mehr aufgetreten, und bislang war ihre Sorge unbegründet.

In diesem Moment klopfte es an die Kammertür. Eine kleine Magd trat ein und knickste schüchtern.

»Der edle Herr von Starkenburg ist von der Jagd zurück und würde sich freuen, wenn Ihr ihm in der kleinen Halle Gesellschaft leisten würdet.«

Lorettas Trübsinn über den kurzen Abschied von ihrem Söhnchen verflog. Wenig später betrat sie mit einem strahlenden Lächeln den kleinen Saal, der fast so behaglich eingerichtet war wie das Gemach, in dem sie mit dem Kleinen und ihren Mägden untergebracht war.

Da es draußen noch kühl war, prasselte ein Feuer im Kamin und verbreitete einen würzigen Duft. Wandbehänge mit eingewirkten bunten Mustern bedeckten die rauhen Mauern, selbst der Fußboden war zum Teil mit flauschigen Teppichen aus Schafwolle belegt. Aus dem großen, mit Samt bezogenen Lehnsessel schaute ihr Johann von Starkenburg freudig entgegen.

Wieder einmal war Loretta erstaunt darüber, wie wenig Johann und Martin von Starkenburg einander glichen. Obwohl er sich bereits den Fünfzigern näherte, war Johann ein überaus gutaussehender Mann mit männlich schönen Gesichtszügen, einer geraden Nase und einem energischen Zug um den Mund. Seine grauen Augen kontrastierten reizvoll mit seinen dunkelblonden Haaren, die an den Schläfen bereits silbergrau waren. Trotz seines Alters blitzten die gerade gewachsenen Zähne wie Elfenbein, als er Loretta jetzt lächelnd betrachtete.

»Ihr seht von Tag zu Tag gesünder aus«, stellte er zufrieden fest, während er ihr ein Glas Würzwein einschenkte. Das Getränk

duftete nach Nelken und Zimt. Genießerisch nahm Loretta einen Schluck und behielt den Wein noch einen Moment lang auf der Zunge, um seinen ganzen Wohlgeschmack zu kosten.
»Es geht mir hier auch so gut wie seit langem nicht mehr.« Sie trank noch einmal. »Ich kann Euch gar nicht genug dafür danken, dass Ihr mir Eure Gastfreundschaft gewährt.«
Johann nickte knapp. Seine Miene verdüsterte sich ein wenig. »Das war das mindeste, was ich für Euch und meinen Enkel tun konnte. Im kalten und grauen Hunsrück hättet Ihr Euch am Ende den Tod geholt, so entkräftet und ausgezehrt, wie Ihr wart.«
Auch Lorettas Lächeln gefror. In der Tat war Hänsels Geburt schwer und langwierig gewesen. Einen ganzen Tag und eine ganze Nacht hatte sie in den Wehen gelegen und dabei unbarmherzige Schmerzen gelitten. Dank Hildas Umsicht und Tüchtigkeit als Wehmutter hatte der kleine Hänsel trotzdem unbeschadet das Licht der Welt erblickt.
Ihr selbst war es nicht so gut ergangen. Während und nach der Geburt verlor sie viel Blut und wurde mehrere Male sogar ohnmächtig.
Doch alle Pein war vergessen, als sie ihren gewaschenen und gewindelten Sohn endlich zum ersten Mal in den Armen hielt. Das Kind wuchs und gedieh, da es von einer kräftigen Amme genährt wurde, die man aus Kreuznach an der Nahe geholt hatte, wo der Hunger den Menschen nicht so sehr zusetzte wie im kargen Hunsrück. Wahrscheinlich war Hänsel nun sogar kräftiger, als wenn sie ihn selbst genährt hätte, denn sie hatte nicht genug Milch in ihren entzündeten Brüsten.
Noch Wochen nach der Geburt siechte sie dahin und konnte nicht aufstehen, ohne dass sie ein heftiger Schwindel erfasste. So traf sie ihr Schwiegervater Johann von Starkenburg an, als er kam, um seinen ersten Enkel in Augenschein zu nehmen.
Auch die angespannte Stimmung zwischen Loretta und Martin entging ihm nicht. Zwar hatte sich Martin über seinen Erstge-

borenen von ganzem Herzen gefreut. Schon während der Schwangerschaft hatte er weder Kosten noch Mühen gescheut, um Loretta trotz der Teuerung das beste Essen zu bieten, das er im weiten Umkreis auftreiben konnte. Aber als er kam, um seinen Sohn zu begrüßen, wurde Loretta klar, dass seine Sorge ausschließlich dem Kind galt, nicht ihr selbst. Seltsamerweise war sie darüber betrübt.

In den vielen Stunden, in denen sie das Bett hüten musste, hatte sie ausreichend Zeit, um über ihre Ehe zu grübeln. Dabei erkannte sie klar, warum sich Martin so über Johannes freute. Es war nicht nur der normale Stolz eines Vaters auf seinen Erben. Hänsel war gesund, kräftig und darüber hinaus ausgesprochen hübsch. Zweifellos geriet er nach ihr. Doch auch darüber verlor Martin kein Wort. Ihm war wichtig, dass Hänsel keine seiner Verunstaltungen und Gebrechen aufwies, und er freute sich über die Maßen, als Krüppel diesen makellosen Sohn gezeugt zu haben.

Wäre er ihr in den ersten Tagen seines Vaterstolzes auch nur ein wenig entgegengekommen, hätte sich ihre angespannte Beziehung vielleicht doch noch bessern können. Doch Martin machte keine Anstalten, ihr ihre Rechte als Hausfrau wieder einzuräumen, die er ihr unter dem Vorwand der beschwerlichen Schwangerschaft nach und nach entzogen hatte.

Hinzu kamen seine ständigen Sticheleien wegen der ausstehenden Mitgift. Mittlerweile schuldete Bernhard von Salm seinem Schwiegersohn auch die zweite Rate.

Lorettas fortdauernde Blutungen und die dadurch immer wieder verschobene Aussegnung, mit der Frauen, die nach der Geburt als unrein galten, nach dem Brauch der Zeit wieder in die Kirche aufgenommen wurden, verzögerten auch ihre Rückkehr ins eheliche Schlafgemach. Sie war darüber erleichtert und vermisste nichts. Doch trotz seiner Kühle ihr gegenüber war Martin darüber verstimmt und machte ihr schließlich auch ihr Siechtum zum Vorwurf.

All das hatte Johann von Starkenburg binnen weniger Tage nach seiner Ankunft auf Herrstein durchschaut. »Lasst mich Euer Weib mit dem Kleinen auf die Starkenburg mitnehmen«, schlug er Martin vor. »Das Klima an der Mosel ist milder als hier, und der Mangel im Land ist geringer. Sobald sie sich erholt hat, kehren die beiden zu Euch zurück«, versuchte er, Martins Protest zu beschwichtigen.
Doch Hilda, die gelauscht hatte, erzählte Loretta, dass Johann letztendlich zu drastischen Argumenten greifen musste, um ihre Reise zu erwirken. »Was tut Ihr, wenn Euer Weib hier in dieser düsteren Gegend stirbt und das Kind mit dazu? Viele Kinder sterben früh. Auch Ihr habt drei Eurer Geschwister im Säuglingsalter verloren. Und ein anderes Weib werde ich nicht für Euch suchen, wenn Ihr den Tod Eurer Gemahlin durch Euren Starrsinn verschuldet habt.« Schließlich gab Martin murrend nach.
In warme Schaffelle gehüllt, war Loretta mit Hänsel schließlich nach mehreren Tagesreisen in einer Sänfte auf der Starkenburg angekommen. Und als ob in Herrstein ein übler Brodem herrschte, der ihre Genesung behinderte, fühlte sie sich vom ersten Tag ihres Aufenthalts auf der Starkenburg an kräftiger und lebendiger als seit Monaten.
Nun genoss sie noch einen Schluck des herrlichen Würzweins. Johann gab dem Knecht ein Zeichen, Lorettas Becher aufzufüllen, und schickte ihn dann hinaus. Loretta merkte auf. *Will er etwas Vertrauliches mit mir besprechen?*
So war es in der Tat. Johann räusperte sich. »Ich warte schon lange auf die Möglichkeit zu dieser Unterredung, Schwiegertochter«, begann er umständlich. Er räusperte sich noch einmal. »Ihr müsst mir glauben, dass ich Euch in meiner Familie aufrichtig willkommen geheißen habe. Jedoch …«, er brach ab, als fehlten ihm die richtigen Worte.
Loretta stockte der Atem. *Geht es auch Johann um die fehlende*

Mitgift? Ihr Herz begann, schneller zu schlagen. *Will er mich etwa zurück nach Blieskastel schicken?*
Johann musterte sie aufmerksam und antwortete, als hätte er ihre Gedanken erraten. »Seid unbesorgt. Ich freue mich noch immer über Eure Einheirat. Doch ich mache mir Sorgen um Euch und Martin. Jedermann kann sehen, dass Ihr nicht glücklich miteinander seid.«
Loretta senkte den Blick. »Habt Ihr wirklich etwas anderes erwartet?«
Johann seufzte. »Nicht wirklich, aber zumindest gehofft. Martin war kein schlechter Kerl, bevor ihn die tückische Krankheit über Monate aufs Lager warf und zum Krüppel machte. Während dieser Zeit versuchte mich sein jüngerer Bruder Pantaleon davon zu überzeugen, ihn statt Martin zum Erben meiner Grafschaft einzusetzen. Das hat Martin seinem Bruder nie verziehen, obwohl ich an ihm als meinem Nachfolger festhielt. Seither ist er misstrauisch und verbittert.«
Er trank einen Schluck Würzwein.
»Ich habe gehofft, wenn ich eine schöne und kluge Frau für ihn finde, würde das sein Selbstbewusstsein heben und ihm seinen inneren Frieden zurückgeben. Ihr wart die ideale Frau für ihn. Doch Martin freute sich nicht. Er dachte, er würde erneut betrogen werden, und suchte nach dem Haar in der Suppe …«
»Das er schlussendlich ja auch gefunden hat«, fiel Loretta Johann ins Wort. »Mein Vater wird ihm die Mitgift wohl immer schuldig bleiben. Habt Ihr das gewusst?«
Johanns Gesichtsausdruck verriet ihr seine Antwort, noch bevor er widerwillig nickte.
»Ich habe zumindest damit gerechnet.«
»Und habt mich als mittellose Braut mit dem Krüppel vermählt.« Loretta erschrak selbst über die Bitterkeit ihrer Worte.
Johann hob abwehrend die Hand. »Ich habe es gut mit Euch beiden gemeint. Ich dachte, Ihr würdet einen Weg zueinander

finden. Und«, er zeigte auf den leeren Weidenkorb neben dem Kamin, »ich habe auf einen gesunden Erben gehofft.«

»Nun, diese Hoffnung hat sich erfüllt. Die erste nicht.« Plötzlich merkte Loretta, dass ihr Tränen in den Augen standen.

Johann ergriff ihre Hand. »Ist es so schlimm?«

Loretta nickte. »Er lässt mich Tag und Nacht spüren, dass ich kein Vermögen mit in die Ehe gebracht habe. Eigenes Geld gab er mir nie, nicht einmal den kleinsten Heller. Seitdem die wenigen Groschen, die ich mitgebracht habe, aufgezehrt sind, muss ich ihn um jede Kleinigkeit bitten, die ich kaufen will.«

Plötzlich fühlte sie sich genauso elend wie zuletzt in Herrstein. »Selbst als ich ein paar Lebensmittel zu den fast verhungerten Dörflern brachte, verbot er es mir und gab der Köchin die Gewalt über alle Vorräte. Seither darf kein Pfund Gerste, kein Stückchen Brot ohne seine Erlaubnis die Burg verlassen. Jedem, der dem zuwiderhandelt oder mir dabei helfen möchte, droht er an, ausgepeitscht und verjagt zu werden.«

Lorettas Kehle verengte sich. »Ich durfte nicht einmal meiner alten Kammermagd Erdmuthe etwas zur Kräftigung für ihre Tochter geben, die nach einer Totgeburt daniederlag.« Plötzlich schluchzte sie auf. »Die Frau ist gestorben.«

Johann drückte erschüttert ihre Hand. Doch Loretta war noch nicht am Ende. »Während der Schwangerschaft nahm er mir alle Schlüssel zu den Wirtschaftsräumen ab. Ich habe sie bis heute nicht zurückerhalten.« Die ersten Tränen rannen aus ihren Augen. »Und immer, wenn ich ihn um etwas bitten muss, weist er mich auf die ausstehende Mitgift hin.«

Johann schnaubte empört. »Lässt er Euch darben?«

Loretta schüttelte den Kopf. »Mich und auch Hänsel nicht, aber alle, die mir nahestehen. Bis zur Geburt war ihm das teuerste Essen für mich gerade gut genug. Er hatte zu große Angst, dass ich das Kind sonst verlieren oder entstellt zur Welt bringen könnte. Aber jetzt …«

Eisige Furcht erfüllte sie, als sie an eine Szene kurz vor ihrer Abreise dachte.

»Was ist jetzt?«

»Jetzt hat er bereits davon gesprochen, meine Wehmutter Hilda samt ihrer ältesten Tochter, die auf Herrstein als Küchenmagd dient, und den zwei kleinen Geschwistern zurück ins Dorf zu schicken, wo sie wie alle anderen hungern oder sogar verhungern müssten. Dabei zahlt er ihr nicht einmal etwas für ihre Heilkunst, mit der sie mir wahrscheinlich das Leben bei der schweren Geburt gerettet hat. Hilda und ihre älteste Tochter Kathi arbeiten nur für ihre zwei eigenen Mahlzeiten am Tag und die der Kleinen.« Nun wurde Loretta von ihrem Schmerz überwältigt. Sie schlug die Hände vors Gesicht und begann, heftig zu weinen.

Johann ließ ihre Hand los und stand auf. Mit schweren Schritten durchquerte er mehrmals den Raum, bis er stumm am Fenster stehen blieb und auf die Mosel hinabstarrte. Loretta beobachtete ihn ängstlich. *Habe ich ihn gegen mich aufgebracht? Wird er sich bei Martin über mich beschweren?*

Endlich drehte Johann sich um. Seine Augen blickten entschlossen.

»Hört, Loretta, was ich Euch sagen will. Ich habe Euer Unglück mit verschuldet, deshalb will ich zumindest einen kleinen Teil wiedergutmachen.«

Er hob die Hand, als Loretta ihn unterbrechen wollte.

»Gerade diesen Monat ist ein Lehen an mich zurückgefallen, da der Besitzer eines reichen Weingutes in Trarbach verstorben ist, dem ich die Nutznießung als Dank für seine treuen Dienste während meiner Romfahrt überlassen habe. Das Gut erbringt aufgrund der günstigen Lage seiner Weinberge auch in schlechten Zeiten vierzig Pfund Heller im Jahr. Ihr sollt sie in Zukunft haben.«

»Vierzig Pfund Heller?« Johanns Großzügigkeit überwältigte

sie. »Davon könnte ich trotz der Teuerung Korn und Gerste für die Dörfler kaufen. Ich könnte Hildas Hütte ausbessern lassen und sie und ihre Kinder endlich neu einkleiden. Ich könnte …« Plötzlich fiel ihr etwas ein. Sie brach ab.

»Aber das Geld nutzt mir doch gar nichts, Herr Schwiegervater. Martin hat die Verfügungsgewalt über all mein Eigentum. Er wird mir keinen Heller davon lassen.«

Johann schüttelte grimmig den Kopf. »Oh doch, das wird er. Das Gut überschreibe ich Euch allein zur Nutznießung auf Lebenszeit und lasse dies vor Zeugen beurkunden. Doch eine Einschränkung muss ich Euch auferlegen.«

»Und welche?«

»Ich möchte einen Treuhänder bestellen, der das kleine Vermögen verwaltet, die Rechnungen bezahlt, wenn Ihr etwas gekauft habt, und Eure Dienstleute entlohnt. So werdet Ihr über das Geld verfügen können, wann Ihr wollt, ohne je selbst einen Heller davon in die Hand nehmen zu müssen. Und Martin kann Euch weder dreinreden noch Euer Eigentum für sich beanspruchen.«

Loretta nickte freudig. »Und wer soll dieser Treuhänder sein?«

Statt einer Antwort ging Johann zur Tür und winkte seinen Schreiber herein. »Sende einen Boten nach Kirchberg, Edgar. Und lass nach Thaddäus, dem Juden, schicken.«

Starkenburg, Anfang Mai 1317

Es pochte heftig an der Kammertür. Loretta, die gerade mit Hänsel im Arm in einen leichten Schlummer gefallen war, schreckte auf. Durch ihre ruckartige Bewegung erwachte auch das Kind und begann zu weinen.

Während Loretta sich aufsetzte und den Kleinen tröstend wiegte, lugte die Amme durch den Türspalt.

»Bertha, was ist denn schon wieder?«, fragte Loretta ärgerlich. »Ich hatte dir doch gesagt, du sollst mich nicht stören, bis ich dich rufe.«
Die Amme, eine dralle Frau von ungefähr zwanzig Jahren, schürzte die Lippen. »Der Herr Graf schickt nach Euch, Herrin«, entgegnete sie ohne ein Lächeln. »Ein jüdischer Krämer aus Kirchberg ist eingetroffen.«
Loretta verzog den Mund, als sie die Verachtung in der Stimme der Amme hörte. *Ich muss mir eine neue Nährmutter für Hänsel suchen, sobald ich nach Herrstein zurückgekehrt bin.*
Die Frau aus Kreuznach war ihr von Anfang an unsympathisch gewesen. Ob es ursprünglich daran lag, dass Loretta eifersüchtig auf die viele Zeit war, die Bertha mit ihrem Kind verbrachte, oder ob sie deren mürrisches Wesen von Anfang an abgestoßen hatte, wusste sie heute nicht mehr zu sagen.
Bertha hielt sich sauber, verrichtete ihren Dienst korrekt und sorgte gut für den Kleinen. Aber sie schien das Kind nicht zu lieben, so wie sie auch nie ein Wort über ihr eigenes Kind verlor, das in Kreuznach zurückgeblieben war und nun mit Kuhmilch genährt wurde, wie Loretta von Hilda wusste.
»Gut, ich komme. Hier, nimm den Kleinen, ich muss mir das Haar richten.«
Während Loretta ihre widerspenstigen Locken unter dem unbequemen Gebende verbarg, beobachtete sie mit einem Anflug von Missgunst, wie Hänsel an Berthas Kittel zerrte, bis die Amme eine dralle Brust entblößte und ihn anlegte. Hänsel gluckste und schmatzte zufrieden. Sie beeilte sich damit, fertig zu werden und die Kammer zu verlassen.
Erst auf dem Weg in die kleine Halle erfasste sie die gespannte Neugier, mit der sie die Ankunft des jüdischen Geldverleihers seit Wochen erwartet hatte. Sie hastete die Stiege hinab und betrat ein wenig außer Atem den Saal.
Johann von Starkenburg saß in seinem gewohnten Lehnsessel

am Kamin, den man erst seit einer Woche nicht mehr anheizen musste. Draußen herrschte mildes Frühlingswetter und nährte die Hoffnung im Land auf einen besseren Sommer als in den Vorjahren. Das andauernde schlechte Wetter im April hatte auch die Reise des Juden zur Starkenburg mehrfach verzögert.

Der Mann erhob sich nun von dem niedrigen Schemel, auf dem er gehockt hatte, und verneigte sich vor Loretta. »Ich grüße Euch ehrerbietig, edle Dame, und gelobe, Euch treu zu Diensten zu stehen. Mein Name ist Thaddäus Walch von Kirchberg.«

Loretta erwiderte den Gruß und betrachtete den Mann aufmerksam. Sie war noch nie einem Juden begegnet. Nichts an dem hochgewachsenen Mann, dessen Alter sie auf Anfang vierzig schätzte, entsprach den gehässigen Beschreibungen, die allerorten im Land die Runde machten. Thaddäus hatte weder einen Buckel noch eine Hakennase und auch keinen stechenden Blick. Seine Hände waren schlank und gepflegt, seine Haltung respektvoll, aber nicht unterwürfig.

Er trug ein graues, gefälteltes Gewand aus gutem Wollstoff, das ihm bis zu den Waden reichte, und darüber einen blauen Überwurf aus dem gleichen Material. Hätte Loretta neben dem Schemel nicht den gelben Judenhut mit der halbkugelig auslaufenden Spitze erspäht, hätte nichts darauf hingedeutet, dass der Besucher hebräischen Glaubens war und nach Ansicht vieler Menschen damit zu den Feinden der Christenheit gehörte.

Johann wies auf einen leeren Sessel an seiner Seite. »Nehmt Platz, liebe Tochter, und nehmt eine Erfrischung zu Euch.« Er winkte dem in einer Ecke stehenden Knecht, der Loretta eilfertig einen Pokal mit gekühltem Weißwein reichte.

Während sie trank, bemerkte sie, dass auch Thaddäus mit einem solchen Pokal bewirtet worden war. Das sprach für die vorurteilsfreie Haltung ihres Schwiegervaters gegenüber den Andersgläubigen. Gerüchteweise hatte sie gehört, dass in manchen Haushalten, in denen häufiger Juden verkehrten, eigenes minderwertiges Geschirr für sie bereitgehalten wurde. Damit wollte man vermeiden, dass sich ein Christ an einem von einem Juden benutzten Gefäß verunreinigte.

»Nun lasst Euch erläutern, was ich mit Thaddäus vereinbart habe. Er hat soeben eine beeidete Abschrift der Urkunde erhalten, mit der ich Euch das Weingut in Trarbach als Lehen zur Nutznießung auf Lebenszeit überlasse. Damit wird er einmal jährlich die Pacht einziehen und für Euch verwalten. Was Ihr von der Summe nicht benötigt, wird gut verzinst zum späteren Gebrauch verwahrt. Ihr wiederum schreibt einen Schuldschein aus, wenn Ihr etwas erwerben wollt, und siegelt ihn hiermit.«

Er reichte Loretta zu ihrer freudigen Überraschung einen Ring mit dem Starkenburger Wappen, einem rot-silbernen Schachbrettmuster. Ihr Name »Loretta von Starkenburg« zog sich rings um den Rand.

»Der Gläubiger soll den Schein an Thaddäus senden und erhält dann die ihm zustehende Summe.«

Loretta runzelte die Stirn. »Dieses Vorgehen erscheint mir weise, wenn es sich um eine größere Summe handelt. Doch wovon soll ich den reisenden Kleinkrämer bezahlen, wenn ich nur ein paar Sticknadeln erstehen will?«

Johann seufzte. »Martin wird es so oder so erfahren«, murmelte er, als spräche er zu sich selbst. Dann hob er energisch den Blick. »So lasst Euch regelmäßig eine Börse mit dem Nötigen aushändigen.«

Er wandte sich an Thaddäus. »Ihr bürgt mir dafür, dass Loretta das Geld persönlich erhält, wenn sie es anfordert.«

Der Mann nickte.

Johann seufzte noch einmal. »Und wenn es darüber Hader mit meinem Sohn geben sollte, lasst es mich wissen. Ich werde dann mit ihm sprechen.«

Loretta hatte noch eine Frage an den jüdischen Geldverwalter. »Herr Thaddäus, was schulde ich Euch für Eure Dienste?«

Der Mann war sichtlich erfreut und verbeugte sich. *Wahrscheinlich wird er selten höflich behandelt,* dachte Loretta. »Euer Schwiegervater wird mich entlohnen, edle Dame. Ich darf ihm noch in anderen Angelegenheiten zu Diensten sein und berechne dafür eine jährliche Summe.«
Wieder einmal war Loretta von Johanns Großzügigkeit überwältigt. Noch bevor sie Protest einlegen konnte, hob Johann die Hand. »So ist es abgemacht, und so wird es zu meinen Lebzeiten bleiben. Bin ich einst verschieden, müsst Ihr den Lohn für Thaddäus' Dienste natürlich selbst aufbringen.«

Kapitel 8

Starkenburg, Juni 1317

Schwiegertochter...

Söhnerin, ich bitte Euch um eine Unterredung. Habt die Güte, mir auf einen Trunk in die Kemenate zu folgen.«
Überrascht blickte Loretta auf, als Johanns Gemahlin Katharina sie beim Verlassen der Johanneskapelle ansprach. *Was mag sie nur von mir wollen?*
Vor der Kapellentür blieb Katharina eine Weile stehen und blickte über das sonnige Moseltal. »So hat der Herrgott am Ende doch unser Flehen erhöht«, sagte sie lächelnd und wies mit einer ausholenden Geste auf das Grün, das überall sprießte. »Ist das nicht ein wunderschöner Anblick? In diesem Sommer wird der Mangel im Land hoffentlich endlich aufhören.«
Loretta nickte unwillkürlich. Für sie bedeutete das anhaltende schöne Wetter, dass der wunderbare Aufenthalt auf der Starkenburg morgen zu Ende gehen würde. Sie war genesen, Hänsel wuchs und gedieh, es gab keinen Grund, der ehelichen Burg

Herrstein noch länger fernzubleiben. In einem vor kurzem eingetroffenen Schreiben hatte Martin daher energisch auf ihre Rückkehr gedrängt.

Beklommen stieg Loretta hinter Katharina zur Kemenate hinauf und hoffte, dass man ihr die trübe Stimmung nicht allzu sehr ansah. Im Gemach angekommen, ließ sie sich einmal mehr von der ganz auf die Bequemlichkeit der Bewohnerin ausgerichteten Pracht ablenken. Die breite Schlafstätte wurde von einem aus blauer Seide gefertigten Betthimmel überspannt. Die zurückgezogenen Vorhänge aus dem gleichen Material ließen blütenweiße bestickte Kissen und Laken aus feinstem Leinen erkennen.

Der ganze Raum war mit Teppichen ausgelegt. Es waren die wertvollsten in der ganzen Starkenburg, und sie stammten aus dem Orient. Graf Johann hatte sie in Italien auf seiner Romfahrt erworben. Auch die Wände waren mit feinen Stoffen verhängt, die mit Seidenfäden in allen Farben kunstvoll bestickt waren. Einige dieser Wandbehänge hatte Katharina mit ihren Damen selbst angefertigt.

Auch jetzt saßen zwei ihrer Damen, verarmte Verwandte, denen Johann auf der Starkenburg ein Auskommen gewährte, in einer der Fensternischen und arbeiteten an einem Tafeltuch. Loretta hatte sie soeben noch in der Kapelle bei der Vesper gesehen.

»Gerlinde, Kunigunde, Euer Fleiß ehrt Euch«, sprach Katharina die ältlichen Frauen an. »Doch heute mögt Ihr Euch ein wenig im Burggarten ergehen und die milde Abendsonne genießen, bevor das Nachtmahl beginnt. Ich möchte eine trauliche Unterredung mit meiner Schwiegertochter führen, die schon morgen mit ihrem Söhnchen abreisen wird.«

Die Frauen verließen das Gemach. Katharina goss gekühlten Moselwein in zwei silberne Becher und verdünnte ihn mit Wasser. Derweil grübelte Loretta erneut über den Anlass dieser Unterredung nach.

Während Johann sie allezeit herzlich behandelt hatte, war Martins Mutter ihr zwar freundlich, aber distanziert begegnet. Jeden Tag ließ sie Loretta mit Hänsel in ihr Gemach kommen, herzte und liebkoste den Kleinen, besprach mit Loretta jedoch ausschließlich nichtige Alltagsdinge. Allerdings schien sie sie dabei scharf zu beobachten.

Katharina war eine stattliche Frau, deren Alter Loretta auf ungefähr vierzig Jahre schätzte. Der dichte Schleier, der ihr Haar stets vollständig bedeckte und auch den Hals verhüllte, betonte Katharinas markante Gesichtszüge mit der leicht gebogenen Habsburger Nase und den vollen Lippen.

»Ich möchte mit Euch über Martin, meinen ältesten Sohn, sprechen«, begann sie ohne Umschweife, nachdem sie Loretta den Becher gereicht und ihr gegenüber in der mit weichen Kissen ausgestatteten Fensternische Platz genommen hatte. Loretta verschluckte sich fast an ihrem Getränk.

Als sie sich wieder gefasst hatte, stellte sie den Becher ab und sah Katharina trotz ihres klopfenden Herzens tapfer in die Augen. »So sprecht, edle Dame.« Bewusst wählte sie die förmliche Anrede.

Ein leises Lächeln zuckte um Katharinas Mundwinkel. »Ich beobachte, liebe Tochter, wie aufrichtig und herzlich Ihr Euren Erstgeborenen liebt. Er wird dereinst die Grafschaft Starkenburg-Sponheim erben. Sicherlich seid Ihr überaus stolz auf ihn.«

Loretta bejahte überrascht. *Worauf will sie hinaus?*

Ihre stumme Frage blieb nicht lange unbeantwortet. »So war es vor Zeiten auch, als ich Martin in meinen Armen hielt. Er war beileibe kein so schönes Kind wie Euer Hänsel. Doch er war gesund und wuchs zu einem normalen Knaben heran. Er ist gebildet und sehnte sich danach, ein echter Ritter zu werden.«

Katharina trank einen Schluck Wein und beobachtete Loretta über den Rand des Bechers hinweg.

»Wie es Brauch ist, gaben wir Martin in die Obhut eines Verwandten im Westerwald, wo er zum Ritter ausgebildet werden sollte. Er bestand die Pagenzeit glänzend und erntete hohes Lob für seine höfischen Manieren. Mit vierzehn Jahren erhielt er die Knappenweihe. Alles schien sich wunschgemäß zu entwickeln.«

Katharina machte eine weitere Pause. Loretta wurde das Herz schwer. Noch nie hatte sie über Martins Kindheit und Jugend nachgedacht.

»Als er sechzehn Jahre alt war, fühlte er sich eines Abends müde und fiebrig. Es war Spätherbst, anfangs dachte niemand an etwas anderes als an eine simple Erkältung. Doch von Tag zu Tag verschlimmerte sich Martins Zustand. Er litt an furchtbaren Kopfschmerzen und war häufig ohne Bewusstsein. Eines Morgens konnte er nicht mehr aufstehen, seine Beine waren gelähmt.

Unser Verwandter im Westerwald ließ nach uns schicken, da er glaubte, dass Martin sterben würde. Doch nach endlosen Wochen an seinem Krankenlager stellte sich heraus, dass er zwar überleben, doch für immer ein Krüppel bleiben würde.«

Jetzt erschien ein harter Zug um Katharinas Mund. »Wie ginge es Euch, wenn Ihr wüsstet, dass dieses Schicksal auch Eurem Hänsel bestimmt ist?«

Loretta stöhnte entsetzt auf. Katharina hob die Hand, bevor sie etwas sagen konnte.

»So könnt Ihr nachfühlen, wie es mir als Mutter damals ging und noch heute geht. Trotzdem bin ich auf Martin überaus stolz.«

Loretta wusste nichts dazu zu sagen und schwieg.

»Denn mit nahezu übermenschlicher Willenskraft hat mein Sohn erreicht, dass er zumindest wieder laufen kann. Er geht zwar am Stock, und er leidet beständig Schmerzen, aber er liegt nicht wie ein hilfloser Säugling im Bett. Vielleicht ist diese Leistung weit höher anzusetzen als das Erlangen der Ritterwürde.« Katharina betonte den letzten Satz.

Loretta fühlte sich zunehmend beklommen. In ihre Verwirrung mischte sich Mitgefühl mit ihrem Gemahl, wie sie es in diesem Ausmaß bislang noch nie empfunden hatte. »Warum sagt Ihr mir dies?«, fragte sie leise.

»Um Euch um Eure Unterstützung zu bitten«, antwortete Katharina zu Lorettas erneuter Überraschung. »Und damit Ihr mehr Verständnis für Martins hartes Schicksal habt.«

Nun mischte sich Trotz in Lorettas Gefühlswirrwarr. »Ich versuche nach Kräften, Eurem Sohn eine gehorsame Gemahlin zu sein«, rechtfertigte sie sich gegen den unausgesprochenen Vorwurf.

»Aber Ihr liebt und versteht ihn nicht.« Katharina klang hart.

Loretta senkte den Kopf. *Auch er liebt und versteht mich nicht!*

»Ihr seid gesund, schön und klug«, fuhr Katharina fort. Scheinbar hatte sie Lorettas Gedanken aufgrund ihrer Miene erraten. »Martin war nie schön und ist heute nicht mehr gesund, aber er ist noch immer klug.

Lasst mich zu Ende erzählen«, unterbrach sie Loretta, die gerade zu einer Antwort ansetzte. »Als sich herausstellte, dass Martin ein Krüppel bleiben würde, erlebte er eine weitere bittere Enttäuschung. Sein eigener Bruder, mein jüngerer Sohn Pantaleon, versuchte, meinen Gatten davon zu überzeugen, Martin zu enterben. Niemand, auch wir, seine Eltern, nicht, hatte damit gerechnet. Denn Pantaleon war schon mit zehn Jahren zur geistlichen Laufbahn bestimmt worden und schien damit auch zufrieden zu sein, zumal ihm reiche Pfründe ein Leben in Wohlstand ermöglichten. Fast hätte er meinen Gemahl überzeugt, als ich mich für Martin einsetzte und letztlich Erfolg damit hatte.«

Loretta musterte ihre Schwiegermutter. Warum klang ihre Stimme dann trotz der Vereitelung von Pantaleons Vorstoß so traurig?

»Doch eine dieser Auseinandersetzungen hatte Martin belauscht. Seither traut er außer mir niemandem mehr und hat weder seinem Vater noch seinem Bruder verziehen. Außerdem knüpfte mein Gemahl eine Bedingung an Martins Nachfolge. Könnt Ihr Euch denken, welche?«

Loretta schüttelte verwirrt den Kopf.

»Die Bedingung liegt im Moment wahrscheinlich an der Brust Eurer Amme. Johann verlangte einen gesunden Erben. Andernfalls würde die Grafschaft nach seinem Tod doch an Pantaleon fallen. So ist es beurkundet.«

Loretta fiel es wie Schuppen von den Augen. Das erklärte natürlich Martins beständiges Verlangen nach Ausübung seiner ehelichen Rechte. *Doch warum behandelt er mich dann so schlecht?*

Als hätte Katharina erneut ihre Gedanken gelesen, ließ die Antwort nicht lange auf sich warten.

»Doch mein Gemahl fand zunächst keine Frau für Martin. Niemand wollte sich mit einem Krüppel vermählen. Zwei Fräulein, deren Eltern eine Ehe zunächst in Betracht gezogen hatten, weigerten sich, Martin zu ehelichen, nachdem sie ihn zum ersten Mal gesehen hatten, und schworen, lieber ins Kloster zu gehen. Zu Martins großer Demütigung gaben die Eltern den Wünschen ihrer Töchter nach. Wahrscheinlich hauptsächlich deshalb, weil sie nicht sicher waren, ob Martin überhaupt einen Sohn zeugen könnte.« Nun klang ihre Stimme bitter.

Voller Scham erinnerte sich Loretta an das Gespräch mit ihrer Mutter, in der auch sie darum gefleht hatte, Martin nicht heiraten zu müssen.

Auch dies schien Katharina zu ahnen. »Dass auch Ihr diese Ehe nicht freudig eingingt, sondern nur auf Befehl Eures Vaters, war Euch am Tag Eurer Hochzeit deutlich anzumerken.«

Loretta errötete.

»Also glaubte Martin erneut, betrogen worden zu sein. Ihr seid zu schön und zu klug, um ihn freiwillig zu ehelichen, das durchschaute er sofort.«

»Deshalb war er also schon bei unserer ersten Begegnung so überaus unfreundlich zu mir. Er befürchtete, erneut abgewiesen zu werden«, murmelte Loretta spontan.

Katharina nickte. »Das mag so gewesen sein. Doch auch ich war misstrauisch. Ich vermutete, dass Ihr Eure Unschuld unehrenhaft verloren hättet und deshalb zur Heirat gezwungen werdet.«

»Habt Ihr Martin das in den Kopf gesetzt?« Loretta war empört.

Katharina war zum ersten Mal in der Defensive. Sie holte tief Luft.

»Es tut mir leid, wenn ich Euch in dieser Hinsicht unrecht getan habe.« Sie klang nicht reumütig. »Doch gibt es ja in der Tat einen Makel, den mein Gatte in Kauf nahm und den mein Sohn mittlerweile ebenfalls kennt.«

Lorettas Empörung erlosch. Sie blickte zu Boden.

»Ich mache *Euch* keinen Vorwurf für die fehlende Mitgift«, lenkte Katharina ein. »Mein Gemahl trägt hieran die Schuld.«

Loretta war erstaunt. »Wieso Euer Gemahl? Mein Vater …«

»Mein Gemahl hätte Martin von Anfang an reinen Wein einschenken müssen. Er wusste, dass Euer Vater nie in der Lage sein würde, auch nur einen Heller zu zahlen.« Katharina trank, durstig vom vielen Reden, aus ihrem Becher.

»Martin hätte Euch trotzdem genommen, da bin ich sicher. Und Ihr beide hättet eine bessere Ausgangslage für eure Verbindung gehabt. Doch nun habt ihr eine neue Chance, einander näherzukommen. Ihr habt einen gesunden Sohn, weitere Kinder können folgen.« Unwillkürlich schauderte Loretta zusammen. Diesmal schien Katharina es nicht zu bemerken, denn sie fuhr fort:

»Doch erneut hat mein Gemahl in bester Absicht etwas getan, um Euren Hader zu schüren.«

Loretta verstand sie sofort. »Ihr meint das Legat, das er mir ausgestellt hat.«
Katharina nickte. »Also geht klug mit dieser Gabe um, damit sie sich am Ende nicht gegen Euch wendet.«
Loretta zuckte bei diesen Worten zusammen. *In der Tat brauche ich nicht noch eine* Gabe *dieser Art.*
Wieder holte Katharina tief Luft. »Doch ich habe Euch nicht um dieses Gespräch gebeten, um Euch Vorhaltungen zu machen.« Sie stellte den Becher ab und ergriff Lorettas Hände. »Ich spreche als Mutter zu Euch. Als besorgte Mutter eines zutiefst unglücklichen Sohnes, der ein besseres Schicksal verdient hätte. Ich bitte Euch eindringlich darum, meinem Kind entgegenzukommen und ihm ein wenig Glück zu bescheren. Zumal es Euch selbst zugutekäme.«
Katharinas Eindringlichkeit ging Loretta zu Herzen.
»Wollt Ihr mir das versprechen? Eingedenk Eures eigenen Sohnes, dem Ihr doch auch nur das Beste wünscht?«
Lorettas Gefühle waren in Aufruhr. Schließlich gewann die Betroffenheit über Martins Schicksal die Oberhand.
»Ich werde mein Bestes tun, verehrte Mutter. Das gelobe ich Euch.«

Burg Herrstein, Juni 1317, drei Tage später

Der Juniabend dämmerte schon herauf, als Loretta mit ihrem kleinen Gefolge Herrstein erreichte. Um zur Burg zu gelangen, mussten sie den Weiler durchqueren.
Zum ersten Mal seit vielen Monaten waren die Wege nicht verschlammt. Der milde Mai war tatsächlich in einen sommerlichen Juni übergegangen, und auch hier im Hunsrück standen die Bäume in sattem Grün.
Ein wenig beklommen streckte Loretta die Glieder, so gut es in

der engen Sänfte ging. Um Hänsel möglichst lange bei sich zu haben, hatte sie sich entschlossen, den zwischen zwei Maultieren schaukelnden Sitzkasten auch für den Rückweg zu benutzen. Sie waren gemächlich durch den Hunsrück gezockelt, hatten mittags ausgiebig Rast gemacht und geruht, so dass sie nicht schneller waren als auf dem Hinweg zur Starkenburg, als sich Loretta noch elend und schwach gefühlt hatte.

Die viele Muße während der Reise hatte ihr ausgiebig Gelegenheit gegeben, über ihr Gespräch mit Katharina nachzudenken. Sie hatte beschlossen, Martin davon zu erzählen und eine offene Aussprache mit ihm zu suchen, um eine Versöhnung herbeizuführen. Selbstkritisch hatte sie auch über ihr eigenes Verhalten nachgedacht und dabei erkannt, dass sie sehr wohl ihren Teil zu den Spannungen beigetragen hatte. Trotzdem hoffte sie, dass Martin ihr nach der Reise zumindest in der ersten Nacht Ruhe gönnen würde.

Plötzlich erblickte sie eine ihr bekannte Gestalt. »Erdmuthe!« Sie lehnte sich aus dem Fenster der Sänfte. »Was tust du denn hier zu so später Stunde?«, fragte sie, als die alte Frau herankam und ehrerbietig knickste.

»Ich bin ins Haus meines Eidams gezogen, um ihm den Haushalt zu führen«, antwortete die alte Magd. »Nun, wo die Felder wieder bestellt werden können, braucht er eine Aufsicht für seine Kleinen.«

Sie schaute Loretta ängstlich an. »Ihr seid doch einverstanden damit, Herrin? Die Kinder haben ja die Mutter verloren …«

»Natürlich«, versicherte ihr Loretta. Sie bemühte sich, ihre Traurigkeit über den Tod von Erdmuthes Tochter Lina nicht zu zeigen. »Besuche mich ab und an mit den Kindern!«

Die Erinnerung an Martins Hartherzigkeit, die mit zu Linas Tod beigetragen hatte, überschattete auf der letzten kurzen Strecke zur Burg ihren während der Reise entstandenen Optimismus. Je näher sie der Burg kamen, desto beklommener fühlte sie sich. Es

war nicht das ungute Gefühl, wie es *die Gabe* voraussandte, sondern eine dumpfe Ahnung, dass sich ihr Wiedersehen mit Martin trotz ihrer guten Vorsätze anders gestalten würde als geplant.
Endlich überquerten die Maultiere mit der Sänfte die Zugbrücke und trotteten in den Burghof. Zwei Knechte liefen eilfertig herbei, um Loretta mit dem Kind beim Aussteigen zu helfen. Sie blickte sich suchend um.
»Ist der Herr nicht zu Hause, Karlmann?«, fragte sie. Der Mann wirkte betreten.
»Doch, Herrin, er ist in der Halle. Der edle Friedrich von Kyrburg ist heute zu Gast.«
Lorettas böse Vorahnungen verstärkten sich. Mit dem Kind auf dem Arm betrat sie den großen Saal und schreckte sofort vor dem ekligen Gestank zurück, der sie dort empfing.
Fassungslos sah sie sich um. Die Binsen schienen seit Wochen nicht mehr gewechselt worden zu sein. Verfaulende Abfälle und sogar Hundekot mischten sich darunter.
Martin und ein grobschlächtig aussehender Mann fläzten sich in Lehnstühlen vor einem niedrigen Kastentisch. Empört erkannte Loretta ihren Lieblingsstuhl aus dem Frauengemach. Das Kissen lag auf der schmutzigen Erde und war mit Flecken übersät. Auf dem Tisch standen zwei Weinkrüge und die Reste einer Mahlzeit aus Wurst, Käse und Brot.
Noch hatten die Männer sie nicht bemerkt, da sie ihr halb den Rücken zukehrten. Gerade biss der Kyrburger herzhaft in ein Stück Käse und warf die Rinde in hohem Bogen über seine Schulter in die Binsen. Sie landete vor Lorettas Füßen, die mit einem leisen Laut des Unwillens zurückwich.
Jetzt wurden die Männer auf sie aufmerksam. »Potzblitz!« Martin hob seinen Weinpokal. »Da ist ja mein mir angetrautes Eheweib.« Er stand auf und verbeugte sich spöttisch. »Was verschafft mir die hohe Ehre?«
Lorettas Herz begann, schneller zu schlagen. Doch sie be-

herrschte sich. »Seid gegrüßt, viellieber Gemahl. Und auch Ihr, Herr von Kyrburg.« Sie wandte sich wieder an Martin. »Ich hatte Euch doch eine Nachricht über meine bevorstehende Ankunft geschickt. Zumal Ihr selbst meine Rückkehr nach Herrstein gewünscht habt.«

Martin stieß vernehmlich auf und spuckte danach in die Binsen. Angeekelt wandte Loretta sich ab. »Doch ich sehe, ich komme ungelegen, da Ihr Euch noch in Gesellschaft befindet. So will ich nun zu Bett gehen. Der Kleine und ich sind erschöpft von der Reise.«

Erst jetzt schien Martin zu bemerken, dass Loretta seinen Sohn auf den Armen trug. »Ah, mein Erstgeborener! Ist er gesund und munter?«

Loretta nickte. »Das ist er. Doch jetzt ist er müde und schläft.«

»So weckt ihn auf«, antwortete Martin rüde. »Ich möchte ihn meinem guten Freund von der Kyrburg zeigen.«

Loretta machte keine Anstalten, seiner Aufforderung Folge zu leisten. Martin runzelte die Stirn und humpelte mit Hilfe seines Stocks taumelnd auf sie zu. Er streckte die freie Hand aus. »Gebt mir meinen Sohn!«

Entsetzt drückte Loretta den Kleinen fester an ihre Brust. »Ihr könntet ihn fallen lassen. Mich dünkt, Ihr seid bereits bezecht.«

»Gebt ihn mir«, beharrte Martin.

Nun verlor Loretta die Fassung. »Ich denke gar nicht daran, edler Gemahl.« Die letzten Worte spuckte sie ihm förmlich ins Gesicht. »Ich gehe jetzt schlafen. Wenn Ihr wieder nüchtern seid, werde ich Euch mit Hänsel empfangen.«

Friedrich von Kyrburg, der die Szene bis jetzt grinsend beobachtet hatte, begann, dröhnend zu lachen. »Endlich verstehe ich, was Ihr mir über Euer Weib gesagt habt, Martin. Sie ist eine rechte Wildkatze! Doch Ihr seid zu nachsichtig mit ihr. Wäre ich mit ihr verheiratet, würde ich sie jedes Mal die Rute spüren lassen, wenn sie mir derart frech käme.«

Martins Gesicht verfärbte sich ob des Spotts dunkelrot. Er machte einen weiteren schwankenden Schritt auf Loretta zu. Dabei verhakte sich sein Stock in den Binsen, er strauchelte und fiel zu Boden.
Loretta drehte sich auf dem Absatz um und hastete mit Hänsel und Hilda die Stiege zur Kemenate hinauf. Hinter ihr schnaufte die Amme Bertha.
Bis in die Alpträume dieser Nacht hinein verfolgte sie das höhnische Gelächter des Kyrburgers.

An der Lahn, Sommer 1317

Prüfend ließ Balduin seinen Blick von der Spitze des Felsens über das untere Lahntal schweifen. Was er erblickte, erfreute ihn außerordentlich.
»Dies ist zweifelsohne ein strategisch überaus günstig gelegener Ort«, wandte er sich an Bruder Franziskus. »Wer hier eine Trutzburg errichtet, beherrscht den gesamten Verkehr an der Lahn, sei es zu Lande oder zu Wasser.«
Der alte Mönch runzelte die Stirn. »Wozu brauchen die Herren von Westerburg eine weitere Feste? Ihre Schaumburg liegt kaum eine halbe Meile von hier entfernt.«
Balduin musterte seinen Schreiber mit einer Mischung aus Amüsement und Ungeduld. *Wieder begreift dieser Alte rein gar nichts von meinen Plänen!*
»Eine Burg an dieser Stelle würde den Bewohnern der Schaumburg den Zugang zum Lahntal erheblich erschweren.«
Bruder Franziskus nickte nachdrücklich. »So ist es, mein Herr. Die Festungen würden sich gegenseitig behindern. Zudem dürfte der Bau an dieser Stelle recht kostspielig sein. Der Untergrund besteht fast ausschließlich aus Felsgestein.«
Balduin lächelte in sich hinein. »Doch ist die Burg erst einmal

errichtet, ist sie genau dadurch so gut wie uneinnehmbar. Zumindest könnte man keinen Tunnel graben, um auf diese Weise die Mauern zum Einsturz zu bringen.«

Endlich schwante dem Mönch, dass Balduin etwas im Schilde führte. »Was habt Ihr vor, Herr?«, fragte er beunruhigt. »Was ficht Euch ein möglicher Bauplatz auf einem Grund und Boden an, der Euch nicht gehört? Ich glaube kaum, dass sich die Herren von Westerburg davon trennen werden. Zumal Ihr und Graf Reinhard auf verschiedenen Seiten steht, was die Königswahl angeht. Ihr unterstützt Ludwig den Bayern, aber die Westerburger stehen wie der Kurfürst von Köln, dessen Lehnsleute sie sind, auf der Seite Friedrichs von Österreich aus dem Hause Habsburg.«

»Eben, eben«, setzte Balduin ungeduldig zum Sprechen an, als ihm Franziskus ins Wort fiel.

»Kurtrier hat zudem kaum Ländereien im Westerwald«, mahnte er. »Das Gebiet gehört zum Einflussbereich von Kurköln. Eure Vorgänger im Amt haben dies stets respektiert.«

Balduin runzelte die Stirn. »Ihr trefft den Nagel auf den Kopf, alter Mann«, antwortete er mit kaum verhohlenem Unmut. »Meine Vorgänger haben es sträflicherweise verabsäumt, ihre Macht in diesem wichtigen Territorium auszudehnen. Denkt nur an die Einnahmen aus dem Wegezoll, die dem Kurstift Trier zufließen könnten. Die wichtige Handelsstraße von Frankfurt nach Köln führt geradewegs durch den Westerwald.«

»Und was wollt Ihr nun tun?«

Balduin machte eine weit ausholende Geste. »Ich werde genau an dieser Stelle eine Trutzburg errichten lassen. Sie wird den Namen Balduinstein tragen.«

Bruder Franziskus schnappte nach Luft. Einen Moment lang fehlten ihm die Worte. »Wa... was wollt Ihr tun? Auf Land, das Euch nicht gehört, widerrechtlich eine Burg bauen lassen? Das wird den Zorn des mächtigen Kölners auf Euch ziehen und

mit Sicherheit zu einer Fehde mit den Herren von Westerburg führen.«
Balduin sah ihm kühl in die Augen. »Darauf lasse ich es ankommen.«

Burg Herrstein, August 1317

Eine flirrende Hitze lag über dem Land. Waren die letzten Sommer viel zu kalt und zu nass gewesen, so war dieser zu heiß und zu trocken. Es hatte seit Wochen nicht mehr geregnet, die Erde war grau und ausgedörrt. Diesmal drohte das Korn auf dem Halm zu verdorren, anstatt zu verfaulen, obwohl die Dörfler Tag für Tag ununterbrochen schwere Ledereimer mit Wasser auf den staubtrockenen Feldern ausbrachten.
Loretta hatte sich mit dem schlafenden Hänsel in den spärlichen Schatten des kleinen Rosengartens geflüchtet, der einst die größte Zierde der Burg gewesen war. Die Regenfluten der vergangenen Jahre hatten den Sträuchern nicht allzu sehr geschadet. Doch die anhaltende Trockenheit machte auch ihnen zu schaffen. Die Blüten wurden welk, sobald sich die Knospen geöffnet hatten, viele Blätter waren schon gelb und fielen ab.
Da betraten Erdmuthe und Hilda den Garten und steckten geheimnistuerisch die Köpfe zusammen. Sie bemerkten Loretta nicht, die auf der kleinen Bank inmitten des Rosengebüschs saß. *Was haben sie sich wohl zu erzählen?*, überlegte Loretta, wenn auch ohne tiefgehendes Interesse. Sie stand noch immer unter dem Eindruck der furchtbaren Auseinandersetzung, die sie gestern mit Martin gehabt hatte.
Im Dorf war wieder der Hunger eingezogen. In den fruchtbaren Monaten Mai und Juni hatten die Menschen zwar wieder etwas Nahrung in den Wäldern des Hunsrücks gefunden, Kräuter, Wurzeln, Beeren und wilde Kirschen. Doch jetzt war alles Ess-

bare bis auf das letzte Blättchen gepflückt. Selbst in den dichtesten Teilen der Wälder waren die Bäche zu Rinnsalen geworden oder bereits ganz ausgetrocknet.
Also hatte Loretta einen Boten zu Thaddäus nach Kirchberg geschickt und den Juden angewiesen, Korn und getrocknete Hülsenfrüchte, Hartkäse und Brot einzukaufen und nach Herrstein zu bringen. Der Geldmakler hatte die Fracht selbst begleitet und war gestern auf die Burg gekommen, um ihr seine Aufwartung zu machen und ihr die Börse zu überbringen, um die sie ebenfalls gebeten hatte.
Genau in dieser Stunde war Martin von einer erfolglosen Jagd heimgekehrt. Seine Laune war womöglich noch schlechter als sonst.
Er humpelte in die Halle und betrachtete voller Argwohn den fremden Besucher, den er aufgrund seines gelben Hutes sogleich als Juden erkannte.
»Was hast du hier zu suchen?«, fuhr er Thaddäus ohne jede Begrüßung wie einen niederen Dienstboten an.
Nur einen kleinen Moment sah Loretta Zorn in den schwarzen Augen ihres Gastes aufblitzen. Dann nahm sein Gesicht einen maskenhaften Ausdruck an. Er stand auf und verbeugte sich mit vollendeter Höflichkeit vor ihrem Gatten.
»Thaddäus Walch aus Kirchberg ist mein Name, hoher Herr. Ich habe die Ehre, Eure Gattin im Auftrag Eures ehrwürdigen Herrn Vaters aufzusuchen.«
»Was ist das für ein Auftrag?«
Thaddäus schwieg und suchte Lorettas Blick. Die straffte sich und atmete tief durch. Früher oder später musste Martin es ja ohnehin erfahren. Da sich ihr Verhältnis nach ihrer verpatzten Heimkehr nach Herrstein auf einem noch nie dagewesenen Tiefpunkt befand, würde es sich durch diese Nachricht wohl kaum noch verschlimmern können.
Doch darin irrte sie sich. »Mein Vater hat Euch ein Legat zur

freien Verfügung überlassen und diesem Heiden die Verwaltung übertragen?«, brüllte Martin nach Lorettas kurzer Erklärung so laut, dass es sogar noch draußen in den Stallungen zu hören war.

»So ist es«, entgegnete Loretta trotzig. »Und ich soll Euch von Eurem Vater ausrichten, dass Ihr Euch an ihn wenden mögt, wenn Ihr seine Gründe dafür erfahren möchtet.«

Martin schnappte nach Luft. »Seine Gründe? Ihr habt kein Geld mit in die Ehe gebracht und vergeudet nun auch noch mein eigenes Erbe?«

Dann richtete er seinen Zorn gegen den Juden. »Verschwinde auf der Stelle aus meinem Haus, Ungläubiger, sonst lasse ich dich mit Ruten hinauspeitschen.«

Thaddäus verbeugte sich vor Loretta und wandte sich zum Gehen.

»Wartet«, hielt Loretta ihn auf.

»Herr Thaddäus hat Lebensmittel für die Menschen in den Dörfern gekauft«, fuhr sie Martin mit zornsprühenden Augen an. »Ich verschwende das Geschenk Eures Vaters nicht für läppischen Tand. Ich lindere die Not unserer Bauern, die *Euch* herzlich wenig zu kümmern scheint. Thaddäus Walch ist mein Gast. Also behandelt ihn mit dem Respekt, der ihm gebührt.«

Martin starrte sie an. »Respekt?«, echote er gefährlich leise. »Respekt?«, brüllte er dann lauter als je zuvor. Dann schnellte er zu dem Juden herum und riss dabei seine Hundepeitsche vom Gürtel. Die Wut verlieh ihm eine ungeahnte Behendigkeit. Ehe Loretta sich rühren konnte, schnellte der Lederriemen schon durch die Luft und traf den Geldmakler an Hals und Wange. »Aus meinem Haus! Auf der Stelle!«

Thaddäus stand starr vor Schreck. Ein feuerroter Striemen lief über sein Gesicht. Martin holte gerade ein weiteres Mal aus, als sich Loretta schützend vor ihren Gast stellte. Die Peitsche traf sie mit voller Wucht und wickelte sich um ihren Leib. Obwohl

Hilda die Stelle gleich danach mit kühlender Ringelblumensalbe bestrichen hatte, schmerzte der Schlag noch immer.
Lorettas Misshandlung löste Thaddäus' Erstarrung. Er drehte sich auf dem Absatz um, ergriff seinen gelben Hut und verneigte sich knapp vor ihr: »Es tut mir aufrichtig leid, dass ich Euch so viel Ungemach eingebracht habe, Herrin.«
Ohne Martin noch eines Blickes zu würdigen, verließ er mit hocherhobenem Kopf die Halle. Loretta folgte ihm auf dem Fuße, während Martin, nun doch erschrocken über seinen Ausbruch, zurückblieb.
»Nicht Ihr habt mir Ungemach eingebracht, Herr Thaddäus, sondern ich Euch. Ich werde meinem Schwiegervater von diesem Vorfall schreiben. Aber es erscheint mir besser für Eure eigene Sicherheit, wenn Ihr demnächst nur einen Boten mit den Waren zu mir schickt, die ich in Auftrag gebe. Wer weiß, wozu mein Gemahl«, sie betonte das Wort verächtlich, »noch in der Lage ist.«
Thaddäus bestieg sein Maultier. »Und doch schuldet Ihr ihm Gehorsam, werte Dame«, entgegnete er. »Das befiehlt mein Glaube unseren Ehefrauen genauso wie der Eure.«
Loretta war völlig überrumpelt von dieser unerwarteten Belehrung. Bevor sie zu einer scharfen Erwiderung ansetzen konnte, beugte sich Thaddäus zu ihr herab und reichte ihr einen kleinen Lederbeutel.
»Hier ist die Börse, um die Ihr gebeten habt, Herrin. Verwahrt das Geld gut. Ich weiß nicht, wann ich die nächste Gelegenheit haben werde, Euch etwas zukommen zu lassen.« Damit gab er seinem Reittier die Sporen und trabte aus der Burg.
Am Abend schloss sich Loretta im Frauengemach ein. Allerdings machte Martin keinerlei Anstalten, zu ihr zu gelangen. Nach einer größtenteils durchwachten Nacht hatte sie beim Frühmahl erfahren, dass er bereits im Morgengrauen zur Starkenburg aufgebrochen war. Ihre Schwiegermutter Katharina

hatte also recht behalten. Das Legat zerrüttete ihre Ehe nur noch mehr.

Plötzlich schreckte sie aus ihren Gedanken auf. Hilda und Erdmuthe gingen dicht am Rosengebüsch vorbei. Sie bemerkten Loretta noch immer nicht.

»So wünsche ich euch alles Glück und Gottes Segen. Ich hoffe sehr, ihr habt euch euren Plan gut überlegt«, hörte sie Hilda zu der Alten sagen.

»Das haben wir, Hilda. Es ist unser einziger Ausweg, wenn wir nicht alle hungers sterben wollen. Der Erzbischof ist unsere letzte Hoffnung.«

Loretta war verwirrt. Worüber sprachen die beiden Frauen? Sie wollte aufstehen und ihnen nachgehen. Doch ihr Bein war eingeschlafen. Während sie es vorsichtig streckte und rieb, damit das Kribbeln aufhörte, verließen die Frauen den Garten. Derweil wachte Hänsel durch ihre Bewegungen auf und begann prompt zu weinen. Wie aus dem Nichts tauchte plötzlich Bertha, die Amme, auf und nahm ihr das Kind ab.

Woher war die Frau so plötzlich gekommen? Hatte sie Hilda und Erdmuthe etwa belauscht? Dieser Gedanke schoss Loretta einen Moment lang durch den Kopf. Doch als Hänsel sich plötzlich verschluckte und keuchend nach Atem rang, vergaß sie ihn wieder.

Burg Herrstein, August 1317, eine Woche später

»Herrin, Ihr müsst ihm zu Hilfe kommen. Sie schlagen ihn sonst tot!«

Völlig aufgelöst stürzte Hilda in die Kemenate. Loretta hatte die besonnene Frau noch nie so erlebt, nicht einmal, als sie dem Hungertod nahe gewesen war. Ihr Haar hatte sich gelöst und hing ihr in wirren Strähnen um den Kopf, die Haube hatte sie

irgendwo verloren. Sie rang nach dem schnellen Laufen nach Luft, ihr Gesicht war puterrot angelaufen.
Erschrocken sprang Loretta auf und warf die Stickerei, an der sie gerade gearbeitet hatte, achtlos beiseite. »Was ist denn geschehen?«
»Zum Erklären bleibt jetzt keine Zeit! Kommt mit, ich erzähle es Euch auf dem Weg.«
Ratlos und voller Furcht vor dem, was sie gleich erfahren würde, hastete Loretta hinter Hilda die Stiege hinab. Der Burghof war menschenleer. Es war früher Abend, normalerweise herrschte um diese Tageszeit lebhafter Betrieb. Mägde mit Wassereimern eilten vom Brunnen zur Küche, Hühner und Gänse wurden in ihre Verschläge getrieben, Stallburschen holten Heu aus dem Schuppen oder tränkten die Pferde.
»Wo ist das Gesinde?«, wunderte sich Loretta, jetzt noch mehr beunruhigt.
»Sie schauen dem Strafgericht zu!«
Loretta stockte mitten im Lauf. »Welchem Strafgericht? Was geht hier vor? Du sagst es mir auf der Stelle, sonst folge ich dir keinen Schritt mehr.«
Verzweifelt drehte Hilda sich um. Tränen rannen ihr übers Gesicht. »Um der barmherzigen Jungfrau willen, eilt weiter. Ich berichte Euch unterwegs.«
Doch Loretta blieb, wo sie war. »Sprich jetzt!«
»Es ist der Schmied, Herrin, Erdmuthes Eidam. Euer Gemahl lässt ihn gerade zu Tode peitschen.«
»Waaas?« Loretta begann wieder zu laufen. »Was hat er denn nur verbrochen?«, keuchte sie außer Atem.
»Er wollte heute mit seiner Familie nach Trier fliehen. Eine halbe Meile hinter dem Dorfrand wurden sie ergriffen.«
Loretta war entsetzt. »Warum wollte er weggehen?« Auf die Landflucht von Eigenleuten einer Herrschaft standen tatsächlich schwere Strafen.

»Er hoffte, in Trier mit seinen Kindern ein besseres Auskommen zu finden. In der Stadt gibt es noch Leute, die die Dienste eines Schmiedes benötigen und auch dafür zahlen können.«
Plötzlich blieb Hilda stehen und griff sich mit schmerzverzerrtem Gesicht an die Seite. »Ich kann nicht mehr weiter, Herrin. Bitte versucht, ihn zu retten. Die alte Erdmuthe will der Graf mit den Kleinen ausweisen lassen. Doch ohne den Mann als Ernährer werden sie in der Fremde elendiglich zugrunde gehen.«
Sie waren am Fuße des Burgbergs angelangt und nur noch hundert Schritte vom Dorfrand entfernt. Tatsächlich waren jetzt die Laute einer größeren Menschenmenge zu hören.
Doch Loretta hatte noch eine drängende Frage. »Warum weiß ich nichts von dem Strafgericht, Hilda?«
»Der Herr Graf hat es verboten, Herrin. Jeder, der Euch etwas sagt, sollte ebenfalls ausgepeitscht werden.«
»Was sagst du da?«
In diesem Moment ertönte ein durchdringender Schmerzensschrei. Loretta verlor keine weitere Zeit und stürmte auf das Dorf zu. Die Wut verlieh ihr neue Kräfte. Im Nu hatte sie den Marktplatz erreicht, auf dem sich das Burggesinde und die Dorfbewohner drängten.
»Lasst mich durch!«, herrschte sie die Leute an, die furchtsam zurückwichen. Schnell erreichte sie den offenen Platz. Was sie sah, ließ ihr das Blut in den Adern gefrieren.
Die alte Erdmuthe stand gefesselt am Pranger. Sie trug nur ein sackleinenes Hemd und war kahlköpfig. Man hatte ihr die Haare so roh geschoren, dass ihre Kopfhaut an mehreren Stellen blutete. An ihre halbnackten Beine klammerten sich die beiden Enkel. Das Mädchen weinte, der jüngere Bruder war starr vor Angst.
Warum hat die Gabe *mich nicht gewarnt? Habe ich sie etwa verloren?* Seit ihrer Heirat war sie nicht mehr aufgetreten. Doch zum Grübeln blieb jetzt keine Zeit.

In der Mitte des Platzes erblickte sie den Schmied, der mit den Händen über dem Kopf ebenfalls an einen Pfahl gebunden war, den Loretta noch nie zuvor gesehen hatte. Man musste das Martergerät eigens zum heutigen Zweck aufgestellt haben. Der Mann trug nur einen Lendenschurz. Sein Rücken war eine einzige blutige Masse.

Gerade holte der Knecht, dem die Auspeitschung oblag, ein weiteres Mal mit dem neunschwänzigen Ochsenziemer aus. Das Blut spritzte nach allen Seiten, als die Riemen auf das geschundene Fleisch trafen. Mit einem letzten Schrei sackte der Mann am Pfahl ohnmächtig zusammen.

Loretta war versucht, sich blindlings ins Geschehen zu stürzen. Doch eine warnende innere Stimme hielt sie zurück. Verlor ihr Gatte heute vor seinen versammelten Eigenleuten das Gesicht, würde nicht nur sie es zu büßen haben. Sein Stolz würde Martin gebieten, das Strafgericht bis zum Tode des Schmieds fortzusetzen.

Das Herz schlug Loretta bis zum Hals. Mühsam versuchte sie, sich zu beruhigen. *Du musst Haltung bewahren und darfst keine Schwäche zeigen.*

Mittlerweile war die Menge auf sie aufmerksam geworden. Auch Martin, der auf einem Podest mit freiem Blick auf die Richtstätte saß, hatte sie entdeckt.

Loretta atmete mehrmals tief durch. Dann trat sie mit gemessenen Schritten in die Mitte des Platzes. »Halte ein!«, rief sie dem Knecht mit der Peitsche zu. Zu ihrer eigenen Überraschung klang ihre Stimme fest.

Dann näherte sie sich dem Sitz ihres Ehemannes. Mit hocherhobenen Händen kniete sie vor ihm nieder. Auf dem Platz wurde es mucksmäuschenstill.

»Ich bin gekommen, um Euch um das Leben dieses Mannes zu bitten.« Ihre Stimme schallte über die Menge hinweg.

Martin fixierte sie. »Warum rührt Euch das Schicksal dieses Un-

würdigen? Er wollte Landflucht begehen und mich damit seiner Arbeitskraft und der seiner Kinder und Kindeskinder berauben.«
Loretta setzte gerade zu einer Antwort an, als ihr Blick auf die Amme Bertha fiel, die mit Hänsel im Arm schräg hinter dem Sessel ihres Mannes stand. Blitzschnell erkannte sie die Zusammenhänge. Hilda und Erdmuthe hatten vor einigen Tagen im Burggarten über die bevorstehende Flucht gesprochen. Bertha hatte die beiden damals tatsächlich belauscht und später bei ihrem Gemahl denunziert.
Sie riss sich zusammen. *Ich knöpfe mir das Weib vor, wenn dies hier vorbei ist.*
»Der Hunger bringt selbst treue Untertanen um den Verstand, ehrwürdiger Herr Gemahl. Sie hoffen in fremden Landen auf bessere Verhältnisse. Vergebt dem Mann seinen Irrtum.«
Martin verzog keine Miene, sondern musterte sie weiterhin ungerührt. »Wenn ich heute kein Exempel statuiere, werden bald viele dem schlechten Beispiel des Schmiedes folgen. Vielleicht versucht er selbst es sogar ein zweites Mal.«
»Das wird er nicht tun. Ich verbürge mich dafür.«
Nun verzog sich Martins Mund zu dem spöttischen Lächeln, das sie so hasste. Er winkte sie heran.
»Womit wollt Ihr bürgen, edle Dame?«, raunte er. »Ihr habt nichts als Euren Leib. Und den besitze ich bereits.«
Sein säuerlicher Geruch verursachte Loretta Übelkeit. Plötzlich fühlte sie sich schwindlig und schwach.
Sie trat vom Podest zurück und atmete tief durch. Der Moment der Schwäche verging. Dann wandte sie sich an die Menge. Kurz ließ sie ihren Blick über die Leute schweifen. Sie erkannte viele Bewohner aus Herrstein. Aber auch aus anderen Dörfern mussten Menschen gekommen sein, um dem Spektakel beizuwohnen. *Nur ich war ahnungslos wie ein neugeborenes Kind.* Doch sie bezwang ihren Grimm. Auch dafür war jetzt keine Zeit.
»Bewohner von Herrstein und der umliegenden Weiler, hört

mich an. Dieser Mann da«, sie wies auf den immer noch ohnmächtigen Schmied, »hat meinen edlen Gemahl und mich aufs schwerste enttäuscht. Er wollte uns hintergehen und mit seiner Familie heimlich die Herrschaft verlassen, der er angehört. Das kann nicht geduldet werden.«

Sie machte eine Pause. Die Menge, die bereits Hoffnung geschöpft hatte, stöhnte auf. Loretta hob die Hand.

»Doch heute will ich zum ersten und letzten Mal um Gnade für einen solchen Fehltritt bitten. Ich verbürge mich für den Schmied und für euch alle mit meiner Ehre, dass niemand von euch mehr zu fliehen versucht. Gelobt ihr das?«

Einen Moment blieb es noch still. »Ich gelobe es!« Niklas, der Nachbar des Schmieds, rief als Erster.

Andere schlossen sich an. »Ich gelobe es auch!«

»Auch ich gelobe es!«

»Ich ebenfalls!«

Immer mehr Menschen fielen mit ein, bis ein einziges vielstimmiges Versprechen über den Platz schallte.

Martin rührte sich nicht. Seine Miene blieb unnachgiebig. Loretta suchte seinen Blick. Unmerklich schüttelte er den Kopf. *Oh Herrgott, wie kann ich ihn nur überzeugen?*

Plötzlich kam ihr eine Idee. Sie hob erneut die Hand. Die Dörfler verstummten.

»Als Unterpfand für euer Versprechen biete ich meinem edlen Gemahl meinen ganzen Besitz. Ich bürge für euch mit meinem persönlichen Vermögen. Heute verwende ich es, um Nahrung für euch zu kaufen. Muss ich es ihm überschreiben, ist es allein seine Entscheidung, was damit in Zukunft geschieht.«

Sie drehte sich wieder zu Martin um. Widerstreitende Gefühle spiegelten sich in seinem Gesicht. Missgunst über den Beifall der Menge kämpfte mit Gier und Triumph darüber, dass sie sich ihm unterwarf. Schließlich siegten Gier und Triumph.

Er winkte sie wieder zu sich heran. »Das wird noch heute beurkundet und mit dem Ring, den Euch mein Vater gab, gesiegelt. Versucht noch einer dieser Mistkerle zu entfliehen, überschreibt Ihr mir Euer Legat.«

Wieder stieg Übelkeit in Loretta auf. »So sei es, Herr Gemahl«, stimmte sie zu.

Auf einmal wurde ihr schwarz vor Augen. Hilflos griff sie um sich. Im letzten Moment fingen Hildas weiche Arme sie auf. Sie hatte die Ankunft der Hebamme nicht bemerkt, erkannte sie aber an ihrem vertrauten Geruch nach Heilkräutern.

Ihre letzte Wahrnehmung, bevor sie ohnmächtig wurde, waren die Worte, die Hilda an Martin richtete. »Ich habe gute Kunde für Euch, edler Herr. Ich vermutete es bereits seit einigen Tagen. Nun bin ich mir sicher. Eure Gattin ist wieder gesegneten Leibes.«

Kapitel 9

Burg Herrstein, Mai 1319

Herrin, ein Besucher ist eingetroffen und fragt nach Euch.« Loretta sah von dem Schreiben auf, das sie gerade an Thaddäus von Kirchberg verfasste.

»Wie ist der Name des Gastes, Kathi?« Loretta hatte Hildas Tochter nach der Geburt ihres zweiten Sohnes zu ihrer persönlichen Kammermagd ernannt, damit sich Hilda ganz um die Kinder kümmern konnte. Nach dem Verrat der Amme Bertha wollte Loretta diese nur noch Menschen anvertrauen, die ihr völlig ergeben waren.

Kathi knickste. »Ich glaube, es ist der Bruder Eures Schwiegervaters. Er nannte sich Matthias von Starkenburg.«

»Onkel Matthias?« Loretta sprang auf. Das war wirklich eine freudige Überraschung. »Was mag ihn wohl herführen?«
Schnell richtete sie ihre Haube und eilte die Stiege hinunter. Auf dem letzten Absatz blieb sie stehen und betrachtete den Besucher. Ja, es war zweifelsohne Matthias, doch … *Er sieht aus, als ob ihn etwas bedrückt. Es wird doch nichts mit Martins Vater zu tun haben?*
Ihre gute Laune verflog. Nach Weihnachten hatte Johann von Starkenburg sich unpässlich gefühlt. Starke Schmerzen in der Brust quälten ihn. Er hatte einige Wochen das Bett hüten müssen, bis es ihm wieder besserging.
Gemesseneren Schrittes stieg Loretta die letzten Stufen hinab und streckte Matthias beide Hände entgegen. »Oheim! Wie freue ich mich, Euch zu sehen.«
Jetzt überzog ein breites Lächeln das runde Gesicht des Besuchers und ließ seine Augen strahlen.
»Loretta, auch ich freue mich, Euch zu sehen. Ihr werdet von Jahr zu Jahr schöner!«
»Ihr schmeichelt mir, Oheim. Wolltet Ihr meinen Gatten Martin aufsuchen? Er ist in Begleitung des Grafen Friedrich von Kyrburg auf der Jagd. Ich fürchte, er wird erst in einigen Tagen zurückkehren.«
Oder in einer Woche oder gar zwei, fügte sie in Gedanken hinzu. Obwohl Martin auch auf die Geburt seines zweiten Sohnes, den er Gottfried genannt hatte, sehr stolz war, hatten sich die Eheleute immer weiter entfremdet.
Ein grimmiger Ausdruck huschte über Matthias' Gesicht. »Das ist einerseits sehr schade, Loretta. Ich bin in wichtigen Geschäften nach Herrstein gekommen. Andererseits«, das Lächeln erschien wieder auf seinem Gesicht, »kann ich Eure Gesellschaft nun ganz allein für mich in Anspruch nehmen.«
Loretta erwiderte das Lächeln. »Seid mir als mein Gast herzlich willkommen, liebwerter Oheim. Ich lasse Euch sogleich eine

Kammer richten, wo Ihr Euch nach der anstrengenden Reise ein wenig ausruhen könnt. Doch vorher möchte ich Euch einige Erfrischungen reichen und Euch meine Söhne vorstellen. Ihr habt sie ja noch gar nicht kennengelernt.«

Wenig später saßen die beiden bei einer einfachen, aber schmackhaften Mahlzeit, bestehend aus Gemüsesuppe und frisch gebackenem Brot, beisammen. Kathi servierte einen gekühlten Weißwein aus Johanns Gütern rund um die Starkenburg.

Matthias nahm einen Schluck und rollte den Wein genießerisch auf der Zunge. »Wahrlich ein köstlicher Tropfen, mit dem mein Bruder für gewöhnlich geizt. Wird Euch Martin nicht gram sein, dass Ihr ihn heute an mich verschwendet?«

»Der Wein gehört mir. Euer Bruder ließ ihn mir zur Stärkung nach der Geburt des kleinen Gottfried schicken.«

Matthias stellte den Becher ab und musterte sie besorgt. »Ich hörte, Ihr hattet eine schwere Zeit, während Ihr gesegneten Leibes wart, und eine noch schwerere Niederkunft. Seid Ihr denn mittlerweile wieder ganz genesen?«

Loretta suchte erst nach den richtigen Worten für eine Antwort. In der Regel berührten Männer die heiklen Themen von Schwangerschaft und Geburt nicht. Feinfühlig, wie er war, spürte Matthias ihre Verlegenheit.

»Verzeiht einem älteren Mann, noch dazu von geistlichem Stand, wenn ich Euch zu nahe getreten bin. Ich möchte Euch nicht beschämen. Allein die Besorgnis um Eure Gesundheit hat mich zu dieser Frage verleitet.«

Loretta winkte ab. »Ihr müsst Euch nicht für die Wahrheit entschuldigen. Ich war in der Tat nach Gottfrieds Geburt sehr krank. Nur durch die Pflege meiner heilkundigen Wehmutter bin ich schließlich genesen. Doch nun ist alles wieder gut.«

Obwohl sich Loretta um einen leichten Tonfall bemühte, griffen die Schatten der Vergangenheit einen Augenblick nach ihr. Bereits während der Schwangerschaft hatte sie häufig vorzeitige Wehen gehabt und in den letzten Monaten strenge Bettruhe einhalten müssen. Bei der Geburt selbst war sie fast verblutet, da sich die Nachgeburt zunächst nicht lösen wollte, wie ihr Hilda später erklärte. Außerdem hatte ihr der Kopf des kräftigen Kindes den Schoß zerrissen.

In diesem Moment kam Hilda mit den Söhnen in die Halle. Sie trug den einjährigen Gottfried auf dem Arm und führte den zweieinhalbjährigen Hänsel an der Hand. Wie immer, wenn Loretta ihre Kinder sah, ging ihr das Herz auf.

»Seht, sind die beiden nicht prächtig?« Nun war ihre Fröhlichkeit echt. Jauchzend stürzte sich Hänsel in ihre Arme, und auch Gottfried wand sich auf Hildas Arm, um zu ihr zu gelangen. Mit beiden Söhnen auf dem Schoß strahlte Loretta Matthias an. »Sie sind mein ganzes Glück, Oheim, und jedes Ungemach wert, das ich ihretwegen erdulden musste.«

»Es sind in der Tat prächtige Kinder, Loretta.« Matthias räusperte sich. »Auch ihr Vater dürfte stolz auf sie sein und ist Euch hoffentlich von ganzem Herzen dankbar.«

Loretta wich seinem prüfenden Blick aus. Dankbar hatte Martin sich beileibe nicht gezeigt. Notgedrungen musste er sich viele Monate lang ihr gegenüber in Enthaltsamkeit üben, was ihn dem Kyrburger vollends in die Arme getrieben hatte. Gemeinsam machten die beiden die Frauenhäuser der Umgebung unsicher. Gerüchte besagten darüber hinaus, dass sich Martin mittlerweile ein Liebchen in Niederwörresbach hielt. Loretta war es nur recht. Martin hatte ihr Bett auch nach ihrer Genesung nur noch selten aufgesucht.

Verlegen wechselte sie das Thema. »Welche Geschäfte führen Euch denn nach Herrstein, lieber Oheim?«

Diesmal senkte Matthias den Blick und betrachtete angelegentlich seinen Weinpokal. »Es geht um das Dorf Niederhosenbach.«

»Niederhosenbach? Hat sich die Lage dort wieder verschlimmert?«
Matthias lächelte warm. »Davon ist mir nichts bekannt, Loretta. Aber es erinnert mich daran, dass ich Euch noch gar nicht für die Hilfe gedankt habe, die Ihr den einfachen Menschen in den Jahren dieser schrecklichen Hungersnot zukommen ließet.«
»Dankt nicht mir, sondern Eurem Bruder. Er setzte mir das Legat aus, das mich in die Lage versetzte, Nahrungsmittel und Saatgut für die Bauern zu kaufen.«
Matthias nickte. »Ich hörte davon. Auch, dass Euch der Jude Thaddäus von Kirchberg dabei zur Seite steht. Er ist ein ehrenwerter Mann, soweit man dies von einem Anhänger des hebräischen Glaubens sagen kann.«
»So lasst uns hoffen, dass die schreckliche Not mit diesem Jahr endlich ein Ende nimmt. Bislang war der Winter mild, der Frühling freundlich, und auf den Feldern sprießen die jungen Halme. Gebe Gott, dass die Zeit der Entbehrungen nun vorbei ist.«
Matthias sah sie neugierig an. Einen Augenblick lang rang er mit sich, dann setzte er an: »Ich wollte Euch schon lange etwas fragen, Loretta. Ist es wahr, dass Ihr das Unglück anderer Menschen vorhersehen könnt?«
Loretta war überrascht. »Wer hat Euch das gesagt?«
Ein leichtes Rot überzog Matthias' Wangen. »Mein Bruder hat einmal so etwas angedeutet. Der wiederum hat es von Eurem Vater, der jedoch offensichtlich nicht daran glaubt.«
Loretta verspürte zum ersten Mal seit langem wieder die früher so vertraute Bitterkeit. »Das ist wahr. Mein Vater glaubt nicht daran. Hätte er es getan, würde er die Burg Hunolstein noch heute sein Eigen nennen.«
»Hunolstein? Wie das? Er hat die Burg doch verpfändet und kann sie nicht auslösen, wie man hört.«
Loretta holte tief Luft. »Ich will Euch die Geschichte erzählen.«
Schweigend lauschte Matthias, während Loretta nach und nach

alle Episoden beschrieb, in denen ihr *die Gabe* geholfen hatte, Unheil zu verhindern oder gar Leben zu retten.

»Doch nun scheine ich sie verloren zu haben«, schloss Loretta ihren Bericht. »Vielleicht tritt sie nur bei Jungfrauen auf. Jedenfalls habe ich das *Gefühl* nicht mehr gespürt, seitdem ich verheiratet bin. Meine Mutter hat mir geschrieben, dass sie sich zu erinnern glaubt, die *Gabe* sei tatsächlich umso stärker, je jünger das Mädchen ist, das sie besitzt. Auch könnte es sein, dass sie ab und an versagt. Doch sehr viel mehr weiß sie nicht. Dazu kennt sie die Geschichte ihrer Ahninnen zu wenig.«

»Möglicherweise gab es einfach nur keinen Anlass für eine Warnung«, wandte Matthias ein.

»Oh nein, so ist es nicht. Ich habe nicht vorhergesehen, dass meine alte Kammerfrau Erdmuthe gedemütigt und ihr Eidam fast zu Tode gepeitscht wurde.«

Sie erzählte Matthias auch diese Geschichte. Der Schmied war zwar am Leben geblieben, hatte sich aber nie mehr vollständig von den schweren Peitschenwunden erholt. Er würde für den Rest seines Lebens ein schwer gezeichneter gebrechlicher Mann bleiben. Loretta ernährte die Familie seither aus ihrem eigenen kleinen Vermögen, da der Schmied weder seinem Gewerbe nachgehen noch seine Felder bestellen konnte.

Matthias wiegte den Kopf. »Wenn ich die Legende richtig verstanden habe, warnt Euch die Gabe nur, wenn Menschen ein Ungemach droht, an denen Euch etwas liegt. Aber den Schmied kanntet Ihr kaum, und die alte Magd hatte Euch den Dienst quittiert und lebte seit Monaten bei ihm im Dorf.«

Loretta überlegte. »Ihr könntet recht haben, Oheim«, räumte sie schließlich ein. »Erdmuthe stand mir nicht wirklich nahe. Um meine Wehmutter Hilda sorgte ich mich eine Zeitlang viel mehr. Martin hatte gedroht, jeden auspeitschen zu lassen, der mir von dem Strafgericht erzählen würde. Doch die *Gabe* rührte sich nicht. Vielleicht auch, weil mein Gemahl Hilda unge-

schoren ließ, da ich wegen der Schwangerschaft auf sie angewiesen war.«
Sie überlegte. »Und auch sonst niemandem, der mir nahesteht, ist in den letzten Jahren ein Unglück geschehen.«
Matthias seufzte. »Zumindest keins, das sein Leben oder seine Existenz bedroht.«
Loretta war überrascht. »Wie meint Ihr das?«
Matthias versuchte auszuweichen. »Es hat keine Bedeutung und ist nur die läppische Bemerkung eines schwatzhaften alten Mannes.«
Doch nun war Loretta argwöhnisch. »Ihr verschweigt mir doch etwas, Oheim.«
Als Matthias nicht antwortete, drängte sie: »Ich habe Euch meine ganzen Geheimnisse offenbart, Oheim. Quid pro quo! Also, was führt Euch hierher?«
Matthias seufzte wieder. Dann gab er sich einen Ruck. »Irgendwann würdet Ihr es ja ohnehin erfahren. Ich komme wegen des Weilers Niederhosenbach. Martin hat ihn beim Spiel an den Kyrburger verloren.«

Burg Herrstein, Mai 1319, zwei Tage später

Vorsichtig lugte Loretta von ihrem Platz am Treppenabsatz in die Halle hinunter. Laute Stimmen hatten sie aus der Kemenate gelockt, in die Martin sie nach dem Nachtmahl verwiesen hatte. Man habe Geschäftliches unter Männern zu besprechen.
Zum ersten Mal seit ihrer Heirat spürte Loretta wieder das Gefühl kommenden Unheils. Es hatte sie schon ergriffen, als Martin mit seinem Saufkumpan Friedrich von Kyrburg in den Burghof geritten war. *Dieser Mann ist abgrundtief böse.*
Doch warum hatte sie dieses Gefühl erst jetzt? Der Graf war viele Male zu Gast auf Herrstein gewesen. Loretta war ihm aus-

gewichen, soweit es ihre Pflichten als Hausherrin zuließen, doch die *Gabe* war nicht in Erscheinung getreten. Warum also heute? Ging es etwa um Matthias?

Der Dompropst, Martin und Graf Friedrich von Kyrburg saßen um einen kleinen Kastentisch herum. Martin wich Matthias' Blick aus und sah beharrlich zu Boden. Er rührte sich nur, um tiefe Schlucke aus seinem Weinbecher zu nehmen, den er sich immer wieder nachfüllte.

»Also ist dies Euer letztes Wort, Graf von Kyrburg?« Matthias' Stimme klang so zornig, wie es Loretta noch nie erlebt hatte. »Ihr gebt den Weiler auch nicht heraus, wenn ich Euch anbiete, die Spielschuld meines Neffen auszulösen?«

Friedrich von Kyrburg rülpste und spuckte in hohem Bogen in die Binsen. Loretta zuckte vor Ekel zusammen. »Nein. Ich brauche Euer Geld nicht.«

Matthias versuchte es mit einem letzten Appell. »Nun kommt doch zur Vernunft, Graf! Ihr wisst, dass ich Martin den Weiler Niederhosenbach nur zur Nutznießung überlassen habe. Das Dorf ist und bleibt mein Eigentum.«

Friedrich fixierte ihn ungerührt. »Ich habe das Dorf im ehrlichen Spiel gewonnen. Euer Neffe setzte es auf die Würfel und verlor. Nun gehört es mir. Er hat es mir bereits überschrieben.«

»Diese Urkunde ist ungültig«, schnaubte Matthias.

Friedrich hob betont gelassen die Achseln. »So versucht, mir das Dorf wieder abzunehmen, ehrwürdiger Dompropst zu Aachen. Eine Fehde mehr oder weniger kümmert mich nicht.« Er fläzte sich in den Lehnsessel, den ihm Martin wieder aus Lorettas Kemenate hatte bringen lassen, und grinste Matthias frech ins Gesicht.

Loretta spürte, wie ihr heiß und kalt wurde. Das bedrohliche *Gefühl* verstärkte sich. Auf ihren Armen bildete sich Gänsehaut.

Noch ließ sich Matthias nicht einschüchtern. »Ich rufe den Erzbischof zu Trier als Schiedsrichter an. Er ist der geistliche Herr dieser Region. Seinem Spruch werdet Ihr Euch beugen müssen.«

Friedrichs nächste Antwort raubte Loretta den Atem. »Ich scheiße auf seinen Spruch, Pfaffe!« Er stand auf und ging um den Tisch herum auf Matthias zu. Lorettas Unruhe wuchs. »Seht Euch vor«, hätte sie ihrem Oheim am liebsten zugerufen. Doch sie wagte nicht, sich als Lauscherin zu verraten.

Schon die äußerliche Erscheinung des Kyrburgers widerte sie an. Friedrich war nicht größer als sie selbst, doch von untersetztem kräftigem Körperbau. Seine Hände glichen riesigen Schaufeln, die Sehnen und Muskelstränge der Beine unter dem kurzen Wams konnte Loretta selbst aus dieser Entfernung erkennen. Am abstoßendsten fand sie jedoch Friedrichs grobschlächtiges Gesicht. Mit den kleinen Schweinsäuglein unter zottigen Brauen, der knolligen Nase und den dicken aufgeworfenen Lippen erinnerte es Loretta an einen Keiler. Seine Wangen waren von einem ungepflegten stoppeligen Bart überwuchert. Er war von dem gleichen schmutzigen Braun wie sein verfilztes Haar, das seit Tagen kein Kamm mehr gebändigt hatte.

Friedrich baute sich vor Matthias auf, ballte die Hand zur Faust und hielt sie ihm dicht unter die Nase. »Aber bedenkt, Mann der Kirche, mit wem Ihr Euch anlegt, wenn Ihr Euer Dörfchen zurückhaben wollt. Was diese Hand«, er wedelte damit vor Matthias' Nase, »einmal ergriffen hat, gibt sie nicht mehr her.«

Matthias blieb sitzen und starrte dem Kyrburger in die Augen. »Ihr stinkt wie ein Schwein, Graf«, entgegnete er. »Geht Euch erst waschen, bevor Ihr mir wieder so nahe kommt.«

Das *Gefühl* überschwemmte Loretta wie eine eisige Woge. Noch bevor sie den Mund zu einem Warnschrei öffnen konnte, hatte Friedrich Matthias mit beiden Händen am Kragen seines Gewandes gepackt und in die Höhe gehoben. Matthias schlug um sich und rang röchelnd nach Luft. Sein Gesicht verfärbte sich

erst dunkelrot, dann bläulich violett. Ungerührt hielt Friedrich den Erstickenden weiter gepackt. Martin glotzte wie erstarrt auf die groteske Szene.
»Lasst ihn los, Saukerl!« Ohne nachzudenken, stürzte Loretta die Stiege hinunter. »Martin, so rührt Euch doch und helft ihm. Er bringt ihn ja um.«
Doch ihr Gemahl machte keinerlei Anstalten, sich zu erheben. Dagegen drehte sich Friedrich langsam zu ihr um. Sie roch seinen weinsauren Atem. Nun setzte er Matthias ab, löste eine Hand von seinem Kragen, hielt ihn aber mit der anderen immer noch so fest gepackt, dass der Priester kaum Luft bekam. Matthias wand sich und zappelte. Vergeblich krallte er seine Hände um die Pranke des Kyrburgers an seiner Kehle.
Der streckte Loretta seine schmutzige Linke entgegen. Sein widerwärtiges Grinsen entblößte schwärzliche Zahnstummel.
»Komm nur in meine Arme, mein Raubkätzchen. Auf dich warte ich schon lange.«
Entsetzt wich Loretta zurück. Gegen diesen Kerl mit seinen Bärenkräften konnte sie nichts ausrichten. Da brachten seine Worte sie auf eine Idee.
Mit beiden Händen riss sie ihr Gewand auf und entblößte ihre Brüste. Dann begann sie, aus Leibeskräften um Hilfe zu schreien. Ihre List zeigte Wirkung. Türen wurden aufgerissen, von allen Seiten stürmten Knechte und Mägde in die Halle, aus der sie zuvor wie Loretta verwiesen worden waren.
Verblüfft ließ der Kyrburger Matthias los. Der Priester rang keuchend nach Luft und hielt sich den schmerzenden Hals, um den sich ein feuerroter Ring zog.
Zwei Knechte mit Mistgabeln traten vor und richteten sie drohend auf Friedrich. Der Graf begann, dröhnend zu lachen. Hilda drängte sich durch die Menge, eilte auf Loretta zu und schloss sie in die Arme. »Wie könnt Ihr es wagen«, zischte sie den Kyrburger tapfer an.

Endlich erwachte Martin aus seiner Erstarrung. Er stand auf und breitete beschwichtigend die Arme aus. »Es gibt keinen Grund zur Beunruhigung, Leute!«, rief er lallend. »Nur eine kleine Meinungsverschiedenheit unter Männern. Auch meiner Gemahlin ist kein Leid geschehen.«

Misstrauisch beäugte das zusammengelaufene Gesinde die Szene. Die Stallknechte ließen die Forken sinken, doch rührten sie sich vorläufig nicht vom Fleck.

Loretta löste sich aus Hildas Armen, hielt das zerrissene Gewand über der Brust zusammen und eilte auf Matthias zu. »Seid Ihr unversehrt?«

Matthias nickte mit schmerzverzerrtem Gesicht. »Gebt mir nur einen Trunk Wasser für meine rauhe Kehle«, bat er.

Während Hilda ihm das Gewünschte reichte, wies Martin mit ausgestrecktem Arm auf Friedrich von Kyrburg. »Dieser Mann ist mein Gast. Also erweist ihm die gebührende Ehre.«

Auch Oheim Matthias ist Euer Gast, lag es Loretta schon auf der Zunge. Doch als würde er ihre Absicht erraten, hielt sie eine Geste des Propstes zurück. »Habt Dank für Euren Mut. Doch gefährdet Euch jetzt nicht ohne Not«, raunte Matthias ihr zu.

»Ich geleite Euch nun in Eure Schlafkammer, Friedrich«, sprach Martin den Kyrburger an. Er machte eine ausholende Geste in Richtung des Gesindes. »Auch ihr alle solltet euch jetzt zur Ruhe begeben, damit ihr morgen frisch für die Arbeit seid. Ich wünsche euch eine gesegnete Nacht.«

Mit Friedrich im Schlepptau stiefelte Martin schwankend an Loretta und Matthias vorbei. Vor Loretta blieb der Kyrburger stehen. Sein anzügliches Grinsen ließ sie bis ins Mark erschauern.

»Gehabt Euch wohl, edle Dame.« Friedrich verbeugte sich spöttisch. »Und seid versichert! Der Tag wird kommen, an dem ich Eure Reize zu würdigen weiß, die Ihr heute Abend so freizügig dargeboten habt.«

Burg Herrstein, am nächsten Morgen

Stirnrunzelnd betrachtete Matthias den bläulich verfärbten Fleck auf Lorettas Wange, der ihr Gesicht entstellte. Es war kurz vor Sonnenaufgang. Beide hatten eine schlaflose Nacht hinter sich und saßen nun beim Frühmahl.

»Hat Martin Euch geschlagen?«

Loretta spürte, dass sie errötete. Sie nickte zögernd und entschloss sich dann zur Wahrheit. »Er hat mich heute Nacht aufgesucht, um seine ehelichen Rechte einzufordern. Ich fürchte, ich war ihm nicht willig genug.« Bei der Erinnerung schauderte sie unwillkürlich zusammen.

Dann fuhr sie fort: »Der Kyrburger hat ihn wohl aufgehetzt, Oheim. Seit Gottfrieds Geburt pflegt Martin mein Bett in der Regel zu meiden.«

Matthias' Gesicht zeigte tiefes Mitgefühl. »Mein Bruder hätte Euch niemals zu dieser Heirat zwingen dürfen.«

Loretta lächelte freudlos. »Auf der Burg meines Vaters wäre es mir auch nicht besser ergangen. Und ich hätte die Kinder nicht.« Sie lenkte das Gespräch auf ein anderes Thema. »Ich habe darüber nachgedacht, was Ihr über die *Gabe* gesagt habt, Oheim. Gestern Abend trieb mich in der Tat das *Gefühl* aus der Kammer. Ich spürte, dass Ihr in Gefahr seid. Und ich erkannte zum ersten Mal ganz deutlich, wie gefährlich der Graf von Kyrburg ist. Solange es um Martin ging, hatte ich diese Vorahnung nie, obwohl er ihn sicher ins Unglück stürzen wird, wenn es so weitergeht. Ihr habt also recht, die Gabe rührt sich nur, wenn ein Mensch, der mir sehr viel bedeutet, in Gefahr gerät.«

Erst als die Worte heraus waren, erkannte Loretta, was sie damit über ihre Ehe enthüllt hatte. Betreten senkte sie den Blick.

Matthias spürte ihre Verlegenheit. »Ich weiß, dass Ihr meinen Neffen nicht liebt, Loretta«, beschwichtigte er sie. Plötzlich fiel ihm die Drohung ein, die der Kyrburger gegenüber Loretta ge-

äußert hatte. »Ich danke Euch nochmals von ganzem Herzen für den Mut, mit dem Ihr für mich eingetreten seid. Doch glaubt Ihr nicht, der Kyrburger wird sich dafür an Euch rächen? Was sagt Eure Intuition dazu?«
Loretta lächelte bitter. »Leider gar nichts, Oheim. Ich verabscheue Graf Friedrich aus tiefstem Herzen und halte ihn jeder Untat für fähig. Doch ob er mir wirklich Gewalt antun wird, kann ich nicht sagen. Die *Gabe* warnt mich nur vor Unheil, das anderen droht, nicht vor Schaden, den jemand mir selbst zufügen will.«
Matthias erschrak. »Dann kommt mit mir auf die Starkenburg, Loretta. Hier seid Ihr nicht sicher. Berichtet meinem Bruder vom schlechten Umgang Eures Gatten. Vielleicht kann er ja Einfluss auf Martin nehmen.«
Loretta zögerte. »Mein Gemahl wird mich nicht gehen lassen.«
»Euer Gemahl liegt berauscht zu Bett. Vor Mittag wird er nicht erwachen. Bis dahin können wir schon eine gute Strecke des Weges zurückgelegt haben«, drängte Matthias.
»Aber ich gehe nicht ohne meine Kinder!«
Matthias seufzte. »Davon bin ich auch nicht ausgegangen. Könnt Ihr reiten?«
Loretta nickte. »Daran soll es nicht liegen.«
»Dann nehme ich Hänsel und Ihr den Kleinen vor Euch in den Sattel.«
Loretta fiel etwas ein. »Ich muss auch meine Wehmutter Hilda und ihre Tochter Kathi mitnehmen.«
Matthias stöhnte. »Warum denn das?«
»Sie sind meine einzigen Vertrauten hier auf Herrstein und würden es bitter zu büßen haben, sobald Martin mein Verschwinden bemerkt.«
Sie kam seiner Frage zuvor. »Auch sie können reiten und die beiden Maultiere nehmen, die sonst die Sänfte tragen. Und Hildas kleinere Kinder können wir bei Erdmuthe lassen.«

Matthias überlegte kurz. Dann stimmte er zu: »Das leuchtet mir ein. Zudem verliert Eure Reise nach Starkenburg den Charakter einer Flucht, wenn Ihr Eure Bediensteten mitnehmt. Hat mein Bruder eigentlich Euren jüngsten Sohn schon einmal gesehen?«
Loretta schüttelte den Kopf. »Nein. Zuerst war ich zu krank, um Besuch zu empfangen, dann war er zu krank, um zu reisen.«
Matthias strahlte. »So nehmen wir das zum Anlass für Eure Visite. Ich sage Johann, dass ich Euch eingeladen habe, mich zu begleiten. Aber nun sputet Euch und packt ein paar Sachen zusammen. Nicht zu viel, wir müssen schnell vorankommen. Ich gebe meinen beiden Knechten Bescheid, damit sie die Reittiere satteln. In einer Stunde brechen wir auf.«

Kapitel 10

Starkenburg, Ende Juni 1319

Aufmerksam betrachtete Loretta ihr Gesicht in dem kleinen Handspiegel, den ihr Martins Mutter Katharina geliehen hatte. Heute würde sie zum ersten Mal seit ihrer Begegnung im Trierer Dom vor mehr als zehn Jahren Erzbischof Balduin wiedersehen. Seitdem ihr Johann vom bevorstehenden Besuch des Kirchenfürsten erzählt hatte, spürte sie eine seltsame Rastlosigkeit, die von Tag zu Tag zunahm.
Einst war Balduin trotz seines geistlichen Standes für sie das Abbild eines begehrenswerten Mannes gewesen. Sie hatte davon geträumt, mit einem solchen Edelmann vermählt zu werden und bis zu ihrem Tod in Liebe mit ihm vereint zu sein.
Halb bitter, halb spöttisch lächelte Loretta ihrem Spiegelbild zu. *Nichtige Jungmädchenträume!* Manchmal bereute sie sogar,

dass sie sich nicht ihrer einzigen Jugendliebe, dem Stallburschen Hänsel, hingegeben hatte. Martin rechnete in ihrer Hochzeitsnacht ja ohnehin nicht damit, dass sie noch Jungfrau war. *So hätte ich heute wenigstens eine schöne Erinnerung an die Liebe.*

Bevor die Wehmut sie vollends ergreifen konnte, klopfte es an der Kammertür. Kathi trat ein, begleitet von einer Kammermagd Katharinas. Sie trug ein grünseidenes Gewand über dem Arm.

»Herrin, ich bringe Euch das Festkleid zu Ehren des Erzbischofs.«

Loretta neigte dankend den Kopf. Dann drückte sie Katharinas Magd eine kleine Münze in die Hand und bedeutete ihr, sich zu entfernen.

Mit Kathis Hilfe zog sie das Gewand über das gelbe Unterkleid, das sie bereits trug. Auch das Festkleid stammte von Martins Mutter. Bei ihrer überstürzten Flucht aus Herrstein vor mehr als sechs Wochen hatte sie nur ein paar nützliche Kleidungsstücke eingepackt. Für Prachtgewänder war kein Platz in den Satteltaschen der Reittiere geblieben.

Loretta drehte sich um die eigene Achse. »Nun, Kathi, wie gefalle ich dir?«

Das Mädchen knickste schmunzelnd. »Das Kleid steht Euch wunderbar zu Gesicht, Herrin. Nur um die Leibesmitte herum ist es ein wenig zu weit. Hier werden ein paar Nadeln schnell Abhilfe schaffen.«

Während sich Kathi mit dem Mund voller Stecknadeln vor sie hinkniete, ließ Loretta ihre Gedanken schweifen. Ihre Reise nach Starkenburg war nicht ohne Komplikationen verlaufen. Schon nach wenigen Stunden wären sie beinahe Martins Häschern in die Hände gefallen, die er ihnen hinterhergeschickt hatte. Im letzten Moment gelang es der kleinen Reisegruppe, sich im Wald zu verbergen. Als hätten selbst die Kleinen die

drohende Gefahr erkannt, gaben Hänsel und Gottfried keinen Laut von sich, als die Verfolger vorbeipreschten.
Matthias hatte sie danach auf einem beschwerlichen Umweg zu den Moselhöhen geführt. Unterwegs trat eins der Maultiere in ein Schlagloch und brach sich die Fessel, so dass sie es töten und zurücklassen mussten. Das Gepäck, das das Tier getragen hatte, verteilten sie auf die verbliebenen Reittiere und gingen lange Strecken zu Fuß, zumal die schmalen unwegsamen Nebenpfade, die Matthias wählte, ohnehin kaum zum Reiten taugten. Da die Reise nun doppelt so lange dauerte wie geplant, wurde auch der Proviant knapp. Zum Glück passierten sie auf dem Weg genügend Quellen und Bäche und litten keinen Mangel an frischem Wasser.
Auf der Starkenburg erwartete Loretta eine unangenehme Überraschung. Ihr Gemahl war eingetroffen und wollte sie und die Kinder sogleich wieder mit nach Herrstein nehmen.
Doch er hatte die Rechnung ohne Matthias gemacht, der Loretta ihr tapferes Eintreten gegen Friedrich von Kyrburg nun vergalt. »Euer Sohn ist betrüblicherweise vom Pfad aller Rittertugenden abgekommen und scheint dem Kyrburger mit Leib und Seele verfallen zu sein«, erklärte Matthias seinem entgeisterten Bruder Johann. »Nicht einmal fremdes Eigentum ist ihm heilig.« Dann erzählte er Johann, wie es zum Verlust des Ortes Niederhosenbach gekommen war.
»Diesmal ist es nur ein unbedeutender Weiler aus meinem Besitz, dessen Einkünfte ich Eurem Ältesten großzügig überlassen hatte«, schloss Matthias seinen Bericht. »Doch der Kyrburger ist unermesslich gierig nach Land und Macht. Wer gibt Euch die Garantie, dass demnächst nicht auch Kernlande der Starkenburger auf diese Weise verlorengehen? Schon lange hat Friedrich ein Auge auf das reiche Dorf Niederwörresbach geworfen, das Ihr Martin ebenfalls zur Nutznießung überlassen habt.«
Zu seinem eigenen Schaden war Martin uneinsichtig geblie-

ben. »Was hat das alles damit zu tun, dass mich meine Gattin samt meinen Söhnen böswillig verlassen hat?«, begehrte er auf.

»Mit eigenen Ohren habe ich gehört, wie der Kyrburger Loretta belästigte und bedrohte, Neffe«, konterte Matthias kaltblütig. »Wer steht für ihre Sicherheit ein, wenn Ihr solches in Eurem eigenen Hause duldet und den Beleidiger als Ehrengast hofiert, anstatt ihn umgehend hinauszuwerfen?«

Am nächsten Morgen hatte Johann sein Urteil gesprochen. »Ihr habt das Dorf Niederhosenbach umgehend von Friedrich von Kyrburg zurückzufordern, Martin«, erklärte er. »Gelingt Euch dies nicht, dann seid zumindest für die Zukunft gewarnt. Verliert Ihr auch nur einen weiteren Acker aus dem Besitz der Sponheimer, setze ich Euren jüngeren Bruder Pantaleon als Erben ein. Eure Gattin behält die Ländereien um Herrstein, die ihr als Wittum zugestanden wurden, auf Lebenszeit. Ihr aber mögt nach meinem Tod sehen, wo Ihr bleibt.«

Loretta sah Martin an, dass er zutiefst erschrocken war. »Und solange Ihr Umgang mit diesem landauf, landab berüchtigten Grobian pflegt, gewähre ich Loretta das Gastrecht auf der Starkenburg. Sie mag selbst entscheiden, ob und wann sie nach Herrstein zurückkehren möchte.«

Ohne ein Abschiedswort für sie oder seinen Vater verließ Martin die Starkenburg noch am selben Tag. Seither hatte Loretta nichts mehr von ihm gehört.

Sie selbst lebte dagegen regelrecht auf. Nur der stumme Vorwurf in den Augen von Martins Mutter Katharina gemahnte sie bisweilen daran, dass sie ihr Versprechen, sich mit Martin auszusöhnen, nicht eingehalten hatte. Dennoch behandelte Katharina sie höflich und half ihr mit all den weiblichen Gegenständen aus, die sie aus Herrstein nicht hatte mitnehmen können.

»Autsch.« Ein leichter Stich riss Loretta aus ihren Gedanken.

»Verzeiht, Herrin«, murmelte Kathi, im Mund noch immer ein paar Nadeln. »Ich bin gleich fertig.«
Vom Moselufer her ertönte ein Signalhorn. Lorettas Herz begann, schneller zu schlagen. »Nun spute dich doch, Mädchen«, drängte sie Kathi ungewohnt heftig. »Das Boot des Erzbischofs hat angelegt. In weniger als einer halben Stunde wird er hier eintreffen.«
Verwundert sah Kathi zu ihr auf. Loretta errötete. *Warum bin ich denn nur so voller Erwartung? Balduin wird mich längst vergessen haben!* Um ihre Verlegenheit nicht zu zeigen, griff sie erneut nach dem Handspiegel. Vor Aufregung geweitete, veilchenblaue Augen blickten ihr aus dem durch die Entbehrungen der Geburten schmal gewordenen Gesicht entgegen, dessen feine Züge dadurch umso deutlicher hervortraten. Sie zupfte ein paar Löckchen unter dem Schleier hervor und ließ sie in die Stirn fallen.
Einen Augenblick lang zögerte sie noch, dann gab sie der Versuchung nach. »Kathi, sag mir die Wahrheit! Wie sehe ich aus?«
»Ihr seid schöner denn je, Herrin.«
»Sagst du das nur, um mir zu schmeicheln?«
Verwirrt schüttelte Kathi den Kopf. »Nein, Herrin. Das käme mir nie in den Sinn.«
Prüfend blickte Loretta in die treuherzigen Augen der jungen Frau. Dann ergriff sie eine unbändige Fröhlichkeit. »Ich glaube dir, Mädchen.«
Sie wandte sich um und eilte zur Tür. Den Knauf bereits in der Hand, drehte sie sich noch einmal um. »Lass es dir für den Rest des Tages gutgehen, Kathi. Bis zur Schlafenszeit werde ich dich nicht mehr brauchen.«
Damit stürmte sie hinaus. Kopfschüttelnd sah Kathi ihr nach.

Müßig schwenkte Balduin den köstlichen Weißwein in seinem silbernen Pokal, während er auf Graf Johanns Rückkehr warte-

te. Ein menschliches Bedürfnis hatte diesen dazu gezwungen, seinen Gast einige Momente allein zu lassen.
Kurz zuvor hatte Balduin erfahren, dass nicht nur Johanns Gattin Katharina, sondern auch seine Schwiegertochter Loretta, die zu Besuch auf der Starkenburg weilte, beim Nachtmahl zugegen sein würden.
Loretta! Der Name war so ungewöhnlich, dass er ihn sich eingeprägt hatte, damals vor mehr als zehn Jahren im Dom zu Trier. Das entzückende Ding hatte ihm das Leben gerettet. Wie man munkelte, war dies angeblich mit Hilfe einer mystischen Gabe geschehen, die in der weiblichen Linie der Familie weitervererbt wurde. Diese Gabe ermöglichte es ihrer Besitzerin anscheinend, diejenigen Menschen vor Unheil zu warnen, an denen ihr etwas lag.
Der Erzbischof schmunzelte. Also hatte *er* der damals noch nicht Zehnjährigen auf Anhieb gefallen. Jetzt war er zunehmend gespannt, was aus ihr geworden war. Denn auch auf ihn hatte Loretta damals beträchtlichen Eindruck gemacht. Es war bereits absehbar gewesen, dass sie eine Schönheit werden würde.
Am Jahrestag seiner Krönung zum Erzbischof hatte er stets an sie gedacht. In frommen Momenten schloss er sie in seine Gebete ein und dankte sowohl seinem Schöpfer als auch ihr selbst dafür, dass seine Regentschaft nicht schon an diesem Tag geendet hatte. In frivolen Momenten stellte er sich vor, wie Loretta wohl als Jungfrau und später als Frau aussehen mochte.
Dann hatte er gehört, dass sie Johanns unansehnlichen ältesten Sohn Martin geheiratet hatte. *Was für eine Verschwendung!*, dachte er damals, nicht ahnend, dass sein alter Freund Johann, Lorettas eigener Schwiegervater, ähnliche Gedanken hegte.
Auf der Starkenburg hatte er sie allerdings nicht erwartet. Das war eine echte Überraschung.
Draußen im Gang näherten sich Schritte. Jetzt öffnete sich die

Tür, und Graf Johann kehrte zurück. Hinter ihm betrat eine junge Frau den Saal.
Balduin stockte der Atem. Was er sah, übertraf seine kühnsten Erwartungen.

Balduin blickte Loretta mit einem feinen Lächeln nach, als sie den kleinen Saal verließ. Sie wollte seiner Gastgeberin Katharina bei den Vorbereitungen für das festliche Nachtmahl, das es zu seinen Ehren geben würde, zur Hand gehen.
Aus dem kleinen Mädchen im Dom ist wahrlich eine begehrenswerte Frau geworden. Wer hätte das gedacht? Er unterdrückte ein Seufzen. *Leider ist sie nicht nur verheiratet, sondern sogar bereits zweifache Mutter.*
Johann von Starkenburg sprach aus, was Balduin dachte. »Mein ältester Sohn kann sich glücklich schätzen, eine so schöne Gemahlin zu haben.«
»Wohl wahr«, stimmte Balduin zu. »Aber warum weilt sie hier bei Euch auf der Starkenburg?«
Johann verfluchte sich innerlich für seine Unvorsichtigkeit. Balduin war viel zu scharfsinnig, um nicht bemerkt zu haben, wie ungewöhnlich dieser Umstand war.
»Sie wollte mir ihren zweitgeborenen Sohn Gottfried vorstellen. Ich kannte ihn noch nicht, da ich im Winter zu krank war, um Mutter und Kind auf Herrstein zu besuchen. Wie schreitet der Bau der Trutzeltz voran?«, lenkte der Graf das Gespräch rasch auf ein anderes Thema.
»Ich bin zufrieden. Sobald die Wehrmauer fertiggestellt ist, werden wir den Eltzer auf seiner Burg von oben beschießen können.«
Johann hob seinen Weinpokal und trank Balduin zu. »Ich bin froh, dass ich nicht zu Euren Feinden zähle, ehrwürdiger Erzbischof.« Er betonte die Anrede mit leiser Ironie. »Eure Taktik, auf dem Land Eures Gegners Eure eigene Burg zu erbauen, um sie

in der Fehde zu nutzen und nach dem Sieg Euer Eigen zu nennen, wird wohl auch ein zweites Mal aufgehen.«

»Und mir nach den Herren von Westerburg an der Lahn hoffentlich mit dem Geschlecht derer von Eltz weitere treue Gefolgsleute einbringen, wenn die Fehde zu meinen Gunsten entschieden ist.«

Johann nickte nachdenklich. »Eine sinnvolle Strategie. Ihr kauft Euren besiegten Feinden ihr Land ab und überlasst es ihnen hernach wieder als Lehen. Nicht jeder Kriegsherr ist derart großzügig!«

Balduin zuckte die Schultern. »Leider nicht! Dabei gehe ich auf diese Art kaum ein Risiko ein. Die Besiegten bleiben Herren auf ihrem Land, anstatt gegen einen Amtmann zu rebellieren, den ich ihnen vor die Nase setze. Und trotzdem vergrößere ich das Gebiet meines Kurfürstentums.«

Er trank einen Schluck Wein. »Zudem verhindern die Sühnebestimmungen, dass meine neuen Gefolgsleute abtrünnig werden. Denn in diesem Fall würden sie wirklich alles verlieren und gerieten in Acht und Bann.«

Balduins Miene verdüsterte sich. Sein Blick schweifte gedankenvoll in die Ferne. Johann wusste, woran er dachte. »Hätte auch Euer Bruder Heinrich in Oberitalien ähnlich gehandelt, wäre er heute vielleicht noch am Leben und unser aller Kaiser.«

»Das mag so sein, Graf Johann«, erwiderte Balduin kurz angebunden. Johann erkannte, dass ihm das Thema unangenehm war. Bevor sich jedoch ein peinliches Schweigen zwischen ihnen ausbreiten konnte, öffnete sich die Tür. Loretta trat mit geröteten Wangen ein.

Sie ist wahrlich heute schöner denn je, dachte Johann.

Mit strahlendem Lächeln ging die Gräfin auf sie zu und neigte den Kopf.

»Ich darf die Herren zum Nachtmahl bitten. Es wird sogleich aufgetragen.«

»Also besteht das Leben eines Erzbischofs nicht vor allem darin, dem Allmächtigen zu dienen, sondern wie ein weltlicher Fürst seine Macht zu vermehren?«

Balduins Mundwinkel verzogen sich zu einem amüsierten Lächeln. Er deutete eine Verneigung an. »So ist es in der Tat, edle Dame. Die weltliche Seite des Amtes erfordert es, politisch zu denken und wie ein Herzog oder Graf seinen Einflussbereich zu vergrößern oder zumindest zu wahren. Doch dies geschieht selbstverständlich ausschließlich zu Ehren des Allmächtigen.«

Loretta kam sich einen Moment lang belehrt vor wie ein kleines Mädchen. Sie errötete. Da sie sich nicht zutraute, den Disput fortzusetzen, übte sie sich in Bescheidenheit. »Verzeiht mir meine Unwissenheit, hoher Herr. Ich habe zeit meines Lebens fernab auf dem Lande gelebt und weiß nur wenig von Politik.«

Balduin durchschaute ihre Taktik. »Und doch sagte mir Euer Schwiegervater, dass Ihr eine gebildete Frau seid. Ihr könnt lesen und schreiben, wie ich höre. Und versteht sogar Latein?«

»Sic est«, antwortete sie und fuhr in lateinischer Sprache fort: »Ich lernte stets gemeinsam mit meinen Brüdern bei unserem Hauslehrer Bruder Blasius, dem Burgkaplan auf Blieskastel.«

»Erstaunlich und überaus bewundernswert«, antwortete Balduin ebenfalls auf Latein. »Dieses Können findet man bei Frauen meist nur in Klöstern.«

Loretta erstrahlte aufgrund des Kompliments. Nie hatte Martin auch nur ein Wort über ihre Bildung verloren, geschweige denn sie deshalb bewundert. Und die Anzahl seiner Versuche, ihr gegenüber höfisch und ritterlich aufzutreten, konnte sie an den Fingern einer Hand abzählen.

Mit einer sehr weiblich anmutenden Geste strich sie sich den zarten Schleier ein wenig aus dem Gesicht und lächelte ihrem Tischnachbarn keck zu. Balduin erwiderte das Lächeln. Sein Blick war so intensiv, dass sie verwirrt die Augen niederschlug. Es war ihr, als hätte einen Wimpernschlag lang nacktes Begehren auf seinen markanten Zügen gelegen. Doch das konnte nicht sein, sie musste sich irren! Er war schließlich ein Priester. Mit einer Mischung aus Erleichterung und Enttäuschung nahm sie wahr, dass sich Balduin nun Johanns Gemahlin Katharina zuwandte, die an seiner rechten Seite an der hohen Tafel saß. Loretta musterte ihn verstohlen. Erst im Vergleich mit ihrer ersten Begegnung erkannte sie, dass er mittlerweile von einem gutaussehenden jungen Mann zu einem überaus stattlichen herangereift war. Im Unterschied zu vielen Kirchenmännern, die sie kannte, war Balduin schlank geblieben. Sein von der Sonne gebräuntes Gesicht wies ebenso wie seine muskulöse Gestalt darauf hin, dass er sich viel im Freien bewegte. Es hieß, er sei ein ausgezeichneter Reiter und ein noch besserer Kämpfer, der sich nicht an die Regel hielt, dass Geistliche nur mit stumpfen Waffen in die Schlacht ziehen durften.

Besonders ins Auge fielen ihr seine feingliedrigen Hände. Die Nägel waren gepflegt und kurz geschnitten, die Handflächen nicht schwielig und grob, sondern weich. *Wie es wohl wäre, wenn er mich damit streichelte?* Urplötzlich sprang sie dieser Gedanke an. Sie spürte, dass ihr das Blut ins Gesicht schoss, und senkte beschämt den Kopf.

Verlegen starrte sie auf die Tischplatte. *Hoffentlich hat niemand bemerkt, dass ich unkeusche Gedanken in Hinblick auf den Erzbischof hege.* Um sich abzulenken, griff sie nach einem Stück Hühnerbrust und zerteilte es mit ihrem Essmesser.

Als sie ein Stück Fleisch zum Mund führen wollte, trafen sich ihre Blicke. Wieder lag dieser Ausdruck in Balduins Augen, den sie bereits vorhin bemerkt hatte. Wie ein Blitz durchfuhr es ihren Körper, auf einmal spürte sie eine neuartige, prickelnde Wärme in ihrem Schoß. Die Luft zwischen ihnen schien aufgeladen zu sein wie vor einem Gewitter.

»Ihr seid nicht nur klug, sondern auch wunderschön«, raunte Balduin ihr zu. »Wisst Ihr eigentlich, wie schön Ihr seid?«

Loretta wich seinem Blick aus. Das Brennen in ihrem Gesicht und in ihrem Schoß verstärkte sich.
»Ihr schmeichelt mir, hoher Herr«, murmelte sie. Im verzweifelten Bemühen, dieser zugleich köstlichen und bedrohlichen Situation ein Ende zu machen, fügte sie hinzu: »Und das solltet Ihr als frommer Kirchenmann eigentlich nicht tun.«
Balduin lachte daraufhin so laut auf, dass die Umsitzenden auf sie aufmerksam wurden. Loretta fühlte jetzt auch die Blicke ihrer Schwiegereltern auf sich ruhen. In Katharinas Gesicht stand offene Missbilligung, in Johanns eine Mischung aus Ratlosigkeit und Amüsiertheit.
»Was belustigt Euch so, werter Freund?«, trat ihr Schwiegervater die Flucht nach vorn an.
»Eure Söhnerin ist überaus klug und gleichzeitig so unbedarft wie eine Novizin, mein lieber Graf.« Erst viel später ging Loretta auf, wie unverfroren Balduins Antwort gewesen war. »Stellt Euch vor, sie hält einen Erzbischof für einen Mönch.«

Mitternacht war schon vorüber, als Loretta ihre Schlafkammer aufsuchte. Sie fühlte sich schwindlig und zugleich merkwürdig beschwingt. Kam dies vom Wein, dem sie tatsächlich reichlicher als sonst zugesprochen hatte? Oder gab es dafür einen anderen Grund?
Den ganzen Abend über hatte ihr Balduin immer wieder seine Aufmerksamkeit geschenkt, kluge Dispute mit ihr geführt, ihr geschmeichelt und sie geneckt. Die Zeit war dabei wie im Fluge vergangen. Loretta konnte sich nicht daran erinnern, je so lange einem Gastmahl beigewohnt zu haben. Erst als Katharina, die sich wohl oder übel nicht zurückziehen wollte, solange Loretta keine Anstalten dazu machte, beinahe die Augen zufielen, hatte sich Loretta widerstrebend erhoben und sich von einer Magd ihrer Schwiegermutter zu der kleinen Kammer geleiten lassen, in der sie mit Kathi schlief.

Auf dem Weg fiel ihr mit schlechtem Gewissen ein, dass sie ihren Söhnen, die mit Hilda in einem Nebenraum schliefen, heute Abend gar keine gute Nacht gewünscht hatte. Kurz überlegte sie, dies noch nachzuholen, verwarf den Gedanken dann aber, um die Kleinen und vor allem Hilda nicht zu wecken. Kathis Mutter musste oft genug des Nachts aufstehen, um Gottfried zu windeln, Hänsel etwas zu trinken zu geben oder einen anderen Wunsch der greinenden Knaben zu erfüllen.

In der sicheren Annahme, dass Kathi sie drinnen erwartete, um ihr beim Auskleiden zur Hand zu gehen, entließ sie die Magd ihrer Schwiegermutter vor der Kammertür. Tatsächlich brannte ein kleines Talglicht auf dem Kastentisch, der zu ihrer Überraschung mit Wein und Früchten gedeckt war. *Was hat das zu bedeuten?*

Noch erstaunter war sie, als sie Kathi nicht in der Kammer vorfand. In der Annahme, das Mädchen habe trotz der späten Stunde den Abtritt in den Ställen aufgesucht, anstatt den Lederkübel unter der Bettstatt zu benutzen, wartete sie eine Weile und gab sich derweil seltsamen Träumen von Balduin hin. Mit geschlossenen Augen wiegte sie sich in den Hüften und stellte sich vor, wie es wohl wäre, wenn er jetzt in die Kammer träte, um sie zu küssen und zu liebkosen. Eine köstliche Schwere überkam ihre Glieder. Am liebsten wäre sie auf ihr Lager gesunken. Doch sie wollte das geliehene Festkleid nicht zerknittern.

Da öffnete sich leise die Tür. »Das wird aber auch Zeit, Kathi«, murmelte sie, noch immer mit geschlossenen Augen. »Ich hatte schon Sorge, ich müsste in diesem kostbaren, aber höchst unbequemen Gewand, das ich allein nicht ablegen kann, nächtigen.«

»So lasst mich Euch gerne beim Auskleiden behilflich sein.«

Erschrocken riss Loretta die Augen auf. Vor ihr stand Balduin.

Starkenburg, eine halbe Stunde zuvor

»Und Ihr seid vollkommen sicher, dass Ihr Euch noch nicht zur Ruhe begeben wollt, edler Freund? Mitternacht ist vorüber, und schon um die sechste Stunde erwartet der Burgkaplan uns zur Frühmesse.«

Balduin winkte ab. »Ich brauche nur wenig Schlaf, lieber Johann. Seid bedankt ob Eurer Fürsorge! Doch ich werde noch weitaus besser ruhen, wenn ich mich zuvor ein wenig in der kühlen Frische im Burghof ergangen habe. Es ist eine herrliche Nacht. Die Sterne funkeln wie Edelsteine am Firmament.«

Wieder spürte Johann die Ratlosigkeit, die ihn bereits zu einer früheren Stunde des Abends ergriffen hatte. Wollte sein geistlicher Freund etwa …? Er verwarf den Gedanken zuerst, machte dann aber trotzdem die Probe.

»So lasst mich Euch noch ein wenig begleiten, Balduin. Auch mir wird die kühle Nachtluft guttun.«

Täuschte er sich, oder blitzte tatsächlich einen Lidschlag lang Unmut in den Zügen des Erzbischofs auf? Doch schon lächelte Balduin wieder.

»Ich weiß Euer Angebot wohl zu schätzen, Johann. Doch ein Mann wie ich, der nahezu ununterbrochen in Gesellschaft vieler Menschen sein muss, braucht ab und an ein wenig Einsamkeit.«

Johann runzelte verstimmt die Stirn. Doch es blieb ihm nichts anderes übrig, als zuzustimmen. »So wünsche ich Euch eine gesegnete Nacht, liebwerter Freund.«

Auf dem Weg in seine eigene Schlafkammer dachte der Graf nach. Zweifellos hatte Balduin den ganzen Abend lang mit seiner Schwiegertochter getändelt. Zweifellos hatte er die junge Frau damit betört. Doch würde er es wirklich wagen, sich ihr zu nähern, im Haus ihres Schwiegervaters, unter grober Missachtung des Gastrechts? So dreist konnte doch nicht einmal Balduin sein, trotz seines Rufes als Liebhaber vieler schöner Frauen, der ihm mittlerweile anhaftete.

Plötzlich erinnerte sich Johann daran, dass Balduin seinen Leibknecht vor zwei Stunden mit einem geflüsterten Auftrag betraut hatte. War dies etwa eine Botschaft für Loretta gewesen? Entschlossen drehte sich Johann um und ging geradewegs zur Kammer Balduins. Vorsichtig öffnete er die Tür, nur um sie gleich darauf wieder beschämt zu schließen. Loretta war nicht im Raum. Nur der Knecht schnarchte mit weit offenem Mund auf seinem Strohsack.

Johann hatte sich gerade wieder auf den Weg zu seiner eigenen Schlafkammer begeben, als er hinter sich leise Schritte hörte. Instinktiv verbarg er sich in einer dunklen Nische. Tatsächlich, da kam der Erzbischof. Doch zu seinem Erstaunen nahm er nicht den Weg an Johann vorbei, um sein Nachtlager aufzusuchen, sondern wandte sich in die entgegengesetzte Richtung.

Johann durchfuhr es heiß und kalt. Dort lag Lorettas Kammer. Er schlich lautlos hinter Balduin her.

Vor der Kammertür blieb der Erzbischof stehen und spähte nach allen Seiten. Johann verhielt sich mucksmäuschenstill. Dann griff Balduin nach dem Knauf und öffnete die Tür. Sie knarrte leise in ihren Angeln.

Johann hörte noch den unterdrückten Aufschrei Lorettas, bevor Balduin die Tür hinter sich zuzog. Der kalte Schweiß brach ihm aus. Was sollte er jetzt nur tun? Er konnte doch nicht zulassen, dass einer seiner ältesten Freunde seinen Sohn in seinem eigenen Hause zum Hahnrei machte!

Und warum nicht?, flüsterte ihm eine innere Stimme plötzlich zu. Hatte nicht sein Bruder Matthias angedeutet, Martin könnte imstande sein, sein Eheweib dem groben Kyrburger zu überlassen? Und behandelte er Loretta etwa so, wie es sich für die Mutter seiner Söhne geziemte?

Plötzlich erinnerte sich Johann an Lorettas verzweifeltes Antlitz

am Morgen nach der Hochzeitsnacht. Totenblass wie ein Geist war sie zum Frühmahl erschienen und hatte noch elender gewirkt als am Tag ihrer Hochzeit.
Er fasste einen Entschluss. »Ich bin weder der Wächter eines Erzbischofs noch der meiner unglücklichen Schwiegertochter. Immerhin gilt Balduin als hervorragender Liebhaber und wird schon morgen wieder gen Trier abreisen. Einmal soll auch Loretta erfahren dürfen, welche Freuden die körperliche Liebe zu bieten hat. Sie hat es mehr als verdient. Also lasse ich sie in Gottes Namen gewähren«, flüsterte er leise vor sich hin.
In Gottes Namen? Johann musste einen heftigen Lachreiz unterdrücken. Hatte er wirklich gerade diesen unpassenden Ausdruck angesichts der vertrackten Situation gewählt? Auf dem ganzen Weg zu seinem eigenen Nachtlager kicherte er vor sich hin wie ein unreifer Jüngling.

Mit zwei Schritten trat Balduin auf Loretta zu. Noch bevor sie sich aus ihrer Erstarrung gelöst hatte, nahm er sie in die Arme, bog ihren Kopf sanft zurück und küsste sie.
Eine unbekannte Hitze flutete ihren Körper, die Knie wurden ihr weich. Hätte Balduin sie nicht festgehalten, wäre sie auf den Boden der Kammer gesunken. Seit ihrer Liebelei mit Hänsel war sie nicht mehr geküsst worden. Nie hatte Martin sich ihr in dieser Weise genähert.
Doch Hänsel war ein unerfahrener Jüngling gewesen. Mit spitzen geschlossenen Lippen hatte er zaghaft die ihren berührt. Balduin dagegen umspielte ihren Mund mit seiner Zunge, lockte und streichelte damit die Innenseiten ihrer Lippen, bis sich diese wie von selbst öffneten. Hingegeben genoss Loretta die unbekannte Zärtlichkeit, mit der Balduin ihren Mund erforschte.
Jetzt wanderten seine Lippen unendlich behutsam über ihr Kinn zur Halsbeuge hinab. Loretta stöhnte vor Wonne auf. Da nahm

er sie hoch und trug sie zum Lager. Nachdem er sie sanft gebettet hatte, löste er geschickt die Schnüre ihres Gewandes und streifte es ihr ebenso wie danach das Unterkleid und das Hemd über die Schultern.

Die Hände, mit denen er ihre Brüste umfasste, waren weich und warm. Er knetete sie nicht grob wie Martin, sondern ließ seinen Daumen über ihre Brustwarzen gleiten, bis sie sich hoch aufrichteten. Vor Lust drängte Loretta sich Balduin entgegen. Da zog er ihr die Gewänder ganz über die Hüften hinab.

»Wie wunderschön du bist«, murmelte er mit vor Begehren heiserer Stimme. Dann ließ er seinen Mund über ihren Körper wandern und näherte sich schließlich ihrer Scham. Loretta erschrak und presste reflexartig die Schenkel zusammen. *Er will doch nicht etwa …?* Unwillkürlich schoss ihr die Schamesröte ins Gesicht. Ihr Körper verkrampfte sich, sie versuchte, sich aufzurichten.

Balduin hob den Kopf. Der leidenschaftliche Blick seiner dunklen Augen traf sie mitten ins Herz. Loretta sank in die Kissen zurück.

»Du hast bereits zwei Kinder geboren, mein Lieb«, hörte sie ihn leise sagen. »Doch mich dünkt, du bist schamhaft und unerfahren wie eine Jungfrau.«

Unendlich langsam ließ er seine Finger über ihre immer noch zusammengepressten Schenkel gleiten. Sie öffneten sich ihm wie von selbst.

Als Balduin ihre geheimste Stelle liebkoste, erst mit den Fingern, dann mit der Zunge, begann sie, vor Wollust zu stöhnen. So wunderbar konnte es also sein, dort berührt zu werden, wo sie bislang nur Schmerz und immerwährendes Wundsein empfunden hatte. *Wieso lehrt uns die heilige Mutter Kirche, dass dies sündhaft ist? Hat uns Gott diese Gefühle nicht geschenkt, damit wir sie genießen?*

Die Wirkung seiner Zärtlichkeiten verbannte die Gedanken aus ihrem Kopf. Willenlos bog sie sich ihm entgegen, als ihr Schoß unter seinen Liebkosungen heißer und praller wurde und sie keuchend einem Rausch entgegentrieb, der sie mit sich zu reißen drohte wie eine Woge.

Plötzlich zog sich Balduin zurück und hob wieder den Kopf. Vor Enttäuschung seufzte sie auf und öffnete die Augen. Ihre Blicke trafen sich, seiner fordernd und sanft zugleich, ihrer verschwommen wie halb im Traum.

»Ich kann dich die Liebe lehren, mein Schatz«, flüsterte er. »Du musst mir nur sagen, ob du es willst.«

Die Worte kamen scheinbar ohne ihr Zutun über ihre Lippen. Sie presste ihren schweißnassen Körper gegen den seinen und spürte seine harte Männlichkeit.

»Ich will es, Geliebter. Von ganzem Herzen. Lehre es mich.«

Die Welt um sie herum versank in einem tosenden Wirbel unbekannter Gefühle, als er unendlich behutsam in sie eindrang.

Eine bleiche Morgensonne schien durch den dünnen Vorhang vor dem einzigen Fenster, als Loretta erwachte. Sie konnte kaum eine Stunde geschlafen haben. Wieder und wieder hatten sie sich geliebt. Trotzdem oder vielleicht gerade deshalb fühlte sie sich frisch und wie neugeboren, dabei zugleich geborgen und glücklich wie nie zuvor in ihrem Leben.

Während sie Balduin betrachtete und seinen schlanken, muskulösen Körper bewunderte, öffnete er die Augen. Sofort war er hellwach.

»Einen gesegneten Morgen wünsche ich dir, mein Geliebter.«

Loretta richtete sich auf dem Ellbogen auf und küsste Balduin zärtlich auf die Nasenspitze. Er zog sie in seine Arme und suchte ihren Mund. Sie genoss die Zärtlichkeit in vollen Zügen. Als er sie losließ, räkelte sie sich satt und träge in den Laken.

Doch plötzlich fiel ihr etwas ein. »Wo ist eigentlich Kathi? Wieso war sie gestern Nacht nicht in der Kammer?«

Balduin lächelte. »Mein Leibknecht hat ihr ausrichten lassen, sie solle bei deinen Söhnen und deren Amme schlafen. Du wolltest in dieser Nacht einmal allein sein.«

Loretta war plötzlich ernüchtert. »Und das hat sie geglaubt?«

Balduin lächelte noch immer. »Warum denn nicht, mein Lieb?«

Loretta errötete. Sie erinnerte sich an ihre Aufregung vor Balduins Ankunft, die Kathi nicht entgangen war. Sollte das Mädchen aus alldem nicht die richtigen Schlüsse ziehen?

Sie setzte sich auf und griff nach ihrem Hemd, das zusammen mit dem kostbaren Festgewand zerknüllt auf der Erde lag. »So schwer es mir auch fällt, mein Geliebter«, seufzte sie. »Doch ich glaube, du musst jetzt gehen.«

Balduin nickte. »Du hast recht, mein Schatz. Es ist schon spät. Die Mägde richten sicherlich schon das Frühmahl. Bald wird auch das Glöckchen zur Messe rufen. Ich sollte vor meiner Abreise nach Trier nicht dabei fehlen.«

Loretta erschrak. »Deiner Abreise? Musst du die Starkenburg denn heute schon wieder verlassen?«

Balduin griff bereits nach seiner Bruche und begann, die Beinlinge aus feinem Tuch daran zu befestigen. »So ist es, mein Lieb. In Trier erwarten mich wichtige Amtsgeschäfte.«

Die Enttäuschung schnürte Loretta die Kehle zu. »Wann werden wir uns wiedersehen?« Ihre Stimme klang heiser in ihren Ohren.

Statt einer Antwort griff Balduin nach Hemd, Untergewand und Surcotte, streifte sich beides über und begann, die Schnüre zuzuziehen.

»Sag es mir, Balduin«, drängte Loretta. »Wann kann ich dich wiedersehen?« Als er noch immer nicht antwortete, fiel sie ein furchtbarer Verdacht wie ein brüllendes Raubtier an. »Ich werde dich doch wiedersehen?«, flüsterte sie, vor Angst schier gelähmt.

Balduin knüpfte die letzten Bänder zusammen. Dann setzte er

sich auf die Bettkante und ergriff Lorettas Hand. »Ich danke dir von Herzen für diese wunderbare Nacht, mein Lieb.« Ein fremdartiger Unterton schwang in seiner Stimme mit. Loretta begann zu frösteln. Unwillkürlich zog sie den Kopf ein, wie um sich vor einem Schlag zu schützen.

Balduin zog ihre Hand an die Lippen. Seine Berührungen waren immer noch sanft, und doch schien er sich weiter und weiter von ihr zu entfernen.

»Unsere Begegnung werde ich niemals vergessen, Loretta. Du hast mir damit ein wundervolles Geschenk gemacht. Doch wiedersehen kann ich dich nicht. Bedenke, ich bin der Erzbischof von Trier.«

Auf dem Ritt nach Trier, am gleichen Tag

»Edler Herr Balduin, hört Ihr mir überhaupt zu?«

Balduin schreckte aus seinen Gedanken auf. Sein neuer Sekretär Remigius, der Bruder Franziskus vor zwei Monaten ersetzt hatte, sah ihn mit einem schiefen Lächeln an.

»Jaja«, murmelte der Erzbischof. »Ich bin heute Morgen nur etwas müde.« Remigius' Lächeln vertiefte sich. Balduin registrierte es mit Unbehagen. Manchmal fragte er sich, ob die schweigende Missbilligung des alten Franziskus über seine Liebesaffären nicht angenehmer gewesen war als Remigius' schlecht verhohlener Spott.

Er straffte sich und streckte den Rücken im Sattel durch. »Also, wiederholt, was Ihr gerade gesagt habt!«, befahl er kurz angebunden.

»Wir nähern uns dem Weiler Hundheim, Herr. Ihr hattet einmal erwähnt, dass Ihr hier in der Nähe vielleicht eine weitere Burg erbauen möchtet.«

Balduin winkte ab. »Jaja, doch das hat keine Eile. Heute steht mir nicht der Sinn danach, den Platz dafür auszusuchen. Reitet voraus und lasst mich ein wenig allein.«

Remigius deutete eine Verbeugung an und trieb sein Pferd an. Stirnrunzelnd sah Balduin ihm nach. Er wurde aus dem jungen Priester, den er erst vor einigen Wochen zu seinem persönlichen Schreiber bestallt hatte, nicht recht schlau. Einerseits war Remigius überaus klug und offensichtlich sehr ehrgeizig. Die Skrupel des alten Franziskus, der ununterbrochen über den Bau der Burg Balduinstein an der Lahn gezetert hatte, gingen ihm vollkommen ab. Andererseits ließ er es häufig am nötigen Respekt gegenüber seinem Dienstherrn fehlen, wenn auch auf subtile Weise.

»Vielleicht, weil er selbst absolut keusch lebt«, grübelte Balduin. Zumindest hatte er bislang nie ein Anzeichen dafür entdeckt, dass Remigius Liebschaften unterhielt wie so viele andere Priester seines Hofstaats im kurfürstlichen Palast.

Allerdings hätte er es auch schwer bei den Frauen, dachte Balduin mit einem Anflug von Gehässigkeit. In der Tat war Remigius trotz seiner Jugend, er zählte gerade einmal zweiundzwanzig Lenze, kein schöner Mann. Vorstehende Zähne, eine lange, nach unten gebogene Nase und dicht beieinanderstehende kleine Äuglein von einem schmutzigen Braun ließen sein Antlitz geradezu hässlich wirken. Hinzu kam seine dünne schlaksige Gestalt, die ihn schwächlich erscheinen ließ.

In Wahrheit war Remigius jedoch außerordentlich zäh und besaß darüber hinaus brillante Geistesgaben. Sein Latein war fast noch besser als das Balduins, außerdem beherrschte er wie sein Dienstherr die französische Sprache und darüber hinaus das Altgriechische. Als jüngster Sohn eines verarmten Adelsgeschlechts aus der Eifel war er schon früh zur geistlichen Laufbahn bestimmt worden und schien wild entschlossen, am bischöflichen Hof voranzukommen.

Vielleicht zieht er ja Knaben den Weibern vor, schoss es Balduin durch den Kopf, *und ist daher gut beraten, sich dies niemals anmerken zu lassen. Es wäre zumindest das sofortige Ende seiner Laufbahn, wenn nicht noch Schlimmeres.*

Auf Liebe unter Männern stand überall in der christlichen Welt die Todesstrafe.

»Aber was schert mich mein Schreiber«, mahnte sich Balduin unwillig selbst. Dann versank er erneut in seinen Erinnerungen an die vergangene Nacht.

Trotz seiner scheinbar leicht dahingesagten Worte beim Abschied von Loretta ging sie ihm nicht aus dem Kopf. Abgesehen von ihrer außergewöhnlichen Schönheit, die allein schon genügt hätte, um den meisten Männern den Kopf zu verdrehen, war sie eine Frau voller Widersprüche. Offensichtlich vollkommen unerfahren, was die körperliche Liebe betraf, hatte sie sich ihm bedingungslos hingegeben und selbst seine kühnsten Zärtlichkeiten ohne Scheu genossen. Als erfahrener Liebhaber wusste Balduin, dass dies auch bei Dirnen nicht selbstverständlich war.

Aber noch faszinierender sind ihre Geistesgaben. Sie hat einen scharfen, wachen Verstand und scheint ihm doch nicht zu vertrauen. Als wäre sie zu oft für ihre Klugheit gescholten worden.

Er ahnte nicht, wie nahe er damit der Wahrheit kam.

»Ein unbearbeiteter roher Edelstein«, seufzte er halblaut, ohne es zu merken. »In welchen Facetten würde er wohl schimmern, wenn man ihn schleifen würde?«

Remigius' Schultern, ein paar Pferdelängen vor ihm, zuckten leicht. Balduin biss sich auf die Lippen. Der Schreiber verfügte auch über ein außergewöhnlich scharfes Gehör.

Der Erzbischof rief sich innerlich zur Ordnung. *Aber es ist gut so, dass ich es nie erfahren werde. Das Letzte, was ich brauche, ist eine Frau, der ich so verfallen bin wie dereinst mein unglücklicher Bruder Heinrich seinem Weib Margarete.* Instinktiv spürte er, dass Loretta ihm auf diese Weise gefährlich werden könnte. Doch für seine ehrgeizigen politischen Pläne brauchte er einen kühlen Kopf.

Entschlossen straffte er erneut den Rücken. »Loretta ist verheiratet, ihr Gemahl ist noch jung, und ich werde sie höchstwahrscheinlich niemals wiedersehen«, sprach er wieder leise mit sich selbst. »Was sollen also die müßigen Gedanken? Ab und an kann ich ja des Nachts von ihr träumen. Das muss mir genügen.«

Dann drückte er seinem Pferd die Fersen in die Flanken und schloss zu Remigius auf. »Habt Ihr schon darüber nachgedacht, wie wir das geplante Urkundenarchiv anlegen könnten?«

Als Remigius nickte, fügte Balduin hinzu: »Nun, dann lasst einmal hören, welche Vorschläge Ihr habt.«

Burg Herrstein, September 1319

Würgend erbrach sich Loretta in die Schüssel, die Hilda ihr hinhielt. Wieder und wieder überfiel sie der Krampf, obwohl ihr Magen schon längst nichts anderes mehr als bittere grüne Galle nach oben schickte.

Endlich war der Anfall zu Ende. Erschöpft sank Loretta zurück. Schon seit Tagen hütete sie das Bett, da sie jedes Mal heftige Schwindel befielen, sobald sie aufzustehen versuchte.

Hilda setzte sich neben sie auf einen dreibeinigen Hocker und nahm ihre Hand. Ihre Miene war ernst. »Herrin, diesmal scheint die Schwangerschaft Euch besonders zu plagen. Ich bin in großer Sorge um Euch. Ihr seid abgemagert und völlig entkräftet, da Ihr kaum etwas zu Euch nehmt. Und das wenige könnt Ihr nicht bei Euch behalten. Sollte Euer Gemahl nicht nach einem Medikus schicken lassen? Vielleicht weiß ein solch gelehrter Mann Abhilfe, die ich nicht leisten kann?«

Loretta schüttelte so heftig den Kopf, dass ihr schon wieder schwarz vor Augen wurde. »Ich möchte keinen fremden Menschen um mich herum, zumal ich noch nie gehört habe, dass die Künste eines Medikus einen Kranken geheilt hätten. Du bist die beste Wehmutter weit und breit. Können mir deine Kräuteraufgüsse und Wickel nicht helfen, so ist dies eben Gottes Strafe für …« Sie brach ab und drehte den Kopf beiseite.

Hilda zog hörbar den Atem ein. Dann überwand sie sich und sagte: »Verzeiht mir, Herrin, wenn Ihr meine Frage ungehörig findet. Aber glaubt Ihr etwa, dass Ihr das Kind des Erzbischofs unter dem Herzen tragt und der Allmächtige Euch den Ehebruch solcherart büßen lässt?«

Lorettas Gesicht wurde heiß. Gleichzeitig wurde ihr schon wieder übel. Eine Weile überlegte sie, was sie antworten sollte, dann entschied sie sich für die Wahrheit.

»Ich weiß nicht, was ich glauben soll, Hilda. Auch mein Gemahl hat noch am Abend vor unserer Flucht auf die Starkenburg mit mir verkehrt.«

»Aber das war mehr als sechs Wochen vor Eurer …« Hilda hielt inne. Ihr fehlten die richtigen Worte.

Loretta machte eine resignierte Handbewegung. »Lass doch die Schamhaftigkeiten, Hilda. Ich weiß sehr wohl, dass du und Kathi von Anfang an Bescheid gewusst habt. Schließlich ließ Balduin Kathi durch seinen Leibknecht sogar aus meiner Schlafkammer weisen. Sprich es also ruhig aus! Mehr als sechs Wochen vor meiner Liebelei mit dem Erzbischof von Trier.« Ihre Stimme klang bitter.

Hilda straffte die Schultern. »So lasst mich Euch ein paar Fragen stellen, Herrin. Wann habt Ihr zuletzt geblutet?«

Loretta zuckte mit den Schultern. »Ich kann mich nicht erinnern. Es war weit vor dem letzten Verkehr mit meinem Gemahl. Du weißt doch, dass meine Unpässlichkeit nicht regelmäßig kommt. Das ist ja auch der Grund, warum ich anfangs von den ersten Schwangerschaften nichts ahnte.«

Hilda seufzte. »Das erste Anzeichen war also wieder die heftige Übelkeit, die Euch von jeher mehr als andere Frauen plagt?«
Loretta nickte.
»Und diesmal trat sie erst zwei Wochen nach der Abreise des Erzbischofs auf?«
»So ist es.«
Hilda überlegte. »Doch das muss noch lange kein Zeichen dafür sein, dass Ihr einen Bastard …« Erschrocken schlug sie sich auf den Mund.
Loretta wurde ärgerlich. »Ich habe dir doch schon gesagt, dass du freiheraus sprechen kannst, Hilda. Ich bin eine Ehebrecherin und werde für meine Sünde bestraft. Zumal sie mit unkeuscher und verbotener Wollust verbunden war.«
Hilda errötete verlegen. Doch dann hob sie entschlossen den Kopf und blickte Loretta geradewegs in die Augen.
»Herrin, ich bin weder Euer Beichtvater, noch habe ich dereinst beim Jüngsten Gericht darüber zu entscheiden, was richtig oder falsch ist. Aber ich weiß, dass Ihr in Eurer Ehe zutiefst unglücklich seid. Zudem hat Euch ein hoher Kirchenfürst verführt, der mehr auf Gottes Gebote achten sollte als eine gewöhnliche Sterbliche. Warum solltet also Ihr allein dafür büßen, dass Ihr die fleischliche Liebe einmal lustvoll erfahren habt? Zumal es sich wohl kaum wiederholen wird.«
Unwillkürlich traten Loretta Tränen in die Augen. Auch nach all den Wochen beherrschte sie noch immer ein Gefühlswirrwarr, wenn sie an die Nacht mit Balduin dachte. Sehnsüchtige Träume und Dankbarkeit, diese wundervollen Empfindungen wenigstens einmal genossen zu haben, wechselten mit der Enttäuschung über die Endgültigkeit ihres Abschieds und den damit verbundenen Zweifeln, ob er sie nur benutzt hatte wie eine Hübschlerin. Doch erst durch Hildas Worte erkannte sie voller Staunen, dass sie die Nacht trotz ihrer Angst vor der himmlischen Strafe für ihren Ehebruch nicht bereute. Vielleicht war

dies auch der Grund, warum sie ihren Fehltritt bislang nicht gebeichtet hatte.
Eine kleine Weile ließ sie diese Erkenntnis noch auf sich wirken. Dann riss sie sich entschlossen zusammen und wandte den Blick wieder zu Hilda, die sie aufmerksam beobachtete.
»Also, was rätst du mir nun?«, fragte sie die Wehmutter mit einem schwachen Lächeln.
Hilda zögerte keinen Moment lang mit ihrer Antwort. »Wann genau die Übelkeit bei einer Schwangerschaft einsetzt, ist keineswegs ein sicheres Zeichen dafür, zu welchem Zeitpunkt ein Weib empfangen hat. Ist Euer Gemahl also der Vater Eures dritten Kindes, dann …«, sie zählte die Monate an den Fingern ihrer Hand ab, »dann wird es im Februar nächsten Jahres zur Welt kommen. Ist Euer Gemahl nicht der Vater, wird es Frühling.«
Sie holte tief Luft. »Ich schlage Euch daher Folgendes vor. Kommt Euer Kind nicht zur rechten Zeit auf die Welt, verabreiche ich Euch ein Mittel, um die Geburt früher herbeizuführen. So fällt nicht der Schatten eines Verdachts auf Euch. Doch ich stelle dafür eine Bedingung.«
»Was für eine Bedingung?«
»Von nun an helft Ihr mit, Euch gesund und kräftig zu erhalten. Ihr esst und trinkt, soviel Ihr nur könnt. Erbrecht Ihr Euch, esst Ihr noch einmal. Sobald es Euch möglich ist, erhebt Ihr Euch von Eurem Lager und geht mit mir an der frischen Luft spazieren. Ihr befolgt jede meiner Anweisungen ohne Murren, denn ich trachte danach, Euren Körper, soweit es in meiner Macht steht, zu stärken. Dann wird auch Euer Kind gesund und kräftig in Euch heranwachsen und vielleicht sogar überleben, wenn ich es vor der Zeit holen muss.«
Loretta war überrascht. So energisch hatte sie Hilda noch nie erlebt. Doch andererseits … hatte diese Frau ihre Familie nicht ganz auf sich allein gestellt durch die schwierigen Hungerjahre gebracht?

Hilda deutete ihr Schweigen falsch. »Herrin, ich sage es Euch in aller Offenheit. Befolgt Ihr meine Anweisungen nicht, und seid Ihr im Winter zu schwach für eine vorzeitige Geburt, werde ich Euch nicht dazu verhelfen. Denn ich will mein Gewissen weder mit Eurem Tod noch mit dem Eures Ungeborenen belasten. Also, wie entscheidet Ihr Euch?«
Loretta nickte. »Ich bin damit einverstanden und danke dir von ganzem Herzen für deine Treue.«
Hilda lächelte erleichtert. Dann stand sie auf. »Ich gehe sogleich in die Küche, um Euch eine kräftige Suppe und einen heilenden Kräutersud zu bereiten. Und ich erwarte, dass Ihr alles bis zum letzten Bissen und Schluck zu Euch nehmt. Ruht derweil, bis ich wiederkomme.«

Teil 3

SONNENAUFGANG

Kapitel 11

Burg Herrstein, Anfang Oktober 1323

Loretta raffte den Stoff ihres schlichten Gewandes aus schwarzgefärbter Wolle unter den schmerzenden Knien zu einer Art Kissen zusammen. Seit zwei Stunden kniete sie nun schon auf der harten hölzernen Bank vor dem Altar der Burgkapelle und betete für Martins Seelenheil.

Ihr Gemahl lag im Sterben. Vor zwei Wochen war er während der Jagd an einem verregneten Septembertag völlig durchnässt worden und hatte sich einen schlimmen Brustkatarrh zugezogen, von dem er nicht mehr genesen würde.

Wehmütig ließ sie die letzten Jahre noch einmal in Gedanken an sich vorbeiziehen. Ihr dritter Sohn Robert war, ohne dass Hilda nachhelfen musste, pünktlich neun Monate nach ihrem letzten Verkehr mit Martin zur Welt gekommen. Auch äußerlich war er deutlich als Martins Abkömmling zu erkennen. Anders als Hänsel und Gottfried, die nach Loretta und ihrem gutaussehenden Großvater Johann kamen, hatte Robert Martins schiefe Zähne, seine abstehenden Ohren und unglücklicherweise auch seinen unangenehmen Körpergeruch geerbt.

Die Geburt ihres dritten Sohnes hatte Loretta fast das Leben gekostet. Obwohl sie alle Bedingungen Hildas getreulich erfüllt hatte, wollte sich das Kind im Mutterleib nicht drehen, sondern lag bis zum Einsetzen der Wehen mit dem Steiß voran. Loretta, die starke Schmerzen schon von den früheren Geburten her gewohnt war, hatte diesmal unsäglich gelitten, während es Hilda gelang, den Säugling in letzter Minute in die richtige Lage zu bringen. Dabei war ihr Leib inwendig zerrissen, teilte ihr die Wehmutter betrübt mit, als sie Tage nach der Geburt wieder aus dem Betäubungsschlaf erwacht war, in den Hilda sie mit Schlafmohn und Bilsenkraut versetzt hatte. »Ihr werdet nie mehr ein Kind bekommen können, Herrin.« Der guten Frau waren bei diesem Eingeständnis die Tränen über die Wangen gerollt. »Das war der Preis, dass das Kind und, der Jungfrau Maria sei Dank, auch Ihr überlebt habt.«

Doch Loretta stellte rasch fest, dass ihr dies weit weniger ausmachte, als Hilda glaubte. Sie war stolz darauf, drei gesunde Söhne geboren zu haben, die alle die ersten gefährlichen Kleinkinderjahre ohne schlimme Krankheiten überlebt hatten. Wie viele Mütter, seien sie nun von Adel oder aus dem niederen Volk, konnten das schon von sich sagen?

Und all ihre Söhne waren zweifellos Martins legitime Nachfahren. Die furchtbaren Schrecken der dritten Geburt sah Loretta als Strafe Gottes für ihren Fehltritt an und war dem Allmächtigen trotz der erlittenen Qualen dankbar dafür, so wohlfeil davongekommen zu sein, zumal sie die Nacht mit Balduin auch bis zum heutigen Tag weder bereut noch gebeichtet hatte.

Womit sie allerdings nicht rechnete, war, dass Roberts Geburt endlich bewirkte, was die der beiden älteren Söhne nicht vermocht hatte: die Annäherung zwischen Martin und ihr.

»Ich danke Euch von ganzem Herzen für die Geburt meines dritten Sohnes, Loretta«, sagte ihr Gatte bereits beim ersten Besuch in der Wöchnerinnenstube. Und zu ihrem grenzenlosen Erstaunen fügte er hinzu: »Und ich bitte Euch um Verzeihung für die brutalen Umstände seiner Zeugung. Ich war in dieser Zeit nicht recht bei Verstand. Der schlechte Einfluss des Kyrburgers vernebelte mir die Sinne.«

Tatsächlich hatte Loretta bereits während der letzten Monate ihrer Schwangerschaft bemerkt, dass Martin sich nicht mehr mit Friedrich von Kyrburg herumtrieb und ihn auch nicht mehr auf Burg Herrstein einlud. Nach Roberts Geburt enthüllte er ihr die Gründe dafür.

»Friedrich von Kyrburg weigerte sich nicht nur, den Weiler Niederhosenbach, den ich so leichtfertig verspielt habe, wieder zurückzugeben. Nein, er erhob sogar Anspruch auf das Dorf Niederwörresbach und berief sich dabei auf ein Recht seiner Ahnen aus uralter Zeit, die dort einst im Besitz der Vogtei waren.«

»Aber dies heißt doch nur, dass die Wildgrafen im Dorf die Gerichtsbarkeit ausübten. Über das Land verfügten sie nicht.«

Martin zuckte mit den Schultern. »Es ist immer schwierig, wenn sich zwei Parteien ein und denselben Besitz teilen. Auch die Vögte werden reichlich für ihre Dienste entlohnt und erhalten dafür einen beträchtlichen Anteil aus den Einnahmen der Ländereien, in denen sie Recht sprechen. Denkt an Hunolstein, da hat Euer Vater ebenfalls bittere Erfahrungen machen müssen.«

Loretta schluckte. In der Tat hatten die Vögte von Hunolstein ihren Anspruch auf Burg und Herrschaft bis heute nicht aufgegeben und hinderten ihren Vater nach wie vor daran, seine Rechte als Lehnsherr auszuüben.

»Jedenfalls«, fuhr Martin fort, »habe ich mit Friedrich von Kyrburg gebrochen und bitte Euch auch um Verzeihung für den Tort, den er Euch angetan hat.« Zum Glück war es bislang nicht zu einer Fehde um Niederwörresbach gekommen.

Trotz seiner freundlichen Worte nach Roberts Geburt war Loretta anfangs skeptisch gewesen. Doch Martins Läuterung war von Dauer. Vielleicht trug dazu sogar bei, dass sie seit Roberts Geburt keusch miteinander lebten. Jedenfalls hatte sich ihr Gemahl in sein Schicksal ergeben, als ihm Hilda in Lorettas Gegenwart mitgeteilt hatte, dass seine Gattin fortan nie mehr gebären würde.

»Das ist Gottes Strafe für meine Verfehlungen«, entfuhr es ihm spontan. Und getreu den Geboten der Kirche, die den Verkehr zwischen Eheleuten ausschließlich zum Zweck der Zeugung erlaubte, hielt er sich fortan von ihrem Bett fern.

Loretta war darüber von Herzen froh. Jetzt konnte sie Martin ohne den Abscheu begegnen, den die ehelichen Pflichten des Nachts in ihr auslösten, und entdeckte zum ersten Mal auch gute Seiten an ihm. Wenn die Verbitterung darüber, dass er anderen Menschen wegen seiner Gebrechen zuwider war und sie ihn darob sogar zu betrügen versuchten, sein Gemüt nicht vergiftete, konnte Martin durchaus klug und gerecht sein. Er war außerdem recht belesen und daher ein angenehmer Gesellschafter an langen Winterabenden, an denen er wie einst Lorettas Mutter zahlreiche Legenden von tapferen Helden zu erzählen wusste.

So war ihre Beziehung im Lauf der letzten Jahre recht vertraut geworden. Martin nahm Anteil an der Erziehung seiner Söhne und erkundigte sich regelmäßig nach ihren Fortschritten. Hänsel war mittlerweile fast sieben Jahre alt. Trotzdem hatte Martin darauf verzichtet, eine Pagenstelle an einem fremden Hof für ihn zu suchen, wofür ihm Loretta aufrichtig dankbar war. Ihr Ältester war und blieb ihr Lieblingskind, wie sie sich manchmal mit schlechtem Gewissen gegenüber seinen jüngeren Brüdern eingestand.

Balduin hatte sie seit ihrer Nacht auf der Starkenburg nicht mehr getroffen. Allerdings drang die Kunde von seinem unaufhörlichen Bestreben, das Territorium des Erzbistums Trier zu vergrößern, auch ins entlegene Herrstein. Fehde um Fehde führte der streitbare Kurfürst gegen die Adelsgeschlechter im Westerwald, in der Eifel und an der Mosel und blieb jedes Mal Sieger. Schon hatte er sich große Gebiete rund um die reiche Stadt Koblenz untertan gemacht, die neben dem mächtigen Trier jetzt ebenfalls zu seinem Einflussbereich gehörten und von seinen Ministerialen verwaltet wurden.

Ihr selbst blieb die Erinnerung an die wunderbare Nacht mit ihm, von der sie noch heute manchmal träumte. Da es das einzige Mal geblieben war, dass sie Wollust empfunden hatte, erschien ihr die Verführung durch Balduin an manchen Tagen wie ein Geschenk, ungeachtet dessen, dass der Herrgott sie später so hart dafür büßen ließ.
Allerdings war ihr Leben heute viel reicher als vor Roberts Geburt. Zum einen füllten ihre zahlreichen Pflichten als Mutter und Burgherrin ihren Tag, nachdem Martin ihr alle diesbezüglichen Rechte wieder eingeräumt hatte. Zum anderen beschäftigten sie auch neue Aufgaben. Martin zog sie immer häufiger bei Regierungsfragen in der Herrschaft zu Rate und tolerierte, dass Loretta nach wie vor mit Hilfe des Juden Thaddäus über ihr Legat verfügte. Zuletzt hatten sie sogar gemeinsam darüber beraten, wie das Geld am besten nach den verheerenden Hungerjahren zum Nutzen der Dörfer eingesetzt werden könnte.
Zu Lorettas großer Überraschung war Martin erst vor wenigen Wochen noch einen Schritt weiter gegangen. »Ich habe meinen Vater gebeten, Euch zur Regentin einzusetzen, sollte ich so früh dahinscheiden, dass mein ältester Sohn noch nicht mündig ist«, teilte er ihr eines Tages nach einem Besuch auf der Starkenburg mit. »Mein Vater hat mir versprochen, es wohlwollend zu bedenken.«
Als ob er seinen bevorstehenden Tod geahnt hätte, dachte Loretta jetzt traurig.
Da wurde die Tür zur Kapelle aufgerissen. Ihre Kammermagd Kathi stürzte herein. Sie nahm sich nicht die Zeit für den üblichen Knicks.
»Herrin, kommt schnell ans Sterbebett Eures Gemahls. Meine Mutter glaubt, dass er in der nächsten Stunde dahinscheiden wird. Er will Euch noch einmal sprechen.«

Obwohl Loretta ihren Gatten nur wenige Stunden allein gelassen hatte, erschrak sie bei seinem Anblick. In dieser kurzen Zeit war Martin vollständig verfallen. Sein ohnehin hageres Gesicht glich nun einem Totenschädel mit tief eingesunkenen Augen und schiefen, blutigen Zähnen. Mühsam lächelte er sie an. Sein Atem ging rasselnd. Dünne Blutfäden rannen ihm unaufhörlich die Mundwinkel hinab und durchnässten das Tuch, das ihm Hilda unter das Kinn gelegt hatte.
»Kommt näher, Loretta«, keuchte er. »Ich kann nicht mehr laut zu Euch sprechen.«
Erschüttert beugte sie ihr Ohr zu den aufgesprungenen Lippen des Kranken hinab.
»Ich sterbe noch heute, liebe Gemahlin. Daher hört meinen Rat. Sobald ich tot und begraben bin, macht Euch auf und eilt zur Burg meines Vaters. Sagt ihm, es sei mein letzter Wunsch auf Erden gewesen, dass mein ältester Sohn Johannes dereinst meine Nachfolge als Graf von Starkenburg-Sponheim antreten möge. Bis er alt genug ist, selbst zu regieren, soll mein Vater Euch zur Regentin bestimmen, falls er selbst nicht mehr so lange lebt. Auf keinen Fall meinen jüngeren Bruder Pantaleon! Er würde meinem Sohn die Herrschaft entreißen.«
Loretta war tief berührt. »Aber Ihr hattet doch bereits mit Eurem Vater darüber gesprochen.«
Martin machte eine unwillige Kopfbewegung. »Damals wusste ich nicht, dass es so schnell mit mir zu Ende gehen würde. Daher hat mein Vater noch nichts entschieden. *Ihr* müsst ihn jetzt überzeugen, ehe Pantaleon es tut. Versprecht mir dies in die Hand!« Er streckte Loretta seine bis auf die Knochen abgemagerte Rechte entgegen. Sie ergriff sie mit beiden Händen.
»Ich danke Euch für Euer Vertrauen in mich. Einst glaubte ich …« Sie stockte. Dies war kaum die richtige Stunde für Vorhaltungen.
Doch Martins Züge verzogen sich schmerzlich. »Ich habe all

meine Sünden, die ich an Euch begangen habe, gebeichtet, Loretta.« Ein heftiger Hustenanfall unterbrach ihn und schüttelte seinen ganzen Körper. Er rang mühsam nach Luft. Sein Mund füllte sich mit Blut.

Hilda eilte herbei, richtete Martin auf und stützte ihn, bis er wieder etwas Luft bekam. Hilflos und tiefbewegt saß Loretta neben dem Bett.

»Ihr müsst Euch mehr schonen, Herr«, mahnte Hilda. Sie sah Loretta durchdringend an. »Ich bin sicher, die Herrin vergibt Euch genauso wie der Allmächtige. Ist es nicht so?« Ihre Stimme hatte einen beschwörenden Unterton.

Loretta nickte. »So ist es. Ihr müsst nichts sagen, lieber Gemahl. Es strengt Euch zu sehr an.«

Martins Gesicht verzog sich zu dem störrischen Ausdruck, den Loretta so gut aus ihren ersten Ehejahren kannte. Er wirkte gespenstisch auf dem eingefallenen Antlitz.

»Lasst mich sprechen, Frau. Und haltet mich aufrecht, so bekomme ich besser Luft«, wies er Hilda barsch an.

Dann heftete er seinen Blick wieder auf Loretta. »Ich bin Euch lange Jahre hindurch kein guter christlicher Gemahl gewesen. Ich habe Euch unrecht getan und Euch schlecht behandelt. Euch zum Tort habe ich auch Menschen übel traktiert, die Euch etwas bedeuteten. Dafür bitte ich Euch um Verzeihung, obwohl ich dem Fegefeuer nicht entgehen werde. Denn ich bin schuldig am Hungertod vieler mir anvertrauter Bauern und habe durch meinen harten Richtspruch den Schmied Eberhard zum Krüppel gemacht. Nur Eurer Tatkraft und Eurem Mut, Euch für die Schwachen und Elenden einzusetzen, verdanke ich, dass ich nicht noch sündiger war und jetzt den ewigen Höllenqualen entgegensehe. Allein dafür seid tausendfach bedankt.«

Die lange Rede hatte Martin erschöpft. Ein neuer Hustenanfall quälte ihn. Doch er schüttelte den Kopf, als Hilda ihn noch einmal mahnen wollte, sich zu schonen.

»Dies muss heute gesagt werden, morgen ist es zu spät. Gebt mir wieder Eure Hand, Loretta.«

Er umfasste sie mit erstaunlicher Kraft. »Euch allein verdanke ich auch, dass ich mich auf meinem Sterbebett wie ein Mann fühlen kann, nicht wie ein nutzloser Krüppel. Ihr habt mir drei gesunde und starke Söhne geboren. Ich weiß sehr wohl, dass sie alle in Abscheu vor mir gezeugt wurden und unter großen Schmerzen zur Welt kamen.«

Loretta öffnete die Lippen zum Protest, doch er drückte erneut ihre Hand. »Auf meinem Totenbett will ich die Wahrheit bekennen.«

Wieder schüttelte ihn der Husten, wieder rann ihm das Blut in Strömen aus Mund und Nase. Und wieder wehrte er störrisch ab, als die Frauen ihn baten, jetzt auszuruhen.

»Kaum ein gesunder Graf in der ganzen Region nennt drei lebende Söhne sein Eigen. Und der älteste Sohn dieses verachteten Krüppels soll seine Nachfolge antreten, geleitet und unterstützt von seiner wunderbaren Mutter, einer der klügsten und tapfersten Frauen, die man im ganzen Reich finden mag.« Trotz seiner keuchenden Rede strahlten Martins tief in den Höhlen liegenden Augen vor Triumph.

Loretta kamen die Tränen. »Ich danke Euch für diese Worte, liebwerter Gemahl. Und ich bedauere von ganzem Herzen …« Wieder unterbrach sie sich.

Auch Martins Augen wurden feucht. Ein schmerzlicher Ausdruck, der nichts mit seinen körperlichen Qualen zu tun hatte, trat auf sein totenblasses Gesicht.

»Auch ich bedauere, dass ich Euch gegenüber in den ersten Jahren so hart war, Loretta. Heute weiß ich, dass ich mich davor fürchtete, Ihr würdet mich abweisen, weil Ihr mich abstoßend und abscheulich fandet.«

Sein Blick schweifte in die Ferne. »Einmal brachte ich Euch Trauben von einer Reise an die Mosel mit, doch Ihr nahmt meine Gabe nicht an. Das tat mir sehr weh im Herzen und machte mich grausam und ungerecht. Vergebt mir, Loretta.«

Lorettas Hals fühlte sich wie zugeschnürt an. Auch sie erinnerte sich an das abgelehnte Geschenk.

»Ich bin Euch nichts schuldig geblieben, Martin.« Nun liefen ihr die Tränen die Wangen herab. »Auch ich habe Euch um Verzeihung zu bitten.«

Ein kleiner Funken leuchtete in den Augen des Todgeweihten auf. Doch er wehrte ab. »Ich bin der Mann, mir gebührt die Verantwortung. Ich hätte mich niemals so gehenlassen dürfen.«

Einen Augenblick lang rang er mit sich. Dann holte er rasselnd Luft. »Etwas will ich Euch noch fragen, liebwerte Gattin.« Er stockte. Ein neuer Hustenanfall schüttelte ihn, noch heftiger als zuvor.

»So lasst ihn doch ruhen, Herrin«, flüsterte Hilda Loretta zu. »Seht Ihr nicht, wie er sich quält?«

Mit letzter Kraft schüttelte Martin den Kopf. Er winkte Loretta noch näher zu sich heran. Sie roch seinen säuerlichen Geruch, nun vermischt mit den Ausdünstungen eines Sterbenden, und schämte sich für ihren Ekel. Verzweifelt versuchte sie, sich nichts anmerken zu lassen.

»Sagt mir nur eins, Loretta. Wäre ich Euch von unserer ersten Nacht an ein zärtlicher und achtsamer Gatte gewesen, hättet Ihr mich dann lieben können?«

Loretta blickte auf und sah den flehenden Ausdruck im Gesicht des Sterbenden.

Da beugte sie sich erneut zu Martin hinunter und hauchte einen Kuss auf seine Stirn. Die Lüge kam ihr so leicht über die Lippen, als wäre es die Wahrheit.

»Ich bin sicher, ich hätte Euch sogar von ganzem Herzen geliebt, mein Gemahl.«

Abtei Himmerod, Ende Oktober 1323

Die letzten Töne des gregorianischen Chorals verklangen, die Familiengruft mit Martins Sarg war wieder mit der schweren marmornen Platte verschlossen. Loretta erhob sich mühsam von ihren Knien, auf denen sie stundenlang während des gesamten Totengottesdienstes verharrt hatte. Unauffällig streckte sie ihre verkrampften Glieder.

Mit Gottfried und Robert an beiden Händen schritt sie auf den Ausgang der Klosterkirche zu. Vor ihr ging ihr ältester Sohn Johannes. Sein siebter Geburtstag lag nicht mehr fern. Erst kürzlich hatte er sich den Kosenamen Hänsel, mit dem ihn seine Mutter zu rufen pflegte, verbeten. Mit seinen blonden Haaren und den blauen Augen glich er Loretta von Tag zu Tag mehr. Glücklicherweise schien er auch ihr tatkräftiges Wesen geerbt zu haben.

Zu beiden Seiten des Mittelgangs verbeugten sich Johann von Starkenburgs Lehnsleute und Burgmannen ehrerbietig. Loretta grüßte sie mit einem leichten Neigen des Kopfes. *Dies werden einmal Hänsels Gefolgsleute sein.* In Gedanken würde sie Johannes immer Hänsel nennen.

Ein hochgewachsener Mann fiel ihr besonders auf. Ungeachtet ihrer unvorteilhaften Trauerkleidung mit dem dicht um Kopf und Hals geschlungenen schwarzen Schleier lag Bewunderung in seinem Blick. *So hat mich einst Balduin angesehen.* Beschämt über den unpassenden Gedanken, wandte sie errötend die Augen ab. *Sein Name ist Volker von Falkenstein,* fiel ihr noch ein.

An der Kirchentür erwarteten sie Seite an Seite der Abt und Martins Bruder Pantaleon. Johann von Starkenburg hatte nicht an der Beerdigung in der Abtei Himmerod teilnehmen können, in der sich seit Generationen die Familiengruft derer von Starkenburg-Sponheim befand. Die Reise in die Eifel war mittlerweile zu beschwerlich für ihn, so wie es ihm auch nicht möglich gewesen war, ans Sterbebett seines Ältesten nach Herrstein zu kommen. Sein Brustleiden hatte sich verschlimmert. Dadurch war er immer gebrechlicher geworden und in den letzten Jahren vorzeitig gealtert. Martins Mutter Katharina war überraschend bereits vor zwei Jahren gestorben.

Sein Bruder Pantaleon dagegen strotzte vor Gesundheit. Mit hohen Einnahmen aus seinen reichen Pfründen gesegnet, gab er sich mehr dem Wohlleben als seinen geistlichen Pflichten hin, munkelte man hinter vorgehaltener Hand. Tatsächlich hatte Pantaleon Fett angesetzt, seine ehemals scharfen Gesichtszüge wirkten schwammig, unter der kostbaren Surcotte aus dunklem Samt wölbte sich ein beachtlicher Bauch. Doch seine Augen blickten Loretta nach wie vor mit dem halb verächtlichen, halb missgünstigen Ausdruck an, mit dem er sie schon bei ihrer Hochzeit bedacht hatte.

»Ihr wisst, dass der Abtei für ihre Dienste seit alters her die beiden Pferde zustehen, die den Zug mit dem Sarg des Verstorbenen angeführt haben«, empfing er Loretta ohne Begrüßung.

Loretta nickte. »Das ist mir bekannt, Herr Pantaleon«, erwiderte sie kühl. »Ich führe Ersatzpferde für die beiden Dienstleute mit, die sie geritten haben.«

Dann wandte sie sich an den Abt, ohne Pantaleon weiter zu beachten. »Mein Gatte bat mich, eine feste Summe für eine ewige Seelenmesse auszusetzen. Was wäre ich Euch dafür schuldig?«

Der Abt setzte gerade zu einer Antwort an, als ihm Pantaleon zuvorkam. »Ihr habt kein Recht, über das Vermögen meines verstorbenen Bruders zu verfügen, Dame Loretta. Es sei denn, Ihr nehmt diese Zuwendung aus den Einnahmen Eures Wittums.«

»Selbstverständlich werde ich den Wunsch meines Bruders respektieren«, wandte er sich danach mit verbindlicher Stimme an den Abt. »Sobald ich seine Nachfolge angetreten habe, werde ich Euch die erforderlichen Mittel zukommen lassen.«

Loretta durchfuhr es heiß und kalt. Plötzlich überfiel sie wieder das Gefühl drohenden Unheils. *Dieser Mann will Hänsel tatsächlich um sein Erbe bringen, wie es Martin vorhergesagt hat.*

Sie straffte die Schultern. »Es ist der Wille meines dahingeschiedenen Gatten, dass *ich* nach dem Tod Eures Vaters die Regentschaft für unseren ältesten Sohn Johannes übernehme, bis dieser mündig ist und die Herrschaft über die Grafschaft Starkenburg-Sponheim selbst ausüben kann.«

Pantaleons Mundwinkel verzogen sich spöttisch, während in seinen Augen kurz unverhohlener Hass stand. Der Abt wirkte erstaunt. Pantaleon wandte sich an ihn, ohne Lorettas Einwurf zu erwidern.

»Ehrwürdiger Vater, Ihr seht mich verwirrt. Die Trauer muss die Sinne meiner Schwägerin getrübt haben. Hat man landauf, landab je gehört, dass ein schwaches, mit nur unzureichenden Geistesgaben ausgestattetes Weib die Herrschaft über eine ganze Grafschaft übernehmen soll?«

Lorettas Gesicht verfärbte sich rot vor Zorn. »Es gibt diese Fälle sehr wohl, Herr Pantaleon«, antwortete sie mühsam beherrscht. »Und das wisst Ihr auch. Ein Beispiel dafür ist die Mutter unseres ehrwürdigen Erzbischofs Balduin. Sie übernahm die Regentschaft über die Grafschaft Luxemburg von ihrem in der Schlacht bei Worringen gefallenen Gatten, bis ihr Sohn Heinrich alt genug dafür war. Heinrich wurde hernach sogar unser aller Kaiser.«

»Ein glückloser Kaiser, in der Tat«, setzte sich Pantaleon über Lorettas Einwand hinweg. »Doch es sei, wie es sei.« Er wandte sich wieder an den Abt.

»In unserer Familie stehen die Dinge anders, ehrwürdiger Herr. Gerade ist auch meine Schwester Blancheflor von Veldenz zur Witwe geworden. Das ist der Grund, warum sie diesem Begräbnis nicht beiwohnen konnte. Doch ihr Schwiegervater, der Erb-

graf von Veldenz, hat seinen jüngeren Sohn zu seinem Nachfolger bestimmt, nicht das unmündige Kind meiner Schwester, das kaum den Windeln entwachsen ist.«
Nun drehte er seinen Kopf wieder zu Loretta. Er fixierte sie mit einem spöttischen Lächeln, das seine Augen jedoch nicht erreichte. Diese blieben weiterhin hasserfüllt. »Auch ich werde meinen ehrwürdigen Vater davon zu überzeugen wissen, dass ein solches Vorgehen in unseren unsicheren Zeiten das Beste ist.«
Zu Lorettas Erstaunen kam ihr der Abt zu Hilfe, bevor ihr eine passende Antwort einfiel.
»Aber Ihr seid ein Mann Gottes, Herr Pantaleon. Wie wollt Ihr da Graf einer weltlichen Herrschaft werden?«
Pantaleons Lächeln verschwand. Er machte eine wegwerfende Handbewegung. »Dafür wird sich gewiss eine gute Lösung finden lassen, verehrter Herr Abt.«
Dann verbeugte er sich höhnisch vor Loretta. »Euch und Euren Söhnen wünsche ich derweil eine angenehme Heimreise, Dame Loretta.«

Die Starkenburg, zwei Tage später

»Es ist wahr, liebe Loretta, dass Martin mich gebeten hat, Euch zur Regentin für Johannes einzusetzen, wenn er vor dessen Volljährigkeit stirbt. Doch es erscheint mir klüger, Pantaleon mit der Vormundschaft zu betrauen. Er ist ein Mann und wird sich als solcher leichter Respekt zu verschaffen wissen.«
Loretta holte tief Luft und versuchte, ihre aufsteigende Angst zu bezwingen. »Aber Martin traute Pantaleon nicht. Und ich tue es auch nicht, lieber Vater. Selbst wenn Ihr ihn nur zum Vormund und nicht zu Eurem Nachfolger bestimmt, wird er versuchen, Hänsel die Herrschaft zu entreißen.«

Johann seufzte und fuhr sich mit einer ratlosen Geste durch das schütter gewordene Haar.
»Loretta, Ihr verkennt die Gefahren, die meine Grafschaft bedrohen. Friedrich von Kyrburg wird auf jeden Fall danach trachten, sich auf Eure Kosten schadlos zu halten. Auch meine Verwandten aus der Kreuznacher Linie derer von Sponheim könnten versucht sein, die Schwäche eines Weibes auszunutzen, um ihr Gebiet zu vergrößern. Und selbst dem Erzbischof Balduin ist nicht zu trauen.«
Loretta war völlig verblüfft über diese Aussage. »Ich dachte, Balduin sei Euer Freund? Ihr habt Seite an Seite für seinen Bruder Heinrich auf dessen Romfahrt gestritten und hernach mit ihm gegen die Feinde unseres jetzigen Königs Ludwig gekämpft. Oft war er hier auf der Starkenburg Euer Gast.«
Johann lächelte resigniert und zog sich die Decke, die auf seinen Knien lag, dichter um den Leib. Obwohl ein mächtiges Feuer im Kamin brannte und Loretta die Luft erstickend heiß fand, zumal draußen noch mildes Herbstwetter herrschte, schien Johann zu frieren.
Die Hände, mit denen er die Decke umfasste, waren blau geädert und durchscheinend weiß wie bei einem viel älteren Mann. Sein Gesicht war von tiefen Falten durchzogen. Hatte er früher immer jünger und vitaler gewirkt als seine Altersgenossen, so war es jetzt umgekehrt. Wer den Grafen nicht kannte, hätte ihn eher für einen Siebzigjährigen gehalten als für einen Mann, der gerade die Mitte der fünfzig erreicht hatte.
Seitdem sich Loretta nach der Auseinandersetzung mit Pantaleon in Himmerod spontan dazu entschlossen hatte, nicht nach Herrstein zurückzukehren, sondern mit ihren Söhnen die Starkenburg aufzusuchen, fürchtete sie, dass auch Johann von Starkenburg-Sponheim nicht mehr lange zu leben hatte. Doch jetzt vergaß sie für einen Moment diese Sorge.
»Also, warum fürchtet Ihr, auch Balduin könne Eurer Graf-

schaft gefährlich werden?«, drängte sie ungeduldig auf eine Antwort ihres Schwiegervaters.

Johann seufzte noch einmal. »Allein diese Frage zeigt mir, dass Euch das Zeug zur Regentin fehlt, liebe Loretta. Was wisst Ihr vom Kröver Reich?«

Loretta war verwirrt und verärgert. »Das Gebiet wurde Eurem Vater einst von König Rudolf von Habsburg verpfändet. Sowohl Balduins Bruder, König Heinrich, als auch sein Nachfolger Ludwig von Bayern versprachen Euch, das Gebiet zu ihren Lebzeiten nicht auszulösen, sondern es in Eurem Herrschaftsbereich zu belassen.«

Jetzt war Johann verblüfft. »Ich bin erstaunt, wie gut Ihr unterrichtet seid, meine Tochter.«

Loretta hob die Hand. »Lasst mich aussprechen, lieber Vater. Das Kröver Reich mit seinen wohlhabenden Dörfern ist die größte Einnahmequelle Eurer Herrschaft, da der Wein aufgrund der günstigen Wetterlage dort selbst in schlechten Jahren gedeiht und zu den besten im ganzen Reich gehört.«

»Woher wisst Ihr das alles?«

Loretta verzog schmerzlich den Mund. »Martin war mir in den letzten Jahren seines Lebens zugetan und zog mich bisweilen ins Vertrauen. Da er wünschte, dass ich im Fall seines Todes regiere, beschrieb er mir natürlich auch die Gebiete, die ich verwalten soll.«

Sie merkte auf einmal, wie kühn ihre Rede war, und nahm sich zurück. »Natürlich nur, wenn Ihr es erlaubt, lieber Schwiegervater.«

Johann musterte sie mit einem unergründlichen Ausdruck. »Ich habe mich immer darüber gefreut, dass Eure Ehe in Martins letzten Lebensjahren besser verlief, Loretta. Doch ich sage noch einmal, dass ich Pantaleon als Regenten einsetzen möchte, um die Nachfolge Eures Sohnes Johannes zu sichern. Nur wenn der Junge vor ihm stirbt, soll Pantaleon selbst weiterregieren. Und nur in diesem Fall bin ich auch damit einverstanden, dass er seinen geistlichen Stand verlässt. So will ich es in meinem Testament festschreiben.«

Loretta erschrak bis ins Mark. Das Gefühl der Gefahr, die Hänsel durch ein solches Testament drohte, raubte ihr den Atem.

»Aber warum wollt Ihr nur Martins ältestem Sohn die Nachfolge zubilligen? Seid Ihr nicht stolz darauf, *drei* gesunde Enkel zu haben?«, fragte sie alarmiert.

Johanns Miene verfinsterte sich. »Sind es wirklich *drei* Enkel von meinem eigenen Fleisch und Blut?«

Loretta fuhr es wie ein Messerstich durch die Eingeweide. »Was ... was beliebt Ihr damit zu sagen, Vater?«, stammelte sie.

Johann straffte sich. Ein Abglanz seiner alten Vitalität erschien auf seinem Gesicht. »Gut, Dame Loretta, so will ich Euch eingestehen, was ich weiß. Sicherlich ist auch Euer zweiter Sohn Gottfried Martins eigener Nachkomme. Doch Robert wurde genau in der Zeit geboren, in der auch ein Sprössling Eures Liebhabers Balduin von Trier, dem Ihr Euch hier auf der Starkenburg hingegeben habt, zur Welt gekommen wäre.«

Glühende Hitze schoss Loretta ins Gesicht. Der Schock war so groß, dass sie gar nicht erst versuchte, ihre Liebschaft abzustreiten. »Woher wisst Ihr das?«

»Ich wurde unfreiwillig Zeuge des Geschehens. Ich gestehe, ich ließ Euch gewähren, weil ich wusste, wie unglücklich Ihr damals in Eurer Ehe wart. Doch als ich wenig später erfuhr, dass Ihr wieder gesegneten Leibes seid, habe ich das bitter bereut.«

»Habt Ihr deshalb nie nach Robert verlangt?« Bislang hatte Loretta geglaubt, dass Johanns fortschreitende Krankheit dafür verantwortlich wäre. »Und kommt daher Eure Abneigung gegen den Erzbischof?« In ihrer tiefen Verlegenheit fiel Loretta zunächst keine andere Erwiderung ein.

Johann sah ihr fest in die Augen. »Offen gestanden, ja, meine Tochter. Mein Misstrauen gegen Balduin von Trier hat seinen

Ursprung in jener Nacht. Wer die Gastfreundschaft so schändlich missbraucht, mag auch zu anderen Übeltaten fähig sein. Und wer als Kirchenfürst so sehr nach weltlichem Einfluss strebt, mag sich auch vom Versprechen zweier Könige nicht davon abhalten lassen, seine Ziele zu erreichen.«

Plötzlich verstand Loretta, was Johann meinte. »Ihr glaubt, Balduin begehrt das Kröver Reich, da es wie ein Keil zwischen seinen beiden Territorien rund um Trier und Koblenz gelegen ist?«

Nun trat ein bewundernder Ausdruck in Johanns Augen. »Ich sehe, dass Ihr doch versteht, was ich vorhin gemeint habe.«

Einen Augenblick lang rang er mit sich, doch dann schüttelte er den Kopf. »Obwohl Ihr eine kluge Frau seid, Dame Loretta, steht mein Entschluss fest. Pantaleon wird meine Grafschaft für Euren ältesten Sohn verwalten. Stirbt auch Johannes vor der Zeit, soll Pantaleon seine Nachfolge antreten. Eine solche Entscheidung wird niemand in Frage stellen. Doch nehme ich auch Euren zweiten Sohn Gottfried in die Nachfolgeregelung mit auf, wird sich jedermann fragen, warum ich Robert, den Jüngsten, davon ausschließe. Doch es kann nicht angehen, dass ich im Zweifelsfall einen Bastard meinem leiblichen Sohn Pantaleon vorziehe.«

»Aber …«

Johann fiel Loretta ins Wort. »Ich halte das für eine gerechte Lösung gegenüber allen meinen Söhnen und Enkeln, Loretta. Niemals würde ich Robert und damit auch Euch und Martin vor aller Welt bloßstellen. Euer Jüngster mag, genau wie ich es für Gottfried anrate, die geistliche Laufbahn einschlagen. So wird niemand Verdacht schöpfen, und Gottes gewollter Ordnung ist Genüge getan.«

Loretta spürte, dass Johanns Entschluss unabänderlich war. Auf der Suche nach einer Antwort, mit der sie ihn doch noch umstimmen könnte, irrte ihr Blick verzweifelt durch den Raum und blieb an einer in kostbares Leder eingebundenen Bibel hängen, die neben Johanns Lehnstuhl lag. Wahrscheinlich hatte ihr Schwiegervater vor ihrer Ankunft darin gelesen. Daneben lag ein kleines hölzernes Kruzifix.

Kurzentschlossen sank Loretta vor dem kleinen Kastentisch auf die Knie, umfasste das Holzkreuz mit der Rechten und hob es hoch empor, während sie die linke Hand auf die Bibel legte.

»Ich schwöre Euch, liebwerter Vater, ich schwöre bei meiner eigenen Seligkeit auf dieses Kreuz und die Bibel, dass auch Robert Martins leiblicher Sohn ist.«

Johann musterte sie eindringlich. »Was macht Euch dessen so sicher?«

»Die große Ähnlichkeit zwischen Robert und Martin. Auch Ihr müsst sie festgestellt haben, nachdem Ihr Robert nunmehr gesehen habt.«

Johann schüttelte abwehrend den Kopf. »Das mag ein Zufall sein, eine Laune der Natur.«

Einen Lidschlag lang griff erneut Verzweiflung nach Loretta, doch da fuhr Martins Vater auch schon fort: »Aber da ich nicht glauben will, dass Ihr Euer ewiges Leben der schnöden irdischen Macht wegen aufs Spiel setzt, erklärt Euch.«

Aufatmend erhob sich Loretta und setzte sich wieder Johann gegenüber auf den Schemel. Dann wiederholte sie getreulich, was ihr Hilda erklärt hatte, als sie selbst befürchtete, Robert könne Balduins Kind sein. Johann hörte ihr aufmerksam zu.

Als Loretta geendet hatte, senkte sie voller Furcht vor dem Urteil ihres Schwiegervaters den Kopf. Sie hörte ihn einige Male schwer seufzen und befürchtete schon das Schlimmste. Doch diesmal täuschte sie sich.

»Wenn es so ist, will ich Euch glauben, vielliebe Söhnerin. Und ich gestehe, dass ich in meinem tiefsten Inneren Pantaleon ebenfalls nicht wirklich traue. Schon einmal hat er Martin die Herrschaft zu entreißen versucht. Und er ist seines geistlichen Standes überdrüssig, das weiß ich sehr wohl.«

Er stockte und schwieg eine Weile. Loretta rührte sich nicht und wartete mit klopfendem Herzen.
Endlich fuhr Johann fort: »Zwei Bedingungen knüpfe ich an meine Zustimmung, Euch zur Regentin für Johannes zu ernennen, Loretta. Pantaleon muss vor Zeugen seinen Verzicht erklären. Das ist nur möglich, wenn ich ihn dafür angemessen mit einem Teil der Starkenburger Gebiete entschädige. Seid Ihr damit einverstanden?«
Loretta nickte freudig. »Ich werde jedem Vorschlag zustimmen, den Ihr macht, edler Herr.«
Johann nickte. »So hört meine zweite Bedingung. Ihr verlasst Burg Herrstein und zieht unverzüglich zu mir auf die Starkenburg. Meine Tage auf Erden sind gezählt. Bevor ich dahinscheide, möchte ich Euch alles lehren, was Ihr über die Grafschaft Starkenburg-Sponheim und ihre Regierung wissen müsst.«

Kapitel 12

Starkenburg, März 1324

»Euer Sohn Pantaleon ist gerade eingetroffen«, meldete der Kammerknecht zu Johanns unendlicher Erleichterung.
Er wandte sich an seinen Bruder Matthias. »Dem Allmächtigen und all seinen Heiligen sei Dank, Bruder. Sie haben meine und Eure Gebete erhört.«
Matthias musterte seinen älteren Bruder besorgt. »Fühlt Ihr Euch wirklich so krank, Johann, dass Ihr sogar Euer nahes Ende befürchtet?«
Johann nickte matt. »Seit Tagen plagen mich immer schlimmere Schmerzen im linken Arm und in der Brust. Die Tränke des Me-

dikus helfen schon lange nicht mehr. Doch so arg wie in der jüngsten Zeit war es noch nie. Beständig plagt mich Übelkeit, manchmal bekomme ich kaum noch Luft. Einmal scheint mein Herz zu rasen wie ein durchgegangener Gaul, dann wieder zu stolpern wie ein störrischer Esel. Ab und an setzt es sogar ganz aus, so dass ich manchmal schon fürchtete, der Herrgott würde mich zu sich rufen, bevor meine irdischen Angelegenheiten geordnet sind.«

Matthias nickte traurig. »Es ehrt Euch, Bruder, dass Ihr so um das Wohl Eurer Nachkommen besorgt seid, derweil es Euch selbst so schlechtgeht.«

Ein Widerschein von Johanns ehemals kühnem Lächeln erhellte seine Züge. »Ich habe so hart um die Grafschaft Starkenburg-Sponheim gekämpft, mich so vielen Mächtigen angedient, dass ich mein Lebenswerk an diejenigen übergeben will, die die Herrschaft nicht nur bewahren, sondern womöglich noch weiter ausbauen werden.«

Obwohl er selbst daran eigentlich keinen Zweifel hegte, fragte Matthias: »Und warum glaubt Ihr, dass, um dieses Ziel zu erreichen, eine Frau die bessere Wahl gegenüber Eurem jüngeren Sohn Pantaleon ist?«

Johann seufzte. »Matthias, Ihr wisst sehr wohl, dass mir Pantaleon seit vielen Jahren mehr Sorgen als Freude bereitet. Er ist ein schwacher Charakter. Anstatt seine geistlichen Pflichten zu erfüllen, bezahlt er arme Priester dafür, die Messen in den ihm anvertrauten Gemeinden zu lesen und seinen Schäfchen die Beichte abzunehmen. Er selbst lebt in Saus und Braus, verprasst die Einkünfte seiner Pfründe und unterhält sogar beständig Liebeleien.«

»Und Ihr glaubt, er würde mit der Grafschaft genauso verfahren?«

Johann nickte. »Mein Enkel Johannes ist von anderer Art. Er kommt nach seiner Mutter und hat auch die positiven Eigen-

schaften meines Sohnes Martin geerbt. Schon jetzt nimmt er Anteil an allem, was in der Grafschaft passiert, und gibt mir weit über sein Alter hinaus kluge Antworten, wenn ich ihn frage, wie er in dieser oder jener Sache entscheiden würde.«
Plötzlich verzerrte sich Johanns Gesicht vor Schmerz. Matthias sprang erschrocken auf. »Ist Euch nicht gut? Soll ich den Medikus rufen?«
Johann winkte ab und rieb sich den linken Arm. »Reicht mir nur etwas Wasser, Matthias. Der Medikus weiß schon längst keinen Rat mehr, das habe ich Euch doch gesagt. Sorgt dafür, dass die Zeremonie bald beginnen kann, und ruft Pantaleon und meine Gefolgsleute zusammen.«
Als Matthias Anstalten machte aufzustehen, hielt ihn Johann noch einmal zurück. »Doch zuvor versprecht mir noch eines, liebwerter Bruder. Ich habe Loretta alles gelehrt, was sie wissen muss, um sich mit den Angelegenheiten der Grafschaft zu befassen. Doch immer wieder werden Dinge geschehen, die ich jetzt noch nicht vorherzusehen vermag. Wollt Ihr mir versprechen, meiner Schwiegertochter und ihrem Sohn als Berater zur Seite zu stehen? Ihr geltet im ganzen Land als kluger Mann. Mit Eurer Zusage wird mir das Sterben leichter.«
Matthias traten Tränen in die Augen. Doch am grauen eingefallenen Gesicht seines Bruders und seinem schweren Atem erkannte er nur allzu deutlich, dass dessen Ende tatsächlich bevorstand.
Er legte die rechte Hand auf sein Herz und neigte den Kopf. »Ich verspreche es Euch, geliebter Bruder.«

Mit Hänsel an ihrer Seite betrat Loretta den großen Rittersaal der Starkenburg. Lange hatte sie überlegt, in welchem Gewand sie der Zeremonie beiwohnen sollte, in der ihr Sohn Johannes zum Nachfolger ihres Schwiegervaters ernannt und sie selbst als sein Vormund bestallt werden würde, bis er mit fünfzehn

Jahren alt genug wäre, die Grafschaft selbst zu regieren. Schließlich hatte sie sich für das schlichte Trauerkleid und den strengen schwarzen Schleier entschieden, den sie seit Martins Beerdigung trug. Niemand sollte, durch unnützen Putz geblendet, glauben, dass ihr selbst an etwas anderem gelegen war, als die Grafschaft für ihren Sohn zu verwalten.

Im Saal waren bereits alle wichtigen Burgmannen Johanns versammelt, um ihr und Hänsel den Treueid zu schwören. Zuvor sollten Johanns andere männliche Verwandte, neben seinem Sohn Pantaleon auch sein Bruder Matthias, den Verzicht auf alle Ansprüche an der Grafschaft Starkenburg-Sponheim erklären.

Johanns Anblick bewegte Loretta sehr. Sie hatte in den letzten Monaten den unaufhaltsamen körperlichen Verfall dieses einst so stattlichen Mannes aus nächster Nähe beobachtet. Dennoch erschütterten sie seine tief in den Höhlen liegenden Augen und eingefallenen Wangen, die sie an Martins Gesicht in den letzten Tagen vor seinem Tod erinnerten.

Sein Bruder Matthias und sein Sohn Pantaleon wirkten dagegen gesund und vital. Während Matthias ihr mit einem ermutigenden Lächeln entgegenblickte, zeigten Pantaleons Augen an diesem Tag den finstersten Ausdruck, mit dem er sie je gemustert hatte. Obwohl er sich mit den Bedingungen seines Vaters einverstanden erklärt hatte und eine reiche Entschädigung für seinen Verzicht auf die Nachfolge erhalten würde, wirkte er unversöhnlich und …

Rachsüchtig. Das ist das richtige Wort dafür. Ich muss mich vor ihm in Acht nehmen. Und auch Hänsel vor ihm beschützen. Er ist und bleibt unser Feind. Loretta fröstelte trotz der Hitze des Kaminfeuers.

Die Zeremonie nahm ihren Anfang. Zunächst wurde der Schreiber vorgestellt, der die Urkunde mit den Bestimmungen vorbereitet hatte, die Johanns Nachfolge regelten. Loretta kannte den

Mann noch nicht, hatte aber bereits viel von ihm gehört. Es war Bertram von Enkirch, der Johann von Starkenburg seit vielen Jahren als Verwalter für seine reichen Weingüter diente. Er stand im Ruf eines überaus klugen und die Angelegenheiten der Grafschaft betreffend ausgezeichnet bewanderten Mannes.
Obwohl er sich ehrerbietig vor ihr und Johannes verbeugte und Loretta wusste, welch große Stücke ihr Schwiegervater auf ihn hielt, verstärkte sich ihr Frösteln. War auch diesem Mann nicht zu trauen?
Die Zeremonie wurde mit Erklärungen über die nicht zur Erbfolge vorgesehenen Verwandten fortgesetzt. Als Erster trat Matthias vor. Da Johann zu schwach war, übernahm Bertram von Enkirch das Vorlesen der Bestimmungen. Matthias bestätigte, dass er nicht nur auf jeden Anspruch bezüglich der Grafschaft Starkenburg-Sponheim verzichtete, sondern dafür auch keinerlei Entschädigung verlangte.
Dann kam Pantaleon an die Reihe. »Edler Herr Pantaleon von Starkenburg-Sponheim!«, sprach Bertram ihn an. »Gelobt Ihr, aus freien Stücken auf alle Ansprüche an der Grafschaft Starkenburg-Sponheim zu verzichten, insbesondere auf die Nachfolge Eures Vaters Johann von Starkenburg-Sponheim als regierender Graf?«
Einen Wimpernschlag lang zögerte Pantaleon. Dann antwortete er mit gepresster Stimme: »Ich gelobe es!«
»Gelobt Ihr fürderhin, Euren Neffen Johannes, den Sohn Eures ältesten Bruders Martin von Starkenburg-Sponheim, als legitimen Herrscher der Grafschaft anzuerkennen, sobald er die Volljährigkeit erreicht hat?«
Wieder antwortete Pantaleon erst nach einer kurzen Pause. »Ich gelobe es!«
»Gelobt Ihr außerdem, die Mutter des Johannes, Dame Loretta von Starkenburg-Sponheim, das Eheweib Eures verstorbenen Bruders Martin, als Regentin im Namen ihres Sohnes Johannes

anzuerkennen, bis er selbst oder im Falle seines frühen Dahinscheidens ein anderer ihrer lebenden Söhne die Mündigkeit erreicht hat, um die Herrschaft zu übernehmen?«

Diesmal ließ Pantaleon sich so viel Zeit mit der Antwort, dass Johann ihn bereits zornerfüllt anschaute und die Burgmannen nervös mit den Füßen zu scharren begannen.

Schließlich stimmte Pantaleon auch dieser Bestimmung zu. »Ich gelobe es!« Es klang wie das Knurren eines Raubtiers.

Bertram von Enkirch fuhr ungerührt fort. »Als Entschädigung für Euren Verzicht sollt Ihr mit einem Anteil an der Burg Dill im Hunsrück belehnt werden. Zu Euren Lebzeiten stehen Euch deren Burgmannen zu Diensten sowie alle Einkünfte aus dem Anwesen zu. Zusätzlich erhaltet Ihr jährlich zehn Fuder Moselwein aus den Gütern der Grafschaft.«

Bertrams letzter Satz ging fast im erstaunten Raunen der Anwesenden unter. Burg Dill gehörte zu den ältesten Besitztümern des Sponheimer Geschlechts und war nach deren Teilung in die Vordere und Hintere Grafschaft Sponheim zu gleichen Teilen im Besitz der beiden Familien geblieben. Nicht nur die beträchtlichen Einkünfte machten Burg Dill zu einem überaus begehrenswerten Lehen, sie war auch von großer strategischer Bedeutung, um die Handelsstraße über den Hunsrück zu kontrollieren.

Nur Loretta und Matthias verzogen keine Miene, da sie die Bestimmungen bereits kannten. Bertram wartete, bis sich die Unruhe im Saal wieder gelegt hatte. Dann las er die letzten Verfügungen vor.

»Zu Euren Lebzeiten dürft Ihr Euren Anteil an Burg Dill weder verkaufen noch verpfänden und habt den Besitz ungeschmälert den Nachkommen Eures Bruders Martin zu hinterlassen. Außerdem verpflichtet Ihr Euch, im geistlichen Stand zu verbleiben.«

Pantaleons Gesicht färbte sich vor Wut puterrot. Die letzte Bedingung hatte ihm sein Vater wohlweislich nicht im Voraus verraten. Doch vor der Menge der versammelten Gefolgsleute Johanns blieb ihm nichts anderes übrig, als gute Miene zum bösen Spiel zu machen und ein weiteres Mal zuzustimmen.

Wenn er seinen Vater mit Blicken töten könnte, hätte Johanns letztes Stündlein schon jetzt geschlagen, dachte Loretta. Ihr Schwiegervater hatte ihr bereits vor einiger Zeit erzählt, dass sich Pantaleon mit dem Gedanken trug, Erzbischof Balduin darum zu bitten, ihn von seinen geistlichen Ämtern zu entbinden.

»So tretet nun vor, edle Ritter und Lehnsmänner der Grafschaft Starkenburg-Sponheim«, fuhr Bertram gleichmütig fort, »und siegelt diese Urkunde als Zeugen.«

Nacheinander traten Johanns treueste Gefolgsleute vor. Loretta kannte sie mittlerweile alle. Die Reihe führte der edle Johannes von Brunshorn an, der angesehenste unter den Lehnsmannen Johanns. Ihm folgten die Ritter Nikolaus von Schonenberg, Egbert von Randeck, die Brüder Hugo und Emmerich von Breitenfels und zuletzt Volker von Falkenstein.

Dann traten Matthias und Pantaleon vor und drückten ihr Siegel auf die Urkunde. Zuletzt kam Johann von Starkenburg an die Reihe. Als Bertram von Enkirch auf ihn zutrat, um sein Petschaft in Empfang zu nehmen, schüttelte Johann den Kopf.

»Diese Pflicht will ich selbst erfüllen, mein Getreuer. Helft mir auf.«

Ein eisiger Strahl schoss durch Lorettas Brust. Sie öffnete den Mund, um Johann zu warnen, er könne sich schaden, doch es war bereits zu spät. Auf Bertrams Arm gestützt, wankte der Graf auf den Tisch zu, auf dem die Urkunde lag. Doch noch bevor er sein Siegel in das blutrote Wachs tauchen konnte, verkrampften sich seine Züge. Röchelnd brach er in Bertrams Armen zusammen.

Erst um Mitternacht verließ der Burgkaplan Johanns Kammer. In einem Korb trug er die Utensilien für die Letzte Ölung, die er dem Grafen soeben erteilt hatte. Ihm folgte der ratlos dreinblickende Medikus.

Loretta, die seit Stunden vor der Tür wartete, schreckte aus einem unruhigen Erschöpfungsschlummer auf. »Der Graf ist zuletzt doch noch einmal zu sich gekommen«, erklärte der Burgkaplan. »Er hat gebeichtet und seine Seele dem Schöpfer empfohlen. Doch er wird noch in dieser Nacht dahinscheiden, sagt der Medikus. Zuvor wünscht er Euch noch einmal zu sehen.«

Loretta erhob sich aus der verkrampften Stellung, in der sie in ihrem Lehnstuhl verharrt hatte, und straffte den Rücken. Der Burgkaplan blickte sich suchend um. »Auch seinen Sohn Pantaleon wünscht der Graf noch einmal zu sprechen. Wisst Ihr, wo er sich aufhält?«

Loretta verneinte. Pantaleon hatte anfangs mit ihr vor der Kammer gewartet, zuletzt aber offensichtlich die Geduld verloren und sich entfernt. *Ein weiteres Zeugnis seines schlechten Charakters.*

Doch nun gab es Wichtigeres, als sich über ihren unzuverlässigen Schwager zu ärgern. Loretta setzte ein Lächeln auf, nach dem ihr beileibe nicht zumute war.

Als sie die stickige Krankenstube betrat, war Johann wach. Mit klaren Augen blickte er ihr entgegen. Neben dem Bett hockte sein Bruder Matthias, der als Geistlicher den Zeremonien, mit denen der Graf auf das Jenseits vorbereitet worden war, beigewohnt hatte. Der Priester wirkte müde, aber schicksalsergeben.

In Lorettas Innerem tobte dagegen ein Aufruhr, den sie nun um jeden Preis zu verbergen versuchte. *Warum konntest du nicht noch eine kurze Zeit hier auf Erden verweilen, herzallerliebster Vater? Ich fühle mich den Aufgaben noch nicht gewachsen, die nun auf mich zukommen.*

Johann erwiderte ihr Lächeln. Er sprach mit überraschend kräftiger Stimme zu ihr. »Daran erkennt man eine wahre Herrscherin, Dame Loretta. Sie lächelt, auch wenn ihr nach Weinen zumute ist.«

Sofort schossen Loretta Tränen in die Augen. »Verlasst mich und meine Kinder noch nicht, edler Herr«, verlieh sie ihrer Verzweiflung Ausdruck. »Ich bin noch nicht so weit, die Regentschaft allein zu übernehmen.«

Johanns Lächeln vertiefte sich. »Auch Eure Bescheidenheit ehrt Euch und gereicht Euch zur Zierde, liebwerte Söhnerin. Doch Gottes Ratschluss müssen wir beide uns fügen. Zudem seid Ihr ja nicht allein.« Er deutete mit einer Augenbewegung auf Matthias. »Mein Bruder ist ein kluger Mann und wird Euch als Berater zur Seite stehen, wann immer Ihr es wünscht.«

Plötzlich verzerrte eine neue Schmerzwelle Johanns Antlitz. Er keuchte und griff sich an die Brust. Mit letzter Kraft nahm er sich zusammen.

»Hört nun, was ich Euch noch zu sagen habe. Es sind zunächst zwei Bitten, die ich an Euch richten möchte, Loretta. Bringt gleich morgen die unvollendete Zeremonie zum Abschluss. Siegelt die Urkunde als Regentin an meiner statt. Wartet damit nicht, bis meine Beerdigung vorüber ist!«

Loretta runzelte überrascht die Stirn, bestätigte aber angesichts des elenden Zustandes des Sterbenden, seinem Wunsch nachzukommen.

»Ich tue alles, was Ihr wollt, geliebter Vater!«

»Gut, nun hört meine zweite Bitte. Erst vor wenigen Tagen erreichte mich ein Schreiben meiner Tochter Blancheflor. Sie wurde ungefähr zur gleichen Zeit wie Ihr zur Witwe. Da der Graf von Veldenz, ihr Schwiegervater, meinen unmündigen Enkel zugunsten seines eigenen jüngeren Sohnes von der Nachfolge ausschloss und in ein Kloster entsandte, will auch sie einem Orden beitreten.«

Wieder verzerrte ein Krampf Johanns Züge. Hastig sprach er

weiter, als fürchtete er, es bliebe ihm nicht mehr genügend Zeit für den springenden Punkt. »Doch ich habe noch eine Enkelin. Sie heißt wie ihre Mutter Blancheflor, wird aber Blanche gerufen und ist fünfzehn Jahre alt. Da Blanche auf keinen Fall ins Kloster gehen möchte, hat mich meine Tochter gebeten, das Mädchen auf der Starkenburg aufzunehmen.«

Ein neuer Anfall nahm ihm die Luft zum Atmen und die Kraft zum Sprechen. Loretta erriet das Ansinnen des Sterbenden. »Ich verspreche Euch, so gut für Eure Enkelin zu sorgen, als wäre es meine eigene Tochter. Sie soll hier als geachtetes Mitglied des Haushalts leben, nicht als arme Verwandte. Und will sie dereinst in den heiligen Stand der Ehe treten, werde ich ihr eine reiche Ausstattung mitgeben.«

Das schwache Lächeln des Sterbenden zeigte ihr, dass er zufrieden war. Mit letzter Kraft bewegte Johann die Finger der rechten Hand. Wieder glaubte Loretta, seine Absicht zu erraten.

Sie kniete sich vor das Bett, beugte den Kopf und legte die Hand ihres Schwiegervaters sanft auf ihren Scheitel. »Gebt mir Euren Segen, Vater!«

»Ja, nein, die Kemenate …«, keuchte der Sterbende. Seine Hand krampfte sich einen Moment lang in Lorettas Schleier.

»Ich werde auch Eurer verstorbenen Gattin in Achtung gedenken«, versprach Loretta, ohne den Kopf zu heben. »Doch nun strengt Euch nicht weiter an und segnet mich.«

Johann bewegte lautlos die Lippen. Dann spürte Loretta einen letzten leichten Druck, bevor seine Hand kraftlos zurück auf die Bettdecke sank. Er tat einen letzten röchelnden Atemzug, dann brachen seine Augen.

Johann von Starkenburg-Sponheim, ihr über alles geliebter Schwiegervater, war tot.

Starkenburg, März 1324, am nächsten Tag

Loretta schien es eine Ewigkeit her zu sein, seitdem sie den großen Rittersaal der Starkenburg das letzte Mal betreten hatte. War das wirklich erst gestern gewesen?

Wieder waren Matthias, Pantaleon und Johanns wichtigste Lehnsleute und Burgmannen versammelt. Nur der Graf selbst lag aufgebahrt in der Kapelle. Einen Augenblick lang fürchtete Loretta, dass ihr wieder die Tränen kommen könnten, doch Matthias' Blick fing den ihren ein. Der Ausdruck auf seinem Gesicht signalisierte ihr, dass sie sich jetzt keine weibliche Schwäche erlauben durfte.

So ging die Anwandlung vorbei und machte der kühlen Ruhe Platz, die ihre Trauer während der nächtlichen Totenwache bereits am frühen Morgen verdrängt hatte. Bis ins Kleinste hinein hatte sie sich jedes Wort überlegt und sogar darauf verzichtet, Matthias zu Rate zu ziehen. Graf Johann hatte von ihr erwartet, eine würdige Nachfolgerin zu sein, und sie war es dem Andenken ihres Schwiegervaters schuldig, dies gleich heute unter Beweis zu stellen.

Mit einer Handbewegung wies sie Hänsel an, auf einem Schemel mit Samtkissen Platz zu nehmen. Sie selbst stellte sich vor den prächtigen Lehnstuhl, in dem Johann gestern noch gesessen hatte. Dann ließ sie ihren Blick über die versammelten Männer schweifen.

»Edle Herren, ich grüße Euch und danke Euch allen, dass Ihr erneut gekommen seid, um mit mir und meinem ältesten Sohn Johannes das zu vollenden, was der von uns allen geliebte und verehrte Graf Johann nicht mehr zu Ende bringen konnte.« Ihre Stimme klang klar und zitterte nur bei den letzten Worten ein wenig.

Nach einer winzigen Pause fuhr sie fort: »Kurz bevor er vor seinen Schöpfer trat, bat mich Graf Johann, an seiner statt die

Urkunde zu siegeln, da es ihm selbst nicht mehr möglich war, und damit dafür zu sorgen, dass alles aufs Beste geregelt ist und seinem Willen Genüge getan wird. Diese Pflicht erfülle ich nun gerne mit Freude und Schmerz zugleich.«
Pantaleon hob die Hand. »Haltet Ihr es für pietätvoll, liebste Schwägerin, am Tag nach dem Tod meines Vaters Geschäfte zu tätigen, anstatt den Toten zu ehren? Kann diese Zeremonie nicht warten, bis der Graf in Himmerod bestattet wurde?«
Matthias öffnete den Mund, um seinem Neffen zu antworten, doch Loretta schüttelte leicht den Kopf. Diese erste Probe wollte sie selbst bestehen.
»Ich verstehe Eure Trauer und Euren Schmerz durchaus, edler Pantaleon, zumal Ihr in der Sterbestunde nicht bei Eurem Vater wart.« Diese Spitze konnte Loretta sich nicht verkneifen. In der Tat hatte man Pantaleon wecken müssen, um ihn vom Ableben seines Vaters zu unterrichten. Da er dem Wein tüchtig zugesprochen hatte, waren ihm auch während der gemeinsamen Totenwache mehrmals die Augen zugefallen.
»Daher nehme ich Euren Oheim Matthias, den würdigen Dompropst zu Aachen, zum Zeugen, dass es einer der letzten Wünsche des Verstorbenen war, die Urkunde noch heute mit seinem Siegel zu versehen.«
Pantaleon errötete vor Zorn, wagte aber keinen weiteren Widerspruch. Loretta blickte ihn weiterhin unvermittelt an.
»Doch ich hatte während der langen Stunden der Totenwache ausreichend Zeit, um über die Bestimmungen des Testaments noch einmal nachzudenken. Dabei ist mir bewusst geworden, wie viel Großmut Ihr aufgebracht habt, werter Schwager Pantaleon, als Ihr der Nachfolgeregelung zugestimmt habt. Dafür möchte ich mich über das hinaus, was Euch bereits zugestanden wurde, erkenntlich zeigen.«
Matthias, der in Lorettas Nähe stand, holte bei diesen Worten

hörbar Luft. Einen Lidschlag lang war sie irritiert, doch dann fuhr sie fort.

»Ich erhöhe daher die Entschädigung für Euren Verzicht und belehne Euch mit den Höfen Langenlonsheim und Traisen, über deren Einkünfte Ihr fortan ebenfalls zu Euren Lebzeiten verfügen dürft. Zudem sollen Euch die zehn Fuder Moselwein Jahr um Jahr an erster Stelle und noch vor dem Bedarf meines eigenen Haushalts aus den Erträgen der Weingüter überlassen werden.«

Sie wandte sich an Bertram von Enkirch. »Ergänzt die Bestimmungen des Testaments um diese Verfügungen, edler Bertram.«

Während die Feder des Verwalters über das Pergament kratzte, musterte Loretta die versammelten Männer. Johanns Lehnsleute erwiderten ihren Blick ohne Ausnahme mit Hochachtung und Respekt. Gleich mit ihrer ersten Amtshandlung hatte sich die neue Regentin als überaus großzügig erwiesen.

Dagegen lag ein undefinierbarer Ausdruck auf Pantaleons Gesicht, der Loretta erneut zum Frösteln brachte. Und aus unerfindlichen Gründen wirkte ihr Oheim Matthias ausgesprochen verärgert.

Habe ich etwas falsch gemacht? Aber was könnte das sein?

Ihr blieb keine Zeit für weitere Überlegungen, denn Bertram war zu Ende gekommen und stand auf, um das Geschriebene noch einmal vorzulesen.

Loretta straffte sich und sah ein weiteres Mal in die Runde. »Ich nehme alle Anwesenden zu Zeugen, dass ich die Bestimmungen der Urkunde aus freien Stücken ergänzt habe. Mir ist überaus daran gelegen, meinen verehrten Schwager Pantaleon als treuen Freund zu behalten.«

Dann trat sie an den Tisch und drückte Graf Johanns Siegel und ihr eigenes, das er ihr einst zusammen mit dem Legat übergeben hatte, ins blutrote Wachs auf der Urkunde.

»Loretta, wie konntet Ihr nur so etwas Törichtes tun?«

Wie betäubt vor Schreck beobachtete Loretta Johanns Bruder Matthias, der in seiner Erregung mit großen Schritten die Kemenate durchmaß, in die er sie zu einer vertraulichen Unterredung gebeten hatte. »Wer seinen Feinden Geschenke macht, verliert jede Achtung und gilt als schwächlich und lächerlich.«

»Aber ich möchte Pantaleon nicht zum Feind«, rechtfertigte Loretta ihr Vorgehen ein weiteres Mal.

Matthias blieb vor ihr stehen und funkelte sie an. »Aber genau auf diese Weise schafft Ihr Euch Feinde, Dame Loretta, und stärkt sie sogar. Ihr wisst doch sehr wohl, dass Euch Pantaleon nicht respektiert und die Wünsche seines Vaters nur gezwungenermaßen erfüllt hat. Und für diese mangelnde Ergebenheit belohnt Ihr ihn ohne Not mit zwei der reichsten Höfe der Grafschaft Starkenburg, die beide noch dazu in der Nähe von Kreuznach liegen, wo der Euch ebenfalls nicht freundlich gesinnte zweite Zweig der Sponheimer Familie ansässig ist. So treibt Ihr Eure Neider geradezu in ein Bündnis gegen Euch.«

Loretta senkte beschämt den Kopf. Die Argumente ihres Oheims waren leider einleuchtend.

»Oder hat Euch Eure Gabe diesmal im Stich gelassen? Ihr müsst doch spüren, dass Pantaleon Euch und Eurem Sohn schaden will.«

Lorettas Gesicht wurde heiß. In der Tat hatte sie die Schenkung gegen ihr *Gefühl* gemacht, das sie weiterhin vor Pantaleon warnte.

»Verzeiht mir meine Unbesonnenheit, werter Oheim. Ich verspreche Euch, in Zukunft Euren Rat in diesen Dingen einzuholen, bevor ich handele.«

Ihre Nachgiebigkeit besänftigte Matthias' Zorn. Seine Züge glätteten sich.

»Nun ja, nicht alle Folgen Eurer heutigen Tat sind von Übel. Eure Gefolgsleute haben Euch als eine auf Gerechtigkeit bedachte, großzügige Herrin kennengelernt. Sie haben Euch ehrlichen Herzens die Treue geschworen. Insbesondere Volker von Falkenstein scheint Euch sogar regelrecht zu verehren.«

Loretta hörte dies mit gemischten Gefühlen. Auch ihr war aufgefallen, dass Volker seinen Eid nahezu überschwenglich gesprochen hatte. *Das gilt nicht nur der Regentin, sondern auch mir als Frau. Hoffentlich erwachsen mir daraus keine Schwierigkeiten.*

Ihr blieb keine Zeit zum Grübeln, denn Matthias kam zum Abschluss seiner Ausführungen.

»Vielleicht haben wir Glück, und ich täusche mich in Pantaleon. Aber ich baue darauf, Dame Loretta, dass Ihr weitere Schritte von solch großer Tragweite in Zukunft mit mir erörtert. Auch das war einer der letzten Wünsche meines verstorbenen Bruders.«

Loretta neigte zustimmend den Kopf. »Ich verspreche es Euch, Oheim Matthias.«

Kapitel 13

Die Kyrburg über Kirn, April 1324

»Ihr habt recht daran getan, Herr Pantaleon, Euch an mich um Rat und Beistand in der widernatürlichen Situation zu wenden, in die Euch der Unverstand Eures verstorbenen Vaters gebracht hat.«

Friedrich von Kyrburg nahm einen tiefen Zug aus dem Humpen, der vor ihm auf dem Kastentisch stand. Dann wischte er sich mit dem Ärmel über den Mund.

»Sagt an, edler Freund, ist dieses Bier nicht köstlich? Mein Eheweib Guda braut es mit eigener Hand. Ein besseres Bier werdet Ihr im ganzen Hunsrück nicht finden.« Wieder hob er den Humpen und trank Pantaleon zu.

Mit einem gequälten Zug um den Mund erwiderte der den Gruß und nahm ebenfalls einen Schluck. Bier war ein Getränk für die einfachen Leute. Er selbst zog die edlen Moselweine vor, die er von Jugend an gewohnt war.

»Oder mundet Euch mein Bier etwa nicht?« Friedrich von Kyrburg beobachtete ihn scharf. Seine Stimme hatte nun einen drohenden Unterton.

»Doch, doch, edler Freund«, beeilte sich Pantaleon zu versichern. Mit einem ärgerlichen Wildgrafen von Kyrburg, wie das Geschlecht hieß, dem Friedrich entstammte, war nicht zu spaßen. »Ich bin nur voller Spannung, ob Walram von Kreuznach wirklich zu uns stoßen wird.«

»Oh, da habt keine Sorge, mein Freund. Der Junggraf, der begierig nach mehr Macht und Einfluss ist, wird sich eine solche Gelegenheit nicht entgehen lassen.«

Tatsächlich erklang nur kurze Zeit später lautes Hufgetrappel im Burghof. Die Männer sprangen auf. »Das wird er sein«, frohlockte der Kyrburger. »Er muss sofort aufgebrochen sein, nachdem er meine Botschaft erhalten hat. Kommt mit, um ihn zu begrüßen.«

Als Friedrich und Pantaleon den Burghof betraten, schwang sich gerade ein schlanker, drahtig wirkender Mann aus dem Sattel seines wertvollen Schlachtrosses, eines edlen Rappen. Er war nur leicht gerüstet. Unter dem Kettenhemd und dem Waffenrock mit dem Sponheimer Wappen der Kreuznacher Linie, dem blau-goldenen Schachbrettmuster, trug er lederne Beinlinge und schwere sporenbesetzte Stiefel.

»Walram, mein edler Freund, seid gegrüßt.« Noch bevor der junge Mann seinen leichten Helm abgenommen hatte, stürzte Friedrich auf ihn zu und schlug ihm begeistert auf beide Schultern. »Ich wusste ja, dass Euch meine Nachricht nicht gleichgültig lassen würde.«

»Gemach, gemach, lieber Wildgraf«, wehrte Walram den Kyrburger ab und trat einen Schritt zurück. »Ich bin mit meinen Mannen in der Tat scharf geritten, um noch vor Einbruch der Dunkelheit hier sein zu können. Lasst mich erst einmal ankommen.«

Zu Pantaleons Überraschung reagierte der Kyrburger gelassen auf Walrams schroffe Antwort. Hatte der weithin beim geringsten Anlass als jähzornig und gewalttätig verschriene Wildgraf in dem Kreuznacher etwa seinen Meister gefunden?

Als Walram den Helm abgestreift hatte, betrachtete Pantaleon sein Gesicht. Der junge Mann konnte die zwanzig kaum überschritten haben. Sein Gesicht war bis auf ein paar blonde Stoppeln am Kinn völlig bartlos. Doch die grauen Augen, die ihn mit stechendem Blick musterten, und ein herrschsüchtiger Zug um den Mund ließen keinen Zweifel daran, dass der Kreuznacher Grafensohn seinen Willen durchzusetzen verstand. Diese Kunde hatte sich mittlerweile im ganzen Hunsrück verbreitet und war auch bis an die Mosel gedrungen.

»Ich grüße Euch, Pantaleon von Starkenburg.« Auch Walrams Stimme ließ keinen Zweifel an seiner Willensstärke. Der Junggraf deutete eine Verbeugung an. »Es dauert mich, Vetter, dass ich Euch bislang nicht kennengelernt habe, da sich unsere Familien bereits vor einer Generation entzweit haben. Doch wir als Söhne müssen die Fehler unserer Väter ja nicht wiederholen. Reicht mir die Wange zum Bruderkuss.«

Überrascht und erfreut erwiderte Pantaleon den unerwartet freundlichen Gruß. Wenig später saßen die Männer erneut um den Tisch in der großen Halle, auf dem noch immer das Bier stand.

Walram rümpfte die Nase. »Habt Ihr kein besseres Getränk anzubieten, alter Freund?«, sprach er Friedrich respektlos an. »Bier ist ein Gesöff für Bauern und anderes niedere Gesindel. Männer von edlem Blut bevorzugen Wein.«

Falls Friedrich die Unverfrorenheit des um mindestens fünfzehn Jahre Jüngeren ärgerte, ließ er es sich nicht anmerken. Er schnippte der Magd, die verschüchtert in einer Nische wartete, mit dem Finger.

»Bring uns Wein, du Luder, und spute dich. Hol einen ganzen Krug vom besten Fass.«

Nachdem die Magd mit dem Gewünschten zurückgekehrt war und drei Becher gefüllt hatte, wandte sich Walram an Pantaleon.

»Die Kunde von dem überaus seltsamen Testament Eures verstorbenen Vaters hat sich wie ein Lauffeuer in unseren Landen verbreitet. Sagt an, edler Vetter, glaubt Ihr, Euer Vater war in seinen letzten Lebenstagen noch recht bei Verstand?«

Pantaleon seufzte. »Ich weiß es nicht, edler Walram. Auf mich machte er den Eindruck, wohlüberlegt gehandelt zu haben.«

»Wohlüberlegt?« Ein höhnisches Grinsen verzerrte Walrams Gesicht und verlieh ihm den Ausdruck eines tückischen Raubtiers. »Wo hat man je von dergleichen gehört? Wer käme bei klarem Verstand auf den Gedanken, ein unmündiges Weib, dessen Geistesgaben kaum eine Nussschale füllen, mit der Regentschaft einer mächtigen Grafschaft zu betrauen, und sei es auch nur für einen einzigen Tag?«

»Wohl gesprochen, Walram!« Friedrich lachte dröhnend und schlug mit der Faust auf den Tisch, dass der Wein aus den Bechern schwappte. »Doch ich kenne des Rätsels Lösung. Die Metze Loretta hat unserem edlen Johann von Sponheim auf seine alten Tage hin mit ihren beachtlichen Reizen die Sinne verwirrt. Oh, da schaut ihr verblüfft drein, Genossen, aber ich weiß, wovon ich spreche. Das Weib ist eine rechte Wildkatze, da ihr erbärmlicher Gatte ihr weder Zucht noch Gehorsam beigebracht hat. Sie ist bewandert in allen weiblichen Tücken und scheut nicht davor zurück, ihren Leib als Waffe einzusetzen.«

Daraufhin erzählte er seinen staunenden Zuhörern die Episode, wie Loretta auf Burg Herrstein Pantaleons Oheim Matthias durch eine List aus seinem Klammergriff gerettet hatte.
»Ihr seht also, werte Freunde, ich habe auch noch eine persönliche Rechnung mit dieser Dame offen. Zudem gelüstet es mich schon lange nach dem Dorf Niederwörresbach, das einst zum Gebiet der Wildgrafen gehörte. Ich bin neugierig, wie das Weib verhindern will, dass ich mir das Besitztum zurückhole.«
»Johanns Lehnsmannen haben der Gräfin samt und sonders die Treue geschworen«, gab Pantaleon zu bedenken. »Sie werden für deren Rechte kämpfen.«
»Memmen und Weichlinge«, höhnte Friedrich. »Wer sich einem Weib unterwirft, hat einem Ritter von edlem Geblüt nichts entgegenzusetzen. Und hat die edle Dame nicht von Anbeginn an bewiesen, wie töricht sie mit dem Eigentum ihres Sohnes umgeht? Es heißt, sie habe Euch zwei der ertragreichsten Höfe der Starkenburger zu Lehen gegeben, zusätzlich zu der großzügigen Abfindung, mit der Euer Vater Euch bereits entschädigt hat. Das alles wahrscheinlich nur, um Euch gewogen zu stimmen …« Der Wildgraf verschluckte sich und rang eine Weile nach Luft. »So dumm kann nur ein Weib handeln, denn nun sitzt Ihr hier und schmiedet mit uns ein Komplott«, krächzte er, noch immer von Hustenanfällen unterbrochen.
»Es sei, wie es sei«, warf Walram, nun sichtlich ungeduldig geworden, ein. »Ich dachte, wir versammeln uns heute auf der Kyrburg, um einen Plan zu entwickeln, wie wir Euch, Vetter Pantaleon, auf Dauer zur Herrschaft über Starkenburg-Sponheim verhelfen können. Das ist nicht allein damit getan, dass Ihr, Friedrich, Euer Mütchen für eine erlittene Schlappe kühlt, die Euch dieses Weib zugefügt hat.«
Friedrichs Gesicht färbte sich vor Zorn über diese Auslegung seiner Geschichte puterrot, doch Walram hob warnend die Hand. »Unterbrecht mich jetzt nicht, Graf Friedrich, sonst kün-

dige ich Euch das Bündnis auf, bevor wir es überhaupt geschlossen haben.«

Tatsächlich wagte der Kyrburger keinen Widerspruch. Pantaleon war zugleich beeindruckt und beunruhigt. *Umsonst wird auch mir der Kreuznacher kaum zu Hilfe eilen*, dachte er. *Wer weiß, was er dafür haben will. Mit einem Dorf wird er sich kaum zufriedengeben.*

Er entschloss sich zur Flucht nach vorn. »Was ist Euer Vorschlag, edler Vetter aus Kreuznach?«

Walram winkte verächtlich ab. »Nennt mich in Zukunft Walram von Kastellaun. Ich verlasse die Burg meines Vaters noch vor Ablauf des nächsten Monats, sobald ich mich mit Elisabeth von Katzenelnbogen vermählt habe. Wir werden die Burg zu Kastellaun beziehen.« Er trank geräuschvoll aus seinem Becher. »Auch mein Vater Simon ist mittlerweile ein schwächlicher alter Mann«, bekannte er dann zum Erstaunen seiner Zuhörer. »Er ist saft- und kraftlos geworden und kaum mehr in der Lage, die Macht unseres Geschlechts zu mehren. Dem will ich Abhilfe schaffen und mir dabei meinen eigenen Namen machen. Zum Glück hat mich mein Vater schon zu seinen Lebzeiten dazu ermächtigt, in seinem Namen zu handeln, wenn es zum Nutzen unserer Grafschaft ist.«

Er fixierte Pantaleon. »Also hört meinen Plan. Es ist vorerst nicht möglich, der Metze die Herrschaft so leicht zu entreißen. Erst müssen wir sie schwächen und dadurch aller Welt vor Augen führen, dass sie nicht imstande ist, die Regentschaft wirkungsvoll auszuüben. Sonst findet sie am Ende dank ihrer Reize«, er spuckte das Wort geradezu aus, »noch den ein oder anderen mächtigen Verbündeten.«

»Aber wie wollt Ihr das erreichen?«, unterbrach ihn Friedrich.

Walram warf ihm einen finsteren Blick zu. »Ihr mögt meinethalben das Dorf Niederwörresbach an Euch bringen, Wildgraf. Ein Vorwand dazu wird Euch sicherlich einfallen. Wir werden sehen, ob das Weib es wagt, Euch die Fehde zu erklären. Damit seid Ihr unser Mann fürs Grobe.«

»Ihr dagegen«, wandte er sich an Pantaleon, »mögt feinsinniger vorgehen als unser grobschlächtiger Freund.« Er ignorierte Friedrichs empörtes Schnaufen. »Dies ist mein Plan, wie wir Euch letztlich zur Regentschaft verhelfen könnten.«

Pantaleon lauschte mit zunehmender Begeisterung. Walrams Ideen erschienen ihm geradezu genial.

»Und was werdet Ihr dazu beitragen?«, fragte er schließlich seinen Verwandten.

»Vorläufig gar nichts, Vetter«, entgegnete der kaltblütig.

»Gar nichts?«

»Es sei denn, Ihr erfüllt meine Bedingungen.«

»Bedingungen?«, echote Pantaleon.

»Ja, Bedingungen«, äffte Walram ihn nach. »Glaubt Ihr etwa, meine Hilfe für Gottes Lohn zu erhalten? Ich sagte Euch doch bereits, dass ich bestrebt bin, den Einfluss meines Geschlechts zu mehren. Ich verlange den folgenden Preis für das Bündnis mit Euch.«

Pantaleon erblasste, als Walram ihm seine Forderung nannte. Sie übertraf seine schlimmsten Befürchtungen. Doch schließlich stimmte er zu. Was blieb ihm auch anderes übrig?

Die Starkenburg, Mai 1324

Loretta saß stirnrunzelnd über dem Brief ihres Vaters, der am Morgen aus Blieskastel eingetroffen war. Das Schreiben war in der gleichen salbungsvollen Tonart abgefasst wie die vorangegangenen, mit denen er sie seit ihrer Eheschließung traktiert hatte.

»Liebwerte Tochter Loretta. Da Ihr trotz Eurer Schwäche als Weib eine Verantwortung tragen müsst, die für Eure zarten

Schultern ohne Zweifel zu schwer ist, entbiete ich Euch meinen väterlichen Rat und Beistand bei der Erfüllung dieser schwierigen Aufgabe …« So ging es bis zu seinem Abschiedsgruß weiter. Bitterkeit füllte Lorettas Kehle wie Galle. *Er schreibt nicht eine einzige Zeile über meine Mutter oder meine Geschwister.* Seit ihrer Heirat hatte sie nur wenige Briefe mit Jeanne von Salm gewechselt. Denn lange wollten weder ihr Vater noch ihr geiziger Gatte Martin einen Boten bezahlen, der die Schreiben überbrachte. So waren Mutter und Tochter auf reisende Krämer angewiesen gewesen, die ihre Briefe gegen einen kleinen Obolus mitnahmen.

Als sich Lorettas Beziehung zu Martin verbesserte, sandte sie anfangs häufiger einen Boten nach Blieskastel, der auf dem Rückweg das Antwortschreiben ihrer Mutter mitnahm. Doch schnell war Loretta dieses Briefwechsels überdrüssig geworden, bestand er vonseiten ihrer Mutter doch nur aus der beständigen Schilderung ihrer Sorgen und des tyrannischen Verhaltens ihres Vaters gegenüber der Familie. So hatte sie zuletzt nach Martins Tod an ihre Mutter geschrieben und seit der Übernahme der Regentschaft kaum mehr an ihre Herkunftsfamilie gedacht. Mit gutem Grund!

Ach, wäre mein eigener Vater doch nur von derselben Art wie Graf Johann, der mir hundertmal mehr Vater gewesen ist als er. Tränen standen in ihren Augen, wie immer, wenn sie an ihren verstorbenen Schwiegervater dachte oder an der Aufgabe zu verzweifeln drohte, die sie sich aus freien Stücken aufgebürdet hatte. Aber wie so oft in den letzten Wochen verbot sie sich jede Schwäche, straffte die Schultern und legte das Schreiben beiseite. Sie wusste, dass sie das Ansinnen Bernhards von Salm höflich und diplomatisch zurückweisen musste, nicht mit den zornigen Worten, nach denen ihr eigentlich zumute war. Auch das erforderte die Würde ihres neuen Amtes.

Seit der Beerdigung Johanns in Himmerod vor mehr als vier

Wochen stand sie jeden Tag beim ersten Hahnenschrei auf und widmete sich noch vor der Frühmesse und der Morgensuppe den Geschäften der Herrschaft. Anfangs hatte Matthias ihr noch zur Seite gestanden, doch dann riefen ihn dringende Geschäfte nach Aachen. Er würde frühestens in einigen Wochen an die Mosel zurückkehren können.

Ursprünglich hatte sie vorgehabt, die weit verstreuten Ländereien der Grafschaft so rasch wie möglich zu besuchen. Doch ein heftiges Fieber hatte ihre beiden jüngsten Söhne befallen, so dass Loretta zum ersten Mal um ihr Leben fürchtete. Zum Glück waren die Buben dank Hildas Heilkünsten bereits auf dem Weg der Genesung. Aber sie waren noch zu schwach, um sie mutterlos zurückzulassen.

Außerdem waren auch Lorettas Kräfte durch die vielen durchwachten Nächte am Krankenbett ihrer Söhne, die sie zusätzlich zu ihrer Tagesarbeit geleistet hatte, arg in Mitleidenschaft gezogen. In manchen Momenten fühlte sie sich so erschöpft wie eine uralte Frau. Doch zum Ausruhen blieb auch heute keine Zeit.

Im Geiste ging Loretta die Aufgaben durch, die an diesem Tag noch auf sie warteten. Gleich würde Bertram von Enkirch eintreffen, um mit ihr über die Erträge und anstehenden Ausgaben der von ihm verwalteten Güter zu sprechen.

Am Nachmittag erwartete sie eine Abordnung aus Birkenfeld, dem größten und wichtigsten zusammenhängenden Gebiet der Grafschaft nach den Gütern an der Mosel. Dort hatte ein heftiger Frühjahrssturm schlimme Verwüstungen angerichtet, über deren Ausmaß sich Loretta ein Bild machen wollte, so gut es eben ohne einen persönlichen Besuch vor Ort ging.

Danach würde sie sich mit Johannes von Brunshorn und Volker von Falkenstein beraten, sofern dieser rechtzeitig von seiner Mission zurückkehrte. Wenn sie an den Anlass dieses Treffens dachte, stellten sich ihre Nackenhärchen auf. Aus dem Dorf Niederwörresbach kamen beunruhigende Nachrichten. Der

Wildgraf Friedrich von Kyrburg, ihr alter Feind, drangsalierte die dortige Bevölkerung und zwang sie zu Frondiensten in seinen unmittelbar an das Dorf angrenzenden Gebieten. Es hieß außerdem, er habe in ihren Wäldern gejagt, Holz schlagen lassen und den entsetzten Dörflern angekündigt, im Herbst die Pacht einzufordern, da er der eigentliche Grundherr von Niederwörresbach sei.

Hat sich denn alles gegen mich und meine Söhne verschworen? Einen Moment lang gewann Verzagtheit die Oberhand über ihren Mut. Da pochte es an die Tür der Schreibstube.

Bertram von Enkirch trat ein. Er trug eine Reihe von Pergamentrollen bei sich. Loretta setzte eine betont gelassene Miene auf. Nichts sollte darauf hindeuten, welch trübsinnigen Gedanken sie sich soeben noch hingegeben hatte.

»Bring uns mit Wasser verdünnten Wein, Liese«, befahl sie der Magd, die den Verwalter hereingeführt hatte, in freundlichem Ton. Dann musterte sie Bertram unauffällig. Gleich nach seinem Eintreten hatte sie wieder das Frösteln befallen, das sie in seiner Gegenwart von Anfang an verspürt hatte. Heute war es besonders stark. Loretta musste an sich halten, um sich nicht wie im Winter die erstarrten Hände zu reiben.

Da sie dem *Gefühl* mittlerweile vorbehaltlos vertraute, ließ sie Bertram bereits seit einigen Wochen unauffällig beobachten. Die Kunde, die ihr der bestochene Knecht aus Bertrams Haushalt vor einigen Tagen überbracht hatte, war in der Tat beunruhigend. Noch wusste sie nicht, wie sie die Angelegenheit heute zur Sprache bringen könnte.

Auf den ersten Blick wirkte Bertram so unauffällig wie immer. Er war ein Mann in mittleren Jahren, dessen Haar sich schon weitgehend gelichtet hatte und der einen stattlichen Bauch vor sich hertrug, ein Zeichen des Wohlstandes, zu dem er in Johanns Diensten gekommen war.

Schon Bertrams Vater und Großvater hatten den Starkenburgern als Rentmeister gedient, aber erst Bertram hatte es zu einem solch hohen Ansehen gebracht, dass er mittlerweile mit allen finanziellen Angelegenheiten der Grafschaft bestens vertraut war. Sein größtes Verdienst bestand jedoch darin, dass er sich mit den verwickelten Rechtsgeschäften auskannte, die fast alle Ländereien der Starkenburger betrafen und in zahllosen Urkunden niedergelegt waren. Loretta hatte sie erst zu einem Teil gelesen und fand sie überaus verwirrend, während sich Bertram von Enkirch mit schlafwandlerischer Sicherheit darin zurechtfand.

Aufgrund der Kleinräumigkeit vieler Herrschaften im Hunsrück und an der Mosel, bedingt durch zahlreiche Gebietsteilungen durch Heiraten, Erbschaften und Stiftungen, gab es oft mehrere Herren, die die Rechte und damit verbundenen Einkünfte an ein und demselben Gebiet beanspruchten. Besonders kompliziert war die Lage im Kröver Reich.

Zwar hatte König Rudolf von Habsburg das reichseigene Gebiet seinerzeit an die Starkenburger verpfändet, doch waren die Herren von Daun, ein Geschlecht aus der Eifel, zur gleichen Zeit mit der Vogtei belehnt worden, übten also die Gerichtsbarkeit aus und erhielten dafür einen Teil der Einnahmen. Loretta kannte solche verworrenen Verhältnisse bereits vom väterlichen Besitztum Hunolstein und wusste daher nur zu gut, welche Schwierigkeiten diese unklare Rechtslage mit sich bringen konnte.

Bertram von Enkirchs Kenntnisse waren daher für das Wohlergehen der Grafschaft Starkenburg-Sponheim unverzichtbar. Nicht nur Graf Johann hatte Loretta immer wieder empfohlen, sich in allen rechtlichen und finanziellen Fragen mit Bertram zu beraten. Auch sein Bruder Matthias hatte dies vor seiner Abreise nach Aachen getan. Beide vertrauten Bertram vorbehaltlos.

Allerdings war der Verwalter trotz seiner hervorgehobenen

Stellung ein Unfreier. Als Ministerialer der Starkenburger gehörte er zu den Eigenleuten der Grafschaft und durfte diese ohne Zustimmung der Herrschaft streng genommen nicht verlassen, obwohl dies in den letzten Jahrzehnten zu einer weitgehend unbeachteten Formalie geworden war.
Dabei waren die Starkenburger Regenten heute von Bertram abhängiger denn je. Denn sein vielversprechender und zu seinem Nachfolger bestimmter einziger Sohn war im letzten Jahr während eines Aufenthalts in Trier an den Blattern gestorben.
Die Folgen sind gar nicht auszudenken, wenn ich Bertram nicht mehr vertrauen kann.
All dies schoss Loretta während weniger Lidschläge durch den Kopf, während sie bei seichtem Geplauder auf die Magd warteten, die schließlich die bestellten Getränke brachte.
Dann begann ihre gemeinsame Arbeit. Loretta stellte Frage um Frage und versuchte, sich so viele Einzelheiten wie möglich zu merken. Plötzlich fiel ihr etwas auf. Sie stutzte.
»Also gibt es noch Wein im Überfluss aus den vergangenen vier Jahren, der in den Felsenkellern lagert?«, fragte sie.
Bertram nickte. »So ist es, Herrin. Für die neue Ernte werden wir daher weitere Fässer brauchen. Wir sollten sie rechtzeitig beim Küfer bestellen, um für den nächsten reichen Ertrag gerüstet zu sein.«
»Wie viel Wein lagert noch in den Kellern?«
»Wohl an die fünfzig Fuder, Herrin.«
»Aber das ist ja ein wahrer Schatz! Wie viel mag der Wein wohl wert sein?«
Ein leichtes Lächeln zuckte um Bertrams Mundwinkel. Loretta glaubte, eine Spur Spott darin zu erkennen. »Das ist schwer zu sagen, Herrin. Die Starkenburger Weine sind weithin für ihre herrliche Qualität berühmt, besonders die Lagen im Kröver Reich. Doch der Überschuss wurde noch nie verkauft. Graf Johann behielt ihn als Vorrat für Zeiten mit schlechter Ernte.«

»Der Wein dürfte also viele Pfund Heller wert sein«, insistierte Loretta.
Bertram neigte zustimmend den Kopf.
»Ihr sagt, wir benötigen neue Fässer. Wird es auch in diesem Jahr eine gute Ernte geben?«
»Es ist noch zu früh, um das mit Gewissheit sagen zu können, Herrin. Doch die Zeit der Nachtfröste ist vorüber, und die Reben stehen in Saft und Kraft, ohne Schaden genommen zu haben. Mit dem Segen des Allmächtigen steht uns erneut eine üppige Lese ins Haus.«
»Also würden wir kein allzu hohes Risiko eingehen, ohne Vorräte dazustehen, wenn wir den älteren Wein verkaufen?«
Bertram wirkte verblüfft und pikiert. »Ich sagte es Euch doch bereits, Herrin. Nie hat Graf Johann seine Weinvorräte veräußert.«
Einen Moment lang ließ sich Loretta von Bertrams Einwand einschüchtern. Dann siegte ihr gesunder Menschenverstand.
»Dann wäre es erst recht den Versuch wert, es einmal auszuprobieren. Ihr wisst doch am besten, Bertram, dass es um das Vermögen der Grafschaft seit den Jahren der Hungersnot schlecht bestellt ist. Jetzt müssen rund um Birkenfeld ganze Weiler, die der Sturm niedergerissen hat, neu aufgebaut werden. Und heute Nachmittag berate ich mit meinen Rittern über die Möglichkeit einer Fehde gegen Friedrich von Kyrburg. Sollte es dazu kommen, wird allein die Ausstattung meiner Truppen ungeheure Summen verschlingen.«
»Ihr wollt unseren einzigartigen Wein verkaufen, um eine Fehde zu führen? Ich glaube kaum, dass Ihr damit gut beraten seid, Herrin, und dass unser hochverehrter verstorbener Graf so etwas gutheißen würde!« Zum ersten Mal ließ Bertram die Maske fallen, die er offensichtlich gegenüber Loretta bislang aufgesetzt hatte.
Es fehlt nur noch, dass er mich gleich ein schwaches unmündi-

ges Weib schimpft. Doch Loretta ließ sich nichts anmerken. Stattdessen stellte sie eine weitere Frage. »Was hätte denn mein ehrwürdiger Schwiegervater in dieser Situation getan?«

»Hätte es ihm an Geld gemangelt, hätte er es sich von den Juden geborgt und die Schuld nach seinem Sieg aus dem Gut des Unterlegenen zurückgezahlt. Doch hört meinen Rat: Als Dame solltet Ihr keine Fehde gegen Männer führen, sondern in jedem Streit eine gütliche Lösung suchen, wie es sich für ein …« Bertram stockte und biss sich auf die Lippen.

Spöttisch beendete Loretta den angefangenen Satz: »Wie es sich für ein Weib geziemt! Das wolltet Ihr doch gerade sagen, verehrter Bertram?«

Der antwortete nicht, sondern schaute verstockt zu Boden.

Auf einmal hatte Loretta ihn gründlich satt. »Ich danke Euch für Euren guten Rat, Verwalter. Ich werde nach Thaddäus von Kirchberg schicken lassen, aber nicht, um mir Geld zu leihen, sondern um ihn mit dem Weinverkauf zu beauftragen.«

Bertrams Gesichtsausdruck zeigte ihr, dass sie ihn getroffen hatte. Sie nutzte die Gelegenheit und holte zum nächsten Schlag aus.

»Eine letzte Frage habe ich noch an Euch, Bertram. Was hattet Ihr vor einigen Tagen mit meinem Schwager Pantaleon zu besprechen? Man sah ihn Euer Haus in Enkirch betreten und erst nach mehreren Stunden wieder herauskommen. Leider hat er es versäumt, mir seine Aufwartung auf der Burg zu machen, sonst hätte ich mich bei ihm selbst danach erkundigt.«

Bertrams zuvor zornrotes Antlitz wurde auf einmal bleicher als die frisch gekalkte Wand der Schreibstube. Auch Loretta erschrak über die unerwartet starke Wirkung ihrer Worte. *Er führt tatsächlich etwas im Schilde. Und es ist noch weit übler, als ich bislang gedacht habe. Oh Hänsel, es wird mich all meine Kraft kosten, dir dein Erbe zu erhalten.*

Mittlerweile hatte sich Bertram wieder gefasst. Er stand auf und verbeugte sich knapp vor Loretta. »Auch Euer werter Schwager Pantaleon sucht schon seit langem in allen wichtigen Geschäften, die seine Einkünfte betreffen, meinen Rat«, antwortete er steif. »Sagt an, wenn Euch dies nicht behagt, dann werde ich es in Zukunft unterlassen.«

Loretta wagte einen Pfeilschuss ins Blaue. »Verzeiht mir, Bertram, ich wollte Euch nicht kränken. Wahrscheinlich hat sich die Magd, die ich gestern zu einer Besorgung nach Enkirch entsandte und die mir hernach berichtete, zu sehr vom Klatsch Eurer Dorfgenossen beeinflussen lassen.«

Wieder wurde Bertram weiß wie die Wand. »Was munkelt man denn hinter meinem Rücken?«

Also hast du wahrhaftig etwas zu verbergen!

Noch ehe Loretta eine kluge Antwort auf Bertrams Frage einfiel, klopfte jemand an die Tür. Kathi, ihre Kammermagd, trat ein.

»Herrin, verzeiht, dass ich Euch störe. Aber Ihr wolltet sogleich unterrichtet werden, wenn Volker von Falkenstein mit Eurer Nichte Blanche von Veldenz eintrifft. Sie durchqueren gerade den Weiler Starkenburg und werden in Kürze auf der Burg eintreffen.«

Loretta sprang, dankbar für die Unterbrechung, auf. »Du hast recht getan, Kathi. Die Begrüßung meiner Verwandten duldet in der Tat keinen Aufschub. Führe sie und Volker von Falkenstein gleich nach ihrer Ankunft in die Kemenate!«

An Bertram gewandt, sagte sie: »Ihr seid mit Dank für Eure Dienste für heute entlassen. Wir sprechen ein anderes Mal über die noch offenen Angelegenheiten.«

Sobald mein Spitzel in Eurem Hauswesen herausgefunden hat, was Ihr im Schilde führt, dachte sie voller Ingrimm, während sie Bertram nachblickte.

Kurfürstlicher Palast zu Trier, Mai 1324

Nachdenklich betrachtete Erzbischof Balduin den Brief, den ihm sein Sekretär vor einer halben Stunde gebracht hatte.

»Bertram von Enkirch, der Name kommt mir bekannt vor«, überlegte er laut. »Kennt Ihr diesen Mann, Remigius?«, fragte er den jungen Priester, der am Schreibpult in einer Ecke des Raumes arbeitete.

»Persönlich kenne ich ihn nicht, ehrwürdiger Herr. Aber sein Sohn Jakobus weilte im letzten Jahr in Trier, um unsere Verwaltung zu studieren und seine Kenntnisse dergestalt zu vervollkommnen. Er war ein kluger junger Mann, doch die Blattern, die im Sommer in der Stadt wüteten, rafften auch ihn dahin.«

»Gottes Wege sind unergründlich«, murmelte Balduin geistesabwesend. Er trat ans Fenster der Schreibstube und sah eine Weile hinab in den Hof.

So verlassen die Ratten also bereits das sinkende Schiff, dachte er. *Aber wen wundert es? Ich hätte meinen alten Freund Johann von Starkenburg wahrlich für klüger gehalten. Einem Weib die Regierung der Grafschaft anzuvertrauen! Schon meine eigene Mutter hatte nur Mühe und Last mit dieser Aufgabe und war doch um vieles älter und erfahrener als Loretta. Was nützt ihr nun ihre Schönheit und Klugheit, da doch niemand sie ernst nimmt.*

Loretta! Beim Gedanken an sie spürte der Erzbischof, wie sich sein Gemächt unwillkürlich regte. Die Nacht mit der Gräfin war zweifellos noch immer der Höhepunkt seiner zahlreichen Liebschaften. Unwillig verzog er den Mund. *Verfluchte Schwäche des Fleisches! Jetzt geht es nicht um Leidenschaft, sondern um nüchterne Politik!*

Obwohl er seine Entscheidung bereits getroffen hatte, drehte er sich zu Remigius um. »Also, was empfehlt Ihr mir, in dieser Sache zu tun?«

Der amüsierte Gesichtsausdruck des Priesters zeigte, dass er seinen Dienstherrn durchschaute. »Das Gleiche, Herr, was Ihr ohne Zweifel in Eurer Weisheit bereits in Erwägung gezogen habt. Bertram von Enkirch möchte in Eure Dienste treten und seinen Wohnsitz in der Stadt Koblenz nehmen. Er ist ein sehr erfahrener Verwalter und wird Euch dort hervorragend beim Ausbau Eurer Administration unterstützen können. Zudem kennt er sich bestens mit den Angelegenheiten der Grafschaft Starkenburg-Sponheim aus. Dies ist nicht nur von allgemeinem Nutzen, sondern Bertram könnte Euch gezielt auch in allen Fragen beraten, die das Kröver Reich betreffen. Möglicherweise kennt er sogar Mittel und Wege, die es Euch ohne größeren Aufwand ermöglichen, in den Besitz dieses Territoriums zu gelangen.«

Balduin lächelte anerkennend. Remigius erwies sich fortwährend als tüchtig und als ebenso ehrgeizig wie klug. Er würde es am kurfürstlichen Hof noch weit bringen.

»So setzt unverzüglich ein Bewilligungsschreiben an Bertram von Enkirch auf! Und antwortet auch auf das Schreiben des Pantaleon von Starkenburg und dankt ihm für seine Empfehlung.«

Obwohl er die Antwort bereits kannte, stellte er Remigius noch einmal auf die Probe. »Was hört man sonst aus der Grafschaft Starkenburg?«

»Wenig Erfreuliches für die junge Regentin, ehrwürdiger Herr. Man sagt, der Wildgraf von Kyrburg habe bereits damit begonnen, sich die ersten Gebiete der Grafschaft einzuverleiben. Er beansprucht das Dorf Niederwörresbach.«

»So sputet Euch umso mehr mit Eurem Schreiben, Remigius. Die Wölfe stürzen sich schon auf die Beute. Lasst uns dafür Sorge tragen, dass wir beizeiten unseren Anteil daran sichern.«

Starkenburg, Mai 1324, am gleichen Tag

»Seid mir willkommen, liebe Blanche von Veldenz!« Mit ausgestreckten Armen ging Loretta ihrer angeheirateten Nichte entgegen.

Das junge Mädchen, das den Blick bescheiden zu Boden gerichtet hielt, seitdem es den Raum betreten hatte, versank in einen tiefen Knicks. »Ich bin Euch von ganzem Herzen dankbar, Dame Loretta, dass Ihr mich auf der Starkenburg aufnehmen wollt.«

»Es war der letzte Wunsch Eures verstorbenen Großvaters«, antwortete Loretta. »Und ich erfülle ihn gern. Doch Ihr müsst nicht vor mir knien. Erhebt Euch, legt Euren Reiseumhang ab und setzt Euch schon einmal in die Fensternische. Dort harrt Eurer bereits eine Erfrischung nach der anstrengenden Reise.«

Dann wandte Loretta sich an Volker von Falkenstein. »Auch Euch gebührt mein Dank, treuer Gefolgsmann, dass Ihr meine Verwandte wohlbehalten durch den wilden Hunsrück geleitet habt.«

Der Ritter verneigte sich vor Loretta mit der Hand auf dem Herzen. »Ich freue mich, dass Ihr zufrieden seid, edle Dame. Es ist mir eine Ehre, Euch zu dienen.«

»Ich hoffe, die Reise war nicht allzu beschwerlich?«

Volker richtete sich auf und heftete seinen Blick auf Loretta. Wie immer, wenn er seine Dienstherrin ansah, trat neben Respekt und Ehrerbietung auch ein anderes Gefühl in seine Augen. Loretta pflegte es »Bewunderung« zu nennen, doch im Grunde ihres Herzens wusste sie es besser. Volker von Falkenstein begehrte sie.

Hätte mein Vater mir dereinst Volker anstelle von Martin als Gemahl angedient, er hätte mir wohl gefallen.

In der Tat war der Ritter ein überaus gutaussehender Mann. Er war in Lorettas Alter, an die sechs Fuß groß und von schlanker, aber muskulöser Gestalt. Seine blaugrauen Augen standen in einem anziehenden Kontrast zu seinen fast schwarzen Haaren. Durch die viele Bewegung im Freien war seine Haut sonnengebräunt. Regelmäßige Gesichtszüge, eine gerade Nase und ein gepflegter Bart vervollständigten seine angenehme Erscheinung. Loretta wusste, dass Volker damit eine hässliche Schmarre am Kinn verbarg, die er als Knappe bei einem Zweikampf davongetragen hatte.

Wie Bertram von Enkirch entstammte auch Volker von Falkenstein einem Geschlecht von Ministerialen, dem Johanns Vater jedoch den Freibrief ausgestellt hatte. Burg Falkenstein, das Lehen der Familie, lag in der Nähe von Birkenfeld. Volker hatte als jüngerer, nicht erbberechtigter Sohn allerdings schon seit langem seinen Wohnsitz in einem der Burgmannshäuser im Ort Starkenburg und diente dem Herrn der Grafschaft Starkenburg-Sponheim als Hauptmann der Wache.

»Ich danke Euch für Eure Nachfrage«, antwortete Volker nun mit seiner volltönenden Stimme. »Dame Blanche war mir und meinen Begleitern eine sehr angenehme Reisegefährtin, zumal sie überaus geschickt zu reiten vermag. So konnten wir die Strecke fast so schnell zurücklegen, als wären wir nur unter Männern gewesen.«

»Auch ich habe Euch von Herzen zu danken, edler Herr von Falkenstein.« Loretta bemerkte erstaunt, dass Blanche sich noch nicht gesetzt hatte, sondern hinter ihr stehen geblieben war und nunmehr hinzufügte: »Eure Ritterlichkeit und Eure höfischen Umgangsformen werden mir unvergessen bleiben. Insbesondere Eure Geduld mit meiner Magd Bärbel rechne ich Euch hoch an.«

Volker verbeugte sich noch einmal vor den Damen. »So darf ich mich jetzt zurückziehen, liebwerte Herrinnen. Sicherlich habt Ihr viel zu bereden.«

Nachdem Volker die Kemenate verlassen hatte, fasste Loretta

Blanche unter den Arm und führte sie zu dem mit Kissen ausgelegten Fensterplatz.

»Legt Euren Reiseumhang ab«, sagte sie noch einmal, während sie Blanche von dem mit Wasser vermischten Wein eingoss. »Und lasst Euch einmal anschauen, liebste Nichte. Leider sind wir uns ja bislang noch nicht begegnet.«

Blanche öffnete den Umhang aus grauem Leinen, schob die Kapuze zurück und ließ das Kleidungsstück achtlos zu Boden fallen. Sie nahm gegenüber von Loretta Platz. »Ich hoffe, Euch gefällt, was Ihr seht, liebste Muhme. Ich darf Euch doch Muhme nennen?«

Loretta nickte und bot Blanche von den frisch gebackenen Mandelplätzchen an. Das junge Mädchen dankte und biss folgsam in eins der Törtchen. Derweil betrachtete Loretta sie voller Staunen.

Eine Fülle prachtvoller kastanienbrauner Haare umrahmte Blanches fein geschnittenes Gesicht mit der milchweißen Haut und fiel ihr in Wellen fast bis zur Taille. Die Farbe ihrer Haare betonte ihre dunkelbraunen, mandelförmigen Augen. Am auffälligsten war jedoch Blanches voller, kirschroter Mund.

Loretta war fasziniert. »Ihr gleicht einer der südländischen Schönheiten, wie sie die französischen Troubadoure besingen. Sicherlich hat Euch das Veldenzer Geschlecht diese Gaben vererbt, denn den Frauen der Starkenburger seht Ihr nicht ähnlich.«

Kaum waren die Worte heraus, merkte Loretta an den zusammengepressten Lippen des Mädchens, dass es ihre als Kompliment gemeinte Äußerung anders auffasste. Sie glaubte, den Grund dafür zu kennen.

»Verzeiht, wenn ich Euch gekränkt habe, Blanche«, beeilte sie sich hinzuzufügen. »Es ist mir bekannt, welches Unrecht Euch die Familie Eures Vaters zugefügt hat.«

Blanches Lippen entspannten sich. Gleichzeitig wurden ihre

Augen feucht. Als sie antwortete, klang sie leidenschaftlich und verbittert zugleich, was der überraschend tiefe Klang ihrer Stimme noch betonte.

»Das Unrecht ist nicht meinem seligen Vater anzulasten. Wie Ihr sicherlich wisst, raffte ihn eine Seuche hinweg, die in unseren Landen wütete. Er hätte seinen einzigen Sohn, meinen jüngeren Bruder, gerne als seinen Nachfolger gesehen. Doch meine Mutter Blancheflor ist nicht so klug und so stark wie Ihr, Tante Loretta. Sie hatte weder meinem Großvater noch meinem Oheim etwas entgegenzusetzen, als unser Teil der Familie entrechtet wurde.«

Loretta verspürte eine starke Sympathie für das junge Mädchen, dem das Leben bereits so übel mitgespielt hatte. »Es heißt, Euer Großvater hat Euren jüngeren Bruder in ein Kloster gegeben?«, fragte sie vorsichtig.

Blanche nickte. Jetzt stahl sich eine Träne aus ihrem Augenwinkel und rann ihre rechte Wange hinab. »Es geschah gegen den Willen meiner Mutter und erst recht gegen den Willen meines Bruders. Er ist erst sieben Jahre alt, doch er träumte zeitlebens davon, ein tapferer Ritter zu werden und große Heldentaten zu vollbringen. Ich weiß das nur zu gut, denn ich war oft seine Hüterin, da meine Mutter immerzu kränklich war. Jetzt muss er sein Leben nach der Regel des heiligen Benedikt führen und wird nie etwas von der weiten Welt sehen.« Sie schluchzte auf.

Lorettas Mitgefühl vertiefte sich. Spontan griff sie nach Blanches Hand. »Ihr dauert mich sehr, liebe Nichte. Stimmt es, dass Euer hartherziger Großvater auch Euch selbst für ein Leben als Nonne bestimmt hatte?«

Blanche nickte erneut. Jetzt trat ein hasserfüllter Ausdruck in ihre Augen, der bei einer so jungen Frau wie ihr etwas Erschreckendes hatte.

»Es war die sicherste Weise, uns alle aus dem Weg zu schaffen. Meiner Mutter war es nur recht, sich durch die Flucht ins Kloster aus ihrer Verantwortung stehlen zu können.« Jetzt schwang ein verächtlicher Unterton in Blanches Stimme mit. »Doch ich wollte leben, liebste Muhme, nicht als Nonne verkümmern. So flehte ich meine Mutter an, meinen Großvater Johann zu bitten, mich aufzunehmen. Als ich hörte, dass er im Sterben lag, ließ ich bereits alle Hoffnung fahren.«

Blanche hob den Kopf und blickte Loretta mit feuchten Augen direkt ins Gesicht. »Dann traf Euer Schreiben ein, dass Ihr mich auf der Starkenburg aufnehmen wollt. Tag und Nacht lag ich in der Burgkapelle von Landsberg auf den Knien und betete zur Heiligen Jungfrau Maria, dass Eure Dienstmannen früher eintreffen würden als die Schergen meines Großvaters väterlicherseits.«

»Die Schergen Eures Großvaters?« Loretta erschrak. Was hatte das zu bedeuten?

»Sie wollten mich und meine Mutter abholen, um uns ins nahe gelegene Kloster der Zisterzienserinnen zu bringen. Wie es heißt, hatte mein Großvater schon eine erkleckliche Summe für unsere Aufnahme bezahlt. Doch Euer edler Ritter traf mit seinen Mannen ein, bevor die Reisigen meines Großvaters kamen.«

Nun war Loretta aufrichtig entsetzt. »Wollt Ihr mir damit sagen, liebe Blanche, dass Ihr gegen den Wunsch Eures Großvaters, des einflussreichen Grafen von Veldenz, hier auf der Starkenburg seid?«

Blanche schaute Loretta verwirrt an. »Aber natürlich, liebste Tante, ich dachte, Ihr wüsstet das.«

Loretta überlegte. Doch Johann hatte ihr darauf nicht den geringsten Hinweis gegeben. *Andererseits lag er im Sterben. Vielleicht war er nicht mehr kräftig genug dazu.*

Trotzdem war sie irritiert. »Die Reisigen Eures Großvaters hätten somit versuchen können, Euch aufzuhalten. Was wäre geschehen, wenn sie Euch nachgesetzt hätten, um Eure Herausgabe zu erzwingen?«

Aus Loretta unerfindlichen Gründen lächelte Blanche. »Das hätte der tapfere Ritter, der mich abholte, sicherlich zu verhindern gewusst.«
»Hattet Ihr Volker von Falkenstein denn von der drohenden Gefahr unterrichtet?«
Angesichts von Lorettas strengem Ton blieb Blanche diesmal die Antwort schuldig. Sie heftete ihren Blick auf den kleinen Tisch neben der Fensternische und griff nach einem weiteren Mandelplätzchen.
»Seid Ihr deshalb so schnell geritten?«, insistierte Loretta. »Und was war mit Eurer Magd?«
Blanche mied weiterhin Lorettas Blick, gab jetzt aber immerhin eine leise gemurmelte Antwort. »Bärbel ist ein dummes Ding aus dem Weiler Obermoschel, der zu unserer Burg Landsberg gehört. Sie stellt sich alleweil ungeschickt an. Am liebsten hätte ich sie gar nicht erst mitgenommen, doch meine Mutter bestand um der Schicklichkeit willen darauf. Da sie kaum reiten kann, hielt sie uns auf, so dass ich vorschlug, sie in einem Dorf am Wegrand zurückzulassen. Doch Euer Ritter befahl einem seiner Reisigen, sie hinter sich auf den Sattel zu nehmen.«
Loretta schwieg und ließ Blanches Worte auf sich wirken. Sie war schockiert. *Wen hole ich mir da in mein Haus?* Blanches Verhalten erschien ihr reichlich skrupellos für ein so junges Mädchen.
Blanche schien ihre Zweifel zu spüren, denn plötzlich sprang sie auf, warf sich vor Loretta auf die Knie und ergriff ihre beiden Hände.
»Verzeiht mir, liebste Muhme, wenn ich unrecht getan habe.« Nun strömten ihr die Tränen wie ein Sturzbach über die Wangen. Loretta hatte Mühe, ihre immer wieder von Schluchzen unterbrochenen Worte überhaupt zu verstehen.
»Doch ich hatte solche Angst. Mein ganzes Leben liegt in Trümmern. Mein Vater wollte mich mit einem mächtigen Grafen

vermählen und war bereits auf der Suche nach einem geeigneten Eheanwärter. Genau das war es auch, was mein unbarmherziger Großvater nach dem Tod meines Vaters befürchtete. Er hatte Sorge, dass ich einen starken Gatten fände, der meinem Oheim die Herrschaft über Veldenz streitig machen könnte. Darum wollte er auch mich mein Leben lang in ein Kloster sperren. Als Volker von Falkenstein kam, fürchtete ich, er würde mich gar nicht erst mitnehmen, wenn ich ihm gestünde, dass dies dem Wunsch meines Großvaters zuwiderläuft, dessen Mündel ich bin. Ich gestand es ihm schließlich erst während der Reise, als Bärbel uns aufhielt.«

Angesichts des bedauernswerten Schicksals des jungen Mädchens gewann das Mitgefühl für Blanche in Loretta wieder die Oberhand. *Sie hat für ihr Lebensglück gekämpft und dabei alles aufs Spiel gesetzt. Wollte ich mich vor Zeiten nicht ebenfalls dem Willen meines Vaters widersetzen? Dieses junge Ding hatte den Mut, der mir damals fehlte.*

Herzlich drückte sie Blanches Hände. »Was Ihr getan habt, junge Nichte, war sicherlich mutig, wenn nicht gar tollkühn. Doch Tollkühnheit gehört zu den Eigenschaften der Jugend. So will ich nicht darauf schauen, was *hätte* geschehen können, sondern nur darauf, wie die Sache tatsächlich ausgegangen ist.«

Laut überlegte sie weiter. »Niemand hat Euch verfolgt, um Eure Flucht zu verhindern. Und die Grafschaft Veldenz ist fern. Es ist unwahrscheinlich, dass Euer Großvater eine Fehde in Kauf nimmt, um Euch zurückzufordern und in ein Kloster zu sperren. Zumal Ihr ohne Mitgift ohnehin nicht mehr allzu reizvoll für einen mächtigen …« Loretta merkte plötzlich, wie taktlos ihre letzten Worte waren, und verstummte.

Doch Blanche hatte sie wohl vernommen. Immer noch kniend, erwiderte sie Lorettas Händedruck. »Ich weiß Eure Mildtätigkeit mir gegenüber auf das höchste zu schätzen, Muhme Loretta. Nun, da ich nur noch eine mittellose Waise bin, wird mich in

der Tat kaum mehr ein mächtiger Mann zum Weib haben wollen. Ohne Eure Gnade wäre ich eine Verlorene.«
Ihre Worte klangen so traurig, dass sie Loretta ans Herz gingen.
»Ich werde Euch immer eine mütterliche Freundin sein und gut für Euch sorgen, Blanche. Und sicherlich werden sich trotz Eurer Lage bald die ersten Freier einstellen, denn Eure Schönheit wird viele Männer betören. Wenn es dann so weit ist, dass Ihr Euch vermählen wollt, gebe ich Euch eine reiche Aussteuer mit. So braucht Ihr Euch nicht zu schämen, wenn Ihr in den heiligen Stand der Ehe tretet. Für einen jüngeren Sohn, der kein Erbe zu erwarten hat, seid Ihr immer noch eine gute Partie.«
»Ihr meint, für jemanden wie Volker von Falkenstein?«
Loretta musste lächeln. Also hatte der edle Ritter, wie Blanche ihn nannte, bereits Eindruck auf sie gemacht. »Zum Beispiel für jemanden wie Volker«, antwortete sie salomonisch.
Wieder reagierte Blanche überraschend. Sie sprang auf, umarmte Loretta stürmisch und küsste sie auf beide Wangen. Nun strahlten ihre Augen wie Achate.
»Ich danke Euch tausendmal für Eure ermutigenden Worte und Eure Großherzigkeit«, meinte sie nun eifrig. »Doch ich möchte Euch diese Großmut vergelten und mich nützlich machen. Lasst mich dabei helfen, Eure jungen Söhne zu betreuen, Muhme Loretta. Sie sind alle ungefähr in dem Alter, in dem ich auch meinen Bruder gehütet habe. Ich kenne mich daher aufs beste mit den Bedürfnissen kleiner Knaben aus.«
Loretta war freudig überrascht. *Dich schickt mir die Vorsehung, um mich von einer schweren Sorge zu befreien. Oder hat vielleicht sogar Johanns Geist seine Hand dabei im Spiel?*
Schon sprach Blanche weiter. »Ihr habt doch alle Hände voll mit den Regierungsgeschäften zu tun und müsst sicherlich auch häufig reisen. Derweil könnte ich mich um Eure Söhne kümmern.«
Loretta war bereits überzeugt. Zwar waren ihre Kinder auch bei

Hilda in guten Händen, doch die Wehmutter könnte ihre Söhne schwerlich die höfischen Umgangsformen und ritterlichen Tugenden lehren, wie es eine Dame von Adel vermochte. Immer wieder hatte sich Loretta daher mit dem Gedanken herumgeschlagen, zumindest Hänsel in die Pagenausbildung an einen fremden Hof geben zu müssen. Jetzt war sie diese Last los. Denn für die Unterweisung der Pagen in ritterlichen Umgangsformen war jeweils die Dame des Hauses zuständig, in dem der Knabe seine Ausbildung zum Ritter erhielt. Ihr selbst fehlte dazu jedoch die nötige Zeit.

Plötzlich fühlte sich Loretta zum ersten Mal seit dem Tod ihres Schwiegervaters glücklich. Ein Waffenmeister für die ritterliche Kampfausbildung ihrer Söhne würde sich auch auf der Starkenburg finden. Sie müsste sich also nicht jahrelang von ihnen trennen.

Überaus freudig stimmte sie daher Blanches Vorschlag zu. »Das scheint mir eine wunderbare Idee zu sein, liebe Nichte. Ich danke Euch dafür und bin aus ganzem Herzen damit einverstanden.«

Kapitel 14

Starkenburg, Juni 1324

Unruhig schritt Loretta in der großen Halle des Palas auf und ab. Gleich würden ihre Ritter mit Bertram von Enkirch eintreffen. Ihre erste große Bewährungsprobe als Regentin stand unmittelbar bevor. *Werde ich sie erfolgreich bestehen?* Fast die ganze Nacht hindurch hatte sie wach gelegen und immer wieder ihre Strategie durchdacht.

Schon hörte sie Hufgetrappel im Hof. Sie untersagte sich, neugierig ans Fenster zu eilen, und nahm stattdessen auf Graf Johanns hohem Lehnsessel Platz, in dem sie sich noch immer ein wenig verloren fühlte.
Das schwere Eichenportal wurde aufgerissen. Volker von Falkenstein und Emmerich von Breitenfels traten ein. Sie führten den an den Händen gefesselten Verwalter in ihrer Mitte mit sich. Als Bertram keine Anstalten machte, vor Lorettas Sessel niederzuknien, drückten ihn die Ritter grob hinab.
Loretta musterte Bertram schweigend. Schon bei seiner Festnahme schien er Widerstand geleistet zu haben. Seine rechte Wange war angeschwollen und bläulich verfärbt. Loretta drängte das Mitleid zurück, das sie anfechten wollte, und setzte eine strenge Miene auf.
»Bertram von Enkirch«, sprach sie den Verwalter ohne Grußformel an. »Ihr werdet beschuldigt, ohne unser Wissen und unsere Erlaubnis versucht zu haben, die Grafschaft Starkenburg-Sponheim, zu deren Eigenleuten Ihr gehört, zu verlassen, um Euren Wohnsitz in Koblenz zu nehmen und Euch in die Dienste des Erzbischofs von Trier zu begeben. Was habt Ihr dazu zu sagen?«
Bertram schwieg und blickte verstockt zu Boden.
»Willst du unserer Herrin wohl antworten, du Hund?«
Durch eine rasche Geste hinderte Loretta Volker von Falkenstein daran, erneut Gewalt gegen Bertram anzuwenden.
»Auch wenn Ihr Euch nicht dazu äußern wollt, Bertram«, im Gegensatz zu Volker behielt sie die höfliche Anrede bei, »so seid Ihr doch überführt. Ich habe zahlreiche Zeugen dafür, dass Ihr fast all Euer Hab und Gut heimlich veräußert habt, darunter Euer Vieh und Euer stattliches Haus.«
Bertram schwieg noch immer.
Loretta holte tief Luft. *Verliere jetzt nicht die Beherrschung!*
»Außerdem bin ich im Besitz dieses Schreibens.« Sie hielt dem

Verwalter die Pergamentrolle mit dem Siegel des Erzbischofs Balduin vor die Nase. »Erkennt Ihr es?«

Bertram erbleichte und bewies Loretta so, dass er damit nicht gerechnet hatte. »Woher habt Ihr den Brief?«, krächzte er.

»Willst du wohl höflich gegen unsere Herrin sein und sie ehrerbietiger ansprechen, Lümmel?« Wieder musste Loretta Volker zurückhalten, der seinem Zorn auch tätlich Ausdruck verleihen wollte.

»Das tut nichts zur Sache«, antwortete sie Bertram stattdessen kurz angebunden. Um keinen Preis wollte sie den Knecht bloßstellen, den sie schon vor Wochen als Spitzel gedungen und der den Brief aus der Schlafkammer des Verwalters entwendet hatte. Sollte ihr Plan aufgehen, würde er weiterhin in Bertrams Diensten verbleiben und ihr auch in Zukunft als Spitzel nützlich sein. Aber noch war es nicht so weit.

Sie fixierte den Verwalter, der jetzt leicht zu zittern begann, durchdringend. »Ihr wisst, dass Ihr eine Vertrauensstellung innehattet, Bertram. Ihr kennt alle Geheimnisse dieser Grafschaft und könntet uns großen Schaden bei unseren Feinden zufügen, wenn Ihr sie ausplaudern würdet. Allerdings«, fügte sie mit etwas sanfterer Stimme hinzu, »ist Balduin von Trier zum Glück nicht unser Feind. Und auch mein Schwager Pantaleon wollte mir und meinen Söhnen sicherlich keinen Schaden zufügen, als er Euch dem Erzbischof empfahl.«

Die sorgsam gewählten Worte gehörten zu ihrem Plan. Natürlich glaubte sie nicht an Pantaleons Unschuld, sondern hielt sein Vorgehen für eine bewusste Intrige. Möglicherweise hatte er Bertram sogar selbst auf die Idee der Landflucht gebracht. Doch nach reichlicher Überlegung war sie zu dem Entschluss gekommen, darüber nicht auch noch mit ihrem Schwager in Streit zu geraten. Ihre Herrschaft erschien ihr bislang zu wenig gefestigt für eine Auseinandersetzung an mehreren Fronten. Und schon gar nicht war ihr daran gelegen, mit dem mächtigen Trierer

Kurfürsten in Händel zu geraten, obwohl Balduin ebenfalls eine Mitschuld an Bertrams Verrat trug.

Deshalb ignorierte sie die ungläubigen Blicke der Ritter und fuhr fort: »Ich möchte daher nicht befehlen, dass Ihr wie ein gewöhnlicher Verräter geblendet oder Eure Zunge herausgeschnitten wird.« *Oder Euch fast zu Tode peitschen lassen wie weiland Martin Eberhard, den Schmied.*

Bertram zog entsetzt den Atem ein. Loretta ignorierte auch dies und richtete das Wort an ihre Lehnsmänner.

»Was haltet Ihr für eine angemessene Strafe, edle Herren?«

»Lasst ihn zumindest drei Tage am Pranger stehen und hernach stäupen, Herrin«, empfahl Emmerich.

»Ginge es nach mir, würde ich ihn hängen lassen, Dame Loretta«, verschärfte Volker von Falkenstein den Vorschlag seines Genossen beträchtlich. »Wer Euer Vertrauen und das unseres verstorbenen Herrn Johann so sehr missbraucht, hat den Tod verdient.«

Ohne dass die Ritter es ahnten, waren dies genau die Antworten, die sich Loretta gewünscht hatte. Bertrams leises Aufstöhnen bestätigte es ihr. Sie nickte mit strenger Miene.

»Ich danke Euch für Euren Rat und werde ihn wohl bedenken.« Dann zeigte sie mit einer betont verächtlichen Geste auf Bertram. »Werft diesen Verbrecher einstweilen ins Verlies und kettet ihn an Händen und Füßen an. Dort wird er Muße haben, über seine Verfehlungen nachzudenken, bis ich über sein Schicksal entschieden habe.«

Mindestens sieben Tage, fügte sie im Stillen hinzu. *Das wird hoffentlich ausreichen, um ihn zu läutern. Danach wird er mir für meinen Vorschlag die Füße küssen.*

Kurfürstlicher Palast zu Trier, Juni 1324, fünf Tage später

»Und Ihr seid sicher, dass man Euch korrekt unterrichtet hat, Remigius?« Balduin ärgerte sich über den ungläubigen Unterton in seiner Stimme. Allgemein galt er als außerordentlich beherrscht.

Wenn Remigius die Verstimmung seines Dienstherrn erkannte, ließ er sich jedenfalls nichts anmerken. »Es bestehen keinerlei Zweifel, Herr. Der Pfarrer von Trarbach persönlich hat unserem Boten alles erzählt. Und der Priester hat es aus erster Hand, nämlich von Gräfin Lorettas Schwager Pantaleon, zu dessen Pfründen die Pfarrei gehört und den er als Seelsorger dort vertritt.«

»Also hat man unser Schreiben gefunden, mit dem wir Bertram von Enkirch zum Verwalter eines Teils unserer Koblenzer Güter bestallen wollten?«

Remigius nickte betreten. »So ist es, Herr. Niemand konnte wissen, dass der Brief in die falschen Hände geraten würde.«

»So könnte uns Gräfin Loretta nun auch zu ihren Feinden zählen? Das würde all unsere Pläne bezüglich des Kröver Reichs durchkreuzen. Ich wollte diesbezüglich so unauffällig wie möglich vorgehen. Und mir keinesfalls den Ruf einhandeln, als Kirchenfürst eine Fehde gegen ein schwaches Weib angezettelt zu haben!«

»Das Kröver Reich haben wir zum Glück in unserem Schreiben mit keinem einzigen Wort erwähnt«, wandte Remigius ein. Dann erhellte sich sein Gesicht. »Wir haben übrigens auch nicht erwähnt, dass wir wussten, dass Bertram zu Lorettas Eigenleuten gehört. Falls sie Euch je darauf anspricht, könnt Ihr behaupten, keine Kenntnis davon gehabt zu haben, als Ihr Bertram die Erlaubnis zur Ansiedlung erteilt habt.«

Balduin wiegte zweifelnd den Kopf. »Es ist nicht sehr wahrscheinlich, dass Loretta dies glauben wird. Dazu ist sie zu klug.

Und vielleicht auch gar nicht so schwach, wie man allgemein denkt. Habe ich es richtig verstanden, dass sie Bertram schon längere Zeit bespitzeln ließ und erst zuschlug, als die Beweise für seine Fluchtpläne unwiderlegbar waren?«

»So ist es, Herr«, bestätigte Remigius.

»Und jetzt sitzt der Verwalter bei Wasser und Brot im finstersten Verlies und harrt seiner Strafe?«

»Auch das ist richtig, Herr.«

Balduin trat wie immer, wenn er überlegte, ans Fenster zum Innenhof seines Palastes. »Trotzdem würde es mich nicht wundern, wenn sie einen Weg fände, um ihn in ihren Diensten zu behalten, Remigius«, sagte er schließlich, ohne sich zu seinem Sekretär umzudrehen. »Schließlich ist er, was die Verwaltungsangelegenheiten der Grafschaft angeht, unersetzbar.«

Er schwieg eine Weile, kam allerdings zu keinem abschließenden Ergebnis. »Wie sie das allerdings bewerkstelligen könnte, erschließt sich mir nicht.«

Endlich wandte er sich mit einer ungeduldigen Geste zu dem Schreiber um. »Doch wie dem auch immer sei, Remigius, wir müssen unsere Taktik ändern. Ich plane, die Dame so schnell wie möglich zu besuchen, um mir vor Ort ein eigenes Bild von der Lage zu machen.«

Mit einer Mischung aus Verwunderung und Ärger bemerkte Balduin, dass auch diesmal das beinah schon vertraute Begehren in ihm aufstieg, sobald er an Loretta dachte. Aber heute verbot er es sich nicht.

Wer weiß, sinnierte er stattdessen. *Vielleicht lässt sich das Angenehme ja sogar mit dem Nützlichen verbinden.*

»Es fällt mir wahrlich schwer, das zu glauben, liebe Loretta.« Erregt ging Domherr Matthias von Starkenburg im großen Saal auf und ab. »Niemals hätte ich das von Bertram von Enkirch gedacht.«

Loretta zuckte mit den Schultern. »Auch sonst hätte es dem Mann niemand zugetraut, Oheim. Euer Bruder hielt gleichfalls große Stücke auf ihn.«

Matthias blieb vor Loretta stehen. »Erzählt mir noch einmal Schritt für Schritt, wie Ihr diese vertrackte Situation gemeistert habt.«

Loretta lächelte. »Nur, wenn Ihr Euch endlich niedersetzt und Euch den köstlichen Wein schmecken lasst, den ich eigens zu Ehren Eurer Rückkehr kredenzen ließ. Er stammt aus dem Fass, das Graf Johann zu seinen Lebzeiten wie seinen Augapfel hütete.« Sie machte eine einladende Geste in Richtung des bequemen Lehnstuhls gegenüber ihrem eigenen Platz.

Matthias erwiderte ihr Lächeln, setzte sich und nahm einen tiefen Zug aus dem Pokal, der vor ihm auf dem kleinen Kastentisch stand.

»Aahh«, er wischte sich den Mund mit dem Ärmel. »Das ist wahrlich ein ganz besonderer Tropfen. Doch nun sprecht endlich.«

Loretta begann mit ihrem anfangs vagen Verdacht, den sie ihrer Gabe verdankte, und den Ergebnissen der Ausforschung von Bertrams Plänen durch seinen Knecht.

»Und es war wirklich Pantaleon, der dahintersteckte?«

Lorettas Miene verfinsterte sich. »So ist es, lieber Oheim. Ihr habt mich zu Recht vor ihm gewarnt. Mein werter Schwager überzeugte Bertram davon, dass es seiner Reputation nicht förderlich sei, einem schwachen Weibe zu dienen, das ohnehin bald der Regentschaft verlustig gehen würde. Doch ich bitte Euch, das ganz vertraulich zu behandeln. Nach außen hin tue ich so, als hätte ich keinen Dissens mit Pantaleon.«

Dann schilderte sie die Ergreifung des Verwalters und ihre List, ihn erst einmal sieben Tage lang im finsteren Burgverlies festzusetzen.

»Aber das tatet Ihr bereits mit der Absicht, Bertram nicht zu bestrafen, sondern vor allem einzuschüchtern?«

»Oh, die Haft ohne Licht und Luft bei Wasser und Brot diente beiden Zwecken, lieber Oheim.« Erstaunt registrierte Matthias, dass Loretta seit seiner Abreise im Frühjahr deutlich an Entschlusskraft und Willensstärke gewonnen hatte. »Doch ihn so hart zu bestrafen wie mein verstorbener Gemahl einst einen Dorfschmied, den der schiere Hunger zur Landflucht trieb, wollte ich nach Möglichkeit vermeiden.«

»Erzählt weiter!«, drängte Matthias voller Neugier.

Loretta schmunzelte selbstzufrieden. »Nun, unser Freund erwartete das Schlimmste, als ich ihn nach einer Woche wieder vorführen ließ. Schließlich hatten mir meine Ritter in seiner Gegenwart vorgeschlagen, ihn stäupen oder sogar hängen zu lassen. Stattdessen erwartete ihn eine Urkunde.«

»Eine Urkunde«, echote Matthias.

»Ja, mit dem Inhalt, dass er sich eidlich verpflichtet, in Zukunft von jedem Versuch abzulassen, meine Grafschaft unbefugt zu verlassen. Anderenfalls gerät er in Acht und Bann und muss bei seiner Ergreifung eine Bestrafung an Leib und Leben befürchten.«

»So weit zwar wohldurchdacht, doch nicht ausreichend, um einen erneuten Fluchtversuch tatsächlich zu verhindern. Kamt Ihr deshalb auf die Idee mit den Bürgen?« Flüchtig hatte Matthias bereits davon gehört. Doch bislang hatte er sich keinen Reim darauf machen können.

Loretta lächelte hintergründig. »Das ist der eigentliche Kern meines Plans. Da Bertram sein Hab und Gut verkauft hat, stand der genaue Wert seines Eigentums fest. Er belief sich auf über fünfhundert Pfund Heller. Bevor ich die Verkäufe rückgängig machen ließ und Bertram wieder in den Besitz von Haus, Grund und Vieh gelangte, musste er Bürgen beibringen, die im Falle einer erneuten Flucht verpflichtet sind, mir den doppelten Wert von Bertrams Eigentum zu erstatten, also dann für tausend Pfund Heller aufkommen müssen.«

Loretta trank einen Schluck Wein, um ihre vom vielen Sprechen trockene Kehle zu befeuchten, und fuhr fort: »Sollten die Bürgen allerdings Bertrams etwaige Fluchtpläne ahnen, haben sie das Recht, ihn jederzeit festzusetzen und an mich auszuliefern. Bringen sie Beweise für eine weitere Fluchtvorbereitung bei, steht ihnen ein Viertel von Bertrams Vermögen zu.«

»Genial, genial, liebe Nichte. Und Bertram selbst musste die Bürgen finden?«

»Natürlich. Um im Falle des Falles tausend Pfund Heller aufbringen zu können, brauchte es über fünfzig begüterte Männer aus allen Bezirken der Grafschaft an der Mosel und im Hunsrück.«

»Es wird Bertram nicht leichtgefallen sein, eine solche Menge honoriger Männer von seinen redlichen Absichten zu überzeugen.«

Loretta genoss Matthias' bewundernde Blicke. »So ist es, verehrter Oheim.« Ihre Augen funkelten. Sie wirkte wie eine Katze, die gerade Sahne geschleckt hatte. »Man hat mir berichtet, dass die meisten Bürgen Bertram bei seinem Seelenheil schwören ließen, nie wieder einen Fluchtversuch zu unternehmen. Manche wiesen ihn auch zunächst mit seinem Anliegen ab.«

»Doch da Ihr den Verwalter im Glauben gelassen hattet, er würde gestäupt oder womöglich sogar gehängt, wenn die Sache nicht derart aus der Welt geschafft würde, blieb ihm nichts anderes übrig, als so lange zu flehen, bis er die Bürgen beisammenhatte«, schlussfolgerte Matthias.

Loretta nickte. »So ist es. Zwei volle Wochen war er Tag und Nacht unterwegs. Die damit verbundene Seelenpein betrachte ich als seine eigentliche Strafe.«

»Und was hättet Ihr getan, wenn es ihm nicht gelungen wäre, die Bürgen zu finden?«

Lorettas Gesichtsausdruck wurde ernst. »Darüber will ich lieber gar nicht erst nachdenken, lieber Oheim. Wahrscheinlich hätte ich ein Exempel statuieren müssen, damit nicht auch andere auf den Gedanken kommen zu fliehen. Doch es war mir klar, dass ich Bertram von Enkirch vorerst weiterhin als Verwalter brauche. So hoffte ich eben, dass mein Plan aufgehen würde, und zum Glück hat der Allmächtige meine Gebete erhört.«

»Und nun habt Ihr Bertram wieder mit all seinen Aufgaben betraut?«

Loretta seufzte. »Fürderhin blieb mir nichts anderes übrig, Oheim. Doch ich hoffe, Ihr könnt mir einen fähigen jungen Mann nennen, bevorzugt einen Priester ohne eigene Pfründe, der sich in alle Angelegenheiten der Grafschaft nach und nach so gut einarbeitet, dass er Bertram dereinst ersetzen kann.«

Matthias runzelte nachdenklich die Stirn. »Das wird mir sicher nicht schwerfallen, liebste Loretta. Ich habe sogar bereits einen Kandidaten im Sinn. Doch an Euch habe ich noch zwei Fragen.«

Loretta begann wieder zu lächeln. »So stellt sie nur freiheraus, lieber Oheim.«

»Die erste Frage ist einfach zu beantworten. Habt Ihr Bertram von Enkirch keine andere Strafe auferlegt als die kurze Kerkerhaft und die Verpflichtung, die Bürgen für sein zukünftiges Wohlverhalten beizubringen?«

Loretta schüttelte den Kopf. »Ganz so wohlfeil ist er nicht davongekommen. Er hat zwar all seine Güter zurückerhalten, doch die fünfzig Pfund Heller, die er darüber hinaus an Barvermögen besaß, habe ich eingezogen. Das Geld kam mir gerade recht, um die Weiler bei Birkenfeld wieder aufzubauen, die der Sturm zerstört hat.«

Matthias' Hochachtung stieg. Woher hatte die junge Frau nur dieses Talent zum Regieren? Begeistert verlieh er seinen Gefühlen Ausdruck.

»Ihr habt Eure erste Bewährungsprobe als Regentin für Euren Ältesten nicht nur mit Mut und Klugheit bestanden, sondern Ihr habt darüber hinaus einzigartige Wege beschritten, die noch niemand vor Euch gegangen ist. Sollten Eure Pläne gelingen, woran ich nicht den geringsten Zweifel hege, wird man Euch nicht nur in Eurer eigenen Grafschaft, sondern im gesamten Umland als ebenso tatkräftig und tüchtig erachten wie nur irgendeinen Mann. Doch darüber hinaus werdet Ihr als gerecht und mildtätig gelten wie eine gottesfürchtige Frau. Das scheinen mir ausgezeichnete Voraussetzungen dafür zu sein, um auch alle weiteren Prüfungen, die da kommen mögen, zu bestehen, bis Johannes volljährig ist.«

Lorettas Gesichtsausdruck wurde wieder ernst. »Ich hoffe von Herzen, dass Ihr recht behaltet, Oheim. Denn schon droht mir neues Ungemach. Friedrich von Kyrburg drangsaliert meine Bauern im Dorf Niederwörresbach und treibt es damit von Tag zu Tag schlimmer.«

Auch Matthias' Miene verfinsterte sich. »Dieser gottlose Mann ist einer der größten Schurken im weiten Umkreis. Allerdings war der Ruf seiner Schandtaten schon zu mir ins ferne Aachen gedrungen, bevor mich Eure Briefe von den Einzelheiten unterrichteten. Das bringt mich zu meiner zweiten Frage. Bertram von Enkirch gab Euch im Gegensatz zu Friedrich ja zunächst keinen konkreten Anlass, ihn unlauterer Machenschaften zu verdächtigen. War es also allein Eure Gabe, die Euch gewarnt hat?«

Loretta nickte. »So ist es. Und zum ersten Mal nicht in Bezug auf einen Menschen, der mir nahesteht, sondern auf mich selbst. Bertram von Enkirch war mir von Anfang an nicht geheuer. Alles, was unserer Grafschaft schadet, schmälert das Erbe meines Sohnes.«

Matthias ließ ihre Worte eine kleine Weile auf sich wirken. »Also könnt Ihr mit einer gewissen Wahrscheinlichkeit davon ausgehen, dass Ihr die Menschen erkennt, die Eure Regentschaft bedrohen. Das ist allerdings nicht genug, um diese Gefahren auch abzuwenden. Daher hört meinen Rat. Ihr solltet Euch einen mächtigen Verbündeten suchen, einen Mann, dem weithin jedermann Respekt und Achtung entgegenbringt.«

Loretta wurde es heiß und kalt, wie schon am Vortag, als das Schreiben eingetroffen war. Sie ahnte, wen ihr Oheim vorschlagen würde. *Ist dies Zufall oder eine Fügung des Schicksals?* Trotzdem stellte sie die erwartete Frage. »An wen denkt Ihr dabei, liebwerter Onkel?«

»Ich denke an den Kurfürsten und Erzbischof Balduin von Trier.«

Die Antwort entsprach ihrer Erwartung. Eine Hitzewelle durchströmte ihren ganzen Körper. Trotzdem versuchte sie, möglichst gleichmütig zu antworten.

»Das trifft sich gut, viellieber Oheim. Denn der Erzbischof hat sich bereits zu einem Besuch auf der Starkenburg angekündigt.«

In ihrer Aufregung vergaß sie völlig, Matthias danach zu fragen, wie sie in Zukunft mit Pantaleon verfahren sollte.

Kyrburg, Juli 1324

»Nun, bislang waren Eure Bemühungen ja nicht von allzu großem Erfolg gekrönt, werte Freunde.« Walram von Kastellaun bemühte sich gar nicht erst, den Sarkasmus in seiner Stimme zu unterdrücken. »Eine vollständige Niederlage und eine Patt-Situation, in der nichts vorangeht.«

Friedrich von Kyrburgs Gesicht färbte sich rot vor Zorn, Pantaleons Antlitz rot vor Scham.
»Ihr habt gut reden, edler Walram«, konterte der Wildgraf. »Meines Wissens habt Ihr noch gar nichts gegen dieses aufmüpfige Weibsstück unternommen. Uns zu schmähen, während Ihr selbst bequem im Sessel verharrt, das erscheint mir nicht sehr gerecht geurteilt.
Andererseits«, fuhr der Kyrburger fort, ohne Walram Zeit zu einer Entgegnung zu lassen, »habt Ihr natürlich recht, was diese Memme hier angeht.« Er deutete mit dem Finger auf Pantaleon. Der schnappte empört nach Luft, kam aber ebenfalls nicht zu Wort.
»Wie kann man sich nur so dämlich anstellen und solch ein geheimes Ansinnen am helllichten Tage angehen. Kein Wunder, dass man Euch in Enkirch gesehen hat und es dieser gräflichen Metze sogleich zutrug.«
Pantaleons Scham verwandelte sich nun in Wut. »Sprecht nicht so mit mir, Wildgraf, das verbitte ich mir.«
Friedrich war so verblüfft über Pantaleons ungewohnten Widerstand, dass ihm die Worte fehlten. Dieser wiederum redete sich zunehmend in Rage.
»Ihr habt bislang auch nichts anderes fertiggebracht, als ein paar Bauern zuschanden zu schlagen und Angst und Schrecken in einem kleinen Dorf zu verbreiten. Doch die Fehde, auf die Ihr es mit Eurem Tun angelegt habt, hat Euch Loretta noch nicht erklärt. Also könnt Ihr auch nicht damit rechnen, sie zu besiegen und Euch das Dorf Niederwörresbach als Sühne einzuverleiben. Ich dagegen …« Pantaleon kam nicht mehr dazu, seinen Satz zu beenden.
Mittlerweile hatte sich der Wildgraf nämlich von seinem Erstaunen erholt. Er stand auf und packte den Priester beim Kragen. »Was wagt Ihr Euch, Weichling …« Doch auch er kam nicht dazu, seinen Satz zu beenden, denn jetzt mischte sich Walram ein.

»Lasst Pantaleon los, Ihr ungehobelter Klotz«, herrschte er Friedrich an. »Er hat nichts als die Wahrheit gesagt.« Der Kyrburger ließ tatsächlich von dem Priester ab.

Dadurch ermutigt, begann Pantaleon, sich zu rechtfertigen. »Ich habe Euren Rat, edler Walram, getreulich befolgt, und fast wäre der Plan aufgegangen. Das Dorf Enkirch gehört wie alle Moseldörfer der Grafschaft Starkenburg zu meinen Pfründen. Ich bin dort der offiziell bestallte Gemeindepfarrer. Jeder Bewohner von Enkirch wusste zudem, dass ich schon häufiger Bertrams Rat gesucht habe. Weshalb sollte es daher auffallen, wenn ich den Verwalter bei Tageslicht aufsuchte? Es wäre doch sehr viel verdächtiger gewesen, mich bei Nacht und Nebel in sein Haus zu schleichen und dabei beobachtet zu werden.«

Walram runzelte die Stirn und dachte kurz über Pantaleons Worte nach. »Eure Argumente sind nicht von der Hand zu weisen. Doch woran ist Euer Vorhaben dann so vollständig gescheitert?«

Pantaleon breitete in einer Geste der Ratlosigkeit beide Arme aus. »Darüber habe ich mir bereits Tag und Nacht den Kopf zerbrochen, edler Herr Walram. Mir ist nur eine einzige Antwort eingefallen: Man muss uns schon bei meinem ersten Besuch in Bertrams Haus belauscht haben. Danach ließ Loretta Bertram wahrscheinlich beobachten. Der Tag sei verflucht, an dem mein seliger Bruder dieses Mannweib ehelichte. Jedenfalls wusste sie über alles Bescheid und hatte sogar das Schreiben des Erzbischofs an sich gebracht.«

Der Wildgraf mischte sich ein. »Dennoch ist es Euch allein anzulasten, dass dieser Teil unseres Vorhabens nicht nur gescheitert ist, sondern sich sogar in einen Sieg dieser widernatürlichen Frau verwandelt hat. Daher …«

Walram hob die Hand und fiel Friedrich erneut ins Wort. »Genug gejammert über verschüttete Milch. Lasst uns nun nach vorne blicken! Noch ist überhaupt nichts verloren. Habt Ihr die Urkunde mitgebracht?«, fragte er Pantaleon.

Der nickte und nestelte eine lederne Schutzhülle aus seinem Reisesack, in der eine Pergamentrolle steckte. Walram streckte fordernd die Hand danach aus.
Ein wölfisches Lächeln stahl sich auf sein Gesicht, als er den Schriftsatz aufmerksam las. Dann grinste er breit und schlug Pantaleon ungewohnt temperamentvoll auf die Schulter.
»Ich bin sehr zufrieden mit Euch. Damit seid Ihr der Herrschaft über Starkenburg ein gutes Stück näher gekommen.«
Pantaleon erwiderte Walrams Grinsen mit einem gequälten Lächeln. *Fürderhin habe ich meine Macht erst einmal erheblich verringert,* dachte er, behielt seine Gedanken aber für sich.
»Werdet Ihr Euch denn jetzt selbst für unsere Sache einsetzen?«, fragte er stattdessen zaghaft.
Walrams Grinsen wurde noch breiter. »Sobald dieses Dokument von zwei Zeugen gesiegelt ist, werter Pantaleon.«
»Und was habt Ihr Großartiges vor, Walram?« Friedrichs Stimme klang herausfordernd.
Walrams Mundwinkel verzogen sich verächtlich. »Davon werdet Ihr bald genug hören, wohledler Friedrich. Seid versichert, mit meinem Plan treffe ich die Gräfin an einer sehr empfindlichen Stelle und vollbringe darüber hinaus sogar ein gottgefälliges Werk.«
Wieder hob er die Hand, um der Frage des Wildgrafen zuvorzukommen. »Nein, ich werde es Euch heute bestimmt nicht verraten. Vielleicht haben auch in Eurer Burg die Wände Ohren.«
Ungerührt von Friedrichs empörtem Schnauben, beendete er seine Rede.
»Sorgt Ihr derweil dafür, dass der Metze nichts anderes übrigbleibt, als Euch die Fehde zu erklären. Zusammen mit meiner Tat wird sie das in gewaltige Bedrängnis bringen.«

Starkenburg, Juli 1324, wenige Tage später

Erst als Hilda sie heftig an den Schultern rüttelte, schreckte Loretta schweißgebadet aus ihrem furchtbaren Alptraum auf. Verwirrt blickte sie um sich und fand erst nach und nach in die Wirklichkeit zurück.

Vor ihrem Bett standen Hilda und Kathi. Beide waren barfuß und nur mit ihrem Hemd bekleidet. »Was ist passiert?«

Die Frauen musterten Loretta besorgt. »Ihr habt so furchtbar geschrien, Herrin, dass wir wähnten, jemand sei in Euer Gemach eingedrungen«, erklärte Kathi. »Es klang, als wärt Ihr in höchster Todesnot.«

Erst jetzt bemerkte Loretta, dass die junge Frau einen dicken Holzknüttel umklammert hielt. Trotz des erlittenen Schreckens war sie gerührt.

»Ich danke euch, meine Tapferen, dass ihr mir derart wehrhaft zu Hilfe eilen wolltet. Doch nicht ich bin in Gefahr.«

»Wer ist es denn, Herrin?«, erkundigte sich Hilda. »Ich versichere Euch, Eure Söhne liegen friedlich in tiefem Schlaf.«

Es pochte ein weiteres Mal an der Tür. Blanche von Veldenz trat ein. Sie hatte einen Umhang über ihr Hemd geworfen und trug Holzpantinen an den Füßen, wirkte aber ebenso erschrocken wie die beiden Mägde.

»Ich hörte Euch schreien wie in Todesangst, liebe Tante. Seid Ihr wohlauf?«

Loretta strich sich erschöpft über die Stirn. »Ich danke euch allen für eure Fürsorge«, wiederholte sie. »Ich wünschte, es wäre nur ein Nachtmahr auf meiner Brust. Doch ich fürchte, jemand ist in höchster Gefahr.«

»Wer ist es, liebste Tante?«

»Ich weiß es nicht genau, liebe Blanche. In meinem Traum schlugen maskierte Männer einen Reisenden und seine beiden Begleiter förmlich in Stücke.«

Plötzlich erinnerte sie sich an etwas und schlug sich entsetzt auf den Mund. »Ein Judenhut, ich sah einen gelben Judenhut am Wegrand liegen. Es muss Thaddäus von Kirchberg sein, von dem ich träumte. Er ließ mir ausrichten, dass er sich dieser Tage auf den Weg machen will, um einige Waren an die Mosel zu bringen und mich auf der Starkenburg aufzusuchen. Ich habe schon vor einiger Zeit nach ihm geschickt, da ich den überzähligen Wein verkaufen will.«

Erregt sprang sie aus dem Bett und begann, mit bloßen Füßen in der Kammer hin und her zu laufen. »Was soll ich nur tun? Ich spüre, Thaddäus ist in Todesgefahr. Aber es war nur ein Traum. Woher will ich wissen, ob er wirklich schon auf dem Weg ist?«

Blanche musterte Loretta durchdringend. »Habt Ihr die Erfahrung gemacht, dass solche Träume Vorahnungen sind, Tante? Oder sind es nur Hirngespinste, wie sie ein zu schweres Nachtmahl verursachen kann?«

Loretta schüttelte heftig den Kopf. »Nein, das sind keine Hirngespinste. Diese Vorahnungen haben mich noch niemals getäuscht.«

»Dann hört meinen Vorschlag, liebwerte Muhme. Lasst unverzüglich Volker von Falkenstein wecken und mit einigen Männern der Burgbesatzung gen Kirchberg aufbrechen. Jetzt gleich, noch bevor der Morgen graut«, wehrte sie Lorettas protestierende Geste ab. »Volker wird sich als edler Ritter nicht weigern, wenn Gefahr im Verzug ist. Ist der Jude noch gar nicht aufgebrochen, kann ihm Herr Volker Geleitschutz anbieten. Trifft er ihn unterwegs, kann er ihm im Falle eines Angriffs Beistand leisten.«

Trotz ihrer anfänglichen Überraschung über Blanches Vorschlag überlegte Loretta nur kurz. »Ihr habt recht, Blanche. Mein *Gefühl* hat mich noch nie getrogen, aber schon viel Unheil verhindert. Hilda«, wandte sie sich an ihre Hebamme und Kinderfrau.

»Sorge dafür, dass Volker geweckt wird. Er soll noch in dieser Stunde mit zehn Reisigen aufbrechen.«
Hilda knickste und entfernte sich wortlos. Dass weder sie noch Kathi eine Silbe geäußert hatten, seitdem Blanche den Raum betreten hatte, fiel Loretta in ihrer Aufregung gar nicht auf.

Starkenburg, Juli 1324, am Mittag des übernächsten Tages

»Die Männer kommen zurück, liebste Tante.« Blanche stürmte ohne ein Grußwort in die Kemenate, in der Loretta seit Stunden reglos verharrte. »Sie sind gerade auf die Straße nach Starkenburg eingeschwenkt.«
Als Loretta Blanche ins Gesicht blickte, erstarb der winzige Hoffnungsfunke, der bei ihrem Eintritt aufgeflammt war. »Doch sie kommen allein«, ergänzte sie tieftraurig Blanches Bericht. »Thaddäus von Kirchberg ist nicht bei ihnen.«
Die junge Frau nickte. Auch sie sah beunruhigt aus. »Doch das muss noch nichts heißen, Muhme Loretta«, versuchte sie, ihrer Tante Mut zuzusprechen. »Vielleicht haben sie ihn ja nur verfehlt.«
Loretta schüttelte den Kopf, in dem sich vom Nacken her ein dumpfer Schmerz auszubreiten begann. Ihr ganzer Körper fühlte sich schwer wie Blei an.
Seit dem gestrigen Morgen war ihre Angst stärker und stärker geworden, bis sie gegen Mittag einer dumpfen Resignation gewichen war. »Nein, liebe Blanche. Sie kamen zu spät. Ich weiß es schon eine geraume Weile. Thaddäus ist tot.«

»Erspart mir die Einzelheiten, Herrin«, bat Volker. »Es war gar zu furchtbar, was wir am Tatort vorgefunden haben.«
Schon bei seinem Eintreten war den Frauen ob seines Gesichtsausdrucks klargeworden, dass Loretta recht behalten würde.

Die Gräfin schüttelte störrisch den Kopf. »Nein, Volker. Ich weiß, dass Ihr es gut meint. Doch ich wäre eine feige Regentin, wenn ich nicht einmal hören wollte, was ein Mann erlitten hat, der mir stets treu zu Diensten stand.«
Sie wandte sich an Blanche. »Aber Ihr könnt gehen, falls Volkers Bericht für Eure zarten Ohren zu grausam ist.«
Ihre Nichte schüttelte ebenfalls den Kopf. »Lasst mich bleiben, damit ich Euch später trösten kann.«
Loretta holte tief Luft. »Also, edler Volker, so sprecht.«
»Wir haben die Leichen des Juden Thaddäus und zwei seiner Knechte gestern Nachmittag auf einem Hohlweg gefunden, ungefähr sechs Wegstunden von Kirchberg entfernt. Sie scheinen am Morgen aufgebrochen zu sein und waren noch nicht lange tot. Denn das Blut war noch nicht völlig geronnen und die Körper noch nicht gänzlich erkaltet.«
Loretta nickte mutlos. »Thaddäus pflegte auf dem Weg an die Mosel bei einem Vetter zu übernachten, der ungefähr eine halbe Tagesreise entfernt von hier wohnt. Er wäre heute um die Mittagsstunde auf der Starkenburg eingetroffen.« Sie sammelte sich. »Was hat man ihnen angetan?«
»Es sah wie ein Überfall von Straßenräubern aus, liebwerte Herrin. Die Leichen waren nackt und völlig ausgeplündert.« Er stockte.
»Was hat man ihnen angetan?«, insistierte Loretta.
Volker wich ihrem Blick aus. »Die Körper waren entsetzlich verstümmelt. Finger, Hände und Füße haben die Mörder abgeschlagen. Ob dies vor oder nach ihrem Tode geschah, vermag ich nicht zu sagen. Thaddäus' Kopf …«, er stockte wieder.
Loretta fühlte Brechreiz in sich aufsteigen. Trotzdem echote sie: »Thaddäus' Kopf?«
»Sie haben ihm den Bart abgesengt, die Augen ausgestochen, die Zunge herausgeschnitten und ihm diese mit einem spitzen Stöckchen an die Wange geheftet. In den Mund haben sie ihm

sein abgetrenntes Geschlecht gestopft. Der Kopf selbst stak auf einem spitzen Ast.«
Loretta stöhnte auf. Sie spürte, dass dies noch nicht alles war. Doch mehr konnte sie nicht ertragen.
Eine letzte Sorge quälte sie. »Habt Ihr die Leichen begraben?«
Sie war zutiefst dankbar, als Volker nickte. Denn es war für einen Christen keineswegs selbstverständlich, sich um einen ermordeten Juden zu kümmern, wie ihr Volkers Antwort sogleich bestätigte. »Wir haben die Leichen mit Erde bedeckt und die Stelle mit Steinen markiert, falls es Verwandte gibt, die die Körper abholen wollen, um sie auf ihrem eigenen Friedhof zu bestatten. Die Männer waren zwar Ungläubige, aber ich wusste, dass Ihr es gewünscht hättet, Herrin. Auch der Allmächtige wird es uns hoffentlich nicht verübeln, dass wir die Leichen der Juden nicht am Wegrand verrotten ließen.«
»Wenn es der Gott ist, an den ich glaube, sicherlich nicht, edler Volker.« Loretta fühlte sich nach der nahezu schlaflosen Nacht auf einmal furchtbar müde und sehnte sich danach, mit ihrem Schmerz allein zu sein. »Ich habe Euch wieder einmal zu danken und werde mich für Eure Treue erkenntlich zeigen. Doch nun will ich ein wenig ruhen.«
Zu ihrer Überraschung machte Volker keine Anstalten, sich zurückzuziehen. »Eines solltet Ihr noch wissen, Herrin. Als wir auf dem Rückweg durch das Dorf ritten, das dem Ort der Mordtat am nächsten liegt, fragten wir die Bewohner, ob ihnen eine verdächtige Rotte Männer aufgefallen sei. Ein Bauer konnte uns Auskunft geben. Er hatte Feuerholz im Wald gesammelt und sah einen Ritter mit fünf Reisigen vorbeireiten. Sie führten zwei vollbepackte Maultiere mit sich und ein reiterloses Pferd.«
Volker holte hörbar Luft, dann straffte er sich.
»Der Bauer kannte das Wappen des Ritters. Es war das der Vorderen Grafschaft Sponheim, der Kreuznacher Linie Eures Geschlechts.«

Kapitel 15

Starkenburg, August 1324

Sie erreichten die Starkenburg im strömenden Regen. Der Dunst war so dicht, dass Balduin von der Moselhöhe aus kaum sein kleines Schiff erkennen konnte, auf dem er den Weg von Trier bis zur Anlegestelle der Burg am Ufer des Flusses zurückgelegt hatte.

Zwar erwartete ihn am Bootssteg ein Lehnsmann der Gräfin mit zwei Reitpferden für sich und seinen Sekretär Remigius. Dennoch war Balduin bis auf die Haut durchnässt, als die Tiere endlich den steilen Pfad zur Burg erklommen hatten. Er unterdrückte einen unchristlichen Fluch, als er im Burghof aus dem Sattel stieg.

Eine junge Magd empfing ihn an der Tür zum Palas. Sie reichte ihm und Remigius ein Handtuch und führte die Gäste danach erst einmal in ihre Schlafkammern, wo weitere Handtücher und trockene Kleidung bereitlagen.

»Ich darf Euch herzlich von meiner Herrin Loretta grüßen, edler Herr. Sie erwartet Euch in einer halben Stunde in der kleinen Halle. Bis dahin erfrischt Euch ein wenig«, sie wies auf einen kleinen Tisch, auf dem Wein, Wasser und Früchte bereitstanden, »und wechselt die nassen Kleider. Wenn Ihr Hilfe benötigt, kann ich Euch gern einen Knecht schicken.«

Balduin musterte die Magd. Sie war ein hübsches junges Ding von kaum mehr als zwanzig Jahren. *Wenn du mir selbst behilflich sein wolltest, würde ich sicher nicht ablehnen,* schoss es ihm durch den Kopf. Sofort wurde ihm klar, dass er unkeusche Gedanken durch andere unkeusche Gedanken zu verdrängen suchte. Denn seitdem er seinen Besuch auf der Starkenburg angekündigt hatte, wollte ihm Loretta nicht mehr

aus dem Kopf gehen, worüber er sich mittlerweile weidlich ärgerte.
Somit begnügte er sich mit der Frage nach dem Namen der Magd.
Die junge Frau knickste erneut. »Ich heiße Kathi, hoher Herr, und bin Gräfin Lorettas eigene Kammermagd.«
»Nun, liebe Kathi, so richte deiner edlen Herrin aus, dass ich pünktlich zur Stelle sein werde. Weitere Hilfe benötige ich bis dahin nicht.«

Zur angegebenen Zeit betrat Balduin gemessenen Schrittes den kleinen Saal. Loretta erwartete ihn bereits und kam ihm entgegen.
Sie neigte den Kopf. »Ich begrüße Euch auf der Starkenburg, edler Erzbischof, und danke Euch für Euren Besuch. Ich hoffe, Ihr konntet Euch ein wenig von den Unbequemlichkeiten der Reise erholen. Ihr seid mir hoffentlich nicht gram, dass ich Euch nicht persönlich empfing. Doch ich dachte, es sei Euch angenehmer, Euch erst einmal herrichten zu können.«
Balduin erwiderte den Gruß, der ihm allerdings allzu förmlich erschien nach dem, was einst zwischen ihnen geschehen war. »Ich habe für den herzlichen Empfang zu danken, Gräfin. In der Tat habt Ihr recht. Einer hochwohlgeborenen Dame gegenüberzutreten wie ein tropfnasser Hund, wäre mir ungelegen gekommen.«
Loretta zeigte auf einen prächtigen, aber dennoch bequemen Lehnstuhl, der ehemals Johanns Lieblingsplatz war, wie Balduin sich erinnerte. Er stand in der Nähe des Kamins, in dem bereits ein Feuer brannte und angenehme Wärme verbreitete. Loretta selbst setzte sich auf einen kleineren, ebenfalls mit einem Samtkissen ausgestatteten Stuhl.
»Ich habe heißen Würzwein bestellt«, wies sie einladend auf den dampfenden Krug. »Es ist in den letzten Tagen bereits recht

kühl geworden. Hilda, meine heilkundige Kinderfrau, schwört darauf, es sei das beste Mittel, um bösen Erkältungen vorzubeugen.«

Balduin nickte. Während die Kammermagd Kathi die Zinnbecher füllte, musterte Balduin Loretta verstohlen. Die Gräfin sah erschöpft aus. Tiefe Ringe lagen unter ihren Augen, die ersten winzigen Fältchen umkränzten ihren Mund mit den vollen, sinnlichen Lippen. Außerdem erschien sie ihm sehr viel schlanker, als er sie in Erinnerung hatte, soweit dies unter dem schwarzen, formlosen Trauergewand, das sie noch immer im Angedenken an ihren Gatten und Schwiegervater trug, zu erkennen war. Ihr prächtiges Haar hatte sie vollständig unter dem strengen Witwenschleier verborgen, den sie sich dicht um Kopf und Hals geschlungen hatte.

Trotzdem erschien Loretta Balduin begehrenswerter denn je. Sein Gemächt begann sich bereits zu regen, was die prächtige Surcotte aus braunem Samt, die er gegen sein eigenes durchweichtes Gewand getauscht hatte und die sicherlich wie das Untergewand von Graf Johann stammte, zum Glück hinreichend verbarg.

»Ich danke dir, Mädchen«, sagte er, ohne groß darüber nachzudenken, zu Kathi. »Du darfst dich jetzt entfernen. Ich habe Vertrauliches mit deiner Herrin zu bereden.«

Sowohl Loretta als auch die Magd musterten ihn erstaunt. Doch auf einen Wink der Gräfin verließ Kathi den Saal.

»Es wäre nicht vonnöten gewesen, meine Kammermagd hinauszuschicken, Herr«, sagte Loretta mit leisem Tadel. »Ich kann ihr vollständig vertrauen.«

»Womöglich hat Bertram von Enkirch dies auch gedacht, wohledle Gräfin, und ahnt bis heute nicht, wer seine Pläne an Euch verriet«, konterte Balduin spontan und bereute seine Worte sogleich.

In der Tat röteten sich Lorettas Wangen, was ihre zarte Schön-

heit noch unterstrich. »Ich sehe, Ihr seid gut unterrichtet«, erwiderte sie kühl.
Balduin verfluchte im Stillen sein Ungeschick. Jetzt hieß es, alles daranzusetzen, seinen verbalen Ausrutscher wieder gutzumachen.
Er setzte eine dramatische Miene auf. »Wie sollte ich mich nicht über die Angelegenheit sachkundig machen, Dame Loretta! Schließlich hat mich Euer Verwalter zum ahnungslosen Komplizen seines Verrats gemacht, als er mich um Aufnahme in meine Ländereien bat. Ich versichere Euch, er erwähnte mit keinem Wort, dass er zu Euren Eigenleuten gehört.«
Loretta wirkte überrascht. »So wart Ihr also in das Komplott gar nicht eingeweiht, hoher Herr? Und hattet auch nicht die Absicht, Euren eigenen Nutzen aus dieser fatalen Situation zu ziehen?«
»Ein solcher Gedanke läge mir fern, edle Frau.« Balduin hoffte, dass ihm der Tonfall gekränkter Unschuld überzeugend gelungen war.
Loretta sah ihn durchdringend an. Balduin hielt ihrem Blick stand. Gefühle vorzutäuschen, hatte er schon in seiner Jugend am französischen Hof gelernt. Auch diesmal schien es zu funktionieren. Lorettas strenge Miene entspannte sich.
»Dann interessiert es mich umso mehr zu erfahren, welche Geschäfte Euch heute zu mir auf die Starkenburg führen.«
Die nächsten Worte drängten sich Balduin über die Lippen, ohne dass er es geplant hatte. »Es sind zwei Angelegenheiten, aufgrund derer ich gekommen bin, hohe Dame. Graf Johann von Starkenburg zählte zu meinen engsten Freunden und treuesten Verbündeten. Ich fühle mich Euch als seiner Nachfolgerin verpflichtet. Eure Feinde bedrängen Euch gar arg, die Kunde davon ist schnell zu mir nach Trier gedrungen. Sie schreckten ja nicht einmal davor zurück, mich selbst zum Werkzeug ihrer hinterlistigen Pläne zu machen. Also möchte ich Euch meine

Hand als Verbündeter anbieten und hoffe, Ihr werdet sie nicht zurückweisen.«

Er stockte, erstaunt über sich selbst. *Du Narr,* schalt er sich innerlich. *Du wolltest sie um das Bündnis, das du ihr jetzt demütig zu Füßen legst, bitten und betteln lassen.*

Doch Lorettas strahlendes Lächeln, das ihre Züge verschönte, wie die aufgehende Sonne den Morgennebel verdrängt, entschädigte ihn für seinen vermeintlichen taktischen Fehler.

»Ihr seht mich sprachlos ob dieser Großmut, liebwerter Herr.« Lorettas Stimme klang nun vor unverhüllter Freude warm und weich. »Und Ihr wisst gar nicht, welche Last mir von der Seele fällt, dass ich Euch nicht ebenfalls zu meinen Gegnern zählen muss. Ich habe von einem solchen Bündnis geträumt, doch nicht zu hoffen gewagt, dass es eintreten könnte.«

Unwillkürlich war Balduin gerührt. »Es scheint in der Tat, als habe sich alle Welt gegen Euch verschworen«, sagte er mitfühlend.

Lorettas Lächeln wich einer traurigen Miene. »Mein Schwager Pantaleon versuchte schon, mich zu hintergehen, als die Tinte auf der Urkunde, mit der ich ihm großzügig zwei wertvolle Güter übertrug, noch nicht trocken war. Das ist bereits schwer genug zu ertragen, edler Herr Balduin. Zudem drangsaliert der grausame Wildgraf Friedrich von Kyrburg meine Hintersassen im Dorf Niederwörresbach, ohne dass ich die Mittel habe, ihn daran zu hindern. Das belastet mich ebenfalls Tag und Nacht. Und nun scheint es auch noch, als habe sich der Sponheimer Zweig der Vorderen Grafschaft, meine eigene Verwandtschaft aus Kreuznach, gegen mich verschworen.«

Letzteres war Balduin neu, obwohl es ihn nicht überraschte. »Was legt Ihr ihnen zur Last?«

»Wahrscheinlich ist Walram, der Sohn des regierenden Grafen, für einen Überfall verantwortlich, dem einer meiner engsten Vertrauten zum Opfer fiel. Er tötete den reichen jüdischen

Geldmakler und Kaufmann Thaddäus Walch aus Kirchberg. Thaddäus war mein wichtigster Berater in den finanziellen Angelegenheiten der Grafschaft, seitdem ich Bertram von Enkirch nicht mehr vertrauen konnte.«

Balduin nickte betroffen. »Ich habe von diesem Anschlag gehört, denn ich kannte Thaddäus. Einer seiner Vettern gehört zu meinen Leibjuden in Trier und leistet mir dort unschätzbare Dienste als Geldverleiher und Finanzbeamter. Aber wieso glaubt Ihr, dass Walram die Tat anzulasten ist?«

»Ein Bauer hat das Sponheimer Wappen erkannt, hoher Herr, als die Mordbande kurz nach der Untat an ihm vorbeiritt. Und der Grafensohn ist trotz seiner Jugend als noch brutaler und skrupelloser verschrien als der Wildgraf von Kyrburg.«

Balduin dachte kurz nach und entschloss sich dann zur Offenheit. »Ich sehe in der Tat, liebwerte Gräfin, dass wir viele gemeinsame Interessen haben. Über kurz oder lang werde ich zumindest mit Friedrich von Kyrburg aneinandergeraten. Die Familie der Wildgrafen ist seit zwei Generationen verstritten. Deshalb hat mir Friedrichs kinderloser Vetter Heinrich seine Schmidtburg als Lehen angetragen. Stirbt Heinrich ohne leibliche Nachfahren, wovon auszugehen ist, da er unbeweibt und seit Jahren kränklich ist, fällt das wertvolle Anwesen an Kurtrier. Spätestens dann wird eine Fehde gegen den Kyrburger, der sich bereits als Erbe der Schmidtburg wähnt, unvermeidbar sein und damit auch gegen Walram von Kastellaun. Erst vor einigen Tagen haben mir meine Kundschafter bestätigt, dass Walram und Friedrich ein Bündnis des Inhalts geschlossen haben, sich in jeder Fehde gegenseitig rückhaltlos Beistand zu leisten. Also wird Walram den Kyrburger unterstützen, wenn es zum Kampf um die Schmidtburg kommt.«

Nun sah Loretta wieder so niedergeschlagen und traurig aus wie zu Beginn ihrer Begegnung. »So hat mich mein Gefühl nicht getrogen, dass Walram Thaddäus getötet hat, um mich zu treffen. Und wenn Ihr recht habt, woran ich keinen Zweifel hege, wird Walram Friedrich auch unterstützen, wenn ich dem Wildgrafen wegen Niederwörresbach den Fehdehandschuh vor die Füße werfe.«

Balduin nickte. »Davon ist leider auszugehen, liebe Freundin.«

Zu seiner Bestürzung traten jetzt sogar Tränen in Lorettas wunderschöne Augen.

»Und mir fehlen die Mittel, um eine Streitmacht gegen Friedrich auszurüsten. Jetzt, da Thaddäus tot ist, wird mir auch niemand das Geld vorstrecken wollen, das ich dazu brauche.«

Balduin, der seine zweite Angelegenheit noch nicht zur Sprache gebracht hatte, sah seine Felle davonschwimmen, wenn Loretta in dieser Stimmung blieb. »Betrübt Euch nicht, liebwerte Dame«, bat er deshalb. »Hier weiß ich guten Rat, den ich Euch gerne erteilen möchte. Doch jetzt wird bald die Glocke zur Vesperandacht schlagen. Danach wartet zweifellos ein köstliches Nachtmahl auf uns. Lasst uns alles Weitere morgen besprechen.«

Schuldbewusst sah Loretta auf. »Ich bitte Euch um Vergebung, edler Erzbischof, dass ich meine Pflichten als Gastgeberin so sträflich vernachlässigt habe. Da die fortwährenden Sorgen mir selbst oft den Appetit rauben, habe ich übersehen, wie hungrig und erschöpft Ihr nach den Strapazen der Reise sein müsst. In der Tat harrt Eurer eine schmackhafte Wildschweinkeule, die gerade in der Küche zubereitet wird.«

Loretta stand auf, als ihr plötzlich noch etwas einfiel.

»Eine Frage beantwortet mir doch noch, wohledler Herr. Ihr spracht von zwei Geschäften, die Ihr mit mir bereden wollt. Was ist die zweite Sache? Ein Stichwort reicht, damit ich weiß, worum es geht.«

Balduin zog sie mit seinem Blick in den Bann. »Wisst Ihr das wirklich nicht, liebste Loretta?« Seine Stimme klang rauh.

Er stand auf und zog sie in seine Arme. Anfangs versteifte sie sich, doch dann erlahmte ihr Widerstand. Willenlos sank sie zurück, als er ihre Lippen öffnete und sie leidenschaftlich küsste.

»Ich habe die Nacht mit dir nie vergessen«, raunte er, heiser vor Begehren. Wäre nicht zu befürchten gewesen, dass die Magd oder ein anderer Bediensteter den Saal betrat, um die Kerzen anzuzünden oder das Feuer zu schüren, hätte er sie gleich hier vor dem Kamin auf dem wollenen Teppich genommen, der den Boden statt der üblichen Binsen bedeckte.

»Darf ich dich heute Nacht wieder in deinem Gemach besuchen?« Loretta lag reglos in seinen Armen. Als ihre Antwort nicht sogleich kam, wurde ihm einen Moment lang ganz bänglich ums Herz.

Doch dann öffnete sie die Augen, in denen sich sein eigenes Begehren widerspiegelte. Ihre Worte waren leiser als ein Windhauch. »Es ist unrecht, Balduin, und das wisst Ihr sehr wohl. Dennoch seid Ihr mir willkommen.«

Mitten im Hunsrück, Mai 1325, neun Monate später

»Wie weit ist es noch bis Kirchberg, Ritter von Falkenstein?« Loretta veränderte ihre Position im Sattel, die ihr allzu unbequem geworden war, und richtete sich ein wenig in den Steigbügeln auf. Da sie im Herrensitz ritt, verhakte sich der Saum ihres Rocks dabei an ihrem Schuhwerk und riss auf.

Ärgerlich begutachtete sie das Missgeschick, während sie zu Volker aufschloss, der sein Pferd gezügelt hatte und auf sie wartete.

»Es dürften noch zwei bis drei Wegstunden sein, Herrin.« Er musterte sie besorgt. »Sollen wir anhalten und ein wenig rasten?«

Loretta schüttelte den Kopf. »Nein, ich möchte sichergehen,

noch vor Anbruch der Dämmerung in Kirchberg einzutreffen, bevor die Stadttore geschlossen werden. Wir reiten weiter.«
Während die Pferde wieder in Trab fielen, dachte Loretta an die bevorstehende Begegnung mit Thaddäus' Ehefrau Miriam. Kirchberg gehörte zur Hälfte zu Kurtrier, zur anderen Hälfte den Kreuznacher Sponheimern. *Kein Wunder, dass Walram auf diese Weise leicht in Erfahrung bringen konnte, wann Thaddäus im letzten Jahr an die Mosel aufbrach.*
Wie immer, wenn sie sich an den ungesühnten Mord an dem Juden erinnerte, wurde Loretta traurig. Und doch führte ihr Weg sie heute nur aus diesem Grund zu der kleinen Stadt im Hunsrück.
Mitten in der rauschenden Liebesnacht nach ihrer Wiederbegegnung, als sie erschöpft und zufrieden ein wenig ruhten, hatte ihr Balduin offenbart, er glaube, dass Thaddäus' Eheweib Miriam die Geschäfte ihres Mannes weiterführen würde.
»Er hat schon in den letzten Jahren nichts mehr ohne ihren Rat und ihre Billigung unternommen«, erklärte er der über die Maßen erstaunten Loretta. »Es ist zwar selten, doch keineswegs ungewöhnlich, dass eine Jüdin die gleichen Geschäfte tätigt wie zuvor ihr verstorbener Mann.«
»Dies hätte ich nie von Thaddäus geglaubt. Er wirkte, als ob er unbedingten Gehorsam von seinem Weib erwartet.«
»Das eine muss das andere ja nicht ausschließen«, erwiderte Balduin mit einem feinen Lächeln. »Gelingt es einem geschickten Weib, seinen Eheherrn nach seinem Willen zu lenken, gibt es keinen Anlass für Widerspruch oder gar Ungehorsam.«
Loretta nahm den Ball auf. »Gilt dies auch für dich selbst, mein Liebster?«
Er küsste sie auf die Nasenspitze. »Zum Glück bin ich ja nicht in den Stricken der Ehe gefangen.«
Trotz des leichten Tons, den Balduin anschlug, ahnte Loretta zum ersten Mal, dass sich ihre Beziehung außerhalb des ge-

meinsamen Lagers nicht so unkompliziert entwickeln würde, wie sie es sich wünschte.
Damals hatte sie diesen Gedanken sofort verdrängt und stattdessen mit einer Frage reagiert. »Glaubst du denn, ich kann auch Miriam Walch um ein Darlehen bitten?«
Balduin nickte. »Lass noch ein paar Monate vergehen, bis ihre bittersten Tränen getrocknet sind und sie die Angelegenheiten des Verstorbenen geordnet hat. Dann ersuche sie um ein Darlehen und erkläre Friedrich von Kyrburg alsbald die Fehde, sollte es noch vonnöten sein, wovon ich allerdings ausgehe.
Aber …« Balduin verschloss Lorettas Lippen mit einem Kuss und zog sie erneut in seine Arme. »Genug der Geschäfte, edle Gräfin. Die Nacht ist zu kurz, um sie mit Politik zu verschwenden.«
Ermutigt durch seine Zärtlichkeiten, die sie noch intensiver erfuhr und genoss als bei ihrer ersten Begegnung, brachte Loretta das Thema beim Frühmahl noch einmal zur Sprache.
»Was tue ich, wenn der Wildgraf seine Drohung wahr macht und meine Hintersassen am Martinitag zwingen will, ihm die Pacht auszuhändigen?«
Anfangs wich Balduin ihr aus. »Vergesst nicht, meine Schöne, dass Ihr in mir einen mächtigen Verbündeten habt. Kommt Zeit, kommt Rat.«
Bei seinem nächsten Besuch teilte er ihr mit, dass ihn Miriam gebeten habe, sich unter seinen Schutz stellen zu dürfen. Damit verlor sie zwar ihre Freiheit und gehörte fortan zu seinen Leibjuden, was mit den gleichen Einschränkungen verbunden war, die unfreien Ministerialen wie Bertram von Enkirch auferlegt waren. Doch unter des Erzbischofs mächtigem Schutz fühlte sich Miriam sicher, zumal die Hälfte ihrer jüdischen Mitbürger in Kirchberg ebenfalls Balduins Leibjuden waren.
Denn auch Walram von Kastellaun, von seinem Vater mittlerweile mit der Verwaltung des Sponheimer Teils von Kirchberg

betraut, hatte seine Leibjuden in der Stadt. Wie es hieß, sah er den Kontakt zu ihren hebräischen Mitbrüdern in Balduins Diensten nicht gern.
Beim Gedanken an Walram verschlechterte sich Lorettas Laune. Sie spürte ihr vom langen Ritt schmerzendes Gesäß noch stärker als zuvor, scheute sich aber, Volker von Falkenstein erneut nach der verbleibenden Wegstrecke bis Kirchberg zu fragen.
Um sich abzulenken, richtete sie ihre Gedanken stattdessen auf Balduin. In der letzten Zeit grübelte sie immer öfter über ihre Beziehung.
Sie wurde einfach nicht aus ihm schlau. Mit der einzigen Ausnahme, die sie gerade erst erlebt hatte, wähnte sie sich des Nachts in seinen Armen wie im Paradies und fühlte sich über alle Maßen geliebt und verwöhnt. Doch sobald sie sich außerhalb der Schlafkammer begegneten, änderte sich Balduins Verhalten ihr gegenüber und wirkte weit über die Erfordernisse der Schicklichkeit hinaus kühl und geschäftsmäßig.
Anfangs glaubte Loretta, dass ihren Geliebten das schlechte Gewissen aufgrund seines unkeuschen Lebenswandels plagte. Auch sie selbst lebte in der beständigen Sorge, dass außer Kathi und ihrer Mutter Hilda, die von Anfang an eingeweiht waren, andere Mitglieder ihres Haushalts Verdacht schöpfen könnten. Doch als sie Balduin eines Nachts darauf ansprach, stellte sie fest, dass ihn das überhaupt nicht anfocht.
Der eigentliche Grund für sein Verhalten erschloss sich ihr erst, als es zu ihrem ersten heftigen Streit kam. Wieder ging es dabei um den Wildgrafen. Oswald, ein Bauer aus Niederwörresbach, hatte Loretta die Kunde überbracht, dass sich der Kyrburger dort tatsächlich am Martinitag einfinden wollte, um von ihren Eigenleuten die Pacht einzufordern. Eingedenk des Bündnisses, das ihr Balduin immer wieder versprochen hatte, bat ihn Loretta, ihr einige Reisige zur Verfügung zu stellen. Gemeinsam mit ihren Burgmannen sollten sie den Kyrburger,

der mit keinerlei Widerstand rechnete, am Martinitag in Niederwörresbach erwarten. Doch zu ihrem ungläubigen Staunen hatte sich der Erzbischof zunächst rundweg geweigert, sie zu unterstützen.
»Ich kann keinen meiner Männer entbehren«, erklärte er ihr. »Sie werden gebraucht, um den Bau der Burg Baldeneck zu bewachen.«
Das war Loretta neu. »Von welcher Burg sprecht Ihr?«
»Ich lasse nicht weit von Kastellaun eine neue Festung errichten, um Walram von Sponheim in Schach zu halten. Früher oder später wird mir die Burg von großem Nutzen sein.«
Loretta wusste nicht, was sie mehr empörte, Balduins Weigerung, ihr zu helfen, oder sein mangelndes Vertrauen ihr gegenüber. Schließlich lag Baldeneck in einem Gebiet, das auch unmittelbar an das von Starkenburg-Sponheim grenzte.
Ihre bitteren Vorwürfe ließen den Erzbischof jedoch kalt. Zum ersten Mal stellte sich Loretta trotz Balduins Anwesenheit auf eine öde Nacht in ihrem einsamen Bett ein.
Doch weit gefehlt. Als wäre nichts zwischen ihnen vorgefallen, begehrte Balduin wie üblich um Mitternacht Einlass in ihre Schlafkammer.
Loretta öffnete ihm zwar, schon allein, um niemanden aufmerksam zu machen, empfing ihn jedoch kühl. »Heute Nacht ist mir nicht danach zumute, mit Euch das Lager zu teilen. Wie sollte sich Euch mein Leib hingeben, wenn mein Geist mit Euch hadert.« Sie behielt sogar die förmliche Anrede bei, die sie sonst nur tagsüber benutzten.
Balduin hatte sie völlig erstaunt angeblickt. Wenn sie sich an den Ausdruck in seinen dunklen Augen erinnerte, war Loretta noch heute davon überzeugt, dass er von ihrer Abweisung vollkommen überrascht war.
»Ich dachte, wir trennen unsere Liebe von den Geschäften.«
In diesem Moment erkannte Loretta, dass Balduin nur nachts

die Geliebte in ihr sah. Tagsüber war sie für ihn vor allem die Regentin einer politisch bedeutsamen Grafschaft.
»Das mag Eure Haltung sein, Balduin. Aber ich kann mich nicht in zwei Hälften teilen«, erwiderte sie heftig und rechnete damit, dass er die Kammer sofort verließ.
Doch ebenso, wie sie ihn mit ihrer Weigerung überrascht hatte, mit ihm zu schlafen, überraschte er sie nun mit seiner plötzlichen Nachgiebigkeit. »So gebe ich dir eben, was du begehrst. Reichen dir fünfzehn Mann?«
Loretta selbst hätte nur um zehn Reisige gebeten. Deshalb nickte sie stumm vor Erstaunen. Doch bevor sie ihn nach dem Grund für seinen Sinneswandel fragen konnte, nahm er sie auch schon ungestüm in die Arme. In dieser Nacht liebten sie sich leidenschaftlicher als je zuvor.
Und bald danach verdrängte ihr vollständiger Triumph über Friedrich von Kyrburg ihre Verwirrung über Balduin. Noch immer kostete Loretta die Erinnerung an das fassungslos wütende Gesicht des Kyrburgers aus.
Sie hatte es sich nicht nehmen lassen, den Wildgrafen selbst an der Spitze ihrer kleinen Streitmacht in Niederwörresbach zu empfangen. Mit ihren Burgmannen und Balduins Kämpfern hatten sich dreißig Reisige im Dorf versammelt. Friedrich kam dagegen nur mit zehn Männern und konnte gegen die Übermacht ihrer Truppe nichts ausrichten.
»Ihr seht, auch ein schwaches Weib versteht, sich zu verteidigen«, beschied Loretta ihm kühl aus dem Sattel ihres Pferdes. »Zieht mit Euren Mannen ab und belästigt mein Dorf nie wieder, sonst erkläre ich Euch die Fehde. An meiner Seite werden die Männer Balduins von Trier kämpfen, der mein Verbündeter ist und der Euch darüber hinaus exkommunizieren wird, wenn Ihr den Landfrieden noch einmal brecht. Ebenso wie Euren schurkischen Kumpan Walram von Kastellaun, sollte er sich daran beteiligen.«

Anfangs ließ sich Friedrich gemäß seiner Art nicht einschüchtern und gab freche Widerworte. »Euch wird die Hoffart noch vergehen, nichtswürdiges Weib, dazu muss man nicht wahrsagen …«
Allerdings konnte er den Satz nicht zu Ende bringen, denn Volker von Falkenstein, der ihre Truppe befehligte, schlug Friedrich mit seiner Reitpeitsche quer über den Mund. »Das nehmt für die Beleidigung meiner Herrin, Schurke. Und nun stellt Euch zum Zweikampf.«
Dass es dazu nicht kam, war einzig der Tatsache geschuldet, dass Volkers Peitsche auch Friedrichs Auge getroffen hatte, das sofort zuschwoll. Der Ritter von Falkenstein galt als einer der besten Kämpfer im weiten Umland, und obwohl auch Friedrich den Ruf eines tüchtigen Recken hatte, war klar, dass er Volker mit dieser Verletzung von vorneherein unterlegen war. So zog die Meute des Kyrburgers unter Flüchen und Drohungen ab und hatte Niederwörresbach seither nicht mehr heimgesucht. Loretta war allerdings klar, dass diese Ruhe trügerisch war.
Umso wichtiger ist mein Gespräch mit Miriam. Wann sind wir denn nur endlich da? Verstohlen reckte sie sich erneut im Sattel, doch weit und breit war noch nichts von der kleinen Stadt zu sehen. Noch einmal schweiften ihre Gedanken zu Balduin.
Fast ebenso begierig wie nach ihrem ersten Streit war er über sie hergefallen, nachdem sie ihm von ihrem Triumph über Friedrich berichtet hatte. *Fast als ob er sichergehen wollte, mich zu beherrschen.* Der Gedanke geisterte noch heute durch ihren Kopf und beunruhigte sie.
Nicht zuletzt, um ihm ihre Dankbarkeit für seine Unterstützung gegen den Kyrburger zu beweisen, bemühte sie sich seither, Balduin sanft und nachgiebig zu begegnen, wenn er auf die Starkenburg kam. Denn die Kontrolle des Baus der Baldeneck bot dem Erzbischof den perfekten Vorwand dafür, sie immer wieder zu besuchen. Er fuhr auf der Mosel bis zur Starkenburg,

nahm dort für ein oder zwei Tage Aufenthalt und ritt dann auf Pferden, die ihm Loretta zur Verfügung stellte, mit seinen Begleitern die letzte Strecke bis zur Baldeneck. So war er sowohl auf dem Hin- wie auf dem Rückweg ihr Gast. Da es ein milder Winter war, trafen sie sich auf diese Art daher mindestens zweimal pro Monat.

Einmal sprach Loretta Balduin auf den Burgenbau an. »Das ist nach dem Baldenstein im Westerwald und der Trutzeltz, die Ihr gegen das Geschlecht derer von Eltz errichten ließet, schon die dritte Burg, die Ihr in kurzer Zeit bauen lasst.« Da sie beim Nachtmahl saßen, wählte sie die förmliche Anrede.

Balduin schmunzelte. »Und die vierte kommt bald hinzu. Ich will sie in der Nähe des Ortes Morbach im Hunsrück errichten lassen und sie in Anlehnung an meinen Namen Baldenau nennen. Sie wird mein Schutz gegen die Sippe der Wildgrafen.«

Seither ging Loretta ein Gedanke nicht mehr aus dem Kopf, den sie morgen mit Miriam Walch besprechen wollte.

Hoffentlich schlägt sie mir meine Bitte nicht ab. Denn noch nie hat man gehört, dass eine Frau Ähnliches plant. Einen Moment lang wurde ihr bange ums Herz. Dann drängte sie ihre Sorge zurück und grübelte weiter über ihre Beziehung zu Balduin nach.

Wenn sie ganz ehrlich zu sich selbst war, konnte sie sich ein Leben ohne ihn mittlerweile nicht mehr vorstellen. In seinen Armen zu liegen, war das köstlichste Gefühl, das sie je erlebt hatte und das in scharfem Kontrast zu ihren Erfahrungen mit Martin stand. Während ihrer Ehe hatte sie die körperliche Liebe verabscheut. Jetzt sehnte sie sich Tag und Nacht nach Balduin, wenn er ihr fern war.

Doch in ihren klaren Momenten ging sie auch hart mit sich ins Gericht. Obwohl Blanche die Herzen ihrer Söhne im Sturm erobert hatte, so dass sie unbesorgt hätte reisen können, wo auch immer sie hinwollte, schob sie den Besuch der Starkenburger

Ländereien rund um Birkenfeld seit Monaten immer wieder auf. Eigentlich war dies unverzeihlich, nicht nur wegen der Sturmschäden im vergangenen Jahr, die noch nicht völlig beseitigt waren. Nein, die Gebiete rund um Birkenfeld gehörten auch zu den Kernlanden der Starkenburger und waren damit ebenso wichtig wie die Gebiete an der Mosel. Doch die Angst, eine der Begegnungen mit Balduin zu versäumen, lähmte sie. Er pflegte seine Besuche nämlich schon längst nicht mehr anzukündigen.
Auch die Reise nach Kirchberg hatte sie trotz ihrer Dringlichkeit viele Male aufgeschoben. Dann kam ihr die Idee, dafür einen Zeitpunkt zu wählen, zu dem sich Balduin auf der Baldeneck aufhielt. Die Burg lag nicht weit entfernt von der Straße nach Kirchberg. Mit ihrem Überraschungsbesuch hoffte sie außerdem, das Angenehme mit dem Nützlichen verbinden zu können. Denn sie wollte sich mit eigenen Augen davon überzeugen, wie es beim Bau einer Burg zuging.
Aber ist mir diese Überraschung tatsächlich gelungen? Daran zweifelte sie schon gleich bei ihrer Ankunft. Anstatt Freude zeigte Balduins Miene eher Unwillen, als sie gestern Nachmittag eintraf. Dann schützte er wichtige Briefe vor, die er mit seinem Sekretär Remigius erledigen musste, so dass nicht er selbst, sondern der Baumeister sie herumgeführt hatte.
Auch das Nachtmahl aus fader Graupensuppe, zäher Wurst und altbackenem Brot war denkbar frugal. »Hättet Ihr Euren Besuch angekündigt, hätte ich etwas Besseres richten lassen«, entschuldigte sich Balduin, als Loretta lustlos in den Speisen stocherte.
Doch völlig ungewohnt, war vor allem die Liebesnacht enttäuschend. *Wenn man überhaupt von einer Liebesnacht sprechen kann.*
Zwar hatte Kathi wie immer geschwiegen, als sich Loretta im Schutz der Nacht aus dem Frauenzelt stahl. Doch im Vorraum von Balduins Zelt begegnete sie seinem Sekretär Remigius, der sie mit einem verächtlichen Lächeln empfing, als sei sie eine

Hübschlerin. Den Liebesakt absolvierte Balduin diesmal rasch und ohne die gewohnte Rücksicht auf ihre Bedürfnisse. Sofort danach behauptete er, todmüde zu sein. Schon nach kaum einer Stunde schlich sie enttäuscht wieder in ihr eigenes Zelt zurück. Noch hatte Loretta sich keinen Reim darauf gemacht, was dies zu bedeuten hatte. *Es wirkt geradeso, als hätte ich ihn gestört. Aber wie kann das sein? Kommt er zu mir, ist er voller Zärtlichkeit und Leidenschaft und kann nicht genug von mir bekommen. Selbst wenn eine anstrengende Reise hinter ihm liegt.* Das ungute Gefühl in ihrer Magengrube blieb hartnäckig und ließ sich nicht beschwichtigen.

Tief in Gedanken versunken, bemerkte sie erst, dass sie mittlerweile den Waldweg verlassen hatten und auf freies Feld gekommen waren, als Volker von Falkenstein an ihre Seite ritt. Er wies nach vorne, wo sie im Abendlicht die Mauern einer kleinen Stadt ausmachen konnte.

»Wir sind fast da, wohledle Dame. Dort drüben liegt Kirchberg. In einer halben Stunde erreichen wir die Tore der Stadt. Vor Einbruch der Dunkelheit seid Ihr in Eurem Quartier.«

Zeltlager Balduins bei Baldeneck, Mai 1325, am selben Tag

Balduin wartete, bis der Zug Lorettas hinter einer Wegbiegung außer Sicht geriet. Erst dann ging er zurück in sein Zelt und versuchte, seinen Ärger beiseitezuschieben und sein Tagewerk zu beginnen. Später bliebe ihm noch genug Zeit, um darüber nachzudenken, wie es mit Loretta und ihm weitergehen sollte.

Während er den Baumeister rufen ließ, studierte er die Pergamentrollen mit den Zeichnungen der Burg. Der Bau nahm langsam Gestalt an. Die Außenmauern erhoben sich bereits in doppelter Mannshöhe. Auch der Bergfried mitten im Hof wuchs jeden Tag ein Stück mehr gen Himmel. Von draußen drang der Lärm der Arbeiter in sein Zelt. Teils waren es gedungene Tagelöhner aus der Umgebung, teils Bauern aus Balduins Dörfern in der Region, die zum Frondienst verpflichtet waren.

Der Erzbischof begann schon, ungeduldig zu werden, als Remigius mit dem Baumeister endlich das Zelt betrat. »Wo bleibt Ihr denn nur, Meister Antonius?«, herrschte Balduin den Mann ohne Begrüßung an.

Der verneigte sich tief. »Ich bitte, mein verspätetes Erscheinen zu entschuldigen, hoher Herr. Doch es hat heute Morgen einen bedauerlichen Unfall gegeben. Ein Arbeiter wurde von herabfallenden Steinen getroffen. Er war auf der Stelle tot.«

Balduin gab einen Laut der Betroffenheit von sich, in dem auch Überdruss mitschwang. »Lasst den armen Kerl hier an Ort und Stelle begraben«, ordnete er an. »Wir wollen keine Zeit damit verlieren, ihn in sein Heimatdorf zu schaffen. Ihr, Remigius, lest heute zur Vesperstunde die Totenmesse und betet für das Seelenheil des Mannes. Immerhin ist er ohne Beichte und Absolution dahingeschieden.«

Er wollte sich schon abwenden, als ihm etwas einfiel. »Ich selbst werde den Toten natürlich ebenfalls in meine Gebete mit einschließen.« Remigius' spöttisches Lächeln verstärkte seinen schwelenden Ärger.

Der Baumeister verneigte sich erneut. »Der Mann ist ein Häusler ohne eigenen Landbesitz. Er hinterlässt eine Frau und drei kleine Kinder. Darf ich seinem Weib den ihm zustehenden Lohn auszahlen?«

Balduin nickte. »Ihr dürft die Summe sogar verdoppeln. Es bringt der Familie den Ernährer zwar nicht zurück. Aber es lindert zumindest die erste Not. Doch jetzt lasst uns endlich zur Sache kommen. Habt Ihr geprüft, ob es möglich ist, einen Brunnen innerhalb des Burghofs zu graben?«

»Das habe ich, hoher Herr. Und ich bringe Euch gute Kunde.

Bereits in dreißig Fuß Tiefe sind wir auf reines Wasser gestoßen.«
Zum ersten Mal, seitdem ihn Loretta mit ihrem Besuch »überrascht« hatte, war Balduins Lächeln echt. »Das ist wirklich eine gute Nachricht, Meister Antonius. Lasst gleich mit dem Brunnenschacht beginnen. Eine Burg, die jederzeit über Frischwasser verfügt, hält einer Belagerung um vieles leichter stand.«
Remigius mischte sich ein. »Wollt Ihr dann auf die Regenwasserzisterne unter dem Bergfried verzichten, edler Erzbischof?«
Balduins Miene wurde wieder ernst. »Auf keinen Fall! Ihr werdet die Pläne wie besprochen ausführen, Meister Antonius. Ich hoffe zwar nicht, dass sich die Besatzung der Baldeneck je in den Bergfried flüchten muss, weil der Feind die äußeren Mauern überwunden hat, möchte aber trotzdem dafür gerüstet sein.«
Seine Handbewegung machte deutlich, dass der Baumeister für heute entlassen war. Der Mann wirkte verblüfft. Noch nie hatte der Erzbischof auf den täglichen Rundgang über die Baustelle verzichtet. Remigius' spöttisches Lächeln vertiefte sich.
Balduin wandte ihm den Rücken zu, um seinen Ärger zu verbergen, und gab vor, sich in die Abschrift einer Urkunde zu vertiefen. In Wirklichkeit wollte er endlich über Loretta nachdenken.
Sie unterschied sich eindeutig von allen Frauen, mit denen er je getändelt hatte. Noch nie hatte eine seiner zahlreichen Geliebten versucht, sich ihm zu verweigern, nicht achtend, ob er sie zuvor gut oder schlecht behandelt hatte. Dass es Loretta auf diese Weise gelungen war, die Reisigen für Niederwörresbach von ihm zu erpressen, fuchste ihn noch heute. Seine Nachgiebigkeit empfand er als ausgesprochene Schwäche. Doch damals war sein Verlangen durch ihre Kühle schier ins Unermessliche gestiegen. Er hatte nicht anders handeln können.
Andererseits hat mir die Sache ja nicht wirklich geschadet, beschwichtigte er seinen Ärger. *Sowohl der Kyrburger als auch*

der Kastellauner sind nun gewarnt, dass es sehr unangenehm für sie werden kann, sich mit mir und meinen Verbündeten anzulegen. Und es war köstlich, diese furchtlose Amazone Loretta, die Friedrich so entschlossen entgegengetreten ist, hernach zu bezwingen und hilflos seufzend in meinen Armen zu wiegen.
Beim Gedanken daran regte sich selbst nach all diesen Monaten sein Geschlecht.

Aber nun beginnt sie erneut, unberechenbar zu werden, konstatierte er wieder mit finsterer Miene. *Was ficht sie nur an, mich ohne Ankündigung hier auf der Baldeneck aufzusuchen? Will sie gar eine eigene Trutzburg errichten?*

Eine kleine Weile grübelte er über diesen Einfall nach, verwarf ihn dann aber wieder. *Nein, das wäre ja unerhört. Nicht einmal Loretta kann so etwas planen, auch wenn sie als Frau so stark aus der Art geschlagen ist wie keine andere, die ich kenne.*

Remigius räusperte sich deutlich vernehmbar in seinem Rücken. Als Balduin nicht reagierte, ging der Sekretär noch einen Schritt weiter und sprach ihn an.

»Hoher Herr, verzeiht, dass ich Eure Ruhe störe. Doch mir ist soeben eingefallen, dass ich versäumt habe, Euch eine wichtige Mitteilung zu machen.«

Erstaunt wandte sich Balduin um. »Das sieht Euch aber so gar nicht ähnlich, Remigius.«

Der Priester verneigte sich. »Die Sache war mir bis gestern tatsächlich entfallen, edler Herr. Erst der unerwartete Besuch der Gräfin Loretta hat mich wieder daran erinnert.«

Balduin glaubte dem Priester kein Wort. *Er wird ein immer gewiefterer Taktiker,* dachte er. Laut sagte er: »So sprecht jetzt und sputet Euch.«

Remigius verneigte sich noch einmal. »Es geht um den Grafen Ägidius von Daun. Er ist der Erbvogt im Kröver Reich.«

Balduin winkte unwillig ab. »Das weiß ich. Kommt zur Sache!«

»Ich hörte, der Graf sei außerordentlich hoch verschuldet und trachtet danach, die Vogtei mit allen Rechten zu verkaufen. Ihr wisst, dass König Rudolf von Habsburg einst nur das Land an die Starkenburg-Sponheimer Grafen verpfändete, jedoch ohne seine reichsunmittelbaren Rechte, wie zum Beispiel die Gerichtsbarkeit. Das mit erheblichen Einkünften verbundene Amt des Kröver Vogts verpfändete er der Familie von Daun. Sie kann frei darüber verfügen.«

Balduins Herz pochte lebhafter. »Und jetzt schlagt Ihr mir vor, die Vogtei zu erwerben?«

Remigius nickte mit einer Unschuldsmiene. »So ist es, Herr. Da Ihr so außerordentlich gut mit der Gräfin von Starkenburg steht, zieht sie es sicherlich vor, die Macht in diesem Gebiet mit Euch zu teilen anstatt mit dem Herrn von Daun. Außerdem seid Ihr der wichtigste Verbündete der Gräfin. Herr Ägidius ist dagegen nur ein schwächlicher Greis. Und möglicherweise lässt Gräfin Loretta im Laufe der Zeit sogar zu, dass Ihr die erkleckliche Pfandsumme auslöst und damit auch die Ländereien in Euren Besitz übergehen. Sie wird sicherlich wissen, dass Ihr dieses Gebiet begehrt, um Eure Trierer und Koblenzer Territorien zu vereinen.«

Balduin fixierte Remigius durchdringend. »Ihr seid ein schlauer Fuchs und ein überaus durchtriebener Berater. Würdet Ihr nicht zu meinen Freunden zählen, müsste ich danach trachten, Euch so rasch wie möglich unschädlich zu machen. Denn Ihr wisst sehr wohl, dass sich die Gräfin niemals freiwillig vom Kröver Reich trennen wird. Sie bezieht daraus ihre reichsten Einkünfte.«

Remigius wiegte zweifelnd den Kopf. »Und doch reichen ihre gesamten Einkünfte bei weitem nicht aus, um ihre Ausgaben zu decken. Daher wartet in Ruhe ab, Herr. Kommt Zeit, kommt Rat. Zudem sind Weiber wankelmütig. Das wisst Ihr doch nur zu gut. Gräfin Loretta wird in kurzer Zeit sehr viel Geld brauchen, um ihre noch immer auf schwachen Füßen stehende Herrschaft zu verteidigen. Habt Ihr erst die Vogtei in Eurem

Besitz, wird sie vielleicht sogar selbst auf den Gedanken kommen, Euch zu bitten, die Summe auszulösen, die die Starkenburger Grafen einst König Rudolf von Habsburg, Gott sei seiner Seele gnädig, geliehen haben. Immerhin sind es dreitausend Pfund Heller. Graf Ägidius könnte eine solche Summe nie aufbringen. Auch der jetzige König Ludwig der Bayer hat zwar versprochen, zu seinen Lebzeiten das Kröver Reich nicht zurückzufordern. Doch auch er ist mit Euch verbündet und wird Euch gewähren lassen.«

Wie immer, wenn Balduin nachdachte, stand er auf. Mangels eines Fensters blickte er durch den halb geöffneten Vorhang des Vorzelts auf das lebhafte Treiben auf der Baustelle. Männer schleppten zu zweit Steine auf Laden herbei oder schoben sie einzeln mit kleinen Karren zu den aufstrebenden Mauern. Andere bedienten die Laufräder, die Hebelkräne antrieben, mit denen schwere Lasten nach oben befördert wurden, wo die Maurer Stein auf Stein schichteten. Der Bau schritt voran und vergrößerte seine Macht. Doch am Ziel seiner Wünsche war er noch lange nicht.

Loretta wird fuchsteufelswild werden, wenn sie vom Kauf der Vogtei erfährt. Es ist ausgeschlossen, dass sie jemals freiwillig auf das Kröver Reich verzichtet. In dieser Hinsicht kenne ich sie besser als mein schlauer Remigius. Andererseits, was kann sie mir anhaben? Jetzt brauchen wir uns noch gegenseitig. Sie bedarf meiner Hilfe, um ihre Feinde in Schach zu halten. Und ich kann nicht an allen Fronten gleichzeitig kämpfen. Doch sobald ich die Wildgrafen und die Sponheimer aus Kreuznach besiegt und damit meinen Einfluss im Hunsrück erweitert habe, ist ihr Land an der Reihe. Dann wird auch sie mir einen Teil ihrer Gebiete überlassen müssen wie jeder Grundbesitzer an den Grenzen meines Territoriums.

Er fasste seinen Entschluss. »Tretet in Kontakt mit Ägidius von Daun und bringt seinen Preis in Erfahrung, Remigius. Und

tragt Sorge dafür, dass die Gräfin von Starkenburg kein Sterbenswörtchen von dem Verkauf erfährt, bis der Vertrag aufgesetzt, eidlich beurkundet und besiegelt ist.«
Ein breites Grinsen zog sich über das Gesicht des Priesters. »Selbstverständlich habe ich darauf bestanden, dass Ägidius die Sache absolut vertraulich behandelt.« Sein Grinsen wurde noch breiter. »Denn seinen Preis habe ich bereits in Erfahrung gebracht und sogar ein gutes Stück heruntergehandelt, da Ägidius das Geld so dringend benötigt. Zudem habe ich ihm zur Auflage gemacht, ein genaues Verzeichnis aller Einkünfte zu erstellen, das ich selbstverständlich überprüfen werde.«
Er zog eine Rolle unter den Papieren auf seinem Reise-Stehpult hervor und schwenkte sie. »Im Vertrauen auf Euren weisen Entscheid habe ich sogar bereits einen Vertrag entworfen. Wollt Ihr geruhen, einmal einen Blick darauf zu werfen?«

Kapitel 16

Niederwörresbach im Hunsrück, Anfang April 1325, sechs Wochen vor den zuletzt geschilderten Ereignissen

Mit einem furchtbaren Schrei verlor auch der letzte der drei Männer das Bewusstsein. Friedrich von Kyrburg gab seinen Reisigen ein Zeichen, die Auspeitschung zu beenden. Er trat neben die Delinquenten, die leblos mit den über dem Kopf zusammengebundenen Händen in ihren Stricken hingen, und betrachtete die versammelten Dorfbewohner rings um die Richtstätte mit einem hämischen Grinsen.
»Wisst ihr nun, wer euer rechtmäßiger Herr und Gebieter ist, ihr räudiges Gesindel?«

Als die Menschen ihn nur stumm vor Angst und Entsetzen anstarrten, begann er zu brüllen. »Wollt ihr wohl antworten? Oder soll ich die Nächsten von euch die neunschwänzige Rute schmecken lassen? Und diesmal entscheidet das Los. Trifft es ein Weib oder gar ein Kind, habt ihr das selbst zu verantworten!«

Die Menge stöhnte auf. Viele Frauen und Kinder begannen zu weinen. Andere schlugen sich verzweifelt die Hände vor den Mund. Die meisten Männer blickten zu Boden.

»Also, ich frage euch nur noch einmal. Wenn ihr nicht antwortet, sind die Nächsten von euch an der Reihe.« Der Wildgraf drehte sich einmal um die eigene Achse und ließ seinen Blick drohend auf den zusammengetriebenen und von seinen Reisigen mit Schwertern und Spießen in Schach gehaltenen Menschen ruhen. Was er sah, stellte ihn vollkommen zufrieden. Kein trotziger Blick, kein Aufbegehren, nur Furcht und Schrecken.

»Also, wer ist euer rechtmäßiger Herr und Gebieter?«

»Ihr seid es, Herr.« Noch klangen die Stimmen durcheinander, waren leise und zögerlich. Doch Friedrich sah, dass sich alle Münder bewegten.

»Das war schon besser. Doch jetzt alle gemeinsam und auf mein Zeichen. Und kniet dabei nieder!«

Männer, Frauen und Kinder ließen sich in den Matsch des vom Frühjahrsregen aufgeweichten Dorfplatzes fallen. Friedrich hob den Arm.

»Wer ist euer rechtmäßiger Herr und Gebieter?« Der Wildgraf stieß seinen Arm nach unten.

»Ihr seid es, Herr.« Diesmal ertönte der Ruf laut und einstimmig.

»Schon besser«, grölte Friedrich. »Doch wir wollen es noch einmal wiederholen, damit ihr es euch einprägt. Zudem bin ich euer *edler* Herr! Also nennt mich gefälligst auch so! Auf mein Zeichen!«

Noch insgesamt sechsmal zwang der Wildgraf die Dorfbewohner zu der demütigenden Prozedur. Dann war er endlich zufrieden. Ein letztes Mal blickte er in die Runde.
»So ist es gut. Jetzt habt ihr eure Lektion hoffentlich zur Genüge gelernt. Doch denkt immer daran«, Friedrich erhob wieder drohend die Stimme, »der Nächste von euch, der sich an dieses anmaßende Weib wendet, das sich eure Regentin schimpft, um sich über mich zu beklagen und um Beistand zu bitten, kommt nicht mehr so wohlfeil davon wie Oswald und seine Söhne, sondern baumelt mit seiner ganzen Sippe am nächsten Baum, mit Weib und Kind, Vater und Vatersvater, Bruder und Schwester.«
Kein Laut drang aus der vor Entsetzen erstarrten Menge. Der Kyrburger war es zufrieden. Er machte eine Bewegung mit beiden Händen, als wolle er lästige Fliegen verscheuchen.
»Nun geht zurück an euer Tagewerk, Leute. Und überlegt gut und gründlich, was ihr mir heute Abend als Ersatz für die Herbstpacht anbieten wollt, um mich zu versöhnen und meinen noch immer glimmenden Zorn über euren Ungehorsam zu beschwichtigen. Jede Familie muss ihren Beitrag leisten. Bei Sonnenuntergang erwarte ich euch mit euren Gaben wieder hier auf dem Dorfplatz.
Wollt ihr wohl eure faulen Ärsche bewegen?«, brüllte er erneut, als sich die Menge nicht rasch genug entfernte. »Husch, husch, sonst lasse ich euch Beine machen.«
Wie ein aufgescheuchter Hühnerschwarm stoben die Dörfler auseinander. Nur eine kleine Gruppe von Weibern und Kindern blieb zurück. Während sich die jüngere Frau mit den Kleinen, die die Gesichter in ihren Röcken verbargen, nicht von der Stelle rührte, rutschte die Ältere kniend auf Friedrich zu.
»Hoher Herr«, die Frau erhob flehend die Hände, »lasst mich meinen Sohn und die Enkel von den Stricken schneiden und in unserer Kate ein wenig pflegen, damit sie nicht elendiglich verbluten.«

Friedrich musterte die Alte verächtlich. Ein abgearbeitetes Weib, sicher schon über fünfzig Jahre alt. Weder ein Spaß für ihn selbst noch für seine Männer. Auch die andere nicht, die greinend am Rand des Platzes stand. Die Tränenspuren auf ihrem schmutzigen Gesicht konnte er selbst auf die Entfernung erkennen. So ein dreckiges Bauernweib brachte einem Krieger schnell ein paar Filzläuse ein.

Zudem tat weitere Unruhe nicht gut. Sonst könnte es vielleicht doch noch zu einem Aufruhr kommen. Natürlich würde er mit seinen Reisigen siegreich bleiben. Doch tote Bauern nutzten ihm nichts. Sie konnten weder die Felder bestellen noch Fronarbeit leisten oder Pacht bezahlen.

Die Alte deutete sein kurzes Schweigen als Überlegung, ob er ihre Bitte erfüllen sollte. »Ich bitte Euch, gütiger Herr!« Sie umklammerte mit ihren schmierigen Händen einen Zipfel seines Waffenrocks, den er über dem Kettenhemd trug. Instinktiv trat Friedrich nach ihr, so dass sie mit einem Schmerzenslaut von ihm abließ.

»Nichts da«, beschied er sie grob. »Euer nichtsnutziger Sohn hätte sich vorher überlegen sollen, was es ihm eintragen kann, als er sich im Herbst an die falsche Herrin wandte. Er bleibt mit seinen Sprösslingen bis morgen früh am Pfahl hängen. Sind die drei dann noch am Leben, könnt ihr sie meinethalben in eure Hütte schaffen.«

Kirchberg, Mai 1325

Lorettas Hände wurden vor Aufregung feucht, als Volker von Falkenstein an die Tür des Hauses der Jüdin Miriam Walch in Kirchberg pochte. Eine Magd, die ein formloses graues Gewand und ein Kopftuch trug, das ihr weit über die Schultern hinabfiel und nur den dunklen Haaransatz frei ließ, öffnete ihnen.

Nachdem Loretta eingetreten war, blickte sie sich staunend um. Von außen sah das Haus mit seiner schmalen Fassade und seinem erdfarbenen Anstrich unscheinbar aus. Doch innen entfaltete sich eine unerwartete Pracht. Durch einen engen, langgezogenen Korridor erreichte man einen Innenhof, in dessen Mitte sich ein kleiner Springbrunnen befand, der mit gepflegten Blumenbeeten umgeben war und eine erfrischende Kühle verbreitete. Bemalte Türen führten an allen Seiten in die rings um den Hof gruppierten Gebäudeteile.

Die Magd wies auf eine Bank unter einem schattenspendenden Vordach, das von Zweigen mit doldenförmigen lila Blüten umrankt wurde. »Meine Herrin bittet Euch, hier einen Augenblick auf sie zu warten. Sie wird gleich kommen, um Euch zu begrüßen. Darf ich Euch derweil eine Erfrischung reichen?«

Loretta, deren Aufregung beständig wuchs, wollte schon ablehnen, als Volker ihr zuvorkam. »Wir wären der Herrin Miriam sehr verbunden«, antwortete er zu ihrer Überraschung. Als die Magd durch eine der Türen schlüpfte, die ins Innere des Hauses führten, erklärte er: »Hier werdet Ihr den besten Rheinwein zu kosten bekommen, den ich je in meinem Leben genossen habe. Selbst Graf Johanns Wein aus den Lagen im Kröver Reich kann nicht mit ihm mithalten, wie er selbst einmal einräumte.«

»So wart Ihr schon einmal in diesem Haus, Volker?« Lorettas Überraschung wuchs.

»Schon einige Male, Herrin. Ich durfte Graf Johann bei seinen Besuchen in Kirchberg stets begleiten.«

»Und kennt Ihr auch Miriam Walch, Thaddäus' Eheweib?«

Volker schüttelte den Kopf. »Nicht als Geldverleiherin, Herrin. Ich habe Miriam nur gesehen, wenn sie uns bei den Mahlzeiten bediente. Zu Lebzeiten Eures seligen Schwiegervaters führte Thaddäus seine Geschäfte allein, zumindest nach außen hin. Doch es ging das Gerücht um, dass ihm Miriam schon damals mit Rat und Tat zur Seite stand, ohne selbst je in Erscheinung zu treten. Der größte Teils des Kapitals stammt aus ihrer Mitgift.«

Loretta war verblüfft. »Warum habt Ihr Euer Wissen nicht früher mit mir geteilt, Volker? Es wäre von unschätzbarem Wert für mich gewesen!«

Einen Lidschlag lang zuckte so etwas wie Schmerz in den blaugrauen Augen des Ritters auf. »Ich wollte mich Euch nicht aufdrängen, edle Dame. Verzeiht meinen Irrtum!«

Wieder spürte Loretta die Befangenheit, die sie in Volkers Gegenwart immer häufiger befiel. Doch bevor sie überhandnehmen konnte, kehrte die Magd mit einem Tablett zurück. Hinter ihr betrat eine hochgewachsene Frau den Hof.

Loretta versuchte, sowohl ihre Aufregung als auch ihre Neugier zu verbergen, als sich die Frau mit gemessenen Schritten näherte. Sie war ebenso wie ihre Magd in ein formloses weites Gewand gekleidet, dessen Farbe allerdings nicht grau, sondern nachtblau war. Auch der Stoff war viel kostbarer als der leinene der Magd. Er schien aus überaus fein gewebter Wolle zu sein, die wie Seide schimmerte. Kopf und Schultern Miriams waren von einem bis auf den Rücken hinabreichenden weißen Schleier bedeckt.

Vor Loretta und Volker, die sich erhoben hatten, blieb Miriam stehen. Sie legte die Hände unter der Brust zusammen, als wolle sie beten, und verneigte sich. »Ich begrüße Euch in meinem bescheidenen Heim, edle Gräfin von Starkenburg-Sponheim, und heiße Euch herzlich willkommen. Auch Euch, edler Herr von Falkenstein, entbiete ich meinen Gruß.«

Dann wies sie auf das Tablett der Magd. »Mögt Ihr, wie früher auch, hier im Hof verweilen, während ich mit Eurer Gebieterin spreche? Meine Magd hat Euch einen kühlen Trunk bereitet und kann Euch auch gern einen Imbiss bringen, damit Euch die Zeit nicht zu lang wird.«

Volker deutete eine Verbeugung an. »Ich danke Euch für Eure

Gastfreundschaft, werte Frau. Gerne bleibe ich hier an diesem lieblichen Ort, bis Ihr Euer Gespräch beendet habt.«
An Loretta gewandt, fügte er hinzu: »Auch Graf Johann und der verstorbene Herr Thaddäus Walch pflegten Geschäfte immer unter vier Augen zu regeln.«
Auch das hätte Loretta gerne früher gewusst. Bislang hatte sie fest damit gerechnet, den getreuen Volker an ihrer Seite zu haben, während sie Miriam ihre Anliegen vortrug. *Andererseits kann er mir so nicht ungewollt in die Quere kommen.* Nicht einmal bei Volker war sich Loretta sicher, ob er all ihre Wünsche an Miriam gutheißen würde.
Während sie der Jüdin ins Innere des Hauses folgte, war Loretta von Herzen froh, dass sie für diesen Besuch ebenfalls ein vornehmes Kleid angezogen hatte. Es bestand wie Miriams Gewand aus feinem Wolltuch und war nach der neuesten Mode geschnitten. Das hellblaue Oberkleid hatte weit ausgeschnittene Armlöcher, die, bis zur Hüfte reichend, einen großzügigen Blick auf ihre Gestalt und das zarte Untergewand in gebrochenem Weiß erlaubten. Blanche hatte ihr erzählt, dass manche Priester diese Kleider für unzüchtig erachteten und den Armausschnitt deshalb »Teufelsfenster« nannten.
Die Gute. Ohne ihren Rat wäre ich Miriam heute wie eine Bettlerin gegenübergetreten. Denn Blanche hatte ihr im Frühjahr, als das Trauerjahr für ihren Schwiegervater vorüber war, geraten, sich eine prächtigere Garderobe anzuschaffen.
»Auch wenn es Euch ehrt, liebe Tante, dass Ihr die Gelder in Eurer Truhe nur für die Belange der Grafschaft verwenden wollt, mögt Ihr bedenken, dass man eine Gräfin auch daran misst, wie sie vor ihren Untertanen und vor allem vor Männern mit gleichem Rang in Erscheinung tritt.«
Auf Blanches Empfehlung hin hatte sich Loretta tatsächlich zwei vornehme Wollgewänder und sogar ein neues Seidenkleid aus grünem Atlas anfertigen lassen, da sie aus ihrem Hochzeits-

kleid längst herausgewachsen war. Obwohl es schon einige abgenutzte Stellen aufwies und von altmodischer Machart war, wollte Blanche das Kleid unbedingt haben und verwahrte sich heftig dagegen, als Loretta auch ihr ein neues Gewand schenken wollte.

»Ich weiß Eure Großherzigkeit mir gegenüber sehr zu schätzen, liebste Muhme. Doch dafür sind die Münzen in Eurer Truhe wahrhaftig zu schade. Dieses Kleid ist noch immer schön, und das leuchtende Blau wird auch mir wunderbar zu Gesicht stehen.«

Blanche behielt recht. Obwohl sie nicht wie Loretta blond und blauäugig war, sondern dunkle Haare und Augen hatte, kleidete das Gewand das Mädchen so gut, als wäre es für sie gemacht worden. Die schadhaft gewordenen Stickereien hatte Blanche ausgebessert und das Kleid mit eigener Hand ein wenig umgearbeitet, so dass es wie Lorettas neue Roben ihre schlanke Gestalt betonte.

Ein wirklich tüchtiges Mädchen. Geschickt und gewandt in allem, was sie tut. Loretta war zunehmend dankbar dafür, dass Blanche nun zur Familie gehörte.

In diesem Moment führte Miriam sie in einen Raum, der sein Licht von mehreren bis fast an die Decke reichenden Fenstern erhielt, die mit spinnwebzarten Stoffen verhangen waren. Auf dem Boden lag ein dicht gewebter Teppich in Rot- und Blautönen, wie ihn Loretta bislang nur in der Starkenburg gesehen hatte. Er stammte vermutlich ebenso wie die farbigen Wandbehänge und die breiten, mit bestickten Stoffen bezogenen Sitzbänke, die sich rings um die Wände zogen, aus dem Orient. Kostbar aussehende Vasen waren mit bunten Sträußen gefüllt, in einer bronzenen Schale schwelte eine duftende Substanz. Die niedrigen Tischchen waren mit feinsten Einlegearbeiten geschmückt. Es waren vielfarbige Mosaike von Pflanzen und Früchten.

Loretta staunte aufs Neue. Johann von Starkenburg hatte ihr einmal von den aus Arabien stammenden Schätzen erzählt, die er auf seiner Italienreise anlässlich der Kaiserkrönung von Balduins Bruder Heinrich gesehen hatte. Obwohl er einige davon mit nach Hause gebracht hatte, war Loretta überwältigt von der Vielfalt so vieler fremdartiger Kostbarkeiten in Miriams Heim. Die Jüdin geleitete Loretta zu einem mit besonders weichen Kissen ausgelegten Platz und lud sie ein, sich zu setzen. Bevor sie sich selbst niederließ, klatschte sie in die Hände. Als ob sie hinter einer von einem Vorhang verborgenen Tür gewartet hätte, erschien eine zweite Dienstmagd und brachte Krüge mit Wasser und Wein, dazu eine Platte mit Früchten aller Art, von denen Loretta einige noch nie gesehen hatte.
»Was ist das?«, fragte sie und zeigte auf eine apfelgroße Kugel von rötlich gelber Farbe.
Ein feines Lächeln zuckte um Miriams Mundwinkel. »Das ist eine Apfelsine, edle Dame. Sie kommt ebenso wie die Feigen und Datteln aus dem fernen Spanien.« Sie wies auf weitere, fremdartig aussehende Früchte. »Ein Vetter treibt dort Handel und ist erst gestern nach Kirchberg zurückgekommen. Er hat mir das Obst mitgebracht. Wollt Ihr davon kosten?«
»Später vielleicht.« Jetzt war Loretta die Kehle wie zugeschnürt. Zweifellos war Miriam Walch sehr reich, wie die prachtvolle Ausstattung ihres Hauses bewies. Würde sie ihr die Darlehen gewähren, um die Loretta sie bitten wollte? *Bevor ich nicht Gewissheit habe, bringe ich ohnehin keinen Bissen herunter.*
Sie bemühte sich, eine gelassene Miene aufzusetzen. »Im Augenblick bin ich nicht hungrig, werte Frau.« Da sie nicht sicher war, wie sie die Jüdin ansprechen sollte, wählte sie die gleiche Formulierung wie Volker von Falkenstein.
Miriams Lächeln vertiefte sich. Loretta hatte das unangenehme Gefühl, dass sie vollkommen durchschaut wurde. »Nennt mich einfach nur Miriam, edle Frau Gräfin.«

Lorettas Antwort kam spontan. »Nur, wenn Ihr mich im Gegenzug Loretta nennt.«
Zum ersten Mal blitzte so etwas wie Überraschung in Miriams Augen auf. Sie neigte zustimmend den Kopf. »Wenn Ihr es so wünscht, edle …«, sie stockte und fuhr dann fort, »edle Loretta.«
Um den Moment der Verlegenheit zu überbrücken, bot sie Loretta von dem gekühlten Wein an. Selbst mit Wasser verdünnt, schmeckte er in der Tat besser als jeder Wein, den Loretta bislang gekostet hatte.
Derweil streifte Miriam den dichten Schleier ab. »Ihr erlaubt, Loretta. Unter dem Tuch ist es so warm.« Erst jetzt konnte Loretta das ausdrucksstarke Gesicht Miriams völlig erkennen. Ihr dickes Haar war zu Zöpfen geflochten und hatte die gleiche Farbe wie die dicht gewachsenen schwarzen Brauen, die die mandelförmigen, ebenfalls schwarzen Augen in perfekten Bögen überwölbten. Die Nase war schmal und eine Spur zu lang, die Lippen voll und dunkelrot. Miriam war eine sehr schöne Frau. Loretta schätzte sie auf ungefähr dreißig Jahre.
»Wollt auch Ihr Euer Gebende ablegen? Hier drin sind wir Frauen ja unter uns.«
Loretta merkte erst jetzt, wie heiß es ihr trotz der Kühle im Raum war. Erleichtert löste sie die Kinnbänder und schüttelte die von der Enge der Haube befreiten Locken. Dabei nahm sie wahr, dass Miriam sie ebenfalls aufmerksam betrachtete.
Dann gab es keinen Grund mehr, das Gespräch über das Darlehen aufzuschieben. *Mein Gott, ich finde die richtigen Worte nicht.* Selten hatte sich Loretta seit dem Beginn ihrer Regentschaft so unbeholfen gefühlt.
Miriam schien auch dies richtig zu deuten und kam ihr entgegen. »Führen Euch heute die Geschäfte in mein Haus, die Ihr im letzten Sommer mit meinem verstorbenen Mann besprechen wolltet?« Bei den letzten Worten zitterte ihre Stimme fast unmerklich.

Loretta errötete vor Scham. »Ich bitte Euch vielmals um Vergebung, werte … Miriam. Ich habe Euch mein Beileid zum schrecklichen Tod Eures Gatten noch gar nicht bekundet. Es tut mir sehr leid, wie er gestorben ist, und vor allem macht es mich wütend und traurig, dass man seine Mörder nicht zur Rechenschaft ziehen kann.«

Einen winzigen Moment lang schimmerten Miriams Augen feucht. Dann hatte sie sich wieder gefangen. »Ich danke Euch für Eure Anteilnahme. Wie ich hörte, wolltet Ihr meinem Eheherrn ein Weingeschäft vorschlagen?«

Das hatte Loretta mittlerweile vollkommen vergessen. »Ja, nein, ja, im letzten Jahr«, stotterte sie. Dann riss sie sich zusammen, richtete sich hoch auf und wählte die Flucht nach vorn. »Über den Wein können wir später noch sprechen, Miriam. Heute bin ich vor allem gekommen, um Euch um ein Darlehen zu bitten. Der Wildgraf Friedrich von Kyrburg bedrängt mich gar arg, und ich möchte ihm die Fehde erklären. Dazu muss ich Waffen kaufen, Bauern zu Kämpfern ausbilden und vielleicht sogar Söldner anwerben. Und außerdem«, jetzt war der entscheidende Moment gekommen, »außerdem möchte ich zum Schutz meines Landes eine weitere Burg erbauen.« Nun waren die Worte heraus, und es gab kein Zurück mehr.

Wieder zeigte sich Überraschung in Miriams Miene. Sie griff nach ihrem Wein, schwenkte ihn nachdenklich im Becher und trank schließlich einen Schluck. Es war, als ob sie ihre nächsten Worte sorgfältig erwägte. Loretta beobachtete sie ängstlich.

Doch Miriams Antwort fiel ganz anders aus, als sie befürchtet hatte. »Man hat mir bereits berichtet, dass Ihr eine sehr ungewöhnliche Frau seid, Loretta, was sich mir nunmehr bestätigt hat. An welchem Ort wollt Ihr die Burg erbauen lassen?«

Loretta war verwirrt und erleichtert zugleich. Zumindest verwarf Miriam den Gedanken nicht gleich als absurd. »Es soll eine Trutzburg zur Abwehr meiner Feinde werden. Den genauen

Standort kenne ich selbst noch nicht, da …«, sie stockte kurz und entschied sich dann für die Wahrheit, »da ich nicht wusste, ob Ihr mir für eine solche Bitte überhaupt Euer Ohr leihen wollt. Hätte ich den Ort bereits ausgewählt, wäre ich über eine ablehnende Antwort noch mehr enttäuscht gewesen. Denn noch nie hat man gehört, dass eine Frau eine Burg bauen will.« Die Worte sprudelten jetzt nur so aus ihr heraus. »Fast jeder Mann würde dies für Wahnwitz erachten, zumindest für absonderlich. Und darum, ja genau darum soll das Bollwerk später auch *Frauenburg* heißen«, fügte sie trotzig hinzu.

Miriams Überraschung verwandelte sich jetzt in Bewunderung. »Es stimmt also, dass Ihr Euren Gegnern furchtlos die Stirn bieten wollt, Loretta. Gegen wen soll die Burg Euer Land beschützen?«

Loretta dachte über ihre Antwort nicht nach. Die Worte kamen ihr wie von selbst über die Lippen. »Vor allem gegen den Mörder Eures Gatten, Miriam. Gegen meinen entfernten Vetter Walram von Kastellaun. Werdet Ihr mir dabei helfen?«

Das Lächeln verschwand aus Miriams Gesicht. Nun wirkten ihre Züge grimmig und hart. »Was macht Euch glauben, dass Walram von Kastellaun derjenige war, der meinen Mann überfiel?«

Plötzlich wurde Loretta klar, dass sie Miriam die ganze Wahrheit schuldete. Sie erzählte ihr von ihrer *Gabe,* dem Traum in der Nacht vor Thaddäus' Abreise und ihrem Verdacht nach dem Bericht des Bauern.

Als sie geendet hatte, blickte Miriam noch eine Weile mit verschlossenem Gesichtsausdruck zu Boden. Dann hob sie den Kopf. In ihren Augen lag nun ein harter, unnachgiebiger Ausdruck.

»Da es mir und meinesgleichen nicht möglich ist, Rache für den Mord an meinem Gatten zu nehmen, will ich zumindest Euch dabei helfen, dieses Scheusal in Schach zu halten, damit es nicht

weitere Greuel ohne irdische Strafe begehen kann. Welche Summe braucht Ihr für den Bau der Burg und die Fehde?«
Darüber zerbrach sich Loretta seit gestern vergeblich den Kopf. Eigentlich hatte sie Balduin danach fragen wollen, was der Bau einer Wehrburg kostete, diesen Gedanken jedoch ob seiner kühlen Unnahbarkeit bei ihrem Besuch auf der Baldeneck wieder verworfen.
So antwortete sie nun aufs Geratewohl. »Zweihundert Pfund Heller für die Burg und weitere einhundert Pfund für die Fehde.«
Miriam musterte sie aufmerksam. Ihre Miene entspannte sich. »Habt Ihr das errechnet oder geraten?«, fragte sie ohne falsche Rücksichtnahme.
Loretta senkte beschämt den Kopf. »Geraten«, murmelte sie.
Nun lächelte Miriam wieder. »Der Betrag für den Burgenbau erscheint mir um etwa die Hälfte zu niedrig, liebe Loretta. Es dürfte vierhundert Pfund Heller für den Bau einer Burg brauchen, und das auch nur, wenn Ihr sie nicht in unwegsamem Gelände oder mit großem Prunk errichten lassen wollt. Ansonsten wird auch diese Summe nicht reichen.«
Loretta schüttelte den Kopf. »Von großem Prunk kann keine Rede sein.«
»Ob Ihr dagegen mit einhundert Pfund Heller für die Fehde auskommt, hängt von deren Verlauf und Dauer ab. Welche Sicherheiten wollt Ihr mir bieten, und wie möchtet Ihr die Summe zurückzahlen?«
Auf diese Frage hatte Loretta eine durchdachte Antwort. »Als Sicherheit biete ich Euch mein Wittum an, Burg und Ländereien rund um Herrstein im Hunsrück. Hierzu zählt auch der Weiler Niederwörresbach, den mir Friedrich von Kyrburg streitig macht. Besiege ich ihn in der Fehde, lasse ich mir jeden Schaden von ihm ersetzen. Natürlich auch meine Auslagen für die Ausrüstung meiner Truppen. Das Geld erhaltet Ihr dann auf diese Weise zurück. Raten und Zinsen für die Burg wollte ich aus den

Pachteinkünften der Grafschaft entrichten. Und«, plötzlich fiel ihr wieder der Wein ein, »ich biete Euch den Wein meiner Moselgüter, den ich nicht brauche, an. Bereits jetzt liegen viele überschüssige Fuder in den Felsenkellern der Weinberge.«
Miriam nickte nachdenklich. »Das klingt gut. Für Wein aus dem Kröver Reich lassen sich sehr gute Preise erzielen. Noch besser wäre es allerdings, Ihr würdet ab dem nächsten Jahr in einem Teil Eurer Weinberge koscheren Wein produzieren und ihn mir zum Verkauf an meine Glaubensbrüder überlassen. Wenn ich diesen dem Weinhändler Abraham aus Kreuznach anbiete, könnte ich damit einen viel höheren Preis erzielen als mit gewöhnlichem Wein. Und Eure Winzer würde es nur geringe Mühe kosten, unsere Gebote beim Anbau und der Weinherstellung zu beachten.«
Loretta war fasziniert. »Das ist eine wunderbare Idee!«
Die Frauen verhandelten noch eine Weile in gutem Einvernehmen. Jüdische Knechte sollten im Frühjahr an die Mosel entsandt werden, um die geeigneten Weinberge auszuwählen und die Weinbauern anzulernen. Eine Eskorte aus Lorettas Rittern und Reisigen würde das Geld für das Darlehen in Kirchberg abholen, damit es auch im Falle eines Raubüberfalles gesichert wäre. Es stünde ab dem nächsten Monat bereit.
Schließlich stand Miriam auf. »Ich begebe mich jetzt in meine Schreibstube, um die Urkunde anzufertigen. Derweil lasse ich uns ein schmackhaftes Mahl zubereiten. Ihr wollt doch noch mit mir essen?«
Loretta spürte plötzlich, wie hungrig sie war. Seitdem sie Miriams Haus betreten hatte, waren sicherlich mehrere Stunden vergangen.
»Ich esse sehr gerne mit Euch, liebe Miriam. Darf auch mein treuer Ritter am Mahl teilnehmen?«
Wieder verzogen sich Miriams Lippen zu einem feinen Lächeln. »Nach jüdischem Brauch essen Männer und Frauen häufig ge-

trennt. Bleiben wir unter uns, geht es ungezwungener zu. Wir müssen zum Beispiel unsere Haare nicht wieder bedecken. Doch seid versichert, Euer Gefolgsmann ist bereits mit allem aufs Beste versorgt. Nun ruht Euch aus. In weniger als einer Stunde bin ich zurück.«

Loretta, die sich auf einem der weichen Diwane ausgestreckt hatte, erwachte aus einem leichten Schlummer, als die Magd, die schon die Früchte gebracht hatte, zurückkehrte. »Das Mahl ist bereitet. Wollt Ihr mir folgen, edle Dame?«

Loretta richtete sich auf und rieb sich die Augen. *Bin ich wirklich eingeschlafen?* Erst jetzt wurde ihr bewusst, wie groß ihre Anspannung vor dem Gespräch mit Miriam tatsächlich gewesen war.

Die Magd führte sie in ein anderes, ebenfalls prächtig eingerichtetes Gemach. Hier standen Stühle mit bestickten Polstern rund um einen Tisch aus poliertem Holz, auf dem bereits Brot, Wein und Früchte bereitgestellt waren.

An den Wänden reihten sich geschnitzte Truhen, zum Teil mit schweren eisernen Schlössern versehen. Auf einer von ihnen stand ein Leuchter mit sieben Armen. Er glänzte, als sei er aus purem Gold. Loretta hatte einmal gehört, dass solche Leuchter den Juden heilig waren und eine wichtige Rolle bei ihren Zeremonien spielten.

Die Magd führte Loretta zu einer Schale und goss lauwarmes, parfümiertes Wasser über ihre Hände. Dann reichte sie ihr ein Handtuch aus feinstem Linnen. In diesem Moment kehrte Miriam zurück, in den Händen eine Pergamentrolle, die sie auf eine der Truhen legte.

»Das ist der Entwurf der Urkunde über das Darlehen. Doch nun lasst uns zuerst essen.«

Sie klatschte in die Hände. Die beiden Mägde, die Loretta schon kannte, brachten ein knusprig gebratenes Huhn, eine Schüssel

mit Lammfleisch in einer nach Pfefferminz duftenden Soße und verschiedene Sorten Gemüse. Loretta erkannte junge Erbsen, Pastinaken und zarte gelbe Rüben. Die Speisen waren mit Kräutern und Blüten garniert und sahen außerordentlich appetitlich aus. Das Wasser lief ihr im Munde zusammen.
Miriam legte ihr selbst von allem vor. Die Speisen schmeckten so köstlich, wie sie aussahen und rochen. Die ersten Minuten des Mahls verliefen schweigend. Loretta griff herzhaft zu, während Miriam nur wenige Bissen zum Munde führte und ihren Gast erneut mit einem feinen Lächeln beobachtete.
»Es freut mich, dass es Euch mundet«, nahm die Jüdin die Unterhaltung schließlich wieder auf.
Loretta kaute und schluckte und wollte sich gerade den Mund mit dem Ärmel ihres Gewandes wischen, als ihr Blick auf ein feines Leinentüchlein fiel, das neben ihrem Teller lag. Instinktiv erkannte sie seine Bedeutung, griff danach und betupfte sich damit die Lippen.
»Die Speisen sind überaus schmackhaft. Ich kenne sie alle, habe sie aber noch nie derartig zubereitet genossen. Überhaupt bin ich sehr überrascht«, sie stockte, als ihr bewusst wurde, dass sie im Begriff war, taktlos zu werden.
Doch Miriam griff den Faden auf. »Ihr seid überrascht, dass es auch bei uns Juden kultiviert und gesittet zugeht?«
Loretta errötete leicht. »Es gehen viele böse Gerüchte über jüdische Bräuche und Sitten im Land um«, gab sie zu.
Miriams Miene wurde ernst. »Man wirft uns vor, dass wir Kinder rauben, um sie zu schlachten und ihr Blut zu trinken. Dass wir die Brunnen vergiften, um Seuchen zu erzeugen. Immer wieder werden Juden für vermeintliche Untaten ermordet, die sie niemals begehen würden. Denn auch unser Gott, der ja eigentlich auch der Eurige ist, befiehlt uns, nach den Geboten der Menschlichkeit zu leben.«
Loretta nickte bedrückt. Erst vor kurzem war die Nachricht

über einen furchtbaren Pogrom im rheinischen Bacharach bis an die Mosel gedrungen. Dort war die gesamte jüdische Gemeinde von einem wütenden Pöbel erschlagen worden, der ihr den Mord an einem christlichen Waisenjungen namens Werner zur Last legte.
Miriam erriet ihre Gedanken. »Ich spreche nicht nur vom Mord an meinen Mitbrüdern und -schwestern in Bacharach. Wir Juden sind rechtlos in diesem Land. Wenn kein mächtiger Fürst schützend die Hand über uns hält, kann uns jedermann ungestraft töten.«
»Und als Vorwand dient dabei ein mehr als tausend Jahre zurückliegender schrecklicher Irrtum«, murmelte Loretta.
Miriam stimmte zu. »Ihr denkt an die Kreuzigung des Mannes, den Ihr Jesus, Euren Erlöser, nennt. Ich bedaure das sehr, so wie ich jeden Mord an Unschuldigen bedaure. Doch mein Volk hat für diese Tat bereits tausendfach gebüßt.«
Eine Weile aßen die Frauen schweigend weiter. Dann gab Loretta sich einen Ruck. »Wenn es in meiner Macht stehen sollte, Miriam, werde ich dafür sorgen, dass auch der Mord an Eurem Gatten gesühnt wird. Früher oder später werde ich die Klingen mit Walram von Kastellaun kreuzen müssen.«
Miriam lächelte, diesmal mit traurigen Augen. »Ihr seid eine wahrhaft tapfere Frau.«
»Mit einem mächtigen Verbündeten«, ergänzte Loretta. »Ich habe gehört, dass auch Ihr Euch in den Schutz des Kurfürsten Balduin begeben habt und nun zu seinen Leibjuden zählt. Hat sich Euer Leben dadurch verändert?«
»Ja und nein. Es sind Verpflichtungen hinzugekommen, die ich vorher nicht hatte. Ich bezahle dem Erzbischof fünfzig Pfund Heller im Jahr als Preis für seinen Schutz. Außerdem wird er dereinst alles erben, was ich heute mein Eigen nenne. Doch da meine Kinder alle schon früh verstorben sind, spielt das keine Rolle für mich.«

Loretta war erstaunt und erschüttert zugleich. »Aber Ihr seid doch noch jung genug, um Euch erneut zu vermählen. Habt Ihr noch nie daran gedacht?«
Miriam sah Loretta fest in die Augen. »Habt Ihr denn schon einmal daran gedacht, Loretta?«
Loretta fühlte sich ertappt und errötete erneut. »Meine Ehe mit Martin von Starkenburg verlief lange Zeit sehr unerfreulich. Erst in den letzten Jahren vor seinem Tod haben wir uns besser verstanden. Außerdem habe ich jetzt eine Aufgabe zu erfüllen. Ich muss meinem ältesten Sohn Johannes die Regentschaft über die Grafschaft Starkenburg-Sponheim sichern. Würde ich mich erneut vermählen, begäbe ich mich wieder in die Muntgewalt meines Gatten und verlöre all meine jetzigen Rechte.«
Miriam nickte bestätigend. »Genauso ist es auch bei mir, Loretta. Sobald ich eine neue Ehe einginge, wäre mein Gemahl wieder derjenige, der das letzte Wort über meinen Besitz und die Handelsgeschäfte hätte. Der Rabbi unserer Gemeinde bedrängt mich arg, wieder zu heiraten, sobald das Trauerjahr abgelaufen ist. Doch ich fände niemals wieder einen Gatten wie Thaddäus. Anders, als Ihr es zu meinem Bedauern erlebt habt, waren wir einander in herzlicher Liebe zugetan.«
»Und doch forderte Euer Mann von Euch den gleichen Gehorsam wie der meinige.«
Miriam runzelte die Stirn. »Was meint Ihr damit?«
Loretta räusperte sich und ließ ihr Essmesser neben den Teller sinken. Bei der Erinnerung an die hässliche Szene mit Martin, die sich vor vielen Jahren in Herrstein abgespielt hatte, verging ihr der Appetit.
»Ich lernte Euren Gemahl kennen, als mir mein Schwiegervater ein Legat ausstellte, das Thaddäus verwaltete. Mein Gemahl war darob sehr erzürnt und misshandelte Euren Gatten bei einem Besuch auf Burg Herrstein, ohne das Gastrecht zu beachten. Ich

trat ihm in den Weg und tadelte ihn hart, um Eurem Ehemann Beistand zu leisten. Trotzdem ermahnte mich Thaddäus, dass ich Martin Gehorsam schulden würde, bevor er abreiste.«

Miriam lächelte schmerzlich. »Davon hat er mir nie erzählt, doch es sieht ihm ähnlich. Er legte großen Wert auf das, was Ihr ›Gottes gewollte Ordnung‹ nennt.«

»Also musstet auch Ihr ihm in allem gehorchen?«

Miriam antwortete fast mit den gleichen Worten, mit denen ihr Balduin einst den vermeintlichen Widerspruch erklärt hatte. »Ich habe in meiner Ehe immer sorgfältig darauf geachtet, nie in Gegensätze oder gar Streit mit Thaddäus zu geraten. Die Weichen dazu stellt eine kluge Frau weit im Voraus, so dass ihr Gemahl gar nicht bemerkt, dass sie ihn leitet und lenkt.«

Loretta ließ dies auf sich wirken. »Ich fürchte, über diese Gabe verfüge ich nicht«, gab sie schließlich zu.

»Dafür habt Ihr andere Talente, die ich nicht besitze«, begütigte Miriam und wechselte dann das Thema. »Wer betreut Eure Söhne, wenn Ihr auf Reisen geht?«

Erleichtert nahm Loretta den Faden auf. »Zum einen haben die drei eine überaus verlässliche Kinderfrau, die auch meine Hebamme war und mir mehr als einmal das Leben gerettet hat, denn alle meine Geburten waren schwer. Sie heißt Hilda und ist außerdem eine Kräuterkundige. So weiß ich meine Kinder auch dann in guten Händen, wenn sie während meiner Abwesenheit einmal krank werden sollten. Hilda hat zudem selbst zwei Kinder im Alter meiner Söhne, die zusammen mit ihnen aufwachsen. Ihre älteste Tochter ist meine Kammermagd und begleitet mich auf meinen Reisen.«

Miriam hörte aufmerksam zu und erkannte sofort den springenden Punkt. »Aber Hilda kann Eure Söhne nicht auf ihre höfische Rolle als Ritter und Grafensöhne vorbereiten. Wem habt Ihr diese Aufgabe übertragen?«

»Das war in der Tat anfangs meine größte Sorge, denn ich befürchtete, ich würde zumindest meinen ältesten Sohn Johannes, der mittlerweile neun Jahre zählt, aus dem Haus geben müssen, da ich selbst für seine Erziehung seit der Übernahme der Regentschaft zu wenig Zeit habe. Aber dann kam meine Nichte Blanche zu uns.«

Loretta berichtete Miriam, wie es dazu gekommen war, und schloss mit den Worten: »Seither kümmert sich Blanche um meine Söhne. Das tut sie trotz ihrer Jugend mit Meisterschaft. Besser könnte keine adlige Dame an einem fremden Hof ihre Pagenausbildung übernehmen. Sie erzählt den Jungen spannende Geschichten von tapferen Rittern, denn sie ist sehr belesen. Das begeistert vor allem meinen ältesten Sohn Johannes. Gottfried hilft sie bei seinem Latein, das er beim Burgkaplan nur sehr mühsam lernt, und Robert, meinen Jüngsten, singt sie manchmal sogar noch in den Schlaf. Sie betet mit den Kindern und erklärt ihnen die biblische Geschichte, denn unser Burgkaplan ist ein gar trockener, nüchterner Mann und vermag es nicht, kleine Knaben zu fesseln.«

Mit einem Anflug von Eifersucht fügte sie hinzu: »Heute wenden sich meine drei sogar mit ihren kleinen Kümmernissen eher an Blanche als an mich. Dabei waren und sind sie mir das Liebste, was ich auf Erden habe. Vor Martins Tod habe ich so viel Zeit mit ihnen verbracht, wie es mir nur möglich war. Doch wie ich schon sagte: Die Regierungsgeschäfte lassen mir leider kaum mehr die Muße dazu.«

Ebenso wie meine Beziehung zu Balduin. Der Gedanke weckte ihr schlechtes Gewissen. Um davon abzulenken, wechselte diesmal Loretta das Thema.

»Euer Haus, liebe Miriam, ist gar prächtig und wunderbar eingerichtet. Es wirkt von außen so unscheinbar und gleicht im Innern doch einem Palast aus dem Orient.«

Miriam ließ sich Zeit mit der Antwort. Zuvor gab sie den Mägden, die in einer Nische gewartet hatten, ein Zeichen, die erkalteten Speisen abzuräumen. »Teilt, was übrig ist, in der Küche mit dem anderen Gesinde«, wies sie die beiden Frauen an, bevor sie den Raum verließen.

Dann wandte sie sich wieder Loretta zu. »Es tut nicht gut, wenn Juden ihren Reichtum allzu augenfällig zur Schau stellen. Viele Menschen, hochrangige geistliche und weltliche Fürsten ebenso wie Bürger und sogar freie Bauern, leihen sich bei uns Geld, das sie oft nicht zurückzahlen können oder wollen. Sie schimpfen uns Wucherer, weil wir hohe Zinsen verlangen, doch gar manche Schuld wird uns nie beglichen. Daher lade ich nur wenige Gäste hier in mein Haus ein. Ich unterhalte noch ein ärmliches Gebäude am Rande des Judenviertels, wo ich die Schuldner empfange, denen ich nicht vertraue.«

Loretta fühlte sich geschmeichelt. »Dann bin ich Euch doppelt verbunden für Eure Gastfreundschaft. Womit habe ich Euer Vertrauen verdient? Ihr kanntet mich doch gar nicht.«

Miriam lächelte wieder. »Zum einen hat mir mein Gemahl viel von Euch erzählt. Ihr seid nicht nur eine mutige, sondern auch eine gottesfürchtige Frau. In Eurer Bibel gibt es ein Kapitel, wo Euer Jesus auf einem Berg predigt, wie Menschen einander achten und sich gegenseitig unterstützen sollten. Nicht viele Christen befolgen diese Regeln und helfen den Bedrängten in ihrer Not, wie Ihr es tatet, als die furchtbare Hungersnot wütete. Zudem seid Ihr die Schwiegertochter des edlen Johann von Starkenburg, der meinen Mann zeit seines Lebens mit Achtung behandelt hat, und die Verbündete meines Schutzherrn Balduin von Trier.«

Loretta freute sich über Miriams Rede. Deshalb bedachte sie ihre nächste Frage nicht. »Habt Ihr auch Geld an Balduin verliehen?«

Miriam wirkte einen Moment unentschlossen, dann gab sie Auskunft. »Es gehört zu meinen Pflichten, wie zu denen all seiner begüterten Leibjuden, seine Geschäfte zu finanzieren und seine Gelder zu verwalten. Im Gegenzug steht es mir frei, mit jedermann, den ich dessen für würdig erachte, gewinnbringenden Handel zu treiben. Schließlich mehrt mein eigener Reichtum auch den des Kurfürsten, denn er oder sein Nachfolger werden mich einmal beerben, wie ich es Euch ja schon mitgeteilt habe. Und bleibt mir ein größerer Schuldner die Zinsen oder sogar das Darlehen schuldig, unterstützt mich der Erzbischof bei der Eintreibung desselben bis hin zur Androhung einer Fehde.«

Loretta war beeindruckt. »Das ist also der wahre Grund, warum Ihr Eure Freiheit aufgegeben habt?«

»Meine Freiheit bestand auch vorher nur auf dem Papier. Vor zwei Generationen kamen meine Vorfahren aus dem fernen Spanien in diese unwirtlichen Gefilde. Nur ich selbst besaß einen Freibrief, Thaddäus war schon Balduins Leibjude. Da das Vermögen aber aus meinem Teil der Familie stammt und eine Jüdin nach dem Hinscheiden ihres Gatten die Verfügungsgewalt darüber behält, erbte Balduin nach Thaddäus' Tod nur wenig. Da bot mir der Kurfürst an, auch darauf zu verzichten, wenn ich im Gegenzug seine Leibjüdin würde. Dem stimmte ich zu. Ich hätte meine Freiheit ohnehin kaum nutzen können, denn ohne den Schutz des Kurfürsten muss ich jederzeit befürchten, dass sich Fremde an meinem Eigentum vergreifen. Ihr wisst doch selbst nur zu gut, wie arg eine Frau ohne männlichen Schutz bedrängt wird. Doch genug davon!«

Miriam beugte sich vor und griff nach einer Apfelsine. »Nun kostet zum Nachtisch diese wunderbare Frucht aus der Heimat meiner Ahnen. Sie ist in diesem Teil des Abendlandes sehr teuer und nur selten zu bekommen.«

Vorsichtig biss Loretta in eine der Spalten, die Miriam ihr reichte, nachdem sie die Apfelsine geschält hatte. Das herrliche süßsaure Aroma begeisterte sie auf der Stelle.

»So stelle ich mir den Geschmack von Paradiesäpfeln vor«,

schwärmte sie. »Wenn der Apfel vom verbotenen Baum derart köstlich war, wundert es mich nicht, dass Eva Adam dazu verführt hat, davon zu kosten.«

»Eine überaus gewagte Bemerkung für eine gläubige Christin«, konstatierte Miriam trocken.

Einen Lidschlag lang sah Loretta sie verblüfft an. Dann begannen beide Frauen, herzlich zu lachen.

Spontan griff Loretta nach Miriams Hand. »Lasst uns Freundinnen sein, liebe Miriam«, bat sie.

Die Jüdin strahlte über das ganze Gesicht. »Von Herzen gern, liebe Loretta.«

Kapitel 17

Starkenburg, Anfang Juni 1325

Herrin, darf ich Euch einen Augenblick sprechen?« Hildas Stimme klang so ernst, dass Loretta erschrak. War etwas mit ihren Söhnen?

»Natürlich, meine Liebe. Komm nur herein.« Loretta wies auf einen Schemel neben dem Stehpult, an dem sie gerade ein Schreiben aufsetzte. Sie selbst nahm Hilda gegenüber Platz. »Also sprich, worum geht es dir?«

Hilda wusste nicht, wohin mit ihren Händen, und wirkte ungewohnt verlegen. »Herrin, bevor ich mein Anliegen vortrage, möchte ich sagen, dass ich Euch keinen weiteren Kummer aufbürden möchte. Wärt Ihr nicht so voller Zuversicht aus Kirchberg zurückgekommen, hätte ich weiter geschwiegen. So aber …«

Loretta konnte sich keinen Reim darauf machen, was Hilda von

ihr wollte. Normalerweise sprach sie klar an, was sie dachte und fühlte, zumindest, wenn sie unter vier Augen waren.
Also kann das, was sie mir sagen will, nicht allzu arg sein, denn sonst hätte sie sich schon längst erklärt. Oder ist sie etwa krank und hat es bislang verheimlicht? Loretta durchfuhr ein eisiger Schrecken.
Obwohl ihr Kontakt seit der Übernahme der Regentschaft spärlicher geworden war, zählte Hilda zu ihren engsten Vertrauten. Nur sie, Kathi und Blanche wussten von ihrem Plan, mit Miriams Geld eine Burg zu erbauen. Nicht einmal Volker von Falkenstein hatte Loretta bislang davon erzählt.
»Nun sprich endlich! Du machst mir Angst, Hilda. Was liegt dir auf dem Herzen?«
Hilda straffte sich und atmete hörbar ein. »Ich möchte Euch bitten, Herrin, dass ich mit meinen kleineren Kindern nach Herrstein zurückkehren darf. Kathi wird selbstverständlich weiter bei Euch auf der Starkenburg bleiben, um Euch zu dienen.«
Loretta war völlig überrascht. Damit hatte sie nicht im Geringsten gerechnet. Hilda hatte keine Verwandten in Herrstein. Zudem zürnte sie noch immer so manchem Bewohner, der ihre Familie während der Hungersnot überfallen und ihr die Lebensmittel geraubt hatte, die Loretta Kathi zuvor geschenkt hatte.
Offensichtlich sah Hilda Loretta ihre Fassungslosigkeit an. »Es ist wegen Dame Blanche«, räumte sie schließlich ein.
»Wegen Blanche?« Jetzt war Loretta noch mehr verwirrt. »Wieso wegen Blanche?«
Hilda ließ alle Hemmungen fahren. »Dame Blanche unterscheidet sich sehr von Euch, Herrin. Sie ist mir und den Meinen gegenüber voller Dünkel und Hoffart. Geht etwas nicht nach ihrem Willen, zürnt sie und tobt sogar. Euren Söhnen lässt sie jede Unart durchgehen und verbietet mir, ihnen Regeln aufzuerlegen, geschweige denn, sie einmal zu schelten. Meinen Kindern dagegen untersagt sie jeglichen Umgang mit den Euren.«

Loretta blieb der Mund offen stehen. Sprach Hilda von derselben Blanche, die sie kannte?

Die Kräuterfrau erriet ihre Gedanken. »Oh, liebe Herrin, Euch gegenüber verhält sich Dame Blanche jederzeit tadellos und gibt sich demütig und dankbar. Daher könnt Ihr nicht wissen, was vor sich geht, sobald Ihr Eurer Nichte den Rücken zuwendet.«

Loretta fehlten noch immer die Worte. Hilda wiederholte ihren Wunsch.

»Da ich zur Betreuung und Erziehung Eurer Söhne also nicht mehr gebraucht werde, würde ich gerne nach Herrstein zurückkehren, auch um meinen eigenen Kindern die täglichen Demütigungen und Schikanen zu ersparen.«

»Demütigungen, Schikanen? Wovon sprichst du nur, Hilda? Gib mir ein Beispiel!«

Hildas Miene wurde trotzig. »Sie hat den Kindern verboten, gemeinsam zu essen. Josef, mein Ältester, hatte bei einem Streifzug einen frühen Kirschbaum entdeckt. Er gehörte zu niemandes Obstgarten, sondern stand am Wegrand. Mein Sohn pflückte ein Körbchen Kirschen und teilte es mit seiner Schwester und Euren Söhnen. Dame Blanche kam hinzu, als die Kinder das Obst gemeinsam aßen. Sie zog Josef so fest am Ohr, dass es fast einriss, nahm ihm die Kirschen weg und ließ ihn ohne Abendessen drei Stunden lang in der Ecke stehen.«

»Aber warum hat sie Josef so streng bestraft?«

»Sie beschuldigte ihn, Euch beraubt zu haben. Niemand dürfe etwas ungestraft auf Eurem Land an sich nehmen. Und die Kirschkerne verstreute sie in der ganzen Kammer und hieß meine Tochter Tilda, sie aufzulesen.«

»Aber hat Johannes Josef denn nicht verteidigt?«

»Früher war das noch so. Aber dann hat Dame Blanche ihm erklärt, es gehöre zu den Tugenden eines hochgeborenen Ritters, sich nicht mit niedrigem Volk gemein zu machen. Seither ist Johannes nicht mehr für Josef eingetreten. Da Euer Sohn Dame

Blanche, die ihm stündlich versichert, was für ein wohlgeratener Junge er ist, sehr verehrt, hat er in jüngster Zeit sogar begonnen, meine Kinder – wie Eure Nichte – herumzukommandieren.«

»Und warum hast *du* ihn dann nicht einmal zur Rede gestellt?«

Hilda lächelte grimmig. »Das habe ich gestern getan, hohe Herrin, und mir dabei Johannes' Befehl eingehandelt, mein dummes Mundwerk zu halten. Dame Blanche, der er alles erzählte, drohte sogar damit, sich bei Euch über mich zu beschweren, und zu fordern, dass Ihr mich hinauswerft. So habe ich beschlossen, ihr zuvorzukommen und selbst um meine Entlassung zu bitten.«

Loretta, die seit ihrer Rückkehr aus Kirchberg voller Energie gewesen war, fühlte sich plötzlich ganz kraftlos. »Aber ich brauche dich hier, liebe Hilda. Niemand kennt sich so gut mit Krankheiten aus wie du. Ich würde mich nicht getrauen, meine Söhne auch nur eine Nacht lang allein zu lassen, wenn ich dich nicht in ihrer Nähe wüsste.«

Hilda holte noch einmal Luft. »Dann möchte ich Euch noch etwas sagen, Herrin. Robert, Euer jüngster Sohn, erbricht sich jedes Mal zum Gotterbarmen, wenn Dame Blanche ihm erlaubt, zu viele Süßigkeiten zu essen. Sie sorgt ständig dafür, dass in der Küche Naschwerk aller Art zubereitet wird. Es ist natürlich nur für Eure Söhne bestimmt«, fügte sie bitter hinzu. »Meine Kinder dürfen nur dabei zusehen, wenn sie es essen. Doch darum geht es mir gar nicht.« Sie schüttelte unwillig über sich selbst den Kopf. »Robert scheint zu viel Süßes nicht zu vertragen. Es gibt Menschen, die manche Speisen nicht essen sollten, weil sie danach krank werden, obwohl sie nicht giftig sind.«

Lorettas Erstaunen über das, was da scheinbar seit Monaten hinter ihrem Rücken vorging, wich ernsthafter Sorge. »Merkt Robert denn nicht selbst, dass Süßes ihm nicht bekommt?«

Hilda verneinte. »Dafür ist er mit seinen fünf Jahren noch zu jung, Herrin.«
Loretta stand auf und begann, in der Schreibstube hin und her zu gehen. »Ich möchte mit Dame Blanche sprechen und mir selbst ein Bild machen«, entschied sie schließlich. »Bitte sie, sofort zu mir zu kommen.«
»Sie wird Euch gegenüber ohnehin alles abstreiten.« Mit resignierter Miene verließ Hilda den Raum.

Es dauerte kaum zehn Minuten, bis Blanche die Schreibstube betrat. Sie lächelte Loretta so herzlich an, dass diese bereits an Hildas Worten zu zweifeln begann.
»Wie freue ich mich, liebste Tante, dass Ihr Eure Geschäfte erledigt habt und meine Gesellschaft sucht.«
Loretta nickte matt. »Setzt Euch, meine Liebe.« Sie zeigte auf den gleichen Schemel, auf dem zuvor Hilda gesessen hatte.
Blanche hatte meistens ein feines Gespür für Lorettas Stimmungen. Ihr Lächeln verwandelte sich in eine besorgte Miene. »Ich merke, dass Euch etwas bedrückt, liebe Muhme. Wollt Ihr es mir anvertrauen?«
Loretta hob den Kopf und sah Blanche gerade in die Augen. »Ich möchte Euch danach fragen, ob Ihr Hilda, meine ehemalige Hebamme und jetzige Kinderfrau, noch für geeignet erachtet, meine Söhne zu betreuen.«
Loretta war über sich selbst erstaunt. *Was lässt mich nur so über Hilda sprechen, als wollte ich sie verunglimpfen?*
Doch Blanches Antwort zeigte ihr sofort, dass sie instinktiv richtig gehandelt hatte. Der verächtliche Ausdruck auf dem Gesicht der jungen Frau ließ es fast hässlich erscheinen.
»Ich bin sehr froh und erleichtert darüber, dass Euch selbst Zweifel an der Eignung dieser Frau gekommen sind. Sie ist ein ungebildetes Bauernweib, frech und anmaßend dazu. Kein Umgang für hochwohlgeborene Söhne, die längst aus dem Alter

herausgewachsen sind, in dem sie eine Amme brauchen. Stellt Euch vor, sie hat sich sogar herausgenommen, die Knaben zu maßregeln.«

Loretta fühlte heißen Zorn über Blanche in sich aufsteigen. Dennoch blieb sie äußerlich ruhig. Sie wollte ganz sichergehen.

»Bei welchen Gelegenheiten hat Hilda das getan?«

»Oh, sie tut es alleweil. Mir fällt es schwer, mich an die einzelnen Vorfälle zu erinnern.« Blanche schien tatsächlich angestrengt nachzudenken. Dann erhellte sich ihre Miene.

»Zwei Beispiele fallen mir ein, liebe Muhme. Sie will Eurem Jüngsten verbieten, Honigkuchen und kandierte Früchte zu naschen. Wahrscheinlich gäbe sie alles lieber ihren eigenen ungeratenen Rangen und gönnt einem Kind von Adel seine Privilegien nicht.«

Loretta hörte das Blut in ihren Ohren rauschen. Vollauf damit beschäftigt, Hilda anzuschwärzen, bemerkte Blanche ihren wachsenden Zorn nicht.

»Und das zweite Beispiel?«

»Euer Sohn ritt auf einem widerspenstigen Gaul, der ihm nicht gehorchen wollte. Ich riet ihm, die Peitsche zu benutzen, um das Tier zu bezwingen. Doch dieses Weib fiel Johannes in den Arm und nahm ihm sogar die Peitsche weg. Dann strich es eine Salbe auf die Striemen des Rosses. Daran könnt Ihr sehen, dass sie auch keine gute Heilkundige ist. Mit dieser Salbe behandelt sie nämlich auch die Blessuren Eurer Söhne, wenn die sich beim Reiten oder Fechten verletzt haben. Wie kann Pferdesalbe für einen Jungen von Adel gut sein?«

Jetzt hatte Loretta genug gehört. Mühsam beherrscht wiederholte sie Blanches letzte Worte, gab ihnen aber eine andere Bedeutung. »Ihr meint also, es sei gut für einen Jungen von Adel, zumal einen zukünftigen Grafen, ein hilfloses Tier zu misshandeln? Und schmäht eine Frau, die danach die Schmerzen des Pferdes zu lindern versucht?«

In ihrer Erregung stand sie auf und durchmaß mit großen Schritten den Raum. »Ich habe gegenüber meinen Söhnen nur selten die Rute gebraucht. Doch ich versichere Euch, Blanche, hätte ich mit eigenen Augen gesehen, dass mein Sohn ein wertvolles Ross derart traktiert, er hätte sie zu schmecken bekommen.«

Blanche riss zu Tode erschrocken die Augen auf. Loretta fuhr unbarmherzig fort: »Und ist es wahr, dass mein jüngster Sohn Robert sich ständig erbricht, weil Ihr ihm erlaubt, zu viel zu naschen?«

»Viele Kinder haben einen empfindlichen Magen«, verteidigte sich Blanche mit schwacher Stimme.

»Hat Euch Hilda davor gewarnt oder nicht, Blanche?« Loretta blieb vor ihrer Nichte stehen und sah ihr drohend in die Augen. »Wägt Eure nächsten Worte gut, Mädchen, und sagt mir die Wahrheit! Ertappe ich Euch bei einer Lüge, verlasst Ihr noch heute mein Haus.«

Angesichts Lorettas Zorn krümmte sich Blanche auf ihrem Schemel. »Sie hat mir tatsächlich diesbezüglich Vorhaltungen gemacht, liebe Tante. Doch ich glaubte, sie neidet dem kleinen Robert die Süßigkeiten, da sie sie lieber für ihre eigenen Bäl… Kinder hätte.«

»Und habt Ihr das Naschwerk gerecht an alle Kinder verteilt?«

»Natürlich nicht, werte Muhme.« Nun hatte Blanches Stimme einen empörten Unterton. »Hildas Kinder sind unfrei, Hörige wie sie selbst. Wie käme ich dazu, ihnen die gleichen Speisen zu geben wie Euren hochgeborenen Söhnen?«

»Also habt Ihr auch verboten, dass die Kinder zusammen essen, obwohl sie es getan haben, seitdem sie sich kennen?«

Ob des Zorns in Lorettas Stimme wurde Blanche wieder demütig. »Ich wusste doch nicht, dass Ihr das billigt, vielliebe Muhme. Ich dachte, nur in Eurem Sinne zu handeln. Haben denn Eure Söhne sich je bei Euch über mich beklagt?« Plötzlich begann sie, heftig zu weinen. Im Versuch, ihr Schluchzen zu unterdrücken, biss sie sich in die Faust.

Angesichts der Verzweiflung des Mädchens legte sich Lorettas Ärger ein wenig. *Sie zählt selbst erst sechzehn Lenze und hat Schweres durchgemacht.*

Mit ruhigerer Stimme fuhr sie fort: »Hört, Blanche, ich glaube Euch, dass Ihr vieles gut gemeint habt und anderes nicht besser wusstet. Und ich trage selbst eine Mitschuld, da ich mich zu wenig um Euch, meine Söhne und um Hilda samt ihrer Familie gekümmert habe. Aber nun will ich Euch erklären, was mir Hilda bedeutet.«

Schweigend und mit zunehmend betroffener Miene lauschte Blanche Lorettas Bericht. Wie ihr Hilda während der beschwerlichen Schwangerschaften beigestanden und ihr bei den Geburten sogar mehrmals das Leben gerettet hatte. Wie die Kräuterkundige mit ihrer Heilkunst dafür gesorgt hatte, dass ihre Söhne so gut wie nie ernsthaft erkrankten und die wenigen Male wieder vollständig genasen. Dass sie, Loretta, Hilda völlig vertraue und das Wort der Magd Gesetz sei, wenn es um die Gesundheit ihrer Söhne gehe. Wie Hilda Loretta als Vertraute während der schweren Jahre ihrer Ehe stets mit Rat und Tat zur Seite gestanden hatte. Wie sie Loretta mit ihren kleinen Kindern nach Starkenburg begleitete, nachdem Martin gewalttätig geworden war. Wie sie …

Mitten im Satz sprang Blanche plötzlich auf und warf sich vor Loretta auf die Knie. Die Tränen strömten ihr über beide Wangen. Vor lauter Schluchzen war sie kaum zu verstehen.

»Oh, Tante, liebe Tante, ich flehe Euch an, verzeiht mir. Ich wusste es doch nicht besser. Wie man Gesinde behandeln soll, hat mich mein Vater gelehrt. Er schalt meine Mutter oft, dass sie zu nachsichtig sei. Ich wollte Euch doch in allem gefallen und habe geglaubt, Ihr wärt zu beschäftigt, um das auf mich anmaßend wirkende Treiben Hildas zu bemerken. Wie konnte ich ahnen, was sie für Euch getan hat und was sie Euch bedeutet!«

Sie hob bittend die gefalteten Hände. »Ich flehe Euch an, schickt mich nicht weg aus Eurem Haus. Ich will alles tun, was Ihr von mir verlangt.«

Lorettas Ärger schmolz wie Schnee in der Sonne. »Nun, nun, ich glaube Euch ja, dass Ihr Euch bessern wollt.«

Blanche nickte heftig und rappelte sich auf. »Ich gehe sofort zu Hilda und bitte sie auf Knien um Verzeihung für das Unrecht, das ich ihr angetan habe.«

Das ging selbst Loretta zu weit. Besänftigt durch Blanches Reue, ergriff sie die Hände des Mädchens.

»Beruhigt Euch jetzt, Blanche, und setzt Euch wieder. Es ist nicht erforderlich, dass Ihr Euch vor Hilda demütigt. Ich werde mit ihr sprechen und sie bitten, Nachsicht mit Euch zu üben. Ihr seid noch sehr jung und habt schon viel Schlimmes erlebt. Zudem hat man Euch das Falsche gelehrt. Mein Vater ähnelt dem Eurigen. Als Vorbilder sind sie vollkommen ungeeignet.«

Anstatt sich zu setzen, sank Blanche wieder auf die Knie und bedeckte Lorettas Hände mit Küssen. »Ich werde Euch niemals vergessen, wie gütig Ihr heute gegenüber meinen Schwächen wart, allerliebste Tante. Sagt mir jetzt, wie Ihr Euch die Erziehung Eurer Söhne wünscht. Ich will alles bis auf die kleinste Einzelheit befolgen.«

»Dann lasst die Jungen wieder zusammen mit Hildas Kindern essen. Bestraft Hildas Kinder nicht, es sei denn, es gibt einen ernsthaften Grund. Und den besprecht vorher mit mir und holt meine Billigung ein. Ermutigt meine Söhne, allen voran meinen Ältesten Johannes, gegen Mensch und Tier sanftmütig und gerecht zu sein. Schließlich soll er einmal über viele ihm anvertraute Menschen herrschen und muss sich für sein Handeln dereinst vor dem Allmächtigen verantworten.«

»Und wenn ihm wirklich einmal Unrecht zugefügt wird? Soll

er sich dann nicht verteidigen dürfen?«, fragte Blanche zaghaft.

Wider Willen musste Loretta lächeln. »So war es nun auch wieder nicht gemeint, liebe Blanche. Lehrt ihn in diesen Fällen, Strenge mit Gerechtigkeit zu verbinden, aber niemals grausam gegen seine Untertanen zu sein.«

Blanche nickte und schluchzte ein letztes Mal auf. Dann setzte sie sich wieder auf ihren Schemel.

»Ihr seid eine weise und gütige Regentin, Muhme Loretta. Eigentlich wollte ich Euch heute …«, sie stockte und biss sich auf die Lippen. In ihrem Elend tat sie Loretta nun sogar leid. Deshalb baute sie dem Mädchen eine Brücke.

»Was wolltet Ihr eigentlich tun?«

Wieder begann Blanche zu weinen. »Ich wollte Euch einen Ort für Eure Frauenburg vorschlagen, liebe Muhme. Damit Ihr gegen Eure Feinde bestehen könnt.«

»Einen Ort für die Frauenburg? Woher kennt *Ihr* einen solchen Ort?«

Blanche schneuzte sich in ihren Ärmel. »Es gibt einen Felssporn in der Nähe des Ortes Oberstein. Meine Mutter Blancheflor erhielt diese Ländereien bei ihrer Hochzeit als Mitgift. Als ich noch klein war, hörte ich meinen Vater oft sagen, dass man hier eigentlich eine Burg bauen müsse. Der Ort läge so günstig, dass sie uneinnehmbar wäre. Ihr könntet von dort aus sowohl gegen den Kastellauner als auch gegen den Kyrburger ziehen.«

Loretta begann es, am ganzen Körper zu kribbeln. »Wart Ihr selbst einmal an diesem Ort?«

Blanche nickte. »Ich weiß, wo er liegt, und könnte Euch hinführen.«

»Aber er gehört als Mitgift Eurer Mutter jetzt den Grafen von Veldenz«, dämpfte Loretta ihre eigenen Hoffnungen.

Blanche verzog trotzig das Gesicht. »Warum sollte er meinem

Großvater gehören? Er hat meine Mutter, meinen Bruder und mich verstoßen. Euer Schwiegervater überließ den Veldenzern dieses Land im Glauben, dass die Nachkommen meiner Mutter es dereinst regieren würden. Da diese Voraussetzung nicht mehr gegeben ist, sollte die Gegend wieder zu Starkenburg-Sponheim gehören.«

Loretta ließ sich Blanches Worte durch den Kopf gehen. Auch Balduin begründete seine Ansprüche auf Land häufig mit einer ungeklärten Rechtslage. *Warum soll ich das nicht genauso machen? Ich werde ja sehen, ob der Veldenzer Einspruch erhebt, und entscheide dann, was zu tun ist. Aber zuerst muss ich diesen Ort mit eigenen Augen sehen.*

Vor Tatendrang wurde ihr ganz heiß. »Ich nehme Euer Angebot an, liebe Blanche. Führt mich zu diesem Ort! Derweil können sich hier die Gemüter beruhigen, und meine Söhne sind bei Hilda und Kathi in besten Händen. Wollt Ihr das tun?«

Blanche strahlte über das ganze Gesicht. »Es ist mein Herzenswunsch, liebste Tante.«

»Dann brechen wir übermorgen auf. Sorgt dafür, dass alles für unsere Abreise vorbereitet wird. Volker von Falkenstein soll uns mit zehn Dienstmannen begleiten.«

Starkenburg, Juni 1325, ungefähr zwei Wochen später

»Herrin, wir bringen Euch überaus dringliche Kunde.«

Erstaunt und sofort beunruhigt blickte Loretta von ihrer Stickarbeit auf, als ihre Ritter Volker von Falkenstein und Nikolaus von Schonenberg ohne Gruß mit großen Schritten die Kemenate betraten, wo sie mit Blanche in einer Fensternische stickte.

Seitdem sie gemeinsam den zukünftigen Standort der Frauenburg aufgesucht hatten, war ihre Beziehung wieder so innig wie vor Hildas Beschwerde. Loretta fand den Ort für ihr Vorhaben vortrefflich geeignet, genauso wie ihn Blanche beschrieben hatte. Zudem gab sich Blanche die größte Mühe, es Loretta in allem recht zu machen und freundlich zu Hilda und ihren Kindern zu sein. Auch Hilda und Kathi bestätigten, dass sich Blanche sehr gebessert hätte.

Doch nun schien neues Ungemach von anderer Seite zu drohen. Hinter den Rittern erblickte Loretta einen einfachen Dienstmann, den sie vom Sehen her kannte. Er gehörte zu den Burgwachen.

»Dies ist Ranulf.« Volker wies auf den Mann. »Er bringt schlimme Nachrichten aus Niederwörresbach.«

Er schob den Mann nach vorne, der daraufhin vor den Damen niederkniete.

»Was ist geschehen?«

»Ich stamme aus diesem Ort«, begann der Dienstmann nach Lorettas Aufforderung. »Der edle Herr von Falkenstein hatte die Gnade, mich zu beurlauben, damit ich meine Mutter besuchen kann, die schon seit längerer Zeit kränklich ist. Ich wollte in Erfahrung bringen, wie es ihr geht.«

»Komm zur Sache, Mann«, unterbrach Volker ihn grob.

Loretta hob die Hand. »Euer Eifer ehrt Euch so sehr wie Eure Treue, edler Volker, und ich weiß, Ihr meint es nur gut. Doch gebt dem Mann die Zeit, sich zu sammeln. Ich kann sehen, dass er nahezu außer sich ist und in Niederwörresbach Schlimmes erlebt haben muss.«

Tatsächlich war die Kleidung des Mannes voller Schmutz, er war völlig verschwitzt und roch streng. Unter anderen Umständen hätte man ihn in diesem Zustand nicht zu ihr vorgelassen, schon gar nicht ins Frauengemach.

Volker neigte den Kopf und blickte Loretta dann, wie schon so oft, mit der Mischung aus Ergebenheit und Verlangen an, die sie sogar in dieser außergewöhnlichen Situation ablenkte. *Ich muss endlich einmal mit ihm sprechen. Ich glaube, er verzehrt sich nach mir. Vielleicht hilft es ja, die Glut zu löschen, wenn er erkennt, dass sie niemals zum Feuer auflodern kann.*

Blanche überbrückte den Moment des Schweigens und traf den Nagel auf den Kopf.

»Du erweckst den Eindruck, getreuer Ranulf, als ob der Wildgraf Friedrich von Kyrburg das Dorf wieder heimgesucht hätte.«

Der Mann nickte.

»So ist es, edle Damen. Doch es geschah schon vor mehr als zwei Monden.«

»Was sagst du da?« Loretta war entsetzt. »Wieso habe ich bislang nichts davon erfahren?« Unwillkürlich richtete sich ihr Blick wieder auf Volker.

Der Ritter verspürte offensichtlich den Drang, sich zu rechtfertigen. »Ranulf hat erzählt, dass der Wildgraf den Bauern Oswald und seine beiden halbwüchsigen Söhne stäupen ließ, als er das Dorf im Frühjahr besetzte. Er bestrafte Oswald auf diese Weise dafür, dass er Euch im vergangenen Jahr verriet, dass der Wildgraf an Martini die Pacht einziehen wollte. Das gab uns damals die Möglichkeit, seinen Plan zu vereiteln.«

Loretta fehlten vor Bestürzung die Worte. So ergriff wieder Blanche die Initiative. »Woher wusste der Kyrburger, wer seine Absichten preisgegeben hatte, edler Volker?«

Der Ritter räusperte sich. »Oswald stellte sich selbst, nachdem Friedrich drohte, zu jeder vollen Stunde einen Bewohner, gleich ob Mann, Frau oder Kind, Greis oder Säugling, töten zu lassen, wenn man ihm den Schuldigen nicht ausliefern würde.«

Loretta merkte Volker an, dass auch ihn die Grausamkeit des Wildgrafen nicht kaltließ.

»Aus *Gnade*«, fuhr er mit schlecht verhohlener Wut fort, »ließ Friedrich Oswald nicht aufhängen, sondern nur Lehnseidauspeitschen. Um die Wirkung zu erhöhen, verurteilte er auch noch seine beiden Söhne zu dieser Strafe. Da er die Gequälten die ganze Nacht über unversorgt am Pfahl hängen ließ, überlebten die beiden Jünglinge die Tortur nicht.«

»Oh nein, so unbarmherzig kann doch nicht einmal Friedrich von Kyrburg sein!« Blanche schlug entsetzt die Hände vor den Mund.

Loretta dagegen erfasste ein noch nie in ihrem Leben verspürter Grimm. Mühsam beherrscht sagte sie: »Ich vermute, dass der Wildgraf die Dorfbewohner durch diese Grausamkeit so in Angst versetzt hat, dass niemand mehr wagte, sich mir anzuvertrauen.« Ranulf, der immer noch kniete, nickte bestätigend.

Loretta gab ihm ein Zeichen aufzustehen. »Setze dich hier auf den Schemel, guter Mann. Und Ihr, Blanche, reicht ihm einen Trunk zur Erfrischung, bevor er seinen Bericht beendet.«

Tatsächlich leerte Ranulf den Becher mit verdünntem Wein in einem Zug. Dann wischte er sich den Mund.

»Es ist noch weit schlimmer, hochwohlgeborene Herrin. Der Wildgraf droht, jeden Bewohner, der Euch oder anderen Kunde von seiner Niedertracht bringt, aufknüpfen zu lassen. Aber nicht nur ihn, sondern auch seine ganze Sippe.«

»Aber wie hast du dann davon erfahren?«

»Ich traf eine Freundin meiner Mutter, die ich von früher her kenne, im Wald vor dem Dorf beim Reisigsammeln. Sie warnte mich davor, nach Niederwörresbach zu reiten, da mir dort womöglich der Tod drohe. Anfangs wollte sie nicht mehr preisgeben. Doch als ich weiterhin am Vorhaben festhielt, meine Mutter aufzusuchen, enthüllte sie mir schließlich zitternd und wehklagend die Wahrheit. Obwohl ich sofort umgekehrt bin und das Dorf nicht betreten habe, lebt sie wahrscheinlich jetzt in der beständigen Angst, dass Friedrich sie und ihre ganze Familie töten lässt.«

Der Mann wirkte zunehmend bedrückt. »Ich musste ihr sogar schwören, Euch nichts zu verraten, hohe Herrin. Doch ich

brachte es nicht übers Herz und brach den Eid, als ich wiederkam. Ich hoffe, der Allmächtige wird mir vergeben.«
»Das wird er mit Sicherheit tun, treuer Ranulf. Ich spende dafür eine einpfündige Wachskerze. Auch du selbst wirst eine Belohnung für deinen Mut und deine Treue erhalten. Aber nun sollten wir überlegen, was als Nächstes zu tun ist.«
Loretta hielt es nicht mehr auf ihrem Sitz. Mit langen Schritten durchmaß sie die Kemenate, wie immer, wenn sie aufgeregt war. *Ich muss so schnell wie möglich handeln. Wenn ich erst Boten zu Balduin nach Trier schicke, weiß ich nicht, wie lange es dauert, bis er mir Reisige stellen kann. Im günstigsten Fall würde er mir Männer schicken, die er hier in der Gegend stationiert hat. Aber vielleicht kann er von denen keinen entbehren. Er hat gerade erst mit dem Bau der Baldenau begonnen, obwohl die Baldeneck noch lange nicht fertig ist. Möglicherweise braucht er seine eigenen Leute alle zur Bewachung der beiden Baustellen.*
Sie wandte sich an ihre Ritter. »Wie viele kampffähige Männer stehen uns sofort zur Verfügung?«
»Es dürften ungefähr fünfzig sein, die sich im Umkreis der Starkenburg aufhalten. Schickt Ihr nach all Euren Lehnsleuten mit ihren Dienstmannen, werden sicher mehr als vierhundert zusammenkommen.«
Loretta dachte angestrengt nach. »Es würde zu lange dauern, bis die Kämpfer hier eintreffen. Zudem verursacht ein solcher Aufruf Unruhe. Friedrich würde schnell erfahren, dass ich meine Mannen zusammenziehe. Selbst wenn ich ihm zuvor nicht die Fehde erkläre, wird er mit einem Angriff auf Niederwörresbach rechnen.«
»Edle Herrin, darf ich sprechen?« Ranulf meldete sich erneut zu Wort.
»Natürlich, wenn du noch etwas Wichtiges zu sagen hast.«
»Der Wildgraf hat in den benachbarten Weilern verbreiten lassen, Ihr hättet ihm Niederwörresbach ohne Einspruch überlas-

sen. Da es vor Jahren schon einmal so war, dass ein Weiler, ich glaube, es war Niederhosenbach, in seinen Besitz überging, hat dies niemand in Frage gestellt. So fühlt er sich im Augenblick derart sicher, dass er nur fünf Mann zur Bewachung der Dörfler zurückgelassen hat. Er selbst reitet nur alle zwei Wochen von Kirn herüber, um nach dem Rechten zu sehen.«

Loretta schöpfte neue Hoffnung. »Du meinst also, fünfzig Soldaten könnten genügen, um den Ort zu befreien?«

Ranulfs Miene verdüsterte sich. »Von der Anzahl her sicherlich, edle Herrin. Doch Ihr müsstet sehr vorsichtig zu Werke gehen. Friedrich von Kyrburg hat im ganzen Dorf mit Pech getränkte Strohballen verteilen lassen und seinen Männern den Befehl gegeben, diese sofort in Brand zu setzen, sollten sie angegriffen werden. So könnte ein Kampf leicht das ganze Dorf vernichten. Auch seine Bewohner könnten zu Schaden kommen oder sogar ihr Leben verlieren.«

Loretta knirschte mit den Zähnen. »Also hält der Schurke meine Eigenleute als Geiseln.«

»Und außerdem«, warf diesmal Nikolaus von Schonenberg ein, »nützt es ja nichts, das Dorf zu befreien, wenn wir danach nicht stark genug sind, um es gegen den Kyrburger zu verteidigen. Außerdem müssen wir damit rechnen, dass er noch andere Orte der Grafschaft Starkenburg angreift, wenn es zur offenen Fehde kommt. Ich rate deshalb, erst alle verfügbaren Männer zusammenzuholen, bevor wir dem Wildgrafen entgegentreten.«

»Ihr habt recht, edler Nikolaus.« Lorettas Hoffnungsfunke erlosch so schnell, wie er aufgeglimmt war. Wieder begann sie, rastlos hin und her zu gehen. Im Gemach herrschte betretenes Schweigen. *Es muss noch eine andere Möglichkeit geben. Irgendetwas habe ich übersehen.* Dessen war sich Loretta plötzlich ganz sicher. *Was kann es nur sein?* Verzweifelt zerbrach sie sich den Kopf, doch es wollte ihr nicht einfallen.

Unbeabsichtigt half ihr Blanche auf die Sprünge. »An welchen

Tagen pflegt der Wildgraf Niederwörresbach aufzusuchen, Ranulf?«, fragte sie, um das lastende Schweigen zu unterbrechen.
»Darüber ist mir leider nichts bekannt, werte Herrin.«
Als hätte sie der Blitz getroffen, verhielt Loretta mitten im Schritt.
»Mit wie vielen Männern reitet der Wildgraf?«
Ranulf blickte unglücklich drein. »Auch das weiß ich nicht genau, Frau Gräfin. Es könnten drei, aber auch fünf Begleiter sein. Manchmal ist auch sein ältester Sohn mit dabei, hat mir die Freundin meiner Mutter erzählt.«
Loretta ballte die Hände zu Fäusten. In ihrem Kopf nahm ein Gedanke Gestalt an.
»Aber in jedem Fall ist es nur eine kleine Gruppe, mit der der Wildgraf nach Niederwörresbach reitet?«
Ranulf wirkte verwirrt. »So ist es, Herrin.«
Auch die Ritter blickten Loretta stirnrunzelnd an. Blanche dagegen begann zu lächeln. Ihre Augen glänzten vor Neugier.
»Ich sehe Euch an, liebwerte Muhme, dass ein Plan in Euch reift. Lasst Ihr uns daran teilhaben?«
Loretta zögerte noch. Ebenso wenig wie eine Frau bisher eine Burg errichtet hatte, hatte man schon einmal von einer Taktik, wie sie sie nun in Erwägung zog, im Rahmen einer Fehde gehört. Möglicherweise hielten ihre Lehnsmannen diese sogar für unritterlich.
Loretta holte tief Luft. *Aber das ist mir gleichgültig!*
Sie blickte in die Runde, während sie sprach. »Ungewöhnliche Umstände erfordern ungewöhnliche Maßnahmen«, begann sie. »Und wer das Recht derart mit Füßen tritt, wie es der Wildgraf Friedrich von Kyrburg tut, muss damit rechnen, dass ihm eines Tages mit gleicher Münze heimgezahlt wird. Also hört meinen Plan!«

Auf einem Waldweg im Hunsrück,
Juni 1325, einige Tage später

»Psst, ich höre aus der Ferne Hufgetrappel!« Hugo von Breitenfels drehte sich zu seinen Begleitern um, die sich im Unterholz am Wegrand verborgen hielten. Wenig später kamen drei Reiter in Sicht, einer davon noch ein bartloser Jüngling.

»Sie fühlen sich immer sicherer«, zischte Hugos Bruder Emmerich. »Jetzt haben sie nicht einmal mehr eine Schutzwache mit dabei.«

»Psst!«, befahl diesmal Nikolaus von Schonenberg. »Wenn sie uns hören, war alles umsonst.«

»So halte doch selbst dein Maul«, knurrte Emmerich.

Volker von Falkenstein verkniff sich ein Lächeln. Die drei Ritter waren um einige Jahre jünger als er und damit noch heißblütiger. Sie brannten darauf, den Auftrag auszuführen, den ihre Herrin Loretta ihnen gegeben hatte.

»Ist die Schnur straff?«, fragte er leise. Hugo nickte. »Randolf hat sie auf beiden Seiten an dicken Ästen befestigt. Jetzt zieht er sie an.«

Quer über den Weg hatten Lorettas Gefolgsleute einen dünnen Hanfstrick gespannt. Er war vielfach gezwirbelt, nahezu unzerreißbar und im diffusen Sonnenlicht, das durch das dichte Blätterdach fiel, kaum zu erkennen. Zumindest dann nicht, wenn man sich völlig arglos näherte.

Doch die Pferde waren feinfühliger als ihre Reiter und witterten die im Gebüsch verborgenen Männer. Friedrich von Kyrburg ritt an der Spitze des Trios. Als sein Ross, ein edler Apfelschimmel, plötzlich zu scheuen begann, riss er das Tier hart an den Zügeln.

»Was ficht dich an, elender Klepper?« Mit aller Kraft stieß er dem Pferd die Sporen tief in die Weichen.

Das Ross wieherte schmerzerfüllt auf, schoss dann mit großen

Sätzen nach vorn und rannte geradewegs in die auf seiner Brusthöhe gespannte Schnur. Durch das Hindernis mitten im Lauf gestoppt, wieherte es erneut, während Friedrich durch den plötzlichen Ruck den Halt im Sattel verlor und über den Kopf des Pferdes hinweg zu Boden katapultiert wurde.
Seine Begleiter konnten ihre Tiere nicht mehr rechtzeitig zum Stehen bringen. Im nächsten Moment wälzten sich Rosse und Reiter stöhnend am Boden.
Noch bevor sie sich aufrappeln und zu den Waffen greifen konnten, sahen sie sich bereits von mehr als zehn leicht gerüsteten Männern umringt. Schwertspitzen und Spieße waren auf ihre Körper gerichtet.
»Was zum Teufel …«, dem Wildgrafen blieben die Schimpfworte im Halse stecken, als Volker von Falkenstein auf ihn zutrat. Der Ritter machte eine spöttische Verbeugung.
»Gott zum Gruße, edelster Abschaum im Lande. So schnell trifft man sich wieder. Und ich fürchte, Ihr seid erneut in einer misslichen Lage.«
Der Kyrburger, der sich beim Sturz auf die Zunge gebissen hatte, spuckte blutigen Speichel vor Volkers Füße. Der trat ihm mit der Stiefelspitze so hart gegen das Kinn, dass der Wildgraf, der noch am Boden kniete, hinterrücks in den Staub fiel.
»Leider lässt Eure höfische Erziehung noch immer zu wünschen übrig«, spöttelte Volker weiter, als das grölende Lachen seiner Männer verklang. Er zog seinen linken Handschuh aus und warf ihn Friedrich auf den Bauch. »Im Namen meiner edlen Herrin Gräfin Loretta von Starkenburg-Sponheim erkläre ich Euch die Fehde.«
Er fixierte Friedrich, der schon den Mund zu einer Antwort geöffnet hatte, durchdringend. »Und wägt Eure Worte gut, mein Freund«, mahnte er. »Sonst seid Ihr das erste Opfer in diesem Kampf.«
Der Wildgraf klappte den Mund wieder zu. Er rappelte sich auf

und glotzte auf seine Begleiter, die sich ebenfalls stöhnend erhoben. »Gottfried, mein Sohn, bist du verletzt?«

Der Junge, Volker schätzte ihn auf kaum fünfzehn Jahre, schüttelte den Kopf. »Nur ein paar Schrammen und blaue Flecke, Vater. Aber ich fürchte, Franziskus hat es schlimmer erwischt.«

Tatsächlich hielt sich der dritte Reiter leise wimmernd den linken Arm. Das Handgelenk war verdreht.

»Na, immerhin kannst du reiten.« Der Kyrburger zeigte kein Mitgefühl für seinen verletzten Kumpan.

»Also, edler Herr von Falkenstein«, nun verbeugte sich Friedrich ebenfalls spöttisch und zerrte an seinem Handschuh. »Richtet Eurer hochwohlgeborenen Met…, äh Herrin aus, dass ich die Fehde annehme. Und nun lasst uns ziehen, wie es die Ritterehre gebietet, damit auch wir uns zum Kampf rüsten können.«

Volker schürzte die Lippen. Er raste innerlich vor Zorn, bezwang sich aber mit eisernem Willen. »Meine hochwohlgeborene Herrin, die Ihr soeben fast tödlich beleidigt habt, hat uns einen anderen Befehl erteilt.«

Er drehte sich zu seinen Männern um. »Bindet dem Kerl und seinem Sprössling die Hände! Und du«, er wandte sich an Franziskus, »reitest zurück auf die Kyrburg und überbringst dort die Kunde, dass dein Herr und sein ältester Sohn auf der Starkenburg als Gefangene einsitzen.«

Starkenburg, Juni 1325, zwei Tage später

Volker hatte Loretta noch nie so sehr begehrt wie jetzt, als sie, in ihr schönstes Gewand aus grüner Seide gekleidet, wie eine Königin die Halle betrat. Friedrich und sein Sohn Gottfried knieten bereits auf den Binsen, immer noch mit auf dem Rücken gebundenen Händen. Ringsum hielten Lorettas Männer sie zudem mit gezogenen Schwertern in Schach.

Die Gräfin beachtete die beiden Gefangenen anfangs gar nicht. Sie verzog ihre entzückende Nase und schnupperte.
»Getreuer Volker«, sprach sie ihn an, »hier riecht es so garstig. Könnt Ihr mir das erklären?«
Da sie offensichtlich keine Antwort erwartete, blieb er stumm. Loretta winkte derweil ihrer Kammermagd. »Kathi, reiche mir bitte eine Duftkugel.«
Das Leinensäckchen unter die Nase gepresst, betrachtete sie Friedrich von Kyrburg schließlich wie ein ekliges Insekt. »Ach, nun verstehe ich, was meine Halle verpestet. Ihr habt diesen gottlosen Schurken hierhergebracht, der meine Bauern dahinschlachtet. Er sieht nicht nur aus wie ein Wildschwein, er riecht auch so. Der Gestank von Niedertracht und Grausamkeit haftet ihm an.«
Ihre Worte straften ihr Lächeln und ihre sanfte Stimme Lügen. Friedrich riss vor Empörung den Mund auf, doch Loretta kam ihm zuvor. »Sorgt dafür, dass er nicht spricht, bevor ich es erlaube, Volker. Sicherlich stinkt er auch aus dem Maul.« Der Blick ihrer Augen war so kalt wie Eis.
Sterne am Winterhimmel, schoss es Volker durch den Kopf, während er nickte und Friedrich seine Klinge an die Kehle setzte. Dass sie ihren Todfeind so offen demütigte, machte sie nur noch begehrenswerter. *Was für eine Frau! Dergleichen gibt es nicht noch einmal unter Gottes Sonne.*
Nun trat Loretta auf Friedrichs Sohn Gottfried zu. Mit ihrer weiß behandschuhten Hand strich sie ihm sanft über die Wange. »Gottfried hat er dich getauft, armer Knabe.« Der Jüngling, nach allgemeinem Dafürhalten bereits ein erwachsener Mann, schnaubte empört. Doch wegen der Klingen, die auf seine Brust und seinen Rücken gerichtet waren, wagte er wie sein Vater keine Widerworte. »Als ob dieser Schurke, der dich gezeugt hat, wüsste, was Gottes Frieden bedeutet.«
»Wisst Ihr es besser?« An Wagemut hatte es dem Wildgrafen noch nie gefehlt, konstatierte Volker mit widerwilliger Bewun-

derung. Trotzdem bohrte er ihm seine Klinge so tief in den Hals, dass Blutstropfen austraten.
»Meine Herrin gebot Euch, das Maul zu halten.«
Loretta verzog die Lippen erneut zu dem süßen Lächeln, das ihre Augen nicht erreichte. »Lasst ihn sprechen, getreuer Volker. Was meint Ihr denn, edler Ritter von Kyrburg?«
An Friedrichs gespannten Muskeln, die sein Obergewand fast zu sprengen drohten, erkannte Volker, dass er die auf dem Rücken gefesselten Hände zu Fäusten ballte. Aber er war klug genug, höflich zu bleiben.
»Auch Ihr habt *Euren* zweiten Sohn Gottfried genannt.«
Loretta nickte. »Wohl gesprochen, mein Herr. Doch zu ihm passt dieser Name. Er trägt sich mit dem Gedanken, Priester zu werden.«
»Du aber«, wandte sie sich wieder an den Jüngling, »folgst deinem Vater bereits in der Blüte deiner Jugend auf seinem Weg zur Hölle?«
Der Junge hob trotzig den Kopf. »Ihr habt uns mit einer Übermacht und noch dazu mittels einer schmutzigen Finte gefangen nehmen lassen, Gräfin Loretta. Das entbehrt aller Ritterlichkeit. Was wollt Ihr von uns?«
Mit gespielter Bewunderung hob Loretta die Brauen. »Wahrlich der Sohn seines Vaters, edler Volker. Er gibt Widerworte, selbst wenn seine Lage hoffnungslos ist.«
Sie machte eine kleine Pause und trat zurück, um Friedrich von Kyrburg in die Augen zu sehen. »Aber die Frage Eures Abkömmlings war berechtigt. So hört, was ich von Euch fordere. Als Sühne und Gegenleistung für Eure Freiheit ersetzt Ihr allen Schaden, den Ihr im Dorf Niederwörresbach angerichtet habt. Dem Bauern Oswald, dessen Söhne Ihr auf dem Gewissen habt, zahlt Ihr ein Wergeld von fünfzehn Pfund Heller.«
Selbst Volker war erstaunt. Das war weit mehr als die übliche Strafzahlung für zwei getötete Hörige.

»Niemals«, knurrte Friedrich. »Wenn Ihr regieren wollt wie ein Mann, so rüstet auch Eure Truppen wie ein Mann und lasst uns im ehrlichen Streit herausfinden, wer als Sieger auf der Walstatt bleibt.«

»Aber ich bin eine Frau, edler Herr, und gehe daher eigene Wege«, erwiderte Loretta ungerührt. Ihr Lächeln im Kontrast zu dem harten Ausdruck ihrer Augen ließ ihr Gesicht jetzt beinahe grausam erscheinen. *Wie eine Spinne, die ihre im Netz gefangene Beute belauert,* dachte Volker.

»Also hört weiter zu! Ihr gebt meinem Oheim Matthias den Weiler Niederhosenbach zurück, den Ihr meinem verstorbenen Gatten abgeluchst habt. Mir selbst zahlt Ihr fünftausend Pfund Heller als Lösegeld für Euch und dreitausend weitere Pfund für Euren Sohn.« Friedrich schnappte hörbar nach Luft. Er wirkte wie ein Fisch auf dem Trockenen.

»Außerdem«, Loretta ging zu einem niedrigen Tisch, nahm eine Pergamentrolle auf und schwenkte sie. »Außerdem tragt Ihr meinem ältesten Sohn Johannes die Kyrburg mit allen Ländereien als Lehen an!«

»Waaas?« Jetzt verlor der Wildgraf die Beherrschung. »Anmaßendes widernatürliches Weib! Habt Ihr ganz und gar den Verstand verloren?«

Volker verstärkte den Druck seiner Klinge, doch Loretta gab ihm ein Zeichen, das Schwert zu senken.

»Der edle Herr Graf muss noch über die Vorteilhaftigkeit meiner Bedingungen nachdenken. Dazu braucht er ein wenig Zeit.«

Sie trat dicht an Friedrich heran und zwang den Knienden dadurch, zu ihr aufzuschauen. »Zeit habe *ich* im Überfluss, edler Herr Friedrich. Und für jeden Tag auf meiner Burg zahlt Ihr mir ein weiteres Pfund Heller.«

Plötzlich trat Zorn auf ihr Gesicht. Ihre Stimme klang kalt wie Stahl. »Werft ihn ins dunkelste Verlies unter dem Bergfried, ohne Licht, nur bei Wasser und Brot. Und seinen Sohn gleich dazu, doch in eine andere Zelle. Dort mögen sie meinethalben bleiben, bis sie verrotten.«

Angesichts Lorettas völlig ungewohnten, machtbewussten Verhaltens spürte Volker eine Mischung aus Furcht und Faszination. Gleichzeitig wurde sein Geschlecht steif.

Kein Mann hätte es besser machen können als sie, dachte er. *Zur Feindin wollte ich sie um keinen Preis haben. Aber um jeden Preis zur Frau.*

Teil 4

MITTAGSGLUT

Kapitel 18

Starkenburg, Anfang Oktober 1325

»Ich höre, Ihr habt nach mir schicken lassen, Graf Friedrich. Also, was ist heute Euer Begehr?«

Volker von Falkenstein hielt sich ein Duftsäckchen vor die Nase. Der Gestank im Kerker des Starkenburger Bergfrieds war schier unerträglich. Und der Qualm der Pechfackel, mit der ein Wächter ins Innere des Verlieses leuchtete, tat ein Übriges, um die Luft zu verpesten.

»Nach Euch habe ich nicht schicken lassen, Ritter von Falkenstein. Ich habe darum gebeten, dass Eure Herrin sich zu mir begibt.« Friedrichs Stimme klang rauh vor Heiserkeit.

Wieder einmal musste Volker dem Wildgrafen widerwillig Bewunderung zollen. Trotz der schon Monate währenden Haft schien seine Widerstandskraft ungebrochen.

Der Ritter setzte ein spöttisches Lächeln auf. »Mein Herr, Ihr seid kaum in der Verfassung, eine Dame von edlem Geblüt zu empfangen.«

In der Tat starrte der Kyrburger vor Schmutz. Seine ehemals robuste Reisekleidung, in der sie ihn gefangen genommen hatten, hing jetzt in Fetzen um seinen ausgemergelten Körper. Haare und Bart waren völlig verfilzt und von Ungeziefer befallen. Am ganzen Körper hatte er eitrige Wunden, die teilweise vom Aufkratzen der juckenden Insektenstiche, teilweise von Rattenbissen stammten.

Mit entzündeten Augen blinzelte der Wildgraf ins ungewohnte Licht der Fackel. »Wie geht es meinem Sohn?«, krächzte er.
»Den Umständen entsprechend gut. Die Kräuterfrau sagt, er sei auf dem Weg der Genesung. Euer Starrsinn hat ihn beinahe um sein junges Leben gebracht.«
In der Tat war Gottfried vor einigen Wochen an einem heftigen Fieber erkrankt. Loretta ordnete daraufhin an, den Jungen aus dem Kerker in eine saubere Dachkammer der Burg zu verlegen. Dort bangten sie tatsächlich ein paar Tage um sein Leben, bis Hildas Heilkünste einmal mehr wirkten und auch Gottfried vor dem schon sicher geglaubten Tod erretteten.
Mittlerweile ging es dem Jüngling bereits wieder so gut, dass er jeden Tag einen Spaziergang im Burghof machen konnte. Er hatte auch an Gewicht zugelegt, zumal Loretta, die angesichts Gottfrieds schwerer Erkrankung von heftigen Gewissensbissen geplagt wurde, ihm die nahrhaftesten Speisen vorsetzen ließ. Volker hielt es allerdings für unangebracht, Friedrich über die Fortschritte seines Sohnes in Kenntnis zu setzen.
»Also, ich frage Euch nur noch einmal. Was ist Euer Begehr? Ich habe nicht vor, wegen Euch das Nachtmahl zu versäumen.«
Tatsächlich ging Volkers Rechnung auf. Friedrich knirschte zwar hörbar mit den Zähnen, doch schließlich knurrte er: »Ich bin bereit, die Bedingungen Eurer Herrin zu akzeptieren, ihr das verlangte Lösegeld zu zahlen und ihrem Sohn den Lehnseid zu schwören.«
»Sieh an, sieh an!« Volker ließ sich seine Erleichterung nicht anmerken. »Was hat diesen Sinneswandel bewirkt?«
Friedrich starrte ihn hasserfüllt an. Seine entzündeten Augen tränten. »Das wisst Ihr doch selbst nur zu gut, Mann. Mein Sohn wäre in diesem Rattenloch beinahe ums Leben gekommen. Und auch ich würde im Winter hier elendiglich krepieren. Bereits jetzt sind die Nächte so kalt, dass mir das Blut in den Adern erstarrt.«

Volker atmete hörbar aus und trat im gleichen Moment, zornig über seine Schwäche, aus dem Licht der Fackel zurück ins Halbdunkel. Erst vor zwei Tagen hatte Loretta angeordnet, auch Friedrichs Haft im licht- und luftlosen Verlies binnen Wochenfrist zu beenden, ob der Wildgraf nun nachgab oder nicht. »Ich will meine Seele nicht mit einem Mord belasten«, erklärte sie. »Auch wenn dieses Ungeheuer den Tod mehr als einmal verdient hat.«

Nun war Friedrich der Gräfin mit seinem Entschluss zuvorgekommen und hatte sie aus dem Dilemma befreit, in das sie sonst unweigerlich geraten wäre. Verbesserte sie Friedrichs Haftbedingungen, obwohl dieser starrsinnig blieb, hätte man sie landauf, landab einmal mehr als schwaches Weib verspottet. Starb aber der Wildgraf, der trotz seiner ungehobelten Manieren einem alteingesessenen Grafengeschlecht entstammte, elendiglich im Kerker, hätte Loretta befürchten müssen, als herzloses Mannweib zu gelten. Möglicherweise hätte sie außerdem die Rache von Friedrichs Verwandten aus den übrigen Familienzweigen der Wildgrafen fürchten müssen, die sich bislang aus der Sache herausgehalten hatten.

»Gut, Herr von Kyrburg, ich werde meiner Herrin Eure Bitte vortragen.« Volker bemühte sich, so kühl wie möglich zu klingen. »Man wird nach Euch schicken lassen, wenn sie Euer Angebot annimmt.«

»Was heißt, wenn sie mein Angebot annimmt?« Trotz seines Mitgefühls für den elenden Zustand des Kyrburgers weidete Volker sich ein letztes Mal an der Schwäche seines Todfeindes. Friedrich hatte die Hände zu Fäusten geballt, nackte Panik stand in seinen rot verschwollenen Augen. »Will das Wei…, äh, will Eure Herrin mich hier etwa verrecken lassen?«

»Ihr hättet es verdient, Friedrich von Kyrburg.« Volkers Stimme klang hart. Schlagartig wich das Mitleid mit dem verlausten, fast bis zum Skelett abgemagerten Häftling dem altbekannten Zorn. Dieser Mann würde seine geliebte Herrin niemals respektieren und ihr damit für immer gefährlich bleiben. So viel stand fest. »Wenn Gräfin Loretta nur ein Quentchen Eurer Schlechtigkeit in sich trüge, würdet Ihr hier im Dreck verfaulen.«

Damit wandte sich Volker zur Stiege, um seiner Herrin die Botschaft zu überbringen.

Im Rittersaal der Starkenburg,
Mitte Oktober 1325, zwei Wochen später

Als Loretta, erneut in ihr kostbarstes Gewand aus grüner Seide gekleidet, den großen Saal der Starkenburg betrat, klopfte ihr das Herz bis zum Hals. Volker und Balduin, die ihr Eintreten beobachteten, hätten ihr sagen können, dass ihr die zarte Röte auf ihren Wangen bezaubernd zu Gesicht stand und dass sie so souverän und gelassen wirkte wie eine Königin. Sie selbst war innerlich so aufgeregt wie seit langem nicht mehr.

Heute würde sich ihr ältester Feind, der ihr schon zu Lebzeiten Martins das Leben vergällt hatte, feierlich unterwerfen.

Gefolgsleute und Adel der Grafschaft Starkenburg waren versammelt, um dem Lehnseid des Kyrburgers beizuwohnen. Hinzu kamen Grafen und Ritter aus allen benachbarten Regionen, die Loretta geladen hatte und die wie Balduin die Sühneurkunde als Zeugen siegeln würden.

Heinrich von Schmidtburg und Johann von Dhaun, Verwandte des Wildgrafen aus anderen Zweigen des Geschlechts, gehörten ebenso dazu wie Wilhelm von Katzenelnbogen, Herr auf dem mächtigen Rheinfels über St. Goar. Die Grafen von Eltz waren gekommen, seit ihrer verlorenen Fehde Lehnsleute Balduins. Auch das Geschlecht derer von Waldeck war vertreten. Selbst ihr Schwager Pantaleon hatte ihre Einladung angenommen, wenn auch nur widerwillig, wie Loretta aus seinem mürrischen Gesichtsausdruck schloss.

Seit der Sache mit Bertram von Enkirch gibt er Ruhe. Doch ich traue ihm immer noch nicht. Allein, wie und womit er mir schaden sollte, weiß ich nicht zu sagen.

Sie verdrängte den Gedanken und ließ ihren Blick über die Gäste schweifen. Ihr Oheim Matthias plauderte angelegentlich mit Graf Ägidius, dem Inhaber der Vogtei im Kröver Reich. Neben diesem stand ihr Vater Bernhard von Salm. Er war alt und müde geworden, doch zu ihrem Erstaunen frei von jedem Dünkel gegenüber seiner Tochter. Stattdessen hatte er ihr seine Hochachtung ausgesprochen, als sie ihn am vergangenen Abend empfing.

Ihrer Herkunftsfamilie ging es nach wie vor schlecht. Daran hatte sich auch nichts verändert, nachdem Bernhard vor einiger Zeit eine Idee gehabt hatte, wie er sich gegen die immer noch widerborstigen Hunolsteiner Vögte zur Wehr setzen konnte. Er bot Balduin an, das alte Recht als oberster Lehnsherr, das ehemals bei Kurtrier gelegen hatte, im Laufe der Jahre aber verlorengegangen war, wieder auszuüben. Balduin stimmte natürlich sofort zu und bestätigte Bernhard von Salms Lehnsherrschaft an der Burg und den Ländereien von Hunolstein mit einer neuen Urkunde. Dem konnten sich auch die Vögte nicht widersetzen, die sich nicht gegen den mächtigen Kurfürsten auflehnen wollten.

Nun war ihr Vater zwar wieder Herr über Hunolstein. Doch die zusätzliche Pachtzahlung der dort ansässigen Bauern wurde zur Tilgung der Schuld von eintausendfünfhundert Pfund Heller benötigt, die die Vögte Bernhard vor vielen Jahren geliehen hatten. Also war Geld in Blieskastel weiterhin knapp.

Deshalb wollte Bernhard nach der Lehnseidzeremonie auf der Starkenburg auch zu seinem letzten verbliebenen Moselweingut in der Nähe von Bernkastel reisen, um es zu verkaufen. Lo-

rettas Mutter Jeanne hatte sie in dem Brief, den ihr Vater mitgebracht hatte, dringend gebeten, das Gut zu erwerben. Kurz ließ sich Loretta diese Bitte durch den Kopf gehen, verwarf sie dann aber. *Es würde mir wieder als weibliche Schwäche ausgelegt werden, wenn ich meinem Vater, der bis heute keinen Heller meiner Mitgift entrichtet hat, ein Gut abkaufen würde, anstatt es als Ersatz für die ausstehende Summe einzufordern.* Außerdem lag das Gut weitab von den anderen Starkenburger Weingütern und war angeblich vollkommen heruntergewirtschaftet.
An der Tür wartete Loretta auf Matthias, der sie durch den Saal zu ihrem Ehrenplatz geleiten sollte. Ihr Blick blieb an Simon von Kreuznach hängen, dem greisen Vater von Walram von Kastellaun. Natürlich hatte Loretta es sich nicht nehmen lassen, auch Walram zu laden, damit er ihrem Triumph über seinen Verbündeten Friedrich beiwohnte, für den er aufgrund seiner Kerkerhaft nichts hatte tun können. Doch Walram hatte eine plötzliche Erkrankung vorgeschützt und seinen Vater vorgeschickt, um dieser für ihn demütigenden Situation zu entgehen.
Loretta war es einerlei. Denn die Zeremonie hatte einen Ehrengast: Balduin, über dessen Zusage sie sich am meisten freute. Er war der höchste Fürst im Kreis ihrer erlauchten Gäste und nicht nur der Lehnsherr ihres eigenen Vaters, sondern auch einer Reihe anderer geladener Grafen und Ritter.
Balduins und Lorettas Blicke trafen sich, als Matthias sie durch den Saal geleitete. Bilder der vergangenen Nacht tauchten vor ihr auf und vertieften die Röte auf ihren Wangen.
Sie hatten sich leidenschaftlicher geliebt als seit langem. »Du, du allein bist meine Herzenskönigin!« Balduins heisere Stimme, kurz bevor er mit ihr zu einem Höhepunkt kam, der ihr die Sinne schwinden ließ, klang Loretta noch in den Ohren. Geschmolzen wie Eis in der Sonne waren die Zweifel, die sie in den letzten Monaten bisweilen beschlichen hatten, wenn Balduin der Starkenburg fernblieb, obwohl er sich in der Nähe aufhielt,

um die Baufortschritte seiner Burgen Baldeneck und Baldenau zu kontrollieren.
»Man könnte Verdacht schöpfen, wenn ich dich allzu oft besuche«, erklärte er ihr. »Und das wäre uns beiden nicht von Nutzen.«
»In den ersten Monaten hat dich das nicht gekümmert«, wandte Loretta halb gekränkt, halb verstört ein.
Er küsste sie auf die Nasenspitze und zog sie in seine Arme. »Da siehst du, wie schwach wir Männer in Wahrheit sind«, scherzte er. Und fügte hinzu, als sie sich schmollend abwandte: »Remigius hat mich gewarnt, dass man bereits zu tuscheln beginnt. Und glaube mir, er ist ein überaus weiser und vorausschauender Ratgeber.«
So fügte sich Loretta ins Unvermeidliche. Nach einiger Zeit begann sie sogar, ihren eigenen Nutzen aus der Situation zu ziehen. Seit dem Spätsommer bauten ihre Bauern und Tagelöhner nun an der Frauenburg. Loretta tat es Balduin nach und war immer wieder vor Ort, um sich am Anblick des aufstrebenden Bauwerks zu erfreuen. Schon konnte man den Grundriss der Burg deutlich erkennen. Heute Abend würde sie Balduin mit der Neuigkeit überraschen.
Doch jetzt galt es erst einmal, sich auf die bevorstehende Zeremonie zu konzentrieren. Mit der Hand auf Matthias' Arm, schritt sie hoch aufgerichtet zum prächtigen Lehnstuhl ihres verstorbenen Schwiegervaters, in dem sie sich längst nicht mehr so verloren fühlte wie zu Beginn ihrer Regentschaft. Huldvoll nickend grüßte sie nach allen Seiten.
Jetzt erhob sich ihr ältester Sohn Johannes von dem Schemel, auf dem er ihre Ankunft erwartet hatte. Er trug seine neue Surcotte aus dunkelblauem, mit Goldstickereien verbrämtem Samt.
Wie groß er in den letzten Monaten geworden ist. Er reicht mir schon fast bis zur Schulter.
Ihr Herz quoll vor Liebe und Stolz schier über, als sich Johannes

mit einer vollendeten höfischen Geste vor ihr verbeugte. *Blanche ist wahrlich eine wunderbare Lehrmeisterin. Auch mein Sohn wird die erste Probe seiner kommenden Regentschaft vorbildlich bestehen.*

Sie fühlte den Blick ihrer Nichte, die in der Gruppe der geladenen Damen stand, auf sich ruhen und erwiderte kurz ihr strahlendes Lächeln. *Mein altes Hochzeitskleid steht ihr tatsächlich so gut zu Gesicht, als wäre es einst für sie gemacht worden. Sie wird eine wahre Schönheit werden.*

Plötzlich spürte sie einen weiteren intensiven Blick aus der gegenüberliegenden Richtung. Instinktiv wusste sie, dass es der Volker von Falkensteins war. Sie widerstand der Versuchung, ihn anzuschauen. *Ich habe noch immer nicht mit ihm gesprochen.* Einen Augenblick lang packte sie wieder das schlechte Gewissen wegen dieser ständig aufgeschobenen Angelegenheit.

Um nicht weiter daran denken zu müssen, ließ sie ihren Blick erneut durch den Raum schweifen und auf Blanche ruhen. Diesmal schaute ihre Nichte allerdings nicht zu ihr hinüber, sondern an ihr vorbei … *Etwa zu Volker?* Loretta hatte eine Vermutung, doch sie verdrängte sie sofort. *Darüber denke ich später nach. Jetzt ist nicht der richtige Zeitpunkt dazu.*

Vor Johanns Lehnstuhl blieb Loretta stehen, drehte sich um und sah in die Runde. »Wohledle Herren, liebreizende Damen, seid mir von Herzen willkommen. Ich danke Euch allen dafür, dass Ihr die beschwerliche Reise zur Starkenburg unternommen habt, um heute den Lehnseid des Grafen Friedrich von Kyrburg und seines Sohnes Gottfried zu bezeugen, den sie meinem ältesten Sohn Johannes von Starkenburg-Sponheim, dem zukünftigen Regenten der Grafschaft, leisten werden.«

Sie richtete ihren Blick auf Volker. »Edler Ritter von Falkenstein, lasst Graf Friedrich und seinen Sohn jetzt hereinführen.«

Volker gab vier seiner Wachsoldaten, die in ihrer besten Garnitur in der Nähe der Tür warteten, einen Wink. Schon kurze Zeit

später führten die Männer den Wildgrafen und seinen Sohn in den Saal.
Beide Kyrburger waren reinlich, aber in einfache Gewänder aus Wolle und Leinen gekleidet. Bart und Haare waren gestutzt, Friedrichs Wunden bereits verschorft. Auch hatte er nach der Entlassung aus dem Verlies wieder etwas Fett angesetzt und seine totenblasse Gesichtsfarbe verloren. Trotzdem waren ihm die Entbehrungen der monatelangen Haft noch deutlich anzusehen.
Von Volkers Männern, die vorsorglich ihre Hände auf den Schwertknauf gelegt hatten, scharf beobachtet, näherten sich Friedrich und Gottfried Lorettas Sessel, auf dem sie mittlerweile Platz genommen hatte, und knieten vor ihr und Hänsel nieder.
Obwohl Loretta die Bedrohung deutlich spürte, die nach wie vor von Friedrich ausging, wahrte sie die Form.
»Erhebt Euch, edle Herren.« Sie wies auf eine Pergamentrolle auf dem niedrigen Tischchen neben ihrem Sessel. »Hier liegt die Urkunde, in der die verabredeten Sühnebestimmungen aufgeführt sind. Ihr habt Euch mit allen Bedingungen einverstanden erklärt. Jetzt fehlt nur noch Euer Lehnseid.«
Wie vereinbart trat Matthias heran, um den beiden Männern die Eidformel vorzusprechen. Doch zu Lorettas freudiger Überraschung kam Balduin ihm zuvor. »Lasst mich dem Grafen von Kyrburg in Eurem Namen den Lehnseid abnehmen.« Er gab Hänsel einen Wink. Der Junge stellte sich darauf vor dem Wildgrafen auf, der nun erneut vor dem Knaben niederkniete.
»Hebt Eure rechte Hand zum Schwur, Graf Friedrich. Und nun sprecht mir Satz für Satz nach: Ich, Friedrich von Kyrburg, trage Euch, edler Johannes von Starkenburg-Sponheim, meine Grafschaft Kyrburg mit allem Zubehör, Dörfern und Gütern, zu Lehen an. Ich schwöre Euch ewigliche Treue und werde mit Euch, Euren Verwandten und Euren Verbündeten zeit meines Lebens

Frieden halten. Sollte ich diesen Schwur brechen, gelte ich als meineidig und werde geächtet von jedermann.«
Selbst den weiter entfernt stehenden Zuhörern entging nicht, dass Friedrich an seinen Worten beinahe erstickte. Doch Balduin setzte die Zeremonie ungerührt fort.
»So bindet nun auch Ihr Euch durch Euer Treueversprechen an Euren neuen Lehnsmann«, forderte er Hänsel auf.
Der hob ebenfalls die rechte Hand und antwortete mit klarer Stimme: »Ich nehme mit Dank Euren Lehnseid an, edler Graf von Kyrburg, und schwöre Euch meinerseits, dass ich Euch Schutz und Hilfe vor Euren Feinden gewähren werde, sofern sie Euch, Eure Familie oder Euer Eigentum bedrohen.« Dann reichte er Friedrich seine schmale Knabenhand zum Kuss.
Loretta barst beinahe vor Stolz über das würdevolle Auftreten ihres Sohnes. *Er wird einmal ein großer Herrscher werden. Vielleicht sogar mächtiger als sein Großvater Johann.*
Plötzlich fiel ihr Blick auf Friedrichs Gesicht, das sich just in diesem Moment einen Lidschlag lang vor Hass verzog. Eine eisige Hand griff Loretta ans Herz.
Doch Hänsel wird es schwer haben. Trotz unseres heutigen Triumphs sind die Gefahren, die ihn bedrohen, noch nicht gebannt.

Schlafkammer Lorettas auf der Starkenburg, Oktober 1325, in der Nacht nach dem Lehnseid

»Du warst heute wunderbar.« Lustvoll vergrub Balduin sein Gesicht in Lorettas duftendem Haar. Seine Hände liebkosten ihre Brüste, deren Warzen sich wieder aufzurichten begannen. »Eine wahre Wonne für jeden Mann, der dich besitzen darf. Ich bin überglücklich, dass ich dieser Mann bin.«
Loretta streichelte Balduins Nacken. Auch sie genoss seinen Duft nach Leder und Schweiß, vermischt mit dem moschusarti-

gen Geruch erfüllter körperlicher Liebe. Ihr Schoß wurde erneut heiß und prall. War es zum vierten oder sogar schon zum fünften Mal in dieser nicht enden wollenden herrlichen Nacht? Das überwältigende Glücksgefühl löste ihr die Zunge. »Und ich hatte schon gedacht, dass du meiner überdrüssig geworden bist. Was bin ich doch für ein wankelmütiges, kleingläubiges Weib!« Sie lachte und ließ ihre Zungenspitze über sein Ohrläppchen gleiten.

»Dafür solltest du mich hart bestrafen«, neckte sie ihn und spürte voller Lust, wie sich sein Glied erneut aufrichtete.

»Hart?«, stöhnte Balduin.

»Sehr hart«, flüsterte sie.

Mit einem einzigen Stoß glitt er in sie hinein. Dann hielt er inne. »Du wolltest mir noch ein Geheimnis verraten, mein Lieb.«

Loretta lachte erneut. »Erst, wenn du dies hier zu Ende gebracht hast.«

Balduin glitt zweimal sanft vor und zurück. Loretta stöhnte vor Lust. Dann hielt er wiederum inne.

»Sag es mir jetzt, meine Wilde.«

Loretta flüsterte mit leiser Enttäuschung: »Hör jetzt nicht auf, mein Liebster. Du bereitest mir das wundervollste Gefühl der Welt.«

Wieder stieß Balduin einige Male zu, heftiger und härter als zuvor, um sich dann plötzlich zurückzuziehen. »Sag es mir jetzt, Loretta. Was heckst du wieder in deinem hübschen Köpfchen aus?«

Loretta seufzte, ging aber auf Balduins leichten Tonfall ein. »Da du es denn nun unbedingt wissen möchtest, du Ungeheuer, so rate.«

Balduin runzelte lächelnd die Stirn. »Du schmiedest einen neuen Plan, um Friedrich in Schach zu halten.«

Loretta biss ihn leicht in die Unterlippe. »Du bist schlau, mein Geliebter. Nun rate, was für ein Plan das ist.«

Balduin schüttelte den Kopf. »Kein Mann kann ins Hirn eines listigen Weibes blicken. Sage es mir.«
Lorettas Lippen formten ein stimmloses Nein.
Balduin stieß wieder in sie hinein. Gerade als sie sich keuchend in die völlige Hingabe gleiten ließ, hielt er ein weiteres Mal inne. »Also, verrätst du es mir jetzt? Sonst ziehe ich ihn heraus.«
Loretta protestierte in gespieltem Entsetzen. »Wie kannst du nur so grausam sein, mein Geliebter! Also gut, dann verrate ich es dir. Ich lasse eine Burg gegen Friedrich von Kyrburg und Walram von Kastellaun erbauen.«
Zu ihrer Bestürzung spürte sie, wie Balduin in ihren Armen erstarrte. Gleichzeitig wurde sein Glied schlaff. »Du tust *was*?«, fragte er ungläubig.
»Eine Burg lasse ich erbauen. So wie du es mir vorgemacht hast, mein Schatz. Sie wird auf einem Felssporn in der Nähe von Oberstein errichtet und soll Frauenburg heißen.«
Balduin rührte sich nicht. Sein Glied glitt aus ihrem Schoß. Er rollte sich von ihr hinab und auf die Seite. Enttäuscht drehte Loretta sich zu ihm herum.
»Was ist denn plötzlich mit dir, Balduin? Freut es dich nicht, dass ich meine Regentschaft so gut verteidigen will?«
»Doch, doch«, murmelte er geistesabwesend. Dann zog er das Laken über seinen Körper. »Doch ich bin müde, mein Lieb. Es war ein anstrengender Tag. Lass uns nun schlafen.«
Loretta war zunehmend verstört. »Ich verstehe dich nicht, Balduin. Eben warst du noch wach und voller Leidenschaft.«
Balduin rang sich ein Lächeln ab. »Ich bin wirklich nur müde, mein Schatz. Aber … willst du mir deine Burg nicht einmal zeigen?«
»Selbstverständlich, Geliebter. Ich hatte gehofft, dass du das möchtest, und reise gerne mit dir zur Frauenburg.«
Balduin gähnte. Dann drehte er Loretta den Rücken zu und blies das Binsenlicht aus, das auf einer kleinen Konsole neben ihren Köpfen brannte. »Sehr schön. Doch nun lass uns schlafen.«

Vorsichtig drehte Balduin sich auf den Rücken. Draußen begann ein bleicher Morgen heraufzudämmern. Seit Stunden lag er schon neben Loretta wach und wagte kaum, sich zu rühren, um sie nicht zu wecken.

Wenn sein Gefühl ihn nicht trog, war auch Loretta nicht gleich eingeschlafen, nachdem er das Licht gelöscht hatte. Erst nach einiger Zeit wurden ihre Atemzüge ruhiger. Dennoch stöhnte sie ab und an, als ob sie ein schlechter Traum plagte.

In Balduin aber tobte seit ihrem Eingeständnis, eine eigene Burg zu erbauen, ein innerer Aufruhr. Seit vielen Jahren strebte er danach, seinen Einflussbereich auszudehnen und die trotzigen Grafengeschlechter rings um sein Territorium in Schach zu halten, um sie schließlich zu bezwingen. In den vergangenen Jahrzehnten hatten sie dem Kurfürstentum Trier immer mehr Rechte streitig gemacht, was ihnen dank der schwachen Erzbischöfe, insbesondere seinem Vorgänger Diether von Nassau, noch erleichtert worden war. Nun herrschten in vielen Gebieten unklare und zum Teil widersprüchliche Rechtsverhältnisse, auf die er sich zwar bislang im Rahmen seiner Fehden zugunsten von Trier berufen hatte, die aber gar nicht erst hätten entstehen dürfen. Da sich dadurch auch Triers Einkünfte verringert hatten, waren die Finanzen des Erzbistums bei seiner Amtsübernahme zudem völlig zerrüttet gewesen. Ohne das Geschick seiner jüdischen Geldgeber wäre dieses Problem bis heute ein beständiges Hindernis für seine Pläne geblieben.

Erwächst mir jetzt ausgerechnet an der Stelle, wo ich am wenigsten damit gerechnet habe, eine ernstzunehmende Gegnerin?, grübelte er. *Hätte ich Loretta schon zu Beginn ihrer Regentschaft ausschalten müssen, als sie noch unerfahren und schwach war?*

Dieser Gedanke war ihm noch nie gekommen. Warum nicht? *Ich habe sie wie alle anderen unterschätzt*, gestand er sich widerwillig ein. *Aber*, der kalte Schweiß brach ihm aus, *hat sie nicht hauptsächlich von mir gelernt, wie man sich gegenüber seinen Gegnern behauptet? Auch sie baut nun eine Burg gegen Kyrburg und Kastellaun. Wäre sie ohne ihr Wissen um meine Taktik überhaupt auf eine solche Idee gekommen?*

Und woher hat sie außerdem das Geld? Wieder durchfuhr es ihn heiß und kalt. *Miriam Walch aus Kirchberg!* Die Jüdin musste Loretta die Summe vorgestreckt haben! Und auch das beruhte auf seinem eigenen Ratschlag!

Aber ist es nicht sogar noch schlimmer? Loretta war im Begriff, ihn an Tücke im Umgang mit ihren Feinden zu überflügeln! *Wo hat man seit der Gefangennahme von Richard Löwenherz durch den deutschen Kaiser Heinrich VI. je gehört, dass ein Mann einen Gegner mir nichts, dir nichts einkerkern lässt, bis der bereit ist, jede Sühnebedingung zu akzeptieren? Im gleichen Augenblick, in dem ihm die Fehde erklärt wurde?*

Ein *Mann*? Natürlich kein Mann, Loretta war ja ein *Weib*! Und aufgrund der Erbsünde teilweise genauso hinterlistig in ihrem Wesen wie Eva, als sie Adam den Apfel reichte. *Und genauso wie Adam Eva bin ich Loretta auf den Leim gegangen! Anstatt ihr Verhalten gegenüber Friedrich von Kyrburg als unehrenhaft zu brandmarken, habe ich dem Wildgrafen den Lehnseid gegenüber ihrem ältesten Sohn auch noch selbst abgepresst! Natürlich wollte ich auf diese Weise ebenfalls meine Macht über Friedrich demonstrieren, damit er sich hütet, mir nach dem Tod seines Vetters die Schmidtburg streitig zu machen. Aber warum habe ich nicht erkannt, dass ich vor allem Lorettas Macht dadurch stärke?*

Du Simpel, schalt er sich selbst. *Du unverbesserlicher Narr! Warum durchschaust du erst heute ihr Spiel?*

Plötzlich stand ihm das Bild seiner Schwägerin Margarete vor Augen. Sein Bruder Heinrich war viele Jahre lang blind vor Liebe zu ihr gewesen. *Aber Margarete hat sich vor dem Italienfeldzug niemals gegen Heinrich gewandt! Und als sie es tat, war es zu seinem eigenen Besten, und er wäre gut beraten gewesen, auf sie zu hören!*

Doch wie verhielt sich dies bei ihm selbst? Hatte er eine Schlange am Busen genährt? Hatte er entgegen all seinen Vorsätzen seinem Gemächt erlaubt, seinen Verstand zu bezwingen?

Balduin atmete tief durch und versuchte, sich zu beruhigen. Aus dem wenigen, das ihm Loretta über den Standort der Frauenburg – allein der Name war schon eine Provokation! – erzählt hatte, konnte er schließen, dass ihm diese Burg nicht gefährlich werden konnte. Sie lag mitten in Lorettas Gebieten.

Mitten in Lorettas Gebieten? Was machte ihn da so sicher? *Ich werde Remigius bitten, die Besitzverhältnisse dort zu klären. Und hernach mit Loretta, wie sie es angeboten hat, an den Ort reiten, um mir selbst ein Bild zu machen.*

Es hielt ihn nicht mehr in den schweißdurchtränkten Laken. Vorsichtig schob er die Beine über den Rand des Lagers und stand auf. Während er sich sein Gewand überstreifte, beschloss er, einen frühen Spaziergang zu machen.

Das wird meinen Kopf befreien und mir hoffentlich eingeben, wie ich meine Fehler gegenüber diesem machtbesessenen Weib wieder wettmachen kann.

Die leise Stimme in seinem Innern, die ihn warnte, dass er Loretta unrecht tat, verdrängte er.

Baustelle der Frauenburg, Oktober 1325, eine Woche später

»Und was sagt Ihr zu dem Ort, den ich ausgesucht habe? Meine Nichte Blanche hat ihn mir empfohlen!«

Loretta zügelte ihre Stute neben Balduins Pferd und klopfte dem tänzelnden Tier den Hals, um ihre zunehmende Nervosität zu verbergen. »Ruhig, Ceres.«

Seitdem sie Balduin in der Nacht nach dem Lehnseid des Kyrburgers von der Frauenburg erzählt hatte, verhielt er sich ihr gegenüber seltsamerweise anders als in den Tagen davor. Bereits am nächsten Morgen war er aufgebrochen, um seine eigenen Burgen Baldenau und Baldeneck zu besuchen.

Wenn sie seither zusammentrafen, wirkte Balduin kühl und zerstreut, obwohl er sie mit ausgesuchter Höflichkeit behandelte, was die Distanz zwischen ihnen allerdings noch betonte. Ihr Bett hatte er nicht mehr aufgesucht. Auch am gestrigen Abend schützte er Müdigkeit vor, als Loretta ihn in ihre Schlafkammer einladen wollte.

Jetzt blinzelte er mit zusammengezogenen Augenbrauen in die Oktobersonne, die schon tief hinter dem Felssporn mit der Baustelle stand. Es war ein wunderbarer milder Herbstnachmittag. Die Wälder ringsum erstrahlten in allen Schattierungen von Gold-, Rot- und Brauntönen. *Bald wird der Winter ins Land ziehen und alles vor Frost erstarren. Wie schade, dass ausgerechnet heute irgendetwas zwischen uns steht.*

Auf dem Ritt zur Frauenburg, zu der sie vor Morgengrauen aufgebrochen waren, hatte sich Loretta, wie auch schon in den Tagen davor, vergeblich den Kopf über Balduins verändertes Verhalten zerbrochen. Ihr fiel beim besten Willen nichts ein, womit sie ihren Geliebten gegen sich aufgebracht haben könnte. Ihre wiederholten Fragen, ob ihn irgendetwas bedrücken würde, hatte er stets verneint.

»Also, edler Balduin«, wiederholte Loretta jetzt in förmlicher Art ihre Frage. »Was sagt Ihr zu dem Ort?«

»Er ist zweifellos gut gewählt, Gräfin Loretta. Doch Ihr werdet nicht viel Platz im Innern der Burg haben.«

Loretta versuchte, ihren zunehmenden Unmut im Zaum zu halten. »Ich will ja nicht hier wohnen«, entgegnete sie. *Zumindest vorläufig nicht.* Laut fuhr sie fort: »Für einen Burgvogt mit seiner Besatzung wird es allemal reichen. Und der Ort ist ideal, um die Frauenburg gleichermaßen zu einer Trutzfeste gegen den Kyrburger und den Kastellauner zu machen.«

Sie drückte die Schenkel gegen die Flanken ihrer Stute, durchquerte den Ellenbach, der am Fuße des Felssporns entlangfloss, und schlug den schmalen Weg auf der nördlichen Bergseite ein, der zur Burg hinaufführte.

Auf der Baustelle herrschte trotz der fortgeschrittenen Tageszeit noch lebhaftes Treiben. Loretta hielt ihr Ross an und wies auf einen Trupp Männer, der gerade einen Graben ausschachtete. »Dies wird der Halsgraben vor dem Torzwinger, über den sich später einmal die Zugbrücke spannen wird.«

Balduin verzog die Lippen zu einem spöttischen Lächeln. »Das versteht sich von selbst, meine Liebe. Es ist nicht die erste Burg, deren Bau ich beobachte.«

Loretta errötete ob seines Tonfalls und wandte den Blick ab. Dann holte sie tief Luft, um sich zu beruhigen. »Die Anlage wird von vier Türmen eingefasst werden. Dieser Turm dort«, sie wies nach Südosten, »wird stärker und höher sein als die anderen drei. So kann er der Seite, die am leichtesten zu erstürmen ist, besonderen Schutz bieten.«

Balduin nickte. »Ich sehe, Ihr habt alles sorgfältig geplant, Gräfin Loretta. Wer hätte gedacht, dass eine Frau mehr zu erdenken vermag als Stickmuster für Wandbehänge und Tischtücher?«

Loretta sah bei Balduins Worten zufällig, dass Remigius, der hinter seinem Herrn ritt, nun übers ganze Gesicht grinste. Sie verbiss sich die patzige Antwort, die ihr auf der Zunge lag, und wandte sich demonstrativ an Nikolaus von Schonenberg, der die Begleitmannschaft anführte. Volker von Falkenstein hatte sie aus gutem Grund nicht mitgenommen. Ein anstrengender Mann war genug. Zudem hätte Volker Verdacht schöpfen können, dass ihr Balduin mehr als ein mächtiger Verbündeter war.

»Herr von Schonenberg, auch Ihr seht das aufstrebende Bauwerk zum ersten Mal. Was sagt Ihr dazu?«

Nikolaus freute sich sichtlich über Lorettas Frage. Er verneigte sich im Sattel seines Rappen. »Der Ort ist hervorragend gewählt, edle Dame. Und man kann bereits erkennen, wie die Burg einmal aussehen wird. Sie wird die umliegende Landschaft beherrschen.« Tatsächlich waren seit Lorettas letztem Besuch Mauern und Türme bereits auf Mannshöhe emporgewachsen.

Während Loretta mit Nikolaus sprach, stieg Balduin von seinem Pferd und ging mit Remigius im Schlepptau an den einzelnen Bautrupps vorbei, die an verschiedenen Stellen der Feste arbeiteten. Loretta ärgerte sich so sehr über seine Eigenmächtigkeit, dass sie im Sattel ihrer Stute sitzen blieb und Nikolaus von Schonenberg ein Zeichen gab, sich dem Erzbischof anzuschließen.

Nach ungefähr einer Viertelstunde kam Balduin zurück. »Schön, schön, Gräfin, ich beglückwünsche Euch. Trotz des felsigen Untergrunds könnt Ihr sogar einen Brunnen im Inneren bauen lassen, wie mir der Baumeister sagte.«

Zu Lorettas Überraschung trat Remigius vor. »Doch gehört Euch dieser Grund überhaupt, Herrin?«, fragte er respektlos. »Nach meiner Kenntnis ist er ein Teil der Mitgift Eurer Schwägerin Blancheflor und steht daher dem Grafen von Veldenz zu.«

Loretta betrachtete den Priester kühl von der Höhe ihres Sattels herab. »Die Rechtslage ist meines Wissens zumindest ungeklärt. Blancheflors Sohn wurde enterbt, damit ist auch die Mitgift nichtig, die mein Schwiegervater Johann seiner Tochter mitgab, um das Gebiet seines Enkels zu vergrößern.«

»Aber tragt Ihr nicht Sorge, dass Euch Graf Georg von Veldenz die Burg streitig machen könnte?«

Loretta sah an Remigius vorbei in Balduins verkniffenes Gesicht. »Darauf lasse ich es ankommen, wie es mich Euer Herr Balduin gelehrt hat.« Sie neigte den Kopf und sprach den Erzbischof jetzt direkt an. »Auch Ihr, edler Kurfürst, pflegt Eure

Trutzburgen ja häufig auf fremdem Eigentum zu errichten, auf das Ihr alte Rechte Kurtriers anmeldet. Und bislang wart Ihr sehr erfolgreich mit dieser Strategie, wie mich dünkt.«
Trotz ihrer Ironie war sie auf Balduins Antwort nicht gefasst. Denn der drehte sich zu Remigius um und meinte: »Da seht Ihr, mein Getreuer, dass Gottes Ordnung am Ende unschlagbar bleibt. Kein Weib ist dazu fähig, einen solchen Plan eigenständig zu entwickeln. Seine Geistesgaben reichen nur dazu aus, die Genialität eines Mannes nachzuahmen. Obwohl«, jetzt sah er Loretta in die vor Zorn blitzenden Augen, »obwohl Ihr in dieser Kunst eine wahre Meisterin Eures Geschlechts seid.«

In der Kröver Vogtei des Herrn von Daun,
Oktober 1325, zwei Tage später

»Ich danke Euch, Graf Ägidius.« Balduin nahm einen Schluck aus dem Pokal, den ihm eine Magd kredenzt hatte. Er rollte den Wein im Mund, schluckte und schmatzte genießerisch. »Das ist wahrlich ein köstlicher Tropfen!«
Ägidius von Daun, ein ältlicher Mann mit einem vom reichlichen Weingenuss aufgeschwemmten Gesicht und einem mächtigen, vorstehenden Bauch, lächelte und zeigte dabei mehrere Zahnlücken in seinem bräunlich verfärbten Gebiss.
»Ich freue mich, dass Ihr den Wein zu schätzen wisst, hoher Herr. Drei Fuder aus dieser Lage hoch über Kröv gehören jedes Jahr zu den Einkünften der Vogtei. Ihr werdet also in Zukunft in seinen Genuss kommen, wann immer Ihr es wünscht.«
»Vortrefflich, vortrefflich, Herr von Daun.« Balduin vermochte seine Ungeduld nicht länger zu zügeln. »Doch nun lasst uns zur Unterzeichnung und Beglaubigung der Urkunden kommen.«
Er zog die drei Ausfertigungen, die er nach Remigius' Vorlage am Vorabend mit eigener Hand erstellt hatte, aus einer ledernen

Hülle und reichte dem Vogt ein Exemplar. »Lest es sorgfältig durch. Eurer harrt eine angenehme Überraschung!«
Tatsächlich verzog sich Ägidius' Gesicht zu einem freudigen Lächeln, als er das Pergament studierte. Er neigte den Kopf.
»Ich danke Euch, edler Herr. Ihr habt die Kaufsumme wieder auf den ursprünglich geforderten Preis aufgestockt. Glaubt mir, die Vogtei ist weit mehr wert als die tausend Pfund Heller, die Ihr mir dafür entrichten werdet.«
Balduin ignorierte Remigius' empörtes Schnaufen hinter seinem Rücken. Der Sekretär hatte die Summe ursprünglich um ein Viertel auf siebenhundertfünfzig Pfund Heller heruntergehandelt. Doch da Balduin zunehmend die Sorge geplagt hatte, Loretta könne in letzter Minute von seiner Absicht, die Vogtei zu kaufen, erfahren und ihn am Ende überbieten, setzte er Ägidius' ursprüngliche Forderung wieder an die Stelle der bereits mündlich vereinbarten niedrigeren Summe.
Aber offensichtlich wusste Loretta nach wie vor nichts von seinen Verhandlungen mit dem Kröver Vogt. Daher lächelte er jetzt ebenfalls, zum ersten Mal seit der Nacht nach Friedrichs Lehnseid wieder entspannt. »Eine Bedingung setze ich allerdings, Herr von Daun. Ihr räumt die Vogtei binnen der nächsten vier Wochen. Auch das steht in der Urkunde. Und Ihr versprecht, mögliche Einsprüche gegen den Verkauf auf eigene Kosten gerichtlich zurückzuweisen und mich im Fall einer Niederlage mit der dreifachen Kaufsumme für den Verlust zu entschädigen.«
Ägidius' Mund verzog sich vor Bestürzung wie der eines schmollenden Kindes. »Wer sollte denn Einspruch gegen den Verkauf einlegen, edler Herr?« Er nickte in Richtung des Schreibers Remigius, der an einem kleinen Tisch in einer Ecke des Raumes saß. »Euer Sekretär hat die juristischen Verhältnisse doch sorgfältig geprüft, wie er mir immer wieder versicherte.«

»Daran zweifle ich nicht, Herr von Daun«, entgegnete Balduin. »Doch es sind mehr als fünfzig Jahre ins Land gegangen, seitdem König Rudolf von Habsburg die Vogteirechte und das Gebiet des Kröver Reichs verpfändete. Vielleicht gibt es noch irgendwo eine Urkunde, die es einer dritten Partei ermöglichen könnte, eigene Rechte geltend zu machen.«

Auch der Gedanke, Loretta könnte im Besitz eines solchen Dokuments sein, war in den letzten Tagen zu einer fixen Idee des Erzbischofs geworden.

»Das könnte ja nur die Gräfin von Starkenburg sein«, schloss Ägidius mit einer von Balduin nicht erwarteten Scharfsinnigkeit. Zu seiner Bestürzung schüttelte der ältere Mann nun den Kopf.

»Mit ihr möchte sich wahrlich kein Edelmann anlegen, hoher Herr. Wenn Ihr mir zur Bedingung macht, gegebenenfalls einen Prozess gegen die Gräfin führen und für den Ausgang mit meinem eigenen Vermögen haften zu müssen, belasst es lieber bei der ursprünglich ausgehandelten Kaufsumme von siebenhundertfünfzig Pfund Heller. Ich wäre vollends ruiniert, wenn ich Euch im Falle des Falles einen so hohen Schadensersatz leisten müsste.«

Balduin erkannte, dass er schon wieder einen taktischen Fehler gemacht hatte. *Verflucht, dieses Weib raubt mir im wahrsten Sinne des Wortes den Verstand!*

Er bemühte sich um eine gelassene Miene und winkte Remigius heran. »Mein Sekretär ist ein außerordentlich bewanderter Mann in allen Angelegenheiten des Rechts.« Er sah dem Schreiber beschwörend in die Augen. »Er wird Euch versichern, dass Euer Risiko nur gering ist.«

Der Priester verneigte sich. »So ist es, edle Herren«, bestätigte er. Dann hob er ausführlich an, die komplizierten Rechtsverhältnisse im Kröver Reich zu erläutern. Schließlich winkte Ägidius erschöpft ab.

»Ich glaube Euch, Herr Remigius, dass Ihr alles sorgfältig geprüft habt. Doch folgen kann ich Euch nicht. Ich muss mich also darauf verlassen, dass Ihr recht behaltet.«
Er griff zum Tintenfass, tauchte einen Gänsekiel hinein und unterzeichnete die erste Urkunde mit einem entschlossenen Schriftzug. Währenddessen erwärmte Remigius das Wachs für die Siegel.
Balduin atmete insgeheim erleichtert auf. »So lasst nun die Zeugen hereinrufen, Herr Ägidius.« Er hob seinen Pokal erneut. »Und hernach wollen wir mit diesem herrlichen Wein auf das erfolgreiche Geschäft anstoßen, das wir gerade abgeschlossen haben. Seid versichert, ehrwürdiger Graf von Daun! Zu jedem Christfest werde ich Euch als Erinnerung an diesen Tag ein Fässchen des köstlichen Tropfens zukommen lassen.«

Kapitel 19

Im Haus Miriams in Kirchberg, November 1325, einige Tage nach Martini

Aber nun haben wir genug über Geschäfte geredet, liebste Freundin. Lasst uns nun ins Diwan-Zimmer gehen und noch gemütlich ein wenig miteinander plaudern.«
Miriam schob ihren geschnitzten Stuhl vom polierten Esstisch zurück und blickte Loretta aufmunternd an. Bereitwillig folgte diese ihrer jüdischen Freundin in den prachtvoll ausgestatteten Raum. Wie schon bei ihrem ersten Besuch im Mai hatte Miriam sie und ihre Begleiter herzlich empfangen und Loretta soeben ausgezeichnet bewirtet.
Als sie das Zimmer betraten, dessen orientalische Diwane sich

rings um die Wände zogen, war Loretta erneut beeindruckt. »Dies ist sicher einer der herrlichsten Räume, die ich je gesehen habe. Er wäre einer Königin würdig«, sagte sie bewundernd.

Miriam lächelte geschmeichelt. »Habt Ihr keinen ähnlichen Raum auf der Starkenburg? Man sagt, die Frauengemächer in gräflichen Burgen seien ebenfalls die schönsten der ganzen Wohnstatt.«

Loretta nickte. »Ihr habt recht. Insbesondere die Kemenate auf der Starkenburg, die einst meine Schwiegermutter Katharina bewohnte, ist im Vergleich zur übrigen Burg gar prächtig ausgestattet. Anstatt der Binsen liegen wie in diesem Raum Teppiche auf dem Boden, die mein Schwiegervater aus Italien mitgebracht hat. Doch ich nutze die Kemenate nur tagsüber in Gesellschaft meiner Damen. Des Nachts habe ich meine alte Schlafkammer behalten. Im Vergleich zu Eurem Haus würde sie ärmlich auf Euch wirken.«

»Warum habt Ihr Euch so entschieden?«, fragte Miriam neugierig.

Loretta zuckte mit den Schultern. »Zum einen war es Bequemlichkeit. Die Kammer war mir vertraut, und die Zimmer, in denen meine Söhne mit ihren Betreuerinnen nächtigen, liegen in der Nähe. Zum anderen stand ich mit meiner Schwiegermutter zu ihren Lebzeiten nicht auf herzlichem Fuß. Trotz der Pracht würde ich mich nachts in der Kemenate nicht wohl fühlen. Sie ist zu groß, und es würde seltsam anmuten, dass niemand anderes darin schläft. Also benutze ich lieber die kleine, gewohnte Kammer, da ich Wert auf den Luxus einer Schlafkammer ganz für mich allein lege.«

Dies war keineswegs selbstverständlich. Denn auch in herrschaftlichen Gebäuden schliefen meistens mehrere Personen in einem Raum. Ein Schatten huschte über Lorettas Gesicht, als sie kurz an Balduin dachte, den wahren Grund für ihre Entscheidung. Miriam beobachtete sie aufmerksam und lud sie mit einer

Handbewegung ein, es sich bequem zu machen. Auf einem der niedrigen Tische standen bereits Früchte und Getränke bereit. Einen Moment lang kämpfte Miriam noch mit sich, dann entschloss sie sich zur Offenheit. »Ich sehe, dass Euch etwas bedrückt, liebste Freundin. Wollt Ihr Euch mir anvertrauen?«
Überrascht sah Loretta auf. »Woher wisst Ihr das?«
»Ich habe es gleich nach Eurer Ankunft bemerkt. Euer Blick schweift immer, wenn Ihr Euch unbeobachtet glaubt, in die Ferne. Dabei seht Ihr sehr traurig aus.«
Miriam legte ihre Hand auf Lorettas Rechte. Die ließ es geschehen. In ihre Bestürzung darüber, so leicht durchschaubar zu sein, mischte sich außerdem die Hoffnung, ihren Kummer endlich mit jemandem teilen zu können.
Die Jüdin fuhr fort: »Anfangs war ich in Sorge, dass in jüngster Zeit etwas Euren Erfolg, von dem Ihr mir geschrieben habt, durchkreuzt haben könnte. Doch Ihr brachtet mir nicht nur die vereinbarte Summe für die Zinsen und die Abzahlung meines Darlehens, sondern habt darüber hinaus auch bestätigt, dass der Wildgraf von Kyrburg Eurem Sohn den Lehnseid geleistet hat. Ich konnte es kaum glauben, als die ersten Gerüchte darüber nach Kirchberg drangen. Selbst der Bau der Frauenburg macht die erwarteten Fortschritte, und dass Euch ein neuer Feind erwachsen ist, habt Ihr bislang zumindest mit keinem Wort erwähnt. Es muss also etwas anderes geben, das Euch bedrückt.«
Die Jüdin machte eine winzige Pause, bevor sie fragte: »Ich hoffe, keins Eurer Kinder ist ernstlich erkrankt?«
Loretta schüttelte den Kopf. »Nein, liebe Miriam, zum Glück nicht.« Vor Verlegenheit biss sie sich auf die Lippen. »Aber ich finde die richtigen Worte nicht, um Euch zu erklären …«
»Also ist es ein Mann«, sagte ihr Miriam auf den Kopf zu.
Loretta errötete und nickte verlegen. Noch immer wusste sie nicht, wie und was genau sie der Freundin sagen sollte.
Diese runzelte plötzlich die Stirn. »Ein verheirateter Mann?«

»Nein«, antwortete Loretta zögernd. »Verheiratet ist er nicht.«
»Also gibt es ein anderes Hindernis?«
Die Jüdin nahm Lorettas Schweigen als Zustimmung und versuchte, ihr auf gut Glück Trost zuzusprechen.
»Liebe Loretta, kommt Zeit, kommt Rat. Vielleicht seid Ihr ja ein wenig älter als der Mann, der Euch begehrt. Vielleicht ist er Euch nicht standesgemäß genug, oder Ihr befürchtet, Eure Regentschaft nicht mehr erfolgreich ausüben zu können, wenn Ihr Euch wieder der Muntgewalt eines Gatten unterstellt. Doch für all das dürfte es eine Lösung geben. Ihr seid schöner und begehrenswerter denn je und mächtig genug, Euren Willen durchzusetzen, bevor Ihr eine weitere Ehe eingeht. Sei es, um aller Welt einen Gemahl zu präsentieren, der niedriger geboren wurde als Ihr, sei es, um Eure Rechte in einem Ehevertrag festzuschreiben …«
»Ich kann ihn nicht heiraten«, unterbrach Loretta die Freundin mit leiser Stimme.
»Aber Ihr habt doch gerade gesagt, er sei nicht gebunden«, entgegnete die Jüdin verblüfft.
Als Loretta ihrem Blick auswich, atmete Miriam plötzlich tief ein. »Ist es etwa ein Mann Eurer Kirche?«
Lorettas Röte vertiefte sich. Sie nickte.
Miriams Miene zeigte nach herzlicher Anteilnahme nun tiefe Besorgnis. »Das scheint mir in der Tat eine schwierige Situation zu sein, meine Liebe. Doch Ihr müsst mir nichts weiter verraten, wenn es Euch unangenehm ist. Ich habe Euch bereits viel zu heftig bedrängt …«
Wieder unterbrach Loretta sie. »Doch, doch, liebste Freundin. Es wäre mir eine große Erleichterung, mich endlich einmal aussprechen zu können. Ich schäme mich nur so sehr.«
Miriam verstärkte kurz den Druck ihrer Hand, die noch immer auf der Lorettas lag. Dann stand sie auf und rief nach der Magd, die vor der Tür wartete. »Rebecca, ich brauche dich heute nicht

mehr. Hilf noch ein wenig in der Küche mit, dann darfst du dich zur Ruhe begeben.«

Als das Mädchen gegangen war, schenkte Miriam Loretta einen Becher des köstlich duftenden warmen Würzweins ein und reichte ihn ihr.

Die umklammerte das Getränk mit beiden Händen, als wollte sie sich daran festhalten. »Gerade wird mir klar, warum ich trotz der fortgeschrittenen Jahreszeit unbedingt mit nach Kirchberg kommen wollte, um Euch zu besuchen, Miriam. Natürlich wollte ich Euch wiedersehen. Doch darüber hinaus hat irgendetwas in mir gehofft, dass Ihr mir auch in dieser Sache raten würdet. Aber ich befürchtete auch ...« Sie stockte.

Miriam setzte den Satz für sie fort. »Ich habt befürchtet, dass ich Euch verurteilen würde, weil Euer Geliebter ein Priester ist.« Sie lächelte hintergründig. »Doch das kümmert mich nicht, Dame Loretta. In meinem Glauben dürfen auch die Rabbiner heiraten. Alles andere widerspricht Gottes eigener Schöpfung und erschien mir schon immer widernatürlich.

Außerdem habe ich gehört, dass es kaum einen Kirchenmann gibt, der keusch bleibt. Zumindest außerhalb Eurer Klöster. Und selbst dort soll es bisweilen Unzucht geben«, fügte die Jüdin mit feinem Spott hinzu.

»Also kann ich Euch völlig vertrauen?«

»Ihr könnt es«, antwortete Miriam. »Sprecht, wenn es Euch entlastet! Ich höre aufmerksam zu. Wir sind hier vollkommen ungestört.«

Endlich fühlte sich Loretta bereit. Sie holte tief Luft und begann. Immer rascher sprudelten die Worte aus ihr heraus, als bräche sich ein lange von einem Damm aufgestauter Fluss endlich Bahn.

Sie erzählte Miriam alles von Anfang an. Wie sie Balduin schon als kleines Mädchen begehrenswert gefunden und ihm bei seiner Weihe zum Erzbischof das Leben gerettet hatte. Von der ersten Liebesnacht noch zu Lebzeiten ihres Gatten Martin und ihrer Angst, danach schwanger von Balduin geworden zu sein. Von ihrer Wiederbegegnung nach dem Tod ihres Schwiegervaters und dem Aufflammen ihrer Leidenschaft, bis diese schließlich zu einer verzehrenden Sehnsucht wurde, die sie Tag und Nacht plagte. Sie beschrieb das Wechselbad der Gefühle, dem Balduin sie in den letzten Monaten ausgesetzt hatte. Zuletzt vertraute sie Miriam sogar ihre Furcht an, Balduin weit weniger zu bedeuten als er ihr.

Die Jüdin verfolgte ihren Bericht schweigend, wie sie es versprochen hatte. Als Loretta zum Ende kam, brachte sie deren Sorgen gleich mit ihrer ersten Reaktion auf den Punkt.

»Ihr ertragt es nicht, dass Euch Balduin in zwei Wesen zu teilen scheint, die er unterschiedlich behandelt. Er begehrt Euch als Frau, doch immer dann, wenn Ihr Euch ihm als Regentin zeigt, zieht er sich zurück.«

Loretta war verblüfft. »So klar habe ich es in der Tat noch nicht gesehen, liebe Miriam.« Sie schlug sich mit der flachen Hand an die Stirn. »Doch Ihr trefft den Nagel auf den Kopf. Bei unserem ersten Streit sagte Balduin sogar selbst, dass er unsere Liebe von der Politik trennen wolle.«

»Und lasst Ihr das zu?«

»Natürlich nicht. Wie könnte ich mich denn derartig spalten?«

»Männer sind sehr wohl dazu fähig«, entgegnete Miriam trocken. »Vor allem können die allermeisten es nicht akzeptieren, wenn eine Frau zu stark wird oder sich ihnen sogar widersetzt. Dann versuchen sie in der Regel, die Frau wieder zu unterwerfen und sich gefügig zu machen. Ein bewährtes Mittel dazu ist die fleischliche Liebe.«

Loretta ging plötzlich ein Licht auf. »Ihr habt schon wieder recht, Miriam. Balduins Leidenschaft für mich wurde besonders heftig, als ich mich gegenüber dem Kyrburger zu behaupten begann und ihn schließlich sogar besiegte.«

Sie grübelte und nickte plötzlich mit dem Kopf. »Das erklärt mir auch einen anderen Vorfall. Als Balduin mir keine Männer zur Verfügung stellen wollte, um Friedrich vor einem Jahr daran zu hindern, die Pacht in Niederwörresbach einzuziehen, verweigerte ich mich ihm zum ersten und bislang einzigen Mal. Damals war ich erstaunt, dass er mich darob nur umso heftiger begehrte.«

Miriam nickte nachdenklich. »Und Ihr gabt nach, weil Ihr es für ein Zeichen seiner Liebe hieltet.«

»So ist es«, stimmte Loretta zu. »Daher dachte ich mir auch nichts dabei, als ich ihn im Mai auf der Baustelle der Baldeneck besuchte. Da behandelte er mich zum ersten Mal schlecht. Damals hoffte ich, es sei nur eine vorübergehende Laune, doch seit seinem letzten Besuch im Oktober hat er mich kaum noch auf der Starkenburg aufgesucht und antwortet nur kühl und geschäftsmäßig auf meine Briefe. Wie erklärt Ihr Euch das?«

»Diesmal seid Ihr *ihm* anscheinend politisch in die Quere gekommen«, schloss Miriam scharfsinnig. »Wenn Ihr ihm Euch als Weib verweigert, setzt er alles daran, Euch mit seiner Leidenschaft zu bezwingen. Auch wenn Ihr Eure Gegner in die Knie zwingt, scheint ihn dies nur noch mehr zu entfachen. Doch wehe, die Regentin in Euch wird *ihm* gefährlich.«

»Gefährlich? Warum sollte ich ihm denn gefährlich werden?«

Anstatt einer Antwort stellte Miriam eine Frage. »Was veranlasste Euch dazu, Balduin auf dem Weg zu Eurem ersten Besuch bei mir auf der Baldeneck aufzusuchen?«

»Ich wollte ihn wiedersehen und mit meinem Besuch überraschen!«

»War das alles?«

Schuldbewusst senkte Loretta den Blick. »Nein, das war nicht alles«, gestand sie ein. »Ich wollte mir ansehen, wie eine Burg entsteht. Ursprünglich hatte ich sogar gehofft, Balduin würde mir erklären, was beim Bau alles zu beachten ist.«

»Weil Ihr Euch bereits mit dem Gedanken getragen habt, Eure eigene Burg zu erbauen.«

»Das ist wahr, Miriam«, räumte Loretta ein. »Doch inwiefern sollte Balduin das in die Quere kommen?«

»Warum kommen ihm Friedrich von Kyrburg und Walram von Kastellaun in die Quere?«

»Das sind machtgierige Grafen«, entgegnete Loretta hitzig. »Sie streben alleweil danach, ihren Einflussbereich auszudehnen.«

»Während Ihr noch niemals daran gedacht habt, Loretta«, erwiderte Miriam mit ihrem feinen Spott. »Obwohl auch Ihr die Frauenburg auf Land errichten lasst, das Euch eigentlich nicht gehört.«

Loretta schnappte empört nach Luft. »Das ist etwas völlig anderes. Es war Land, das mein Schwiegervater als Mitgift …«

Miriam hob die Hand. »Das weiß ich, liebste Freundin. Ihr habt es mir geschrieben, nachdem Ihr den Ort ausgewählt hattet. Lasst mich nur noch eine Frage stellen«, wehrte sie Lorettas weiteren Protest ab. »Wie schätzt Ihr den Kurfürsten Balduin ein? Ist er ein Mann, der seinen Einflussbereich verteidigt?«

»Natürlich, er weitet ihn sogar beständig aus!«

»Und lässt er sich dabei durch die machtgierigen Grafengeschlechter in der Nachbarschaft seines Territoriums einschüchtern? Zum Beispiel durch die Eltzer, die Wildgrafen oder die Sponheimer aus der Vorderen Grafschaft?«

»Im Gegenteil, er …« Lorettas Herz setzte einen Schlag aus, als ihr plötzlich die Erkenntnis kam. »Ihr glaubt, Balduin hält auch mich für eine Bedrohung?«

»Befindet sich denn ein Teil Eurer Ländereien nicht unmittelbar an der Grenze zu den seinen?«, entgegnete Miriam trocken.

»Aber ich liebe ihn doch!« Noch während sie sprach, erkannte Loretta, wie unsinnig dieses Argument angesichts der komplexen politischen Lage war.

»Dann müsst Ihr Euch entscheiden, liebste Freundin. Meines Erachtens behandelt Euch Balduin als Regentin genauso, als wärt Ihr ein Mann. Wenn Ihr das *Weib* sein wollt, das er *liebt*, müsst Ihr Euch ihm als *Regentin* unterwerfen. Ihr dürft niemals seine Kreise stören und müsst ihm in allem willfährig sein. Wollt Ihr das wirklich? Wenn nicht, müsst Ihr ihn aufgeben, so schwer Euch das auch fallen mag.«

Loretta fühlte sich bis ins Mark getroffen. Die widersprüchlichsten Gefühle tobten in ihrer Brust. *Niemals werde ich mich ihm als Regentin unterwerfen. Ich habe Graf Johann in die Hand versprochen, Hänsels Erbe ungeschmälert zu erhalten. Aber … will Balduin mir denn überhaupt etwas Übles? Wenn ich ihm versichere, dass ich ihm niemals gefährlich werde, solange ich regiere, und auch Hänsel später dahin gehend beeinflussen werde, warum muss ich ihn dann aufgeben? Ich kann ohne ihn nicht mehr leben. Nie hat mich ein Mann so geliebt! Und was wäre ich für eine Regentin, wenn nur noch Düsternis und Bitterkeit in meinem Inneren herrschen würden?*

Nach einer Weile sah sie entschlossen auf. Miriam musterte sie mit einer Mischung aus liebevoller Anteilnahme und Besorgnis.

»Ich danke Euch inniglich, meine liebe Freundin«, sagte Loretta steif. »Ich werde Eure Worte wohl bedenken, sie waren ein unschätzbarer Rat für mich.«

Miriam spürte, dass Loretta nicht mehr weiter über das Thema sprechen wollte. Sie war sich allerdings keineswegs sicher, was für Gefühle ihre Worte in Loretta ausgelöst hatten und welche Entscheidung sie schließlich treffen würde.

Um kein lastendes Schweigen zwischen ihnen aufkommen zu lassen, lenkte sie die Unterhaltung auf ein ihr unverfänglich erscheinendes Thema. »Und ich dachte anfangs, es wäre Volker von Falkenstein, der Euer Herz gewonnen hat, Euch aber nicht standesgemäß erscheint.«

Ein weiteres Mal an diesem denkwürdigen Abend war Loretta verblüfft. »Wie kommt Ihr darauf, Miriam?«

»Nun, aufgrund der Art, wie Euch der Ritter ansieht, wenn er in Eurer Nähe ist, schloss ich, dass zumindest er Euch heftig begehrt. Als ich Euch heute zu unserem traulichen Nachtmahl zu zweit entführte, sah er Euch nach wie ein waidwunder Hirsch.«

Loretta seufzte. »Ihr seid über alle Maßen scharfäugig und scharfsinnig, Miriam. Auch ich habe schon lange den Eindruck, dass Volker, mein getreuester Gefolgsmann, unsterblich in mich verliebt ist.«

»Und habt Ihr bereits etwas unternommen?«

»Noch gar nichts«, antwortete Loretta mit schlechtem Gewissen. »Ich wusste einfach nicht, was genau ich tun oder ihm sagen sollte.«

Miriam dachte nach. »Es gab einst einen ähnlichen Fall in unserer jüdischen Kirchberger Gemeinde. Ein junger Mann verliebte sich in eine Witwe, die durchaus nichts mehr von der Ehe wissen wollte. Beide vertrauten sich dem Rabbiner an, der eine Lösung erdachte. Er brachte den jungen Mann mit seiner schönen Tochter zusammen, und siehe da, der Funke sprang über. Heute sind die beiden glücklich verheiratet und erwarten ihr erstes Kind.«

»Und Ihr meint, auch ich sollte eine junge Frau für Volker suchen?«

Miriam nickte. »Soviel ich weiß, ist der Ritter relativ mittellos. Wenn es eine Jungfrau gibt, die sowohl schön ist als auch eine reiche Mitgift in die Ehe einbringt, wäre es wohl einen Versuch wert. Schließlich ist Volker ein sehr attraktiver Mann.«

Plötzlich tauchte Blanches Gesicht vor Loretta auf und wie sie Volker während der Lehnseidzeremonie des Kyrburgers angesehen hatte. Blanche und Volker! *Natürlich! Warum bin ich nicht selbst darauf gekommen?*

»Ich danke Euch, liebe Freundin, für diesen weiteren wunderbaren Rat.« Auf einmal merkte sie, wie müde sie war. »Doch ich habe Eure Geduld jetzt weit über Gebühr strapaziert.« Sie lauschte einen Moment. Im ganzen Haus war kein Geräusch mehr zu hören. »Es muss bereits mitten in der Nacht sein. Lasst uns nun zu Bett gehen.«

»Wohl wahr, liebe Loretta. Auch ich habe die Zeit völlig vergessen.« Miriam stand auf, schneuzte die Kerzen und entzündete ein Binsenlicht, bevor sie sie ausblies. »Ich geleite Euch noch zu Eurer Kammer.«

Erst kurz vor dem Einschlafen kam Loretta der Gedanke, ob Miriam wohl von sich selbst gesprochen hatte, als sie ihr die Geschichte von der heiratsunwilligen Witwe erzählte.

Im Hunsrück, einige Meilen vor Starkenburg,
November 1325, vier Tage später

Der strömende Regen hatte endlich etwas nachgelassen. Loretta ergriff dankbar das Leinentuch, das ihre Kammermagd Kathi, die sie nach Kirchberg begleitet hatte, ihr reichte. Ihr schwerer Reiseumhang aus dicht gewebter Wolle war völlig durchnässt. Die Haare klebten ihr unter Kapuze und Haube in Strähnen am Kopf.

Volker von Falkenstein, der die zehnköpfige Begleitmannschaft befehligte, näherte sich. »Herrin, es sind nur noch zwei Wegstunden bis zur Starkenburg.« Er hob den Blick zum grau verhangenen Himmel empor. »Und noch ist es hell. Wir sollten aufbrechen. Dann sind wir zum Nachtmahl im Trockenen und müssen kein weiteres Mal in den tropfnassen Zelten nächtigen.«

Loretta nickte. »So lasst uns unverzüglich reiten. Wir sind bereits seit zwei Tagen überfällig.«

Noch in der Nacht ihres Gesprächs mit Miriam waren schwere

Unwetter über die ganze Region hereingebrochen. Seit vier Tagen regnete es in Strömen. Dazu blies in den ersten beiden Tagen ein solch heftiger Sturmwind, dass Loretta ihren Aufenthalt im Haus der Jüdin wohl oder übel verlängern musste.

Zwar genoss sie die herzliche Gastfreundschaft ihrer Freundin, wich deren forschendem Blick jedoch ständig aus und wehrte alle Versuche Miriams, das Gespräch über ihre Beziehung zu Balduin fortzusetzen, ab. Selbst der verschwiegenen Freundin wollte sie nicht eingestehen, welch ein innerer Konflikt in ihr tobte, seitdem diese ihr nahegelegt hatte, die Beziehung zu Balduin entweder zu beenden oder sich ihm als Regentin zu unterwerfen.

Bereits in der ersten, trotz ihrer Erschöpfung nahezu schlaflosen Nacht hatte Loretta einen Entschluss gefasst. Während sie dem Heulen des Sturms lauschte, der ums Haus pfiff, beschloss sie, das offene Gespräch mit Balduin zu suchen, sobald sich die erste Gelegenheit dazu bot. *Von dessen Ausgang will ich abhängig machen, was weiterhin geschehen soll.*

Seither konnte sie es kaum erwarten, auf die Starkenburg zurückzukehren, um Balduin eine Einladung zu übersenden, die er hoffentlich nicht ablehnen würde. Sie hatte sich auch bereits einen Plan zurechtgelegt: Heinrich von Schmidtburg war wieder einmal erkrankt. Zwar hatte man dem schwächlichen Mann, der häufig kränkelte, obwohl er nicht viel älter als Balduin war, schon öfter nachgesagt, dass er bald zu seinen Ahnen eingehen würde. Aber ein guter Vorwand für ein Treffen mit Balduin war sein Siechtum allemal.

Denn noch wusste nur ein kleiner Kreis von Balduins Vertrauten vom Testament des Schmidtburger Wildgrafen. Doch wenn dieser eines nicht mehr allzu fernen Tages starb, würde die Kunde von der Enterbung seiner eigenen Verwandten zugunsten des Trierer Erzbischofs einen Sturm der Entrüstung hervorrufen, allen voran bei seinem Vetter Friedrich von Kyrburg, der fest mit dem Erbe der Schmidtburg rechnete. Friedrich hatte jedoch den Starkenburgern gerade den Lehnseid geschworen. Damit war es so gut wie sicher, dass auch Loretta von einer möglichen Fehde des Kyrburgers gegen den Trierer Kurfürsten betroffen sein würde.

Was lag also näher, als über diese Situation gemeinsam zu beraten. *Eine bessere Gelegenheit, um herauszufinden, ob Balduin mich als gleichberechtigte Regentin ernst nimmt und dennoch als Frau begehrt, wird sich so schnell nicht wieder bieten.*

Doch zunächst hatten die Unwetter ihrem Drängen, nach Hause zu kommen, einen Riegel vorgeschoben. Als der heftige Regen am gestrigen Vormittag endlich nachzulassen schien, bestand Loretta darauf, aus Kirchberg abzureisen, obwohl weder Miriam noch Volker damit einverstanden waren.

Nun musste sie wohl oder übel gute Miene zum bösen Spiel machen und ließ sich ihre eigene Unbill angesichts der widrigen Umstände der Rückreise nicht anmerken. Dennoch sehnte auch sie sich nach eineinhalb Tagen und einer Nacht im strömenden Regen nach einem dichten Dach über dem Kopf und einem warmen Kaminfeuer.

»Brrr!« Volker, der an der Spitze des Zuges ritt, zügelte sein Pferd und hob die Hand. Als Loretta, gereizt wegen der weiteren Störung, zu ihm aufschloss, sah sie einen Zug von mehreren Wagen, der anscheinend im Schlamm des Weges stecken geblieben war. Es waren von starken Ochsen gezogene Karren, offensichtlich schwer beladen. Beim Näherkommen erkannte sie, dass der hinterste der vier Wagen umgekippt auf der Seite lag. Die Begleitmannschaft bemühte sich, die von ihm hinabgestürzten Güter zu bergen und in den dürftigen Schutz der entlaubten Bäume am Wegrand zu schaffen.

Loretta musterte die Gegenstände, die dort aufgereiht im Schmutz standen. Zu ihrem Erstaunen waren es keine Kaufmannswaren, wie sie erwartet hatte. Stattdessen erkannte sie

geschnitzte Stühle, eine Truhe und … sie traute kaum ihren Augen … mehrere Schilde mit dem Wappen des Ägidius von Daun. In diesem Moment sah sie den ältlichen Vogt des Kröver Reiches höchstselbst in der Menge seiner Gefolgsleute stehen und, heftig mit den Händen fuchtelnd, Befehle erteilen.
Als Loretta näher ritt, trafen sich ihre Blicke mit denen des Vogts. Trotz des dämmrigen Lichts erkannte sie, dass Ägidius' Gesicht sich vor Schreck verzog, bevor er sich mit höfischer Geste verneigte.
»Verehrte Gräfin«, grüßte er sie. »Was tut Ihr bei diesem furchtbaren Wetter hier inmitten der Hunsrücker Wälder?«
»Das Gleiche könnte ich Euch fragen, wohledler Ägidius«, antwortete Loretta.
Der Alte wich ihrem Blick aus. »Ich bringe einige wertvolle Güter zu meinen Besitztümern in der Eifel, Herrin. Leider führt die Mosel wegen der Unwetter so viel Wasser, dass wir sie weder mit Booten überqueren noch den überfluteten Uferweg gen Koblenz nutzen konnten. So mussten wir den Umweg über den Hunsrück nehmen.«
Loretta kam diese Erklärung seltsam vor, doch sie kam nicht dazu, eine weitere Frage zu stellen. Denn gerade bat Volker sie um die Erlaubnis, Ägidius' Männern mit seinen eigenen Leuten beim Bergen der Ladung des umgestürzten Karrens zu helfen. Schließlich richteten sie ihn mit vereinten Kräften wieder auf. Es zeigte sich jedoch, dass ein Rad gebrochen war. Vorläufig war an eine Weiterreise mit diesem Gefährt nicht zu denken.
Nach einer kurzen Beratung mit ihrem Dienstherrn machten sich Ägidius' Männer fluchend daran, einen anderen Karren abzuladen, der anscheinend überwiegend Säcke mit Vorräten und Küchengeschirr enthielt. Erst jetzt bemerkte Loretta, dass auch einige Frauen auf diesem Karren gesessen hatten, die nun trotz des Regens und Schlamms aussteigen mussten.
»Schaut, Herrin!«, rief Kathi plötzlich, die neben Loretta am

Wegrand auf ihrem Reittier geblieben war. »Das ist Agnes, die Köchin in der Vogtei! Und daneben die Magd kenne ich auch. Warum sind sie auf dieser Reise dabei?«

»Ja, warum?«, sinnierte Loretta laut. Dann fasste sie einen Entschluss.

»Herr Ägidius!«, rief sie den Vogt an. »Habt die Güte, noch einmal zu mir zu kommen!«

Offensichtlich widerwillig näherte sich der Dauner, während in Loretta zunehmend der Verdacht aufstieg, dass es hier nicht mit rechten Dingen zuging.

»Erlaubt mir eine Frage, wohledler Herr. Was veranlasst Euch, bei dem furchtbaren Wetter diese Reise zu unternehmen, anstatt abzuwarten, bis sich die Lage wieder gebessert hat?«

Ihr ungutes Gefühl verstärkte sich, als Ägidius ihr die Antwort schuldig blieb.

»Es müssen gar unabweisbare Gründe sein, die Euch zu diesem Entschluss veranlasst haben«, insistierte Loretta. Eher, um den Alten zu provozieren, als im Ernst, fuhr sie fort: »Es wirkt geradeso, als würdet Ihr Euren Hausstand vom Kröver Reich in die Eifel verlegen.«

Zu ihrem Erstaunen hob Ägidius jetzt den Kopf und blickte ihr trotzig in die Augen. »Da Ihr es ja ohnehin bereits wisst, Herrin, kann ich es Euch auch eingestehen. Ihr habt recht mit Eurer Vermutung. Ich habe die Kröver Vogtei verkauft und ziehe mich auf meine Besitztümer in der Eifel zurück.«

Im ersten Moment verschlug es Loretta die Sprache. Dann erhob sie die Stimme. »Was habt Ihr getan? Die Vogtei verkauft?« Ohne nachzudenken, sprudelte es aus ihr heraus: »Aber das dürft Ihr doch gar nicht!«

Ägidius' trotziger Gesichtsausdruck verstärkte sich. »Wer sollte es mir denn verbieten, Gräfin? Wir Herren von Daun sind seit Jahrzehnten Erbvögte im Kröver Reich. Ich kann mit der Vogtei also machen, was mir beliebt.«

Mittlerweile hatte sich Loretta wieder ein wenig gefasst und beschloss, ihre Karten offen auf den Tisch zu legen. »Mein seliger Schwiegervater besitzt ein Schreiben König Ludwigs des Bayern, dass weder das Gebiet noch die Vogtei des Kröver Reichs zu seinen Lebzeiten den Besitzer wechseln dürfen. Ich habe das Dokument selbst gelesen. Mein Schwiegervater zeigte es mir, bevor er starb. Es befindet sich im Archiv der Starkenburg.«

Ägidius wurde bleich wie ein Gespenst. »Das … das wusste ich nicht, edle Herrin«, stammelte er.

Natürlich nicht! Johann hat mir eingeschärft, das Schreiben geheim zu halten, bis es einmal gebraucht werden würde. Nach dem Schock gewann jetzt der Zorn in Loretta die Oberhand. »So wisst Ihr es jetzt, Ägidius von Daun. Ich erwarte daher von Euch, dass Ihr den Verkauf auf der Stelle rückgängig macht. Sonst erhebe ich Klage über Euch bei König Ludwig.«

Jetzt begann der Alte, am ganzen Leibe zu zittern. »Das kann ich nicht, Herrin«, presste er schließlich hervor. »Ich bin ruiniert, wenn ich den Verkauf rückgängig machen muss.«

Loretta machte eine verächtliche Handbewegung. »Das hättet Ihr Euch vorher überlegen müssen, Herr von Daun«, sagte sie hochmütig. »Doch wenn Ihr zu feige dafür seid, werde ich selbst beim Käufer der Vogtei Widerspruch einlegen. An wen habt Ihr den Besitz widerrechtlich verschachert?«

Ägidius blieb stumm und rang vor offensichtlicher Verzweiflung die Hände.

Loretta verlor die Geduld. »Wenn Ihr es mir nicht freiwillig bekennt, muss ich wohl meine Männer zu Hilfe rufen. Kathi, reite zu Volker von Falkenstein und bitte ihn herzukommen. Sag ihm …«

»Nein, nein«, unterbrach sie Ägidius. »Ihr werdet es ja ohnehin bald erfahren. Der Käufer ist Erzbischof Balduin, der Kurfürst von Trier.«

Starkenburg, November 1325, am späten Abend des folgenden Tages

Völlig erschöpft strich sich Loretta die losen Haarsträhnen aus dem Gesicht. Wäre in diesem Moment ein Spiegel zur Hand gewesen, hätte sie bemerkt, dass ihr verschwitztes Gesicht, trotz der im Burgarchiv herrschenden Kühle, über und über mit dem Staub der zum Teil uralten Dokumente verschmiert war. Seit vielen Stunden durchforstete sie nun schon jeden Winkel des Kellergelasses, in dem die Urkunden und Schreiben verwahrt wurden.

Mittlerweile sank ihr der Mut mit jedem Pergament, das sie vergeblich entrollte, ein wenig mehr. Längst hatte sie Paulus, den jungen Priester, den ihr Matthias als Ersatz für Bertram von Enkirch geschickt hatte, in seine Kammer entlassen. Es musste schon auf Mitternacht zugehen.

Wo kann Graf Johann denn seine wichtigsten Dokumente versteckt haben? Diese Frage hatte sie sich in den vergangenen Stunden immer verzweifelter gestellt.

Nach der Entdeckung von Balduins Treuebruch, wie sie sein Verhalten bezeichnete, trieb Loretta anfangs der schiere Zorn an. Hätte Volker sie nicht daran gehindert, sie hätte auf der letzten Wegstrecke womöglich ihre treue Stute Ceres zuschanden geritten. So heftig war ihr Bestreben, trotz der verschlammten Wege die Starkenburg zu erreichen und ihr Recht mit Hilfe des Schreibens von König Ludwig, das sie wohlverwahrt im Archiv wähnte, geltend zu machen.

Auf dem Weg rasten die Gedanken nur so durch ihren Kopf. Wie konnte Balduin ihr das antun? Er wusste sehr gut, dass das Kröver Reich unantastbar für jeden Außenstehenden war. *Aber warum wundere ich mich darüber? Johann hat doch bereits vorausgesehen, dass der machtgierige Schuft Hand an diesen wertvollen Besitz legen würde!*

Loretta bezweifelte keinen Augenblick, dass Balduins Kauf der Vogtei sein erster Schritt zur völligen Übernahme des gesamten Kröver Gebiets war. Was der schwächliche Greis Ägidius nie gewagt hätte, nämlich den Regenten von Starkenburg in der Ausübung seiner Macht zu behindern, würde Balduin vom ersten Tag an tun, an dem er die Gerichtsbarkeit und andere wichtige Rechte innehatte.

Ich habe schon zweimal miterlebt, wie rasch Vogt und Landesherr in Konflikte geraten können. Es ist in Hunolstein nicht gutgegangen, und auch Friedrich von Kyrburg hat seine Vogtei zum Vorwand genommen, um das ganze Dorf Niederwörresbach für sich zu beanspruchen. Genauso ginge es mir nun im Kröver Reich mit Balduin! Aber diesmal hat er die Rechnung ohne die Wirtin gemacht! Ich gehe bis vor den König, um den Kauf rückgängig zu machen.

Vergessen war das Gespräch mit Miriam, die Loretta vorhergesagt hatte, dass sie sich Balduin als Regentin unterwerfen müsse, wenn sie ihn als Geliebten behalten wolle. Vergessen war, dass sie noch vor ein paar Tagen gedacht hatte, ohne Balduin nicht mehr leben zu können. Und was die kluge Jüdin durchaus nicht gewundert hätte, war für Loretta vollkommen neu: Ihre Liebe zu Balduin wurde völlig von ihrem Zorn verdrängt. *Er hat mich getäuscht und meine Gefühle ausgenutzt, um mich zu hintergehen, nicht nur als Frau, sondern vor allem als herrschende Gräfin. Das werde ich ihm heimzahlen.*

Doch so einfach, wie sie es sich vorgestellt hatte, war das leider nicht. »Was heißt, Ihr habt keine Kenntnis, wo sich das Schreiben befindet?« Entgeistert hatte sie Bruder Paulus am gestrigen Abend angestarrt, als er das Verlangte nicht aus dem Archiv bringen konnte.

Der junge Priester druckste herum. »Ich hatte dem bislang keine große Bedeutung beigemessen, edle Herrin. Aber mir ist schon vor einiger Zeit aufgefallen, dass sich auch andere wichtige Dokumente nicht im Archiv befinden. Dazu gehören sowohl die Urkunde über die Verpfändung des Kröver Reichs an Euer Geschlecht durch König Rudolf als auch Dokumente über die Teilung der Sponheimer Grafschaft zwischen Kreuznach und Starkenburg. Das Schreiben des Königs habe ich nur deshalb nicht vermisst, weil ich nichts davon wusste.«

Nachdem sie sich zum zweiten Mal innerhalb einer Woche die ganze Nacht schlaflos zwischen den Laken gewälzt hatte, entschloss sich Loretta am Morgen, nach Bertram von Enkirch zu schicken. Der ehemalige Verwalter hielt sich nach der Einarbeitung des jungen Priesters in die Geschäfte der Grafschaft nur noch selten auf der Starkenburg auf.

»Wisst Ihr, wo mein verstorbener Schwiegervater seine wichtigsten Dokumente aufbewahrt hat?« Loretta sah dem einstigen Vertrauten Graf Johanns scharf ins Gesicht.

Doch der schüttelte den Kopf. »Graf Johann wollte es selbst mir nicht sagen, wohledle Herrin.«

»Aber Ihr wusstet, dass diese Dokumente nicht im Burgarchiv sind?«

Bertram nickte und sah sie dabei mit einem solch erstaunten Gesichtsausdruck an, dass Loretta ihren Verdacht fallenließ, der Verwalter habe die Urkunden vielleicht entwendet, um sich für die Vereitelung seiner Flucht im vergangenen Jahr zu rächen. Ihr *Gefühl* sagte ihr, dass Bertram diesmal unschuldig war.

»Ich ging davon aus, wohledle Herrin, dass der verstorbene Graf Euch als zukünftiger Regentin den Ort verraten hat, an dem er diese Papiere verwahrte.«

Aber das hat er nicht getan! Er hat mir all diese Dokumente gezeigt, aber nie erwähnt, wo er sie versteckt hielt.

Mit einer knappen Geste entließ Loretta Bertram und beteiligte sich danach selbst an der bislang vergeblichen Suche im Archiv. Sie durchforsteten jeden Winkel, klopften jedes Möbelstück nach doppelten Böden oder versteckten Fächern ab. Selbst den mit Steinfliesen belegten Fußboden prüften sie Zoll um Zoll, um nach losen Platten zu suchen, unter denen sich vielleicht ein Hohlraum verbarg. Vergebens.

Schließlich ging Loretta dazu über, jedes einzelne Dokument höchstpersönlich zu lesen. Sie hoffte, zwischen den jahrzehntealten Abrechnungen, den Urkunden über längst wieder eingezogene Lehen und den seit langem ausgelaufenen Pachtverträgen endlich das Schreiben zu finden, das sie so dringend brauchte.

Kurz spielte sie sogar mit dem Gedanken, sich sofort an den König zu wenden, um ihn zu bitten, sein Graf Johann gegebenes Versprechen zu erneuern. Doch die politische Lage hatte sich mittlerweile verändert. Schließlich konnte sie nicht wissen, ob Ludwig heute noch genauso entscheiden würde wie in den Jahren, in denen seine Macht noch nicht gefestigt war und er jeden verbündeten Grafen in seinem Kampf um die Königskrone gegen seinen Habsburger Rivalen brauchte.

Endlich war auch das letzte staubige Dokument gesichtet. Es bestand kein Zweifel mehr. König Rudolfs und König Ludwigs Schreiben wie auch weitere wichtige Urkunden waren nicht im Archiv. Mit ihren Kräften am Ende, legte Loretta den Kopf auf die Hände und begann zu schluchzen. *Was soll jetzt nur werden? Hätte ich doch bloß meinen Mund gehalten und Ägidius nicht auch noch gedroht! Graf Johann hat mich doch so eindringlich ermahnt, niemandem ohne Not von diesem Brief zu erzählen. Selbst Martin wusste nur, dass es ein Versprechen Ludwigs gab, aber nicht, dass dieser es schriftlich gegeben hatte.*

Sie hob den Kopf und schneuzte sich in ihren Ärmel. An gewöhnlichen Tagen verabscheute sie diese weitverbreitete Sitte, doch heute war es ihr einerlei. Ihr einfaches Wollkleid war ohnehin schon über und über beschmutzt, und ein sauberes Tuch hatte sie schon gar nicht zur Hand.

Aber aus welchem Grund hat Johann mir nie gesagt, wo er die Dokumente verwahrte? Er wusste doch, dass ich sie brauchen würde.

Plötzlich kam ihr ein Gedanke. *Oder kam er nicht mehr dazu, weil er in der Nacht vor meiner Ernennung zur Regentin verstarb? Habe ich vielleicht einen Hinweis übersehen, den er mir noch auf dem Totenbett gab?*

Loretta zermarterte sich das Hirn, um sich ihr letztes Gespräch mit Johann Wort für Wort ins Gedächtnis zu rufen. *Er bat mich, die Zeremonie meiner Ernennung zur Regentin gleich am nächsten Tag abzuschließen, ohne auf die Trauerzeit Rücksicht zu nehmen. Er bat mich, Blanche von Veldenz auf der Starkenburg aufzunehmen. Und er bat mich, das Andenken an seine Gemahlin Katharina zu wahren.*

Loretta stutzte. Das Andenken an Katharina? Johann hatte seine vor ihm verstorbene Gattin mit keiner Silbe erwähnt. *Er hat nur von der Kemenate gesprochen!*

Als hätte sie eine Natter gebissen, sprang Loretta auf und rannte mehr, als sie ging, durch die verwaisten Gänge der Burg, bis sie die Kemenate erreichte. Sollten die Papiere etwa hier versteckt sein?

Aber wo? Mutlos sah sich Loretta in dem reich ausgestatteten Raum um. *Hier konnte es Dutzende von Verstecken geben.*

Auf einmal fiel ihr Blick auf einen der Wandteppiche. Er zeigte eine Szene aus dem Alten Testament. König David überreichte einem knienden Edelmann … eine Pergamentrolle!

Mit zitternden Händen hob Loretta den schweren Wandbehang an. Selbst im schwachen Licht ihrer Kerze sah sie sofort, dass sich dahinter eine Nische verbarg, in der ein geschnitztes Holzkästchen stand. Was für ein raffiniertes Versteck! Diese Wandteppiche wurden, wenn überhaupt, nur alle paar Jahre abgenommen, um den Staub aus ihnen zu klopfen. Sollte dies jemals geschehen sein, hatte es Katharina zu ihren Lebzeiten natürlich

selbst angeordnet und zuvor die Nische geleert, sollte sie schon damals etwas von Wert enthalten haben.
Das Herz schlug Loretta vor Aufregung bis zum Hals, als sie einen Schemel heranzog, sich unter den Wandteppich zwängte und wegen des aufgewirbelten Staubs hustend das schwere Kästchen mit beiden Händen ergriff. Als sie es schließlich auf einem Tischchen abstellte, erwartete sie jedoch eine neue Enttäuschung. Es war abgeschlossen.
Nach kurzer Überlegung, was nun zu tun sei, zog Loretta eine Nadel aus ihrem bereits völlig zerzausten Haar. Die unbequeme Haube hatte sie sich schon vor Stunden heruntergerissen. Auf Burg Blieskastel hatte einst ein Lehrling des Schmieds ihrem Bruder Rüdiger gezeigt, wie man mit einem solchen Instrument ein Schloss öffnen konnte. Sie hatte die Szene heimlich beobachtet.
Trotzdem brauchte sie fast eine Stunde, bis das Schloss endlich aufschnappte. Doch ihre Mühe wurde belohnt. Das Kästchen war bis zum Rand gefüllt.
Gleich zuoberst lag ein zusammengefaltetes Pergament, auf dem in Johanns steiler Handschrift ihr Name stand. Als sie zu lesen begann, schossen ihr Tränen der Rührung in die Augen. Johann musste den Brief am Morgen vor der Zeremonie verfasst haben.
Meine geliebte Söhnerin Loretta. Heute seid Ihr zu meiner Nachfolgerin bestimmt worden. Ich vertraue dabei vollkommen darauf, dass Ihr das Erbe des Starkenburger Geschlechts so gut zu wahren oder sogar zu mehren vermögt wie irgendein Mann. Vielleicht könnt Ihr es sogar besser, denn Ihr vereinigt in Euch die männlichen Tugenden des Muts und der Entschlossenheit mit den weiblichen der Klugheit und Einfühlsamkeit. Möge Euch das Glück in diesen harten Zeiten stets gewogen sein! So es unser aller Schöpfer erlaubt, werde ich Euch nach meinem Dahinscheiden aus dem Jenseits dabei Beistand leisten.

Das Schapel ist mein Geschenk zu Eurem heutigen Ehrentag. Es gehörte einst meiner Mutter.
In großer Liebe und Achtung grüßt Euch
Euer Schwiegervater Johann von Starkenburg-Sponheim
Darunter war noch ein weiterer Satz gekritzelt, als ob der Schreiber in Eile geraten wäre.
Hier findet Ihr auch die wichtigsten Dokumente, mit denen Ihr Eure Herrschaft stützen und festigen könnt. Seht sie in Ruhe durch und lasst uns hernach darüber sprechen.
Also hatte Johann vorgehabt, Loretta das Kästchen nach der Zeremonie zu überreichen. *Und dann hat ihn sein plötzlicher Tod an diesem Vorhaben gehindert.* Loretta fröstelte plötzlich, als ob ein kühler Hauch über sie hinwegstriche.
Doch zum Grübeln war jetzt keine Zeit. Hastig durchwühlte sie die Papiere. Erst nachdem sie sich davon überzeugt hatte, dass auch der Brief König Ludwigs darunter war, griff sie mit zitternden Händen nach dem Schapel. Sie wickelte es aus seiner schützenden Hülle und drehte es im schwachen Licht der Kerze. Es war aus purem Gold und ringsum mit roten, grünen und blauen Steinen besetzt. Niemals hatte Loretta ein solch kostbares Schmuckstück gesehen, geschweige denn selbst besessen.
Bislang nannte sie als Geschmeide nur einen schlichten Goldreif ihr Eigen, den ihr die Eltern zur Hochzeit geschenkt hatten, und Martins Morgengabe, eine schwere silberne Kette, die sie kaum jemals trug. Ihre Schwiegermutter Katharina hatte einige prächtige Schmuckstücke besessen, doch diese ebenso wie ihre ganze Garderobe ihrer Tochter Blancheflor hinterlassen. Loretta, zu der sie trotz deren Versöhnung mit Martin nur ein kühles Verhältnis hatte, war nach ihrem Tod leer ausgegangen.
Loretta löste ihre zerrupften Zöpfe und schüttelte ihre langen blonden Locken aus. Dann setzte sie sich das Schapel vorsichtig aufs Haupt und betrachtete sich in dem byzantinischen Spiegel, der in einer Nische hing.

Ihr Herz floss über vor Dankbarkeit. Darein mischte sich Scham über ihre Beziehung zu Balduin, deren Beginn Johann zwar toleriert, aber nie gutgeheißen hatte.
»Ich gelobe Euch, liebster Schwiegervater«, versprach sie ihrem Spiegelbild, »dass ich von nun an mit all meinen Kräften danach trachten werde, Eure Erwartungen zu erfüllen. Und ich gelobe Euch«, ein Funken Zorn auf Balduin glomm wieder in ihr auf, »meine Pflichten als Regentin der Grafschaft Starkenburg-Sponheim niemals mehr um einer schnöden Liebschaft willen hintanzustellen.«

Kapitel 20

Kurfürstlicher Palast zu Trier,
Ende November 1325, einige Tage später

Mit gerunzelter Stirn las Balduin den Brief des Ägidius von Daun, den ihm Remigius soeben überbracht hatte. Dann warf er ihn mit einer verächtlichen Geste auf den Tisch der Schreibstube.
»Wer weiß, ob es wirklich ein solches Schreiben Ludwigs des Bayern gibt.« Auch sein Ton klang abschätzig.
Remigius zuckte mit den Schultern. »Und wenn es so wäre?«
Balduin schürzte trotzig die Lippen. »Dann lasse ich es darauf ankommen. Wir riskieren ja nichts. Den Streit werden Ägidius und Loretta austragen müssen. Der jämmerliche Greis haftet mir mit seinem Vermögen für einen erfolgreichen Prozess.«
»Wollt Ihr es wirklich so weit kommen lassen? Warum wendet Ihr Euch in dieser Angelegenheit nicht gleich an den König? Sollte die Gräfin tatsächlich zu Unrecht behauptet haben, diesen

Brief zu besitzen, erfahrt Ihr es früher und könnt sogar beim König Klage gegen sie führen. Falls sie aber recht hat, erinnert Ludwig an Euren Beistand im Thronstreit mit Friedrich von Habsburg und bittet ihn, Eure Position zu unterstützen.«

Balduin schnaubte unwillig. »Das stellt Ihr Euch leichter vor, als es ist. Auch Johann von Starkenburg kämpfte an Ludwigs Seite gegen den Habsburger. Dies mag sogar der Grund dafür sein, dass er besagtes Schreiben erhielt, so es denn tatsächlich existiert. Aber gibt es diesen Brief nicht, wird Ludwig von mir eine Gegenleistung für seine Hilfe erwarten …«

»Die Ihr ihm nicht gewähren könnt, wenn Ihr Euch nicht mit dem Papst überwerfen wollt«, ergänzte Remigius.

»So ist es, mein kluger Freund«, stimmte Balduin zu. »Schließlich hat der Papst Ludwig sogar exkommuniziert. Der Bayer wiederum versucht, die Absetzung Johannes des XXII. herbeizuführen. Es wäre töricht, sich ohne Not zwischen diese Fronten zu begeben.«

Remigius nickte nachdenklich. »So warten wir vorerst ab, was weiter geschieht.« Er stand auf. »Wann soll ich die Dame zu Euch schicken, die auf Euch wartet?«

Balduin grinste. »Führt sie schon einmal ins Vorzimmer meines Schlafgemachs. Dort soll sie sich bereithalten. Reicht ihr derweil eine Erfrischung, bis ich mich zu ihr geselle.«

Starkenburg, Ende November 1325, zur selben Zeit

»Also heißt Ihr meinen Plan gut, Oheim?«

Matthias von Starkenburg nickte. Auf Lorettas dringliche Bitte hin war er sofort von Aachen an die Mosel aufgebrochen, um seiner angeheirateten Nichte in der schwierigen Situation um das Kröver Reich beizustehen. Erst vor zwei Stunden war er eingetroffen.

»Wenn die Gerüchte stimmen, von denen Ihr gesprochen habt, wird Heinrich von Schmidtburg sich diesmal nicht mehr von seinem Krankenlager erheben. Was liegt in diesem Fall also näher, als Euch mit Erzbischof Balduin über die delikate Lage zu beraten? Außer Euch weiß ja kaum jemand in der Region, dass Heinrich Balduin zum Erben ernannt hat. Ihr vermutet zu Recht, dass sich Friedrich von Kyrburg das nicht gefallen lassen wird. Also bittet Balduin unter diesem Vorwand auf die Starkenburg und erwähnt das Kröver Reich in Eurem Einladungsschreiben mit keinem Wort.«

Loretta lächelte erleichtert und stand auf. »Dann werde ich den Brief jetzt verfassen und mich hernach in der Kemenate ein wenig ausruhen. Auch Ihr solltet Euch vor dem Nachtmahl noch niederlegen, um Euch von der anstrengenden Reise zu erholen.«

Auf dem Weg in die Schreibstube summte Loretta vor sich hin. Matthias' Zustimmung bewies ihr einmal mehr, dass sie der Rolle der Regentin zunehmend gewachsen war. Ihr Oheim wusste nicht, dass sie ihren Plan schon vor der Entdeckung von Balduins Verrat aus anderem Anlass ausgeheckt hatte. Zwischenzeitlich hatte sich Heinrich von Schmidtburgs Gesundheitszustand wider Erwarten so verschlimmert, dass ihr das eigene Vorgehen noch gewitzter erschien als zuvor.

Allerdings hatte sich ihr Ziel geändert. Sie beabsichtigte nicht mehr, ihre Beziehung zu Balduin auf die Probe zu stellen, sondern sich ihm gegenüber als Regentin zu behaupten. Als Gegenleistung für die Unterstützung des Erzbischofs im Fall einer Fehde gegen den Kyrburger würde sie fordern, den Verkauf der Vogtei rückgängig zu machen.

Nur ab und zu spürte sie Wehmut darüber, Balduin als Geliebten verloren zu haben, was sie angesichts seines Verhaltens für unwiderruflich hielt. Doch sie verdrängte dieses Gefühl, sobald es aufkam.

Als sie das Schreiben an den Erzbischof aufgesetzt und gesiegelt hatte, begann es draußen bereits zu dämmern. Auf dem Weg zur Kemenate durch die mit Kienspänen nur schwach erleuchteten Gänge der Burg konzentrierte sie sich auf das bevorstehende Gespräch mit Blanche. Heute wollte sie endlich in Erfahrung bringen, wie ihre Nichte zu einer möglichen Verbindung mit Volker von Falkenstein stand.

Blanche stickte gemeinsam mit mehreren Damen aus dem niederen Burgadel an einem neuen Altartuch für die Kapelle, als Loretta eintrat. Wie immer empfing ihre Nichte sie mit einem strahlenden Lächeln.

Sie wird jeden Tag schöner. Volker verdiente Prügel, wenn er diese Gelegenheit nicht zu schätzen wüsste.

Die Damen legten ihre Handarbeit zur Seite und erhoben sich, um Loretta zu begrüßen. Sie lächelte ihnen huldvoll zu.

»Begebt Euch jetzt in Eure Gemächer, meine Lieben, und bereitet Euch auf das festliche Nachtmahl zu Ehren meines Oheims Matthias vor. Ich habe noch traulich mit meiner Nichte zu sprechen.«

Kaum hatten die Damen den Raum verlassen, blickte Blanche Loretta erwartungsvoll an. »Worum geht es Euch, liebste Tante?«

Loretta lud ihre Nichte ein, sich ihr gegenüber in die Fensternische zu setzen, die ihr Lieblingsplatz war. Von dort hatte man im Sommer einen herrlichen Ausblick über das Moseltal. Zu dieser Jahreszeit war die Fensteröffnung allerdings mit einem schweren Holzladen verschlossen und gegen die feuchte Novemberluft zudem mit einer dicken Decke verhängt. Auch die Nische selbst konnte man mit einem Vorhang vom übrigen Raum abtrennen. Mit dem Schürhaken zog Loretta ein Becken mit glühenden Kohlen heran und zog den Vorhang halb vor, so dass es mollig warm in der Nische wurde.

Dann sah sie Blanche in die dunklen Augen und ergriff ihre

beiden Hände. »Ich wollte schon lange etwas mit Euch besprechen, liebste Nichte«, hob sie an. Nach einer winzigen Pause fuhr sie fort: »Es geht um meinen treuesten Gefolgsmann, Herrn Volker von Falkenstein. Er ist ohne Vermögen und unbeweibt. Dabei steht er in der Blüte seiner Jahre und sollte endlich eine Familie gründen.«

Sie hielt inne und beobachtete Blanche, deren Augen bereits zu leuchten begannen. Doch noch kam diese ihr nicht entgegen, sondern schwieg.

»Auch Ihr, liebe Blanche, seid schon länger im heiratsfähigen Alter. Ihr habt Eure eigene Familie durch tragische Umstände verloren. Obwohl ich Euch am liebsten niemals hergeben würde, muss ich doch einsehen, dass meine Regentschaft schon bald zu Ende gehen wird. Hänsels neunter Geburtstag steht bevor. In sechs Jahren wird er mündig werden und selbst regieren wollen. Dann werde ich mich auf die Frauenburg zurückziehen …«

»Oh«, unterbrach sie Blanche. »Ich dachte, Burg Herrstein sei Euer Wittum?«

Ein wenig unwillig über die Unterbrechung winkte Loretta ab. »Meine Entscheidung erläutere ich Euch ein andermal.«

Sie richtete sich auf, atmete ein und stellte die entscheidende Frage: »Könnt Ihr Euch vorstellen, Volker von Falkenstein zu ehelichen? Ich weiß, dass er nur aus dem Ritterstand kommt und nicht von Eurem Geblüt ist. Ihr entstammt zwei Grafengeschlechtern. Jedoch …«

Sie kam nicht dazu, den Satz zu beenden, denn Blanche sprang vor Freude auf und stieß dabei einen Leuchter um, der auf den Teppich stürzte, mit dem der Boden vor der Nische bedeckt war. Ohne sich um den Schaden zu kümmern, den der glimmende Docht verursachte, jubelte sie: »Aus ganzem Herzen wünsche ich mir Volker zum Gemahl, liebste Tante. Ich habe mein Herz schon auf dem Weg zur Starkenburg an ihn verloren. Doch ich wagte nie zu hoffen, dass er meine Gefühle erwidern könnte.«

Loretta hob die Hand. »Lass uns erst einmal dieses kleine Malheur beseitigen, ehe wir weitersprechen.«
Während sie sich auf den Teppich kniete, den Docht löschte und mit Blanches eilfertiger Hilfe das flüssige Wachs aufzufangen versuchte, mischte sich bereits eine leise Beklommenheit in die Erleichterung, dass Blanche ihren Plan guthieß. *Hätte ich nicht besser erst mit Volker darüber sprechen sollen?* Schließlich verstieß ihr Vorgehen gegen jede Konvention. Aber nun war es für solche Zweifel zu spät.
Sie unterbrach Blanches zerknirschte Entschuldigungen über den beschädigten Teppich, ergriff erneut deren Hände und setzte sich zurück in die Fensternische.
»Ich muss auch Volker noch fragen, mein Liebes.« Blanches Lächeln erlosch.
»Doch ich erwarte, dass er Euch mit Freuden zur Frau nehmen will.«
»Aber es ist noch nicht sicher?« Blanche klang verzagt. »Er hat bei Euch also nicht um mich angehalten?«
Loretta schüttelte den Kopf. »Ich glaube, das hätte er nie gewagt. Daher seid ganz unbesorgt.« Plötzlich kam ihr eine Idee.
»Ich habe heute ein Schreiben an Erzbischof Balduin aufgesetzt, um ihn noch vor dem Christfest auf die Starkenburg einzuladen. Dazu werde ich mir ein neues Seidenkleid anfertigen lassen. Auch Euch möchte ich ein neues Festgewand schenken. Volker von Falkenstein ist im Augenblick ohnehin nicht auf der Burg, da er seinen siechen Vater besucht. Doch ich werde ihn bitten, rechtzeitig zu Balduins Besuch zurückzukehren. Dann sieht er Euch in Eurem neuen Kleid, strahlend schön wie eine Prinzessin. Gleich am nächsten Tag will ich dann mit ihm sprechen. Vielleicht seid Ihr bereits zum Christfest einander anverlobt.«
Blanche lächelte tapfer. Doch das Strahlen kehrte nicht in ihre Augen zurück.
»Wann erwartet Ihr den edlen Herrn Balduin hier auf der Burg?«

»Oh, sicherlich binnen einer Frist von zwei Wochen.« Sie versuchte, mit einem Scherz die bedrückte Atmosphäre zu vertreiben, die plötzlich zwischen ihnen herrschte. »Früher wären die Näherinnen auch kaum mit den neuen Gewändern fertig.«
»Zwei Wochen werde ich mich noch gedulden können, liebe Muhme. Vielleicht trifft der Kurfürst ja noch ein wenig früher ein. Sicherlich wird er Euch seine Ankunft ankündigen.«
Loretta nickte. »Das wird er tun«, stimmte sie zu. Auch ihr Lächeln war nun verkrampft.
Wenn er mir überhaupt antwortet.

Kurfürstlicher Palast zu Trier, Dezember 1325

»Und? Was haltet Ihr nun *davon*, Remigius?« Balduin hielt seinem Sekretär Lorettas Schreiben entgegen, das soeben eingetroffen war.
»Nun, die edle Dame hat recht behalten, was den Schmidtburger angeht«, entgegnete Remigius trocken. Erst gestern war die Nachricht vom Tod des Wildgrafen eingetroffen.
Balduin machte eine unwillige Handbewegung. »Aber das Kröver Reich erwähnt sie mit keinem Wort.«
»Natürlich nicht. Hättet Ihr es an ihrer Stelle getan?«
Balduin seufzte. »Ihr meint also, dass sie ein taktisches Spiel mit mir treibt?«
»Das liegt klar auf der Hand. Die Gräfin wird Euch damit drohen, ihren Lehnsmann Friedrich von Kyrburg im Streit um die Schmidtburg zu unterstützen, wenn Ihr die Vogtei nicht zurückgebt.«
Wie immer, wenn er unschlüssig war, stand Balduin auf und sah aus dem Fenster. Gerade wurde ein Fass mit Heringen angeliefert. Die Adventsfastenzeit hatte begonnen. Wieder einmal standen trübsinnige Wochen bevor.

Remigius sprach hinter seinem Rücken weiter. »Und darüber hinaus besteht die Gefahr, dass sie auch ihren Schwager Pantaleon bittet, dem Bündnis gegen Euch beizutreten. Was das bedeutet, wisst Ihr sehr wohl. Walram von Kastellaun wird ohnehin nicht zögern, an Friedrichs Seite gegen Euch zu kämpfen. Damit würden beide Sponheimer Linien Burg Dill, die ein mächtiger Stützpunkt an einem strategisch wichtigen Ort ist, gegen Euch in Stellung bringen. Womöglich würde Walram in diesem Fall sogar Euren Teil von Kirchberg besetzen.«

»Jaja, schweigt endlich still, Ihr unerträglicher Quälgeist.« In plötzlicher Wut fuhr Balduin herum. Remigius lächelte ungerührt, stand auf und verbeugte sich.

»So darf ich mich entfernen, hoher Herr? Soll ich zuvor noch die Dame in Euer Vorzimmer bringen?«

Balduin wurde plötzlich von Ekel erfasst. »Nein. Schickt sie fort! Ich möchte sie nicht mehr sehen.«

Schon in der ersten Nacht war er der Witwe eines kürzlich verstorbenen Trierer Kaufmanns überdrüssig geworden. Sie vermochte nicht, ihn zu erregen. Nur mit der Erinnerung an Lorettas weißen Leib war er überhaupt dazu in der Lage gewesen, mit ihr zu schlafen. Daran hatte sich auch während der folgenden Begegnungen nichts geändert. Sie blieben freudlos und unbefriedigend.

Remigius verbeugte sich erneut, jedoch nicht schnell genug, um seinen Spott vor Balduin zu verbergen. Er war schon an der Tür, als sein Dienstherr ihn zurückrief.

»So bleibt mir also nichts übrig, als nachzugeben und mich diesem Mannweib zu unterwerfen«, knirschte er.

»Vorläufig«, meinte Remigius, erneut in seiner trockenen Art. »Seid Ihr erst Herr der Schmidtburg, ist das wichtigere Ziel erreicht. Dann könnt Ihr Euch wieder den leichter lösbaren Themen zuwenden. Gebt Ägidius vorläufig die Kröver Vogtei zurück. Er wird nicht wagen, sie an jemand anderen zu verkaufen. Das Gebiet ist und bleibt Euch sicher.«

»Doch erst muss ich Loretta bezwingen!«
»Habt Ihr den Kyrburger und den Kastellauner erst einmal besiegt und in den Sühnebestimmungen festgelegt, dass sie sich nicht mehr gegen Euch wenden dürfen, sollte dies keine schwere Aufgabe mehr sein.« Remigius' Augen funkelten. Ein breites Grinsen enthüllte seine vorstehenden Zähne. So sah sein Schreiber nur aus, wenn er etwas ausheckte.
»Also, heraus damit«, forderte Balduin. »Was habt Ihr im Sinn?«
Remigius' Grinsen wurde schmierig. »Um die *Frau* erneut zu bezwingen, seid Ihr auf meinen Rat wahrlich nicht angewiesen. Wollt Ihr aber auch die *Regentin* unterwerfen, so hätte ich einen Plan. Möchtet Ihr ihn hören?«
Eine halbe Stunde später stand Balduin erneut am Fenster. Diesmal lächelte er entspannt. Remigius' Plan würde aufgehen, dafür würde er sorgen. Und nebenbei käme er dabei auch noch zu seinem Vergnügen.
Was wollte er mehr? Die Welt lag wieder einmal zu seinen Füßen. Er musste sich nur noch bücken und vom Boden aufheben, was er begehrte, um es ganz und gar zu besitzen.

Starkenburg, Dezember 1325, dritter Sonntag im Advent

Als Loretta den Rittersaal betrat, stockte Balduin förmlich der Atem. *So muss die Königin von Saba ausgesehen haben.*
Loretta trug ein neues nachtblaues Seidengewand über einer grünen Cotte aus dem gleichen Stoff. Die Gewänder waren ihr direkt auf den schlanken Leib geschneidert und brachten dessen Konturen voll zur Geltung. In Balduins Lenden begann es zu zucken. Zum Glück trug auch er ein langes Obergewand aus mit Goldfäden besticktem violettem Samt.
Er konnte den Blick nicht von Loretta wenden. Am prachtvolls-

ten war das Schapel, das er noch nie gesehen hatte. Es hielt nur einen zarten durchsichtigen Schleier, unter dem er die goldblonden Flechten erkennen konnte. Lorettas dunkelblaue Augen funkelten mit den blauen, grünen und roten Edelsteinen um die Wette.

Das muss ein Geschenk ihres verstorbenen Schwiegervaters sein. Doch warum hat sie es bislang nicht getragen?

Balduin blieb keine Zeit, weiter darüber nachzugrübeln, denn schon trat Matthias von Starkenburg, der Loretta in den Saal geführt hatte, auf ihn zu.

»Seid gegrüßt und bedankt für Euren Besuch, edler Balduin.«

»Auch ich grüße Euch und freue mich, Euch wiederzusehen«, log Balduin. In Wirklichkeit ärgerte er sich über Matthias' Anwesenheit, bedeutete sie doch, dass sich Loretta vor seinem Eintreffen mit ihm beraten hatte.

Er schluckte seinen Ärger hinunter und verbeugte sich mit vollendeter höfischer Geste vor Loretta. »Seid auch Ihr bedankt für die Einladung, hohe Frau.«

Loretta nickte huldvoll. Ihr Lächeln entblößte ihre makellosen Zähne. *Weiß wie Perlen!*

Sie winkte ihre Nichte Blanche, die in Begleitung des Burghauptmanns Volker von Falkenstein hinter ihr den Saal betreten hatte, zu sich. »Begrüßt auch meine liebe Verwandte, hoher Herr. Seht selbst, ist sie seit Eurer letzten Begegnung nicht erblüht wie eine Rose?«

Blanche errötete leicht, als sie in einen tiefen Knicks versank.

Balduin verbeugte sich erneut. »Ich hätte es nicht besser ausdrücken können, edle Dame. Ihr wetteifert miteinander in Schönheit und Anmut. Wäre ich der Grieche Paris aus Troja, ich würde schier daran verzweifeln, wem ich den goldenen Apfel zuerkennen sollte.«

In der Tat trug auch Blanche ein grünes Kleid, das er noch nie an ihr gesehen hatte. Ihre dunklen Haare fielen in weichen Wellen bis zur Taille hinab. Auch sie hatte kostbaren Schmuck angelegt, ein Schapel und ein dazu passendes Halsband, beides mit grünen Edelsteinen und Perlen besetzt. Dieses Geschmeide kannte er. Es gehörte einst Johanns Gattin Katharina.

Trotzdem wirkte Blanches Schönheit im Vergleich zu der Lorettas blass. *Sonne und Mond. Sie ist viel zu jung, um mit Lorettas Ausstrahlung mithalten zu können.*

Jetzt lud die Gräfin Balduin und Remigius, der sich bislang im Hintergrund gehalten hatte, mit einer graziösen Geste ein, rund um den Kamin, in dem ein großes Feuer prasselte, Platz zu nehmen. Balduin entging nicht, dass *sie* sich diesmal auf Johanns großen Lehnstuhl setzte, den sie ihm bei früheren Besuchen stets als Ehrengast überlassen hatte. Nun musste er mit einem niedrigeren, wenngleich ebenfalls kostbaren Stuhl vorliebnehmen. Matthias ließ sich auf einem ähnlichen Möbel an Lorettas Seite nieder, während Blanche, Volker und Remigius auf Schemeln mit weichen Kissen Platz nahmen.

Loretta klatschte in die Hände. Sofort traten zwei Mägde in sauberen Schürzen und blütenweißen Hauben heran, die den Anwesenden Wein in kostbare Silberpokale gossen. *Sie scheut wahrlich keine Mühe, um mich zu beeindrucken.* Balduins Geschlecht versteifte sich weiter und drückte schmerzhaft gegen die enge Bruche unter seinem Gewand. *Hoffentlich bemerkt sie nichts. Oder … warum soll sie eigentlich nichts bemerken? Sie darf ruhig wissen, dass ich sie als Weib noch immer begehre. Mit der Regentin werde ich dann allemal fertig.*

»So lasst uns nun mit der Unterredung beginnen, edle Herren. Hernach wartet ein köstliches Nachtmahl auf uns«, sprach Loretta mit heiterer Stimme. Sie hob den Kopf und sah Balduin mit einem koketten Augenaufschlag ins Gesicht. »Ich hoffe, Ihr verzeiht diesen Verstoß gegen die adventliche Fastenzeit und erteilt mir dafür die Absolution, frommer Herr.«

Nichts hatte Loretta darauf vorbereitet, dass sie das Wiedersehen mit Balduin treffen würde wie ein Dolchstoß. Kühl und unnahbar hatte sie bleiben wollen, zwar freundlich als Gastgeberin, aber unnachgiebig als Regentin und unerreichbar als Frau. Das war anscheinend leichter gedacht als getan.
Sein Anblick jagte einen wilden, süßen Schmerz durch ihren Körper, eine Mischung aus Sehnsucht und Wehmut. *Warum muss alles so schwierig zwischen uns sein? Warum können wir uns nicht einfach lieben und unser Glück genießen?*
Vergeblich versuchte sie, das Begehren in Balduins dunklen Augen zu übersehen. Sie glühten wie Kohlen, seitdem sie eingetreten war. Diesen Blick kannte sie nur zu gut. Er jagte ihr Schauer über den Rücken.
Sie riss sich gewaltsam zusammen in der Hoffnung, dass niemand ihre innere Erregung bemerken würde. Zum Glück übernahm Matthias die Begrüßung. Das gab ihr die Zeit, sich ein wenig zu sammeln.
Balduin lächelte sie weiterhin mit jenem unwiderstehlichen Ausdruck in seinem männlich schönen Gesicht an, nachdem sie einander mit dem köstlichen Kröver Wein zugetrunken hatten.
»Nun sprecht, hohe Frau.« Er blieb bei der förmlichen Anrede. »Was möchtet Ihr mit mir anlässlich des Todes unseres Freundes Heinrich von Schmidtburg, Gott sei seiner Seele gnädig, bereden?«
»Nun, edler Herr …«, ergriff Matthias das Wort, doch Loretta hielt ihn mit einer Handbewegung zurück. *Ich muss mich hier und jetzt erfolgreich behaupten. Ungeachtet meiner unziemlichen Gefühle. Er mag das Weib in mir besiegen, doch nimmermehr die Regentin.*
Loretta war wohl bewusst, dass dies gegen die Absprache mit Matthias verstieß, der nach ihrem gemeinsamen Plan die Verhandlungen übernehmen sollte. In der Tat runzelte ihr Oheim irritiert die Stirn.

Loretta atmete tief durch und erinnerte sich an ihre Wut auf Balduin aufgrund des Kaufs der Kröver Vogtei. Es wirkte. Sie gewann ihre Fassung zurück.

In gespielter Betrübnis verzog sie den Mund. »Ihr wisst, dass ich mich innerlich wie zerrissen fühle, Herr Balduin«, begann sie. »Ich bin in einem nicht auflösbaren Dilemma gefangen. Nur wenige Eurer Vertrauten wissen, dass Ihr Heinrich von Schmidtburg beerben werdet. Dass auch ich die große Ehre habe, zu diesen Vertrauten zu gehören, weiß ich sehr wohl zu schätzen.«

Sie machte eine künstliche Pause und trank einen Schluck Wein aus ihrem Pokal.

»Doch nun muss ich befürchten, dass sich unser eigener Lehnsmann, der edle Friedrich von Kyrburg«, sie erstickte fast an diesen Worten, blieb aber nach außen hin gefasst, »darob auf das ärgste empören wird. Denn er gedenkt natürlich, seinen verstorbenen Vetter selbst zu beerben. Ihr wisst, wie ungestüm Friedrich von Kyrburg in seinem Zorn werden kann. Ich fürchte, er wird Euch die Fehde erklären.«

Auch Balduin lächelte jetzt nicht mehr. »Damit ist wahrlich zu rechnen, hohe Dame«, erwiderte er kühl. »Doch was ficht Euch das an?«

Lorettas überrascht-empörter Augenaufschlag hätte jeder Gauklerin Ehre gemacht. »Nun, hoher Herr, ich dachte, das läge klar auf der Hand. Ich bin Eure Verbündete, aber meinem Lehnsmann ebenfalls zur Treue verpflichtet …«

Plötzlich hatte Balduin es satt. Entgegen jeder Regel der Diplomatie fiel er Loretta ins Wort. »So sprecht freiheraus, was Ihr von mir begehrt, hohe Dame. Je eher auf dem Tisch liegt, was Ihr für Euren Beistand fordert, desto eher kann ich darüber entscheiden.«

Im ersten Moment war Loretta überrascht, dann erleichtert. Auch sie verabscheute jede Art von Geplänkel und brachte ihr

Anliegen lieber auf den Punkt, als sich mit ihrem Gegner ein vermeintlich spielerisch harmloses Wortgefecht zu liefern.

»Macht den Kauf der Kröver Vogtei rückgängig«, forderte sie kaltblütig. »Dann ziehen meine Mannen an Eurer Seite gegen den Kyrburger ins Feld.«

»Und warum sollte ich mich auf diesen Handel einlassen?«

Nun wirkten Lorettas blaue Augen wie Eis auf einem gefrorenen See.

»Graf Ägidius hatte nicht das Recht, Euch die Vogtei zu verkaufen. Ein Schreiben von König Ludwig persönlich verbietet es.«

»So besitzt Ihr tatsächlich ein solches Schreiben? Oder treibt Ihr nur Euer Spiel mit mir?«

Jetzt griff Matthias ein. »Hoher Herr, mäßigt Euch, bitte! Ich habe das Schreiben selbst gesehen und bin bereit, seine Echtheit auf das heilige Kreuz zu beschwören.« Er griff nach einer flachen ledernen Mappe und schlug sie auf. »Hierinnen findet Ihr eine Abschrift.«

Balduin griff nach dem Dokument und studierte es schweigend. Dann reichte er es an Remigius weiter, der hinter ihm saß. Eine Weile sagte niemand etwas.

Loretta sprach als Erste wieder. Später würde Matthias sie dafür schelten, dass sie ihren höchsten Trumpf zu schnell eingesetzt hatte.

»Ihr macht den Kauf rückgängig, und ich gebiete meinem Schwager Pantaleon, Euch seinen Teil der Burg Dill zu öffnen, damit Ihr sie als Stützpunkt gegen Friedrich nutzen könnt.«

Sie machte eine kleine Pause. *Hoffentlich geht diese Rechnung auf.* Loretta erinnerte sich nur zu gut daran, dass Pantaleon sie bereits zu hintergehen versucht hatte, und traute ihm immer noch nicht. Andererseits hatte es seit der Sache mit Bertram von Enkirch keine bedenklichen Vorfälle mehr gegeben. *Ich muss das Wagnis also eingehen. Was bleibt mir sonst übrig?*

Entschlossen fuhr sie fort: »Das wird auch Walram von Kastellaun daran hindern, sich mit Friedrich zu verbünden, denn er besitzt ja den zweiten Teil von Dill. Die Gefahr wäre zu groß, dass er Dill ganz verlöre.«

Balduin spürte mehr, als dass er sah, dass Remigius in seinem Rücken grinste. Wieder einmal behielt der schlaue Fuchs recht. Anstatt sich zu freuen, ärgerte sich Balduin darüber.

Er äußerte einen letzten Zweifel. »So hat sich also Euer Verhältnis zu Eurem Schwager Pantaleon gebessert? Ihr sagtet einmal, liebe Gräfin, dass Ihr ihm nicht vertraut.«

Unwillkürlich schlug Lorettas Puls schneller. Doch ließ sie sich nach außen auch weiterhin nichts anmerken. »Ich bin sicher, Herr Balduin, dass uns Pantaleon unterstützen wird.«

Eine halbe Stunde später war das Bündnis besiegelt. Nun musste nur noch eine Urkunde aufgesetzt werden, die alle Parteien am nächsten Morgen unterzeichnen würden. Diese Aufgabe fiel Remigius zu.

Balduin grinste schadenfroh, als sich der Priester mit unergründlichem Gesichtsausdruck in die Schreibstube zurückzog, während sich die übrigen Teilnehmer der Beratung auf das Nachtmahl vorbereiteten.

Immerhin ist Fastenzeit. Es wird dem Frömmler also zupasskommen, dass ich ihn auf diese Weise vor einer Sünde bewahre.

Als Balduin hinter Loretta den großen Saal verließ, in dem bereits die Schragentische aufgestellt wurden, fiel sein Blick auf Volker von Falkenstein, der Loretta nachsah.

Eifersucht schoss plötzlich wie glühende Lava durch seine Adern. *Auch Volker begehrt diese Frau. Doch er wird das Nachsehen haben. Sie ist mein.*

Mit klopfendem Herzen lag Loretta auf dem breiten Himmelbett in ihrer Schlafkammer. Alle Vorsätze, Balduin in Zukunft von sich fernzuhalten, waren vergessen und einer tiefen Sehn-

sucht gewichen. Und war es ein Zufall, dass sie am Morgen den Mägden befohlen hatte, die Laken zu wechseln?
Die Minuten dehnten sich zu einer Ewigkeit. Endlich hörte sie vom Moselufer her das Glöckchen schlagen, das die Mitternachtsstunde anzeigte.
Das war ihre Zeit. Würde er kommen? Ihr Schoß war heiß und prall vor Begierde.
Da drehte sich lautlos der Knauf ihrer Kammertür. Ohne ein Begrüßungswort betrat er den Raum. Mit wenigen Griffen riss er sich das kostbare Gewand vom Leib, nicht achtend, dass es von oben bis unten zerriss. Dann packte er sie.

Starkenburg, Dezember 1325, zwei Tage später

Nachdem sie Kathi nach Volker von Falkenstein geschickt hatte, befiel Loretta eine leichte Unruhe. *Hoffentlich geht mein Plan auf.*
Aber was ist, wenn Volker sich weigert? Rasch verdrängte Loretta den Gedanken. Das durfte einfach nicht geschehen. Die Folgen wären nicht auszudenken, wenn Blanche eine solche Demütigung hinnehmen müsste.
Immerhin hatte Loretta Blanches Bitte strikt abgelehnt, ihrem Gespräch mit Volker unbemerkt beiwohnen zu dürfen. Anfangs ließ Blanche nicht locker und bestand auf ihrem Wunsch, den sie damit begründete: »Ich möchte keinen Mann zum Gemahl, der mich nur zur Frau nimmt, weil Ihr ihn mit Geld und guten Worten bestochen habt, obwohl er mich gar nicht liebt.«
Loretta hielt dagegen. »Was ist, wenn sich Volker Bedenkzeit erbittet?«
Ihre Nichte erblasste. *Also ist ihr schon dieser Gedanke kaum erträglich.* Doch Blanche blieb hartnäckig.

»Dann soll er sie haben, liebe Tante. Ihr sagtet selbst, dass Volker von Falkenstein vielleicht noch nie in Betracht gezogen hat, dass ich sein Eheweib werden könnte. Schließlich ist er kein standesgemäßer Bewerber.«

Kurz war Loretta versucht, nachzugeben. Doch dann hörte sie auf ihre warnende innere Stimme und lehnte Blanches Bitte endgültig ab. Schmollend verließ ihre Nichte den Raum. Loretta sah ihr nachdenklich hinterher. *In Teilen ihres Wesens ist sie mir immer noch fremd.*

Sie erinnerte sich an das Gespräch mit Blanche nach dem festlichen Nachtmahl zu Ehren Balduins. Anfangs war es nur eine harmlose Plauderei gewesen. »Ich wollte Euch schon längst etwas fragen, liebste Nichte. Habt Ihr deshalb die grüne Seide für Euer Festkleid gewählt, weil die Edelsteine Eures Geschmeides so gut dazu passen?«

Blanche nickte. »Es gehörte einst meiner Großmutter Katharina.«

»Das weiß ich. Ich habe es einmal an ihr gesehen. Doch ich glaubte, sie hätte all ihren Schmuck Eurer Mutter Blancheflor vererbt.«

Ein verächtlicher Zug spielte um Blanches Mund mit den vollen Lippen. »Was sollte meine Mutter im Kloster wohl damit anfangen? Ich habe ihn mitgenommen, als ich mich auf den Weg zu Euch machte.«

»Ohne ihr Wissen?«, fragte Loretta entgeistert.

Unvermittelt schossen Blanche Tränen in die Augen. »Ich wurde enterbt, liebe Tante, und büßte dazu noch meine Stellung in der adligen Welt ein. Habt Ihr das schon vergessen? Hättet Ihr mir kein Heim geboten oder hätten wir einander nicht gemocht, wäre ich ohne das Geschmeide meiner Großmutter völlig mittellos gewesen. Deswegen erschien es mir gerechtfertigt, den Schmuck mitzunehmen. Meine Mutter hätte ihn ohnehin nur dem Kloster vermacht. Die Bräute Christi tragen keine Juwelen. Warum sollten diese Edelsteine eine tote Statue schmücken?«

Wie schon bei früheren Gelegenheiten war Loretta irritiert. Auch jetzt, wo sie erneut darüber nachdachte, hielt das Gefühl an. Einerseits verstand sie Blanches Gedankengänge, andererseits stieß sie die Skrupellosigkeit, zu der die junge Frau manchmal fähig war, ab. Sie seufzte. *Es dünkt mich wirklich das Beste zu sein, Blanche rasch zu vermählen. Sie braucht die Sicherheit einer eigenen Familie. Gebe der Allmächtige, dass Volker zustimmt.*

In diesem Moment hörte sie Schritte auf der Treppe. Unwillkürlich schlug ihr Herz schneller. Wenig später trat Volker von Falkenstein ein. An seinem erstaunten Gesichtsausdruck erkannte Loretta, dass er überrascht war, sie allein im Frauengemach vorzufinden. Plötzlich befiel Loretta die Furcht, Volker könne die Situation missverstehen.

Tatsächlich trat bereits die vertraute Mischung aus Begehren und Bewunderung in die blaugrauen Augen des Ritters. Er verneigte sich.

»Ihr habt mich rufen lassen, Herrin?«

Loretta setzte ein betont fröhliches Lächeln auf. »Ja, mein Getreuer. Nun, da die Angelegenheit um die Kröver Vogtei aufs beste geregelt ist, möchte ich mich wieder den angenehmen Dingen des Lebens zuwenden.«

Täuschte sie sich, oder zeigte Volkers Antlitz jetzt so etwas wie Hoffnung? *Oh heilige Jungfrau Maria, lass mich die richtigen Worte finden.*

»Ihr kennt meine Nichte Blanche«, fuhr sie hastig fort. »Was haltet Ihr von der Jungfrau?«

Der hoffnungsvolle Ausdruck auf Volkers Gesicht verschwand und machte einem misstrauischen Platz. »Sie ist eine wunderschöne und gebildete Dame«, antwortete der Ritter vorsichtig.

»Es freut mich über die Maßen, Volker, dass Ihr Blanche derart schätzt.« Selbst in Lorettas eigenen Ohren klang ihre Herzlichkeit aufgesetzt. »Deshalb möchte ich Euch einen Vorschlag unterbreiten.«

Sie lud den Ritter mit einer Handbewegung ein, auf einem Schemel mit Sitzkissen Platz zu nehmen, und setzte sich ihm gegenüber.

»Blanche ist oft traurig und fühlt sich einsam«, begann sie aufs Neue.

Volkers Antwort machte sogleich deutlich, dass diese Bemerkung unklug gewesen war.

»Das nimmt mich wunder, edle Dame. Ihr habt Eurer Nichte doch ein wunderbares Heim und große Herzenswärme geboten.«

»Ja, nein …« *Oh Jungfrau Maria, jetzt fange ich auch noch zu stottern an.* Nach einem tiefen Atemzug fuhr Loretta fort: »Das kann ihr die verlorene eigene Familie trotzdem nicht ersetzen, Herr Volker. Zumal dieses Heim nicht von Dauer sein kann. Bereits in wenigen Jahren werde ich meinem Sohn Johannes die Regentschaft übergeben und mich auf mein Wittum zurückziehen.«

»So gedenkt Ihr selbst nicht mehr, Euch zu vermählen? Auch Ihr seid noch jung genug dazu.«

Volkers Direktheit überrumpelte Loretta völlig. Sie lachte verlegen auf. »Ihr schmeichelt mir, edler Ritter. Ich bin schon bald ein altes Weib.«

»Eine Frau wie Ihr bedarf keiner Schmeicheleien. Und nach meiner Kenntnis seid Ihr nicht älter als ich selbst. Doch zweifellos schöner.«

Volkers Arm zuckte nach vorn. Einen furchtbaren Moment lang glaubte Loretta, er wolle ihre Hand ergreifen. Spontan verbarg sie die Hände in den weiten Ärmeln ihres Obergewandes. Über Volkers Antlitz huschte einen Lidschlag lang tiefe Kränkung.

Dann straffte er sich und sah sie durchdringend an. »Aus welchem Grund habt Ihr mich rufen lassen, hohe Herrin?«
Während Loretta noch nach den richtigen Worten suchte, fuhr Volker unbarmherzig fort: »Es klang eben so, als wolltet Ihr mir Eure Nichte als Gemahlin andienen.«
Wieder war Loretta überrumpelt. Sie spürte, wie ihr das Blut ins Gesicht schoss. *Um Himmels willen! Will er das Angebot etwa ablehnen? Zum Glück hört Blanche dies nicht mit.*
In ihrer Hilflosigkeit trat sie die Flucht nach vorn an. »Und was wäre dabei, lieber Freund? Meine Nichte und Ihr liegt mir gleichermaßen am Herzen. Sie ist einsam und verbirgt dies mit überaus großer Tapferkeit. Ihr selbst seid unbeweibt und verfügt über kein Vermögen, um eine standesgemäße Gattin zu freien.«
Volker zuckte zusammen.
Oh nein, mache ich denn alles falsch?
Jetzt ergriff Loretta Volkers Hand. Der Ritter sah so verzweifelt aus, dass sie nicht anders konnte. Er umklammerte ihre Rechte wie ein Schiffbrüchiger die Rettungsleine.
»Blanche wäre Euch eine gute Frau, Volker«, fuhr Loretta leise fort. »Sie ist jung, sie ist schön, und ich gebe ihr eine reiche Mitgift mit. Ihr könntet ein neues Haus im Weiler Starkenburg bauen lassen oder hier auf der Burg wohnen.«
Je beharrlicher Volker schwieg, desto hastiger sprach Loretta weiter. »Bedenkt auch, Ihr bliebet auf diese Art beide in meiner Nähe. Blanche könnte mir weiterhin bei der Erziehung meiner Söhne zur Hand gehen. Ihr selbst seid schon jetzt mein treuester Gefolgsmann …«
Angesichts Volkers starrer Miene erstarb ihre Stimme.
Ein unerträgliches Schweigen breitete sich zwischen ihnen aus.
»Ist mein Plan denn tatsächlich so töricht, Volker?«, fragte sie schließlich verstört. Ihr fiel plötzlich ein letztes Argument ein. »Meine Nichte hat schon auf der Reise hierher ihr Herz an Euch

verloren. Ihr seid das Abbild des edlen und schönen Ritters aus den Legenden der Troubadoure. Jede Frau würde sich glücklich schätzen, Euch zum Manne zu haben.«

»Jede Frau, sagt Ihr?« In seiner Stimme lag so viel Bitterkeit, dass Loretta erschrak. Abrupt ließ Volker ihre Hand los und sprang auf.

»Ihr wisst sehr wohl, Dame Loretta, wen ich zum Weib begehre. Es kann Euch unmöglich verborgen geblieben sein. Warum versucht Ihr, mir eine andere aufzuschwatzen, als wolltet Ihr ein Stück Vieh auf dem Markt verschachern? Das haben weder Dame Blanche noch ich selbst verdient.«

Damit verbeugte er sich und stürmte mit großen Schritten hinaus.

Wie gelähmt starrte Loretta ihm nach. Da hörte sie plötzlich hinter sich ein Geräusch. Mit bleischweren Gliedern drehte sie sich um.

Das muss ein Alptraum sein. Hinter dem Vorhang, mit dem im Winter die Fensternische verhängt war, trat Blanche hervor.

Ihr Gesicht war von geisterhafter Blässe. Da sie offensichtlich nicht mit diesem Ausgang des Gesprächs gerechnet hatte, trug sie wieder ihr Festkleid aus grüner Seide mit dem kostbaren Geschmeide ihrer Großmutter. Ihre Miene war wie versteinert.

»Wie seid Ihr … warum habt Ihr …?«, stammelte Loretta.

»Ich wusste ja, dass Ihr noch heute mit Volker sprechen würdet. Da Ihr mich durchaus nicht dabeihaben wolltet, wartete ich, bis Ihr die Kemenate verließt, um den Abtritt aufzusuchen, und nutzte diesen Moment, um mich hier in der Nische zu verbergen.« Blanches Stimme klang tonlos und rauh.

Mit einer hilflosen Geste versuchte Loretta, sie in die Arme zu nehmen. Doch Blanche wich zurück und wehrte sie ab.

»Lasst es gut sein, Muhme. Immerhin weiß ich nun, woran ich bin.«

»Ich schwöre Euch, Kind, ich habe nicht gewusst, dass Volker sein Herz an *mich* verloren hat«, log Loretta in ihrer Verzweiflung.

»Natürlich nicht, liebste Tante.« Ein gespenstisches Lächeln verzerrte Blanches Mund. »Aus welchem Grund hättet Ihr mir mit voller Absicht einen solchen Tort zufügen sollen?«

Als Loretta erneut einen Schritt auf sie zu machte, hob Blanche wieder die Hände.

»Doch nun entschuldigt mich, liebste Muhme. Ihr werdet verstehen, dass ich eine Weile alleine sein muss.«

Kapitel 21

Burg Dill, März 1326

»Puh, hier stinkt es ja fürchterlich!« Walram von Kastellaun rümpfte demonstrativ die Nase. Mit einem verächtlichen Lächeln sah er sich in der Kammer um.

»Ihr müsst diesen Sündenpfuhl jetzt verlassen, Pantaleon. Loretta und der Erzbischof sind mit ihren Truppen im Anmarsch.«

Das rötliche, vom übermäßigen Wein- und Speisengenuss aufgedunsene Gesicht des Angesprochenen verfärbte sich aschfahl.

»Aber … aber Ihr hattet mir doch versprochen, dass ich im Falle einer Belagerung gar nicht in Erscheinung treten muss«, stotterte Pantaleon.

Mit einem raschen Schritt trat Walram an das zerwühlte Bett und zog die speckige Decke herunter. Die beiden Mägde, die sich nackt an den Priester kuschelten, quiekten.

»Los, raus mit euch!«, befahl Walram und schlug der ihm am nächsten liegenden Frau mit Wucht auf das massige Hinterteil.

Die Mägde ließen sich das nicht zweimal sagen, sprangen auf und ergriffen mit fliegenden Händen ihre armseligen Kleidungsstücke. Als sie Anstalten machten, sie anzuziehen, zerrte Walram einer der Frauen den Rock so heftig aus der Hand, dass der Stoff zerriss.

»Raus mit euch, habe ich gesagt«, brüllte er. Die Mägde bedeckten ihre Blöße notdürftig mit den Gewändern und huschten zur Tür hinaus.

Mittlerweile hatte sich Pantaleon etwas gefasst. Trotzig zog er die Decke wieder über sich und blieb halb aufgerichtet in den Kissen liegen.

»So könnt Ihr nicht mit mir umgehen, Walram«, knurrte er. »Ich habe Euch gegen Recht und Gesetz meinen Anteil an Burg Dill verkauft, doch ich bin nicht Euer Leibeigener. Zumal Ihr mir die Gegenleistung, nämlich die Bezwingung der Gräfin Loretta, bislang schuldig geblieben seid.«

»Die Gegenleistung, die Gegenleistung«, höhnte Walram. »Da draußen reitet sie heran, Eure Gegenleistung. Glaubt mir, Eure saubere Schwägerin wird große Augen machen, wenn sie erkennt, dass ihr und ihrem schurkischen Erzbischof dieser Stützpunkt nicht mehr offensteht. Das schwächt ihre Position ungemein, nachdem der Kyrburger schon gleich nach dem Christtag die Schmidtburg im Handstreich genommen hat. Auch damit hatten sie nicht gerechnet.«

In der Tat hatte der Wildgraf den Gottesfrieden gebrochen, als er inmitten der hohen Feiertage die ahnungslose Burgbesatzung überraschte. Obwohl ihn Erzbischof Balduin sofort exkommunizierte, als ihn die Nachricht erreichte, konnte dies erst einmal nichts daran ändern, dass Friedrich sich auf der Schmidtburg mit einer stattlichen Anzahl seiner Männer eingenistet hatte. Der harte Winter, der gleich nach Neujahr einsetzte, machte es Balduin und Loretta zudem unmöglich, die Fehdehandlungen vor dem Frühjahr zu beginnen. Das gab dem Kyrburger ausreichend Zeit, die Befestigungen zu verstärken und sich auf eine lange Belagerung vorzubereiten.

Natürlich schrieb Loretta sofort an ihren Schwager Pantaleon, als sie von der Besetzung der Schmidtburg erfuhr, und pochte auf das ihr zustehende Öffnungsrecht im Starkenburger Teil der Burg Dill. Gemäß Walrams Anweisung antwortete Pantaleon scheinbar folgsam:

»Selbstverständlich sind Eure Männer und die Eures Verbündeten, des Erzbischofs Balduin, zu jeder Zeit, die Euch beliebt, auf Burg Dill willkommen. Sagt mir nur an, wann wir Euch erwarten dürfen.«

Vor einer Woche war das Schreiben eingetroffen, das Lorettas baldige Ankunft ankündigte. Seither lebte Pantaleon in ständiger Furcht vor dieser Begegnung.

»Walram, Ihr habt mir zugesagt, den Feinden zu verschweigen, dass ich mich hier aufhalte. Stattdessen wolltet Ihr behaupten, ich sei auf meinem Hofgut in Langenlonsheim, wenn Ihr ihnen den Zugang zur Burg verweigert. Ich unterstütze Euch, aber ich will das nicht offenlegen, bevor Ihr gesiegt habt«, unternahm er nun einen weiteren Versuch, sich Walram zu widersetzen.

Der grinste wölfisch. »Ihr seid eine Memme! Natürlich habe ich Euch das versprochen, mein Freund. Wie sonst hätte ich sichergehen können, dass Ihr Euch nicht bei Nacht und Nebel davonschleicht, feist und feige, wie Ihr geworden seid.«

Doch so schnell gab Pantaleon nicht auf. »Was versprecht Ihr Euch davon, dass jedermann weiß, dass ich hier bin? Ihr wisst, dass ich das Waffenhandwerk niemals gelernt habe und es mir als Priester darüber hinaus verboten ist, Blut zu vergießen.«

»Papperlapapp! Ihr schert Euch doch sonst nicht um die Gebote des Herrn, wenn Ihr die Todsünden der Völlerei und der Wollust begeht.«

Pantaleon zuckte zusammen. »Aber ich kann nicht kämpfen.« Nun klang seine Stimme weinerlich.

Walram musterte ihn verächtlich und kniff ihn durch die Decke hindurch in den wabbeligen Leib. »Das verlangt auch niemand von Euch, zumal es auf der ganzen Burg keine Rüstung geben würde, in die Eure Leibesfülle passt.« In der Tat hatte der Geistliche in den vergangenen beiden Jahren weiter gewaltig an Gewicht zugelegt.

»Nein, Ihr sollt der Metze persönlich ins Gesicht sagen, dass Ihr mir den Starkenburger Anteil an Burg Dill verkauft habt. Ich will das Gesicht dieses Weibsstücks sehen, wenn sie von Eurem Treuebruch erfährt.«

Pantaleon ächzte. Walram fuhr ungerührt fort:

»Und auch die Visage des Erzbischofs, der sich noch nie darum geschert hat, dass ihm Blutvergießen verboten ist. Bislang konnten wir ihm vorgaukeln, dass ich mich aus der Fehde heraushalte und Friedrich von Kyrburg allein gegen ihn steht. Ich will seine Fratze sehen, wenn er hört, dass ich keineswegs neutral geblieben bin, wie Ihr es Loretta in Eurem Schreiben weisgemacht habt. Und dass *Ihr* das von Anfang an wusstet!«

Pantaleon stöhnte noch lauter.

Walram rieb sich vergnügt die Hände. Dann schnalzte er mit der Zunge, als wolle er einen Gaul antreiben. »Und nun steht auf, Fettsack«, sagte er grob. »Sonst lasse ich Euch durch meine Männer aus dieser Lasterhöhle zerren, und Ihr tretet so nackt vor Loretta wie Eure Huren.«

»Dort erkenne ich endlich die Zinnen der Burg!« Loretta atmete erleichtert auf und wies mit dem ausgestreckten Arm nach vorn. »Nun kommen wir bald ins Trockene!«

Balduin, der neben ihr ritt, musterte sie halb besorgt, halb missbilligend. »Natürlich sind wir gleich da. Ich wundere mich, dass Ihr noch nie an diesem Ort wart. Dill gehört zu den Stammburgen der Sponheimer und ist überdies an Euren nicht immer getreuen Schwager Pantaleon verlehnt.«

Loretta senkte den Blick in einer Mischung aus Ärger über Balduins Tadel und Scham, weil er recht hatte. *Gerade Burg Dill hätte ich öfters aufsuchen müssen, um mich von Pantaleons Loyalität zu überzeugen. Stattdessen habe ich trotz seiner Intrige um Bertram von Enkirch den Kopf in den Sand gesteckt, da er nun Ruhe zu geben schien.*

Der Gedanke verstärkte ihr Unwohlsein noch. Seitdem sie heute Morgen nach einer feuchtkalten Nacht aufgebrochen waren, fühlte Loretta sich zunehmend elend. Ihr wurde abwechselnd heiß und kalt, seit kurzem hatte sie Schüttelfrost. Ihre Glieder schmerzten, ihr Hals wurde rauh. Sie hatte sich erkältet und begann wahrscheinlich bereits zu fiebern.

Was gäbe ich darum, mit einer warmen Bettpfanne an den Füßen in einem weichen Federbett zu liegen und einen lindernden Kräutersud zu schlürfen. Zum Glück habe ich Kathi bei mir, die von Hilda die Heilkunde erlernt hat.

Doch ihr Stolz gebot ihr, sich vor Balduin nichts anmerken zu lassen. Also antwortete sie trotzig und blieb dabei anfangs weitgehend bei der Wahrheit. »Ihr wisst, dass meine Zeit seit dem Beginn der Regentschaft kaum ausreichte, um allen Angelegenheiten der Grafschaft gerecht zu werden. Zumal ich noch Mutter dreier unmündiger Kinder bin.« *Und außerdem die Geliebte eines ansprüchlichen Mannes, was mich mehr Energie kostet als jedes Regierungsgeschäft.*

Doch diesen Gedanken auszusprechen, verkniff sie sich und sagte stattdessen wider ihr besseres Wissen: »Was hätte ich auch auf Burg Dill zu schaffen gehabt? Schon mein Schwiegervater wünschte, dass sein Sohn Pantaleon sie bis zu seinem Tod bewohnen sollte.«

Ein plötzlicher Hustenanfall schüttelte sie.

»Werdet Ihr am Ende jetzt auch noch krank?« In Balduins Stimme schwang eher Ungeduld als Mitgefühl mit.

Loretta winkte ab. »Nein, nein. Das hat nichts zu bedeuten.«

Während sie die Hochfläche erklommen, auf der die ersten Katen des Weilers Dill lagen, verstärkte sich ihre Beklommenheit. *Meldet sich gar mein* Gefühl? Die aufkommende Panik ließ ihr Herz schneller schlagen. *Heilige Jungfrau, ich flehe dich an, lass alles gut ausgehen!*
Auf der Höhe empfing sie ein scharfer Wind und trieb ihnen den eiskalten Nieselregen in die Augen. Burg Dill war auf einem Felssporn errichtet worden, der über einen Bergsattel mit der Hochfläche verbunden war. Ein Halsgraben von zwanzig Fuß Breite und fünfzehn Fuß Tiefe umschloss die Feste von allen Seiten. Aufgrund der schlechten Sicht sahen sie erst, als sie auf einhundert Schritt herangekommen waren, dass die Zugbrücke hochgezogen war.
»Zum Teufel«, fluchte Balduin, reichlich unchristlich für einen Erzbischof. »Was hat denn das zu bedeuten?«
Auch Loretta starrte entsetzt auf den verschlossenen Eingang. »Es sieht so aus, als erwarteten sie einen Angriff!« Sie versuchte, ihr stärker werdendes *Gefühl* zu verdrängen, indem sie erklärte: »Ich habe Pantaleon geschrieben, dass wir dieser Tage mit unseren Truppen eintreffen werden. Vielleicht hat er den Brief gar nicht erhalten.«
Balduins Miene verfinsterte sich noch mehr. Loretta nahm Zuflucht zu einer anderen Erklärung. »Glaubst du«, in ihrer Aufregung merkte sie gar nicht, dass sie in die trauliche Anrede fiel, »glaubst du, Friedrich von Kyrburg ist hier in der Nähe?«
Balduin schnaubte. »Wohl kaum. Er wäre dumm, wenn er die sichere Schmidtburg verließe, um die es ja in diesem Streit geht. Eher glaube ich, dass sich Euer Schwager vor dem schurkischen Kastellauner verbarrikadiert hat.«
Auch diese Erklärung wäre mir lieber als Pantaleons Verrat. »Ihr meint, Walram hat meinen Schwager getäuscht und sich heimlich doch mit dem Kyrburger verbündet?«

Balduin nickte grimmig. »Pantaleon hat Euch doch mitgeteilt, Walram sei nicht auf Burg Dill?«

»So ist es«, bestätigte Loretta. »Es hieß, er sei in Kastellaun.«

Wenn Pantaleon mir die Wahrheit gesagt hat.

Mittlerweile waren sie am Rand des Burggrabens angelangt. Das trübe, verschlammte Wasser kräuselte sich im immer stärker werdenden Wind. Ein durchdringender Gestank wehte ihnen um die Nase. Offensichtlich benutzten die Bewohner den Graben als Müllhalde und Abort.

Balduin winkte den Hauptmann seiner Soldaten, der hinter ihm ritt, zu sich heran. Mit Volker von Falkenstein, der Lorettas Männer befehligte, an seiner Seite schloss er zu ihnen auf. Kurz trafen sich Volkers Blicke mit denen Lorettas, ehe sie rasch zur Seite sah. Seit seiner für Blanche so furchtbaren Ablehnung, um sie zu freien, mied Loretta seine Gegenwart, wo immer sie konnte. Und drohte sie doch einmal das Mitgefühl mit seinem offensichtlichen Gram darüber zu überwältigen, rief sie sich Blanches verzweifeltes Schluchzen ins Gedächtnis, das sie hilflos durch die verschlossene Tür ihrer Kammer mit angehört hatte, und verhärtete ihr Herz.

»Ruft die Torwachen an«, befahl Balduin seinem Untergebenen. »Gebt ihnen Kunde von unserer Ankunft und befehlt ihnen, die Zugbrücke zu senken und uns einzulassen. Wenn sich ein Feind hier herumtreibt, ist er zumindest jetzt nicht in der Nähe.«

Der Mann schloss beide Hände trichterförmig um seinen Mund. »Heda, ihr Leute!«, rief er, so laut er konnte. »Hier steht der ehrwürdige Erzbischof Balduin von Trier mit seiner Verbündeten, der wohledlen Dame Loretta von Starkenburg-Sponheim. Unsere Ankunft ist Eurem Dienstherrn, dem hochwohlgeborenen Herrn Pantaleon, angekündigt. Senkt die Zugbrücke, und gewährt uns Einlass!«

Das Echo der Worte war noch nicht verklungen, da zerriss schneidendes Hohngelächter die Stille. Hinter den Zinnen über dem Tor erschien ein Ritter in Kettenhemd und Haube. Darüber trug er den Waffenrock der Kreuznacher Sponheimer mit dem blau-goldenen Schachbrettmuster.

Loretta zuckte zusammen. »Das ist Walram. Er muss Burg Dill in seine Gewalt gebracht haben.«

Da ertönte schon Walrams vor Spott triefende Stimme. »Willkommen, ihr hohen Herrschaften! Seid willkommen auf Burg Dill! Mich dünkt, diese Überraschung ist mir gelungen.«

»Ehrloser Schuft!« Noch nie hatte Loretta den sonst in der Öffentlichkeit so beherrschten Balduin derart wütend erlebt. »Ihr habt kein Recht, uns den Zugang zur Burg zu verweigern. Es ist eine der gemeinsamen Stammburgen der Sponheimer. Hier«, er deutete auf Loretta, »steht die Gräfin von Starkenburg-Sponheim. Sie ist die Herrin über die Hälfte dieser Feste. Lasst die Zugbrücke hinab, sonst exkommuniziere ich Euch wegen dieses Rechtsbruchs, woraufhin König Ludwig der Bayer auch noch die Reichsacht über Euch verhängen wird.«

Walram lachte womöglich noch lauter. »Euer Dünkel wird in der Tat von Jahr zu Jahr größer, edler Kurfürst und Erzbischof von Trier. Die Hoffart blendet Euch die Sinne. Ihr seid derjenige, der in jeder Fehde Rechtsbruch um Rechtsbruch begangen hat und darob Exkommunikation und Reichsacht verdienen würde. Ich aber«, er schlug sich großspurig an die Brust, »ich aber bin vollkommen im Recht. Dieses törichte Weib an Eurer Seite hat meinem Busenfreund Pantaleon ihren Teil der Burg Dill überlassen. Und Euer treuergebener Schwager hat die Feste bereits vor Jahr und Tag an mich verkauft.«

Balduin schoss wie von der Natter gebissen zu Loretta herum. Sie bemerkte es gar nicht. Die Wut, wieder von Pantaleon getäuscht worden zu sein, überwältigte sie. »Feiger Lügner«, schrie sie, obwohl ihre Kehle dabei wie Feuer brannte. »Erbärmlicher Schuft! Pantaleon hat die Burg als Lehen erhalten. Ein Lehen kann nicht verkauft werden.«

»Ihr seid wahrlich noch dümmer, als ich bislang geglaubt habe. So weit kann es kommen, wenn ein Weib sich Gottes gewollter Ordnung ungestraft widersetzt und meint, herrschen zu dürfen.« Er drehte sich um und winkte heftig. »Pantaleon, edler Freund, zeigt Euch und erklärt Eurer einfältigen Verwandten die Sachlage.«

Zu Lorettas grenzenloser Scham trat jetzt ein unförmiger Mann in einem groben Wollumhang neben Walram. Trotz des trüben Lichts und seiner aufgeschwemmten Züge erkannte ihn Loretta sofort. Kein Zweifel, das war ihres verstorbenen Gatten Bruder. Als sich Pantaleon nicht gleich äußerte, stieß Walram ihn so heftig in die Seite, dass er taumelte. »Erklärt Euch, Memme! Bestätigt Ihr, dass Ihr mir Euren Anteil an Burg Dill verkauft habt?«

Als Pantaleon immer noch stumm blieb, verlegte sich Walram auf Drohungen. »Wollt Ihr, dass ich eine Abschrift der von Euch unterzeichneten und gesiegelten Verkaufsurkunde an einem Pfeil befestigt über die Mauer schießen lasse? Zwingt Ihr mich dazu, nehmt Ihr hernach ein Bad in diesem Wallgraben.« Er deutete auf die Kloake zu Füßen der Burg.

Seine Worte verfehlten ihre Wirkung nicht. »Es ist so, wie Graf Walram sagt. Ich habe ihm den Starkenburger Teil an Burg Dill verkauft!«, rief Pantaleon mit zittriger Stimme.

Jetzt geriet Loretta außer sich. »Das durftet Ihr gar nicht, elender Schurke! Wir haben einen rechtsgültigen Vertrag. Euer Vater würde sich ob dieses Unrechts im Grabe umdrehen und Euch verfluchen.«

Das war selbst Pantaleon zu viel. Um weiteren öffentlichen Demütigungen zu entgehen, setzte er sich nunmehr zur Wehr. Er straffte seinen fetten Leib und zeterte: »Schweigt still, wie es einem schwachen Weibe gebührt! Es war mein Vater, der unrecht getan hat, indem er Euch und nicht mich, seinen leiblichen Sohn, mit der Herrschaft über die Grafschaft betraut hat. Ihr habt ihm, wie einst die sündige Eva im Paradies, die Sinne verwirrt, so dass er nicht mehr bei Verstand war, als er dieses Testament aufsetzte. Burg Dill ist der Preis dafür, dass mein Vetter Walram mir zu meinem Geburtsrecht verhelfen wird. Die Tage Eurer Regentschaft sind nunmehr gezählt, hochmütiges Weib. Ihr werdet …«

Er kam nicht mehr dazu, den Satz zu vollenden. Ein Pfeil sirrte heran und verfehlte ihn nur um Haaresbreite. Hinter seinem Rücken ertönte ein Schmerzensschrei. Eine der Burgwachen musste getroffen worden sein. Schon schwirrte der nächste Pfeil und streifte Walrams Arm. Mit einem Satz brachten er und Pantaleon sich hinter den Zinnen in Sicherheit.

Als Loretta sich umdrehte, hielt Volker den Bogen noch hoch erhoben. Seine Augen glühten wie ein glimmendes Holzscheit.

Miriams Haus in Kirchberg, März 1326, am nächsten Tag

»Geht es Euch wenigstens schon ein bisschen besser?« Miriam musterte Loretta besorgt.

Obwohl sich Loretta noch immer elend fühlte, nickte sie matt. »Mein Hals brennt wie Feuer«, krächzte sie heiser. »Doch zumindest das Fieber scheint zurückgegangen zu sein.«

»Eure Magd ist wahrhaftig in der Heilkunde bewandert. Bei Eurer Ankunft gestern habt Ihr geglüht wie ein Herdstein.«

Loretta trank noch einen Schluck von dem Pfefferminzaufguss. »Kathi hat die Kräuterkunde von ihrer Mutter Hilda gelernt. Ich kenne keine Frau, die mehr vom Heilen versteht. Sie hat mir schon einige Male das Leben gerettet und nun ihr Wissen an ihre Tochter weitergegeben. Der Meisterwurzwein hat mir schon früher geholfen. Das Mittel ist teuer, doch es gibt kein wirkungsvolleres gegen Fieber.«

»Meint Ihr, Eure Magd wird mir das Rezept verraten?«

»Natürlich wird sie das tun, meine Liebe. Schon als Dank für die Gastfreundschaft, die Ihr mir aufs Neue gewährt habt, als ich in Not war. Hättet Ihr mich nicht aufgenommen, ich wäre vor Elend und Verzweiflung schier vergangen.«

»Wozu sollten Freundinnen taugen, wenn sie sich nicht einmal gegenseitig Beistand leisten würden?« Miriam legte ihre Hand auf die Lorettas. »Sie fühlt sich immer noch heiß an. Ihr solltet noch etwas ruhen.«

Loretta schüttelte heftig den Kopf. »Ich könnte kein Auge zutun nach dem, was sich gestern ereignet hat.«

Miriam verstand, was Loretta brauchte. »So schüttet mir Euer Herz aus, wenn es Euch erleichtert, liebe Freundin. Bislang weiß ich nur, dass Euer Schwager Pantaleon Euch aufs Neue schändlich betrogen hat.«

Loretta nickte. »Ich hätte wissen müssen, dass ihm nicht zu trauen ist. Einst hoffte ich, wenn ich ihn großzügig für den Verzicht auf die Regentschaft entschädige, gibt er zumindest Ruhe und versucht nicht, mir zu schaden. Das war ein Irrtum. Denn nicht nur mein eigenes Gefühl hat mich davor gewarnt, selbst mein Oheim Matthias war davon überzeugt, dass Pantaleon meine Gutmütigkeit schamlos ausnutzen würde. Trotzdem wollte ich nicht wahrhaben, dass er derart mit einem alten Stammsitz seiner eigenen Familie verfahren könnte. Sonst hätte ich Balduin sicher nicht ...« Sie stockte und biss sich auf die Lippen.

Miriam nickte. Dass Loretta den Erzbischof ohne Titel nur beim Vornamen nannte, deutete sie richtig. Ihr Antlitz zeigte eine Mischung aus Mitgefühl und Resignation.

»Also liebt Ihr ihn immer noch«, tastete sie sich vorsichtig vor. Als Loretta ihrem Blick auswich, fuhr sie fort: »Doch was hat der Erzbischof mit Pantaleons Verrat zu schaffen?«

Loretta spürte, wie ein Schluchzen in ihrer Kehle aufstieg. Sie räusperte sich, um es zu unterdrücken, und stöhnte vor Schmerz leise auf, als ihr geschundener Hals erneut brannte.

»Ihr müsst mir nichts darüber erzählen, liebe Loretta, wenn Ihr es nicht wollt. Verzeiht, wenn ich Euch zu sehr bedränge ...«

»Nein, nein«, wehrte Loretta ab. »Gestern war nur so ein bitterer Tag.«

Jetzt wartete Miriam schweigend.

»Ich wusste nicht, was ich tun sollte«, begann Loretta zögernd. »Balduin hatte hinter meinem Rücken die Kröver Vogtei gekauft.« Sie stockte.

Miriam nickte. »Die Kunde davon erreichte uns auch in Kirchberg. Ägidius von Daun schuldet meinem Nachbarn Jesse eine beträchtliche Summe Geldes. Jesse hoffte vergeblich auf deren Tilgung. Denn man sagt, der Kauf wurde rückgängig gemacht.«

Loretta wurde das Herz noch schwerer. »Balduin hatte kein Recht, die Vogtei zu erwerben. Die Besitzverhältnisse dürfen zu Lebzeiten Ludwigs des Bayern nicht verändert werden. Das hat der König meinem Schwiegervater Johann in einem Schreiben versprochen.«

»Also habt Ihr befürchtet, Balduin würde den Kauf zu Eurem Nachteil ausnutzen«, konstatierte Miriam trocken. »Und doch seid Ihr diesem Manne noch immer in Liebe ergeben.« Nun schwang ein leiser Vorwurf in ihrer Stimme mit.

Loretta bemerkte es wohl und errötete. »Ich habe von ihm verlangt, den Kauf rückgängig zu machen, und mich ihm damit als Regentin erfolgreich widersetzt. Schließlich hat er nachgegeben.«

»Aus Liebe zu Euch oder aus politischem Kalkül?«

Lorettas Gesicht begann zu brennen, ob vor Fieber oder Scham, wusste sie nicht zu sagen. »Dafür habe ich ihm im Gegenzug meine Unterstützung in der Fehde gegen Friedrich von Kyrburg zugesagt. Immerhin ist der Wildgraf ein Lehnsmann der Starkenburger. Ich wäre eigentlich ihm zur Loyalität verpflichtet.«

»Aber Ihr seid mit Balduin ins Feld gezogen, um die Schmidtburg zu erobern, und wolltet von Eurem Öffnungsrecht auf Burg Dill

Gebrauch machen, um die Feste als Stützpunkt für Eure Kämpfer zu nutzen. Und der Erzbischof nahm es Euch übel, dass Ihr den Verrat Eures Schwagers erst gestern entdeckt habt.«

Angesichts der Scharfsinnigkeit ihrer jüdischen Freundin und der Erinnerung an Balduins Verhalten wurden Lorettas Augen feucht. »Er hat mir eine furchtbare Szene gemacht«, flüsterte sie. »Wie Walram hat er mir vorgeworfen, töricht und einfältig zu sein.« Nun schluchzte sie und büßte es wieder mit brennenden Schmerzen im Hals. »Ein Vertrag mit Pantaleon wäre das Pergament nicht wert, auf das er geschrieben sei, hielt er mir vor. Ich hätte wissen müssen, dass meinem Schwager nicht zu trauen sei. Das Schlimmste ist, dass er damit recht hat. Ich habe gespürt, dass sich Pantaleon für seine Zurücksetzung bei der Erbfolge rächen wollte. Auch was sein loyales Verhalten bezüglich Burg Dill betrifft, war ich mir keineswegs sicher. Doch was hätte ich Balduin anderes anbieten können, um die Kröver Vogtei vor seinem Zugriff zu bewahren?« Sie griff nach einem Tüchlein und schneuzte sich die Nase.

Miriam erriet, wie es weitergegangen war. »Und gerade, weil Ihr im Unrecht wart, habt Ihr Euch umso heftiger verteidigt.«

Loretta gab es sofort zu. »So war es, liebste Freundin. Wir gerieten in heftigen Streit. Ein Wort gab das andere. Schließlich ging Balduin zu weit. Er warf mir sogar vor, ihn bewusst und absichtlich hintergangen zu haben, um die Rückgabe der Kröver Vogtei zu erzwingen.«

»Und dieser Vorwurf hat Euch mehr gekränkt als die Hinterlist Eures Schwagers«, schlussfolgerte Miriam.

Nun flossen Loretta die Tränen übers Gesicht. »Gleich nachdem wir das Bündnis geschlossen hatten, war unsere Beziehung eine Weile so unbeschwert und leidenschaftlich wie am Anfang. Doch je näher der Feldzug rückte, desto mehr trübte sich Balduins Stimmung. Er war oft unduldsam und barsch. Anfangs maß ich dem keine große Bedeutung bei, denn ich glaubte, Balduins

Unrast rühre von der Sorge her, die Schmidtburg nicht einnehmen zu können. Der Wildgraf hält sie ja schon seit Neujahr besetzt. Doch nun …«
»Nun zweifelt Ihr wieder an seiner Liebe zu Euch«, vollendete Miriam nach einer Weile Lorettas begonnenen Satz.
Die nickte unter Tränen. »Ich weiß nicht, was er in mir sieht. Manchmal glaube ich, dass er mich aufrichtig liebt. Dann wieder denke ich, er nutzt mich nur aus, um seine Macht auch auf meine Kosten ungestraft ausweiten zu können.«
»Ihr meint, zum Nachteil der Grafschaft Starkenburg-Sponheim?«
Loretta nickte. »Er hat schon so viele ehemalige Verbündete in Fehden verwickelt und sich hernach auf ihre Kosten bereichert. Der nichtswürdige Walram hat recht, wenn er behauptet, dass sich auch Balduin nicht um Verträge und Vereinbarungen schert, wenn er daraus einen Vorteil ziehen kann. Mein Schwiegervater Johann hat viele Kriege an seiner Seite bestritten und ihm trotzdem im Laufe der Zeit immer weniger vertraut. Kurz vor seinem Tod hat er mich sogar vor Balduin gewarnt.« Sie hielt inne und weinte wieder.
Eine Weile schwiegen die beiden Frauen. Miriam streichelte unablässig Lorettas Hand. Kurz überlegte sie, ob sie der Freundin die Frage, die ihr auf der Zunge lag, wirklich stellen sollte.
Als sich Loretta wieder etwas beruhigt hatte, wagte sie sich vor. »Wenn Ihr dies alles so klar durchschaut, Loretta, warum verlasst Ihr ihn nicht und werdet dadurch wieder frei?«
Loretta hob den Kopf und sah ihr mit geröteten Augen ins Gesicht.
»Ich habe mir diese Frage schon tausendmal gestellt, Miriam. Und mir nach dem Verkauf der Kröver Vogtei an Balduin vorgenommen, genau das zu tun. Ich habe es damals sogar dem Geist meines verstorbenen Schwiegervaters gelobt.«
Wieder schwiegen sie eine Weile.

»Und was hindert Euch dann daran?«
Jetzt senkte Loretta den Kopf. Ihre heisere Stimme war so leise, dass Miriam ihre Worte kaum verstehen konnte.
»Ich glaube, ich bin ihm verfallen.«

Erzbischöfliches Zeltlager vor Burg Dill,
März 1326, am gleichen Tag

»Also glaubt Ihr nicht, Remigius, dass mich Gräfin Loretta schamlos hintergangen hat.«
Der Priester verneinte. »Aus welchem Grund hätte sie das tun sollen?«
»Um mich zur Rückgabe der Kröver Vogtei zu veranlassen.«
Remigius schüttelte den Kopf. »Solch ein Wagnis wäre gleichermaßen töricht und tollkühn gewesen. Die Dame musste doch damit rechnen, dass Ihr den Verrat an Ort und Stelle entdecken würdet.«
»Vielleicht ließ sie es darauf ankommen.« Balduin konnte sich immer noch nicht beruhigen.
Der Priester zuckte mit den Achseln. »Ich halte Gräfin Loretta nicht für derart durchtrieben. Im Gegenteil erscheint sie mir weitaus unbedarfter, als ich sie bislang eingeschätzt habe. Wie konnte sie ihrem Schwager Pantaleon vertrauen, obwohl sie wusste, dass er ihr die Regentschaft neidet? Sie hätte sich längst und sogar immer wieder ein Bild über die Lage vor Ort machen müssen. Zumal der Kastellauner, der die andere Hälfte von Burg Dill besitzt, ihr ebenfalls nicht gewogen ist.«
Balduin seufzte und ließ sich in den Lehnsessel sinken, das bequemste Möbelstück in seinem ansonsten nüchtern eingerichteten Zelt. Er hielt Remigius einen Silberpokal hin. »Gebt mir doch noch etwas von dem Moselwein! Er stammt aus den Lagen im Kröver Reich und ist ein Geschenk der Gräfin.«

Remigius ergriff den Weinkrug und füllte das Gefäß. Balduin nahm einen tiefen Schluck. »Sie ist eben kein Mann und denkt daher auch nicht so wie wir«, sinnierte er laut.
Remigius schürzte spöttisch die Lippen. »Ich dachte, das sei Euch nur recht«, bemerkte er vorlaut. »Immerhin teilt Ihr das …«, er stockte und biss sich in gespielter Verlegenheit auf die Lippen.
Balduin schnaubte. »Sprecht Euren Satz nur zu Ende, Tugendbold!« Er äffte Remigius' Tonfall nach. »Immerhin teilt Ihr das Lager mit ihr.«
Remigius breitete ergeben die Arme aus. »Daher zieht Ihr gleich doppelt Gewinn aus Eurer Verbündeten. Wenn sie nicht einmal Pantaleon misstraut hat, müsst Ihr erst recht nicht befürchten, dass sie *unser* Vorhaben vor der Zeit entdeckt.«
Balduin ließ sich das durch den Kopf gehen. Dann stimmte er zu. »Ihr habt wie immer recht, mein Getreuer. Doch wie steht es mittlerweile um *unser* Vorhaben?«
Remigius grinste. »Es wächst und gedeiht. Im wahrsten Sinne des Wortes.«
»Und die benachbarten Bürger und Bauern schöpfen keinen Verdacht?«
»Warum sollten sie? Ihr seid Gräfin Lorettas Verbündeter. Zudem hat sie das Schreiben ja selbst unterzeichnet, das Euch dazu ermächtigt.«
»*Was* hat sie unterzeichnet?« Balduin starrte Remigius entgeistert an. »Wovon faselt Ihr da, Kerl?«
Remigius verbeugte sich spöttisch. »Nun, um jedwedem Argwohn, es könne nicht mit rechten Dingen zugehen, vorzubeugen, schien es mir der einfachste Weg zu sein, den örtlichen Priester einen Brief der Gräfin Loretta vor dem Schultheiß verlesen zu lassen.«
»Ihr habt einen Brief im Namen der Gräfin gefälscht?«
Wieder einmal war Balduin gleichermaßen fasziniert und ver-

stört über Remigius' Skrupellosigkeit. Der Gedanke war ihm unangenehm, dass ein Mensch mit einem solchen Charakter sein engster Vertrauter war. Deshalb lenkte er rasch vom Thema ab.

»Habt Ihr nach dem Blidenmeister geschickt?«

Remigius nickte. »Der Bote ist schon im Morgengrauen aufgebrochen. Meister Gerhard wird in wenigen Tagen hier eintreffen. Derweil fällen unsere Dienstmannen schon einmal die benötigten Stämme. So kann er gleich mit der Konstruktion der Blide beginnen.«

Burg Dill, April 1326

Schon als sie die steile Anhöhe erklommen hatte und auf den Bergsattel einbog, der zur Burg Dill führte, sah Loretta, dass der Kampf um die Festung in vollem Gange war.

Balduin hatte die sechs Wochen seit ihrer Erkrankung gut genutzt. Obwohl es das erste Mal war, dass Loretta einer Belagerung beiwohnte, erkannte sie die Kampfmaschinen, von denen sie bislang nur gehört hatte, sofort.

Die Blide, ein riesiges Katapult, stand knapp einhundert Schritt von der Mauer entfernt, welche schon an etlichen Stellen schwer beschädigt war und zu bröckeln begann. Stein um Stein schleuderte die tödliche Wurfmaschine gegen die Burg.

Mitten im zwischenzeitlich trockengelegten Wallgraben war ein Belagerungsturm errichtet worden. Er hatte mehrere Stockwerke, die mit Soldaten besetzt waren. Von der obersten Plattform, die auf gleicher Höhe mit den Zinnen der Mauern lag, schossen Bogen- und Armbrustschützen unablässig ins Innere der Feste.

Loretta staunte. »Wie ist es Balduins Truppen so rasch gelungen, den Graben trockenzulegen?«, fragte sie Nikolaus von Schonenberg, der sie am Morgen aus Kirchberg abgeholt hatte.

»Meister Gerhard ist wahrlich ein Meister seines Fachs. Er hat nicht nur die Blide konstruiert, sondern auch einen Weg gefunden, das Wasser des Grabens an beiden Seiten zu stauen, so dass wir diesen hundert Fuß breiten Abschnitt ausschöpfen und mit allerlei Geröll auffüllen konnten. Seht dort hinüber!« Nikolaus zeigte auf eine Art hölzernes Häuschen auf Rädern. »Unter dem Schutz der ›Katze‹ bringen die Männer Tag und Nacht noch mehr Material heran. Bald wird der Boden des Grabens rund um den Turm auf gleicher Höhe mit dem Fuß der Mauer sein. Dann setzen wir ihnen nicht nur mit Turm und Blide, sondern auch mit Sturmleitern und Rammböcken zu.«
Loretta überlegte. »Aber dann können wir den Turm ja nicht mehr auf die Mauer zubewegen. Ist sein Sockel erst einmal von Steinen umgeben, steckt er doch fest.«
Nikolaus lächelte anerkennend. »Ihr habt recht, hohe Dame. Doch wir müssen den Turm nicht weiter nach vorne bewegen. Denn er birgt an der Seite, die zur Mauer hinzeigt, eine Fallbrücke, die wir mit Winden auf die gegnerische Mauer hinablassen können, sobald ein solcher Angriff erfolgversprechend erscheint.«
»Und wann ist das der Fall?«
»Sobald wir mit der Blide oder den Rammböcken eine Bresche in die Mauer geschlagen haben. Dann stürmen unsere Truppen von unten und oben zugleich in die Burg.«
Er legte die Hand vor die Augen. »Es kann nun nicht mehr lange dauern, Herrin. Ich befürchtete schon, ich käme zu spät zur Eroberung zurück.«
Erst als die Bemerkung heraus war, erkannte der Ritter, wie taktlos sie gegenüber Loretta war.
»So bin ich Euch noch mehr zu Dank verpflichtet, Herr Nikolaus, dass Ihr den Weg nach Kirchberg auf Euch genommen habt, um mich nutzloses Weib zur Feste zurückzugeleiten«, erwiderte sie spitz.

Nikolaus errötete. »Ich bitte Euch um Verzeihung, Herrin, wenn ich Euch gekränkt habe. Es war mir eine Ehre, Euch abzuholen, als Hauptmann Volker mich darum bat. Er wäre am liebsten selbst gekommen, doch seine Verletzung ließ es nicht zu.«

Lorettas Zorn verrauchte und wich der Besorgnis, die sie schon in Kirchberg ergriffen hatte, als ihr Nikolaus von Volkers Verwundung erzählte.

»Wie geht es dem Hauptmann?«, fragte sie ängstlich.

Nikolaus' Gesicht verfinsterte sich. »Mich dünkt, dass der Feldscher, der uns begleitet, nicht allzu viel taugt. Zuletzt hatte Herr Volker hohes Fieber, und die Beinwunde schien brandig zu werden.«

Loretta wurde bleich. Sie drehte sich zu Kathi um, deren Maultier von einem der beiden Waffenknechte, die Nikolaus als Eskorte begleitet hatten, am Zügel gehalten wurde.

»Spute dich, Mädchen. Hier gibt es auch etwas für uns Frauen zu tun.«

Kathi nickte und schwang sich bereits aus dem Sattel. Auch Loretta machte Anstalten, von ihrer Stute zu steigen. Kathi stutzte. »Herrin, Ihr seid gerade erst von Eurer schweren Krankheit genesen und müsst Euch noch schonen.«

Loretta machte eine abwehrende Geste. »Glaubst du, ich kann untätig bleiben, wenn die Verwundeten unsere Hilfe benötigen? Ich komme mit dir.«

Schon von weitem hörten die Frauen die Verwundeten stöhnen und schreien. Je näher sie dem Zelt kamen, in dem die Verletzten behandelt wurden, desto schlimmer wurde auch der Gestank – eine grässliche Mischung aus menschlichen Ausscheidungen aller Art und faulendem Fleisch.

Schon vor dem Eingang überfiel Loretta das Grauen. Ein kleiner Stapel amputierter Gliedmaßen türmte sich rechts davon auf. Gerade trat ein Knecht des Feldschers heraus. Achtlos warf er einen blutigen Arm auf den Haufen. Auch der Mann selbst war über und über mit Blut bedeckt und glich einer Kreatur aus der Hölle.

Hinter Lorettas Rücken war plötzlich lautes Knurren zu hören. Entsetzt fuhr sie herum und sah, wie sich zwei magere Köter um den Teil eines Beins stritten, das sie offensichtlich vom Stapel gestohlen hatten. Der Knecht hob einen Stein auf und warf ihn nach den Hunden. Er traf einen von ihnen hart am Kopf, der daraufhin jaulend das Weite suchte. Loretta beobachtete schaudernd, wie sich der zweite Köter ebenfalls davonmachte, seine Beute hinter sich herschleifend.

Einen Augenblick lang wurde ihr schwarz vor Augen. Suchend tastete sie umher, bis Kathi sie unter dem Arm fasste und stützte. »Herrin«, sagte das Mädchen mit beschwörender Stimme. »Herrin, ich flehe Euch an, Ihr solltet nach dem langen Ritt ruhen. Ihr seid dem Tode gerade erst selbst entronnen.«

Loretta schüttelte störrisch den Kopf. Zwar hatte Kathi recht. Noch am Tag ihrer Unterredung mit Miriam hatte sie einen Rückfall erlitten und tagelang in einem heftigen Fieberdelirium gelegen. Nur der vereinten Heilkunst ihrer treuen Magd und eines kundigen jüdischen Medikus war es zu verdanken, dass sie sich wieder erholte. Doch wie nach ihren schweren Geburten war die Genesung nur langsam vorangeschritten. Erst vor zwei Tagen erlaubte ihr der gestrenge Medikus, ins Feldlager zurückzukehren.

»Wo ist Volker von Falkenstein?«, lenkte sie nun von sich ab. »Heda!«, rief sie herrisch dem blutigen Baderknecht nach. »Führe uns zu seinem Lager!«

Trotz des Geschreis und des Gestanks waren die Frauen nicht auf den Anblick vorbereitet, der sie im Innern des Zeltes erwartete. Totenbleich vor Entsetzen folgten sie dem Mann durch den engen Mittelgang. Rechts und links lagen die Versehrten auf der nackten Erde, viele von ihnen waren bislang nicht einmal verbunden worden. Stöhnen und Schreien steigerten sich zu einem infernalischen Lärm. Hände griffen nach ihren Röcken und hielten sie auf.

»Herrin, Herrin, so habt doch Erbarmen! Gebt mir zu trinken!« Ein Mann mit blutigem Schaum auf den Lippen flehte Loretta an. Sein Bauch war aufgerissen, die Gedärme schimmerten grau zwischen blutigem Fleisch.

Hilflos rüttelte Loretta an Kathis Arm, als diese Anstalten machte, weiterzugehen. »Gib ihm doch einen Schluck von deinem Kräutertrank! Das verschafft ihm vielleicht ein wenig Linderung.«

Kalkweiß im Gesicht, doch mit entschlossen blitzenden Augen schüttelte die junge Frau den Kopf. »Er hat eine Bauchverletzung, Herrin, und darf nicht trinken. Ohnehin«, sie senkte die Stimme, damit der Mann sie nicht verstehen konnte, »ohnehin wird er bereits in der nächsten Stunde sterben.«

Dann ergriff Kathi Lorettas Hand und zog sie mit sich. »Da Ihr Euch schon nicht schonen wollt, Herrin, so folgt heute ausnahmsweise einmal *meinen* Anordnungen. Wenn Ihr mir zur Hand gehen wollt, müsst Ihr Euch nach dem richten, was ich Euch sage. Seid Ihr damit einverstanden?«

Loretta nickte stumm. *Zum Glück hat Kathi alles an Kräutern und Heilmitteln mitgenommen, was sie in der Kürze der Zeit hatte bekommen können.*

In der Tat hatte die junge Frau die ganze Nacht hindurch Tränke gebraut und Salben gerührt, nachdem Nikolaus angekommen war und ihnen von der tobenden Schlacht erzählt hatte. »Man wird meine Hilfe benötigen, Herrin«, erklärte sie Loretta, die sie daraufhin uneingeschränkt gewähren ließ. Auch der jüdische Medikus und Miriam selbst hatten ihr alle Heilmittel mitgegeben, die ihnen zur Verfügung standen.

»Wir können noch heute beginnen, für Ersatz zu sorgen«, wehrte Miriam ab, als Loretta die Gaben zunächst nicht anneh-

men wollte. »Glaubt mir, Ihr werdet die Arzneien nötiger brauchen.«
Miriam behält wie immer recht. Lorettas Blick fiel auf einen Mann mit furchtbar entstelltem Gesicht. »Was ist ihm geschehen?«, fragte sie den Knecht, der sich gleichmütig seinen Weg ans hintere Ende des Zeltes bahnte.
»Ein Brandpfeil hat ihn getroffen.«
»Ein Brandpfeil? Sie schießen mit Brandpfeilen auf unsere Männer?«
Der Knecht verzog spöttisch den Mund. »Jede Partei tut dies bei einer Belagerung, Herrin. Der Mann war auf dem Turm postiert, der mit feuchten Fellen bedeckt ist. So können die Brandpfeile dort keinen Schaden anrichten.«
Loretta verschlug es vor Entsetzen die Sprache. *Keinen Schaden anrichten? Dieser Mann wird sein Lebtag ein blinder Krüppel bleiben. Wenn er seine Verletzung überhaupt überlebt.*
Endlich waren sie am Ende des langen Ganges angekommen. Dort trennte eine Plane einen kleinen Raum ab. Würgender Brechreiz befiel Loretta, als sie sich Volkers Krankenlager näherte. Es stank faulig, als würde ihr Getreuer bei lebendigem Leibe verwesen.
Ein altes Weib hockte neben Volkers Bett aus Fellen und bohrte in der Nase, bis es die Ankömmlinge erblickte. Rasch sprang die Alte auf und knickste, als sie Loretta erkannte. Ihre Hände starrten vor Schmutz.
»Wie geht es dem Herrn Ritter?«, fragte Loretta mit zitternder Stimme. Volker hatte die Augen geschlossen. Sein Gesicht war bleich mit purpurroten Flecken auf beiden Wangen, als sei er mit Henna geschminkt.
»Wir tun alles für ihn, was wir können«, krächzte die Alte. »Doch sein Bein wird schlimmer und schlimmer.« Sie machte Anstalten, nach der blutbefleckten Decke zu greifen, die über Volkers Unterleib gebreitet war.

»Hinaus mit dir, hinaus!« Loretta fuhr herum. War das wirklich ihre sanfte Kathi, die die Alte gerade so angeherrscht hatte? Tatsächlich sprühten die Augen der jungen Frau vor Zorn. »Nimm ein Bad und wage dich nicht mehr hier herein, bevor du dich nicht von Kopf bis Fuß gewaschen hast und deine stinkenden Lumpen gegen reinliche Kleidung getauscht hast.«

»Und du«, Kathi wies mit dem Zeigefinger auf den Baderknecht, »auch du geh dich säubern und wechsele deinen Kittel. Komm hernach sofort hierher zurück. Es ist hohe Zeit, sonst stirbt dieser Mann.«

Der Knecht öffnete empört den Mund, um zu protestieren, doch eine Geste Lorettas gebot ihm Einhalt. »Tu, was sie sagt.« Murrend trottete der Mann hinaus.

»Volkers Bein scheint zu eitern. Riecht Ihr den Gestank?«

Loretta nickte beklommen.

»So helft mir, die Decke wegzuziehen. Doch seid gewarnt. Der Anblick wird alles andere als erbaulich sein.«

Trotz der Warnung prallte Loretta entsetzt zurück, als sie Volkers Bein erblickte. Es war auf die doppelte Größe angeschwollen. Rund um die klaffende Wunde herum verfärbte es sich bereits schwarz.

In diesem Moment öffnete der Ritter die Augen. Einen Moment irrte sein Blick wirr umher, dann erkannte er die Frauen. Seine Augen zeigten eine Mischung aus Freude und Scham.

»Herrin Loretta, welch eine Überraschung. Seid Ihr wieder wohlauf?«

Noch ehe Loretta antworten konnte, sprach Kathi den Ritter an. »Herr Volker, jetzt bleibt keine Zeit für höfisches Geplauder. Gebt mir Auskunft! Wann habt Ihr diese Wunde empfangen und durch welche Waffe?«

Als der Ritter vor Verblüffung nicht gleich antwortete, erhob Kathi die Stimme. »Rasch, sagt es mir rasch! Es bleibt keine

Zeit.« Loretta hörte die Angst in ihrer Stimme. Auch sie selbst wurde nun von Furcht ergriffen.
»Folgt Ihr aufs Wort, Volker. Kathi hat bei ihrer Mutter die Heilkunst erlernt. Also antwortet ihr.«
»Es war vor drei Tagen. Es schien eine leichte Fleischwunde zu sein. Ein Pfeil traf meinen Oberschenkel und ließ sich leicht herausziehen. Erst gegen Abend begann das Bein, unerträglich zu schmerzen und anzuschwellen.«
»Wie hat der Feldscher Euch behandelt?«
»Mit einem Wickel aus warmem Pferdekot. Das sollte den Eiter herausziehen.«
Kathi schnaubte verächtlich. »Wahrscheinlich ist ein Stück des Pfeils in Eurer Wunde stecken geblieben, so dass sie sich entzündet hat. Der Kot hat dann alles nur noch verschlimmert.« Sie wandte sich an Loretta. »Besorgt mir einen großen Stapel reine Tücher, heißes Wasser und Feuer. Ich muss das Bein aufschneiden und die Wunde hernach ausbrennen.«
Loretta wurde erneut schwindlig vor Panik. »Wo hast du das denn gelernt? Sollen wir nicht lieber den Feldscher holen?«
»Dann wird er binnen weniger Stunden sterben. Ich habe meiner Mutter schon einmal bei einer ähnlichen Verletzung geholfen. Unsere Eselin hatte sich einen Dorn eingetreten.«
»Eure Eselin? Du hast diese Behandlung bislang nur bei einer Eselin durchgeführt?«
Kathi sah Loretta trotzig in die Augen. »Ihr habt mir versprochen, meinen Anordnungen Folge zu leisten, Herrin. Wollt Ihr mir das Nötige besorgen? Und bringt auch einen Holzkeil und den Feldscherknecht mit. Er muss Herrn Volker festhalten.«
»Und starken Wein, falls Ihr welchen finden könnt!«, rief sie Loretta noch nach, die die Plane zurückschlug und mit zitternden Knien nach draußen eilte. Den Ärmel ihres Wollkleides vor Mund und Nase gepresst, ging sie auf eine kleine Herdstelle mitten im Lager zu und erteilte einer dort herumlungernden

Magd Befehle. Nach knapp zehn Minuten war sie mit dem Gewünschten zurück und hatte darüber hinaus den Knecht im Schlepptau, der einen Kessel mit dampfendem Wasser trug. Vorsichtig säuberte Kathi Volkers Bein und die Wunde, während Loretta Tuch um Tuch mit dem heißen Wasser tränkte. Vor Schmerz biss der Ritter die Zähne so stark zusammen, dass seine Kiefermuskeln hervortraten. Daraufhin flößte ihm der Knecht auf Kathis Geheiß einen halben Krug Würzwein ein, der mit Bilsenkrautpulver vermischt war. Schließlich schob ihm Kathi den Keil zwischen die Zähne.

»Seid Ihr bereit, Ritter Volker? Es wird sehr weh tun. Doch andernfalls verliert Ihr das Bein oder sogar Euer Leben.«

Volker nickte. Ein Anflug von Kühnheit und Trotz blitzte in seinen blaugrauen Augen auf, bevor er sie schloss.

Kathi glühte ihr Messer, das sie bei ihren Arzneitiegeln und Fläschchen verwahrte, in der Flamme einer Kerze aus. Dann holte sie tief Luft, schlug das Kreuzzeichen über Volker und sich selbst und senkte die Klinge in das geschwollene Fleisch. Volker bäumte sich auf, der Knecht konnte ihn kaum halten.

Wie eine prall gefüllte Blase platzte die Wunde auf und sonderte sogleich grässlich stinkenden Eiter ab. Loretta spürte Brechreiz in sich aufsteigen, doch sie ignorierte ihn tapfer und reichte Kathi weiterhin Tuch um Tuch. Vorsichtig drückte die Magd die Wundränder zusammen, bis nach einer gefühlten Ewigkeit endlich hellrotes Blut anstatt der grüngelben Flüssigkeit hervorströmte. Dann zog sie die Wunde behutsam auseinander, tupfte das Blut ab und spähte hinein.

»Reicht mir eine Pinzette, Herrin.«

Loretta nahm das geforderte Instrument von dem Tuch, auf dem Kathi ihre Utensilien vor dem Eingriff ausgebreitet hatte. Schließlich zog Kathi einen schwärzlichen Span aus Volkers Fleisch und hielt ihn hoch. Er war kaum einen halben Zoll lang.

»Schaut, Herrin. Das kleine Ding ist die Ursache dieses Elends.«

Volker spuckte den Knebel aus. »Lass mich los«, befahl er dem Knecht, der ihn noch immer an den Oberarmen gepackt hielt. »Du hast magische Kräfte, Mädchen«, sagte er dann bewundernd zu Kathi. »Es tut schon jetzt kaum mehr weh.«

Kathi lächelte schmerzlich. »Ihr wart bislang sehr tapfer, Herr Volker. Doch ich fürchte, das Schlimmste steht Euch noch bevor. Mögt Ihr mir Euren Dolch überlassen? Ich muss die Wunde ausbrennen, um auch noch das letzte Gift daraus zu vertreiben.«

Volker wurde bleich. Doch er deutete mit dem Kopf neben sein Lager. »Dort findest du mein Wehrgehänge. Nimm heraus, was du brauchst.«

Kathi zog den Dolch aus der Scheide und begann, ihn über einer Fackel zu erhitzen, die der Knecht an der Kerze entzündet hatte. Loretta beobachtete ihre Magd mit einer Mischung aus Erleichterung und Angst. *Kann die bevorstehende Prozedur denn wirklich noch schlimmer werden als die vorangegangene?*

Plötzlich fiel ihr der verstümmelte Mann ein, dessen Antlitz von einem Brandpfeil zerstört worden war. Wieder stieg Panik in ihr auf und nahm ihr den Atem. Sie bemühte sich verzweifelt, sich nichts anmerken zu lassen. *Sollen die Menschen mich, die Regentin, schwach erleben, während eine einfache Magd Volkers Leben rettet? Ich könnte keinem meiner Untertanen mehr in die Augen sehen.*

Endlich zog Kathi die rotglühende Klinge aus der Flamme.

»Seid Ihr bereit?«

Volker nickte, den Keil wieder fest zwischen den Zähnen.

Erneut schlug Kathi das Kreuz über sich selbst und ihren Patienten. Dann senkte sie das Eisen entschlossen auf die Wunde.

Das Letzte, woran sich Loretta erinnerte, war ein furchtbares Zischen und der Gestank nach verbranntem Fleisch. Dann umfing sie schwärzeste Nacht.

Mit einem ohrenbetäubenden Knall krachte der riesige runde Stein gegen die Burgmauer. Zu Pantaleons Entsetzen hielt das bereits bröckelige Mauerwerk diesmal der Wucht des Aufpralls nicht stand. Erst langsam, dann immer schneller lösten sich die Steine und hinterließen eine Bresche von mehr als fünf Fuß Breite. Vor Pantaleons Augen stürzte ein Wachsoldat, der auf den Zinnen oberhalb der Einschlagstelle gestanden hatte, in den Hof hinab und wurde unter den herabfallenden Brocken begraben.

»Rasch, rasch! Bewegt Eure Ärsche und verteidigt das Loch!«, schallte die rauhe Stimme des Burghauptmanns über den Hof. Schon stürzten die ersten Soldaten mit gezückten Schwertern und erhobenen Streitäxten herbei.

Keine Minute zu früh! Schaudernd beobachtete Pantaleon vom Söller der Kemenate aus die erbitterten Zweikämpfe, die sich Walrams Kämpfer mit den heranstürmenden Angreifern lieferten.

In vorderster Linie kämpfte ein hochgewachsener Mann in Kettenhemd und -haube, über der er noch einen leichten Helm trug. Blitzschnell hieb er rechts und links mit seinem Schwert um sich und mähte die Gegner nieder wie ein Schnitter das Gras. Sein Waffenrock zeigte das kurfürstliche Wappen von Trier, ein rotes Kreuz auf weißem Grund.

»Das ist Balduin selbst!« Pantaleon fuhr herum. Er hatte Walram nicht kommen hören. »Wie Ihr seht, ein kämpfender Erzbischof! Doch auch er wird gegen die Übermacht unserer Verteidiger nicht unbeschadet durch dieses Loch kommen.«

Der Kastellauner irrte sich. Just in diesem Moment ertönte ein weiteres Krachen. Die Männer fuhren zusammen.

Anfangs konnten sie aufgrund einer riesigen Staubwolke, die sich über der intakten Mauer neben der Bresche erhob, gar nichts erkennen. Dann erschienen plötzlich Männer in den Waffenröcken der Trierer und Starkenburger auf den Zinnen.

Walram wurde blass. »Diese Schweine«, knirschte er. »Sie müssen eine Fallbrücke in ihrem Turm verborgen haben. Nur aus diesem Grund rückten sie nicht näher vor, sondern begruben den Sockel sogar unter Geröll.«

»Und jetzt dringen die Feinde von oben und unten in die Burg ein?« Pantaleons Stimme überschlug sich. »Warum habt Ihr das nicht vorhergesehen?« Er wies mit dem Finger auf Walram. »Ihr seid der kampferprobte Befehlshaber unserer Truppen und hättet es wissen müssen!«

»Es wissen müssen«, äffte Walram ihn nach. »Was wisst Ihr denn vom Kämpfen, feister Pfaffe? Vor lauter Fressen, Saufen und Huren habt *Ihr* kein einziges Mal an unseren Lagebesprechungen teilgenommen. Doch nun führt Ihr das große Wort!«

Pantaleon schnappte vor Empörung nach Luft. »Ihr habt mich gezwungen, hier auszuharren, weil Ihr mich gebraucht habt, um Erzbischof Balduin und Gräfin Loretta zu verhöhnen. Niemals könne der Kurfürst Burg Dill einnehmen, habt Ihr geprahlt. Mich dünkt, Ihr habt Euch geirrt und …«

Tosendes Gebrüll unterbrach seine Rede. Balduins Männer mit dem Erzbischof an der Spitze waren jetzt durch die Bresche gestoßen und lieferten sich mit den Verteidigern heftige Zweikämpfe im Burghof. Blut spritzte nach allen Seiten, Köpfe und Gliedmaßen rollten in den Staub. Schon rannten die ersten Eindringlinge auf die Winde zu, mit der die Zugbrücke herabgelassen werden konnte. Doch Walram machte immer noch keine Anstalten, zu seinen Männern dazuzustoßen.

Panisch blickte Pantaleon auf das Gewimmel im Hof. Jetzt drangen die Feinde auch über die herabgelassene Zugbrücke ein. Schon waren sie deutlich in der Übermacht. Die Männer im blau-goldenen Sponheimer Waffenrock stürzten einer nach dem anderen gefällt zu Boden.

Im blau-goldenen Waffenrock? Pantaleon fuhr herum. Erst

jetzt fiel ihm auf, dass Walram weder Wappen noch Waffenrock der Vorderen Grafschaft Sponheim trug. Überhaupt!

»Wo ist Eure Rüstung? Ihr tragt ja nicht einmal ein Kettenhemd!« Entgeistert starrte Pantaleon auf das lederne Wams seines Gegenübers. »Sobald Ihr das Schlachtfeld betretet, werdet Ihr niedergemetzelt!«

Walram grinste grimmig. Mehr denn je sah er aus wie ein tückischer Wolf.

»Ganz so dumm, wie Ihr ausseht, seid Ihr also doch nicht, mein fetter Freund. Natürlich werde ich nicht gegen diese Übermacht kämpfen, um gefangen genommen, verstümmelt oder sogar getötet zu werden!«

»Was habt Ihr vor?«

»Es gibt eine geheime Pforte, die aus der Burg hinausführt. Unsere klugen Ahnen haben für solche Unbill, wie sie uns heute droht, vorgesorgt.« Er drehte sich um. »Also lebt wohl, mein kleinmütiger Gottesmann! Mein Platz ist in Kastellaun.«

Instinktiv packte Pantaleon Walram am Arm. Seine Erregung verlieh ihm ungeahnte Kräfte. Walram strauchelte und wäre fast gestürzt.

»Was soll das, Ihr Narr?«, schrie er den Priester an. »Seid Ihr nun ganz von Sinnen?«

»Nehmt mich mit, ich flehe Euch an, nehmt mich mit! Ich möchte genauso wenig wie Ihr in Gefangenschaft geraten.«

Walram schlug ihm mit der behandschuhten Hand hart gegen die Schulter. Die Knöchel waren mit Eisenplättchen verstärkt. Der Schlag war so brutal, dass Pantaleons Schultergelenk knackte. Er taumelte zurück.

Walram drehte ihm wieder den Rücken zu.

»Ich schreie! Ich schreie das ganze Heer des Bischofs zusammen! *Ihr* seid der erbärmliche Feigling! *Ihr* lasst Eure Männer im Stich!

Zu Hilfe, zu Hilfe!« Pantaleon lehnte sich so weit über die Brüs-

tung des Söllers, wie es sein gewaltiger Leib zuließ. »Zu Hilfe! Hier ist der Verräter, hier ist Walram von Kastell…«
Der Schlag traf ihn mit voller Wucht auf den Hinterkopf. Um ihn herum begann sich alles zu drehen. Dann verlor er das Bewusstsein.

Kapitel 22

Burg Dill, April 1326, am nächsten Tag

Es klopfte energisch an die Kammertür. Loretta schreckte aus einem leichten Schlummer auf. Schlaftrunken blickte sie um sich, doch Kathi war nicht mehr da. Vor einer Weile hatte die Magd nach ihr gesehen und ihr einen Kräutersud zubereitet. Anscheinend war sie danach wieder ins Zelt der Verwundeten geeilt.
Nicht jedoch, ohne Loretta zuvor noch über Volkers Zustand Bericht erstattet zu haben. »Ich hoffe, es ist mir gelungen, das Bein zu retten. Mit etwas Glück bleibt kein Schaden zurück, und der Herr von Falkenstein wird wieder unbeschwert reiten und gehen können. Bisher hat sich die Wunde nicht wieder entzündet.«
Trotz dieser guten Nachricht erkannte Loretta, dass die Magd etwas bedrückte.
»Der Feldscher hat sich bei Erzbischof Balduin über mich beschwert«, gestand Kathi schließlich. »Er wirft mir vor, mich als Weib in sein Handwerk eingemischt zu haben, was gegen Gottes gewollte Ordnung verstößt.«
Loretta war empört. »Ohne dich wäre Volker wahrscheinlich gestorben!«

Kathi nickte tapfer. Einen Moment lang wirkte sie trotzig. »Wenn ich dies verhütet habe, nehme ich gerne jede Strafe in Kauf.«
Über Kathis seltsamen Gesichtsausdruck bei diesen Worten hatte Loretta noch ein wenig gegrübelt. *Sollte auch meine junge Magd ihr Herz an den stolzen Ritter verloren haben?* Dann fiel sie in einen erquickenden Schlaf, aus dem sie erst das Pochen weckte.
Zu ihrer Verblüffung trat Balduin ein. Er winkte das junge Ding aus dem Gesinde von Dill, das an Lorettas Lager gewacht hatte, herrisch hinaus. Zuvor drückte er ihm noch eine Münze in die Hand.
»Verrate niemandem etwas von meinem Besuch, Mädchen! Sonst ergeht es dir schlecht.« Verschüchtert knickste die Magd und eilte aus der Kammer.
In Lorettas Brust tobten derweil widerstreitende Gefühle. Es war ihre erste Begegnung mit Balduin seit ihrer Erkrankung und dem Aufbruch nach Kirchberg vor mehr als sechs Wochen. Davor hatten sie sich wegen Pantaleons Verrat furchtbar gestritten. Obwohl ihr Zorn darüber noch nicht verraucht war, freute sie sich sehr über Balduins Besuch.
»Ist es nicht ein wenig riskant, mich hier allein aufzusuchen?«, lächelte sie. »Was soll jemand denken, der unverhofft hereinkommt?«
Balduin winkte ab. »Remigius steht draußen Wache und wird niemanden einlassen. Die nächste Stunde gehört uns allein.« Dann nahm er sie in die Arme.

»Ich habe mich unendlich nach dir gesehnt, Geliebte.« Die Worte kamen Balduin so leicht über die Lippen, als hätte es niemals Streit zwischen ihnen gegeben. Dabei hatte er sich noch vor wenigen Tagen geschworen, in Zukunft Abstand zu Loretta zu halten. Und auch wenn er nun spürte, dass er nichts als die Wahrheit sprach, ärgerte er sich über sich selbst.

Narr, der du bist! Kannst du nicht einmal inmitten einer blutigen Fehde einen kühlen Kopf bewahren?

Doch er ließ sich nichts anmerken. Loretta öffnete ihre dunkelblauen Augen und sah ihn mit einer so leidenschaftlichen Mischung aus Liebe und Begehren an, dass er kurz davor war, erneut in ihnen zu versinken. Aber dazu blieb jetzt keine Zeit. Nach genau einer Stunde würde Remigius pochen. Die Sanduhr hatte er demonstrativ auf die kleine Truhe vor der Kammer gestellt, bevor er sich im Licht einer Fackel in seinen Psalter vertiefte.

»Ich habe mich auch nach dir gesehnt, Balduin. Aber nicht geglaubt, ja nicht einmal gehofft, dass unsere Liebe noch einmal unbeschadet aus diesem Zwist hervorgehen würde.« Ihre Stimme war leise.

Balduin musterte sie im schwachen Licht der Kerze. Draußen hatte es den ganzen Tag geregnet. Obwohl es noch nicht Abend war, verdunkelten schwere Wolken den Himmel. Durch das einzige Fenster fiel kaum Tageslicht in die Kammer.

Trotzdem sah er die tiefen dunklen Ringe unter ihren Augen und die durchscheinende Blässe ihres Gesichts. Sie musste ernstlich krank gewesen sein. Einen Lidschlag lang durchzuckte ihn Scham, während ihrer Abwesenheit überwiegend im Zorn an sie gedacht zu haben.

Als sie erneut den Mund öffnete, um zu sprechen, legte er ihr wie weiland Jeanne, ihre Mutter, einen Finger darauf. Wieder kamen die Worte wie von selbst über seine Lippen.

»Ich habe meinen Irrtum erkannt und bitte dich um Verzeihung, Loretta. Dein Schwager Pantaleon hat gestanden, seinen Anteil an der Burg bereits vor fast zwei Jahren an den Verräter Walram verkauft zu haben, damit der ihm hilft, die Regentschaft über Starkenburg-Sponheim zu erlangen. Dich hat er auf Walrams Geheiß mit verlogenen Briefen traktiert, damit du nur ja keinen Verdacht schöpfen würdest. Ich weiß also jetzt von ihm selbst, dass du mich nicht belogen hast.«

Lorettas Augen weiteten sich zunächst, dann wurde ihr Blick starr und eisig. Balduin erschrak ein wenig, so hart wirkten ihre eben noch weichen Züge nun.

»Er hat seinen Anteil an Burg Dill schon vor zwei Jahren verkauft? Welche Sühne wollt Ihr diesem verkommenen Subjekt auferlegen, Balduin?« Auch ihre Stimme hatte einen schneidenden Unterton. »Ich habe ihn großzügig mit Gütern belehnt, um ihn für seine enttäuschten Hoffnungen nach Graf Johanns Tod zu entschädigen. Allein, er hat es mir schlecht gedankt.«

Ohne dass es ihm bewusst war, nahm Balduins Gesicht nun den Ausdruck an, den er in diplomatischen Verhandlungen aufzusetzen pflegte.

»Pantaleon ist ein armseliger Wicht, Loretta«, sagte er begütigend. »Nichts anderes als ein betrogener Betrüger. Seinen Anteil an Burg Dill muss er natürlich an dich abtreten und außerdem beschwören, dass er nie mehr nach deinem Titel oder dem deines Sohnes trachtet, will er nicht exkommuniziert werden und damit in Acht und Bann geraten. Mehr möchte ich ihm nicht auferlegen, … äh ich meine, solltest du ihm nicht auferlegen. Belasse ihm eins der Güter in der Nähe von Kreuznach, mit denen du ihn belehnt hast. Dort soll er bis zu seinem Lebensende verbleiben. Das ist Strafe genug für ihn.«

Loretta runzelte die Stirn. Balduin beobachtete sie, während sie über seinen Vorschlag nachdachte. »Nun gut, dann sende ich ihn nach Langenlonsheim«, sagte sie schließlich. »Das Hofgut in Traisen ziehe ich dagegen wieder ein, sobald diese Fehde vorüber ist.«

Balduin hielt es im Augenblick für klüger, Loretta zu verschweigen, dass Pantaleon auch dieses Gut an Walram verpfändet hatte. *Kommt Zeit, kommt Rat. Den elenden Feigling aus Kastellaun knöpfe ich mir auch noch vor.*

Als hätte Loretta seinen letzten Gedanken erraten, fragte sie:

»Ist Walram tatsächlich schmählich geflohen und hat seine Männer im Stich gelassen? So hat es Kathi berichtet.«
Balduin nickte. »Er stahl sich als einfacher Reisiger verkleidet durch eine geheime Pforte aus der Burg. Zuvor schlug er Pantaleon nieder, als der ihn an der Flucht hindern wollte.«
»Wohin hat er sich gewendet?«
»Die Ratte wollte sich in ihren Schlupfwinkel nach Kastellaun flüchten, berichtete dein Schwager.«
»Er ist nicht zur Schmidtburg aufgebrochen, um Friedrich von Kyrburg beizustehen?«, fragte Loretta ungläubig.
Balduin musste grinsen. »Natürlich nicht, mein Lieb. Dorthin ziehen wir ja als Nächstes und werden auch da wieder siegen. Allerdings ist Friedrich aus anderem Holz geschnitzt als dein verweichlichter Schwager. Einen weiteren feigen Fluchtversuch würde Walram dort mit dem Leben bezahlen.«
Er warf einen Blick auf das mit dünnem Pergament ausgekleidete Fenster. »Doch ich muss jetzt gehen. Draußen beginnt es bereits zu dämmern.«
Loretta hielt ihn am Arm zurück. »Eine Angelegenheit liegt mir noch auf dem Herzen, Geliebter. Es geht um Kathi, meine Kammermagd. Sie hat mir erzählt, der Feldscher hat bei dir Klage über sie geführt.«
Balduins Miene wurde ernst. »Es heißt, sie habe sich angemaßt, die Wunde eines deiner Ritter zu behandeln, wie es nur einem Feldscher zusteht. Das ist kein Handwerk für Frauen. Daher …«
»Sie hat Volker von Falkenstein wahrscheinlich das Leben gerettet«, fiel ihm Loretta energisch ins Wort. »Dein Feldscher ist ebenso hoffärtig wie unfähig. Im Zelt der Verwundeten stinkt es wie auf einem Abort. Die Hunde beißen sich um amputierte Gliedmaßen, alles ist voller Unrat und Dreck. Wer nicht schon auf dem Schlachtfeld an seinen Wunden gestorben ist, der wird spätestens dort elendiglich zugrunde gehen.«
Erstaunt über Lorettas Heftigkeit, hob Balduin ergeben die

Hände. Dann dachte er einen Moment lang nach. Vielleicht könnte er in diesem Fall ja zwei Fliegen mit einer Klappe schlagen und damit auch das heikle Problem lösen, das er ursprünglich nicht hatte ansprechen wollen.

»Ich habe nur daran gedacht, deine Magd zu verwarnen. Härter wollte ich sie ohnehin nicht bestrafen. Die Eroberung der Burg war verlustreich, die Verwundeten benötigen jede helfende Hand. Deshalb durfte deine Magd dort auch heute Dienst tun, denn …«, er wehrte Lorettas empörte Geste ab, »man hat mir nur Gutes über ihre Heilkunst berichtet. Ich verzichte also ganz auf die Verwarnung und lasse das Mädchen weiterhin pflegen. Ja, ich gebe ihr sogar die Oberaufsicht über die Weiber, die sich mit ihr um die Verwundeten kümmern. Doch schneiden und Wunden ausbrennen bleibt ihr fortan untersagt.«

Wieder hob er die Hand, als Loretta ihn unterbrechen wollte.

»Ich bin noch nicht fertig, Geliebte. Ich knüpfe nämlich eine weitere Bedingung an mein Versprechen. Du selbst hältst dich fortan von den Verwundeten fern. Eine Regentin, die solch eine niedrige Arbeit verrichtet und sich dabei mit dem Blut und Kot ihrer Dienstleute beschmutzt, bringt unserem Bündnis keinerlei Vorteil.«

Loretta zögerte einen Moment, dann nickte sie betreten. »Ich wollte mich ebenfalls nützlich machen.«

Balduin küsste sie auf die Nasenspitze. »Das ehrt dich, meine Teure, doch dies war sicher nicht die richtige Art für eine Dame von edlem Geblüt. Dir obliegt es zu herrschen, nicht zu dienen.«

Es klopfte energisch an die Kammertür. Balduin sprang auf und zog sich hastig an. »Ich muss jetzt gehen, mein Lieb. Erhole dich gut und sammele neue Kräfte. Schon in zwei Tagen brechen wir zur Schmidtburg auf.«

Dann trat er zu Remigius hinaus. Während er dem Schreiber durch die düsteren Gänge von Burg Dill folgte, sah er wieder Lorettas eisigen Gesichtsausdruck vor sich, als sie über Pantale-

ons Verrat sprachen. *Wie wird sie wohl reagieren, wenn sie von meinem Vorhaben erfährt?*
Einen Moment lang spürte er eine heftige Unruhe. Doch dann beschwichtigte er sich wie gewohnt selbst. *Kommt Zeit, kommt Rat. Bislang ist noch alles recht glimpflich ausgegangen. Das wird auch diesmal nicht anders sein.*

Belagerung der Schmidtburg, Juni 1326

»Schiiieeebt, ihr Männer! Schiebt den Turm noch näher heran!«
Balduin presste die Lippen zusammen. Am liebsten hätte er lauthals in die Kommandos seines Hauptmanns mit eingestimmt. Doch dies stand weder seiner Würde als Oberbefehlshaber noch als Kirchenfürst gut an.
Fuß um Fuß rückte das schwere hölzerne Bauwerk auf den Eingang des Bergfrieds zu, in den sich Friedrich mit seinen letzten verbliebenen Kämpfern geflüchtet hatte. Immer wieder mussten die Männer Schutt und Geröll aus dem Weg räumen, das die Räder des Turmes blockierte.
Die meisten Gebäude der Schmidtburg lagen in Trümmern. Tagelang waren die Außenmauern mit drei Katapulten zugleich beschossen worden, bis sich die ersten Breschen auftaten. Doch wie Balduin vorhergesagt hatte, ließ sich Friedrich von Kyrburg nicht so leicht besiegen wie die Herren von Dill.
Als der Wildgraf die Unterburg nicht mehr halten konnte, hatte er sich in die Oberburg geflüchtet, die vom restlichen Gelände durch einen Graben getrennt war. Zuvor hatten Balduins und Lorettas Männer jedes Gebäude in der Unterburg erobern müssen. Inzwischen waren die Burgmannshäuser, die Küchengebäude und die Stallungen dort dem Erdboden gleichgemacht.

Jetzt waren auch der Palas der Oberburg und jeder der Wachtürme schwer beschädigt. Als es den verbündeten Truppen endlich gelang, ins Innere der Oberburg vorzudringen, verschanzte sich der Kyrburger mit seinen letzten Männern im Bergfried inmitten des Burghofs. Dort saß er seit nunmehr zehn Tagen in der Falle und war doch bislang unerreichbar für Balduin, der angesichts der verlustreichen Belagerung zunehmend die Geduld verlor.

Der Bergfried war nur durch einen vierzig Fuß über der Erde liegenden Eingang zu betreten, dessen Ziehleiter die Verteidiger natürlich sofort nach ihrer Flucht hochgezogen hatten. Nun versuchte Balduin, mit Hilfe des Belagerungsturms, genau diesen Eingang zu erreichen, nachdem bislang jeder Angriff mit Sturmleitern unter hohem Blutzoll für seine Kämpfer abgewehrt worden war.

Meister Gerhard hatte in den letzten Tagen eigens zu diesem Zweck eine ausfahrbare Rampe bauen und im Turm befestigen lassen, über die die Streiter des Erzbischofs mit einem Rammbock direkt gegen die eisenbeschlagene Tür des Bergfrieds anrennen sollten. Die Rampe war ein wahres Wunderwerk der Technik, in der Höhe durch einen variablen Mechanismus der Aufhängung verstellbar und sogar mit Geländern versehen, die das Abstürzen der Mannschaft verhindern sollten. Nur ein Schutzdach fehlte. Das hatte die Konstruktion nicht zugelassen.

Doch Balduin hielt dies für unerheblich und erklärte seinen Hauptleuten deshalb: »Auf der Rampe können die Männer im Gegensatz zu den Sturmleitern zumindest einen Brustharnisch tragen, um sich gegen Pfeile und Armbrustbolzen zu schützen. Dass schwere Steine auf sie herabgeworfen werden, lassen die schmalen Schießscharten zum Glück nicht zu. Und mit wenigen Stößen des eisenbewehrten Rammbocks müsste die Tür aufzubrechen sein.«

Trotzdem hatte er nach Freiwilligen suchen lassen, die gegen einen Beutel Pfennige bereit waren, ihr Leben bei diesem gefährlichen Unterfangen zu riskieren. Es meldeten sich weit mehr Männer, als nötig waren.

Endlich hatte der Turm die Position erreicht, von der aus die Rampe ausgefahren werden konnte. Gebannt beobachtete Balduin von der mittleren Plattform aus, wie der hölzerne, gegen Brandpfeile mit feuchten Fellen geschützte Steg unter Meister Gerhards Leitung nahezu waagerecht auf die Tür des Bergfrieds ausgerichtet wurde.

Ich werde Meister Gerhard den doppelten Lohn auszahlen lassen, nein, sogar den dreifachen, überlegte Balduin, während sich die eisernen Spitzen am Ende der Brücke, von Kurbeln im Innern des Turmes angetrieben, ins Gestein bohrten und so der Rampe zusätzlichen Halt gaben. Schon formierten sich die Männer um den Rammbock, bereit, den ersten Stoß gegen die Tür zu führen.

Da öffnete sich plötzlich wie aus dem Nichts eine Spalte im Mauerwerk genau über der Tür. Eine zischende Flüssigkeit wurde hinabgegossen und traf die sechs Männer am vorderen Ende des Rammbocks. Ihr Schmerzensgebrüll schien geradewegs aus der Hölle zu kommen.

Balduin schoss zu Meister Gerhard herum, der neben ihm stand und das Manöver beobachtete. Das Gesicht des Handwerkers war so weiß wie Kalk.

»Was hat das zu bedeuten?« Balduin raste vor Zorn.

»Eine verborgene Pechnase«, murmelte Meister Gerhard, starr vor Entsetzen. »Sie haben kochendes Wasser auf unsere Männer gegossen. Und nun«, jetzt schrie er auf, »folgt dem Wasser auch noch kochendes Öl.«

Eine dampfende, gelbe Masse stürzte wie ein teuflischer Wasserfall auf die Männer herab und spritzte nach allen Seiten. Blind vor Schmerz, stürzten zwei Reisige trotz des Geländers

von der Rampe in die Tiefe und blieben regungslos auf dem Boden liegen. Die übrigen vier taumelten in den Turm zurück und wurden von beherzten Kameraden hineingezogen.
Fassungslos beobachtete Balduin das entsetzliche Schauspiel. Da erscholl plötzlich ein dämonisches Gelächter über der Walstatt. In der nun geöffneten Tür erschien Friedrich von Kyrburg in Kettenhemd und Haube, vor sich den dreieckigen Schild. »Heda, edler Erzbischof!«, schrie er Balduin zu. »Gesteht ein, dass meine Überraschung gelungen ist. Und wagt nicht noch einmal, diese Tür zu erstürmen. Unsere Wasser- und Ölvorräte reichen aus, um jeden einzelnen Eurer Mannen zur Hölle zu schicken.«
Ein Pfeil sirrte durch die Luft und schlug in der Tür dicht neben Friedrich ein. Einen Lidschlag lang zuckte der Wildgraf zurück. Dann begann er erneut, höhnisch zu lachen.
»Und merkt Euch eins, edler Kurfürst von Trier! Ich habe sieben Leben wie eine Katze!«
Damit verschwand er wieder im Innern des Bergfrieds und zog die Tür mit einem lauten Knall hinter sich zu.

»Eine Eroberung des Bergfrieds mit Hilfe des Turms scheidet also ebenfalls aus«, knurrte Balduin. Noch immer raste sein Herz vor ohnmächtigem Zorn über die Demütigung durch den Wildgrafen und das furchtbare Schicksal seiner Männer. Zwei weitere Verbrühte waren ihren Verletzungen mittlerweile erlegen. In seinem Vorzelt wimmerten die beiden überlebenden Soldaten vor Schmerz und flehten die Jungfrau Maria an, sie von ihren Qualen zu erlösen. Auf Balduins Geheiß hatte man sie dort niedergelegt, um ihnen das schmutzige Versehrtenzelt zu ersparen.
»Ist diese Kräuterfrau bei ihnen?«, herrschte Balduin Remigius an, während er mit großen Schritten sein Zelt durchmaß. Remigius nickte. Seine Hauptleute und Meister Gerhard schwiegen

betreten. »Warum lindert sie die Schmerzen der Armen denn nicht? Holt sie herbei!«
Wenig später kam Remigius mit Kathi zurück. »Kannst du nichts für diese Elenden tun?«, fuhr er die junge Frau an. »Hör mit diesem Geknickse auf und sieh mir gefälligst in die Augen.«
Lorettas Kammermagd hob den Kopf. In ihrem Blick las Balduin neben Mitgefühl für die Verwundeten auch verletzten Stolz und Trotz.
»Ihre Brandwunden sind so schwer, dass selbst das Bilsenkraut nicht von Nutzen ist«, antwortete Kathi mit klarer Stimme.
»Also werden sie sterben?«
Die junge Frau nickte. »Noch vor Anbruch des nächsten Tages, edler Herr.«
»Und sie leiden weiterhin diese Qualen?«
Kathi bejahte stumm.
Da riss Balduin mit einem Schrei den Dolch aus seinem Gürtel, stürzte hinaus und schnitt den beiden Schwerverletzten mit je einem einzigen Schnitt die Kehlen durch.
»Der Allmächtige möge mir dereinst verzeihen, dass ich seinem Ratschluss vorgegriffen und diese Erbarmungswürdigen erlöst habe«, murmelte er bei seiner Rückkehr. Selbst Remigius antwortete nichts und blieb stumm vor Entsetzen.
»Was starrt ihr mich alle so an?«, brüllte Balduin. »Nur weil ihr zu feige seid, Euer Seelenheil derart aufs Spiel zu setzen?«
In diesem Augenblick betrat ein weiterer Unterhauptmann das Zelt. Er befehligte die Wachsoldaten, die Balduin rund um die Schmidtburg stationiert hatte, um Fluchtversuche der Belagerten zu verhindern. Der Mann sah verstört aus. Offensichtlich hatte er gerade erst von den jüngsten Ereignissen erfahren.
»Mein hochwohlgeborener Herr«, sprach er den Erzbischof mit einer Verbeugung an.
Balduin holte tief Luft und versuchte, sich zu beruhigen. Ohne triftigen Grund betrat der Mann sein Zelt ganz sicher nicht.

»Also, was bringst du für Kunde?«, fragte er mit mühsam beherrschter Stimme.
»Wir haben zwei Männer aufgegriffen, die wahrscheinlich durch einen Geheimgang zu fliehen versuchten. Einer behauptet, der Sohn des Wildgrafen Friedrich zu sein.«

Lorettas Unterkunft vor der Schmidtburg,
Juni 1326, am selben Tag

»Und Ihr sagt, er hat sie wirklich getötet?«
Loretta konnte noch immer kaum glauben, was ihr Volker von Falkenstein gerade berichtet hatte. Der Ritter hinkte zwar noch und konnte nicht in vorderster Front kämpfen. Doch er hatte darauf bestanden, zumindest das Kommando über die Bogenschützen zu übernehmen, deren Kunst er ebenfalls meisterhaft beherrschte. Als Hauptmann war er bei der Beratung in Balduins Zelt mit dabei gewesen.
»So ist es, edle Frau«, beantwortete er nun zum wiederholten Male Lorettas Frage. »Allerdings nur, um sie von ihren entsetzlichen Qualen zu erlösen. Selbst Eure Kammermagd konnte ihnen nicht mehr helfen, obwohl sie im ganzen Lager für ihre Heilkunst berühmt ist. Gesicht und Oberkörper der Armen waren bis aufs rohe Fleisch verbrannt. Gegen das siedende Wasser und Öl schützte sie auch ihre Rüstung nicht. Als man ihnen die Kettenhauben abzog, blieben ihre Haare samt der Kopfhaut daran hängen. Blind waren sie auch …«
Loretta hob die Hand. Sie fühlte sich elend. »Genug, Volker, lasst es genug sein.«
Der Ritter senkte beschämt den Kopf. »Verzeiht mir, Herrin, auch mich haben diese Ereignisse mitgenommen.«
»Warum gibt sich Erzbischof Balduin die Schuld am Tod der Soldaten?«

»Es war seine Idee, die Rampe bauen zu lassen. Er rechnete ebenso wie Meister Gerhard nicht mit einer verborgenen Pechnase. Sonst hätte er gewusst, dass sein Unterfangen, auf diese Weise den Bergfried zu stürmen, unmöglich war.«
»Hätte er es denn wissen können?«, insistierte Loretta.
Volker hob ratlos die Schultern. »Heinrich von Schmidtburg, der verstorbene Burgherr, hätte es ihm vielleicht gesagt, wenn sie je über die Wehranlagen gesprochen hätten. Aber der Erzbischof wollte ja vermeiden, dass seine Abmachung mit Heinrich vor dessen Tod offenkundig wurde. Deshalb hielt er sich nie auf der Schmidtburg auf. Und solch verborgene Pechnasen sind sehr schwer zu konstruieren und daher außerordentlich selten, zumal als Teil eines Bergfrieds. Es gibt keine andere, mir bekannte im ganzen Hunsrück. Auch von dieser wussten wir allesamt nichts.«
Loretta überlegte kurz. »Und was geschieht nun? An sich ist Friedrich doch schon besiegt und verschanzt sich nur aus purem Trotz im Bergfried. Allerdings kann er auf eine gnädige Sühne nach diesem Affront gegen Balduin kaum mehr hoffen.«
Anstatt einer Antwort stand Volker auf und trat ein Stück auf die Freifläche hinaus, die Lorettas luxuriöses Zelt von denen des weiblichen Gesindes trennte. Sie verbrachte die meiste Zeit des Tages im Frauenlager und langweilte sich trotz der schrecklichen Geschehnisse rund um die Schmidtburg Tag für Tag mehr. Denn weder fand Balduin die Muße, sie zumindest tagsüber zu besuchen, noch konnte sie selbst sich des Nachts unbemerkt an den zahlreichen Wachen vorbei in sein Zelt inmitten des Heerlagers schleichen. Seit Wochen sah sie Balduin daher nur beim Besuch der morgendlichen Feldmesse. Getreu dem Versprechen, das sie ihm gegeben hatte, hielt sie sich sowohl von den einfachen Truppen als auch von den Verwundeten fern.
Selbst Kathi war abends viel zu müde, um ihr zu berichten, was vor sich ging, wenn sie nach ihrer schweren Arbeit bei den Ver-

wundeten hastig eine Speise hinunterschlang, ohne zu bemerken, was sie überhaupt aß. Dann fiel sie in einen bleiernen Schlaf, bis der erste Hahnenschrei sie wieder an ihr schauriges Tagwerk rief.

Volker hielt sich die Hand über die Augen und spähte gegen die Sonne, die sich zum ersten Mal an diesem Tag hinter den Wolken hervorgewagt hatte. Dunst stieg aus den vom Regen noch feuchten Wiesen auf, die Luft war drückend schwül.

»Ich glaube, unser Heerführer lässt die Katapulte wieder aufstellen, um den Bergfried damit zu beschießen. Aber es wird Wochen dauern, bis die zehn Fuß dicken Mauern brechen. Wenn es überhaupt …«

Er stockte mitten im Wort. Eine Gestalt rannte mit aufgelöstem Haar und wehendem Gewand auf Lorettas Zelt zu.

Loretta sprang auf. »Das ist Kathi! Es muss etwas Furchtbares geschehen sein.«

Schon war das Mädchen herangekommen und hielt sich gekrümmt die schmerzende Seite. »Kommt schnell, Herrin!«, japste sie. »Sputet Euch, Ihr müsst kommen! Er will Friedrichs Sohn Gottfried mit dem Katapult gegen den Bergfried schießen lassen.«

Keuchend hetzte Loretta hinter Kathi her. Ihr Kleid verfing sich immer wieder im hohen Gras und wickelte sich um ihre Knöchel, so dass sie strauchelte und zu fallen drohte. Doch Empörung und Entsetzen hielten sie gleichermaßen auf den Beinen.

Tatsächlich zerrten vier Soldaten in den Farben Triers eine schlaksige Gestalt auf das Katapult zu, dessen Wurfschale gesenkt war und von starken Riemen am Boden gehalten wurde. Das Gegengewicht baumelte drohend hin und her. Sobald die Riemen gelöst wurden, würde das Gewicht nach unten sausen und den in die Höhe gerissenen Inhalt der Wurfschale gegen den Bergfried schmettern.

Gottfried schrie und wehrte sich aus Leibeskräften. Doch gegen die Übermacht kam der Jüngling nicht an. Die Soldaten zwangen ihn nieder, winkelten seine Beine an und verschnürten seine Hand- und Fußgelenke miteinander. Dann zwängten sie seinen Körper in die Schale und stopften ihm einen Knebel in den Mund. Loretta, die mittlerweile völlig außer Atem war, kam gleichzeitig mit Balduin an, der sich von der anderen Seite näherte. Er bemerkte Loretta erst, als sie ihn anschrie.
»Was tut Ihr da? Seid Ihr denn gänzlich von Sinnen?«
Überraschung, dann Zorn über die öffentliche Maßregelung trieben Balduin die Röte ins Gesicht. Doch er blieb ruhig und setzte ein falsches Lächeln auf.
»Edle Frau!« Er deutete eine Verneigung an. »Zu jeder anderen Stunde wäre mir Eure Ankunft willkommen. Doch nun ist leider kein geeigneter Moment für Euren Besuch.« Er winkte Lorettas Ritter Nikolaus von Schonenberg heran. »Seid so gut, edler Freund, und geleitet die Dame zurück in ihr Zelt.«
»Was untersteht Ihr Euch?« Loretta geriet nun völlig außer sich. »Wollt Ihr Euer Gewissen mit dem feigen Mord an einem Wehrlosen belasten? Das untersage ich Euch. Auch ich bin Regentin und stelle Truppen aus meiner Herrschaft. In meinem Namen geschieht eine solche Untat nicht!«
Balduins Züge verzerrten sich zu einer Mischung aus Ingrimm und Abscheu. Nie zuvor hatte Loretta einen solchen Ausdruck in seinem Gesicht gesehen. Dann drehte er ihr einfach den Rücken zu, als sei sie Luft.
»Friedrich von Kyrburg!«, brüllte er aus Leibeskräften in Richtung des Bergfrieds. »Seht her und schaut genau hin, was vor sich geht. Diese wimmernde Memme ist Euer Sohn, den meine Reisigen im Wald aufgegriffen haben, als er sich von der Walstatt schleichen wollte. Sicherlich wollt Ihr ihn zurückhaben. So entscheidet jetzt, ob Ihr ihn unversehrt in Empfang nehmen oder seinen Leib von den Mauern kratzen wollt!«

»Der Junge zählt gerade erst sechzehn Lenze«, begann Loretta erneut mit sich überschlagender Stimme. »Lasst ab und ...«
Balduin fuhr mit einem Ruck zu ihr herum. »Haltet Euer törichtes Maul, sonst lasse ich Euch gebunden zurück in Euer Lager schaffen.«
Trotz ihrer Erregung erkannte Loretta sofort, dass dies keine leere Drohung war, und verstummte. Starr vor Entsetzen, beobachtete sie, wie Balduins Männer auf seinen Wink hin die Schnüre der Schale zu lösen begannen. Gottfried begann zu weinen. Der Knebel hinderte ihn am Jammern, doch die Schluchzer schüttelten seinen ganzen Körper.
»Nun?«, brüllte Balduin erneut gegen den Bergfried. »Kommt Ihr heraus, oder muss ich Euch zeigen, dass ich es ernst meine?« Er ruckte an der Schale. Der Geruch von Urin stieg Loretta in die Nase. Gottfried von Kyrburg musste sich vor Angst beschmutzt haben. Der Junge schluchzte weiter und wand sich hilflos in seinen Stricken. Erst jetzt bemerkte Loretta, dass auch ihr selbst die Tränen über die Wangen liefen.
»Ich zähle jetzt bis zehn.« Balduin hob den Arm und ließ ihn wieder fallen. »Eins.« Er wiederholte die Prozedur. »Zwei.«
»Mit dem letzten Schlag trennen meine Männer die Seile durch, und Euer Sohn lernt das Fliegen!«
»Acht!« Loretta barg den Kopf in den Armen.
»Neun!« Sie zitterte vor Angst vor dem Kommenden und wünschte sich klaftertief unter die Erde.
Es blieb still. Nur zögernd hob Loretta den Kopf. In der offenen Tür des Bergfrieds stand Friedrich. Er schwenkte ein weißes Tuch.

Burg Baldeneck, Juni 1326, eine Woche später

»Ich harre hier aus, bis Euer Herr mich zu empfangen geruht.« Trotz ihrer entschlossenen Stimme war Loretta vollkommen aufgelöst.
Remigius musterte sie abschätzig. »Der edle Erzbischof hat mir Befehl gegeben, Euch und jedermann, den Ihr in Eurem Namen zu ihm schickt, abzuweisen.«
Loretta richtete sich hoch auf und versuchte, ihre zitternden Hände zu verbergen.
»Friedrich von Kyrburg ist ein Lehnsmann der Starkenburger. Es ist mein Recht, an den Sühnebestimmungen mitzuwirken. Will Euer Herr mir dies verweigern?«
Auf einmal stieg Zorn in ihr auf und verdrängte die Furcht vor Abweisung. »Nun gut. Dann setze ich meine eigene Sühne für Friedrich auf. Morgen erwarten wir die Zeugen, darunter auch meinen Oheim Matthias von Starkenburg und den Grafen von Katzenelnbogen. Dann werden die Herren uns eben uneins vorfinden und sich gewiss ihren eigenen Reim darauf machen.«
Anstatt sich vor Balduins Tür auf dem niedrigen Schemel niederzulassen, den Kathi ihr nachgetragen hatte, drehte sie sich um und winkte der Magd, ihr zu folgen.
Sie war kaum drei Schritt weit gekommen, als Remigius sie aufhielt. »Wartet, Herrin! Ich versuche noch einmal, mäßigend auf den Erzbischof einzuwirken. Doch ich verlange im Gegenzug dafür, dass Ihr Euch für Euer Benehmen vor der Schmidtburg entschuldigt.«
Loretta versuchte, sich ihre Erleichterung nicht anmerken zu lassen. Stattdessen musterte sie den Priester hoffärtig. »Das habt nicht Ihr zu entscheiden.«
Einen Lidschlag lang zögerte Remigius noch, dann verzog er das Gesicht und verschwand hinter der Tür zu Balduins Gemächern.
Loretta, der Balduin die erst vor wenigen Monden fertiggestell-

te Burganlage gezeigt hatte, wusste, dass sie aus einem spartanisch eingerichteten Schreib- und Empfangs- sowie einer dahinter gelegenen Schlafkammer bestanden.

Es dauerte eine Weile, und Loretta überlegte bereits, sich zu entfernen, als Remigius zurückkehrte. Mit einer spöttischen Verbeugung winkte er Loretta herein. Kathi dagegen, die ihrer Herrin folgen wollte, hielt er mit einer Handbewegung auf. »Der Herr möchte allein mit Euch sprechen.«

Seufzend bedeutete Loretta Kathi, vor den Gemächern auf sie zu warten. Dann folgte sie dem Priester mit klopfendem Herzen.

Balduin stand am schmalen Fenster, das zum Burghof ausgerichtet war, und drehte ihr den Rücken zu. Zu ihrer Überraschung verließ auch Remigius sofort wieder den Raum.

Loretta wartete auf das, was nun geschehen würde, und spielte nervös mit ihren Fingern. Doch Balduin rührte sich nicht. Wieder stieg Zorn in ihr auf. *Was bildet er sich eigentlich ein?*

Sie straffte sich und holte tief Luft. »Was soll dieses Gebaren? Ich bin gekommen, um mit Euch über die Sühnebestimmungen zu sprechen.« Unwillkürlich wählte sie die förmliche Anrede.

Balduin antwortete nicht.

»Nun gut. Ihr müsst nicht mit mir sprechen. Ich werde folgende Urkunde aufsetzen lassen: Friedrich verpflichtet sich, mir jeden Schaden zu ersetzen, der der Starkenburger Partei durch die Fehde entstanden ist. Für jeden gefallenen und versehrten Dienstmann zahlt er mir ein Wergeld von drei Pfund Heller. Zudem übergibt er mir die Wildenburg als Lehnsherrin und …«

Balduin fuhr herum. »Die Wildenburg beanspruche ich für mich.«

Loretta musterte ihn kühl. »Aus welchem Grund, Herr Balduin? Die Burg liegt in der Nähe von Herrstein, also Starkenburger Gebiet. Ihr könnt Euch an Wöllstein schadlos halten.«

»Was nutzt mir Wöllstein? Es liegt weitab von den Grenzen meines Territoriums.«

»So habt Ihr doch einen wunderbaren Vorwand, Euch wieder an fremdem Gut zu bereichern, wie Ihr es schon im Westerwald und an der Mosel getan habt. Rund um Wöllstein gibt es noch viele Regionen, die Ihr Euch aneignen könnt.«

Balduin antwortete nichts. Eine Weile lang starrten sie sich gegenseitig an. Dann veränderte sich Balduins starre Miene plötzlich und zeigte einen Ausdruck von Kummer und Scham. Loretta war überrascht.

»Wie konntest du mir so etwas antun!« Sogar Balduins Stimme klang nun elend und griff Loretta ans Herz. »Mich vor all unseren Rittern und Dienstleuten derartig zu demütigen. Noch nie zuvor hat es jemand gewagt, so mit mir zu sprechen. Und ich dachte, dass du mich liebst.«

Lorettas Zorn schmolz dahin. »Unsere Liebe war in diesem Moment nicht von Belang«, versuchte sie, sich zu rechtfertigen. »Es ging um das Leben des Jünglings und …«

»Ja, glaubst du denn wirklich, ich hätte seinen Körper an der Mauer zerschmettern lassen? Traust du mir so etwas wahrhaftig zu?«

Im ersten Moment wollte Loretta diese Frage mit »Ja« beantworten, doch sein schmerzerfüllter Gesichtsausdruck hielt sie zurück. Auf einmal wurde sie unsicher.

»Also war das nur eine Taktik, um Friedrich zur Aufgabe zu bewegen?«

Balduin nickte heftig. »Was sonst sollte es gewesen sein? Ich war des Sterbens und Leidens müde und trachtete danach, es auf diese Weise zu beenden. Und wie du siehst, ist mein Plan ja auch aufgegangen.«

Loretta fühlte sich auf einmal schuldig und begann, sich zu schämen. »Ich wollte dich nicht vor unseren Gefolgsleuten demütigen. Es tut mir aufrichtig leid. Bitte verzeih mir.«

Doch so einfach machte es ihr Balduin nicht. »Ich war und bin der Oberbefehlshaber unserer Truppen. Du bist zwar meine verbündete Regentin, aber trotzdem nur ein Weib.« Loretta zuckte zusammen. »Nach Gottes gewollter Ordnung hätte ich dich gar nicht zu den Belagerungen mitnehmen dürfen. Remigius hat mir dringend davon abgeraten.« Lorettas Züge verhärteten sich wieder.

Balduin bemerkte es sofort. »Ich hätte wohl besser auf ihn gehört«, sagte er leise, »anstatt mich dieser Schande auszusetzen. Aber ich habe dir vertraut. Und muss nun erkennen, dass du mich für ein Scheusal in Menschengestalt hältst.« Er wirkte nun sehr traurig, Loretta glaubte sogar, einen feuchten Schimmer in seinen Augen zu erkennen.

»Balduin, es tut mir leid«, wiederholte sie eindringlich. »Ich bitte dich um Vergebung. Wenn du willst, verzichte ich auf die Wildenburg und überlasse sie dir. Als Wiedergutmachung sozusagen.«

Balduins Züge entspannten sich. »So bereust du dein Verhalten aufrichtig?«

»Ja, ich bereue es.«

»Und du versprichst mir, dass dergleichen nie wieder vorkommt?«

»Ich verspreche es.«

Er trat auf sie zu und nahm sie in die Arme. »So will ich dir noch einmal verzeihen.« Er bog ihren Kopf zurück und küsste sie auf den Hals. An ihrem Schenkel spürte Loretta sein steifes Glied.

»Komm mit in die Kammer«, lockte Balduin. Er knabberte leicht an ihrem Ohrläppchen. »Bis zur Vesper haben wir noch mehr als eine Stunde. Lass uns die Versöhnung auf unsere Weise feiern.« Er klang heiser vor Begehren.

Erst als Loretta während der Abendandacht langsam wieder zur Besinnung kam, fiel ihr auf, dass sich Balduin seinerseits nicht bei ihr entschuldigt hatte. *Hätte er mich wirklich gebunden ins Frauenlager schleppen lassen?* Die Antwort blieb sie sich schuldig.

Burg Baldeneck, Juni 1326, zwei Tage später

»Und Ihr wollt wirklich auf jeden Landzugewinn verzichten? Mich dünkt dies keine kluge Entscheidung.«

Matthias runzelte die Stirn. Noch ehe Loretta antworten konnte, fuhr er fort: »Ich habe Euch schon einmal gewarnt, als Ihr Pantaleon ohne Not weitere Güter zu Lehen gabt. Ihr seht doch jetzt, auf welche Art er Euch diese Großzügigkeit vergolten hat.«

Loretta spürte, dass in Matthias' Worten etwas Wahres lag. Dennoch erwiderte sie: »Die Entscheidung habe ich nun einmal getroffen, Oheim Matthias. Erzbischof Balduin erhält die Wildenburg. Die Urkunde ist aufgesetzt, ich könnte jetzt ohnehin nichts mehr rückgängig machen.«

»Es wäre noch genügend Zeit, um ein neues Dokument aufzusetzen.«

Ja, aber nicht genügend Zeit, mich darüber mit Balduin zu einigen.

Mit Nachdruck entgegnete sie: »Dazu ist es jetzt zu spät. Die Zeremonie wird schon bald beginnen. Außerdem gehe ich ja nicht leer aus. Friedrich ersetzt alle Schäden, die den Starkenburgern durch die Fehde entstanden sind.«

Doch noch gab Matthias nicht auf. »Aus welchem Grund lässt Euch Balduin die Wildenburg nicht und hält sich an einem anderen Besitz des Wildgrafen schadlos? Das Gebiet der Wildenburg grenzt gleich an unsere Herrsteiner Ländereien und wäre eine perfekte Ergänzung unseres dortigen Besitzes. Er könnte doch eine andere Burg des Wildgrafen für sich fordern. Schließlich hat Friedrich Euch beiden so großen Schaden zugefügt, dass eine Sühne in dieser Größenordnung gerechtfertigt wäre.«

Er denkt genau das, was ich ursprünglich plante. Loretta fühlte sich zunehmend beklommen, zumal Matthias ihren nächsten Gedanken jetzt sogar aussprach.

»Warum hat er nicht Wöllstein genommen?«

»Aus dem gleichen Grund, aus dem ich diese Burg nicht beansprucht habe. Wöllstein liegt viel zu abgelegen. Und ich habe Erzbischof Balduin die Wildenburg überlassen, weil sein Erbe, die Schmidtburg, völlig zerstört ist. Damit hat er das Vorrecht auf einen angemessenen Ersatz. Und Wöllstein wollte er nicht.«

Matthias schüttelte bedenklich den Kopf. »Schon aus diesem Grund hättet Ihr wenigstens diesen Besitz übernehmen sollen. Kein Gebiet ist so weit entfernt, dass es sich nicht lohnen würde, damit sein Territorium zu vergrößern. Zumal Ihr ja nur Lehnsherrin von Wöllstein geworden wärt. Ein bis zwei Besuche pro Jahr hätten ausgereicht, um nach dem Rechten zu sehen.«

»Was geschehen ist, ist nun einmal geschehen.« Trotzig blickte Loretta zu Boden und mied Matthias' Blick, umso mehr, als sie spürte, dass er recht hatte.

Seine nächsten Worte trafen sie daher umso härter. »Ich hoffe, Ihr habt durch Euren Verzicht nichts an Ansehen eingebüßt, Loretta. Auch Balduin könnte wie ehemals Pantaleon Eure Großzügigkeit zu seinen Gunsten auszunutzen versuchen.«

In diesem Moment pochte es an die Tür der Kemenate, in der sich die beiden aufhielten. Kathi streckte den Kopf herein.

»Edle Herrin, edler Dompropst, Ihr solltet Euch eilen. Der Erzbischof und Euer beider Gefolge sind bereits im großen Saal versammelt. Friedrich von Kyrburg wird jeden Augenblick hereingeführt werden.«

Als Loretta mit Matthias an ihrer Seite den Saal betrat, war selbst Friedrich bereits eingetroffen. Er kniete vor Balduin, der ihn am anderen Ende des langen Raumes erwartet hatte und Loretta ungeduldig entgegensah. Rings an den Wänden standen Lorettas und Balduins Ritter. Nur der schon betagte Graf von Katzenelnbogen saß auf einem bequemen Lehnstuhl.

Hoheitsvoll hob Loretta den Kopf. Das kostbare Schapel, das ihr Johann hinterlassen hatte, drückte ein wenig. Es musste verrutscht sein, nachdem sie es angelegt hatte.

Doch an den bewundernden Blicken der Versammelten erkannte Loretta, dass niemand an ihrer Erscheinung etwas auszusetzen hatte. Sie trug das prächtige nachtblaue Seidenkleid, das sie schon anlässlich Friedrichs erster Unterwerfung angezogen hatte.

Auch Friedrich sah gepflegt und reinlich aus. Balduin hatte ihn nicht in den Kerker werfen, sondern ihm eine Kammer auf der Baldeneck anweisen lassen, vor der er zwei Wachen postierte.

Der struppige Bart, der Friedrichs Mund bei der Kapitulation umwuchert hatte, war abrasiert, sein wirres Haar gestutzt. Er trug eine dunkelbraune Surcotte und ockerfarbene Beinlinge aus gutem Stoff und wirkte daher nicht länger wie ein Straßenräuber, an den er Loretta in der Regel erinnerte, sondern wie ein Edelmann. Dennoch spürte sie plötzlich einen ziehenden Schmerz in der Magengrube, als sie auf ihn zuging. Weit heftiger als vor Burg Dill meldete sich ihr *Gefühl*.

Kein Wunder! Friedrich ist und bleibt ein gefährlicher Mann, versuchte sie, sich zu beruhigen. *Aber was könnte er hier unter so vielen bewaffneten Rittern ausrichten?*

Trotzdem verstärkte sich ihre Unruhe. Jetzt hatte sie ihren Platz an Balduins Seite erreicht. Die Zeremonie begann. Loretta verschränkte die Finger ihrer bebenden Hände vor ihrem Leib und hoffte, dass niemand etwas von ihrem inneren Aufruhr bemerkte.

Auf einen Wink des Erzbischofs hin trat Remigius vor und verlas die Sühnebestimmungen. Außer den erheblichen Schadensersatzzahlungen an Balduin und Loretta und der Verpflichtung, dem Erzbischof die Wildenburg als Lehen anzutragen, enthielten diese einen Passus, der Friedrich zu dem Versprechen zwang, für den Rest seines Lebens keinerlei feindselige Handlung mehr gegen das Kurfürstentum Trier oder die Grafschaft Starkenburg-Sponheim zu begehen.

Der Wildgraf von Kyrburg stimmte in jedem Punkt zu und drückte schließlich als Erster sein Siegel auf die Urkunden. Danach unterzeichneten der Graf von Katzenelnbogen und Oheim Matthias als Zeugen. Schließlich trat Loretta an den Tisch, um die Dokumente zu unterschreiben. Mittlerweile hatte sie auch heftig zu frösteln begonnen.

Nachdem sie Johanns Siegelring, den sie am Mittelfinger der rechten Hand trug, ins heiße Wachs gedrückt hatte, warf sie einen prüfenden Blick auf Friedrich, der den Blick bescheiden gesenkt hielt. Die Arme hatte er vor der Brust verschränkt, die Hände in die Ärmel seines Obergewandes gesteckt, so als würde er frieren. Nun kam Balduin zum Tisch und griff nach der Feder. Er beugte sich nach vorne und drehte Friedrich dabei den Rücken zu. Lorettas Herz begann, so schnell zu schlagen, als wolle es ihren Brustkorb sprengen. Ihre Finger fühlten sich kalt wie Eis an. So stark hatte die *Gabe* sie seit der Ermordung des Juden Thaddäus nicht mehr gewarnt. Dennoch zweifelte sie. *Worin besteht die Gefahr? Und wen soll sie treffen und vor allem, wie?*

Instinktiv blickte sie zur Decke. Das weißgekalkte Mauerwerk zeigte keinerlei Risse. *Anders als dereinst im Trierer Dom … Im Trierer Dom???*

Dann ging alles sehr schnell. Wie in Trance sah Loretta Friedrich einen silbern blitzenden Gegenstand aus dem Ärmel ziehen. Instinktiv stürzte sie auf ihn zu und stieß ihn mit dem ganzen Gewicht ihres Körpers zur Seite.

Keinen Lidschlag zu früh. Der herabsausende Dolch traf nicht Balduins Rücken, sondern den neben dem Tisch stehenden Remigius am linken Arm. Sofort spritzte hellrotes Blut aus der Wunde. Balduin schnellte herum. Fassungslos blickten die Zuschauer auf das Geschehen, als wären sie vor Entsetzen zur Salzsäule erstarrt.

Friedrich nutzte den Moment der allgemeinen Verwirrung und stürzte zur Tür. Doch weit kam er nicht. Geistesgegenwärtig stellte Nikolaus von Schonenberg dem Kyrburger ein Bein. Er stürzte mitten im Lauf schwer zu Boden.

Gleichzeitig zogen Johannes von Brunshorn, Volker von Falkenstein und einige Ritter Balduins ihre Schwerter und richteten sie auf den jetzt wehrlosen Wildgrafen.

»Das war Euer letztes Bubenstück, Schurke.« Mittlerweile hatte Balduin sich wieder gefasst und kam heran. Sein Gesicht war leichenblass ob der Todesgefahr, in der er gerade geschwebt hatte. Er winkte seinen Rittern.

»Werft diesen Abschaum ins tiefste Verlies der Baldeneck! Er wird die Sonne zeit seines Lebens nicht wiedersehen.«

Dann wandte er sich an Loretta. »Und Ihr, edle Dame, seid von Herzen bedankt. Ohne Eure Umsicht wäre ich jetzt ein toter Mann.«

Kapitel 23

Heerlager Balduins vor Kastellaun, Mitte September 1326

»Also, Remigius, sprich ohne weitere Umschweife. Wie viele Männer sind diese Nacht gestorben?«

Balduin hatte den Satz kaum beendet, als ihn plötzlich eine längst vergessene Erinnerung heimsuchte. *Heinrich! Hat mein Bruder Heinrich damals vor Brescia nicht fast die gleichen Worte gebraucht?* Gedankenverloren starrte er vor sich hin. *Verlässt auch mich jetzt das Kriegsglück?*

»Herr, edler Herr! Hört Ihr mir überhaupt zu?«

Balduin schreckte auf. »Natürlich höre ich zu. Doch wiederholt noch einmal, was Ihr gerade gesagt habt!«

Remigius schaute ihn mit einem bekümmerten Gesichtsausdruck an. Angesichts seiner Verwundung, die noch immer nicht ganz verheilt war, und dem unseligen Verlauf dieses Feldzugs gegen Walram von Kastellaun war selbst ihm das Spotten vergangen.

»Die Seuche greift weiter um sich, Herr. Zwanzig Männer sind heute Nacht gestorben. Doch weit schlimmer dünkt es mich, dass mehr als fünfzig andere jetzt über Bauchkrämpfe und blutigen Durchfall klagen.«

»Was sagt der Medikus dazu?«

Schon vor mehr als zwei Wochen hatte Balduin die beiden bekanntesten Ärzte aus Mainz und Trier herbeiholen lassen. Der Mainzer Medikus war der Seuche mittlerweile selbst erlegen.

Remigius hob die Schultern. »Er weiß auch keinen Rat, Herr. Außer dem einen: Tag und Nacht Messen lesen zu lassen, um den Herrgott anzuflehen, das Unheil von Eurem Heer abzuwenden.« Ein schwacher Abglanz der alten Ironie schlich sich in die Stimme des Priesters.

Balduin unterdrückte einen Fluch. »Holt die beiden kräuterkundigen Weiber herbei!«

Nachdem Remigius sein Zelt verlassen hatte, ging Balduin rastlos auf und ab.

Vielleicht hätte ich auf Loretta hören und dem Heer eine Verschnaufpause gönnen sollen, anstatt noch im selben Jahr gen Kastellaun zu ziehen.

Widerwillig dachte Balduin darüber nach. Auch hier entdeckte er plötzlich eine Parallele zu Heinrichs unglücklichem Feldzug gegen das aufrührerische Brescia. Hatte damals nicht auch Heinrichs Gemahlin Margarete seinen Bruder beständig um mehr Besonnenheit und Mäßigung gebeten? Und war er, Balduin, damals nicht einer Meinung mit ihr gewesen?

»Was geschehen ist, ist geschehen«, zischte er halblaut zwischen den Zähnen hervor. »Jetzt muss ich das Beste aus dieser vertrackten Situation machen.«

Doch das war einfacher gesagt als getan. Von Anbeginn an stand diese Fehde unter einem schlechten Stern. Balduins und Lorettas Heer war durch die verlustreichen Kämpfe um die Schmidtburg stark dezimiert. Es hatte Wochen gedauert, bis ihre Ritter neue Kriegsknechte rekrutiert hatten, die die Reihen völlig kampfunerfahrener Bauern und Höriger vervollständigten.

Derweil raste Balduin noch immer vor Wut über Friedrichs Anschlag auf sein Leben. Immer heftiger verspürte er den dringenden Wunsch, diesem Spuk mit der Eroberung der letzten Hochburg seiner Feinde endlich ein Ende zu machen. Obwohl er daher nur die Zeit für die notdürftigste Ausbildung der Rekruten bewilligte, war es Anfang August geworden, bis sie endlich von der Baldeneck aus zur nur zwei Wegstunden entfernten Stadt Kastellaun aufbrechen konnten.

Natürlich hatte Walram die Zeit genutzt, um die Stadtmauern zu verstärken und sich mit Lebensmitteln und Waffen einzudecken. Was er nicht an Vorräten nach Kastellaun schaffen konnte, ließ er erbarmungslos vernichten. In der ganzen Gegend rings um die Stadt, die von seiner wehrhaften Burg überragt wurde, verbrannten seine Heerhaufen das reifende Korn auf den Feldern und verwüsteten Obst- und Gemüsegärten. Dass dies vor allem seine eigenen Bauern traf, die dadurch schon jetzt großen Hunger litten, störte Walram nicht. Hauptsache, er erreichte sein Ziel, dem Feind empfindlich zu schaden.

Balduin merkte sehr schnell, wie mühsam es war, sämtliche Vorräte für sein Heer aus dem Hinterland herbeischaffen zu müssen. Mittlerweile verfluchten ihn Freund und Feind gleichermaßen. Denn auch in seinen eigenen Weilern, die seine Sol-

daten auf der Suche nach Nahrung und Brennholz beständig durchstreiften, gingen die Vorräte allmählich zur Neige.
Selbst das Wetter schien sich gegen Balduins Kriegsglück verschworen zu haben. Seit Mitte August brütete das Land unter einer sengenden Hitze, die immer wieder von schweren Unwettern begleitet wurde. Die Luft war dumpfig und schwül, und obwohl es bereits Herbst war, gab es keine Abkühlung. Stechmücken brüteten in den Pfützen wie weiland in den Sümpfen vor Brescia. Schwärme von Fliegen plagten Mensch und Tier ohne Unterlass und stürzten sich gierig auf die immer knapper werdende Nahrung. Die Bäche, aus denen das Heer sein Trinkwasser schöpfte, wurden brackig. Schon waren die ersten, bis auf wenige mit fauligem Wasser gefüllte Stellen, bereits völlig ausgetrocknet.
Doch besonders hart traf Balduin der Tod des Blidenmeisters Gerhard. Die für das Bezwingen der Mauern notwendigen Belagerungstürme konnte man nicht transportieren. Sie mussten immer wieder neu errichtet werden. Deshalb machte sich Gerhard unmittelbar, nachdem Balduin sein Zeltlager vor Kastellaun aufgeschlagen hatte, ans Werk. Der erste Turm war gerade fertiggestellt und wurde unter seiner Aufsicht vor die Mauern gerollt, da traf den Meister ein Pfeil in den Hals. Er starb binnen weniger Minuten.
Und auch seinem Turm war kein Glück beschieden. Er wurde kurze Zeit später nicht durch den Feind, sondern durch das Ungeschick der eigenen Besatzung zerstört. Ein irdener Feuertopf, an dem die Männer Brandgeschosse entzünden sollten, fiel um. In nur wenigen Minuten ging die hölzerne Konstruktion in Flammen auf. Mit Mühe und Not rettete die Besatzung ihr Leben.
In seiner Wut befahl Balduin, den verantwortlichen Reisigen und ihren Befehlshabern Nasen und Ohren abzuschneiden. Doch dies trug ihm nur den Unmut seines bislang treuergebe-

nen Heeres ein und eine weitere heftige Auseinandersetzung mit Loretta.

Da auch zwei Männer aus ihrem Teil des Heeres von Balduins Strafe betroffen waren, stellte sie ihn diesmal zwar ohne Zeugen, aber darob umso schärfer zur Rede. Als er nicht nachgab, scheute sie sich nicht, ihn darauf hinzuweisen, dass sie ihm erst vor wenigen Monden zum zweiten Mal das Leben gerettet hatte. Obwohl Balduin ihr bislang dafür dankbar gewesen war, empfand er den Hinweis als unnötig und außerordentlich demütigend. Zornig und unversöhnt gingen sie auseinander und mieden sich seither erneut.

Loretta weigerte sich, Balduins Vorschlag zu folgen und auf die Starkenburg zurückzukehren. Stattdessen wartete sie auf seiner nur wenige Meilen von Kastellaun entfernten Burg Baldeneck auf den Ausgang der Fehde. Sie schrieb ihm zunehmend ungeduldigere Briefe mit der Aufforderung, die Belagerung abzubrechen und die Eroberung Kastellauns auf das nächste Frühjahr zu verschieben.

»Aber ich denke gar nicht daran.« Balduin knirschte mit den Zähnen. Bislang galt er im ganzen Land als siegreicher Feldherr. Gäbe er jetzt die Belagerung auf, würde dies seiner Reputation einen nicht wiedergutzumachenden Schaden zufügen. »Vielleicht würden sich sogar meine unterjochten Gegner wider mich erheben, obwohl sie mir den Lehnseid geschworen haben«, murmelte er halblaut vor sich hin.

Ein Räuspern in seinem Rücken ließ ihn herumfahren. Unwillkürlich schoss ihm das Blut ins Gesicht. Remigius war mit den beiden Kräuterweibern zurückgekehrt. Wie lange die drei dort schon unbemerkt standen, konnte er nicht sagen.

Mit zusammengezogenen Brauen musterte Balduin die Frauen, die vor ihm niederknieten. Die Junge, sie hieß Kathi, wenn er sich recht erinnerte, kannte er schon von den früheren Schlachten um Dill und die Schmidtburg.

Die um etwa zwanzig Jahre ältere Frau hatte er bislang nur flüchtig auf der Starkenburg gesehen. Sie musste Kathis Mutter sein. Jetzt, wo sie nebeneinanderstanden, fiel ihm die Ähnlichkeit auf. Beide Frauen hatten die gleichen grüngrauen Augen und den energischen Zug um den Mund mit den schmalen Lippen. An einer Strähne ihres Haars, die sich unter der Haube hervorgestohlen hatte, erkannte Balduin, dass Hilda auch die gleiche aschblonde Haarfarbe hatte wie Kathi. Diese trug als unverheiratete Frau ihr Haar unbedeckt, auch wenn sie es jetzt bei der Krankenpflege mit einem Tuch zurückgebunden hatte.

Mit einer Geste bedeutete Balduin den Frauen, sich zu erheben. Die Ältere sah ihm unerschrocken in die Augen. Sie trug ihren Kopf hoch erhoben und hielt sich sehr aufrecht. Loretta hatte ihm einmal erzählt, dass sie Hildas Künsten als Wehmutter ihr Leben verdankte. Nun hatte seine Verbündete die Frau auf Kathis Bitte hin von der Starkenburg rufen lassen, wo sie jetzt deren Söhne betreute.

»Also«, fragte er barscher als beabsichtigt, »könnt ihr beiden mir Auskunft darüber geben, was für eine Plage mein Heer heimsucht?«

Das ältere Weib neigte den Kopf. »Ich habe zuvor nur von dieser Seuche gehört, Herr. Sie überfällt immer wieder Truppen, die im Felde stehen. Die Krankheit beginnt mit heftigen Bauchkrämpfen und Fieber. Manchmal geht sie mit Erbrechen einher, doch immer mit blutigem flüssigem Stuhl. Aus diesem Grund nennt man sie auch die Rote Ruhr.«

Balduin winkte ungeduldig ab. »Das weiß ich alles bereits, Kräuterweib. Wie nennst du dich eigentlich? Hilda? Also, Hilda, deine Heilkunst wird über alle Maßen gerühmt. Meine gelehrten Ärzte konnten bislang nichts ausrichten. Kennst *du* ein Mittel gegen die Seuche?«

Hilda schüttelte den Kopf. »Die Rote Ruhr verläuft meistens tödlich, Herr. Die Kranken sterben an völliger Entkräftung, da sie sich viele Male am Tag erleichtern müssen und deshalb weder Nahrung noch Wasser bei sich behalten können.«

»Und warum verbreitet sich die Seuche so rasch? Warum trifft es jeden Tag mehr und mehr meiner Soldaten?«

»Das weiß ich nicht, Herr.« Hilda stockte einen Moment. »Ich habe nur ein paar Vermutungen.«

»Was für Vermutungen?«

Wieder hob Hilda den Kopf und sah Balduin in die Augen. »Ihr selbst und auch Euer Leibgefolge seid nicht erkrankt. Darf ich Euch einige Fragen stellen?«

Balduin nickte unwillig. »Doch beeile dich, die Zeit drängt.«

»Woher bezieht Ihr Euer Trinkwasser, Herr?«

Balduin stutzte. »Ich lasse es eigens in kleinen Fässern von einer Quelle in der Nähe der Baldeneck bringen. Das Wasser dieser Quelle ist süß und rein.«

»Aus welchem Grund trinkt Ihr nicht von den Bächen hier um das Feldlager?«

Balduin schnaubte. »Das Wasser stinkt wie eine Kloake. Die Männer waschen sich darin, und viele verrichten dort sogar ihre Notdurft.«

Hilda nickte nachdenklich. »Eine weitere Frage, Herr. Wie bewahrt Ihr Eure Vorräte auf?«

»Nur in geschlossenen Behältern, Weib. Ich hasse es, wenn sich Myriaden von Fliegen darauf tummeln.«

»Und für Eure Notdurft benutzt Ihr wahrscheinlich einen eigenen Ledereimer? Säubert Ihr Euch danach auch die Hände?«

»Was geht dich das an, Weib?«

Hilda hielt Balduins wütendem Blick stand.

»Bitte beantwortet mir noch diese Frage, Herr!«

»Nun gut«, antwortete der Erzbischof mühsam beherrscht. »Ich hoffe, dass du hernach eine einleuchtende Erklärung für diese Unverschämtheiten hast. Es versteht sich wohl von selbst, dass ich als Heerführer nicht die gleichen Latrinen benutze wie das

einfache, noch dazu meistens verlauste Volk. Deshalb lautet die Antwort auf deine Frage abermals: ja!« Er machte ein paar Schritte und ergriff einen Gegenstand auf einem dreibeinigen Tischchen. »Siehst du dieses Gefäß? Man nennt es Aquamanile. Dieses Stück stammt aus dem Erbe meines Bruders Heinrich. Es stellt ein Einhorn dar und ist aus vergoldeter Bronze gefertigt. Vor jeder Messe, vor jeder Mahlzeit und selbstverständlich nach jeder ›Verrichtung der Notdurft‹, wie du es zu nennen beliebst, lasse ich mir daraus warmes, mit Rosenöl versetztes Wasser über die Hände gießen. Selbst wenn ich im Felde stehe, verzichte ich nicht auf die gebotene Reinlichkeit und halte auch all meine Dienstmannen an, darauf zu achten!«
Balduin hielt inne und schöpfte tief Luft. Er hatte sich so in Rage geredet, dass sein Gesicht rot angelaufen war. Hilda und Kathi tauschten bedeutungsvolle Blicke, was ihm nicht entging.
»Und nun sag endlich, zu was diese ganze Fragerei nütze ist«, fuhr er Hilda an.
Die Kräuterfrau deutete einen Knicks an. »Ihr habt uns mit Euren Antworten sehr geholfen, hochwohlgeborener Herr«, begann sie. »Warum und wie sich die Krankheit in Eurem Heerlager verbreitet, haben wir bislang nur geahnt. Wir vermuteten, dass es etwas mit dem schmutzigen Wasser der Bäche zu tun haben könnte sowie mit den Fliegen, die sich in Schwärmen auf den Proviant Eurer Dienstmannen setzen, oder auch mit der mangelnden Sauberkeit der Soldaten. Nun sind wir beinahe sicher, dass es sich so verhält.«
»Das schließt du allein anhand der Tatsache, dass es dem Herrgott gefallen hat, mich und mein engstes Gefolge nicht mit dieser Seuche zu schlagen?«
Hilda verneinte. »Meine Tochter Kathi bat die Herrin Loretta, nach mir zu schicken, als deren treuester Gefolgsmann, der edle Ritter Volker von Falkenstein, an der Roten Ruhr erkrankte. Ihr

wisst, dass er bei der Belagerung der Burg Dill bereits schwer verwundet wurde und dadurch noch geschwächt war. Als ihn nun der Blutfluss, begleitet von hohem Fieber, ergriff, sandte die Herrin Loretta einen Eilboten zur Starkenburg, um mich zu holen.«

»Fasse dich kurz und komm endlich zur Sache!«, unterbrach Balduin sie.

Hilda ließ sich nicht beirren und fuhr fort: »Allein, der tapfere Ritter wäre wahrscheinlich bei meiner Ankunft bereits tot gewesen, hätte meine Tochter Kathi nicht genau jene Maßnahmen ergriffen, die Euch möglicherweise bislang vor der Krankheit bewahrt haben. Sie kochte das unreine Wasser ab, bevor sie es ihm zu trinken gab, hielt den Kranken sauber und achtete auch selbst peinlich darauf, sich reinlich zu halten und niemals mit seinen Ausscheidungen in Berührung zu kommen. Als er wieder etwas Nahrung zu sich nehmen konnte, bereitete sie ihm von eigener Hand Suppen und Brei. Zwar ist der Herr Ritter von Falkenstein noch immer sehr schwach, doch das Fieber ist weg, und seit heute kann er schon wieder aufrecht sitzen und selbst essen.«

»Und woher wusstest du, was zu tun war?«, wandte sich Balduin an Kathi.

Auch die junge Frau knickste. »Es war nur mein Gefühl, gepaart mit meinen Beobachtungen, edler Herr Balduin. Ich kenne ja kein Heilkraut gegen diese Seuche. So war es das Einzige, was ich versuchen konnte, um ihm möglicherweise zu helfen.«

Balduin stand auf und ging zum Eingang seines Zeltes. Eine Weile schaute er hinaus. Dann drehte er sich um und sprach zunächst Remigius an.

»Sorgt dafür, dass diese Maßnahmen im ganzen Lager umgesetzt werden. Das Trinkwasser wird ab sofort gesiebt und abgekocht. Jeder, der seine Notdurft in fließende Gewässer verrichtet, wird mit zehn Peitschenhieben bestraft. Alle Speisen sollen in fest verschlossenen Gefäßen verwahrt und transportiert werden, um die Fliegen abzuhalten. Und lasst neue Latrinen für die gesunden Soldaten graben, die sie fortan benutzen sollen.«

Der Schreiber runzelte skeptisch die Stirn. Balduin kam seinen Einwänden zuvor. »Im schlimmsten Fall nutzt der Rat dieser Kräuterweiber nichts, Remigius. Doch behalten sie recht, erholt sich mein Heer vielleicht noch rechtzeitig genug, um diese aufrührerische Stadt samt ihrem hoffärtigen Herrn vor Beginn des Winters zu besiegen.«

Er winkte den Kräuterfrauen. »Ihr seid entlassen! Geht nun und helft bei der Durchführung meiner Befehle! Halt«, hielt er Remigius zurück. »Ihr bleibt noch auf ein Wort.«

Als die Frauen das Zelt verlassen hatten, winkte er den Priester näher zu sich heran.

»Tun die drei Katapulte, die unser verstorbener Meister Gerhard bereits für die Eroberung der Schmidtburg errichten ließ, noch fleißig ihren Dienst?«

Verwundert sah ihn Remigius an. »Selbstverständlich, Herr. Anderenfalls wärt Ihr sofort unterrichtet worden.«

Ein zufriedenes Lächeln breitete sich auf Balduins Gesicht aus, ohne seine grimmig dreinschauenden Augen zu erreichen. Er glich einem gefährlichen Raubtier.

»Vortrefflich, Remigius, vortrefflich. Also hört meinen Plan!«

Zelt des Volker von Falkenstein,
September 1326, am Abend des gleichen Tages

»Trinkt das, Herr. Es wird Euch guttun.«

Volker wandte den Kopf ab. »Es geht mir schon viel besser, Kathi. Verschone mich mit deinen bitteren Tränken.«

Mit einem leisen Lächeln, doch unnachgiebig hielt Kathi Volker den Becher mit dem dampfenden Kräuteraufguss entgegen. »Es

freut mich, dass es Euch bessergeht, Herr. Doch Ihr seid noch sehr schwach. Wollt Ihr Euren Erfolg gleich wieder gefährden?«
Volker griff nach dem Becher. »Meinen Erfolg?«, murmelte er leise. »Doch wohl eher den deinen. Du hast mir nun schon zum zweiten Mal das Leben gerettet.«
Kathi senkte bescheiden den Kopf. »Diesmal war ich es nicht allein. Meine Mutter eilte mir und Euch zu Hilfe.«
Volker nippte an dem Getränk und verzog den Mund. »Was ist das?«
»Eine Mischung aus verschiedenen Heilkräutern, die man gegen Übelkeit verwendet. Kamille und Wermut sind darunter.«
Volker nahm noch einen Schluck. Dann sah er der Magd in die Augen. »Warum tust du das für mich, Kathi?«, fragte er.
Die junge Frau wich seinem Blick aus. Ein seltsamer Ausdruck, den Volker nicht gleich zu deuten wusste, huschte über ihr Antlitz. Sie antwortete nicht.
Er richtete sich ganz von seinem Lager auf, vor dem Kathi auf einem niedrigen dreibeinigen Schemel hockte, schob sanft seinen Zeigefinger unter ihr Kinn und hob ihr Gesicht zu ihm empor. Was er erblickte, ließ ihn einen Moment lang erschauernd zurückfahren. Ihr hübsches Antlitz wirkte von den langen Nachtwachen müde und verhärmt, dunkle Schatten lagen unter ihren Augen. Dennoch sprachen vollkommene Ergebenheit und Hingabe daraus.
»Du liebst mich«, entfuhr es ihm unwillkürlich.
Kathis Wangen überzogen sich mit einem flammenden Rot. Doch diesmal hielt sie seinem Blick stand. »Wie sollte ich einen Mann wie Euch auch nicht lieben, Herr.« Ihre Stimme war leise wie ein Windhauch. »Auch wenn ich weiß, dass Euer Herz einer anderen gehört.«
Volker zuckte zusammen. Loretta! Seit vielen Wochen hatte er sie gar nicht oder nur von ferne gesehen. Sie weilte auf der Baldeneck, während er im Felde stand.

Loretta! Ein unerfüllbarer Traum! Kurz drohte ihn die Wehmut zu überwältigen. Dann riss er sich zusammen.

Dieses Mädchen, das da vor ihm hockte, die Hände bescheiden im Schoß gefaltet, die Augen jetzt wieder gesenkt, hatte ihn zweimal vor dem Tode bewahrt, das letzte Mal unter Einsatz seines eigenen Lebens. Viele Pfleger, die Kontakt zu den an der Roten Ruhr Erkrankten hatten, waren danach selbst an der Seuche gestorben. Sogar einer der beiden Ärzte war ihr erlegen.

»Loretta!« Er merkte nicht einmal, dass er ihren Namen jetzt leise ausgesprochen hatte. Kathis Augen füllten sich mit Tränen. Sie machte Anstalten, sich zu erheben. Spontan ergriff er ihre Hand.

»Bleib noch ein Weilchen bei mir und spende einem einsamen Manne ein wenig Trost!« Die Worte kamen ihm wie von selbst über seine Lippen. »Willst du auch das für mich tun?«

Eine Träne rollte über ihre Wange hinab. Der Blick, mit dem sie ihn nun ansah, erinnerte ihn an den eines scheuen Rehs.

»Alles, was Ihr wollt, edler Herr.« Er hatte Mühe, ihre Antwort zu verstehen. »Alles würde ich für Euch tun.«

Dann schloss er die Zitternde in seine Arme.

Burg Baldeneck, Ende September 1326, zwei Wochen später

»Ihr müsst kommen und irgendetwas dagegen tun, Herrin! Ich flehe Euch an!«

Mit einer Mischung aus Rat- und Hilflosigkeit hob Loretta die Hände. »Was soll *ich* denn dagegen tun, Hilda? Balduin ist der Heerführer und bestimmt allein, wie er bei der Belagerung von Kastellaun vorgeht. Ich habe ihm schon zweimal in dieser Sache geschrieben und das zur Antwort erhalten.«

»So kommt persönlich ins Feldlager und sprecht mit ihm.«

Loretta dachte an ihre letzte unerfreuliche Begegnung, bei der sie ihn wegen der Verstümmelung von zwei ihrer Reisigen zur Rede gestellt hatte. Das Gespräch war aus ihrer Sicht nicht nur erfolglos verlaufen, sondern hatte die Situation zwischen ihnen sogar noch verschlimmert.

Schon dass sie im Juni den Angriff Friedrichs von Kyrburg auf ihn verhindert und ihm das Leben gerettet hatte, entfremdete Balduin und sie eher voneinander, als dass es sie einander näherbrachte. Es war, als ob der Erzbischof durchaus nicht in ihrer Schuld stehen wollte.

Dass sie ihn bei ihrem letzten Streit deshalb erneut an die Episode erinnert hatte, um ihn zum Einlenken zu bewegen, war mehr als ungeschickt gewesen. Zwar dankte er ihr erneut für die »Abwendung der Gefahr«, wobei er das Wort »Lebensrettung« sorgsam vermied, doch diesmal in förmlichen Worten und mit vor Zorn blitzenden Augen. Dann ließ er sie unverrichteter Dinge ziehen und mied seither jeden vertrauten Kontakt mit ihr.

Daher seufzte Loretta nun tief. »Ich weiß nicht, ob ich irgendetwas bewirken kann, Hilda.«

»Oh mein Gott, was soll ich nur tun? Dabei habe ich dem Erzbischof diese furchtbare Waffe auch noch selbst in die Hand gegeben.« Hilda vergrub in ohnmächtigem Zorn ihr Gesicht in den Händen. »Nie hätte ich gedacht, dass ein Mann der Kirche giftigen Kot und sogar die Leichen seiner eigenen, an der Seuche verstorbenen Soldaten über die Stadtmauern katapultieren lässt, anstatt ihnen ein christliches Begräbnis zu gewähren. Das ist barbarisch.«

»Ist es denn sicher, dass die Seuche mittlerweile auch in Kastellaun wütet?«

Hilda nickte. »Die Menschen dort sterben wie die Fliegen, so entkräftet von Hunger und Entbehrungen, wie sie sind.«

»Und der Erzbischof lässt sogar Menschen, die fliehen möchten, erbarmungslos zurücktreiben?«

Hilda nickte. »Erst gestern verließ eine kleine Gruppe heimlich die Stadt durch eine Seitenpforte. Es waren Mütter mit ihren Säuglingen auf dem Arm dabei und hilflose Greise. Doch Balduin befahl seinen Reisigen, sie mit Peitschenhieben zurückzujagen. Da man sie aber durch die Stadttore nicht mehr einließ, hocken die Elenden seither im strömenden Regen im Morast vor den Mauern.«

»Warum ließ man sie denn nicht wieder hinein?« Loretta war entsetzt.

Hildas Züge verhärteten sich. »Auch Walram von Kastellaun ist ein überaus grausamer Kriegsherr, der dem Erzbischof in nichts nachsteht. So bestraft er die Abtrünnigen aus seinen eigenen Reihen.«

Lorettas Verzweiflung wuchs. »Aber was soll ich Balduin denn raten, Hilda? Auch wenn es jetzt Tag für Tag weniger Tote gibt, ist unser eigenes Heer durch die Seuche noch zu geschwächt, um einen Sturmangriff gegen die Stadt zu führen. Das hast du ja selbst eingestanden. Was bleibt dem Erzbischof also anderes übrig, als Brandsätze und Seuchentote über die Mauern zu schießen, um Kastellaun auf diese Art zu zermürben, wenn es nicht zu einer ehrenhaften Eroberung reicht.«

Kaum hatte sie den Satz beendet, merkte sie bereits, wie absurd er war. Hilda sprach aus, was sie dachte. »Keine Eroberung ist jemals ehrenhaft, Herrin. Es sind die kleinen Leute, die für die Hoffart ihrer Herren zu büßen haben, ganz gleich, wie eine solche Eroberung vonstattengeht.«

Eine Weile schwiegen die Frauen und hingen ihren düsteren Gedanken nach. In der Kemenate war nur das ununterbrochene Rauschen des Regens zu hören, der vor drei Tagen eingesetzt und die brütende Hitze abgelöst hatte.

Schließlich durchbrach Hilda die Stille. »Es wird bald Winter werden, Herrin. Zwar verhindert der Regen, dass die Brandsätze noch mehr Schaden anrichten, doch die Hälfte der Häuser in

Kastellaun ist bereits zerstört. Das berichtete ein geflohener Knabe, den man aufgriff und den Balduin selbst verhörte. Ihr müsst dieser Fehde ein Ende machen, ehe die ganze Stadt an der Starrsinnigkeit der gegnerischen Feldherren zugrunde geht. Oder zumindest eine Unterbrechung bis zum nächsten Frühjahr erwirken.«
Loretta seufzte erneut, diesmal noch tiefer als zuvor. »Ich habe zwar nicht die geringste Idee, Hilda, wie ich diesbezüglich Einfluss auf Balduin nehmen kann. Doch du hast recht. Ich muss es zumindest versuchen. Morgen früh brechen wir auf.«

Auf dem Weg nach Kastellaun, Ende September 1326, am nächsten Morgen

Schon von weitem hörte Loretta das Wehklagen und Weinen von Weibern, das aus dem Weiler drang, dem sich ihr kleiner Zug gerade näherte. Sie hatte Burg Baldeneck mit Hilda, ihrer neuen Kammermagd Gerhild, die Kathis Platz eingenommen hatte, und sechs Reisigen unter der Führung ihres Gefolgsmanns Egbert von Randeck erst vor einer halben Stunde verlassen. Kurz nach ihrem Aufbruch hörte es endlich zu regnen auf.
Loretta zügelte ihre Stute. »Was geht dort vor sich?«, wandte sie sich an Egbert, der neben ihr an der Spitze des kleinen Trupps ritt. »Dieser Weiler muss doch noch zur Herrschaft des Erzbischofs Balduin gehören.«
Egbert zuckte gleichgültig mit den Achseln. »So ist es, hohe Herrin. Wahrscheinlich requirieren seine Soldaten dort Proviant für das Heer.«
»Und misshandeln dabei seine Bauern?«
Wieder hob Egbert die Schultern, ohne eine Miene zu verziehen. »Das Gesindel wird seine Vorräte wieder einmal nicht freiwillig herausrücken.« Loretta spürte, dass sie den Ritter von all

ihren Getreuen am wenigsten mochte. Diese wechselten sich mit dem Oberbefehl über die Burgwache der Baldeneck ab, um ihre Sicherheit zu gewährleisten. Unglücklicherweise war ausgerechnet Egbert in dieser Woche an der Reihe.

Entschlossen drückte Loretta ihrer Stute die Fersen in die Flanken. »Ich will selbst sehen, was dort vor sich geht.«

Sie hörte Egbert in ihrem Rücken einen verblüfften Ruf ausstoßen, hielt aber dessen ungeachtet geradewegs auf den Weiler zu. Beim Näherkommen erkannte sie, dass dieser aus den Katen einiger armer Häusler bestand, die wahrscheinlich kein eigenes Land besaßen, sondern ihr Leben als Tagelöhner fristeten. Die Hütten bestanden aus mit Lehm beworfenem Flechtwerk und waren nur mit Stroh gedeckt, das bei dem scheußlichen Wetter der letzten Tage den Regen sicher kaum abhielt. Schon versanken die Hufe ihrer Stute schmatzend im tiefen Matsch, in den sich die Pfade rund um die Hütten verwandelt hatten. Der Dreck spritzte bis zu ihr hinauf und beschmutzte ihren Umhang und den Saum ihres Obergewandes.

Loretta achtete nicht darauf. Entsetzt von dem Anblick, der sich ihr bot, zog sie die Luft durch die Zähne.

Männer in den Waffenröcken Balduins mit dem roten Kreuz auf weißem Grund bewegten sich zwischen den Katen. Einer hielt mit gezogenem Schwert eine kleine Gruppe barfüßiger Jungen in Schach, die kaum älter als zehn Jahre sein konnten. Zwei andere schleppten Säcke herbei, offensichtlich, um sie auf einen Haufen zu schichten, den sie bereits zusammengetragen hatten. Ihnen folgten zwei weinende alte Weiber.

»Bitte habt doch Erbarmen, ihr Herren!« Eine der alten Frauen warf sich vor einem der Reisigen in den Schlamm des Weges und hob flehend die Hände. »Wenn Ihr uns auch noch das wenige nehmt, das uns an Vorräten geblieben ist, werden wir alle noch vor Einbruch des Winters verhungern.«

Zu Lorettas Empörung holte der Waffenknecht mit dem Fuß

aus und trat der Alten mit seinem schweren Stiefel so hart vor die Brust, dass sie rücklings in den Dreck fiel. Ohne nachzudenken, ritt Loretta an den Mann heran und zog ihm ihre Reitpeitsche mit voller Wucht über Kopf und Nacken.

Mit einem Aufschrei ließ er den Sack fallen und schnellte herum, das gezogene Schwert bereits in der Hand. »Elende Metze, dir will ich zeigen …« Die Worte waren heraus, bevor der Mann Loretta erkannte. Er hielt inne und starrte die Gräfin entgeistert an.

»Auf die Knie, Kerl!«, befahl Loretta. Zu ihrer Genugtuung bemerkte sie, dass dem Soldaten das Blut übers Gesicht lief. Er trug weder Kettenhaube noch Brünne, so dass ihn die Peitsche mit voller Wucht getroffen hatte.

Der Mann ließ sich in den Schlamm sinken. »Auch du!« Loretta wies mit dem Stiel der Reitpeitsche auf den zweiten Mann, der, den Sack noch auf der Schulter, wie erstarrt die Szene verfolgte. In diesem Moment bogen zwei weitere Reisige um eine Ecke. Einer trieb ein mageres Schwein vor sich her, der andere hielt vier Hühner an den Beinen gepackt. Auch ihnen folgte ein Pulk weinender Frauen, zwei davon mit blutigen Mündern und über der Brust zerrissenen Gewändern, die sie notdürftig zusammenhielten. Kleine Kinder klammerten sich jammernd an ihre schäbigen Röcke.

Alle blieben verblüfft stehen, als sie Loretta mit ihrem Gefolge erblickten, das mittlerweile zu ihr aufgeschlossen hatte. »Edle Herrin, Ihr solltet Euch hier nicht einmischen«, ließ sich jetzt Egbert vernehmen. »Die Männer tun nur ihre Pflicht, wie es ihnen befohlen wurde.«

Loretta fuhr im Sattel herum. Später würde Hilda ihr sagen, dass ihre Augen wie Eiskristalle geblitzt hätten.

»Habe ich Euch um Eure Meinung ersucht, Egbert von Randeck?«

Das Gesicht des Ritters färbte sich ob seiner öffentlichen Zurechtweisung rot. Er schnappte nach Luft wie ein Fisch auf dem Trockenen.

Ungerührt herrschte Loretta ihn noch einmal an. »Darum schweigt fein still, wenn Höhere als Ihr zu Werke gehen.«

Dann drehte sie ihm den Rücken zu und musterte die Männer des Erzbischofs. »Wer ist hier der Anführer?«

Der Mann, der das Schwein herbeigetrieben hatte, trat vor. Auf einen Wink Lorettas sank er ebenfalls auf die Knie.

»Was tut ihr hier?«, fragte ihn Loretta eisig.

Der Mann hob trotzig den Kopf. »Unser Hauptmann hat uns im Auftrag des ehrwürdigen Kurfürsten Balduin ausgesandt, Nahrung für seine Truppen zu suchen, edle Herrin.« Die letzten beiden Worte spuckte er in nahezu herabwürdigender Weise heraus.

Wieder ließ Loretta ihre Peitsche durch die Luft sausen und traf den Mann hart an der Wange, die sogleich heftig zu bluten begann.

»Hat dich dein Hauptmann nicht gelehrt, wie du mit einer Edeldame zu sprechen hast? Also wäge nicht nur deine Worte gut, sondern auch den Tonfall, in dem du mir antwortest. Vermisse ich noch einmal die mir zustehende Ehrerbietung, lasse ich dich gleich hier an Ort und Stelle auspeitschen.«

Erstaunt über sich selbst, richtete Loretta jetzt ihren Blick auf die blutenden Frauen. *So einfach ist es also, sich Respekt zu verschaffen, wenn man als Weib genauso zu handeln bereit ist wie ein Mann.*

Unwillig schüttelte sie den Kopf, als sie erkannte, dass sie beileibe nicht das erste Mal »männlich« gehandelt hatte.

Jetzt winkte sie die jüngere der Frauen heran. Auch sie machte Anstalten, auf die Knie zu fallen, doch eine Geste Lorettas hinderte sie daran.

»Wie heißt du, mein Kind?«, fragte Loretta nun mit besonders freundlicher Stimme.

»Mechthilde, hohe Herrin. Mein Taufname ist Mechthilde.«
»Nun, Mechthilde, antworte mir und sage die Wahrheit. Haben diese Burschen euch Gewalt angetan?«
Zu Lorettas Erleichterung schüttelte die junge Frau, die wohl noch keine zwanzig Lenze zählen mochte, den Kopf. »Nein, hohe Herrin. Dieser Mann da«, sie zeigte auf den Anführer, »schlug mich, als ich ihm nicht gleich verraten wollte, wo wir das letzte Schwein versteckt haben, das wir noch unser Eigen nennen. Er hörte es in seinem Erdloch grunzen und scharren, doch wir hatten unsere Betten über die Falltür gestellt, so dass er es nicht sogleich fand. Da zerriss er mir und meiner Muhme die Gewänder und hieb uns hernach hart auf den Mund.«
Sie zog ihre geschwollene Oberlippe ein wenig zurück. »Er hat mir zwei Zähne mit seinem Kettenhandschuh ausgeschlagen.«
Loretta fühlte sich innerlich erstarren. Eine tödliche Ruhe löste die Wut ab, die sie noch soeben verspürt hatte.
Sie richtete ihren Blick starr auf den Anführer. »Wie ist dein Name, Kerl?«
Der Mann deutete eine Verbeugung an. Das Blut hatte ihm mittlerweile die ganze Brust seines Waffenrocks durchnässt. »Wolfram werde ich gerufen, hochedle Fürstin.«
Loretta verkniff sich ein befriedigtes Lächeln. Der Mann schien nunmehr zu spuren.
»Ist es wahr, dass du diese arme Häuslerin geschlagen hast, so dass sie zwei Zähne einbüßte?«
Einen Moment blitzte erneut Trotz in den Augen des Mannes auf. »Mein Hauptmann befahl uns, nicht mit leeren Händen zurückzukommen, Herrin. Das Heer ist durch die schlimme Seuche bereits arg geschwächt und kaum mehr in der Lage zu kämpfen. Doch viele Männer sind mittlerweile auf dem Weg der Genesung, seitdem unser Erzbischof gewisse Maßnahmen angeordnet hat. Sie brauchen kräftige Nahrung, wenn wir noch vor dem Winter das aufrührerische Kastellaun einnehmen wollen.«

Die Worte des Mannes lösten widersprüchliche Gefühle in Loretta aus. Einen Lidschlag lang war sie dadurch abgelenkt. Zum einen erfüllte sie Stolz auf Hilda und Kathi, die mit ihren Vorschlägen zur Eindämmung der Seuche recht behalten hatten. Zum anderen ergriff sie ein Gefühl der Unruhe. Natürlich mussten Balduins und ihre eigenen Soldaten gut versorgt werden, wenn diese furchtbare Fehde endlich ein Ende nehmen sollte.

Aber nicht auf Kosten der Ärmsten im Land, die dadurch vom Hungertode bedroht werden!

Entschlossen straffte sie die Schultern. »Hast du Geld bei dir, Wolfram?«, sprach sie den Mann in barschem Ton an. Als der nickte, streckte sie fordernd die Hand aus. Widerwillig nestelte der Bursche ein kleines Ledersäckchen unter seinem Waffenrock hervor und reichte es Loretta. Die schüttelte seinen Inhalt in ihre hohle Hand und zählte. Es waren zwölf Heller.

Dann winkte sie Mechthilde zu sich heran. »Hier, nimm diese Münzen als Entschädigung für die Verletzungen, die dieser brutale Waffenknecht dir und deiner Muhme zugefügt hat.«

Wolfram und seine Gefährten starrten Loretta ungläubig an. Auch hinter ihrem Rücken hörte sie empörtes Schnauben und unterdrücktes Getuschel. Sie beachtete es nicht weiter.

»Nun gebt diesen armen Leuten ihre Vorräte und ihr Vieh zurück«, befahl sie alsdann. Als sie bemerkte, dass sich jetzt Furcht in die Gesichter von Balduins Soldaten schlich, ergänzte sie: »Ich stehe gegenüber Eurem Dienstherrn für meine Anordnungen ein. Ich bin auf dem Weg zum Heerlager und werde dort berichten, was sich hier ereignet hat.«

Plötzlich fiel ihr Blick auf die Gruppe der barfüßigen Jungen, die sich noch immer ängstlich hinter ihrem Wächter zusammendrängten, obwohl der sein Schwert längst wieder in die Scheide gesteckt hatte.

»Warum habt ihr diese kleinen Knaben zusammengetrieben,

Wolfram? Hattet Ihr Furcht, sie könnten Euch gefährlich werden?« Nun triefte ihre Stimme vor Spott.

Wolfram lief so rot an, dass seine Gesichtsfarbe kaum noch vom Blut zu unterscheiden war, das ihm noch immer über die Wange strömte. Er setzte zweimal zum Reden an, brachte jedoch zunächst nur ein Krächzen heraus.

Loretta hob drohend die Peitsche. »Hat es dir jetzt die Sprache verschlagen?«

Der Mann holte tief Luft. »Unser Heerführer Balduin braucht frische Kämpfer. Zu viele unserer Männer sind an der Krankheit gestorben.«

Loretta traute kaum ihren Ohren. »Frische Kämpfer? Das hier sind unmündige Knaben, die außer einer Gerte oder einem Knüttel zum Zusammentreiben des Viehs sicher noch nie eine Waffe in den Händen gehalten haben.«

Erst jetzt fiel ihr auf, dass sie noch keinen einzigen erwachsenen Mann im Weiler erblickt hatte. »Wo sind überhaupt Eure Männer?«, fragte sie Mechthilde.

Der Frau traten Tränen in die Augen. »Sie wurden schon vor Wochen ins Heer des ehrwürdigen Kurfürsten befohlen, edle Herrin.« Sie schluchzte auf. »Viele sind bereits vor den Mauern von Kastellaun gefallen oder an der Seuche gestorben. Und nun holen sie auch noch unsere Kinder.«

Loretta wandte sich wieder an Wolfram. »Welchen Zwecken sollen diese Jungen in unseren verbündeten Heeren dienen?«

Diesmal schien es Wolfram für klüger zu halten, ihr keine direkte Antwort zu geben. »Ich weiß es nicht, hohe Herrin. Das müsst Ihr unsere Anführer fragen.«

Loretta spürte, dass der Mann sie belog. Doch er war bereits genug bestraft, zumal er ja nur ein kleines unbedeutendes Rädchen im Getriebe des Feldzuges war.

Also winkte sie Egbert herbei. »Dann könnt sicher Ihr mir Auskunft darüber geben, edler Herr von Randeck, was unsere Heerführer mit diesen Kindern vorhaben. Wollt Ihr sie zu Kämpfern ausbilden, um sie alsdann gegen die schlachterprobten Recken des Kastellauners zu schicken? Um derart unseren Sieg zu beschleunigen?«, spottete sie aufs Neue.

Egbert schien das nicht weiter zu beeindrucken. »Natürlich nicht, hochedle Herrin. Sobald wir endlich bereit sind, die Mauern der feindlichen Stadt wieder zu bestürmen, werden diese Knaben aufs Feld geschickt, um die Waffen der Gefallenen zu bergen. Jedes Schwert, jeder Pfeil, jede Armbrust, die auf diese Weise gerettet wird, kann uns weiterhin gute Dienste leisten.«

Loretta benötigte einen Moment, um die ganze Tragweite der Aussage Egberts zu begreifen. »Ihr wollt diese Kinder mitten ins Schlachtgetümmel schicken, um Waffen einzusammeln? Dabei sind sie doch ebenfalls den Pfeilen und Speeren der feindlichen Besatzung ausgesetzt. Und das ohne jeden Schutz!«

Erst jetzt schien Egbert zu dämmern, dass seine Herrin auch an dieser kriegsüblichen Praxis Anstoß nehmen könnte. Allerdings hätte er keine ungeschicktere Antwort wählen können. »Wie Ihr aber schon zu Recht erwähntet, Herrin, es sind nur armselige Bauernkinder! Sollen wir etwa unsere guten Soldaten für diese Aufgabe opfern?«

Loretta verschlug es einen Lidschlag lang vor Empörung die Sprache. *Ich habe wahrlich einiges mit Balduin zu besprechen*, schoss es ihr durch den Kopf. *Wieso habe ich mich nur so lange dazu bewegen lassen, mich aus allem herauszuhalten? Törichte Närrin, die ich bin.*

Nur zu deutlich erkannte sie in diesem Augenblick, dass die Schlacht um Kastellaun eine noch grausigere Dimension von Gewalt angenommen hatte als die bereits mehr als verlustreiche Eroberung der Schmidtburg. Hinzu trat die Erkenntnis, dass sie es hier nicht mit den dafür Verantwortlichen zu tun hatte, sondern nur mit den Empfängern und Ausführenden dieser unmenschlichen Anordnungen. Plötzlich drängte es sie, so schnell wie möglich zum Feldlager zu gelangen.

»Lasst diese Knaben zu ihren Müttern zurückkehren!« Diesmal richtete sie ihre Anweisung an niemand Bestimmten. »Sie sind die einzige Stütze, die ihnen geblieben ist.«

Verwundert traten die Soldaten zur Seite und ließen die Kinder vorbei. Nach anfänglichem Zögern stürzten sie sich in die Arme ihrer Mütter und Großmütter, die sie aufschluchzend umfingen.

Die alte Frau, die der Soldat vorhin so brutal getreten hatte, trat vor und kniete vor Loretta nieder. »Der Herrgott möge Euch diese Güte einst lohnen, edle Fürstin. Ich werde jeden Tag dafür beten.«

Erst jetzt fiel Loretta ein, dass die Frau noch nicht für ihre Misshandlung entschädigt worden war. Um keine weitere Zeit zu verlieren, zog sie eine kleine Silbermünze aus ihrem Gürtel hervor.

»Ich danke dir für deine Worte«, beschied sie der Alten. »Hier, nimm dieses Geld als Sühne für den Tritt, den du erhalten hast. Ich werde sie mir aus dem Sold des Übeltäters erstatten lassen.«

Dann wendete sie ihre Stute und hob die Hand. Mittlerweile hatte auch der Regen wieder eingesetzt.

»Nun lasst uns so schnell wie möglich zum Feldlager eilen. Dort warten wichtige Beratungen auf mich.«

Kapitel 24

Heerlager vor Kastellaun,
Ende September 1326, später am selben Tag

»Edler Herr, die Gräfin ist eingetroffen und wünscht Euch zu sprechen.«

Erstaunt sah Balduin von seiner Bibel auf, in der er gerade las. *Wie kann das sein? Ich habe die Botschaft Walrams doch erst vor einer knappen Stunde erhalten.*

Im nächsten Augenblick schalt er seinen Leibknecht stumm einen Narren. Denn nicht Walrams Gattin betrat sein Zelt durch die Plane, die der Knecht mit einer ehrerbietigen Verbeugung aufhielt. Nein, stattdessen war es Loretta! Einen Augenblick lang schlug sein Herz schneller.

»Ich grüße Euch, Herr Balduin, und erbitte eine trauliche Aussprache unter vier Augen.«

Seine spontane Freude erlosch wie ein Strohfeuer. An Lorettas kühler Miene und ihren »Eisaugen«, wie er diesen ihm nunmehr schon vertrauten Blick nannte, erkannte er, dass sie ein weiteres Mal gekommen war, um sich über etwas zu beschweren oder ihn sogar zu tadeln.

Er verzog den Mund zu einem gezwungenen Lächeln. »Seid mir willkommen, liebste Freundin«, wahrte er vor dem Leibknecht die Form. »Was führt Euch bei diesem scheußlichen Wetter aus Eurem bequemen Quartier auf der Baldeneck hierher ins schmutzige Feldlager?«

Befriedigt bemerkte er, dass Loretta kurz zusammenzuckte. Sie hatte die Spitze also bemerkt. Doch auch sie bewahrte Haltung.

»Es sind dringende und unaufschiebbare Angelegenheiten, die unser Bündnis betreffen, mein werter Herr.«

Balduin seufzte leise. Also hatte ihn sein Gefühl nicht getrogen.

»Bring uns einen Krug warmen Würzwein, Paulus«, befahl er dem Leibknecht. »Und hernach schicke nach Remigius. Sobald er die Messe gelesen hat, erwarte ich ihn hier.«

Der Mann verbeugte sich und verließ das Zelt. Loretta musterte Balduin kühl. »Du hattest mich gebeten, dich nicht mehr vor den Ohren Dritter zu tadeln«, bestätigte sie seine Vermutung endgültig. »Also tätest du besser daran, auf Remigius' Rat zu verzichten, bevor ich gesagt habe, was zu sagen ist. Denn ich scheue mich nicht davor, es auch in seiner Gegenwart zu tun.«

Ein schaler Geschmack breitete sich in Balduins Mund aus. *Ist das dieselbe Frau, die ich einst über alles begehrte?*

Äußerlich setzte er eine spöttische Miene auf. »Nun, meine Teuerste. Meine und deine Männer starben noch vor kurzem wie die Fliegen an einer eklen Seuche. Es ist bereits Herbst, und dieser Sponheimer Bastard hat sich noch immer nicht ergeben. Unser Heer ist dagegen noch zu geschwächt, um die Mauern zu erstürmen. Doch was zählt all dies gegen die Klagen eines schönen Weibes?«

»Hör auf mit diesem eitlen Geschwätz!«, fuhr Loretta ihm über den Mund. »Genau aus diesen Gründen bin ich heute gekommen.«

Bevor Balduin etwas erwidern konnte, überschüttete sie ihn auch schon mit einem Wortschwall.

»Diese elende Fehde fordert schon jetzt mehr Opfer als die Kämpfe um Dill und die Schmidtburg zusammen. Unser Heer ist beinahe an der Roten Ruhr verreckt, und selbst das Wetter hat sich gegen uns verschworen.« Balduin zuckte ob ihrer ordinären Sprache zusammen, doch Loretta schien es nicht zu bemerken.

»Du selbst bist deinen eigenen Untertanen mittlerweile der schlimmste Feind. Es bedarf keines Schurken wie Walram mehr, dass sie im Winter am Hunger krepieren werden, wenn deine eigenen Soldaten sie weiterhin so traktieren, wie ich es heute miterlebt habe.«

»Was hast du miterlebt?«, unterbrach Balduin sie. Schweigend lauschte er ihrem Bericht über die Vorfälle in einem Weiler nahe der Baldeneck.

»Aber ich bin noch nicht fertig«, fuhr Loretta fort. »Ungeheure Frevel sind mir zu Ohren gekommen, mit denen du dein und mein Seelenheil gefährdest! Ja, auch meines«, kam sie seinem Einwand zuvor. »Denn ich bin als Regentin meiner Grafschaft deine Verbündete und muss mich dereinst vor dem ewigen Richter dafür verantworten, was auf einem Feldzug geschehen ist, an dem ich beteiligt war. Anstatt unseren an der Ruhr verstorbenen Männern ein christliches Begräbnis in geweihter Erde zu geben, lässt du ihre Leichen über die Stadtmauern katapultieren, zusammen mit dem giftigen Kot, den die Erkrankten ausscheiden. Das ist so widerlich, dass mir die Worte fehlen.«

Mittlerweile spürte Balduin sein Gesicht ganz heiß vor Zorn werden. »Dann schweig endlich still über Dinge, von denen du nichts verstehst«, konterte er.

Doch Loretta ließ sich nicht einschüchtern. »Ich verstehe nur zu gut, was deine Absicht ist. Auch in Kastellaun sterben nun täglich viele unschuldige Menschen, da sie sich nicht gegen die Seuche zu schützen wissen, wie unser Heer es auf den Rat meiner Kräuterfrauen tun konnte. Du befiehlst sogar, die unseligen Kastellauner, die zu fliehen versuchen, zurück in ihr Elend zu treiben, und lässt es als Kirchenfürst dabei an jedweder christlichen Barmherzigkeit fehlen. Daher prophezeie ich dir«, nun hob sie die Stimme und zeigte sogar mit dem Finger auf ihn, »wenn diese Fehde zu Ende ist, wird niemand im ganzen Reich mehr einen Unterschied zwischen dir und dem Bastard Walram machen. Ihr beide bleibt euch wahrlich nichts schuldig!«

Diese Anklage traf ihn härter, als er erwartet hatte. Er musste seine Hände zu Fäusten ballen, um die Beherrschung zu wahren und seinen Drang zu bezwingen, Loretta zu schlagen. Noch nie zuvor hatte er dieses Bedürfnis verspürt. Gleichzeitig spürte er

voller Selbstekel, wie sein Glied steif wurde. In ihrem Zorn erschien sie ihm schöner denn je.
Zum Glück kam genau in diesem Moment Paulus zurück ins Zelt. Die Zeit, die er benötigte, um erst Loretta, dann ihm selbst einen Becher von dem duftenden Wein zu kredenzen, nutzte Balduin, um seine Fassung zurückzugewinnen. Schließlich kannte Loretta seinen größten Trumpf, den er in Händen hielt, ja noch nicht.
Mit gespielter Bedächtigkeit kostete er den Würzwein und schloss sogar genießerisch die Augen. Loretta dagegen rührte ihr Getränk nicht an.
»Du solltest dich nach dem Ritt durch den Regen aufwärmen, Teuerste«, lenkte Balduin für den Moment bewusst vom Thema ab. Erwartungsgemäß schüttelte Loretta unwillig den Kopf und öffnete bereits den Mund, um den Disput fortzusetzen. Doch diesmal kam er ihr zuvor.
»Du bist also der Überzeugung, dass meine Kriegstaktik verwerflich ist und nicht zum Erfolg führen wird?«, lockte er sie in die Falle.
»So ist es, Balduin …«
»Und wie erklärst du dir dann, dass vor weniger als zwei Stunden eine Nachricht von Walram eingetroffen ist?«
»Was für eine Nachricht?«
Balduin kostete den Moment des Triumphes noch etwas aus. »Er bittet um Verhandlungen, um die Fehde zu beenden. Ich habe allen Grund zu der Annahme, dass er mir die bedingungslose Kapitulation anbieten will.«
Doch so schnell war Loretta nicht zu überzeugen. »Wieso glaubst du das?«
Balduin holte tief Luft. »Vor einigen Tagen habe ich einen Jüngling verhört, der sich aus der Stadt geschlichen hat. Die Menschen haben kaum mehr Lebensmittel und essen mittlerweile Hunde und Katzen, sogar Ratten. Walram hat sich aus Angst

vor der Seuche in der Burg verschanzt, anstatt seine Truppen zu befehligen. Nur einige ihm noch ergebene Hauptleute haben bislang verhindert, dass uns die Kastellauner Bürger die Tore öffnen. Was also bleibt ihm anderes übrig als die bedingungslose Kapitulation?«

Loretta runzelte die Stirn. »Das glaube ich erst, wenn ich es mit meinen eigenen Ohren gehört habe.«

Balduin trank genüsslich einen weiteren Schluck Wein. »Nichts leichter als das! Bereits morgen will er uns seine eigene Gemahlin Elisabeth als Unterhändlerin schicken, sofern ich … beziehungsweise wir damit einverstanden sind. Sie ist eine entfernte Verwandte von mir. Also, was sagst du jetzt?«

Loretta zögerte nur einen winzigen Augenblick. »Ich bin damit einverstanden, Balduin. Lass uns gemeinsam hören, was sie uns anzubieten hat.«

»Für die wenigen Tage und Nächte wird es wohl gehen müssen.«

Mit prüfend zusammengezogenen Augenbrauen sah sich Loretta in dem Zelt um, das ihnen Balduins Lagervogt als Quartier zugewiesen hatte.

Der kleine Raum mit dem abgetrennten Schlafabteil war nur sehr spärlich mit einer schlichten Truhe, ein paar Schemeln rund um ein niedriges zusammenklappbares Tischchen sowie mit Strohsäcken, die als Betten dienten, eingerichtet. Immerhin bedeckte ein einfacher Teppich aus gewebter Wolle den Boden.

Während die Kammermagd Gerhild die Strohsäcke mit frischen Laken bezog, verstaute Hilda die wenigen Kleidungsstücke, die Loretta mitgenommen hatte, in der Truhe. »Ich fürchte, der Großteil unserer Soldaten hat es weit unbequemer«, bemerkte sie.

Loretta nickte und trat an den Zelteingang, um den immer noch grau verhangenen Himmel zu betrachten. »Ich fürchte, es ist noch eine ganze Weile hin bis zum Nachtmahl«, seufzte sie. Nun bereute sie es, weder Pergament und Tinte noch ihren Stickrahmen mitgenommen zu haben.

Dann fiel ihr etwas ein. »Hast du Kathi schon gesehen?«, fragte sie Hilda. Die Kräuterfrau schüttelte den Kopf.

»Bei den Kranken und Verwundeten fand ich sie nicht. Möglicherweise ist sie im Zelt des Ritters von Falkenstein. Vielleicht ist er immer noch so geschwächt, dass er ihrer Pflege bedarf.«

»So lass uns Herrn Volker besuchen, Hilda. Ich wollte ihm ohnehin meine Aufwartung machen. Und möglicherweise treffen wir Kathi dort ebenfalls an.«

Wenig später suchten sich die beiden Frauen ihren Weg durch die schlammigen Pfade. Zum Glück hatte der Regen ein weiteres Mal ausgesetzt. Trotzdem war das Feldlager mittlerweile ein weidlich unangenehmer Aufenthaltsort. Überall sahen die Frauen zu Haufen aufgetürmten Müll. Die Ausdünstungen vieler auf engem Raum zusammengepferchter Menschen und Tiere schwängerten die Luft mit schlechten Gerüchen aller Art. Obwohl die Frauen Trippen unter ihre Schuhe geschnallt hatten, waren die Säume ihrer Gewänder bald über und über mit Schmutz bespritzt.

»Dort muss es sein«, wies Loretta auf ein rundes Zelt mit einem spitzen Dach. »Ich erkenne das Wappen von Falkenstein.«

»Ist dein Herr hier?«, fragte sie den Wachposten, der auf seinen Spieß gestützt vor dem Eingang stand.

Der Mann errötete und antwortete nicht sogleich. Er wirkte merkwürdig verlegen. »Nun, hast du die Sprache verloren?«, herrschte Loretta ihn an.

»Nein, nein, ehrwürdige Dame. Der Herr ist … nun … er gab mir die Weisung, niemanden vorzulassen, da er … ein wenig der Ruhe pflegen möchte.«

»Nun, wenn es weiter nichts ist«, antwortete Loretta leichthin. »Ich bin sicher, er wird sich freuen, solch unerwarteten Besuch zu erhalten. Also geh und sage ihm Bescheid, dass Loretta von Starkenburg ihn aufsuchen möchte.«

Nach einer kurzen Verbeugung huschte der Wachsoldat ins Zeltinnere und ließ die Damen vor dem Eingang stehen. Keinen Lidschlag später begann es wieder zu regnen. Kurzentschlossen schob Loretta die Eingangsplane zur Seite und betrat mit Hilda im Schlepptau den Innenraum des Zeltes.

Vor Verblüffung blieben beide wie angewurzelt stehen. Vor ihnen stand Kathi, mit nichts anderem als einem dünnen Leinenhemd bekleidet, das ihre körperlichen Reize deutlich erkennen ließ. In der Hand hielt sie ihre Cotte aus braunem Wollstoff, die sie wohl gerade anlegen wollte. Als sie ihre Mutter und ihre Dienstherrin sah, färbte sich ihr zartes Antlitz blutrot.

Hilda gewann ihre Fassung als Erste wieder. Mit einem raschen Schritt trat sie auf Kathi zu und versetzte ihr eine schallende Ohrfeige. Ihre Finger hoben sich weiß von der geröteten Wange ihrer Tochter ab.

»Sieht so die Pflege aus, die du dem edlen Ritter angedeihen lässt? Schämst du dich denn gar nicht, deine Jungfernschaft als Liebchen eines Edelmanns zu vergeuden, der dich hernach wegwerfen wird wie ein zerbrochenes Spielzeug?«

In diesem Augenblick wurde die Plane zum Schlafabteil zurückgeschlagen. Vollständig mit Hemd und Beinlingen bekleidet, trat Volker von Falkenstein heraus. Auch sein Gesicht war gerötet. Dennoch bewahrte er Haltung und verbeugte sich zunächst vor Loretta, die ihn finster musterte. »Seid mir gegrüßt, edle Herrin.«

Dann wandte er sich an Hilda und Kathi, die sich die misshandelte Wange hielt.

»Ich habe euch beide um Vergebung zu bitten«, sprach er die Frauen an. »Du hast recht, Hilda. Ich hätte die Ehre deiner Tochter nicht antasten dürfen.«

»Und aus welchem Grund habt Ihr diesen guten Vorsatz nicht

in die Tat umgesetzt, Volker? Ihr seid doch sonst ein Ausbund an Rechtschaffenheit!« Loretta hörte selbst, wie schneidend ihre Stimme klang. *Meine Nichte Blanche hat er zurückgewiesen und ihr damit das Herz gebrochen. Doch dieses Mädchen benutzt er wie eine Dirne.*

Volker musste an ihrem Gesichtsausdruck erkannt haben, was sie dachte. Sein Antlitz färbte sich noch eine Spur röter. Doch er blieb beherrscht und verneigte sich wieder.

»Eure Magd Kathi hat mir zweimal das Leben gerettet, Herrin. Sie ist ein gutes und tugendsames Mädchen. Ich bereue zutiefst, dass ich ihre Ergebenheit derartig ausgenutzt habe. Das hätte nicht geschehen dürfen.«

»In der Tat, Volker. Zumal Ihr an anderer Stelle durchaus standhaft geblieben seid, als es um das Herz einer Jungfrau ging. Damals brachtet Ihr Gründe an, die heute wohl keine Rolle mehr spielen.«

Ihr Zorn machte Loretta ungerecht. Sie selbst hatte Volkers Gefühle für sie immer als lästig empfunden und war ihm deshalb oft ausgewichen. *Doch muss er sich deshalb an meiner Magd schadlos halten?*

Fast sofort bereute sie ihre Worte. Denn Volkers Augen nahmen nun wieder den sehnsüchtigen Ausdruck an, mit dem er sie so häufig anzublicken pflegte, insbesondere dann, wenn er glaubte, sie würde es nicht bemerken.

Nun mischte sich Kathi ein, die sich mittlerweile vollständig angekleidet hatte. »Der edle Herr von Falkenstein hat mir nichts angetan, Herrin, was nicht meinen eigenen Wünschen entsprach.«

Hilda schnaubte empört, doch eine Geste Lorettas hielt sie von einer Antwort ab.

»Das spricht immerhin zu Euren Gunsten, Volker.« Ihre Stimme klang weiterhin unterkühlt. »Daher hoffe ich, Ihr werdet die Maid für den Verlust ihrer Unschuld angemessen entschädigen,

damit sie wenigstens eine Mitgift hat, falls sich noch ein ehrsamer Ehemann aus ihren eigenen Kreisen findet.«
Ohne Volkers Antwort abzuwarten, wandte sie sich an Hilda. »Nun komm, meine Getreue. Wir haben hier nichts weiter verloren.« Damit rauschte sie aus dem Zelt.

Erst Stunden später gestand sich Loretta ein, dass auch ein Funken Eifersucht ihr Verhalten gegenüber Volker und Kathi bestimmt hatte.
Habe ich mich schon so sehr an Volkers Ergebenheit gewöhnt, dass sie selbstverständlich für mich geworden ist? Dabei habe ich ihn doch nie begehrt! Wie kommt es also, dass ich ihn keiner anderen gönnen will?
Sie dachte an das freudlose Nachtmahl, bei dem Balduin kaum das Wort an sie gerichtet hatte. *Ist dies ein Zeichen dafür, dass ich Balduin endgültig verloren habe? Warnt mich mein Herz auf diese Weise vor der drohenden Einsamkeit einer alternden Frau?*
Ratlos über sich selbst, wälzte sie sich auf ihrem harten Nachtlager, bis sie schließlich doch der Schlaf übermannte.

In Balduins Zelt, Ende September 1326, am nächsten Tag

»Seid mir gegrüßt, edle Base Elisabeth. Ich hoffe, Ihr befindet Euch wohl?«
Was für eine närrische Frage, dachte Balduin im gleichen Moment unwillig. *Wem mag es unter diesen Umständen schon wohl ergehen?*
Doch Elisabeth, als Walrams Gattin und Gräfin von Kastellaun-Sponheim an höfisches Geplänkel gewöhnt, erwiderte pflichtschuldig seinen Gruß. »Ich danke Euch für Eure Anteilnahme, ehrwürdiger Vetter. Es könnte mir heute nicht bessergehen.« Ihre traurige Miene strafte ihre Worte Lügen.

»Darf ich Euch einen Schluck Wein kredenzen lassen?« Unauffällig sah Balduin durch den geöffneten Eingang des Zeltes nach draußen. *Wo bleibt Loretta denn nur?*
Gerade als der Kammerknecht die Silberpokale gefüllt hatte, sah er sie mit ihrem Gefolge herankommen. Um ihr Gewand aus feiner hellblauer Wolle nicht allzu sehr zu beschmutzen, bahnte sie sich vorsichtig einen Weg durch den tiefen Matsch. Neben ihr ging ihr Gefolgsmann Johannes von Brunshorn und hielt eine leinene Stoffbahn über Loretta, da es bereits wieder regnete. Außer ihrer Kammermagd Gerhild wurde die Gräfin auch noch von ihren Rittern Nikolaus von Schonenberg und Egbert von Randeck begleitet.
Balduin schürzte erstaunt die Lippen. *Wieso hat sie Volker von Falkenstein nicht mitgebracht? Er soll doch wieder gesund sein. Bislang legte sie viel Wert auf sein Urteil.*
Als Loretta näher kam, bemerkte er, dass sie blass und übernächtigt wirkte. Einen Lidschlag lang spürte Balduin eine Anwandlung von Zärtlichkeit, dann aber verhärtete er sein Herz. *Sie ist nichts anderes mehr für mich als die verbündete Regentin der Grafschaft Starkenburg-Sponheim. Ich muss in erster Linie meine eigenen Interessen im Auge behalten.*
Als auch Loretta Elisabeth begrüßt und einen Trunk Wein in Empfang genommen hatte, ergriff Balduin das Wort.
»Ich nehme an, liebe Base, Ihr seid gekommen, um uns im Namen Eures Gatten die Kapitulation von Stadt und Burg Kastellaun anzutragen?«
Zu seinem Erstaunen schüttelte Elisabeth den Kopf. »So ist es nicht, edler Herr. Mein Gemahl entsandte mich, um Euch Vorschläge für eine Sühnebestimmung zu unterbreiten.«
Balduin musterte sie mit zusammengezogenen Augenbrauen. Die harte Belagerung hatte Spuren im Gesicht seiner Verwandten hinterlassen, die nicht zu übersehen waren. Ihre Wangen waren eingefallen, schwarze Schatten lagen unter ihren Augen.

Balduin wusste, dass Elisabeth, die Tochter einer Cousine seiner verstorbenen Mutter Beatrix, kaum fünfundzwanzig Jahre zählte. Anderenfalls hätte er sie heute weit älter geschätzt, so dünn und verhärmt, wie sie war.

Doch auch darauf kann ich keinerlei Rücksicht nehmen. Um Zeit zu gewinnen, trank er einen Schluck Wein. Dann setzte er die undurchdringliche Miene auf, die er stets bei Verhandlungen einzunehmen pflegte.

»Meine Teuerste, Ihr seht mich verwirrt.« Sein Tonfall blieb sachlich und kühl. »Euer Gemahl dürfte kaum in der Verfassung sein, *uns* eine Sühnebestimmung zu unterbreiten. Ich habe sichere Kunde, dass Ihr kaum noch über Nahrungsmittel verfügt und die Seuche in der ganzen Stadt wütet. Zudem steht der Winter vor der Tür. Ich erwarte die bedingungslose Übergabe von Stadt und Burg Kastellaun. Euch und Eurer Familie gewähre ich freien Abzug, so dass Ihr unbeschadet zu Euren Verwandten nach Kreuznach reisen könnt. Und den Bürgern der Stadt verspreche ich, ihre Häuser nicht zu zerstören und die Ehre ihrer Frauen zu schützen. Meine Soldaten werden sich nur am Hab und Gut der Bewohner schadlos halten; zu morden, zu brandschatzen und zu schänden, wird ihnen bei Leibesstrafe verboten. Das ist mein Angebot an Euren Gatten. Und es ist großzügiger, als so mancher Kriegsherr es nach einer derart harten Belagerung machen würde.«

»*Ich* für meinen Teil würde dennoch gerne hören, was *uns* Walram von Kastellaun anbieten will.« Lorettas Stimme klang schneidend.

Erst in diesem Moment merkte Balduin, dass er die letzten Sätze nur mehr in seinem Namen gesprochen und Loretta vollkommen außer Acht gelassen hatte. Er drehte sich zu ihr um und empfing einen vernichtenden Blick aus ihren »Eisaugen«. Dann lächelte sie Elisabeth ermutigend an. »Also sprecht, teure Gräfin«, forderte sie diese mit sanfter Stimme auf.

Zaghaft erwiderte Elisabeth das Lächeln. »Mein Eheherr bietet

Euch und dem ehrwürdigen Erzbischof seine Hälfte der reichen Stadt Kirchberg im Hunsrück an.« Sie verstummte. Loretta und Balduin warteten gespannt. Doch Elisabeth schwieg.
»Sonst nichts?« Jetzt bebte Balduins Stimme vor unterdrücktem Zorn. Auch Loretta runzelte missbilligend die Stirn. Elisabeth nickte stumm.
Balduin hielt es nicht mehr auf seinem Sitz. Er sprang auf. »Dann findet Euer Besuch bereits an dieser Stelle ein vorzeitiges Ende, teuerste Base. Ich erwarte die bedingungslose Kapitulation der Stadt und der Burg Kastellaun. Richtet das Eurem hoffärtigen Gatten aus, der scheinbar noch nicht erkannt hat, wie aussichtslos seine Lage ist.«
Elisabeths Augen füllten sich mit Tränen. Mühsam erhob auch sie sich von ihrem Schemel. Ihre ganze Haltung zeugte von tiefer Verzweiflung. »Ich habe meinen Gatten angefleht, Euch mehr anzubieten, edler Herr«, sagte sie mit zitternder Stimme. »Doch er ließ sich nicht erweichen.«
Plötzlich fiel sie vor Balduin auf die Knie. »Ich flehe Euch an, edler Erzbischof, das Angebot meines Mannes noch einmal wohlwollend zu bedenken. Ihr wisst, wie reich die Handelsstadt Kirchberg ist. Sie ist der wertvollste Besitz meines Gemahls. Er trennt sich nur unter großen Schmerzen von ihr.«
Als Balduin sie nur schweigend anstarrte, hob sie bittend die Hände. »Ich bin von Eurem eigenen Blut, Herr. Wollt Ihr mich und meine Kinder der nackten Not überantworten? Seid gnädig und verschont uns, denn Ihr habt die Macht dazu.«
Balduin schüttelte den Kopf und öffnete bereits den Mund, um seine Ablehnung in wohlgesetzten Worten zum Ausdruck zu bringen. Da hielt ihn Lorettas leise Stimme zurück.
»Wartet noch, edler Herr! Wir sollten uns kurz unter vier Augen beraten!«
Zu Balduins Ärger lächelte Loretta Elisabeth ermutigend zu. »Vielleicht finden wir ja doch noch eine Lösung!«

»Also, was schlagt Ihr vor, Gräfin?«

Da Balduin zu Lorettas Ärger darauf bestanden hatte, seinen Ratgeber Remigius zu ihrer Unterredung hinzuzuziehen, mussten sie die Höflichkeitsformen wahren. Sie hatte ihrerseits Johannes von Brunshorn gebeten, sie in das Nachbarzelt zu begleiten, in dem Remigius und Balduins Leibknecht Paulus hausten.

Nun saßen sie dort zu viert im Kreis auf unbequemen hölzernen Schemeln, den einzigen Sitzmöbeln in der ärmlich eingerichteten provisorischen Behausung. Loretta ließ sich etwas Zeit mit ihrer Antwort auf Balduins Frage.

Dann richtete sie sich hoch auf und sah ihm in die Augen. »Einstmals habt Ihr mir selbst erzählt, dass Euer verstorbener Bruder Heinrich einer Stadt, die sich ihm widersetzt hatte, keine Gnade gewähren wollte. Stattdessen bestand er auf ihrer bedingungslosen Unterwerfung. Ich habe den Namen der Stadt vergessen, doch es war während seiner Romfahrt, bei der er zum Kaiser gekrönt wurde. Ihr habt mir damals außerdem gesagt, dass Ihr Eurem Bruder vergeblich zur Milde geraten hättet. Hernach scheint König Heinrich das Kriegsglück tatsächlich verlassen zu haben. Landauf, landab galt er nämlich ab diesem Zeitpunkt als grausamer Herrscher. Selbst vorher neutrale oder ihm sogar wohlgesinnte Städte erhoben sich gegen ihn.«

Balduin spürte, wie das Blut schneller durch seine Adern rauschte. *Es gibt eine weitere Parallele, die du sehr wohl kennst*, bedeutete er Loretta mit seinem grimmigen Blick. *Ich habe dir auch erzählt, dass Heinrich nicht auf den Rat seiner Ehefrau Margarete hören wollte und dies später bereute. Sie starb an dem Fieber, das auch unsere Truppen vor Brescia hinwegraffte. Hätte mein Bruder meinen und Margaretes Rat beherzigt, wäre die Belagerung früher zu Ende gegangen, und sie wäre vielleicht am Leben geblieben. Doch hier vor Kastellaun liegen die Dinge völlig anders.*

Als hätte Loretta seine Gedanken erraten, schlug sie mit ihrem nächsten Argument genau in diese Kerbe. »Daraus wolltet Ihr damals lernen, Herr Balduin. Ihr habt mir erklärt, dass Ihr den vielen Besiegten in Euren zahlreichen Fehden immer ein milder Herrscher wart und sie daher zu Lehnsleuten anstatt zu ewigen Feinden machtet.«

»Bei Friedrich von Kyrburg schlug diese Taktik fehl«, erinnerte Balduin sie. »Das hätte mich beinahe das Leben gekostet.«

Loretta lächelte leicht. »Aber wie Ihr schon sagtet, edler Herr, eben nur beinahe.«

Ihre Worte waren nicht dazu angetan, ihn zu besänftigen. *Wieder reibt sie mir unter die Nase, dass ich mein Leben nur ihrer Gabe verdanke.*

»Nun kommt endlich auf den Punkt«, forderte er barsch.

»Gut«, antwortete Loretta kühl. »Ich denke, es wäre ein großer Fehler, um nicht zu sagen, ein großes Unrecht, all die unschuldigen Menschen, die dieser Schurke Walram in die Fehde mit hineingezogen hat, noch mehr leiden zu lassen. Weder die Bürger von Kastellaun noch die Bauern, die sich hinter die Stadtmauern geflüchtet haben, sind für Walrams Grausamkeit und Verschlagenheit verantwortlich. Ihr habt sicher zudem bemerkt, dass sogar seine eigene Gemahlin unter ihm leidet.«

Sie machte eine kleine Pause, bis Balduin widerwillig nickte. »Fahrt fort!«

»Also schlage ich vor, die Stadt nicht zu plündern, sondern den Überlebenden ihr weniges Hab und Gut zu belassen, denn der Winter steht bevor und …«

»Und wovon soll ich meine Männer entlohnen, die seit Wochen in Schmutz und Dreck ausharren und deren Väter und Brüder an der Seuche gestorben oder vor den Mauern gefallen sind?«, fiel Balduin ihr ins Wort.

»Unsere Männer«, korrigierte Loretta ihn kühl. »Lasst Walram den Schaden bezahlen und fordert zehntausend Pfund Heller von ihm, um die Soldaten zu entlohnen und Nahrung für die Dörfler zu kaufen, deren Vorräte herhalten mussten, um das Heer zu verpflegen.«

Balduin merkte sehr wohl, dass Loretta sich vorsichtig ausdrückte und ihn nicht erneut anklagte, seine eigenen Untertanen ausgeplündert zu haben.

Doch jetzt mischte sich Remigius ein. »Mit Verlaub, edle Dame, edler Herr. Zehntausend Pfund Heller erscheinen mir eine viel zu geringe Summe, um davon die Kriegsschäden zu bezahlen und noch einen Beitrag für Eure Kassen übrig zu behalten.«

»Unser Anteil ist die Hälfte der reichen Stadt Kirchberg«, erwiderte Loretta.

»Den ich nicht mit Euch zu teilen beabsichtige«, warf Balduin brüsk ein.

Lorettas Blick wurde starr. »Was heißt das, Ihr wollt nicht mit mir teilen?«

»Ich besitze bereits die Hälfte von Kirchberg und strebe seit langem danach, die Stadt vollkommen in meinen Besitz zu bringen.«

»Und was soll dann die Entschädigung der Grafschaft Starkenburg-Sponheim sein?« Lorettas Stimme klang nun eisig.

Balduin zuckte die Achseln. »Wenn ich auf die bedingungslose Kapitulation Kastellauns verzichte und Burg und Stadt somit Eigentum Walrams bleiben, ist die Hälfte von Kirchberg der mindeste Anteil, den ich erwarte.«

Die Verhandlung befand sich in einer Sackgasse. Loretta und Balduin starrten sich schweigend in die Augen. Es schien, als ob keiner der beiden bereit wäre, nachzugeben.

Da mischte sich Johannes von Brunshorn ein. »Lasst mich einen Vorschlag unterbreiten, edle Herrschende!« Ohne eine Erlaubnis abzuwarten, fuhr er fort: »Erhöht die Entschädigungssumme auf fünfzehntausend Pfund Heller. Fünftausend davon erhält die Grafschaft Starkenburg-Sponheim zur freien Verfü-

gung, vom Rest werden die Kriegsschäden behoben. Und Ihr«, wandte er sich an Loretta, um dem Einwand zuvorzukommen, zu dem sie bereits ansetzte, »verlangt Walrams Hälfte der Stammburg Dill.«
Balduin konnte sehen, wie es in Lorettas Kopf arbeitete. *In der Tat ist eine halbe Burg, auch wenn diese zum alten Familienbesitz gehört, ein schlechter Ausgleich für eine halbe Stadt.* Doch er schwieg still. Um Remigius' Mundwinkel zuckte ein spöttisches Lächeln.
Schließlich seufzte Loretta tief. »Euer Vorschlag ist gut, edler Johannes. Ich bin damit einverstanden. So lasst uns denn gehen und Elisabeth unsere Vorschläge unterbreiten.«

Lorettas Zelt, Ende September 1326, am nächsten Tag

Fassungslos musterte Loretta Walrams Gemahlin, die bereits eine Stunde vor der verabredeten Zeit wieder im Feldlager eingetroffen war und nun wie ein Häufchen Elend in ihrem Zelt auf der Kante des Sessels hockte, den ihr Hilda herbeigeholt hatte.
»Ich danke Euch, dass Ihr mir schon vor der Zeit diese Unterredung gewährt, edle Dame«, sagte Elisabeth mit erstickter Stimme. »Ich weiß, dass es mehr als unrecht ist, erneut an Eure Großmut zu appellieren, doch ich weiß mir keinen anderen Rat.«
Loretta holte tief Luft und versuchte, sich zu sammeln. »Wenn ich Euch recht verstehe, hat Euer Gatte die Übergabe seiner Hälfte der Burg Dill als meinen Anteil der Sühne abgelehnt, ohne mir etwas anderes dafür anzubieten.«
Elisabeth schüttelte den Kopf. »So ist es nicht ganz, edle Dame. Er bietet Euch die Rückgabe der beiden Hofgüter in Langenlonsheim und Traisen an.«

»Die Rückgabe?«, fragte Loretta ungläubig. »Aber die Hofgüter gehören zu meinem Besitz. Ich habe sie meinem Schwager Pantaleon zu Lehen gegeben.«
»Leider hat Euer Schwager sie bereits vor langer Zeit an meinen Gemahl verpfändet. Aber ich sehe, das wusstet Ihr nicht.« Elisabeth senkte mutlos den Kopf.
Loretta starrte blicklos in die Ferne. *Wie recht hatte doch Oheim Matthias! Dieser feige Schurke Pantaleon hat auch diesbezüglich Schindluder mit meinem Vertrauen getrieben. Und es bis heute nicht einmal eingestanden.*
In ihren Groll mischte sich das Gefühl tiefer Demütigung. Da ergriff Elisabeth plötzlich ihre Hand.
»Ihr müsst Euch vor mir nicht dafür schämen, Dame Loretta, dass Ihr von Eurem Schwager aufs schändlichste betrogen worden seid. Glaubt mir, ich weiß, wie sich das anfühlt. Die Belange eines Weibes zählen für Männer nicht das Geringste, wenn es um ihre eigenen Wünsche geht.« Ein schiefes, schüchternes Lächeln verzerrte ihren Mund.
Erst jetzt fiel Loretta auf, dass Elisabeths Oberlippe geschwollen war. Ihr kam ein schrecklicher Verdacht. Sanft hob sie den Schleier der Gräfin an, der ihr zu beiden Seiten weit ins Gesicht fiel. Was Loretta sah, ließ ihr das Blut in den Adern gefrieren. Elisabeths rechtes Auge war halb geschlossen und hatte sich bereits ebenso bläulich lila verfärbt wie ihre geschwollene Wange.
»Sagt an, Teuerste, hat Euer Gemahl Euch geschlagen?«
Elisabeth nickte resigniert. »Er sagte, ich hätte Euch nie seinen Teil der Burg Dill zusagen dürfen, wie ich es gestern getan habe. Dabei war ich so überwältigt von Eurer Großherzigkeit, dass es mir gar nicht in den Sinn kam, mein Gemahl könne ein solch entgegenkommendes Angebot ablehnen.«
Zorn auf Walram und Mitleid mit seiner misshandelten Gattin kämpften in Lorettas Brust. Schließlich siegte für den Moment die Regentin in ihr.

»Aus welchem Grund konnte Euer Gemahl meine Offerte nicht würdigen? Schließlich hätte ich nicht nur jede andere Burg in seinem Besitz als Sühne begehren, sondern mich auch Erzbischof Balduins Forderung anschließen können, Burg und Stadt Kastellaun zu übernehmen.«
Elisabeth senkte den Kopf, so dass Loretta ihre Antwort nur schwer verstand. »Er hat mir gesagt, dass Burg Dill ebenso wie Burg Sponheim an der Nahe beiden Sponheimer Geschlechtern gehören soll. So hätten es Eure Vorväter festgelegt, als sie vor langer Zeit die Grafschaft in die Vordere und Hintere Sponheimer Hälfte teilten.«
»Doch Walram scheute sich nicht, meinem treulosen Schwager Pantaleon meine Hälfte von Dill, die ich diesem arglos zu Lehen überlassen hatte, abzukaufen. Gilt der Spruch der Vorväter also nur für mich, aber nicht für ihn?«, entgegnete Loretta empört.
Als Elisabeth aufblickte, erriet sie Walrams wahres Motiv. Sie erkannte es an der Mischung aus Scham und Verzweiflung in den Augen der Gräfin von Kastellaun. »Da er Burg Dill nicht ganz für sich behalten konnte, sondern sich wie ein Dieb in der Nacht davonschlich, während wir sie eroberten, soll ich sie also auch nicht besitzen. Ist es nicht so?«, drängte sie Elisabeth zu einer Bestätigung.
»Es ist so. Ihr seid eine kluge Frau. Weitaus klüger und stärker als ich.«
Loretta atmete tief durch, da sie das Mitleid mit Elisabeth erneut zu übermannen drohte.
»Gibt es noch eine Bedingung, die Euer Gemahl nicht akzeptieren will?«
Wieder mied Elisabeth Lorettas Blick. »Er sagt, er kann höchstens zwölftausend Pfund Heller Sühnegeld aufbringen, da er Euch ja seinen reichsten Besitz, die Hälfte der Stadt Kirchberg, überlässt.«

Davon habe ich nichts. Die Bemerkung lag Loretta schon auf der Zunge, doch sie hielt sie zurück. Walram würde das noch früh genug erfahren.
Elisabeths leise, flehende Stimme riss sie aus ihren düsteren Überlegungen, wie sie sich Balduin gegenüber angesichts dieser neuen Lage positionieren sollte.
»Wie ich vorhin schon sagte, Ihr seid eine kluge und sehr mächtige Frau, Dame Loretta. Wäre es nicht eine Todsünde, ich würde Euch um Eure Stellung in der Welt und um Eure Selbstsicherheit beneiden. Seit langem seid Ihr nur Eurem eigenen Gewissen verantwortlich und müsst keinem Manne zu Diensten sein. Ich aber …«
Sie stockte.
Loretta war beunruhigt. »Was ist mit Euch, Dame Elisabeth?«
Die junge Frau schluchzte auf. »Ich dagegen werde wieder geschlagen werden und diesmal noch weitaus heftiger als bisher, wenn ich ohne eine Lösung in Walrams Sinne zurückkehre. Wären da nicht meine kleinen Kinder, ich würde gar nicht mehr heimgehen, sondern im nächsten Kloster um barmherzige Aufnahme flehen.«
Ihre Stimme brach. Sie barg das Gesicht in den Händen. Ein heftiger Weinkrampf schüttelte ihren schmächtigen Körper. Als Loretta sie tröstend in die Arme nahm, klammerte sie sich an sie wie eine Ertrinkende.
So fand Balduin die beiden Frauen vor, als er Lorettas Zelt auf der Suche nach ihnen betrat.

Feldlager vor Kastellaun,
Anfang Oktober 1326, eine Woche später

Betrachtet man es ganz genau, sind sich doch alle Weiber am Ende gleich. Weiß der Mann, was er will, und lässt sich darin nicht beirren, muss sich ihm die Frau zuletzt doch unterwerfen.

Befriedigt räkelte sich Balduin zwischen den weichen Felldecken und beobachtete Loretta, die sich gerade ihr Untergewand überzog. Draußen begann der Morgen zu grauen. Bald würde das Lager erwachen.

Schließlich war Loretta fertig angekleidet und trat an sein Bett. Zärtlich streichelte sie seine Wange. Wenn sie ihn mit diesem Blick ansah, der so anders war als die »Eisaugen«, mit denen sie ihn in jüngster Zeit so oft fixiert hatte, begehrte er sie noch immer mehr als jede andere Frau. Auch jetzt hätte er sie am liebsten erneut zu sich aufs Lager gezogen.

»Bist du zufrieden, mein Liebster?«

»Womit zufrieden?«, stellte Balduin sich dumm. »Mit unseren Liebesnächten oder mit dem Vertrag?«

Ein Schatten von Unmut huschte über ihr Gesicht. »Ich wüsste nicht, warum du mit dem Sühnevertrag unzufrieden sein solltest, Balduin. Schließlich hast du einen reichen Besitz dazugewonnen, während ich zwei Hofgüter bekommen habe, die mir ohnehin schon gehörten. Die zweitausend Pfund Heller mehr, die du mir überlassen hast, sind dafür sicher kein Ausgleich!«

Das kommt davon, wenn man sich von den Tränen eines Weibes betören lässt, anstatt auf seinen Rechten zu bestehen.

Aber Balduin hütete sich, dies laut auszusprechen. Niemals war er sich so sicher wie in den letzten Tagen gewesen, dass sich ihm auch Loretta am Ende noch beugen würde wie jeder Regent, dessen Gebiete an die des Kurfürstentums Trier grenzten.

Er setzte eine unschuldige Miene auf. »Weiß ich denn immer

genau, ob es das liebende Weib ist, das zu mir spricht, oder die mächtige Regentin der Grafschaft Starkenburg-Sponheim?«

Mit Genugtuung sah er, wie Lorettas Gesichtszüge weich wurden. »Ich finde es sehr schön, wieder in Eintracht mit dir zu sein, Balduin«, sagte sie leise. »Meinst du, dies könnte jetzt, wo diese furchtbare Fehde zu Ende ist, von größerer Dauer sein als bisher?«

»An mir soll es nicht liegen«, antwortete Balduin leichthin ohne die Spur eines schlechten Gewissens. Stellte er nicht sogar Gottes gewollte Ordnung mit seinem Tun wieder her? Schließlich stand schon in der Heiligen Schrift: »Das Weib sei dem Manne untertan«.

Er streckte sich genüsslich und zog Loretta zu einem letzten leidenschaftlichen Kuss zu sich herab.

»Komm mich doch bald besuchen, Balduin«, bat sie. »Du bist auf der Starkenburg immer willkommen.«

»Ich will sehen, wann und wie es sich einrichten lässt«, kostete er auch diesen letzten Triumph aus. »Schließlich fehlt mir nun, da die Fehde beendet und die Burg Baldeneck fertiggestellt ist, der Anlass dazu.«

Ohne Mitleid beobachtete er, wie sich Lorettas Züge erneut verdüsterten. Er lächelte und stupste ihr mit dem Zeigefinger auf die Nase. »Doch sei unbesorgt, mir wird schon etwas einfallen.« Er richtete sich auf und schob sie sanft von sich. »Aber nun musst du gehen! Jeden Moment werden die Küchenmägde damit beginnen, das Frühmahl zuzubereiten. Es wäre nicht gut, wenn dich jemand sieht, wie du dich aus meinem Zelt schleichst.«

Als sich die Zeltplane hinter Loretta schloss, ließ sich Balduin noch einmal zurück in die Kissen sinken. *Wahrlich ein Sieg auf der ganzen Linie! Aber nun will ich noch ein wenig schlummern, bevor die Frühmesse beginnt.*

Zufrieden rollte er sich auf die Seite und war im nächsten Moment fest eingeschlafen.

In Volkers Zelt,
Anfang Oktober 1326, wenige Stunden später

»Hier bringe ich Euch noch ein Säckchen mit Heilkräutern, die ich selbst gemischt habe. Lasst Euch zweimal am Tag einen Aufguss davon bereiten und trinkt ihn so heiß wie möglich. Das wird Eure geschwächten Eingeweide weiter kräftigen.«

Kathi sah Volker nicht in die Augen, als sie ihm das Säckchen überreichte. In einer Ecke erblickte er ihr Bündel mit den wenigen Habseligkeiten, die das Mädchen besaß.

Er zog den Beutel mit den Münzen von seinem Gürtel. »Ich danke dir von ganzem Herzen, Kathi. Für *alles*, was du für mich getan hast. Hier, nimm dies als kleine Entschädigung.«

Kathi schüttelte den Kopf und machte keine Anstalten, das Geld entgegenzunehmen. Obwohl Volker wusste, dass dies keine Rolle für sie spielte, fuhr er fort:

»Es sind leider nur zehn Silbermünzen, Kathi. Mehr habe ich hier im Lager nicht bei mir. Doch solltest du jemals mehr benötigen, scheue dich nicht, dich jederzeit an mich zu wenden.«

Er sah, dass sich ihre Augen mit Tränen füllten. Spontan ergriff er ihre Hand.

»Und verzeih mir, dass ich dir deine Jungfräulichkeit geraubt habe.«

Sie umklammerte seine Hand mit ihren kleinen Händen, drehte sie um und bedeckte die vom Kämpfen rauhen Handflächen mit Küssen. »Ihr wisst, dass ich Euch nichts zu verzeihen habe, Herr. Alles, was ich Euch gab, schenkte ich Euch aus ganzem Herzen. Dafür begehre ich keinen Lohn.«

Er hob ihr Gesicht sanft an. Mittlerweile strömten ihr die Tränen über beide Wangen.

»Und was ist, wenn unsere Leidenschaft nicht ohne Folgen geblieben ist?«

Wieder schüttelte Kathi den Kopf. »Ich bin eine Kräuterkundige, Herr, und habe entsprechende Vorsorge getroffen.«
Einen Moment lang war er schockiert. Kathi deutete sein Schweigen falsch.
»Warum darf ich nicht bei Euch bleiben, Herr?«, unternahm sie einen letzten Versuch. »Meine Mutter und auch die Gräfin Loretta werden es uns am Ende verzeihen.«
Die Gräfin Loretta. Ohne es zu beabsichtigen, hatte Kathi genau die falsche Begründung gewählt, wie sie an seinem Gesichtsausdruck sofort bemerkte. »Sie liebt einen anderen, Herr«, murmelte sie erstickt. »Ihr werdet sie niemals für Euch gewinnen können.«
Ihre Worte trafen ihn mitten ins Herz. Ohne zu überlegen, fragte er: »Wer ist der Mann, von dem du sprichst?«
Kathis Gesicht verfiel vor seinen Augen. Jeder Hoffnungsfunke, der bislang noch darin geschwelt hatte, erlosch.
In seiner Ratlosigkeit, gemischt mit heftigen Schuldgefühlen, hielt er ihr erneut den Beutel entgegen. Wieder nahm Kathi ihn nicht.
In seiner Verzweiflung sagte er schließlich: »Wenn du das Geld nicht haben willst, gebe ich es deiner Mutter. Du solltest dich ohnehin sputen. Die Frauen und ihr Gefolge warten bereits auf dich.«
Ohne ihn anzusehen, streckte Kathi die Hand aus und verstaute das Ledersäckchen in ihrem Gürtel.
»So lebt denn wohl, edler Herr.« Diesmal verstand er sie kaum. »Und seid ewig bedankt für die glücklichsten Stunden, die Ihr mir in meinem Leben bereitet habt.«
Dann ergriff sie ihr Bündel und huschte hinaus. Er trat vor sein Zelt und sah ihr nach, die Hand zu einem letzten Abschiedsgruß erhoben. Doch sie drehte sich nicht mehr um.

Starkenburg, Mitte Oktober 1326, zwei Wochen später

»So seid Ihr also fast ohne jeden Gewinn für die Grafschaft Starkenburg-Sponheim aus all diesen Fehden gegangen? Und das, obwohl Ihr gesiegt habt?«
Bekümmert sah Matthias Loretta an. Die fühlte sich betreten.
»Wenn man es recht bedenkt, ist es so, Oheim. Ich habe zurückerhalten, was ich einst Pantaleon zu Lehen gab. Die Starkenburger Hälfte von Burg Dill und die Hofgüter in Traisen und Langenlonsheim.«
»Wobei Euch Langenlonsheim kaum etwas nutzt, da sich Pantaleon ja dort aufhält und die Einkünfte seinem Unterhalt dienen.«
»Es bleiben die Zahlungen des Kyrburgers und des Kastellauners«, erinnerte ihn Loretta ohne große Überzeugung.
»Von denen Erzbischof Balduin ebenfalls einen großen Anteil erhält. Doch zu seinem Gebiet gehören nun die ganze Stadt Kirchberg, die Wildenburg und die Schmidtburg samt den umliegenden Dörfern. Wie konntet Ihr Euch dermaßen übervorteilen lassen?«
Lorettas Beklommenheit wuchs. »Ich weiß es auch nicht so recht, Oheim«, gestand sie ein. »Die Belagerung von Burg Dill war für uns alle ja überraschend, da ich nichts von Pantaleons Verrat wusste. Um Balduin dafür zu entschädigen, gab ich seinem Wunsch nach, die Wildenburg aus dem Besitz des Kyrburgers zu übernehmen. Die Schmidtburg ist außerdem völlig zerstört.«
»Trotzdem hättet Ihr eine andere Burg aus dem Besitz des Wildgrafen verlangen können. Das habe ich Euch schon einmal gesagt«, warf Matthias ein.
Loretta schwieg. Was sollte sie auch erwidern? Sie spürte nur allzu deutlich, dass Matthias recht hatte. *Als ich die Starkenburger Dokumente in der Kemenate fand, habe ich gelobt, die Re-*

gentschaft nie wieder zugunsten meiner Liebe hintanzustellen. Warum mache ich nur immer wieder den gleichen Fehler? Hat sich mein Schwiegervater am Ende doch in mir geirrt? Einen Moment lang war Loretta ganz verzagt.

Unbarmherzig fuhr Oheim Matthias fort: »Aber besonders unverständlich ist mir, warum Ihr Euch nach der überaus verlustreichen Unterwerfung des Kastellauners mit den paar tausend Pfund Hellern und der Auslösung Eurer widerrechtlich verpfändeten eigenen Hofgüter zufriedengegeben habt. Derweil nennt Euer Verbündeter Erzbischof Balduin nun die reiche Stadt Kirchberg gänzlich sein Eigen. Man munkelt, dass Ihr aus Mitleid mit Walrams Gattin Elisabeth derart unvernünftig gehandelt habt.«

»Sie dauerte mich von ganzem Herzen«, gab Loretta es zu. »Ihr Gatte pflegt sie sogar zu misshandeln.«

Matthias schnaubte. »Das sind ganz und gar weibliche Gefühlsduseleien. Mitleid und Politik dürfen sich nie gegenseitig beeinflussen.« Er holte tief Luft, offensichtlich, um nicht die Beherrschung zu verlieren. »Ich bin jedenfalls froh, dass der Kyrburger im Kerker der Baldeneck sitzt und Walram wohl noch einige Zeit brauchen wird, um sich von der Belagerung zu erholen. Sonst würden Euch beide sehr schnell wieder bedrohen. Jedoch, was den Erzbischof angeht …« Er stockte.

Loretta sah aufgeschreckt hoch. »Was meint Ihr?«

»Nun, meine Liebe, Respekt habt Ihr Euch durch Euer nachgiebiges Verhalten jedenfalls nicht verschafft. Im Gegenteil, was Ihr durch die Beharrlichkeit, mit der Ihr dem Erzbischof die Kröver Vogtei wieder abgetrotzt habt, gewonnen hattet, werdet Ihr nun wieder eingebüßt haben.«

Loretta erschrak. War ihr Opfer vergebens gewesen? Würde Balduin ihre Nachgiebigkeit für sich ausnutzen? Wollte er der Grafschaft Starkenburg-Sponheim am Ende schaden?

Ihre letzte Liebesnacht kam ihr wieder in den Sinn und ließ sie ihre misstrauischen Gedanken verwerfen. Auch Oheim Matthias dachte nur an weltliche Güter und Macht. *Wie sollte er auch anders? Schließlich hat er die Liebe nie kennengelernt. Ich habe beschlossen, Balduin nun zu vertrauen.* Schon auf dem Rückweg von Kastellaun nach Trier hatte er auf der Starkenburg vorgesprochen und somit sein Versprechen eingelöst, ihre Beziehung zukünftig ohne die Belastungen der Politik unbeschwert fortzusetzen. *Das ist mir den Preis von ein paar abgelegenen Burgen wert! Ich bin dieses Haders so überdrüssig.*

Der Trotz musste sich auf ihrem Gesicht abzeichnen, denn Matthias seufzte tief.

»Ich hatte Euch gebeten, mich zu Rate zu ziehen, bevor Ihr solche schwerwiegenden Entscheidungen trefft, Loretta. Doch ich habe Euch nichts zu befehlen. Ihr seid Eure eigene Herrin und müsst Euer Handeln verantworten.«

Loretta straffte sich. »So ist es, Oheim. Ich weiß Eure Unterstützung sehr zu schätzen, doch inmitten der Kämpfe blieb mir keine Zeit, nach Euch zu schicken. Jetzt sind meine schlimmsten Feinde besiegt. Von Erzbischof Balduin droht mir jedenfalls keine Gefahr.«

»Was macht Euch da so sicher?« Matthias musterte sie durchdringend.

Loretta spürte, wie sie errötete. »Das würde ich spüren.«

»Soso, Ihr würdet es spüren«, antwortete Matthias sarkastisch. »Schon wieder Gefühle! Ich bete darum, dass Ihr Euch nicht irrt.«

»Ich irre mich nicht«, beharrte Loretta entschlossen. Doch tief in ihrem Inneren nagte wieder ein leiser Zweifel.

Teil 5

STURMNACHMITTAG

Kapitel 25

Frauenburg, Anfang Mai 1327

Als sie die letzte Anhöhe erklommen hatte und die Frauenburg in ihrer ganzen Pracht vor ihr lag, platzte Loretta schier vor Stolz. Mächtig erhoben sich die Türme über den trutzigen Mauern, deren Steine in der Nachmittagssonne golden schimmerten.

Volker von Falkenstein, der ihre Begleitmannschaft befehligte, schloss zu ihr auf. Auch seine Augen strahlten. »Wahrhaftig, ein gewaltiges Werk habt Ihr hier vollbracht, Herrin. Selbst wenn der Kyrburger nicht mehr in Haft wäre, brauchtet Ihr weder ihn noch irgendeinen anderen Feind zu fürchten. Ich bewundere Eure Tatkraft von ganzem Herzen.«

Loretta freute sich sehr über Volkers Worte. Spontan beschloss sie, ihren heimlichen Zwist mit ihm zu begraben. »Volker, mein Freund«, antwortete sie. »Ich danke Euch für Eure wunderbaren Worte. Doch nicht nur für Eure Worte. Eure Treue hat dieses und noch vieles andere möglich gemacht, was ich für die Grafschaft und meinen Sohn Johannes in den letzten Jahren erreicht habe. Ihr wisst, dass man mich zu Beginn meiner Regentschaft als ›schwaches Weib‹ verlachte. Hättet Ihr und andere Männer wie mein Oheim Matthias nicht unerschütterlich zu mir gestanden, wer weiß, was aus mir und meinen Söhnen geworden wäre.«

Volker errötete vor Freude über Lorettas Rede. Er setzte gerade zu einer Antwort an, da ritt Blanche von Veldenz an Lorettas andere Seite. Sie schenkte dem Ritter ein kühles Lächeln, das er mit einem leicht gequält wirkenden Ausdruck erwiderte, bevor er sich verneigte und seinem Pferd die Sporen gab, um vorauszureiten.

»Liebste Tante, was für ein glorreicher Tag! Ihr könnt stolz auf Eure Werke sein! Landauf, landab preist man Euch. Ich habe gehört, dass die Bänkelsänger bereits Loblieder auf Euch dichten.«

Loretta bedachte ihre Nichte mit einem warmen Blick. Blanche war in den letzten Monaten etwas fülliger geworden, was jedoch ihre weiblichen Formen betonte und ihr ausgezeichnet zu Gesicht stand. Offensichtlich war sie auch über ihren Liebeskummer hinweggekommen. Schon öfter hatte Loretta beobachtet, dass Blanche Volker höflich, aber distanziert behandelte und dabei die höfischen Formen sorgsam wahrte.

Sie wäre auch dumm, sich weiterhin nutzlos zu grämen. Schließlich reißen sich die Männer um ihre Hand.

In der Tat hatten ihre Ritter Hugo von Breitenfels und Egbert von Randeck Blanche den Hof gemacht und bei Loretta auch um ihre Hand angehalten. Blanche mochte sich jedoch noch nicht binden und hatte die Anträge huldvoll abgelehnt, ohne die jungen Männer vom Gängelband zu lassen. Das Gleiche galt für den jungen Grafen aus der benachbarten Herrschaft Eltz. Selbst dem greisen Ägidius von Daun schien Blanche den Kopf verdreht zu haben, wie Loretta seinen schmachtenden Blicken entnahm, wenn sich der Vogt des Kröver Reichs zu Besuch auf der Starkenburg aufhielt.

Loretta gönnte Blanche ihren Erfolg von ganzem Herzen und hatte längst beschlossen, sie nicht zu einer Ehe zu drängen, sondern der jungen Frau die Zeit zu lassen, die sie brauchte.

Eines Tages wird der Richtige kommen. Ach, wäre auch ich noch einmal so jung und unbeschwert! Loretta schnalzte ihrer Stute

Ceres, die sich sacht in Bewegung setzte. Während sie das Bachtal am Fuße der Burg durchquerten, in dem sich bereits die ersten Bauern und Häusler niedergelassen hatten, legte sich ein Schatten auf Lorettas Gemüt. Balduin hatte ihre Einladung zur heutigen Feier ebenso abgelehnt wie ihr Oheim Matthias. Allerdings hatte Matthias dafür gewichtige Gründe geltend gemacht, die seine Anwesenheit in seiner Propstei in Aachen dringend erforderlich machten. Balduin hatte dagegen nur ein kurzes Schreiben mit seiner Absage gesandt.

Er hat es nicht einmal für nötig befunden, es mit eigener Hand zu verfassen.

Obwohl sie sich vorgenommen hatte, den heutigen Tag zu genießen, fühlte sich Loretta bedrückt, wie so häufig in den letzten Monaten, wenn sie an Balduin dachte. Ihre Hoffnung, nach den Fehden würde wieder Eintracht zwischen ihnen herrschen, hatte sich nicht erfüllt. Im Gegenteil, ihre Beziehung befand sich ganz offensichtlich sogar an einem toten Punkt. Zwar besuchte der Erzbischof sie ab und an auf der Starkenburg. Doch jenseits der kurzen, stürmischen Umarmungen in ihrer Schlafkammer ging von ihm eine gewisse Unnahbarkeit aus, die Loretta umso mehr verletzte, als sie sich diese Distanz nicht erklären konnte. All ihre langjährigen Feinde waren besiegt, sie hatte Balduin den Löwenanteil an der Sühne aus den siegreichen Fehden überlassen, ja ihm sogar ein zweites Mal das Leben gerettet.

Was begehrt er denn noch von mir?

»Liebste Muhme! Ihr seht plötzlich so traurig aus. Sagt an, bedrückt Euch etwas?« Blanches Stimme riss Loretta aus ihren trüben Gedanken.

Sie setzte ein gezwungenes Lächeln auf. »Nein, nein, mein Kind. Es ist gar nichts. Ich bin nur ein wenig müde von der Reise.« Um von sich abzulenken, sah sie sich suchend um. »Ah, da bist du ja, Hänsel … ich meine, Johannes«, verbesserte sie sich rasch. Voller Stolz musterte sie ihren Ältesten.

Er ist schon wieder gewachsen und sitzt bereits wie ein Ritter im Sattel.
Der Zehnjährige verneigte sich formvollendet. »Frau Mutter, ich bewundere Euer Werk«, schloss er sich den Gratulationen an. »Dies ist seit vielen Jahren die erste Burg, die ein Starkenburger neu errichtet hat. Oder vielmehr eine Starkenburgerin«, fügte er mit einem feinen Lächeln hinzu. »Kein Mann kann Euch das Wasser reichen.«
Loretta schwoll die Brust an diesem Tag zum zweiten Mal vor Stolz. Die Gedanken an Balduin waren wie weggeblasen.
Mein Hänsel, dachte sie zärtlich. *Du hast so gar nichts von deinem Vater. Aber umso mehr von deinem Großvater und von mir selbst.*
Laut erwiderte sie: »Ich muss Bruder Wolfram und dem Waffenmeister Burkhard ein hohes Lob aussprechen, mein Sohn. Sie erziehen dich zu einem wahren Edelmann.«
Johannes errötete leicht ob des Lobs, was seine blauen Augen, das Erbe Lorettas, noch mehr zum Strahlen brachte. »Vergesst Tante Blanche nicht, Frau Mutter. Wie man sich ausdrückt, wie man tanzt und den Damen Komplimente macht, lehrt sie mich noch besser als meine Lehrer.«
Er wies mit dem Arm voraus. »Doch wir sind bald da, Frau Mutter. Freut Euch, in der Frauenburg wartet eine wunderbare Überraschung auf Euch. Auch das war Tante Blanches Idee.«
Gespannt legte Loretta die letzte steile Strecke bis zur Zugbrücke zurück und ritt durch das weit geöffnete Burgtor.
Staunend blickte sie um sich. Der ganze Hof war mit Blumengirlanden und Fahnen geschmückt, die das Wappen von Starkenburg-Sponheim mit dem rot-silbernen Schachbrettmuster zeigten. Es roch verlockend nach gebratenem Fleisch. Überall standen Männer und Frauen in Festgewändern und verneigten sich.
Woher kommen die vielen Menschen? Loretta war überrascht

und verwirrt. *Die Burgbesatzung allein kann es nicht sein. Zumal viele Frauen darunter sind.*

Ein Mann in einem Gewand aus gutem dunkelbraunem Tuch und einer federgeschmückten Kappe aus dem gleichen Stoff näherte sich ihr. In der Hand trug er einen großen Silberpokal. Erst als er Loretta das Gefäß reichte, erkannte sie in ihm den Schultheiß von Enkirch.

»Seid willkommen, edle Dame«, grüßte er sie, bevor er ihr den Willkommenstrunk überreichte. Loretta tat einen tiefen Schluck und erkannte den Wein sofort. Er stammte aus einer ihrer besten Lagen an der Mosel hoch über Kröv.

»Seid auch Ihr gegrüßt, Meister Egbert. Ich freue mich, Euch an solch einem Ehrentag hier zu sehen.«

Loretta ließ ihren Blick über die Menge schweifen. Tatsächlich, aus jedem größeren Ort war ein Vertreter gekommen. Loretta erkannte die Amtmänner von Herrstein und Allenbach, die Schultheiße von Winningen und Trarbach und viele andere Würdenträger aus den Ortschaften, die zur Grafschaft Starkenburg-Sponheim gehörten. Viele hatten auch ihre Ehefrauen mitgebracht, die zur Feier des Tages ihre besten Kleider und Hauben trugen.

Selbst der alte Ägidius von Daun war gekommen und beugte sein Haupt mit schmerzverzerrtem Gesicht, da er seit geraumer Zeit von der Gicht geplagt wurde, ehe sein schmachtender Blick über Lorettas Schulter hinweg zu Blanche glitt.

Loretta unterdrückte ein Schmunzeln. Nachdem ihr Volker beim Absteigen geholfen hatte, schritt sie die Reihen entlang, um die Gäste persönlich zu begrüßen und mit jedem ein paar freundliche Worte zu wechseln.

Der Letzte in der Reihe stellte sich als der Schultheiß von Birkenfeld vor. Loretta kannte ihn noch nicht, da sie sich bislang kaum in diesem Teil ihrer Grafschaft aufgehalten hatte. Wie schon einige Male zuvor überfiel sie der Anflug eines schlechten

Gewissens. *Ich muss bald einmal für eine längere Zeit dorthin reisen,* nahm sie sich erneut vor.
Der Mann verbeugte sich besonders tief. »Ich hatte gehofft, auch den edlen Erzbischof von Trier hier begrüßen zu dürfen«, sagte er zu ihrer Überraschung. Bemüht, sich den Stich, den ihr seine Bemerkung versetzt hatte, nicht anmerken zu lassen, erwiderte Loretta: »Er wurde leider durch dringende Geschäfte am Kommen gehindert.«
Auch die Antwort des Schultheißen versetzte sie in Erstaunen. »So freue ich mich umso mehr darauf, die edlen Herrschaften im nächsten Jahr gemeinsam in Birkenfeld begrüßen zu dürfen. Vor diesem Fest müssen dann selbst wichtige Amtsgeschäfte zurückstehen.«
Bevor ihm Loretta eine Frage stellen konnte, legte Blanche ihr eine Hand auf den Arm. »Darf ich Euch bitten, ein klein wenig zu eilen, liebwerte Tante. Das Mahl wird bald in der großen Halle aufgetragen, und Ihr wollt Euch sicher davor noch ein wenig frisch machen.«
Loretta bedachte Blanche mit einem strahlenden Lächeln. »Was für eine wunderbare Freude habt Ihr mir doch mit diesem Empfang bereitet. Es muss Euch Tage und Wochen gekostet haben, dieses Fest zu meinen Ehren vorzubereiten.«
Blanche errötete vor Freude wie vor ihr Johannes. Sie zog den Jungen, der hinter ihr stand, an ihre Seite. »Johannes hat mir tatkräftig beim Schreiben der Briefe und allen sonstigen Vorbereitungen geholfen. Er ist Euch ein würdiger Sohn und wird auch ein würdiger Nachfolger werden.«
»Das bezweifle ich keinen Augenblick lang. Und Ihr, liebste Blanche, habt ein gerüttelt Maß Anteil daran. Aber nun kommt, meine Lieben«, antwortete Loretta fröhlich, »lasst uns den Staub der Reise von Gesicht und Händen abwaschen, damit unsere Gäste nicht hungrig bleiben.«
Noch ein oder zwei Male an diesem Abend wollte Loretta den

Birkenfelder Schultheiß nach dem Fest im nächsten Jahr fragen. Doch im Trubel des Abends ergab sich keine rechte Gelegenheit dazu, und schließlich vergaß sie die Sache wieder.

Kirchberg, Mai 1327, zwei Tage später

»Miriam, wie freue ich mich, Euch zu sehen!« Mit ausgestreckten Händen trat Loretta über die Schwelle. »Endlich besuche ich Euch einmal mit frohem Herzen, anstatt Euch mit meinen Sorgen zu belasten.«

Miriam erwiderte das Lächeln. Doch es drang nicht zu ihren dunklen Augen vor, unter denen tiefe Schatten lagen. »Auch ich bin sehr glücklich über Eure Ankunft, liebste Freundin.«

Täuschte Loretta sich, oder schwang ein trauriger Unterton in ihrer Stimme mit?

Besorgt legte sie Miriam die Hand auf den Arm. »Ist Euch nicht wohl, meine Liebe? Seid Ihr am Ende gar krank?«

»Nein, nein.« Miriam schüttelte den Kopf. »Sorgt Euch nicht um mich, Loretta. Ich habe heute Nacht nur ein wenig schlechter geschlafen als sonst. Doch nun geleite ich Euch zu Eurer Kammer. Sicher wollt Ihr vor dem Mahl noch ein wenig ausruhen.«

Verblüfft folgte Loretta der Jüdin in das kleine, aber behaglich eingerichtete Zimmer, das sie auch schon bei ihren früheren Besuchen bewohnt hatte. Üblicherweise tauschten die Frauen erst einmal bei einem erfrischenden Getränk Neuigkeiten aus, bevor sich Loretta zurückzog, um sich zum Gastmahl umzukleiden. Nur als sie im letzten Frühjahr während der Belagerung von Burg Dill fiebernd bei Miriam Zuflucht suchte, hatte die Jüdin sie gleich zu Bett geschickt.

Allein in der Kammer, reckte Loretta die vom Reiten schweren Glieder. Kathi, die neben Gerhild wieder ihren Dienst als Kammermagd bei ihr versah, hatte darum gebeten, nicht mit zur Frauenburg reisen zu müssen, wahrscheinlich, um Volker von Falkenstein aus dem Weg zu gehen. Doch Gerhild, die Loretta in ihren Diensten behalten hatte, war kurz vor der Abreise von einer heftigen Erkältung gepackt worden. Deshalb löste Loretta jetzt selbst die Schnüre ihres einfachen Reisekleides und tauchte einen sauberen Leinenlappen in die mit lauwarmem duftendem Wasser gefüllte Waschschüssel, um sich das Gesicht abzureiben. Doch obwohl sie tatsächlich vom Ritt über die engen Pfade des Hunsrücks erschöpft war, konnte sie kein Auge schließen und wartete ungeduldig, bis das Glöckchen zur Nachtmahlzeit rief.

Während des koscheren, aber wie immer schmackhaften Essens verstärkte sich ihr Verdacht, dass Miriam etwas bedrückte. Die Jüdin stocherte lustlos in den Speisen herum und ließ fast ihre ganze Mahlzeit unberührt in die Küche zurückgehen. Anfangs bemühte sich Loretta aufrichtig, Miriam abzulenken, indem sie ihr vom Fest auf der Frauenburg berichtete, das Blanche ihr zu Ehren ausgerichtet hatte. Zunehmend bedrückt, stellte sie jedoch fest, dass Miriam zwar an den richtigen Stellen nickte und lächelte und ihre wie üblich klugen Bemerkungen zur Unterhaltung beisteuerte. Dennoch wurde Lorettas ungutes Gefühl, dass irgendetwas nicht stimmte, nicht schwächer, sondern stärker.

Schließlich ließ sie den Löffel sinken, den sie gerade in den Nachtisch, eine wunderbar duftende Orangenspeise, tauchen wollte, und sah Miriam in die Augen.

»Was ist mit Euch, meine Liebe? So habe ich Euch noch nie erlebt! Euch quält eine schwere Sorge, das spüre ich deutlich! Ich bitte Euch, vertraut sie mir an!«

Im Versuch, der traurigen Situation doch noch eine Spur Leichtigkeit zu verleihen, fügte sie hinzu: »Es wäre nur recht und billig, wo Ihr doch meine geheimsten Wünsche, Sorgen und

Sehnsüchte besser kennt als jeder andere Mensch. Viele Male habt Ihr mein Gejammer und meine Klagen angehört, ohne auch nur einmal die Geduld mit mir zu verlieren. Und das, obwohl ich Euren klugen Rat nur selten befolgt habe.«

Die Wirkung ihrer letzten Worte überraschte und erschütterte Loretta zutiefst. Als bräche ein mühsam aufrechterhaltener Schutzwall zusammen, schlug die Jüdin plötzlich ihre schmalen Hände vors Gesicht und begann, lautlos zu schluchzen. Ihr ganzer Körper bebte unter der Wucht ihres Schmerzes. Hilflos streichelte Loretta ihr über den Rücken und nahm die Zitternde schließlich in die Arme, um sie wie ein kleines Kind zu wiegen. Die Minuten dehnten sich wie Stunden, ohne dass sich Miriam beruhigte. Erst nach einer geraumen Weile ebbte ihr Schluchzen ab. Schließlich hob sie den Kopf, befreite sich sanft aus Lorettas Umarmung und sah ihr in die Augen.

»Ich weiß nicht, ob Ihr mir helfen könnt, Loretta.« Ihre Stimme war rauh vom vielen Weinen. »Am Ende bringt Ihr Euch nur selbst in Gefahr.«

Trotz des Stichs in der Magengrube, den Loretta empfand, bemühte sie sich um Gelassenheit. »Sorgt Euch nicht um mich, liebste Freundin. Meine Feinde sind samt und sonders besiegt.«

Miriam zuckte zusammen, was Loretta nicht entging. »Wer bedroht Euren Frieden, Miriam? Ist es doch einer meiner Feinde?« Ohne die Antwort abzuwarten, fuhr sie fort: »Mein Schwager Pantaleon kann es nicht sein, er ist ein verweichlichter Wicht und lebt jetzt viele Meilen von Kirchberg entfernt. Der Kyrburger schmachtet noch immer im Verlies der Baldeneck. Also bleibt nur … Walram von Kastellaun«, fügte sie langsam hinzu. Mit plötzlicher Gewissheit ergänzte sie: »Der größte Schurke von allen. Sagt an, Miriam, was hat er Euch zuleide getan?«

Miriam schneuzte sich in ein Tüchlein aus feinem Leinen. »Er tut nicht nur mir etwas zuleide. Er bedroht unsere ganze jüdische Gemeinde.«

»Wie kann das sein?« Loretta war fassungslos. »Kirchberg gehört doch jetzt Erzbischof Balduin.«

Miriams Augen füllten sich erneut mit Tränen. »Walram von Kastellaun hat bei uns Kirchberger Juden große Schulden. Es mögen wohl an die viertausend Pfund Heller sein. Schon früher war Walram ein säumiger Zahler, doch seitdem er Kirchberg an den Trierer Kurfürsten abtreten musste, tilgt er gar keine Darlehen mehr, sondern fordert stattdessen immer neue Summen von uns.«

Lorettas Entsetzen verwandelte sich in Empörung. »Weiß Balduin von diesen Umtrieben? Schließlich seid Ihr und andere Mitglieder Eurer Gemeinde seine Leibjuden.«

Erneut begann Miriam zu schluchzen, so dass Loretta ihre nächsten Worte kaum verstand. »Walram hat uns bei Leibesstrafe verboten, Balduin zu kontaktieren. Er droht uns damit, einen Pogrom anzuzetteln. Habt Ihr je von einem Menschen gehört, der sich König Armleder nennt?«

Loretta nickte bedrückt. »Er hetzt zur Judenverfolgung im Frankenland auf und führt dann seine Meute aus Bauern und Bürgern selbst an, wie ich gehört habe. Doch das ist viele Tagesreisen von hier entfernt.«

Miriam fuhr fort, als hätte sie Lorettas Worte gar nicht gehört. »Walram behauptet, dass er jederzeit einen Vorwand fände, um uns auszurotten. Der einfache Pöbel traut unserem Volk jede noch so absurde Schandtat zu. Denkt nur an den guten Werner!«

Loretta nickte. Nur allzu gut erinnerte sie sich noch an ihr erstes Gespräch mit Miriam vor zwei Jahren. Damals hatte eine wütende Horde die Juden von Bacharach gemeuchelt, die beschuldigt wurden, einen christlichen Knaben von sechzehn Jahren hingemetzelt zu haben, um sein Blut für ihre Rituale zu benutzen.

Sie schluckte schwer. Doch bevor ihr eine Antwort einfiel, fuhr

Miriam bereits fort: »Es sind vor allem Erzbischof Balduins Leibjuden, die Walram im Visier hat. Ein Mann aus meiner Gemeinde namens Daniel …«, sie stockte einen Moment lang und überwand sich dann sichtlich, »der mir am Herzen liegt, machte sich auf den Weg nach Trier, um Balduin zu berichten. Doch er fiel Walrams Häschern in die Hände und wurde grausam gefoltert. Nun liegt er mehr tot als lebendig im Verlies der Burg Kastellaun. Walram verlangt zweihundert Pfund Heller Lösegeld von uns und akzeptiert dabei keine Reduktion seines Darlehens. Fünfzig Pfund Heller fallen davon allein auf mich. In anderen Zeiten wäre es mir ein Leichtes gewesen, diese Summe aufzubringen, doch auch ich habe Walram und Erzbischof Balduin hohe Summen geliehen und verfüge derzeit nicht über so viele bare Mittel. Zumindest nicht binnen der Frist von zwei Wochen, die Walram uns gesetzt hat. Erst zu Martini erwarte ich wieder größere Summen.«

»Und doch habt Ihr mich mit teuren Orangen bewirtet«, entfuhr es Loretta, die sich sofort ob der Taktlosigkeit dieser Bemerkung auf den Mund schlug. Doch Miriam schien sich nicht weiter daran zu stören.

»Mein Vetter Jonas hat sie von seiner Spanienreise mitgebracht und mir durch einen Boten als Geschenk senden lassen. Zum Glück zog er in dringenden Geschäften ohne Aufenthalt im Hunsrück nach Straßburg weiter, sonst wäre er am Ende auch noch in die Hand des Kastellauners geraten.«

Diesmal hörte Loretta ihr nur mit einem Ohr zu. Ein Gedanke beschäftigte sie. »Liebste Miriam, Eurem Darlehen verdanke ich meine Frauenburg. Auch später, als ich wegen der Fehden mehr und mehr Geld benötigte, habt Ihr mir immer wieder geholfen. Ich habe zwar erst zu Martini damit gerechnet, Euch die nächste Rate von zweihundert Pfund Heller zurückzahlen zu müssen, doch ich kann sicher vorzeitig fünfzig Pfund Heller aufbringen und Euch überlassen. Würde Euch das fürs Erste helfen?«

Ein kleiner Hoffnungsschimmer glomm in Miriams dunklen Augen auf. »Damit könnte ich zumindest meinen Anteil am Lösegeld begleichen. Ob dies genug ist, um Daniels Leben zu retten, kann ich nicht sagen. Doch ich bin Euch von ganzem Herzen dankbar.« Ihr zaghaftes Lächeln schnitt Loretta ins Herz.

»Und ich werde sofort an Balduin schreiben, sobald ich auf die Starkenburg zurückgekehrt bin. Er muss Euch und seine anderen Leibjuden schützen.«

Miriam ergriff Lorettas Hände. »Ich danke Euch von Herzen, Teuerste. Doch bittet auch für die Sponheimer Juden. Walram verbietet ihnen jeden Kontakt zu uns und lässt es aufs schwerste ahnden, wenn dem jemand zuwiderhandelt. Auch unter den Sponheimer Juden haben wir Verwandte und Freunde. Ein tiefer Riss zieht sich durch unsere ganze Gemeinde.«

Loretta erwiderte Miriams Händedruck. »Ich werde mein Bestes tun, um Euch zu helfen.«

Auf einmal spürte sie das *Gefühl der Bedrohung* in einer Intensität, wie sie es seit ihrer Jugend nicht mehr wahrgenommen hatte. Es war noch weit stärker als bei Friedrichs Mordanschlag auf Balduin.

»Miriam, Ihr seid in großer Gefahr. Kommt mit mir auf die Starkenburg!«, brach es aus ihr heraus.

Miriam schüttelte den Kopf. »Ich kann weder mein Gesinde im Stich lassen noch, ohne Verdacht zu erregen, mit allen Mitgliedern meines Hausstandes Kirchberg verlassen. Walram würde sofort Verdacht schöpfen und es die anderen Trierer Juden büßen lassen.« Sie stockte. »Oder Daniel, den Mann, den ich liebe«, ergänzte sie leise.

»Dann schicke ich Euch zumindest ein paar Reisige zu Eurem Schutz!«

Miriam verneinte erneut. »So viele Männer, wie es brauchte, um Walrams Schergen in Schach zu halten, könntet Ihr gar nicht entbehren, Loretta. Zudem würde auch das Verdacht erregen. Doch sorgt Euch nicht zu sehr um mich. Ich weiß mir zu helfen.«

Loretta sah ein, dass es vorerst keinen Ausweg gab. Hilflos schloss sie Miriam noch einmal in die Arme und spürte diese trotz ihrer letzten Worte zittern.

Sie sandte ein stummes Stoßgebet zum Himmel. »Heilige Jungfrau Maria! Gib, dass ich hier noch rechtzeitig helfen kann.«

Kurfürstlicher Palast zu Trier, Mai 1327

»Was soll das heißen, Remigius ist weg?«, blaffte Balduin seinen Leibknecht an, den er vor einer halben Stunde nach seinem Sekretär geschickt hatte.

Der Mann verneigte sich eingeschüchtert. »Hoher Herr, ich kann Euch nichts anderes sagen. Bruder Remigius war weder in seinem Zimmer noch in der Kapelle oder der Bibliothek aufzufinden. Auch im Archiv habe ich nach ihm gesucht.« Er stockte.

»Sprich weiter, Kerl! Was verheimlichst du mir?«

Paulus verneigte sich noch tiefer. »Ich bin dann noch einmal in seine Kammer gegangen, in der Hoffnung, er hätte vielleicht nur einen Spaziergang gemacht und sei zwischenzeitlich zurückgekehrt. Doch er war nicht dort.«

»Und?«, drängte Balduin, als der Mann erneut eine Pause machte. Er spürte, dass das noch nicht alles war.

Der Mann seufzte tief. »Bruder Remigius' Habseligkeiten sind nicht mehr in seiner Truhe. Auch die Bibel fehlt, die er stets neben seinem Lager aufbewahrte.«

»Waaas?« Balduin war fassungslos. »Wohin soll er denn gegangen sein?«

Der Leibknecht blickte zu Boden. »Ich weiß es nicht, Herr. Die

Köchin berichtet, sie habe ihm nach dem Morgenmahl Brot und Speck eingepackt. Zu ihr sagte Bruder Remigius, er solle in Eurem Auftrag nach Luxemburg reisen.«

»Nach Luxemburg?«

»Ja, hoher Herr. Die Torwache teilte mir mit, der Bruder habe den Palast um die zehnte Stunde verlassen. Er hatte ein Bündel bei sich.«

Balduin atmete tief durch und versuchte, sich zu beruhigen. Das Herz klopfte ihm bis zum Hals. Mühsam beherrscht sagte er: »Du hast gut daran getan, selbst nachzuforschen, was geschehen ist, Paulus. Wahrscheinlich handelt es sich nur um ein Missverständnis.«

Als der Mann keine Anstalten machte, sich zu entfernen, fügte er ungeduldig hinzu: »Du kannst jetzt gehen!«

Diese falsche Schlange! Ich habe eine giftige Natter an meinem Busen genährt.

Die Gedanken rasten nur so durch Balduins Kopf, nachdem Paulus die Schreibstube verlassen hatte. Voller Unrast trat er an Remigius' Stehpult. Die begonnene Abschrift einer Urkunde lag darauf, die Feder steckte sogar noch im Tintenfass, als hätte der Schreiber die Absicht, jeden Moment an die Arbeit zurückzukehren. Tatsächlich war Remigius, der am liebsten früh zu Werke ging, noch heute Morgen hier tätig gewesen. Und genau aus diesem Grund ahnte Balduin, dass der Schreiber seine Flucht sorgfältig geplant hatte.

Hätte es sich um einen plötzlichen Notfall gehandelt, der seine Abreise erforderlich machte, was hätte ihn daran hindern sollen, meine Erlaubnis einzuholen?

Fieberhaft überlegte Balduin, woran Remigius in den letzten Wochen gearbeitet hatte. Doch es fielen ihm keine geheimen Dokumente ein, die der Schreiber kopiert hatte. Stattdessen war er wie üblich damit beschäftigt gewesen, Balduins Urkundenarchiv mit immer neuen Abschriften verstaubter Dokumente zu

füllen. Seine Vorgänger im Amt des Kurfürsten hatten es größtenteils in heilloser Unordnung hinterlassen.
Sollte er meine Pläne etwa an Loretta verraten wollen? Auch das verwarf Balduin nach kurzer Überlegung. Abgesehen davon, dass Loretta Remigius seit jeher nicht leiden konnte und dieser Gefahr gelaufen wäre, sofort inhaftiert zu werden, was hätte er davon gehabt? Nein, da musste etwas Größeres dahinterstecken.
Doch Balduin wollte durchaus nicht einfallen, was dies sein könnte.

Burg Kastellaun, Mai 1327

»Habt Ihr das Kind, Amtmann?«
Der grobschlächtige Mann mit dem brutalen Zug um den Mund nickte. »Jawohl, Herr. Doch es ist mehr tot als lebendig. Der Knabe schrie sich schier die Seele aus dem Leib, als wir ihn seiner Mutter fortnahmen. Ich musste meinem Knappen befehlen, ihn ruhigzustellen.«
»Habt Ihr ihn geschlagen?« Der Mann antwortete nicht.
Nach kurzer Pause winkte Walram ab. »Ach, was soll's! Ein paar blaue Flecken machen die Sache nur noch glaubwürdiger. Doch seht zu, dass das Balg am Leben bleibt. Noch ist die Zeit nicht gekommen.«
Der Amtmann blickte verblüfft drein. »Aber ich dachte …«
Walram fiel ihm ins Wort. »Überlasst mir das Denken! Ich habe erst gestern erfahren, dass einer der Trierer Juden noch auf Reisen ist. Ich will seine Rückkehr abwarten. Man hat mir zugetragen, dass er eine Wagenladung mit kostbaren Spezereien mitbringt. Die will ich mir nicht entgehen lassen.«
Der Amtmann nickte mürrisch. »Und was mache ich derweil mit dem Kind?«

Walram stöhnte demonstrativ auf. »Bei allen Heiligen, Ihr werdet doch wohl eine Amme auftreiben können?«
Ohne eine Antwort abzuwarten, fuhr er fort: »Auf jeden Fall sorgt Ihr mir dafür, dass ein Balg vorhanden ist, wenn die Stunde gekommen ist. Jeden Tag kann es jetzt so weit sein.«

Kapitel 26

Starkenburg, Mai 1327, drei Tage später

Und aus diesem Grunde ersuche ich Euch, umgehend aufzubrechen und Euch Eurer Leibjuden anzunehmen. Es grüßt Euch Loretta von Starkenburg-Sponheim.«
Erschöpft strich sich Loretta über die Stirn. Schon seit dem Frühmahl fühlte sie sich merkwürdig matt. Nun begann auch ihr Kopf zu schmerzen. *Werde ich etwa wieder krank?*
Erst gestern Abend war sie aus Kirchberg zurückgekehrt und, müde von der Reise, sofort zu Bett gegangen. Heute Morgen war sie daher umso früher aufgestanden, um das Schreiben an Balduin zu verfassen. Doch es ging ihr schwer von der Hand.
Den ersten Entwurf hatte sie noch mit einigen persönlichen Worten und in der vertrauten »Du-Form« geschrieben. Dann wurde ihr bewusst, dass der Brief möglicherweise in falsche Hände geraten könnte, sei es auf dem Weg nach Trier, sei es in Trier selbst.
Gerade als sie ein neues Schreiben begonnen hatte, rief die Glocke zur Frühmesse. Beim anschließenden Frühstück nahm Loretta nur einen Becher heiße Milch zu sich. *Vielleicht habe ich einfach zu wenig gegessen. Schließlich steht die Sonne schon hoch am Himmel. Ich muss mich sputen, damit der be-*

rittene Bote heute noch eine gute Strecke Weges zurücklegen kann.
Nun lagen zerknüllte Pergamente rund um den Tisch aus poliertem Eichenholz, an dem sie schrieb. Seufzend massierte sich Loretta die Schläfen, in denen es mittlerweile pochte, als schlügen kleine Hämmer darin an. Noch einmal überflog sie prüfend ihren letzten Entwurf. War es richtig, sich so kühl und distanziert auszudrücken? *Aber verhält sich Balduin nicht genauso? Hat er nicht sogar ohne ersichtlichen Grund damit angefangen?*
Schließlich gab sie sich einen Ruck, streute Sand über die Tinte, rollte das Pergament zusammen und siegelte es. Sie wollte sich gerade erheben, um Kathi zu rufen, da öffnete Blanche die Tür zur Kemenate und trat ein. Erschrocken blieb sie kurz vor Loretta stehen. »Liebste Tante, was ist mit Euch? Ihr seid ja so bleich wie ein Geist!«
Loretta lächelte matt und winkte ab. »Es ist nichts, liebe Blanche. Ich habe heute nur zu wenig gegessen.«
Blanche kam näher und ergriff Lorettas Hände. »Immerhin scheint Ihr kein Fieber zu haben. Soll ich Euch eine Stärkung bringen lassen?« Ohne Lorettas Antwort abzuwarten, wandte sie sich schon zur Tür. »Ich schaue sogleich in der Küche nach, was sich finden lässt.«
»Halt, wartet noch, Blanche. Hier, nehmt diesen Brief an Erzbischof Balduin mit und übergebt ihn Volker von Falkenstein. Er soll noch in dieser Stunde einen Boten nach Trier senden. Es duldet keinen Aufschub.«
Blanche nickte und schlüpfte hinaus. Während Loretta auf ihrem Lieblingsplatz in der Kemenate, der mit Kissen belegten Bank in der Fensternische, auf ihre Rückkehr wartete, verstärkten sich ihre Kopfschmerzen. Plötzlich machte sich auch wieder das *Gefühl* bemerkbar, das sie seit ihrem Abschied von Miriam beharrlich plagte. Es breitete sich, ausgehend von ihrer Magengrube, im ganzen Körper aus. Sie begann, heftig zu zittern.

Miriam! Miriam, ich spüre, du bist in großer Gefahr. Es hielt Loretta nicht mehr auf ihrem Sitz. Unruhig ging sie in der Kemenate auf und ab. *Was soll ich nur tun?* Walrams feixendes Gesicht erschien vor ihrem inneren Auge, und das *Gefühl* verstärkte sich noch einmal.

In diesem Moment betrat Kathi den Raum. Sie hielt ein Tablett mit einer dampfenden Schale in den Händen, das sie auf dem Tisch abstellte. Auch sie musterte Loretta besorgt.

»Herrin, ich sehe, Ihr seid wirklich nicht wohl. Dame Blanche bat mich, Euch diese Milchsuppe zu bringen. Sie ist mit Nelken und Zimt gewürzt, wie Ihr es gernhabt.«

Zu ihrem Entsetzen spürte Loretta, dass ihr der Geruch der fremdländischen Zutaten, die sie sonst so liebte, Brechreiz verursachte.

»Ich kann nichts essen, Kathi«, wehrte sie ab.

»Aber Ihr müsst etwas zu Euch nehmen, Herrin. Vielleicht seid Ihr nur überhungert, und der Appetit stellt sich beim Essen ein.«

Als Loretta weiter zögerte, drängte sie: »So kostet doch wenigstens von der Suppe! Und trinkt dazu einen Schluck von dem Apfelmost. Die Köchin hat eigens einen neuen Krug geöffnet.«

Widerwillig setzte sich Loretta an den Tisch, tauchte den Holzlöffel ein und führte ihn zum Mund. Und tatsächlich! Kathi hatte recht. Die Suppe mit dem darin eingebrockten Brot schmeckte herrlich. Loretta leerte die Schale binnen weniger Minuten. Auch den ebenfalls mit Zimt gewürzten lauwarmen Apfelmost trank sie bis zum letzten Tropfen aus.

Mit neuen Kräften sprang sie entschlossen auf. »Kathi, lauf rasch, und hole Volker von Falkenstein herbei!« Als die Magd unwillig den Mund verzog, herrschte Loretta sie an. »Nun spute dich doch! Er muss unverzüglich kommen!«

Ruckartig wandte Kathi sich ab. Trotzdem bemerkte Loretta

noch, dass sich die Augen der jungen Frau mit Tränen füllten. Wortlos eilte sie aus dem Raum.

Trauert sie dem Ritter etwa immer noch nach? Doch heute empfand Loretta statt Mitgefühl mit ihrer Kammermagd nur Überdruss. Kurze Zeit später begann sie, erneut zu frösteln. Zitternd schlug sie die Arme um den Leib. *Ich kann nicht auf Balduins Ankunft warten, zumal ich nicht einmal weiß, ob er überhaupt kommen wird. Ich schicke noch in dieser Stunde Volker mit einem Trupp Reisiger nach Kirchberg. Sie sollen Miriam und ihr Gesinde hierher in Sicherheit bringen. Es ist mir gleich, ob Walram Verdacht schöpft oder nicht.*

Der Plan beruhigte sie jedoch nur kurz. Wieder ergriff sie das *Gefühl* mit Macht. *Hoffentlich kommen sie nicht zu spät. Wo bleibt Volker denn nur?*

Plötzlich erfasste Loretta ein starker Schwindel. Ihr wurde schwarz vor Augen. Mühsam tastete sie sich zu ihrem Platz in der Fensternische. Wieder hatte sie rasende Kopfschmerzen, am ganzen Körper brach ihr der Schweiß aus.

Endlich hörte sie, wie sich eilige Schritte näherten. Sie stützte sich mit beiden Händen ab und versuchte, sich zu erheben. Doch ihre Beine fühlten sich an wie Brei. Sie gab einen erstickten Laut von sich.

Volker erreichte die Fensterbank gerade noch rechtzeitig, um die Ohnmächtige aufzufangen.

Kurfürstlicher Palast zu Trier, Mai 1327, drei Tage später

Ungeduldig winkte Balduin den Boten Lorettas näher. »Wann bist du mit diesem Schreiben angekommen?«

Der Kurier verneigte sich tief. »Gestern am frühen Abend, hoher Herr.«

»Und warum hast du dich nicht gleich zu mir begeben?«

Der Mann errötete vor Schreck. »Euer Leibknecht erklärte mir, Ihr hättet Euch bereits in Eure Schlafkammer zurückgezogen und dürftet nicht mehr gestört werden.«
Balduin erstickte fast an seinem Zorn über sich selbst. Der Bote hatte sich rechtens verhalten. Denn seiner Einsamkeit überdrüssig, hatte Balduin einen weiteren erfolglosen Versuch unternommen, Zerstreuung in den Armen einer Frau zu finden. Obwohl die junge Magd, die er sich diesmal zur Bettgenossin erwählte, jung und schön war, konnte sie Loretta nicht aus seinem Kopf verbannen. Die Gedanken an sie quälten ihn schon seit einer geraumen Weile, obwohl oder vielleicht gerade, weil er sich nach Kräften bemühte, so viel Abstand wie möglich zu ihr zu halten.
Nun ballte er die Hände zu Fäusten. *Es ist, als hätte mich diese Frau verhext. Ich darf nicht mehr zulassen, dass sie so viel Raum in meinem Leben einnimmt.*
Verdrossen stellte er fest, dass sich in seinen Zorn bereits ein Funken Vorfreude auf ihr Wiedersehen einschlich. Obwohl der Anlass wahrlich alles andere als erfreulich war. Sollte es stimmen, dass Walram seine Kirchberger Juden erpresste und drangsalierte, konnte es schnell zu einem Wiederaufflammen der Fehde gegen den Kastellauner kommen. Schließlich finanzierten vor allem die Juden Balduins Geschäfte und waren darüber hinaus überaus fleißige und geschickte Händler und Kaufleute. Ihre Aktivitäten durften nicht eingeschränkt werden.
Auch daran ist nur Loretta schuld. Hätte ich ihr nicht nachgegeben, sondern Burg und Stadt Kastellaun annektiert, würde sich der Sponheimer eine solche Frechheit niemals erlauben.
Doch sein Versuch, seinen Zorn auf Loretta zu richten, misslang. Stattdessen fuhr er seinen Leibdiener an.
»Kannst du nicht erkennen, wann ich gestört werden *muss*, auch wenn ich eine andere Anweisung erteilt habe, Paulus?«
Der Mann antwortete nichts und blickte betreten zu Boden. Balduin schalt sich selbst stumm einen Narren.

Er wusste es eben nicht besser. Remigius hätte gleich erkannt, wie ungewöhnlich Lorettas Schreiben ist.
Remigius! Noch hatte Balduin sich nicht dazu durchringen können, den entlaufenen Schreiber zu ersetzen. Nachforschungen in der Stadt hatten ergeben, dass er sich wahrscheinlich nach Süden gewandt hatte. Mitgenommen hatte der Priester nichts. Es fehlte keine einzige Urkunde im Archiv.
Das ist auch nicht erforderlich. Remigius hat ein ausgezeichnetes Gedächtnis. Und ob und was er heimlich abgeschrieben hat, ist ohnehin nicht nachzuprüfen. Er hat die Stadt durch das südliche Tor verlassen.
Anfangs war Balduin erleichtert, da dies zumindest nicht darauf hinwies, dass Remigius zu seinem Erzrivalen, dem Kurfürsten von Köln, unterwegs war.
Sofern er nicht einen Bogen um die Stadt geschlagen oder später noch die Richtung gewechselt hat. Balduin seufzte. Er würde es noch früh genug erfahren, dessen war er sich sicher. Doch jetzt musste er unverzüglich zur Starkenburg und von dort aus nach Kirchberg aufbrechen.

Miriams Haus in Kirchberg, Mai 1327, am gleichen Abend

Es klopfte so stark an der Tür, dass Miriam erschrocken aus dem leichten Schlummer aufschreckte, in den sie nach dem Nachtmahl gefallen war. Sie hatte kaum Zeit, nach ihrem Umhang zu greifen, da wurde die Tür auch schon aufgerissen, ohne ihre Erlaubnis abzuwarten. Zitternd vor Angst, stürmte Rebecca, ihre Kammermagd, in den Raum.
»Herrin, oh Herrin, wir müssen uns verstecken. Sie kommen, uns alle zu morden.«
Sofort war Miriam hellwach. Sie sprang auf und packte das Mädchen an den Schultern.

»Wer kommt, Rebecca? Und woher hast du die Kunde?«
Nun begann die Magd zu schluchzen. Miriam konnte sie kaum verstehen. »Salomon, ein Bekannter Eures Freundes Daniel, kam, um uns zu warnen. Walram von Kastellaun will noch heute Nacht seine Meuchelmörder nach Kirchberg schicken. Seine Männer haben sich bereits rund um die Stadt in den Wäldern versteckt. Sie haben den Auftrag, alle Trierer Juden zu töten. Die Sponheimer Juden sollen sich dagegen um die zehnte Stunde auf dem Marktplatz versammeln. Sie werden nach Kastellaun geführt.«
»Wo ist der Bote?«
Mit eiserner Willenskraft versuchte Miriam, sich zu beherrschen. Rebecca dagegen schluchzte nur noch heftiger und brachte kein weiteres Wort mehr hervor. Schon war Miriam versucht, das Mädchen durch eine Ohrfeige wieder zur Vernunft zu bringen, da erblickte sie die Köchin in der offenen Tür. Auch der älteren Frau stand die Angst ins Gesicht geschrieben. Aber sie blieb ruhig.
»Rachel, was weißt du?«
»Salomon ist sofort wieder gegangen, nachdem er die Nachricht überbracht hat, Herrin. Er riskiert sein Leben, wenn herauskommt, dass wir gewarnt wurden. Er gehört zu den Sponheimer Juden und …«
»Das weiß ich, Rachel«, unterbrach sie Miriam. Sie dachte an Daniel, der noch immer in Walrams Kerker schmachtete. Wenn er nicht längst tot war. Daniel war der Mann, der erst vor kurzem ihr Herz nach den Jahren der Witwenschaft erobert hatte. Sie wollten in diesem Sommer heiraten … Verzweiflung drohte Miriam zu überwältigen.
Ich darf jetzt nicht daran denken, rief sie sich selbst zur Ordnung. Sie straffte sich und holte tief Luft. »Warum sollen nur die Trierer Juden ermordet werden? Was wirft man uns vor?«
Dass dem vor allem politische Gründe zugrunde lagen, war ihr

klar. Doch es musste einen gewichtigen Anlass für den Pogrom geben, sonst würde sich Walram dafür verantworten müssen.
Rachel schossen Tränen in die Augen. »Man hat gestern angeblich ein totes Kind im Wald vor der Stadt gefunden. Der Knabe war nackt. Man hat ihm die Kehle durchgeschnitten und ihn völlig ausbluten lassen. Neben der Leiche fand man eine silberne Kette mit dem Davidsstern. Nun glauben die Leute, wir Juden hätten das Kind gemordet, um sein Blut für unsere Rituale zu nutzen. Wie können die Christen nur so abscheulich über uns denken?« Nun begann auch Rachel zu weinen.
Miriam fühlte ihren ganzen Körper erstarren. »Weiter«, befahl sie mit blutleeren Lippen. »Warum wirft man nur den Trierer Juden diese furchtbare Untat vor?«
Rachel schüttelte verzweifelt den Kopf. »Angeblich hat uns ein Leibjude Walrams beschuldigt, den seine Häscher vernommen haben. Mehr weiß ich nicht, Herrin.«
»So lasst uns unverzüglich Vorkehrungen treffen. Rafft ein paar Lebensmittel zusammen, füllt Krüge mit Wasser und zieht festes Schuhwerk und warme Kleidung an. Dann bringt alles hinab in den Keller!«
Die Mägde hörten zu weinen auf und starrten Miriam verblüfft an.
»In den Keller, Herrin? Glaubt Ihr, dort sind wir sicher?«
Miriam ließ sich nicht beirren. »Als Thaddäus, mein verstorbener Gatte, dieses Haus erwarb, ließ er ein verborgenes Gemach im Kellergeschoss einrichten. Es sollte uns Schutz für genau eine solche Situation bieten, in der wir nun stecken. Decken, Kerzen und andere nützliche Dinge sind dort bereits vorhanden. Nun sputet euch«, drängte sie, als die Frauen sie noch immer fassungslos anstarrten.
»Und kein Wort zu irgendjemandem außerhalb unseres Haushalts!«
»Aber …«

»Kein Aber«, schnitt Miriam Rebecca das Wort ab. »Heute Nacht ist sich jeder selbst der Nächste. Sagt auch dem übrigen Gesinde erst Bescheid, wenn ihr alles gerichtet habt.« Sie ging zu einer Truhe und zog ein warmes Wollkleid mit dazu passendem Kopftuch heraus. »Nun sputet Euch und tut genau, was ich Euch sage. Sofern Euch Euer Leben lieb ist.«

Kirchberg, Mai 1327, einige Stunden später

Von der imposanten Höhe seines Schlachtrosses aus musterte Walram die Juden, die seine Männer zu zwei Gruppen zusammengetrieben hatten. Links von ihm standen seine eigenen Sponheimer Leibjuden mit ihren Familien, rechts eine ungefähr gleich große Anzahl Trierer Juden. Beide Gruppen wurden von seinen Männern umringt, die mit Spießen, Streitäxten und Schwertern bewaffnet waren. Im Hintergrund war eine Menge von Kirchberger Bürgern zusammengelaufen, die das Geschehen aus der Ferne beobachtete. Einzelne hämische Rufe drangen herüber.

Walram winkte seinen Amtmann herbei, der die zwanzig Ritter und Dienstmannen befehligte, die bei Nacht und Nebel in Kirchberg eingedrungen waren und das Judenviertel durchkämmt hatten.

»Habt Ihr die ungläubigen Bastarde alle gefunden, Spede?«

Der Amtmann schnaubte. »Fast alle, Herr. Nur das Haus der Jüdin Miriam war leer.«

»Leer? Wie kann das sein?«

Spede zuckte mit den Schultern. »Ich kann es Euch nicht sagen, Herr. Viel mitgenommen haben sie nicht. Das Haus strotzt vor Kostbarkeiten und Schätzen. Auch ein Kästchen mit Gold- und Silbermünzen haben wir gefunden.«

»Was ist mit dem Gewürzhändler?«

»Den haben wir erwischt.« Spede zeigte auf einen Mann in der Gruppe der Trierer Juden, der aus Mund und Nase blutete.
Walram grinste hämisch. »Es sieht so aus, als habe sich der Schurke gewehrt.«
Der Amtmann erwiderte das Grinsen. »Nicht nur er, Herr. Wir mussten ein paar von Balduins Juden einen Kopf kürzer machen, da sie durchaus nicht freiwillig mit uns kommen wollten. Aber die Mehrzahl leistete keinen Widerstand.«
»Das wundert mich nicht, Spede. Das Pack vergreift sich nur an wehrlosen Kindern. So lasst uns nun Gericht über sie halten.«
Er lenkte sein Ross in die Mitte des Marktplatzes und erhob seine Stimme. »Bürger von Kirchberg, kommt alle näher! Heute sind wir gekommen, um einen ungeheuren Frevel zu sühnen, den die Juden verübt haben.« Er winkte dem Amtmann, der das Zeichen wiederum an einen großgewachsenen Dienstmann in einem einfachen Lederpanzer weitergab, der ein Bündel in seinen Armen trug.
»Schlagt das Tuch auseinander, werter Amtmann.« Ein Aufschrei des Entsetzens ging durch die Menge, als daraufhin der Leichnam eines kleinen Knaben sichtbar wurde. Sein nackter Leib war blutig, die Kehle so tief durchschnitten, dass der kleine Kopf gehalten werden musste, um nicht nach hinten zu kippen.
Mit stummer Anklage ging der Dienstmann mit dem Leichnam an den verstörten Juden beider Gruppen vorbei, bis er die Kirchberger Bürger erreichte.
»Seht, ihr braven Bürger und Bürgerinnen! Seht her, welche Ungeheuer in Eurer Mitte leben!« Walrams Stimme überschlug sich fast. »Sie haben diesen unschuldigen Knaben gemordet, nachdem sie ihn seiner Mutter entrissen haben, die aus einem Dorf meiner Herrschaft stammt. Sie fingen sein Blut in ihren Pokalen auf und missbrauchten es für ihr unsägliches Opferritual. So verhöhnen sie die Wunden unseres Heilands, der von

den Vorfahren dieses teuflischen Volks gemartert und ans Kreuz geschlagen wurde.«
Ein Wutschrei ging durch die Menge, und erst nach und nach wurden einzelne Rufe laut. »Tötet sie, tötet sie alle. Schlagt sie tot wie tollwütige Hunde. Keiner von ihnen soll am Leben bleiben!«
Derweil die Menge tobte, fixierte Walram die Juden vor sich. Alle Kinder und die meisten Frauen weinten. Die Mienen der Männer zeigten so gut wie jedes Gefühl von Trotz und Hass bis hin zu stummer Resignation.
Dann hob der Graf den Arm. Die Menge verstummte nach und nach.
»Doch der Schein trügt, ihr braven Leute. Obwohl alle, die ihr hier seht, Ungläubige sind, haben sich nicht alle gleichermaßen schuldig gemacht. Nein«, nun wies Walram auf die Trierer Gruppe, »nur die hier, die Schutzjuden des Trierer Kurfürsten Balduin, haben diese grausame Untat begangen. Bringt ihren Rabbi herbei!«
Zwei Knechte zerrten einen alten Mann im schwarzen Gewand an seinem langen grauen Bart aus der Gruppe und stießen ihn vor Walrams Pferd auf die Knie. Das gewaltige Ross scheute und tänzelte gefährlich nah vor dem Alten herum, bis der Kastellauner es zurückriss.
»Und nun lasst den Zeugen vortreten!«
Aus der Gruppe der Sponheimer Juden löste sich ein Mann von knapp dreißig Jahren. Der Kleidung nach war er ein Knecht. Walram winkte ihn herbei. Auf dem Marktplatz wurde es so still, dass man eine Nadel hätte fallen hören können.
»Wie ist dein Name, Jude?«
»Ich heiße Moshe, Herr.«
»Sprich lauter, Kerl!«
»Mein Name ist Moshe, Herr.«
»Wer ist dein Meister, Moshe?«

»Ich diene dem Jesse, Sohn des Benjamin. Er ist Kaufmann und Geldverleiher.«

»Nun, Moshe, berichte, was du gehört und gesehen hast.«

Der Mann holte sichtlich Luft. »Es war am Tag vor dem letzten Sabbat, hoher Herr. Der Rabbi unserer Sponheimer Gemeinde war zu Gast im Haus meines Herrn. Als mein Herr ihn nach dem Mahl verabschiedete, hörte ich, wie die beiden darüber sprachen, dass der Rabbi der Trierer Gemeinde einen Knaben gefangen hielt, der beim Sabbatfest geopfert werden sollte.«

»Lügner, du lügst!« Der Ruf kam aus der Gruppe der Trierer Juden. »Mein Vater hat niemals …« Ein klatschender Peitschenhieb beendete die Gegenrede abrupt.

Walram wandte sich an die Trierer Gruppe. Ein süffisantes Lächeln spielte um seinen Mund. »Dem Nächsten, der meine Vernehmung unterbricht, lasse ich die Zunge herausschneiden.«

Die Menschen in der Gruppe stöhnten auf. Einige Frauen pressten sich verzweifelt die Hände vor den Mund.

»Also, fahre fort, Moshe!«

»Unser Rabbi erklärte meinem Herrn, dass er sich vergeblich darum bemüht habe, diesen da«, er zeigte auf den zitternden alten Mann, den die Häscher noch immer am Bart hielten, »von seiner Untat abzuhalten. Mehr weiß ich nicht, hoher Herr. Am Tag nach dem Sabbat fand man das tote Kind.«

Walram zeigte mit dem Stiel seiner Reitpeitsche auf den Trierer Rabbi. »Was hast du dazu zu sagen, Schurke?«

Der Alte hob flehend die Hände. »Ich schwöre Euch, Herr, dass ich unschuldig bin. Wir alle sind unschuldig. Es gibt kein Ritual in unserem Glauben, das einen feigen Mord erfordern würde!«

Feixend wandte Walram sich an die Kirchberger Menge. »Glaubt ihr das, Leute? Die Ahnen dieser Juden haben unseren Heiland ans Kreuz geschlagen. Also sagt an, glaubt ihr dem Kerl?«

Ein vielstimmiges Nein schallte über den Platz.
»Also, was soll dann mit jenen geschehen, die diesem satanischen Ritual beigewohnt haben?«
»Hängt sie auf! Kreuzigt sie! Verbrennt sie! Erschlagt sie wie räudige Hunde!«, brüllte die Menge.
Walram hob erneut den Arm. »Ich danke Euch braven Leuten für Euren guten Rat und will ihn wohl bedenken. Doch zuvor müssen wir alle Schuldigen ausfindig machen.« Er wies auf die Sponheimer Gruppe. »Der Rabbi Jonas möge vortreten.«
Ein Mann in mittleren Jahren mit langen Schläfenlocken und einem bis auf die Brust hinabwallenden Bart trat mit zögernden Schritten vor. Vor Walram kniete er nieder.
Der Graf betrachtete ihn zufrieden von der Höhe seines Rosses aus. »Rabbi Jonas, wie viele Seelen zählt meine Sponheimer Gemeinde? Samt allen Weibern, Kindern und Säuglingen?«
»Es sind achtundvierzig Seelen, hoher Herr.« Die Antwort kam zu rasch. Walram schürzte die Lippen. »Wie das, Rabbi Jonas? Noch vor einem Monat ließ ich Euch die gleiche Frage stellen. Amtmann Spede, wie lautete damals die Antwort?«
Der Amtmann trat vor. »Nach meiner Erinnerung wurde die Zahl zweiundvierzig genannt.«
»Soso! Zweiundvierzig zu achtundvierzig. Sag an, Rabbi, wurden in einem einzigen Monat so viele Säuglinge geboren?« Er ließ seinen Blick demonstrativ über die Sponheimer Gruppe gleiten. »Und wenn ja, wo sind sie dann? Ich sehe kein einziges Wickelkind, das nicht mindestens drei Monate alt ist.«
Er machte eine Pause, bevor er genüsslich fortfuhr: »Oder hast du geglaubt, wir hätten die Zahl vergessen, die du dem Amtmann genannt hast? Dann hast du dich geirrt, denn wir haben sie sorgfältig notiert.«
Der Rabbi blieb stumm. Walram runzelte betrübt die Stirn. »Also muss ich annehmen, dass ihr in eurer Gruppe einige der Trierer Juden versteckt, um sie vor ihrer gerechten Strafe zu

schützen. Und das«, er brüllte so plötzlich los, dass selbst der grobe Amtmann zusammenzuckte, »und das, obwohl ich euch jeglichen Umgang mit diesen Kreaturen meines Todfeindes Balduin verboten habe!«

Wie sein Leidensgenosse vor ihm, hob nun auch Rabbi Jonas flehend die Hände. »Es sind zwei Mütter mit ihren Säuglingen, hoher Herr. Zudem ein altes gebrechliches Paar. Sie sind alle mit Juden aus unserer Gruppe verwandt.«

»Soso, verwandt.« Nun sprach Walram wieder gefährlich leise. »So steckt ihr also doch unter einer Decke? Gebt die Trierer Juden heraus!« Nun brüllte er wieder. »Sonst teilt ihr dasselbe Schicksal! Wer solche Mordbuben vor Gottes Gerechtigkeit versteckt, hat selbst die gleiche Strafe verdient!«

Er wies auf Rabbi Jonas. »Geh und bringe sie persönlich herbei. Sonst seid ihr alle des Todes!«

Zitternd erhob sich der Mann und ging mit gebeugtem Rücken auf die Sponheimer Juden zu. Seine Bewegungen waren schwerfällig wie die eines Greises. Noch bevor er seine Leute erreichte, teilte sich die Gruppe und ließ zwei junge Frauen und ein altes Paar durch. Aus der Gruppe der Trierer Juden drangen Jammer- und Klagelaute.

Eine der beiden Frauen trat auf Walrams Pferd zu. Ungeachtet des schnaubenden, mit den Augen rollenden Tiers hielt sie ihren in ein Tuch gewickelten Säugling empor. »Edler Herr, ich bitte Euch, habt Erbarmen! Was auch immer Ihr uns vorwerft, dieser kleine Knabe hat nichts damit zu tun. Lasst dieses unschuldige Kind nicht für unsere Sünden büßen.«

»Für eure Sünden? Hört ihr es, Kirchberger? Diese Metze hat die Untat eingestanden. Und bittet nun um Gnade für ihr eigenes Kind. Doch hatten sie Erbarmen mit dem gemeuchelten Christenknaben?«

Die Menge brüllte und tobte.

Walram hob wieder den Arm. »Aber diesmal mögt *ihr* entschei-

den, brave Bürger von Kirchberg. Sollen wir das jüdische Balg verschonen?«
»Nein! Nein! Tötet es wie die anderen!«, kam es wie aus einer Kehle aus der Menge.
Befriedigt wandte sich Walram um und stieß die Frau mit der Spitze seines Stiefels hart vor die Brust, so dass sie zurücktaumelte. »Scher dich zu deinen Mordkumpanen, Judenweib!«
Er gab den Wachleuten der Trierer Juden einen Wink. Dann wendete er sein Pferd und trieb es zu einem leichten Schritt an. »So lasst uns das Gesindel nun seiner gerechten Strafe zuführen! Auf dass es vom Antlitz dieser Erde, Gottes heiliger Schöpfung, getilgt werde!«

Starkenburg, Mai 1327, in derselben Nacht

Stöhnend wälzte sich Loretta auf ihrem Lager. Trotz des betäubten Zustands, in dem sie sich noch immer befand, spürte sie, dass ihr ganzer Leib schmerzte.
Doch stärker als alle Schmerzen war das *Gefühl*. Im Traum erschienen ihr wirre Bilder. Da war ein Platz mit einer tobenden Menge, die Leute hatten weit aufgerissene Münder, ihre Augen funkelten vor Hass. Da waren Menschen, die in einer Reihe an ihnen vorbeigetrieben wurden, der Kleidung und Haartracht nach … Juden!
Oh, ihr Heiligen, flehte sie stumm in ihrem Traum, *steht ihnen bei. Sie sind unschuldig.*
Aus der brüllenden Meute flogen Steine und Kot auf die Juden. Mütter waren darunter, sie bargen ihre Säuglinge an der Brust. Gebrechliche Greise. Viele der Männer bluteten.
Wo ist Miriam? Ist sie dabei?
Im Traum sah Loretta sich suchend um, doch sie konnte die Freundin nirgends entdecken. Sie schloss sich dem Zug an, der

in Richtung der Synagoge strebte. Jetzt wurde der Eingang weit aufgerissen. Die Gruppe der Juden blieb davor stehen. Peitschenhiebe trieben sie hinein.
Allmächtiger, was haben sie vor?
Nun traten grobe Burschen mit brennenden Pechfackeln vor und warfen sie durch die Türen, die danach sofort geschlossen wurden. Schon drang Rauch aus der Synagoge.
In das Hohngeschrei der Menge mischten sich neue Töne: schrille Angst- und Schmerzenslaute. Jetzt stand das ganze hölzerne Gebäude in Flammen. Niemand würde ihm lebend entkommen.
Doch wo ist Miriam? Ich muss sie suchen!
Lorettas Traum-Ich wandte sich ab und schlich durch die menschenleeren Gassen zu Miriams Haus. Die Tür stand offen. Sie schlüpfte hinein. Männer im Waffenrock der Sponheimer durchwühlten Kisten und Kasten. Einer drehte sich um und blickte Loretta geradewegs ins Gesicht, sah sie aber offensichtlich nicht.
Das *Gefühl* schnürte ihr schier die Luft ab. *Miriam ist noch hier. Sie ist irgendwo versteckt. Ich muss sie warnen.*
Sie glitt lautlos in den Keller. Es war stockfinster. Von oben drangen die Geräusche der polternden Plünderer zu ihr herab.
Plötzlich befand sie sich in einem kleinen Verschlag. Zitternde Frauen in Judentracht hockten am Boden. Sie weinten und hielten sich die Ohren zu.
Verhaltet euch ganz ruhig, wollte Loretta ihnen zuflüstern. *Noch sind sie im Haus.* Doch kein Laut kam über ihre Lippen.
Endlich erkannte sie Miriam. Sie hielt ein schluchzendes Mädchen von etwa fünfzehn Jahren im Arm. *Das ist die kleine Magd, die mich bedient hat, während ich krank war.*
Die Frauen lauschten. Plötzlich war es ganz still im Haus. »Sie sind fort«, hörte sie Miriam flüstern. *Nein, das ist nicht wahr,* wollte Loretta ihr zurufen. *Sie haben Verdacht geschöpft und lauern darauf, dass ihr aus eurem Versteck kommt. Rührt euch nicht von der Stelle.*

»So lasst uns fliehen!«, drängten die Frauen. »Sie könnten das Haus in Brand setzen. Dann müssen wir elend ersticken!«

Nein, nein, schrie Loretta im Traum. *Bleibt, wo ihr seid. Das ist eine Falle.*

»Wir können heute Nacht noch nicht fliehen. Wir müssen warten, bis die Meute aus der Stadt abgezogen ist. Erst dann können wir durch die verborgene Pforte schlüpfen«, hörte sie Miriam flüstern. »Beruhigt euch doch«, zischte sie die Mägde an, die nun zu wimmern begannen. Sie lauschte noch einmal. »Ich glaube, die Kerle haben das Haus verlassen. Ich schleiche mich hinaus und sehe nach, ob sie irgendwo Feuer gelegt haben.«

Verzweifelt versuchte Loretta, die Freundin am Arm zu packen. Als hätte Miriam die Berührung gespürt, drehte sie den Kopf. Auch sie blickte Loretta mit ihren dunklen Augen an und sah sie dennoch nicht.

Loretta spürte, wie ihr die Tränen die Wangen hinabliefen. Denn Miriam trat geradewegs durch sie hindurch und öffnete vorsichtig die Tür des Verschlags. Ein schwaches Licht drang hinter ihr hervor.

»Dachte ich es mir doch! Hier sind die Weiber, Hauptmann!« Brutales Gelächter ertönte.

Die Tür des Verschlags wurde Miriam aus der Hand gerissen. Angstvoll wichen die Frauen zurück und pressten sich an die Kellerwand.

Miriam, die tapfere Miriam, sie steht vor ihren Mägden. Ich muss sie schützen.

Loretta breitete beide Arme aus und stellte sich vor die Freundin. Doch auch der Anführer der Mordbuben trat einfach durch sie hindurch.

Als er die erhobene Streitaxt auf Miriams Haupt niedersausen ließ, schreckte Loretta mit einem furchtbaren Schrei aus ihrem Alptraum auf.

»Herrin, Herrin!« Hildas zärtliche Stimme drang nur nach und nach zu Loretta durch. »Herrin, dem Herrgott sei Dank, Ihr seid wach!« Sie wiegte Loretta wie einen Säugling.
»Doch nun beruhigt Euch! Es war nur ein schlimmer Nachtmahr, den das Gift hervorruft, das man Euch eingegeben hat. Fast dachten wir, wir hätten Euch verloren!« Hildas Stimme zitterte.
»Nein, nein, es ist kein Traum. Miriam ist tot, sie haben Miriam ermordet. Und ich«, die Verzweiflung drohte Loretta zu übermannen, »ich konnte sie nicht beschützen. Sie erschlugen sie vor meinen Augen.«
Hilda schüttelte sie sanft und fasste ihr unters Kinn. »Herrin, was redet Ihr da! Ihr seid hier, hier auf der Starkenburg, in Eurem Heim!«
Loretta setzte sich auf. »Hier auf der Starkenburg? Aber ich war gerade in Kirchberg! Dort hat man alle Trierer Juden ermordet. Volker von Falkenstein sollte Miriam retten! Warum hat er es nicht getan?«
Verständnislos starrte Hilda Loretta an. »Ihr wart sehr krank, Herrin«, sagte sie leise. »Man wollte Euch vergiften!«
Erst jetzt erinnerte sich Loretta, dass Hilda das eben schon einmal gesagt hatte.
»Was? Was sagst du da? Wer wollte mich vergiften?«
Hilda verzog den Mund. »Wir wissen es nicht genau, Herrin. Wir haben nur einen Verdacht.«
»Einen Verdacht? Was für einen Verdacht?«
»Es könnte eine Küchenmagd gewesen sein, die seit dem Anschlag spurlos verschwunden ist. Wir haben erst später erfahren, dass sie einst dem Kyrburger diente. Dame Blanche fand es heraus. Es heißt, die Dirne sei einst das Liebchen des Wildgrafen gewesen.«
»Und womit wollte sie mich vergiften?«
»Das Gift war in der Milchsuppe, die Ihr zu Euch nahmt. Der ganze Krug Milch war vergiftet. Die Katze der Köchin verendete, als sie ein Schälchen davon geschleckt hatte.«

»Die Milch!« Loretta erinnerte sich, dass sie sich schon am Vormittag so matt gefühlt hatte. »Deshalb ging es mir nach dem Frühmahl so schlecht!«

Hilda schüttelte den Kopf. »Die Sache ist drei Tage her, Herrin! Ihr wart bis eben bewusstlos. Deshalb bin ich sicher, dass es Bilsenkrautpulver war, das man Euch gab.«

»Bilsenkrautpulver?« Loretta konnte das Ganze noch immer nicht fassen. »Ist sonst noch jemand zu Schaden gekommen?«

»Zum Glück nicht, Herrin. Die Köchin hatte noch Milch vom Vortag übrig, die sie zuerst für das Frühmahl verwendete. Nur Euch gab sie von der frischen Milch. Auch die Milchsuppe, die man Euch als Mittagsmahl brachte, hatte sie eigens für Euch zubereitet. Als Ihr zusammengebrochen wart und man kurz danach die verendete Katze fand, nahm ich die Milch unter Verschluss. Ich kostete eine Zungenspitze davon und erkannte den bitteren Geschmack des Pulvers.«

Plötzlich zu Tode erschöpft, ließ sich Loretta zurück in die Kissen sinken. »Aber es war dennoch kein Alptraum, getreue Hilda!«, flüsterte sie. »Miriam und die anderen Trierer Juden aus Kirchberg sind tot. Richte Volker von Falkenstein aus, er soll sich bei Morgengrauen mit zehn Reisigen auf den Weg machen. Ich muss wissen, was dort geschehen ist.«

Starkenburg, Mai 1327, acht Tage später

»Also, edler Balduin, habt Ihr Volkers Bericht bestätigt gefunden?«

Erst vor einer halben Stunde war der Erzbischof aus Kirchberg, wo er sich höchstpersönlich ein Bild von der Lage gemacht hatte, auf die Starkenburg zurückgekehrt. Draußen blinkte schon der Abendstern zwischen den Wolken hervor. Bald würde das Nachtmahl aufgetragen werden.

Balduin umklammerte den Weinpokal so fest, dass seine Fingerknöchel weiß hervortraten. »Leider behielt Volker in jeder Hinsicht recht, Gräfin. Nicht die geringste Einzelheit war übertrieben.«

Loretta spürte, wie ihr schon wieder die Tränen kamen. Ihr Schmerz um Miriam war ungebrochen und wurde durch ihre körperliche Schwäche nach dem Giftanschlag noch verstärkt.

Da sich auch Blanche, ihr ältester Sohn Johannes sowie einige ihrer und Balduins Ritter im großen Saal aufhielten, versuchte sie, sich zusammenzureißen.

Der Erzbischof bemerkte ihre Trauer und sah sie mitfühlend an. »Miriam Walch war wirklich eine außergewöhnliche Frau. So außergewöhnlich wie Ihr.«

Da Loretta mittlerweile wusste, dass Balduin sie besonders begehrenswert fand, wenn sie sich schwach fühlte, reagierte sie innerlich nicht mehr geschmeichelt, sondern gereizt. Doch auch das durfte sie sich vor Zeugen nicht anmerken lassen, da sie ebenfalls wusste, wie empfindlich ihr Liebhaber auf jede Andeutung von Kritik reagierte.

»Was habt Ihr in Erfahrung gebracht, und wen habt Ihr befragt?«, lenkte sie ab.

Balduin seufzte. »Ich habe mich zuerst an den Stadtpfarrer gewandt. Er hat bestätigt, dass Walram der Menge ein totes Kind zeigte und sie durch seine Hetzreden bis zur Ekstase gegen meine Juden aufbrachte. Hätte er nicht alle in der Synagoge verbrennen lassen, hätte der Pöbel sie erschlagen.«

»Und es waren wirklich Kinder und Greise dabei?«

Balduin nickte. »Sogar sehr viele.«

»Und was gedenkt Ihr, nun zu tun?«

»Ich habe meinen Amtmann von Baldeneck angewiesen, mit ein paar seiner Leute den Schaden zu schätzen.« Mit dieser Antwort hatte Loretta nicht gerechnet. Sie war schockiert. Doch Balduin schien es nicht zu bemerken. »Walram hatte mehr als viertausend Pfund Heller Schulden bei meinen Juden. Auch ihr gesamtes Eigentum hat er geplündert. Es dürfte nach vorsichtigen Schätzungen weitere dreitausend bis fünftausend Pfund Heller wert sein. Zudem hat er zweihundert Pfund Heller als Lösegeld für einen Juden namens Daniel erpresst, obwohl er ihn trotzdem hinrichten ließ.«

Loretta spürte ihre Augen wieder feucht werden. Ein Kloß saß in ihrem Hals. *Also hätte Miriam vergeblich auf die Rückkehr ihres Liebsten gewartet.*

Ein unbändiger Zorn verdrängte plötzlich ihre Trauer. »Wann ziehen wir gegen den Kastellauner zu Felde, Herr Balduin?«

Der Erzbischof starrte sie verständnislos an. »Was meint Ihr damit?«

»Wann wir die Fehde beginnen, natürlich. Ich habe Volker bereits angewiesen, Kämpfer aus meinen Bauern und Eigenleuten zu rekrutieren. Er ist seit zwei Tagen unterwegs.«

»Ihr wollt Stadt und Burg Kastellaun erneut belagern? Aber die Juden sind tot! Das macht sie nicht wieder lebendig!«

Jetzt war es an Loretta, Balduin anzustarren. »Ja, wollt Ihr dieses himmelschreiende Unrecht ungesühnt lassen?« Unwillkürlich hatte sie die Stimme erhoben. Die Köpfe der Anwesenden flogen zu ihr herum.

An Balduins verbissener Miene erkannte Loretta, dass ihm ihr Ton missfiel. Dennoch antwortete er ruhig. »Liebwerte Gräfin, natürlich wird das Unrecht gesühnt werden. Ich verlange als Buße zehntausend Pfund Heller von Walram. Außerdem hat er mir die Hälfte seiner eigenen Leibjuden abzutreten, die er nach Kastellaun verschleppt hat. Samt ihren Häusern in Kirchberg und all ihrem Eigentum. Eine Fehde ziehe ich nur in Betracht, wenn Walram sich weigert, was ich nicht glaube.«

»Er wird sich weigern. Warum hätte er den dreisten Überfall denn sonst überhaupt inszeniert?«

Um Balduins Lippen spielte ein überlegenes Lächeln, das im Gegensatz zu seinem grimmigen Blick stand. »Er hat nicht damit gerechnet, dass wir ihm auf die Schliche kommen. Wir haben die Mutter des toten Knaben ausfindig gemacht. Walrams Söldner haben ihn entführt.«

Loretta war erstaunt. »Woher wusstet Ihr denn, nach wem Ihr suchen müsst?«

»Nicht alle Kirchberger ließen sich aufhetzen. Ein Mann aus der Menge erkannte das tote Kind, da er aus demselben Dorf stammt, und wusste auch, wer es seiner Mutter geraubt hat. Er vertraute dies dem Stadtpfarrer an, der es wiederum mir erzählt hat.«

»Und Ihr glaubt, Walram lässt das Zeugnis eines armen Weibes gegen das eines seiner Männer gelten?«

Balduin runzelte die Stirn. »Natürlich nicht! Wir haben seinen Amtmann Spede und ein paar seiner Spießgesellen ergriffen und verhört. Peinlich verhört, versteht sich. Sie schworen schließlich vor Zeugen einen Eid auf die Bibel, dass Walram das Massaker von langer Hand geplant und inszeniert hat. Jedenfalls die, die noch ihre Zunge und ihre Schwurhand besaßen.«

Balduin trank einen Schluck Wein. »Damit ist Walram nichts als ein feiger Strauchdieb, der sich an meinem Eigentum vergriffen hat. König Ludwig wird ihn bannen, wenn er mich nicht entschädigt. Dann gilt er als vogelfrei, und jedermann kann sich ungestraft an seinem Hab und Gut bereichern oder ihn sogar töten. Also wird er nachgeben. Meine Spitzel berichten, dass er seinen Vater Simon in Kreuznach bereits um ein Darlehen angegangen ist.«

Erst nach und nach ging Loretta der Sinn von Balduins Worten auf. »Also wird er nicht für Miriams Tod bezahlen?«

»Natürlich wird er das! Auch für Miriams Tod.«

Loretta merkte erst durch Balduins Antwort, dass ihre Worte doppeldeutig gewesen waren.

Sie ballte die Hände zu Fäusten. »Ihr wisst, was ich meine, Balduin. Walrams Knechte haben Miriam den Schädel gespalten und ihre Mägde ohne Erbarmen niedergemacht. Ihre Leichen schleiften sie durch die Straßen und warfen sie auf die rauchenden Trümmer der Synagoge. Volker hat zudem berichtet, dass sie auch schon grausam gemordet haben, als sie die Juden zusammentrieben. Oh nein«, wehrte sie Balduins Einwand ab. »Nicht nur die Männer, die sich zur Wehr setzten. Sie entrissen einer Frau den Säugling und zerschmetterten sein Köpfchen an einer Mauer. Ein kleines Mädchen warfen sie in die Luft und fingen es mit ihren Spießen auf. Einer Frau …«

»Haltet ein, Loretta.« Balduin hob die Hand. »Ich kenne die Grausamkeiten. Und seid versichert! Einige der Lumpen haben mit ihren Augen, ihrer Zunge oder ihrer Schwurhand dafür gebüßt.«

»Doch der Anstifter kann sich mit schnödem Mammon freikaufen. Und Miriams Tod bleibt ungerächt.« Sie schluchzte auf. Blanche trat zu ihr und legte tröstend die Arme um Loretta. Johannes kniete vor seiner Mutter nieder und streichelte ihre Hände. Die Ritter räusperten sich verlegen.

Auch Balduin war die Szene sichtlich peinlich. Als sich Loretta wieder etwas beruhigt hatte, sagte er: »Ihr seid noch sehr schwach, meine Liebe. Schließlich seid Ihr gerade erst einem tückischen Anschlag auf Euer Leben entronnen. Ihr solltet Euch daher in Eure Kammer zurückziehen und ein wenig der Ruhe pflegen. Ich werde mich später nach Eurem Befinden erkundigen.«

Loretta erkannte den Hinweis in Balduins Worten sehr wohl. Er hoffte offensichtlich auf eine Liebesnacht. Heftig schüttelte sie den Kopf. »Das wird nicht nötig sein, hoher Herr. Meine Nichte Blanche und meine Magd Kathi werden über mich wachen und in meiner Kammer nächtigen. Mir wird es an nichts fehlen.«

Mit weichen Knien stand sie auf und stützte sich auf Blanches Arm. »Auch Ihr werdet wohl versorgt werden, edler Herr. Ich

habe Anweisung gegeben, Euch und Eurem Gefolge ein reichliches Nachtmahl aufzutischen.« Die Verachtung, die in Lorettas Augen stand, ließ Balduin zurückschrecken.
Obwohl sie wusste, dass er drei Tage auf der Starkenburg verweilen wollte, fügte sie hinzu: »Und sollte ich mich noch zu schwach fühlen, um Euch zu verabschieden, wenn Ihr morgen früh aufbrecht, wünsche ich Euch eine angenehme Reise, hoher Herr.«
Damit kehrte sie Balduin den Rücken und ließ sich von Blanche hinausgeleiten.

Kapitel 27

Birkenfeld, September 1327

Seid uns von Herzen willkommen, Herrin!« Der Mann im grünen Gewand aus gutem Wolltuch verneigte sich tief. »Ich freue mich, dass Ihr schon so bald nach unserer letzten Begegnung den Weg zu uns gefunden habt.«
Loretta lächelte gezwungen. Ihr kam das Gesicht des Mannes bekannt vor. Doch sie konnte sich beim besten Willen nicht daran erinnern, wo sie ihn getroffen hatte und wer er war. Zum Glück ersparte ihr der Mann die Peinlichkeit, indem er fortfuhr: »Seid Ihr noch immer mit Eurer Frauenburg zufrieden, edle Dame?«
Jetzt wusste Loretta, wer ihr gegenüberstand. »Sehr zufrieden sogar, mein Herr.« Wie hieß er doch noch gleich?
»Mein Name ist Lorenz, hohe Frau«, gab ihr der Schultheiß von Birkenfeld ungefragt Auskunft. Loretta neigte huldvoll den Kopf.

Der Mann griff ihre Stute am Zügel. »Und nun seid Ihr sicher hergekommen, um Eure hiesige Burg in Augenschein zu nehmen?«

Loretta seufzte innerlich. *Warum schwafelt der Kerl nur so geschwollen daher?* »Natürlich will ich das tun, Lorenz. Doch zuvor hoffe ich auf einen Imbiss und möchte danach ein wenig ruhen.«

Lorenz verbeugte sich. »Das versteht sich von selbst, edle Herrin. Im großen Saal der Burg Birkenfels werden die Tafeln gerade aufgeschlagen. Darf ich Euch bitten, mir vorläufig dorthin zu folgen?«

Loretta nickte schweigend und bedeutete dem Mann, der sie am Stadttor erwartet hatte, damit, dass sie jetzt keine weitere Unterhaltung wünschte. Ihr Kopf begann bereits wieder zu schmerzen, wie so häufig seit dem Giftanschlag im Mai. Sie sehnte sich nach einem weichen Bett, um ein wenig zu schlummern.

Ich hätte längst einen neuen Amtmann bestellen sollen, überlegte sie, während sie Lorenz und seinen Begleitern, offensichtlich Wachsoldaten der Burg, durch die engen Gassen des Städtchens folgte. Der letzte Amtmann war schon im vergangenen Sommer an einem Geschwür gestorben, das nach und nach seinen Körper zerfressen hatte. Das war mitten während der Schmidtburger Fehde gewesen. Im Winter waren die Straßen zu schlecht gewesen, um zu reisen, und im Frühling hatte sie die Fertigstellung der Frauenburg in Anspruch genommen.

Alles Ausreden. Wie immer konnte Loretta sich selbst nichts vormachen. Der Kummer über ihre abgekühlte Beziehung zu Balduin hatte ihr oft die Kraft geraubt, die Starkenburg zu verlassen, um insbesondere ihre entfernter gelegenen Besitztümer zu besuchen. Doch erst nach dem Giftanschlag war sie körperlich wirklich zu schwach gewesen, um zu reisen.

Wie lange war ich wohl nicht mehr hier?, grübelte sie, um er-

schrocken festzustellen, dass es mehr als zwei Jahre sein mussten. *Was für eine Ironie des Schicksals! Erst hat mich die Beziehung zu Balduin an meinen Pflichten gehindert. Jetzt treibt sie mich dazu, diese endlich wieder wahrzunehmen.*
Seit jenem Tag, an dem Balduin am frühen Morgen von der Starkenburg aufgebrochen war, hatte sie nichts mehr von ihm gehört. Ihr Zorn über seine Gefühllosigkeit hielt noch eine Weile an, bis die wilde Empörung über Miriams Tod einer tiefen Traurigkeit wich, die sich auch auf den unwiderruflichen Verlust ihrer großen Liebe erstreckte. Wie eine Gefangene wanderte sie durch die Starkenburg, bis sie vor einigen Tagen beschlossen hatte, ihrer Schwäche nicht weiter nachzugeben und sich endlich wieder ihren Aufgaben als Regentin zu widmen.
Der Besuch von Birkenfeld hatte nahegelegen. War die Stadt mit der Burg doch einer der wenigen Orte, die sie nicht an Balduin erinnerten.
Trotzdem muss ich bald auch nach Burg Dill, schauderte sie jetzt schon vor diesem erinnerungsträchtigen Ritt zurück. *Doch es hilft alles nichts. Hänsel ist erst in vier Jahren so weit, mir die Last des Regierens abzunehmen.*
Die Last des Regierens? Loretta erschrak über sich selbst. War es nicht ein unerhörtes Los für eine Frau, überhaupt regieren zu dürfen? Lebten andere Frauen, auch solche in hoher Stellung, nicht landauf, landab unter der Fuchtel ihrer Eheherren? Das elende Schicksal der Elisabeth von Kastellaun fiel ihr wieder ein. Man munkelte, Walram habe ihren ganzen Schmuck an sich genommen, um seine Sühnezahlung für Balduin aufzubringen. Uralte Familienerbstücke seien darunter gewesen.
Also, reiß dich zusammen!, befahl sie sich selbst, als sie plötzlich den Namen »Balduin« aufschnappte. Sie sah auf und bemerkte, dass sie am Fuß des Burgbergs angekommen waren und Lorenz sie angesprochen hatte.
»Was sagtet Ihr soeben?«, fragte sie geistesabwesend.

»Dass es schade ist, dass Ihr nicht mit Erzbischof Balduin zusammengetroffen seid.«
Loretta war verwirrt. »Zusammengetroffen? Was heißt zusammengetroffen?«
Der Schultheiß runzelte die Stirn. »Nun, auch der hohe Kurfürst wollte sich vom Fortschritt der Burg überzeugen.«
»Vom Fortschritt der Burg? Was ficht den Kurfürsten von Trier die Burg Birkenfels an?«
Nun war es an Lorenz, verwirrt dreinzuschauen. Vorsichtshalber verbeugte er sich. Man konnte nicht behutsam genug mit diesen launischen Herrschaften umgehen. »Aber nein, Herrin«, lächelte er. »Der hohe Herr besuchte den Nohfels.«
»Den Nohfels? Was faselt Ihr da? Den Namen habe ich noch nie gehört. Was ist der Nohfels, und was wollte Herr Balduin dort?«
Lorenz starrte sie fassungslos an. »Wie meint Ihr das, Herrin?«
»Wie ich es sage«, fuhr Loretta ihn schnippisch an. »Erklärt Euch! Was ist der Nohfels?«
Der Mann verbeugte sich wieder, diesmal noch tiefer. »Dies ist die Feste, die Ihr gemeinsam mit Kurfürst Balduin bauen lasst, edle Dame.« Er zeigte nach links auf eine bewaldete Hügelkette. »Sie liegt gleich hinter der ersten Erhebung. Wenn sie im nächsten Jahr fertiggestellt ist, werdet Ihr die Türme sogar vom Fuße des Birkenfelser Burgbergs aus sehen können.«

Nur eine halbe Stunde später stand Loretta vor Balduins jüngstem Burgenbau. Das Blut rauschte ihr in den Ohren, ihr Herz klopfte wie ein Hammer in ihrer Brust.
Dieser elende Schuft. Sie knirschte vor Wut mit den Zähnen. *In meinen schlimmsten Alpträumen hätte ich mir nicht vorstellen können, dass er mich derart hintergehen würde.*
Ein Blick auf die Gesichter ihres Gefolges zeigte ihr, dass auch ihre Ritter fassungslos waren. Volker von Falkenstein sprach

schließlich aus, was alle dachten. »So hat Erzbischof Balduin also dieselbe Taktik gegen Starkenburg-Sponheim verwendet wie weiland gegen die Westerburger und die Eltzer. Er lässt eine Burg auf Land erbauen, das ihm nicht gehört, und beansprucht nach ihrer Fertigstellung das Gebiet ringsumher als sein eigenes Territorium.«

»Nachdem er die rechtmäßigen Besitzer zuvor erfolgreich befehdet hat«, ergänzte Nikolaus von Schonenberg.

»Und das, obwohl er auf der Starkenburg als Euer Gast jahrelang ein und aus ging.« Täuschte Loretta sich, oder schwang da ein Vorwurf in Volkers Stimme mit? »Ich bin schon länger der Überzeugung, Herrin, dass Ihr ihm zu sehr vertraut habt. Hat er Euch in den Fehden um Dill, um die Schmidtburg und um Kastellaun nicht immer wieder gezeigt, dass er seine Ansicht der Eurigen für überlegen hält und …«

»Schweigt still, Volker«, fuhr Loretta ihn an. »Mein Schmerz über diesen Verrat ist auch so schon groß genug. Gerade weil ich Erzbischof Balduin zu meinen Freunden zählte! Weder mit den Westerburgern noch mit den Eltzern pflegte der Kurfürst einen ähnlich innigen Umgang.«

»Und doch wundert es mich nicht«, schlug Edgar von Randeck taktlos in dieselbe Kerbe. »Hat er nicht auch schon versucht, Einfluss im Kröver Reich zu gewinnen? Mich dünkt, er hat Euch als Regentin schon damals nicht ernst genommen.«

Loretta lag die scharfe Zurechtweisung des Randeckers schon auf der Zunge, da fiel ihr Blick auf den Schultheißen Lorenz, dessen Gesicht eine Mischung aus Verwirrung und Bestürzung zeigte.

»Sagt an, Lorenz«, sprach sie ihn an. »Wie konntet Ihr zulassen, dass Kurfürst Balduin eine Burg inmitten des Starkenburger Gebiets errichtet?«

Der Schultheiß fiel auf die Knie. »Ich flehe Euch um Vergebung an, edle Herrin. Doch Erzbischof Balduin ließ mich im Glauben, er und Ihr würdet diese Burg gemeinsam als weiteres Bollwerk gegen die Hunsrücker Wildgrafen bauen.«

»Und das habt Ihr geglaubt? Diese Burg liegt kaum eine halbe Meile vom Birkenfels entfernt. Wieso hätten wir außer dieser Feste eine weitere brauchen sollen?«

Lorenz zuckte ratlos mit den Schultern. »Ich gestehe, hohe Dame, dass es mir anfangs merkwürdig vorkam. Doch Erzbischof Balduins Schreiber … wie heißt er doch gleich?«

»Remigius«, antworteten Loretta und Volker wie aus einem Mund.

»Ja, das war sein Name. Der Mann zeigte mir ein Schreiben, das Euer eigenes Siegel trug. Darin gabt Ihr mir die Anweisung, den Burgenbau nach Kräften zu unterstützen.«

»Er hat einen Brief gefälscht«, murmelte Loretta mehr zu sich selbst als zu ihren Begleitern. Sie holte tief Luft. »Wann war das, Lorenz?«

Der Mann zog die Stirn in Falten. »Es muss im letzten Frühjahr gewesen sein. Unser Amtmann lag schon auf den Tod krank danieder. Und ich selbst bin des Lesens nicht kundig, edle Herrin«, fügte er rasch hinzu. »Unser Burgkaplan las mir das Schreiben vor, das dieser Remigius brachte. Ich schöpfte keinen Verdacht.«

»Das war seine Genugtuung für die Rückgabe der Kröver Vogtei!« Wieder sprach Loretta, ohne einen ihrer Gefolgsleute anzusehen.

»Steht auf«, bedeutete sie dem immer noch knienden Schultheißen brüsk. Der missverstand den Befehl und hob bittend die Hände. »Herrin, ich schwöre bei meinem Seelenheil, ich war ohne Arg. Erinnert Euch doch! Beim Fest zur Fertigstellung der Frauenburg sprach ich davon, dass Ihr im nächsten Jahr mit Erzbischof Balduin gemeinsam einen weiteren Burgenbau feiern würdet. Damit meinte ich natürlich den Nohfels.«

»Den Nohfels«, murmelte Loretta geistesabwesend. Natürlich entsann sie sich der Bemerkung des Birkenfelders, die sie damals nicht verstanden hatte. Sie richtete ihren Blick auf das Burggelände, auf dem eine Reihe von Arbeitern emsig schuftete. Die Mauern waren bereits zur doppelten Mannshöhe aufgeschichtet, der Wallgraben wurde gerade ausgeschachtet. Auch die vier Türme rund um den quadratischen Burghof ragten schon bedrohlich weit in die Höhe.

Matthias. Ich muss sofort nach Oheim Matthias schicken lassen. Diesmal brauche ich seinen Rat nötiger denn je.

Über ihren Gedanken entging ihr beinahe, dass Lorenz weitersprach. Als Balduins Name fiel, merkte sie auf. »Was habt Ihr gerade gesagt?«, fragte sie ihn ein zweites Mal.

»Ich sagte, dass alles vielleicht nur ein großes Missverständnis ist, hohe Herrin. Was haltet Ihr davon, den edlen Kurfürsten selbst zu befragen? Er ist erst in der letzten Woche in Birkenfeld gewesen, um die Fortschritte des Nohfels zu begutachten. Danach wollte er seine Burgen Baldenau und Baldeneck besuchen und auf dem Rückweg noch einmal hier Station machen. Hält er sich an sein Wort, müsste er binnen der nächsten drei Tage wieder nach Birkenfeld kommen.«

»Binnen der nächsten drei Tage?« Loretta straffte den Rücken und fasste einen Entschluss. »Nun gut, dann werde ich hier auf ihn warten. Ich nehme derweil auf Burg Birkenfels Quartier. Ihr, Lorenz, sorgt dafür, dass die Bauarbeiten am Nohfels noch in dieser Stunde unterbrochen werden.«

Der Mann sprang eilfertig auf. »Ich werde die entsprechenden Befehle unverzüglich erteilen, Herrin.«

»Tut dies, Schultheiß Lorenz. Ich werde den Tagelöhnern ihren Verdienst ersetzen. Und merkt Euch«, sie fixierte den Mann mit eindringlichem Blick, »keine Silbe zu Erzbischof Balduin. Ich will ihn bei seiner Ankunft überraschen.«

Baustelle Nohfels, September 1327, zwei Tage später

»Achtung! Sie kommen jetzt vom Ort hierherauf!« Ein Reisiger Lorettas, der durch eine der Schießscharten in einem der halbfertigen Türme spähte, gab das verabredete Zeichen. Loretta, die sofort nach Balduins Ankunft in Birkenfeld mit ihren Rittern zum Nohfels aufgebrochen war, bestieg ihre Stute. Ihr Gefolge bezog hinter ihr Aufstellung.

Schon von weitem hörte sie Balduin lachen. »Was für eine Überraschung erwartet mich, Lorenz? Nun macht es doch nicht so spannend!«

Lorenz' Antwort war nicht zu verstehen. »Ein Gast? Was für ein Gast?« Nun klang Balduins Stimme misstrauisch. Jede Heiterkeit war daraus verschwunden.

Im nächsten Moment erklomm er auf seinem Fuchshengst die letzte Steigung und ritt über die provisorische Brücke aus unbehauenen Baumstämmen, die über den ausgeschachteten Teil des Wallgrabens führte, in den Burghof.

Bei Lorettas Anblick riss er sein Ross so hart am Zügel, dass es sich aufbäumte. Sprachlos starrte er sie mit offenem Mund an. Loretta nutzte ihren Vorteil.

»Seid gegrüßt, edler Kurfürst und Erzbischof Balduin.« Ihr süßes Lächeln drang nicht bis zu ihren Eisaugen vor. »Ich sehe, die kleine Überraschung ist mir gelungen.«

»Was … was tut Ihr hier?«, stammelte Balduin offensichtlich erschrocken.

»Ich überzeuge mich vom Fortschritt unserer gemeinsamen Burg, mein achtbarer Bundesgenosse.« Lorettas Stimme triefte vor Hohn. »Leider habt Ihr verabsäumt, mich darüber auf dem Laufenden zu halten.«

Sie ließ ihren spöttischen Blick umherschweifen. »Der Bau erinnert mich sehr an die Baldeneck, edler Herr. Sagt an, hattet Ihr Sorge, ich könnte Eure unvergleichlichen Baupläne durchkreuzen? Ooooder«, sie zog das Wort in die Länge, »Euren Plänen ganz allgemein im Wege stehen?«

Ob des Spotts, färbte sich Balduins Gesicht puterrot. Doch noch wahrte er die Form. Er neigte den Kopf. »So seid mir in meiner Burg willkommen, hohe Frau!«, betonte er das Wort »meiner« über Gebühr. »Ich begrüße Euch als Gast und lade Euch gerne zu einer traulichen Unterredung unter vier Augen ein, um Euch das Vorhaben zu erläutern.«

»Das wird nicht nötig sein, Herr Balduin.« Lorettas Stimme klang hart und klar. »Jeder der hier anwesenden Ritter und Burgleute von Starkenburg und Birkenfels weiß von Eurem Verrat. Ihr habt vorgegeben, dieses Bauwerk mit meiner Einwilligung zu errichten. Doch in Wahrheit wollt Ihr mich damit meines eigenen Landes berauben, wie Ihr es mit anderen Adelsgeschlechtern, deren Gebiete an Euer Territorium grenzen, bereits getan habt.«

»So schimpft Ihr mich öffentlich einen Lügner, Dame Loretta?«

Sie überhörte die warnende Stimme in ihrem Innern. »Sogar einen besonders heimtückischen Lügner, Herr Balduin. Ich war Euch nicht nur eine treue Verbündete, sondern darüber hinaus eine ergebene Freundin. Doch Treue und Freundschaft bedeuten Euch nichts, wenn es um Eure Machtgelüste geht.«

Balduin presste die Lippen so fest zusammen, dass sie nahezu weiß wurden. Volker von Falkenstein mischte sich ein. »Herrin Loretta«, sprach er sie an. »Ich glaube, der Rat des edlen Kurfürsten ist nicht von der Hand zu weisen. Wollt Ihr diese Unterredung nicht lieber innerhalb der Burg und ohne Zeugen fortsetzen?«

Anstatt besänftigend zu wirken, machte Volkers Schlichtungsversuch Loretta nur noch wütender.

»Jedermann kann hören, was ich zu sagen habe, Herr Volker. Also sprecht, edler Balduin. Welches Recht habt Ihr, auf Starkenburger Land Eure eigene Burg zu bauen?«

Balduin fixierte Loretta. Seine dunklen Augen glühten wie

Kohlen. »Das Recht des Lehnsherrn, Gräfin. Dies war einst Trierer Gebiet. Die Sponheimer übten als Vögte lediglich die Gerichtsbarkeit aus.«

»Das ist mehr als drei Generationen her, Kurfürst«, antwortete Loretta in gleicher Tonart. »Heutzutage zählt die Region zu den Kerngebieten von Starkenburg-Sponheim. Also ersuche ich Euch, diesen Bau unverzüglich niederreißen zu lassen.«

»Und wenn ich mich weigere?«

»Dann befehle ich meinen Rittern, Eure Bauarbeiter davonzujagen.«

»Das bedeutet Krieg, Dame!«

»Krieg?« Loretta versuchte zu verbergen, dass sie erschrak. »Ihr wollt mich bekriegen?«

»Was sollte mich daran hindern, Gräfin?«

»Nichts als Eure Ehre, sofern Ihr darüber überhaupt noch verfügt.« Die Worte waren heraus, bevor Loretta darüber nachgedacht hatte. Hinter sich hörte sie ihre Ritter aufstöhnen.

Balduins Gesicht färbte sich dunkelrot. »Genug, Dame Loretta. Ihr habt mich öffentlich einen ehrlosen Lügner geschimpft. Ich wiederum schimpfe Euch anmaßend. Eure Regentschaft, die ich als mächtiger Verbündeter von Anfang an unterstützt habe, scheint Euch zu Kopfe gestiegen zu sein wie schwerer Wein. Schweigt still«, fuhr er sie an, als Loretta zu einer Erwiderung ansetzen wollte. »Ich bin Eures törichten Weibergeschwätzes überdrüssig!«

»Mein Herr«, zu Lorettas Verblüffung ritt Volker an ihre Seite. »Mein Herr, sprecht nicht in dieser Art mit der Gräfin Loretta. Ihr schuldet ihr den Respekt, den sie als Regentin verdient.«

Balduin musterte den Ritter demonstrativ von oben bis unten, ohne ihn einer Antwort zu würdigen. Stattdessen winkte er Lorenz zu sich heran.

»Ihr sorgt mir dafür, dass die Bauarbeiten ungestört weitergehen, Schultheiß. Bedenkt dabei, Ihr befindet Euch auf meinem

eigenen Grund und Boden. Dafür gibt es Urkunden in meinen Archiven.«
Er gab dem Hauptmann seines Gefolges ein Zeichen. »Ortwin, schickt einen Boten zur Baldenau und lasst zwanzig Reisige kommen, die den Nohfels bewachen sollen. Ich meinerseits breche sogleich nach Trier auf, um Euch von dort Verstärkung zu schicken.«
»Und Ihr, Dame«, er zeigte mit dem Finger auf Loretta, »tut gut daran, mir keine Steine in den Weg zu legen. Sonst überziehe ich Eure blühenden Ländereien mit einer Fehde, gegen die Euch die Belagerung von Kastellaun wie ein Maientanz vorkommen wird. Dessen seid versichert.«
Nach diesen Worten wendete er seinen Hengst und ritt grußlos davon.

Draußen dämmerte es bereits, als Loretta endlich den Kopf aus den Kissen ihres Lagers in der Kemenate der Burg Birkenfels erhob, auf dem sie die letzten Stunden, anfangs wie gelähmt vor Entsetzen, dann in einer schonungslosen Selbstanklage verbracht hatte. Gerhild, die sie diesmal als Kammermagd mitgenommen hatte, hatte sie hinausgeschickt und ihr befohlen, keinen Menschen zu ihr zu lassen.
Deshalb war sie verwirrt, als sie ein zaghaftes Pochen vernahm. Die irrwitzige Hoffnung durchzuckte sie, es könne Balduin sein, der für sein unverzeihliches Verhalten um Vergebung bitten wollte. Die Tür öffnete sich einen Spaltbreit, und Gerhild spähte hinein. Hinter der Magd erblickte Loretta tatsächlich die Silhouette eines Mannes.
Mit einem Ruck setzte sie sich auf und erkannte sofort, dass es Volker war, der Einlass begehrte. Loretta richtete ihre verrutschte Haube, so gut es ging, und glättete ihr Gewand. Dann gab sie Gerhild ein Zeichen, den Ritter hereinzuführen und danach ihren Posten vor der Tür wieder einzunehmen.

Volker verbeugte sich vor Loretta. Auch ihr getreuer Gefolgsmann wirkte deutlich mitgenommen.

»Herrin, ich bitte um Verzeihung, dass ich Eure Ruhe störe, doch ich möchte Euch einen Plan unterbreiten.«

»Einen Plan, was für einen Plan?«

»Erinnert Euch, ich habe schon nach dem Kirchberger Pogrom begonnen, ein neues Heer für Euch zu sammeln. Es waren nahezu zweihundert Mann, die wir wieder nach Hause geschickt haben, als es zu keiner neuen Fehde gegen Walram von Kastellaun kam. Doch die Männer sind leicht und schnell wieder zu rekrutieren, und das Heer kann sicherlich noch um einmal so viele Kämpfer aufgestockt werden. Ich habe mit den anderen Rittern gesprochen, die Euch nach Birkenfeld begleitet haben. Jeder ist bereit, sein Leben für Euch zu geben, wenn wir gegen Erzbischof Balduin ziehen.«

Loretta spürte, wie ihre Augen feucht wurden. Spontan streckte sie Volker beide Hände entgegen, der sie überrascht ergriff. »Ich bin zu Tränen gerührt über Euer großherziges Angebot, Volker. Wahre Treue weiß ich am heutigen Tag mehr denn je zu schätzen.« Sie schluckte mehrmals, um den Kloß in ihrer Kehle zu vertreiben. »Doch ich bin der furchtbaren Kämpfe müde, die im letzten Jahr viele Gebiete verwüstet haben und hilflose Bauern und Häusler ins Elend brachten. Auch Ihr selbst habt dabei fast Euer Leben eingebüßt.« Sie schluchzte auf.

»Niemals hätte ich diesen Verlust überwunden, Volker. Selbst wenn auch andere meiner Getreuen den Tod in der Schlacht gefunden hätten, wäre ich über den Euren kaum je hinweggekommen. Denn niemand hat mir so selbstlos gedient wie Ihr. Auf Euch war vom ersten Tag meiner Regentschaft an Verlass.«

Loretta atmete mehrmals tief durch, bevor sie fortfuhr.

»Ich habe den Gedanken an eine Fehde mit Balduin wohl erwogen. Doch er ist ein unbarmherziger Kriegsherr. Davon konnten wir uns alle im letzten Jahr überzeugen. Und er verfügt über weit mehr Soldaten, als wir je aufbringen könnten. Wir sind ihm hoffnungslos unterlegen. Das weiß er und nutzt es zu seinem Vorteil.«

»So wollt Ihr ihm nichts entgegensetzen, Herrin? Er hat Euch schmählich hintergangen! Ihr habt ihm vertraut wie kein anderer Regent im Umkreis von Mosel, Eifel, Hunsrück und Westerwald. Auch ich hielt ihn für Euren loyalen Freund, wenn nicht sogar für mehr als das.«

Entsetzt blickte Loretta Volker ins Gesicht.

»Was meint Ihr damit?«

Volkers Wangen röteten sich. Dass ihn einst Kathi auf diesen Gedanken gebracht hatte, wollte er nicht eingestehen. »Es gingen Gerüchte um auf der Starkenburg. Man munkelte, Ihr wärt dem Erzbischof sogar in Liebe zugetan.«

»Gerüchte?« Loretta war bis ins Mark erschüttert. Vor Scham wurde ihr heiß und kalt. Plötzlich verlor sie die Fassung. Das war einfach zu viel für einen einzigen Tag. Hilflos schlug sie die Hände vors Gesicht und begann zu weinen. Das Schluchzen schüttelte ihren ganzen Körper.

Sie war so versunken in ihren Schmerz, dass sie anfangs gar nicht bewusst wahrnahm, wie Volker ihr über den Rücken streichelte. Ermutigt durch ihre Passivität, nahm er sie schließlich in die Arme und wiegte sie.

»Ihr seid eine tapfere Frau, Dame Loretta«, flüsterte er ihr ins Ohr. »Glaubt mir, was auch immer zwischen dem Erzbischof und Euch geschehen ist, hat meine Achtung und Liebe zu Euch nie geschmälert.«

Loretta schluchzte nur umso heftiger. Es tat so unendlich gut, gehalten und getröstet zu werden wie ein kleines Mädchen. Zumal Hilda und Kathi, die einzigen Vertrauten, denen sie sich in dieser Schwäche zu zeigen gewagt hätte, nicht mit nach Birkenfeld gekommen waren.

Erst Volkers nächste Worte brachten sie zur Vernunft. »Auch

Eure heutige Schwäche rührt mich zutiefst. Zeigt sie doch, dass in Eurer Brust das Herz eines Weibes schlägt, nicht das einer kaltblütigen Amazone.«

Was lasse ich hier geschehen? Sanft löste sie sich aus Volkers Armen. *Ich habe schon meine Liebe und meine Ehrbarkeit eingebüßt. Soll ich jetzt auch noch meinen Stolz verlieren?*

Entschlossen wischte sie sich mit dem Ärmel ihres Kleides übers Gesicht. Dann holte sie tief Luft.

»Ich bin Euch auf ewig zu weiterem Dank verpflichtet, mein Getreuer, weil Ihr mir heute Beistand geleistet habt, als die Bürde meines Amtes mich niederzudrücken drohte. Bitte wahrt Stillschweigen über meinen Kleinmut gegenüber jedermann.« Sie ergriff noch einmal Volkers Hände. »Wollt Ihr mir das versprechen?«

»Ich werde darüber schweigen bis zu meinem letzten Atemzug, Herrin.«

Volkers ergebener Blick schnitt Loretta ins Herz. *Er liebt mich noch immer, vielleicht sogar mehr als zuvor.* Sie straffte die Schultern. *Doch damit kann ich mich jetzt nicht aufhalten. Nun gibt es Wichtigeres zu tun.*

Sie ließ Volkers Hände los und stand auf. »Jetzt geht und lasst mich allein. Ich möchte einen weiteren Brief an meinen Oheim, den Dompropst von Aachen, schreiben, um ihn über die Situation in Kenntnis zu setzen. Er ist ein Mann der Kirche wie Erzbischof Balduin. Vielleicht weiß er einen Ausweg.«

Beseelt schloss Volker die Tür zur Kemenate hinter sich, ohne den erstaunten Blick der Kammermagd Gerhild zu bemerken. *Sollte mir aus dem größten Unglück Lorettas vielleicht das größte Glück erwachsen? Es hat sich so wunderbar angefühlt, ihre zarte Gestalt in meinen Armen zu halten!*

Beschwingt eilte er in seine eigene Kammer, um sich vor dem Nachtmahl noch eine Weile seinen Wunschträumen hinzugeben.

Kapitel 28

Starkenburg, Oktober 1327

»Ihr sagt, Erzbischof Balduin hat Euch nicht einmal empfangen?« Niedergeschlagen verkrampfte Loretta die Hände.

»Zu meinem Leidwesen ist es so, liebste Nichte. Ich wünschte von Herzen, ich könnte Euch bessere Kunde bringen«, antwortete Matthias von Starkenburg.

Loretta spürte, wie ihr schon wieder die Tränen kamen. Sie drängte sie gewaltsam zurück. Die letzten Wochen hatte sie kaum etwas gegessen und nur selten eine Nacht durchgeschlafen. Sie war abgemagert und durchscheinend blass. Es kostete sie ihre ganze Willenskraft, sich morgens zu erheben und ihrem Tagwerk nachzugehen. Und nun raubte ihr Matthias' Kunde den letzten Hoffnungsschimmer, den sie noch gehabt hatte.

»Aber womöglich ist noch nicht alles verloren, liebste Nichte«, suchte Matthias, sie zu beruhigen. »Ich habe einen alten Freund aufgesucht, der nun zum Trierer Domkapitel gehört. Es ist der Domscholaster Johann von Kerpen. Er bot mir an, einen Brief zu hinterlassen, den er Balduin in einem günstigen Augenblick übergeben will.«

Loretta empfand Matthias' Nachricht nicht als Trost. »Das kann noch lange dauern und wird vielleicht sogar niemals geschehen.«

Matthias seufzte und strich sich über seinen gerundeten Bauch. »Ich werde jeden Tag darum beten, dass sich Balduin erweichen lässt. Vielleicht hat seine üble Laune auch damit zu tun, dass er befürchtet, dass ihm Papst Johannes XXII. zum zweiten Mal die Kurfürstenwürde von Mainz verweigern wird.«

»Die Kurfürstenwürde von Mainz?« Nun war Loretta tatsächlich von ihrem Kummer abgelenkt. »Wie kann er denn zusätzlich zur Trierer auch noch die Mainzer Kurfürstenwürde begehren? Und wieso wird sie ihm vielleicht zum zweiten Mal verweigert?«

Matthias musste lächeln. Was Trost und Zuwendung nicht vermocht hatten, gelang der hohen Politik. Sie zog Lorettas Interesse unweigerlich auf sich.

Er räusperte sich. »Ihr wisst vielleicht, dass der Luxemburg nahestehende Bischof Peter von Aspelt zu Zeiten Heinrichs VII. Kurfürst von Mainz war. Heinrich verdankte ihm unter anderem seine Wahl zum König. Als der Bischof 1320 starb, wählte das Mainzer Domkapitel Balduin zu seinem Nachfolger. Doch Papst Johannes verweigerte ihm die Anerkennung und ernannte den Schweizer Matthias von Bucheck zum Kurfürsten. Jetzt siecht der Buchecker dahin und wird sich wohl nicht wieder von seinem Krankenlager erheben. Kurfürst Balduin will sich erneut um das Amt des Mainzer Kurfürsten bewerben, doch seine Aussichten sind schlechter denn je.« Er machte eine kleine Pause.

»Schlechter denn je?«

Matthias' Lächeln wurde breiter. War es ihm doch tatsächlich gelungen, Loretta aus ihrer Lethargie zu reißen. »Es heißt, ein ehemaliger Vertrauter Balduins habe am Hof von Avignon rasch Karriere gemacht, unter anderem, weil er pikante Einzelheiten aus Balduins Leben enthüllte, die den keuschen Papst recht erzürnt haben.«

Loretta spürte, dass sie rot wurde. *Das könnte Remigius sein*, schoss es ihr durch den Kopf. *Und er weiß von unserer Liebelei.* Geistesabwesend zerknüllte sie ein Taschentuch. Um sich abzulenken, stand sie abrupt auf. »Ich besorge Euch ein Getränk, Oheim«, sagte sie. »Verzeiht meine Nachlässigkeit als Gastgeberin. Ihr müsst nach der Reise ja überaus durstig sein.«

Matthias winkte ab. »Das ist nicht nötig. Und außerdem könnt Ihr damit ja Eure Magd …«

Doch Loretta war schon auf dem Weg zur Tür.

Draußen presste sie die glühende Stirn gegen die kalten Steine der Mauer. Die Gedanken rasten durch ihren Kopf. Drohte ihr ausgerechnet jetzt, wo ihr Verhältnis zu Balduin unwiderruflich am Ende war, die Schande der späten Enthüllung? Zwar war sie sich Volkers Verschwiegenheit sicher, doch wer auf der Starkenburg ahnte sonst noch etwas davon oder verbreitete Gerüchte darüber? Wie blauäugig war es nur von ihr gewesen, zu glauben, ihre heimliche Liebschaft wäre über all die Jahre hinweg unbemerkt geblieben!

Doch noch weitaus schlimmer wäre es, wenn Remigius mich beim Papst anschwärzt. Der Priester ist vom Ehrgeiz zerfressen und durch und durch intrigant! Plötzlich erinnerte sie sich wieder an ihre letzte Begegnung mit Balduin auf dem Nohfels. Verzweiflung ergriff sie. *Remigius muss dieser ehemalige Vertraute Balduins sein! Er hat sich nicht in seinem Gefolge befunden. Sonst hätte Balduin ihn als Zeugen der Rechtmäßigkeit seines Tuns benannt, denn Remigius war in seinen Archiven am besten bewandert! Wird er mich nun als Liebchen seines ehemaligen Herrn zum Gespött im ganzen Reich machen?*

Schritte näherten sich auf dem Gang zur Kemenate, in der Loretta Matthias empfangen hatte. Sie holte tief Luft und straffte sich. Wer auch immer dort kam, sollte sie nicht in diesem Zustand sehen. Doch bevor der Ankömmling um die Biegung des Ganges kam, öffnete sich plötzlich eine Tür. Zu ihrem Erstaunen hörte Loretta Kathis Stimme.

»Edler Herr Volker, wartet, ich bitte Euch um ein Wort!«

»Kathi, jetzt ist nicht die richtige Zeit dazu«, erklang Volkers wohltönende Stimme. »Ich wurde zu Dame Loretta gerufen. Ihr Oheim Matthias von Starkenburg ist angekommen und bringt Kunde vom kurfürstlichen Hof zu …«

»*Ich* habe das Mädchen unter diesem Vorwand zu Euch gesandt, Herr Volker, weil ich Euch dringend sprechen wollte. Die Angelegenheit ist sehr wichtig.«

»Du warst das?« Volkers Stimme brachte gleichermaßen Ärger und Enttäuschung zum Ausdruck. Loretta hatte wohl bemerkt, dass Volker nach der Szene auf dem Birkenfels verstärkt ihre Nähe suchte, und war dem ausgewichen, so gut es ging, ohne ihren Getreuen allzu sehr vor den Kopf zu stoßen.

»Warum tust du so etwas, Kathi?«, fuhr Volker fort.

»Ich will Euch warnen, Herr.« Kathi dämpfte ihre Stimme. »Doch nicht hier auf dem Gang, kommt mit in die Kammer.«

»Das ist unschicklich, Kathi«, wehrte Volker ab. »Was ist, wenn deine Zimmergenossin zurückkommt und …«

Wieder unterbrach ihn Kathi. »Gerhild ist in der Küche und gibt Dame Lorettas Anweisungen für das Nachtmahl weiter. Doch wenn es Euch lieber ist, lassen wir die Tür einen Spalt offen stehen.«

Am Quietschen der Angeln erkannte Loretta, dass Volker Kathis Vorschlag folgte. Auf Zehenspitzen schlich sie zur Biegung des Ganges und spähte um die Ecke. Der schwache Schein eines Binsenlichts drang durch den Türspalt. Vorsichtig schlich sie näher.

» … steht es dir nicht zu, so über sie zu sprechen. Du bist nur eine Magd, sie ist eine Dame von edlem Geblüt«, hörte sie Volkers nun ebenfalls gedämpfte Stimme.

»Doch sie meint es nicht ehrlich, Herr Volker. Glaubt mir, ich kenne sie sehr viel besser als Ihr.«

»Was erdreistest du dich, Kathi! Was soll diese freche Rede? Wenn du sie so gut kennst, weißt du auch, wie elend sie sich im Augenblick fühlt! Sonst hätte sie sich mir nicht anvertraut! Es gehört zu den höchsten Rittertugenden, einer Dame in Not beizustehen.«

»Sie ist nicht wirklich in Not, Herr. Sie möchte nur ihrer gekränkten Eitelkeit Genugtuung verschaffen.«

»Schweig jetzt still, Kathi«, fuhr Volker sie an. »Wüsste ich nicht, dass dich deine eigene Kränkung antreibt, die ich unseligerweise zu verantworten habe, würde ich Dame Loretta vorschlagen, dich mit der Rute züchtigen zu lassen! Wie kannst du nur so unehrerbietig sprechen!«

Auf ihrem Lauschposten war Loretta zunehmend verstört. Sprachen die beiden von ihr? Wollte Kathi Volker vor ihr warnen? War es am Ende ihre scheinbar getreue Magd, die die Gerüchte über sie und Balduin verbreitete? Schließlich wusste sie ja seit Jahren Bescheid und war wohl noch immer in Volker verliebt. Es konnte ihr daher kaum entgangen sein, dass der Ritter Loretta mehr denn je verehrte.

Plötzlich näherten sich wieder Schritte, diesmal kamen sie die Stiege hinauf. Es war Gerhild.

Loretta fasste einen Entschluss und trat ihr entgegen. »Oh, Gerhild! Wie gut, dass du gerade kommst!«, rief sie mit lauter Stimme und ging auf die Magd zu. »Lauf sofort in die Küche und hole einen Krug Würzwein für meinen werten Oheim Matthias. Und bring uns frisches Wasser vom Brunnen dazu!« Sie spürte plötzlich, dass ihr Kopf wieder zu schmerzen begann. Der Wein würde dies nur verstärken, wie sie aus leidvoller Erfahrung wusste. »Danach bitte Hilda oder Kathi, mir einen Becher heißen, mit Zimt gewürzten Apfelmost zuzubereiten! Sie soll ein Pulver gegen Kopfschmerzen mit hineinmischen! Und nun spute dich, mein Gast ist durstig.«

Nachdem Gerhild die Stiege wieder hinabgelaufen war, machte Loretta auf dem Absatz kehrt und ging mit absichtlich lauten Schritten in die Kemenate zurück.

Kurfürstlicher Palast zu Trier, Oktober 1327

Finster las Balduin das Schreiben, das ihm ein Bote erst vor einer Stunde überbracht hatte, zum dritten Mal. Sein Spitzel am päpstlichen Hof zu Avignon hatte es verfasst.

»Und so stehen Eure Aussichten, nach dem Tod des jetzigen

Amtsinhabers den Thron des Kurfürsten von Mainz zu besteigen, wahrlich nicht gut. Mein Verdacht hat sich bestätigt, dass Euer ehemaliger Schreiber Remigius kein gutes Haar an Euch lässt.«

Balduin knirschte mit den Zähnen. Die Nachricht, dass sich Remigius nach Avignon begeben hatte, war bereits vor Wochen in Trier eingetroffen. Mittlerweile pfiffen sogar schon die Spatzen von den Dächern, dass er sich das Vertrauen des Papstes vor allem durch seine Denunziationen über Balduin erschlichen hatte. Dieser Brief bestätigte seine schlimmsten Befürchtungen.

»Der Heilige Vater ist insbesondere sehr erzürnt über Eure angebliche Liebschaft mit der Gräfin Loretta von Starkenburg-Sponheim! Auch dass Ihr als Kriegsherr beständig gegen die Gebote der Kirche verstoßt, indem Ihr mit dem Schwert kämpft, missbilligt er aufs äußerste! Gerüchte kursieren zudem, dass Ihr sogar dem Allmächtigen selbst in den Arm gefallen seid, als Ihr zwei schwerverletzte Soldaten mit eigener Hand von ihren Leiden erlöst habt!«

In hilfloser Wut krallte Balduin die Hände um das Pergament.

»Der Heilige Vater wird mit den Worten zitiert, er werde Eure Hoffart und Anmaßung um keinen Preis mit einer weiteren Erzbischofswürde belohnen. Verzeiht, dass ich Euch keine bessere Kunde übermitteln kann.«

Balduin ließ das Schreiben sinken. »Der Teufel hole diesen Tattergreis!« In einem plötzlichen Anfall von Jähzorn zerknüllte er den Brief und warf die Pergamentkugel an die Wand.

Johannes XXII. war ihm seit vielen Jahren ein Stachel im Fleisch. Er hatte im Jahr 1316 als bereits betagter Mann von über siebzig Jahren den Papstthron in Avignon bestiegen, nachdem sein französischer Vorgänger wenige Jahre zuvor unter dem Druck des Königs von Frankreich den Amtssitz von Rom dorthin verlegt hatte. Von Anfang an hatte es Spannungen mit Balduin gegeben, da er den deutschen König Ludwig den Bayern unterstützte, dem der Papst viele Jahre lang die Anerkennung verweigerte.

»Dieser Heuchler«, knirschte Balduin jetzt mit zusammengebissenen Zähnen. »Ich kenne den wahren Grund für seine Abneigung gegen mich nur zu gut!«

In jüngster Zeit war der Streit des Papstes mit Ludwig dem Bayern nämlich erneut aufgeflammt. Diesmal ging es um die Kaiserkrönung, die ihm Johannes XXII. verweigerte. Da kam ihm der Verräter Remigius nur recht, um Balduin als einen der stärksten Verbündeten Ludwigs zu schwächen, indem er ihm unmoralisches Verhalten vorwarf.

Als würde nicht jeder meiner Amtsbrüder ein ähnliches Leben führen wie ich. Doch solange diese auf der Seite des Papstes stehen, drückt der beide Augen zu. Warum will der alte Mann nicht endlich sterben? Er muss jetzt weit über achtzig Jahre alt sein!

Ruhelos trat Balduin ans Fenster und sah blicklos in den Hof hinunter. *Johannes' schwerster Vorwurf ist zweifelsohne mein Verhältnis mit Loretta. Er trifft mich ausgerechnet zu einem Zeitpunkt, wo dieses Weib meine Ehre öffentlich derart mit Füßen getreten hat, dass ich sogar eine Fehde gegen sie in Betracht ziehe.*

Plötzlich kam ihm ein Gedanke. *Doch spricht eine Fehde nicht genau gegen Remigius' Denunziation? Andererseits mache ich mich auch weiter angreifbar, wenn ich erneut in den Krieg ziehe.*

Er massierte sich die Schläfen, in denen es bereits zu pochen begann. *Wie dumm, dass ich in meinem Zorn Lorettas Gesandten, den Dompropst von Aachen, nicht angehört habe. Immerhin hat er ein Schreiben zurückgelassen.*

Der Domscholaster Johann von Kerpen hatte es ihm erst vor einigen Stunden übergeben. Balduin warf es zunächst achtlos auf den Stapel mit unerledigten Angelegenheiten, die sich seit Remigius' Abgang häuften. Noch hatte er sich nicht dazu durchringen können, diesen Vertrauensposten mit einem Nachfolger zu besetzen, sondern behalf sich derweil mit wechselnden Schreibern aus seinen Archiven, die mehr schlecht als recht nach seinen Anweisungen arbeiteten.

Er suchte den Starkenburger Brief heraus und erbrach das Siegel der Rolle. Während er las, begann ein Gedanke, in seinem Kopf Gestalt anzunehmen. Schließlich griff er entschlossen zur Feder, um eine Antwort zu verfassen.

Starkenburg, Oktober 1327, am selben Abend

Müde stützte Lisbeth die Hände in die Taille und streckte den Rücken und die Schultern durch, um die schmerzenden Muskeln zu dehnen.

Wieder lag ein langer freudloser Arbeitstag hinter ihr. Es musste schon auf Mitternacht zugehen. Den ganzen Abend lang hatte sie in der Küche geholfen, das Feuer geschürt, Geschirr abgewaschen und Wasser vom Brunnen herbeigeschleppt. Obwohl sich die Gräfin Loretta schon vor dem Nachtmahl mit schlimmem Kopfweh in ihre Kammer zurückzog, hatte sie zuvor noch befohlen, das Festmahl zu Ehren ihres Oheims mit allen vorgesehenen Gängen zu servieren. Da auch die Burgmannen von Adel mit ihren Damen daran teilnahmen, war es eine große Gesellschaft gewesen.

Und nun hatte Gerhild, eine der Kammermägde der Gräfin, sie noch in die Kemenate geschickt, um dort aufzuräumen. Eigentlich wäre das ihre Aufgabe gewesen. Doch das faule Stück drückte sich bekanntlich, wo sie nur konnte, und lag sicher schon längst schnarchend im Bett.

Zum Glück war auch hier die Arbeit endlich getan. Der Kamin

war gekehrt und mit frischem Holz versehen, die Wachsflecken waren beseitigt, der Teppich gebürstet. Sie musste nur noch das Geschirr in die Küche hinunterbringen.

Als Lisbeth den Weinkrug und die silbernen Becher auf das hölzerne Tablett stellte, stieg ihr ein betörender Duft in die Nase. Tatsächlich, einer der Becher war noch gefüllt. Die Flüssigkeit darin roch verführerisch nach dem Gewürz, das die Herrin so liebte und dessen Genuss den einfachen Dienstboten bei strengster Strafe verboten war. Es hieß Zimt und wurde von weit her aus fremden Ländern gebracht. Zehn Unzen davon kosteten ein halbes Pfund Heller, hatte die Köchin Lisbeth erklärt und hielt den Tiegel daher unter strengem Verschluss.

Lisbeth schnupperte an dem vollen Becher. Am späten Nachmittag hatte Lorettas zweite Kammermagd Kathi einen Krug Apfelmost mit Zimt gewürzt und ihn der Gräfin in die Kemenate gebracht. Scheinbar hatte die aber gar nichts davon getrunken.

Lisbeth überlegte. Was würde mit dem kostbaren Getränk geschehen? In der Küche war niemand mehr. Würde es am Ende gar weggeschüttet werden, wenn sie es einfach dort abstellte?

Das Mädchen lächelte hämisch. *Nein, weggeschüttet wird es ganz sicher nicht. Die fette Köchin wird es sich einverleiben, wenn es nicht vorher die faule Gerhild tut.*

Entschlossen führte Lisbeth den Becher an die Lippen und kostete vorsichtig. Sie seufzte vor Überraschung. So etwas Köstliches hatte sie noch nie getrunken! Sie zögerte einen kurzen Moment. Dann hob sie den Becher erneut zum Mund und leerte ihn bis auf den letzten Tropfen.

Starkenburg, Oktober 1327, am nächsten Morgen

Es pochte heftig an der Tür ihrer Kammer. »Herrin, Herrin, wacht auf! Es ist etwas Schlimmes geschehen!«

Verstört fuhr Loretta aus dem Schlaf, in den sie erst vor wenigen Stunden gefallen war. Ihr Kopf schmerzte noch immer. Die stechende Pein hatte sie am gestrigen Abend mit einer Wucht angefallen, die sie bislang nicht kannte. Ihr war speiübel geworden. Noch vor dem Nachtmahl musste sie sich in ihre Schlafkammer zurückziehen und bat ihre Nichte Blanche, sie beim festlichen Essen zu Ehren ihres Onkels Matthias zu vertreten.

Nun warf sie sich rasch einen wollenen Umhang über ihr Leinenhemd und schlüpfte in flache Schuhe aus weichem Rehleder. Mit der Kapuze über dem ansonsten unbedeckten Haar öffnete sie die Tür.

Draußen standen Hilda, Kathi und Gerhild. Alle drei wirkten bleich und aufgewühlt.

»Was ist denn geschehen?«

»Die Küchenmagd Lisbeth liegt tot auf ihrem Strohsack, Herrin. Sie muss in der Nacht gestorben sein. Ihr Gesicht ist bläulich verfärbt. Es sieht aus, als sei sie vergiftet worden.«

»Vergiftet?« Der Schreck fuhr Loretta in alle Glieder. »Womit kann sich das Mädchen denn vergiftet haben?«

Hilda seufzte schwer. »Es ist wahrscheinlich Eisenhut, Herrin.«

»In welcher Speise kann sich das Gift befunden haben?« Vor Furcht begann Loretta zu frösteln. »Sind die Gäste des Nachtmahls wohlauf?«

Hilda nickte. »Sie erfreuen sich zum Glück alle bester Gesundheit.« Sie trat auf Loretta zu. »Geht zurück in Eure Schlafkammer, Herrin. Hier auf dem Gang ist es kalt und zugig. Dürfen wir Euch begleiten?«

Loretta nickte. Auch in der Kammer war es kalt, die Glut im

Kohlebecken war längst erloschen. Hilda legte ihr eine Decke um die Schultern, als sich Loretta auf ihr Bett gesetzt hatte. Die Kräuterfrau trat von einem Fuß auf den anderen. Auch Kathi und Gerhild blickten verstört. Loretta spürte die Spannung im Raum. »Nun sprich, Hilda! Was hast du für einen Verdacht?«
»Es könnte ein neuer Anschlag auf Euer Leben gewesen sein, Herrin«, brachte die schließlich zögernd heraus.
»Ein neuer Anschlag auf mich? Aber ich war doch gar nicht beim Nachtmahl dabei!«
»Genau aus diesem Grund vermute ich es. Kathi, sag, was du zu sagen hast.«
Die junge Frau trat einen Schritt vor. »Herrin, Ihr befahlt mir am gestrigen Nachmittag, Euch einen Trunk mit Zimt gewürzten Apfelmost zuzubereiten. Wie Ihr es wünschtet, mischte ich noch etwas Weidenrindenpulver gegen den Kopfschmerz hinein. Doch als ich Euch das Getränk überreichen wollte, rocht Ihr nur daran und stelltet es hernach ab, ohne davon gekostet zu haben.«
Loretta erinnerte sich. »Ja, du hast recht. Der Zimtgeruch verursachte mir plötzlich Übelkeit.«
Hilda nickte betroffen. »Habt Ihr später davon getrunken?«
»Nein, Hilda.«
»So blieb der volle Becher in der Kemenate zurück?«
Loretta befiel eine böse Ahnung. »Glaubst du, die Magd hat den Becher geleert?«
Jetzt meldete sich Gerhild zu Wort. »Ich wies das Mädchen nach dem Nachtmahl an, noch in der Kemenate aufzuräumen. Sie befolgte den Befehl und brachte wohl auch das benutzte Geschirr zurück in die Küche. Es steht noch dort auf dem großen Tisch. Doch beide Becher sind leer.«
Loretta überlegte einen Moment, konnte aber keinen klaren Gedanken fassen. Schließlich riss sie sich zusammen. »Hilda, warum glaubst du, dass Eisenhut in meinem Becher war?«

Hilda wirkte sehr beklommen. »In einem der Gefäße fand ich einen Bodensatz. Er besteht aus gemahlener Weidenrinde und Pulver aus Eisenhutsamen.« Sie senkte den Kopf. Loretta sah ihr an, dass ihr noch etwas Schwerwiegendes auf der Seele lag.
»Was möchtest du mir außerdem sagen?«
Hilda holte tief Luft. »Wir haben unsere Heilmittelvorräte überprüft. Auch Eisenhut ist in geringen Dosen nützlich bei Leiden verschiedener Art. Doch das Röhrchen, in dem wir das Pulver aufbewahrten, lässt sich nirgendwo auffinden.«

Starkenburg, Oktober 1327, zwei Tage später

»Liebste Tante, erlaubt Ihr mir eine Frage?« Blanche hob bittend den Kopf. Ihre Miene spiegelte deutlich wider, dass ihr die Frage nicht leichtfiel.
Loretta, deren Niedergeschlagenheit sich seit dem zweiten Mordanschlag noch verstärkt hatte, nickte müde. Die beiden Frauen saßen gemeinsam über ihre Stickrahmen gebeugt in der Kemenate. Doch während Blanches Nadel emsig auf und nieder ging, verharrte Loretta schon seit einer geraumen Weile tatenlos und gab sich ihren Gedanken hin.
»Sprecht freiheraus, meine Liebe. Was möchtet Ihr fragen?« Selbst Lorettas Stimme klang tonlos.
Blanche biss sich auf die Lippen. Dann überwand sie sich sichtlich. »Kommt es Euch nicht auch merkwürdig vor, liebste Tante, dass Eure Kammermagd Kathi jeweils als Letzte mit den vergifteten Speisen hantierte?«
Blanches Frage traf tatsächlich den Kern von Lorettas Grübeleien. Trotzdem beschloss sie, dies vorläufig nicht preiszugeben, sondern erst einmal abzuwarten, was Blanche weiter zu diesem Thema zu sagen hatte.
»Wie meint Ihr das?«, fragte sie stattdessen.

»Nun, es war Kathi, die Euch die vergiftete Milchsuppe brachte. Den Apfeltrunk hat sie sogar selbst zubereitet. Beides war mit Zimt gewürzt, der mit seinem starken Aroma den Geschmack der Gifte überdeckte. Jedermann weiß, dass Ihr Zimt über alles liebt. Der Täter, wer auch immer es ist, rechnete also damit, dass Ihr die vergifteten Speisen auch zu Euch nehmen würdet.«

»Das ist wahr, Blanche. Doch Ihr bemerktet soeben ganz richtig, dass den meisten Bewohnern der Burg bekannt ist, dass ich Zimt als Gewürz sehr schätze.«

»Ihr habt mir selbst erzählt, dass die beiden Giftanschläge mit Bilsenkraut- und Eisenhutpulver verübt wurden. Da diese Pflanzen in geringen Mengen auch als Heilmittel Verwendung finden, gehören sie zur Ausstattung vieler Kräuterfrauen. Jedenfalls dürfte kein anderer Burgbewohner solche Pulver in seinem Besitz haben, zumal ihre Zubereitung ein gewisses Können erfordert. Hilda hat im Übrigen auch keinen Hehl daraus gemacht, dass ihr Eisenhutpulver spurlos verschwunden ist.«

»Man könnte es ihr gestohlen haben«, erwiderte Loretta.

»Das wäre natürlich eine Möglichkeit«, räumte Blanche ein, »wenn sich jemand ebenfalls mit Kräutern auskennt und weiß, wo die Frauen ihre Vorräte aufbewahren.«

Loretta hörte den Zweifel in ihrer Stimme, schwieg aber. Blanche nahm dies als Missbilligung ihrer Ausführungen.

»Doch ich möchte nicht in Euch dringen, verehrte Muhme. Kathi dient Euch seit ihrem dreizehnten Lebensjahr und war Euch immer treu ergeben. Aus welchem Grund sollte sie Euch plötzlich zu töten versuchen? Darüber habe ich mir vergeblich den Kopf zerbrochen.«

Aber ich mir nicht, dachte Loretta. Wieder und wieder hatte sie über Kathis Unterredung mit Volker nachgedacht, die sie heimlich belauscht hatte. Wenn Kathi tatsächlich noch immer in Volker verliebt war, wovon Loretta ausging, musste sie nach der Beendigung ihres Verhältnisses mit Balduin in ihr nunmehr eine Rivalin sehen, die ihr Volkers Gunst für alle Zeit abspenstig machen könnte. *Über wen sonst hätte Kathi mit Volker sprechen sollen? Mir ist nicht bekannt, dass er eine andere Dame minnt. Auch wenn die beiden keinen Namen nannten, wussten sie doch ganz genau, wer gemeint war. Volker verteidigte diese Dame und wies Kathi überaus scharf zurecht. Kathi gehört wiederum zu den wenigen Menschen, die von Anbeginn an von meiner Liebe zu Balduin wussten. Ihr muss klar sein, wie gekränkt und verletzt ich wegen des Endes unserer Beziehung bin. Vermutet sie, dass ich mich nun Volker zuwende, um Trost in seinen Armen zu suchen? Aber selbst, wenn es so wäre, würde sie tatsächlich so weit gehen, mich um ihrer Eifersucht willen zu töten? Das will ich einfach nicht glauben.*

Tief in Gedanken, sah Loretta aus dem Fenster, das wegen des ungewöhnlich milden Oktobers noch nicht mit den Holzläden für den Winter verschlossen worden war. Ein Reiter näherte sich der Starkenburg auf dem Uferweg an der Mosel entlang. Loretta legte die Hand über die Augen, um besser sehen zu können. Tatsächlich, der Mann trug den Waffenrock mit dem Wappen des Trierer Kurfürsten. Das musste ein Bote von Erzbischof Balduin sein.

Erregt sprang Loretta auf. Für den Augenblick war Kathi vergessen.

Nur eine knappe Stunde später hatte sich Lorettas Hoffnung, es würde sich doch noch alles zum Guten wenden, in eine Mischung aus Ärger und Resignation verwandelt.

Als sie erwartungsvoll in den Hof trat, um den Boten persönlich zu begrüßen, was schon allein ihrer Würde als Regentin abträglich war, erfuhr sie zu ihrer Beschämung, dass Balduins Schreiben an ihren Oheim Matthias gerichtet war und nur ihm selbst ausgehändigt werden durfte.

Auch der Inhalt des Schreibens war alles andere als ermutigend. »Erzbischof Balduin bietet Verhandlungen auf der Grimburg an, die zu seinen Besitztümern im Hunsrück gehört. Er weigert sich jedoch, mit Euch selbst zu sprechen, Loretta. Stattdessen stellt er die Bedingung, dass ich die Interessen von Starkenburg-Sponheim vertrete, begleitet von einem weiteren Edelmann aus Eurem Gefolge, sofern es nicht Volker von Falkenstein ist. Den lehnt er ebenfalls ab.«

Loretta zog scharf die Luft ein. »Womit begründet der Erzbischof das?«, fragte sie spitz.

Matthias schüttelte den Kopf. »Er führt keine Begründung dafür an. Ich vermute, er befürchtet, dass Ihr ihn noch einmal öffentlich beleidigen könntet.«

Lorettas Puls begann, schneller zu schlagen. »Auch mich hat der Kurfürst mehr als einmal öffentlich beleidigt.«

Matthias sah sie mitfühlend an. »Lasst mich offen zu Euch sprechen, liebe Nichte. Ihr seid ein Weib, und er ist ein Mann. Nicht nur nach seinem Verständnis wiegt es weitaus schwerer, dass Ihr ihn vor Zeugen in seiner Ehre gekränkt habt als umgekehrt.«

Loretta war empört. »Und wie verträgt sich dies mit den ritterlichen Umgangsformen gegenüber einer Dame?«

Matthias hob die Achseln. »Für Balduin seid Ihr in erster Linie keine Dame, sondern eine rivalisierende Regentin.«

»Dann dürften meine Beleidigungen auch nicht schwerer wiegen als die seinigen«, konterte Loretta.

Matthias seufzte, ging diesmal aber nicht auf ihre Widerrede ein. »Also, sagt an, liebe Nichte, wie sollen wir nun verfahren? Ihr wisst, dass ich die Interessen der Grafschaft mit meinem ganzen Herzblut vertreten werde.«

Loretta kämpfte mit sich. Doch schließlich siegte die Vernunft. »Das weiß ich, lieber Oheim, und bin Euch von Herzen dankbar dafür. Zumal Ihr ganz sicher einen kühleren Kopf als ich bewahren werdet. Also ernenne ich Euch zum Verhandlungsführer. Wen schlagt Ihr als Euren Begleiter vor?«

Darüber musste Matthias nicht nachdenken. »Johannes von Brunshorn ist der Beste. Er ist Euer einflussreichster Lehnsmann und Euch gegenüber treu und loyal.«

Loretta nickte. »So werde ich sofort ein Schreiben verfassen und Johannes um seine Unterstützung ersuchen. Wann soll das Treffen auf der Grimburg stattfinden?«

Matthias warf einen weiteren Blick auf Balduins Brief. »Genau heute in vierzehn Tagen, sofern das Wetter zu dieser fortgeschrittenen Jahreszeit noch eine Reise ins abgelegene Tal der Wadrill ermöglicht.« Matthias blickte zum Fenster hinaus. »Da halte der Allmächtige seine Hand darüber. Ich schreibe ebenfalls sogleich an den Erzbischof, dass Ihr mit seinen Bedingungen einverstanden seid. So kann der Bote sich noch heute auf den Rückweg nach Trier machen.«

Matthias war bereits an der Tür, als ihn Loretta noch einmal aufhielt.

»Eins müsst Ihr noch wissen, Oheim. Auch wenn der Erzbischof nicht mit mir sprechen will, so begleite ich Euch doch. Ich gelobe Euch, mich im Hintergrund zu halten. Doch an jeder Entscheidung will ich beteiligt sein.«

Matthias seufzte, neigte dann aber ergeben den Kopf. »So sei es denn, liebe Nichte. Doch Balduin sollten wir darüber vorläufig im Unklaren lassen.«

»Bitte, Herrin, so glaubt mir doch!« Tränenüberströmt kniete Kathi vor Loretta auf dem Teppich der Kemenate. »Ich würde mein Leben für Euch geben und niemals den geringsten Versuch machen, es Euch zu nehmen!«

Angesichts der Verzweiflung der jungen Frau und der schweigenden, aber deutlichen Missbilligung in Hildas Antlitz war Loretta geneigt, Kathi zu glauben. Doch noch blieben Fragen offen.

»Du sagst, das Gift war im Milchkrug, aus dem die Suppe zubereitet wurde, die du mir dann lediglich überbracht hast. Und es ist wahr, dass mir die Köchin selbst die vergiftete Milch einschenkte, die ich zum Frühmahl trank. Doch an dem Apfeltrunk machte sich niemand anders zu schaffen als du selbst.«

Hilda schaltete sich ein. »Woher wisst Ihr, Herrin, dass das Gift nicht ebenfalls in dem Krug war, in dem sich der Apfelmost befand?«

»Aber dann hätten sich ja auch andere damit vergiften müssen!«

Hilda schüttelte den Kopf. »Ich habe die Köchin befragt, Herrin. Sie behauptet, der Apfelmostkrug sei in der Speisekammer umgefallen und sein restlicher Inhalt verschüttet worden. Sie hat die Lache am Boden sofort aufgewischt und Krug und Lappen danach ausgewaschen. Somit konnte ich nicht mehr überprüfen, ob auch der Krug das Eisenhutpulver enthielt.«

»Das kann ein Zufall gewesen sein oder Absicht, um Spuren zu verwischen«, überlegte Loretta laut.

Kathi schluchzte auf. »Ich flehe Euch noch einmal an, Herrin. Warum sollte ich Euch ein Leid antun?«

Loretta rang mit sich. »Ich hörte dich über eine Dame schimpfen und Volker von Falkenstein vor ihr warnen. Wen hast du damit gemeint?«

Kathis Gesicht verfärbte sich blutrot. »Nicht … nicht Euch, verehrte Herrin! Das … das schwöre ich bei meinem Seelenheil«, stammelte sie.

»Wen denn?«, beharrte Loretta.

Kathi schwieg und blickte zu Boden. Hilda kam ihr zu Hilfe. »Es ist eine Dame aus dem Weiler Starkenburg, Herrin Loretta. Doch ich möchte Euch ihren Namen nicht nennen. Obwohl sie mit einem Eurer Burgmannen verheiratet ist, umgarnt sie Volker von Falkenstein beharrlich mit ihren Reizen. Kathi befürchtete, sie werde ihn letztlich ins Unglück stürzen, und versuchte daher, den Ritter zu warnen.«

»Und warum willst du mir nicht sagen, wer es ist?«

»Es würde sowohl Volker von Falkenstein als auch die Dame und ihren Ehemann kompromittieren, wenn Ihr sie alle befragen würdet, Herrin. Lasst die Sache auf sich beruhen. Sie hat nichts mit den Mordanschlägen auf Euch zu tun.«

Loretta war nicht ganz überzeugt. Doch ihr war klar, dass sie in dieser Sache heute nicht weiterkam.

»Ich werde darüber nachdenken, Hilda. Vielleicht frage ich Volker von Falkenstein einmal danach, wenn sich eine Gelegenheit ergibt.«

Täuschte sie sich, oder huschte statt des erwarteten Erschreckens ein Ausdruck der Erleichterung über die Gesichter von Mutter und Tochter? Plötzlich war Loretta der Sache überdrüssig. Sie traf eine Entscheidung.

»Ich kann mir keinen rechten Reim auf die Sache machen. Doch mein Vertrauen in dich ist erschüttert, Kathi. Deshalb will ich dich nicht mehr in meinen Diensten behalten. Doch den Dingen auf den Grund gehen kann ich vorläufig ebenfalls nicht. Weit Wichtigeres erfordert meine volle Aufmerksamkeit. Die Zukunft von Starkenburg-Sponheim steht auf dem Spiel, falls es zur Fehde mit Erzbischof Balduin kommt. Am besten ist es, du kehrst nach Herrstein zurück. Dort kannst du eure alte Kate beziehen und dein Leben als Kräuterkundige und Wehmutter fristen. Sobald ich entschieden habe, wie ich weiter verfahren will, lasse ich es dich wissen.«

Hildas Gesichtsausdruck versteinerte, während sich Kathis Augen mit Tränen füllten.

»Ihr irrt Euch, Herrin«, unternahm Hilda einen letzten Versuch.

Loretta reagierte zornig. »Das, was mir Blanche, meine überaus kluge und mir völlig ergebene Nichte, gesagt hat, ist nicht von der Hand zu weisen. Seid froh, dass mir die Zeit und die Kraft fehlen, dem nachzugehen. Und nun geht und lasst mich allein. Ich will kein weiteres Wort mehr hören.«

Die Frauen knicksten schweigend und wandten sich zur Tür. Mit einer Mischung aus Ärger und Ratlosigkeit sah ihnen Loretta nach.

Warum ist alles so schwierig geworden? Als hätte ich nicht schon genug andere Sorgen!

Kapitel 29

Grimburg, November 1327

Es dämmerte schon, als die hohen Mauern der Grimburg endlich vor dem Reitertrupp aus dem Nebel auftauchten, der die gesamte Gegend wie eine dicke graue Decke verhüllte und ihnen die Sicht nahm. Loretta atmete insgeheim auf.

In diesem wilden Teil des Hunsrücks war sie noch nie gewesen. Tief unten im Tal rauschte das Flüsschen Wadrill in seinem steinigen Bett. Das Rauschen des Wassers war wegen der Enge des Tals ungewöhnlich laut und verstärkte die unheimliche Atmosphäre des Orts.

Die Pferde schnauften vor Anstrengung, als sie Schritt für Schritt den steilen Pfad zur Burg zurücklegten. Je näher sie den Mauern kamen, die so düster wie die ganze Umgebung wirkten, desto beklommener wurde Loretta ums Herz. Wusste sie doch, dass sie dort oben kein herzliches Willkommen erwartete, auch wenn jetzt die ersten Lichter verheißungsvoll vor ihnen aufleuchteten.

Endlich erreichte die kleine Schar das Tor der Unterburg. Matthias, der mit Johannes von Brunshorn vorausgeritten war, sprach mit den Wächtern, die das mächtige Portal aus altem Eichenholz schließlich quietschend aufstießen. Über eine hölzerne Zugbrücke und durch einen weiteren Tortunnel erreichten sie den inneren Burghof.

Die Grimburg gehörte zu den Stammburgen der Trierer Erzbischöfe und war vor fast zweihundert Jahren erbaut worden. Loretta sah sich um, nachdem ihr Volker von Falkenstein aus dem Sattel geholfen hatte. Ebenfalls entgegen Balduins Wünschen hatte sie Volker gebeten, sie zu begleiten. Um sich von ihrem immer stärker klopfenden Herzen abzulenken, ließ sie ihren Blick über Mauern und Türme gleiten, während sie auf ihren Gastgeber warteten. Man sah dem Gemäuer sein ehrwürdiges Alter deutlich an. Moose und Flechten hatten sich in den Mauerritzen eingenistet, es roch modrig und dumpf.

Dennoch wirkte die Feste trutzig, wenn nicht sogar bedrohlich. Einst hatten zwischen ihren Erbauern, den Edelherren von Saarbrücken, und den Trierer Erzbischöfen schwere Kämpfe um dieses Besitztum getobt, bei denen die Burg teilweise zerstört worden war. Loretta erwartete jeden Moment, die ruhelosen Geister der Gefallenen aus dem überdachten Brunnen mit seiner brüchigen Umrandung oder den düsteren Winkeln der Gänge auftauchen zu sehen.

Stattdessen trat Balduin mit energischen Schritten in den Hof. Er wurde von zwei Fackelträgern begleitet, da es mittlerweile fast vollständig dunkel geworden war. Zielstrebig eilte er auf Matthias von Starkenburg zu. »Seid mir willkommen, edler …« Er stockte mitten im Satz, als er Lorettas ansichtig wurde. Erst verblüfft, dann überaus zornig starrte er sie an.

Als ein Knecht mit dem Willkommensbecher auf Matthias zugehen wollte, hielt ein brüsker Befehl Balduins ihn zurück.

»Was soll das bedeuten, werter Herr von Starkenburg?«,

knurrte er Matthias an. »Hatte ich Euch nicht ausdrücklich geschrieben, ich würde nur mit Euch verhandeln, nicht jedoch mit der Gräfin Loretta?«

Auch wenn sich Loretta gegen eine solche Begrüßung zu wappnen versucht hatte, trafen Balduins Worte sie wie ein Schlag in den Magen.

»Nein, nein, Ihr irrt Euch«, versuchte Matthias, Balduin zu beschwichtigen. Doch der hörte ihm gar nicht zu.

Er winkte einen Mann in warmer Kleidung aus gutem Wollstoff heran, offensichtlich den Burgvogt. »Osram, bringt diese Gäste für eine Nacht unter und lasst Ihnen eine warme Mahlzeit vorsetzen. Morgen bei Tagesanbruch reisen sie wieder ab.«

Volker, der hinter Loretta stand, entschlüpfte ein kurzer Laut des Unwillens. Der Burgvogt verneigte sich verwirrt und wandte sich schon zum Gehen, als zu Lorettas Überraschung Johannes von Brunshorn das Wort ergriff.

»Edler Herr Balduin, bedenkt, was Ihr tut! Meine Herrin, die edle Gräfin Loretta, hat nur darum gebeten, uns begleiten zu dürfen. Selbstverständlich will sie bei allen Entscheidungen ein Wörtchen mitreden. Schließlich ist sie die Regentin von Starkenburg-Sponheim und vertritt die Interessen ihres unmündigen Sohnes Johannes. Doch sie beugt sich Eurem Wunsch, nicht an den Verhandlungen teilnehmen zu dürfen, obwohl dies, Ihr verzeiht meine Offenheit, den gängigen Gebräuchen in jeder Hinsicht widerspricht.«

Balduin antwortete nichts, sondern schien mit sich zu ringen. Johannes setzte daher alles auf eine Karte. »Doch wenn Ihr Euch weigert, die von Euch selbst vorgeschlagene Unterredung unter diesen Bedingungen durchzuführen, und meiner edlen Herrin dadurch eine weitere Schmach zufügt, verzichten wir auch auf Eure Gastfreundschaft für diese Nacht. Dann suchen wir uns ein Quartier im Weiler Grimburg und nehmen selbst mit einem schlechten Gasthaus vorlieb, anstatt wie Bettler in einem Haus zu logieren, in dem man uns Speis und Trank und ein Nachtlager nur als Almosen gewährt.«

Balduin zögerte noch einen kurzen Moment, dann gab er nach. »Osram, lasst die Kemenate für die Dame und ihre Magd einheizen und zeigt den Herren das Quartier, das Ihr vorbereitet habt. Hernach stellt die Tafeln auf. In einer Stunde erwarten wir unsere Gäste zum Nachtmahl.« Damit wandte er sich zum Gehen.

»Mein Herr!« Die Worte kamen Loretta wie von selbst über die Lippen. »Mein Herr!« Balduin drehte sich um. »Verzeiht mir, wenn ich Eure großzügige Gastfreundschaft nicht vollständig in Anspruch nehmen kann. Lasst mir und meiner Magd ein wenig Speise in die Kemenate bringen. Kein Fleisch, nur etwas Brot und Gemüse. Und einen Trunk frisches Wasser. Mehr möchte ich Euch nicht zur Last fallen.«

Balduins Wangen färbten sich rot. Loretta wusste nicht zu sagen, ob aus Scham oder Zorn. Er verbeugte sich knapp.

»Es soll geschehen, wie Ihr es wünscht, Dame Loretta.« Dann verschwand er im Inneren der Grimburg.

Zitternd vor Zorn, betrat Balduin seine eigene Kammer. Obwohl es bereits winterlich kalt war, rann ihm der Schweiß in Strömen über Stirn und Wangen.

Wie kann sie es wagen, hierherzukommen und sich meinem Wunsch zu widersetzen! Wie kann sie es außerdem wagen, meiner Tafel fernzubleiben, um mich auf diese Weise vor jedermann zu demütigen! Wie kann sie es wagen …

Plötzlich entrang sich seiner Kehle ein Schluchzen. Niemand hätte darüber verblüffter sein können als Balduin selbst. *Wie kann sie es wagen … wie kann sie es wagen …* Die Worte dröhnten in seinem Kopf. Er ballte die Hände so fest zusammen, dass ihm seine Fingernägel ins Fleisch schnitten. *Was ist bloß mit mir los? Hat sie denn tatsächlich einen bösen Zauber*

über mich geworfen, dass mich ihr Anblick so aus der Fassung bringt?
Mit raschen Schritten trat er zu einer Truhe, auf der ein tönerner Krug mit Wein stand. Er füllte einen Becher randvoll und leerte ihn in einem Zug. Danach fühlte er sich ein wenig besser.

Grimburg, November 1327, zwei Tage später

»Loretta, es tut mir leid!« Matthias von Starkenburg hob in einer Geste der Hilflosigkeit die Arme. »Doch Balduin lässt durchaus nicht mit sich reden.«
»Was heißt das, er lässt durchaus nicht mit sich reden?« Volkers Stimme klang scharf. »Er hat uns zu Verhandlungen einbestellt! Da muss er doch auch bereit sein, unserer Position ein wenig entgegenzukommen.«
»Leider sieht es nicht so aus«, warf Johannes von Brunshorn ein. »Es scheint, als wolle uns der Erzbischof seine Bedingungen diktieren, was den Nohfels angeht.«
Loretta spürte, wie ihr Kopf schon wieder zu schmerzen begann. Das Licht des Kandelabers stach ihr ins Auge, in ihrer linken Schläfe begann es zu pochen.
»Sagt mir noch einmal, werte Herren«, bat sie mit schwacher Stimme. »Womit begründet Balduin den Bau der Burg?«
Matthias rang sichtlich um Geduld. Diese Frage hatten sie bereits viele Male erörtert. Dennoch antwortete er beherrscht.
»Der Erzbischof beruft sich auf ein altes Recht als Lehnsherr. Einst war die ganze Gegend um Birkenfeld im Besitz der Trierer Erzbischöfe. Die damaligen Grafen von Sponheim waren lediglich mit der Vogtei belehnt. Das Land selbst gehörte ihnen nicht.«
»Aber bei der Teilung der Grafschaft Sponheim zählte die Birkenfelder Region zu den Kernlanden, die Starkenburg erhielt.

Das wäre doch gar nicht rechtens gewesen, wenn wir das Land nicht besessen hätten.«

Matthias zuckte mit den Schultern. »Die Sponheimer haben das Land Stück für Stück im Laufe von Generationen erworben. Das wisst Ihr doch aus den Urkunden in Eurem Archiv. Und Ihr wisst auch, dass Balduins Vorgänger schwächliche Herrscher waren, denen so mancher Graf ein Stück Land entwendete, um es selbst in Besitz zu nehmen. Darunter auch Sponheimer Edelherren.«

Loretta wechselte das Thema. »Aber was will Balduin denn mit dem Nohfels?«

»Er möchte ein Bollwerk gegen die Verwandten des Kyrburgers, die restlichen Wildgrafengeschlechter, errichten.«

»Das behauptet er«, warf Volker ein. »In Wahrheit ist es auch ein Bollwerk gegen unsere Burg Birkenfels.«

»Das ist wohl wahr, Volker«, bestätigte Matthias. »Doch Balduin beteuert, dass er kein weiteres Land in der Birkenfelder Region beanspruchen will, außer der Burg selbst und einer Bannmeile ringsherum.«

»Wer's glaubt …«, knirschte Volker. Auch Loretta hielt das für unwahrscheinlich.

»Und wenn wir uns weigern?«, warf sie trotzig ein. Dabei massierte sie ihre schmerzende Schläfe. Die drei Herren musterten sie besorgt.

»Also, will mir niemand antworten?«, reagierte Loretta gereizt.

Johannes von Brunshorn ergriff das Wort. »Vorläufig wird gar nichts geschehen, edle Herrin. Im Winter ruht der Bau der Burg weitgehend, es werden höchstens die Innengebäude fertiggestellt. Balduin hat fast einhundert Reisige rund um den Nohfels postiert. Damit ist die Feste so stark bewacht, dass wir sie, zumal bei Eis und Schnee, kaum erobern und schleifen könnten.«

»Und weiter?«

Johannes seufzte schwer. »Außerdem droht uns der Erzbischof

für den Fall eines Angriffs auf den Nohfels damit, einen Fehdebrief auszustellen und unsere ganze Grafschaft mit Krieg zu überziehen, sobald es Frühling wird.«

»Die Starkenburg gilt als uneinnehmbar«, warf Volker kämpferisch ein.

Jetzt seufzte auch Matthias. »Aushungern kann man jede Burg, Volker. Und wollt Ihr wirklich von den Zinnen aus zusehen, wie die Soldaten des Erzbischofs unser fruchtbares Moseltal zerstören? Wie können wir unbefestigte Dörfer wie Trarbach, Enkirch und Kröv beschützen, wenn Balduins Truppen darüber herfallen?«

Vor Lorettas innerem Auge tauchten die Weiber in Balduins Weiler nahe der Baldeneck auf, die seine eigenen Truppen bei der Belagerung von Kastellaun ausgeplündert hatten. Resigniert winkte sie ab.

»Selbst wenn wir in den Krieg mit Balduin zögen, wären wir ihm hoffnungslos unterlegen.« Sie lachte freudlos auf. »Die meisten unserer Freunde sind Lehnsleute von Balduin oder haben ihm als Verbündete die Treue geschworen. Nicht einmal mein eigener Vater könnte mir helfen, denn auch Hunolstein ist mittlerweile ein Trierer Lehen.«

»Also«, wandte sie sich müde an Matthias und Johannes. »Was will der Erzbischof von uns? Weshalb hat er uns hierherkommen lassen?«

»Er begehrt einen Gottesfrieden, Loretta. Ihr sichert ihm zu, dass er Burg Nohfels ungehindert fertigstellen kann, und schwört ihm, von jeder feindlichen Tat Abstand zu nehmen.«

»Und dann lässt auch er uns in Ruhe?«, fragte Loretta ungläubig.

»So ist es, Loretta. Der beidseitig geschworene Gottesfrieden kann nur gebrochen werden, wenn eine Partei der anderen die Fehde erklärt. Solange dies nicht geschieht, passiert weiter nichts.«

»Und doch ist es Erpressung!«, rief Volker leidenschaftlich aus. »Man beraubt uns um einen Teil unseres Landes und zwingt uns dann, es klag- und wehrlos hinzunehmen. Mit nichts als der Macht des Stärkeren!«

»Dennoch hätte es schlimmer kommen können, Volker«, erwiderte Johannes. »Ich habe keinen Beweis dafür, und doch sagt mir mein Gefühl, dass der Erzbischof weniger fordert, als er zunächst beabsichtigt hat.«

Matthias nickte. »Dem kann ich zustimmen.« Er wandte sich an Loretta. »Mich dünkt, den Erzbischof plagte zu guter Letzt sein schlechtes Gewissen, Eure jahrelange Freundschaft so schmählich missbraucht zu haben. Schließlich habt Ihr ihm ja sogar zweimal das Leben gerettet!«

Grimburg, November 1327, am späten Abend

Schlaflos wälzte sich Loretta in den Kissen. Zwar hatte ihr Kopfweh nachgelassen, nachdem ihr eine Kräuterkundige aus dem Gesinde der Grimburg einen Melissen-Aufguss mit einer Prise Bilsenkrautpulver bereitet hatte. Doch jeder Muskel in ihrem Körper schien verspannt zu sein. Dazu war sie tieftraurig.

Da Matthias und Johannes von Brunshorn Balduin noch am Nachmittag Lorettas Zustimmung überbracht hatten, waren sie alle zu einem festlichen Nachtmahl geladen worden. Auch Loretta, die bislang alle Mahlzeiten in der Kemenate eingenommen hatte, konnte diesmal nicht fernbleiben. Mit Gerhilds Hilfe kleidete sie sich in ihr neuestes Festgewand aus kostbarer purpurfarbener Seide, das sie sich vom Sühnegeld des Kastellauners geleistet hatte und das Balduin noch nicht kannte. Dazu trug sie einen mit Goldstickereien verzierten Schleier aus feinstem Seidengespinst unter dem edelsteinbesetzten Schapel ihres Schwiegervaters.

Auch Balduin war festlich in eine Surcotte aus schwerem, violettem Samt gekleidet, die seine dunklen Augen und die bereits leicht ergrauten Schläfen betonte. Den ganzen Abend lang behandelte er Loretta mit ausgesuchter Höflichkeit, als sei sie ein höchst willkommener Gast, nicht eine gerade um ihr Eigentum geprellte Rivalin. Ab und zu glaubte Loretta sogar, einen Funken der alten Leidenschaft in seinen Augen aufblitzen zu sehen. Sie selbst blieb still und in sich gekehrt. Sie antwortete nur, wenn sie etwas gefragt wurde, und stocherte lustlos in den köstlichen Speisen, die Balduin auftischen ließ. Nicht einmal die Gauklertruppe, die die Gäste mit gewagten Kunststücken unterhielt, konnte ihr ein Lächeln abringen.
Und nun lag sie seit Stunden wach in den weichen Federkissen. Bilder aus den glücklichen Zeiten mit Balduin zogen an ihrem inneren Auge vorbei, das Herz lag schwer wie ein Stein in ihrer Brust und schmerzte so stark, dass es kaum zu ertragen war. *Liebe ich ihn denn noch immer?*, fragte sie sich Stunde um Stunde, die quälend langsam verging. Widerstreitende Gefühle und Überlegungen tobten in ihr.
Er hat dich immer wieder aufs schändlichste betrogen!
Aber er ist auch der Mann, der mich die Liebe gelehrt hat, die ich in meiner freudlosen Ehe nie kennengelernt habe.
Er hat nur seine eigene Lust an dir gestillt.
Das ist nicht wahr, auch er hat mich einmal geliebt.
Du machst dir nur etwas vor! Niemand, der einen anderen Menschen liebt, behandelt ihn so respektlos.
Auch ich habe Balduin in seiner Ehre und seinem Stolz verletzt.
Das hat er mehr als verdient.
Schließlich hielt es Loretta nicht länger aus. Mit nackten Füßen trat sie in die Fensternische der Kemenate, schob den schweren Vorhang zur Seite, der die kalten Herbstwinde abhalten sollte, und lugte hinaus.
Was ist das dort drüben für ein Licht? Auf der anderen Seite des

Hofes sah Loretta die Silhouette eines Mannes durch das noch nicht verhängte Fenster. Er stand an einem Schreibpult und arbeitete. *Kann das Balduin sein?*

Sie überlegte. *Wo genau sagte Matthias noch einmal, dass die Urkunden über den Gottesfrieden ausgefertigt werden? Hat er mich nicht ursprünglich sogar gebeten, in die Schreibstube zu kommen und sie dort zu unterzeichnen und zu siegeln? Ich habe mich geweigert, weil ich Balduin bei diesem Akt der Unterwerfung nicht begegnen wollte. Und jetzt kann ich mich nicht mehr daran erinnern. Aber zeigte Matthias nicht aus dem Fenster der Kemenate über den Hof, als er mich bat, mitzukommen?*

Wenn sich Loretta später an das folgende Geschehen erinnerte, erschien es ihr verschwommen und undeutlich wie in einem Traum. Etwas trieb sie mit Macht dazu, sich einen wollenen Umhang über ihr Hemd zu werfen. Auf Zehenspitzen schlich sie mit bloßen Füßen hinaus, um die auf ihrem Strohsack schlafende Gerhild nicht zu wecken.

Wie von unsichtbaren Fäden gezogen, wanderte sie zielsicher durch die eiskalten, nur von einzelnen blakenden Pechfackeln erhellten Gänge, bis sie anhand eines Lichtstreifens unter der Tür die Stube ausgemacht hatte, in der sich Balduin aufhielt.

Zögernd verharrte sie vor dem Eingang. *Was tust du hier?*, warnte sie ihre zornige innere Stimme. *Willst du dich jetzt vollends zur Närrin machen?*

Wir haben uns einst geliebt. Nein, nicht einst! Ich liebe ihn noch immer. Mehr, als ich jemals zuvor einen Mann geliebt habe oder je wieder lieben werde, widersprach die andere Stimme.

Halt ein, halt ein! Du machst dich nur lächerlich! Geh zurück in die Kemenate, bevor dich jemand entdeckt.

Wie gelähmt stand Loretta vor der Tür der Schreibstube, hinter der sie jetzt leise Schritte vernahm.

Auch Balduin kann nicht schlafen. Auch er leidet und sehnt sich nach mir. Plötzlich war sich Loretta dessen vollkommen sicher. *Wenn ich jetzt den Mut aufbringe und diese Tür öffne, wird alles gut werden. Ich lasse Balduin den Nohfels, wenn er verspricht, sich nicht weiter an meinen Ländereien um Birkenfeld zu bereichern und mir keinen weiteren Tort zuzufügen. Was ist eigentlich so schlimm daran, wenn es dort zwei Trutzburgen gegen die Wildgrafen gibt, wenn wir wieder verbündet und in Liebe vereint sind?*

Schließlich drehte sie den Knauf und öffnete die Tür. Sie quietschte vernehmlich in den Angeln, als Loretta sie einen Spalt weit aufstieß, um hindurchzulugen. Entsetzt verharrte sie mitten in der Bewegung. Balduin war tatsächlich im Raum, doch er war nicht allein. Ein junger Mann im schlichten Gewand eines Priesters stand am Pult. Das musste Balduins neuer Schreiber sein. Loretta erinnerte sich, dass Matthias so etwas erwähnt und sie den Mann auch beim Nachtmahl gesehen hatte.

Ihr Instinkt befahl ihr, auf dem Absatz umzudrehen und zu flüchten. Doch ihr Stolz hielt sie zurück. Stattdessen betrat sie den Raum.

Die Verblüffung in Balduins Gesicht verwandelte sich in Unwillen, wenn nicht sogar Zorn. Er verbeugte sich knapp. »Mich dünkt, werte Dame, Ihr habt Euch verirrt. Gab es keine Nachtschüssel in Eurer Schlafkammer, so dass Ihr den Weg zum Abtritt sucht?«, fragte er grob.

Loretta spürte, dass ihr Gesicht heiß wurde. Mit dem Mut der Verzweiflung antwortete sie. »Mein Herr, ein Gedanke ließ mich die ganze Nacht nicht zur Ruhe kommen. Lasst uns die Sache, deretwegen ich auf die Grimburg gekommen bin, noch einmal gütlich besprechen. Ich bin sicher, ich habe einen guten Vorschlag, der Euch zusagen wird.«

Balduin musterte sie von oben bis unten. Sein Blick war kalt

und anzüglich zugleich, als hätte er eine Dirne vor sich. »Meine Dame, mich dünkt, Ihr seid weder zur angemessenen Stunde noch in angemessenem Aufzug erschienen. Die Verhandlungen sind abgeschlossen, die Urkunden unterzeichnet. Weiter gibt es nichts zu bereden.« Er wandte sich an den Priester.
»Herrmann, richtet der Dame Loretta aus, ich sei mit wichtigen Amtsangelegenheiten beschäftigt. Dann geleitet sie sicher zurück in ihre Kammer.«
Wie erstarrt ob der Demütigung und Zurückweisung wankte Loretta mehr, als dass sie ging, hinter dem Schreiber zurück zur Kemenate. Den Ausdruck von plötzlicher Reue auf Balduins Antlitz sah sie nicht mehr.

Völlig aufgewühlt starrte Balduin Loretta nach, die wie eine gebrochene alte Frau hinter seinem Schreiber den Raum verließ. Vergeblich bemühte er sich, den Zorn wiederzubeleben, der ihn zunächst bei ihrem Anblick ergriffen hatte.
Weshalb ist sie nur gekommen? Im Hemd, mit bloßen Füßen unter dem Umhang? Worüber wollte sie mit mir sprechen? Oder … wollte sie gar nicht mit mir sprechen? Plötzlich regte sich ein Verlangen nach Loretta in ihm, wie er es nach all der Wut und dem Trotz der vergangenen Monate nicht mehr für möglich gehalten hatte. *Sollte sie gekommen sein, um mir statt des erzwungenen Gottesfriedens unsere vollständige Versöhnung anzubieten? Warum sonst hätte sie diese nächtliche Stunde gewählt? Über den Nohfels hätte sie auch nach dem Frühmahl mit mir sprechen können, wenn sie es sich wirklich noch einmal anders überlegt hat.*
An Schlaf war in dieser Nacht nicht mehr zu denken, obwohl er Herrmann sofort zu Bett schickte, nachdem er zurückgekehrt war.
Ich werde Loretta morgen früh um eine Unterredung unter vier Augen bitten, beschloss er schließlich. *Wenn sie gekommen ist,*

um mir die Versöhnung anzubieten, werde ich mich dem nicht verweigern. Erst als er zu diesem Entschluss gekommen war, versank Balduin in einen unruhigen Schlummer.

Er schreckte auf, als der Himmel noch vollkommen dunkel war. Im Burghof war das Klappern von Pferdehufen zu hören, ebenso leise Stimmen. Balduin sprang aus dem Bett. Er sah gerade noch, wie Loretta mit ihrem Gefolge im Tortunnel verschwand.

Auf dem Rückweg zur Starkenburg, November 1327

Loretta schwankte bedrohlich, als ihre Stute Ceres über eine Wurzel stolperte. Sie wäre fast aus dem Sattel gestürzt, wenn Volker, der an ihrer Seite ritt, sie nicht geistesgegenwärtig aufgefangen hätte. Erschrocken sah er sie an. »Herrin, was ist mit Euch? Seid Ihr krank?«

Aus rotgeränderten Augen erwiderte Loretta seinen Blick. »Nein, mein getreuer Freund. Ich muss vor Erschöpfung etwas eingenickt sein.«

Volker nickte wissend. »Ihr habt wohl nur wenig Ruhe in dieser Nacht gefunden? Ist das der Grund, dass Ihr so früh aufbrechen wolltet?«

Loretta wandte das Gesicht ab und bemühte sich, Haltung zu bewahren. Selbst in ihrem unruhigen Schlummer hatte sie noch den furchtbaren Schmerz gespürt, der sie seit Balduins demütigender Zurückweisung schlimmer peinigte als je zuvor. Nun, da sie wach war, quälte er sie noch stärker.

Volker, der ihren Zustand zu erahnen schien, wenn auch nicht in seinem ganzen Ausmaß, meinte rücksichtsvoll: »Es war grauenvoll auf der Grimburg, Herrin. Niemals mehr möchte ich diesen Ort betreten, an dem man Euch so niederträchtig behandelt hat. Sobald wir wieder zu Hause sind, müsst Ihr Euch ausruhen und diese Schmach vergessen. Der Kurfürst von Trier ist Euer

Leid nicht wert. Wer Freundschaft und Loyalität derart mit Füßen tritt, ist ein nichtswürdiger Schurke.«
Wieder antwortete Loretta nicht, um nicht doch noch in Tränen auszubrechen. Stattdessen zog sie den Reiseschleier, den sie unter der Kapuze trug, vor ihr Gesicht. Sie war dankbar dafür, dass Volker nicht weiter in sie drang.
Wieder begannen die Gedanken in ihrem Kopf zu kreisen. *Warum, warum nur hat mir Balduin das angetan? Warum hat er keinen Funken von Volkers Treue und Anstand in sich? Hätte nicht mein tapferer Ritter so viel mehr Gründe, mich mit Verachtung zu strafen? All die Jahre hindurch hat er sich nach mir verzehrt. Ich wusste es wohl, auch wenn ich es nie wahrhaben wollte. Doch selbst jetzt, wo er weiß, welchem Schuft ich mich hingegeben habe, kommt keine Silbe des Tadels über seine Lippen. Dabei ist auch er ein stattlicher Mann, sogar jünger als Balduin. Warum nur habe ich ihn derart missachtet und mein Herz und meinen Verstand an diesen Schurken verschwendet?*
Wieder stolperte Ceres auf dem unebenen Weg durch den Hunsrücker Wald, wieder schwankte Loretta im Sattel.
»Herrin, möchtet Ihr ein wenig rasten?«
Sie griff die Zügel fester. »Nein, Volker. Wie Ihr schon sagtet, ich möchte so schnell wie möglich nach Hause. Wir reiten bis zum Einbruch der Dämmerung. Erst dann suchen wir uns ein Quartier für die Nacht.«
Um ihren Worten Nachdruck zu verleihen, richtete sie sich kurz im Herrensattel auf und drückte Ceres dann die Sporen leicht in die Weichen, so dass die Stute in einen schnelleren Schritt fiel. Da der Pfad sich verengte, blieb Volker notgedrungen hinter ihr zurück.
Loretta versuchte, sich auf den Weg und den vor ihr reitenden Teil ihres Begleittrupps zu konzentrieren. Doch wieder holten die Selbstvorwürfe sie ein.

Auch als Regentin habe ich jämmerlich versagt. Anstatt das Erbe Hänsels zu mehren, wie ich es meinem Schwiegervater Johann versprochen habe, habe ich Chancen verspielt und nun sogar Land und Einfluss verloren. Immer habe ich falsche Rücksicht auf Balduin genommen. Für meinen Beistand in der Schmidtburger Fehde habe ich nichts verlangt und nichts erhalten als die Hälfte der Burg Dill, die mir ohnehin schon gehörte. Noch dümmer habe ich mich nach dem Kampf mit Walram von Kastellaun gebärdet. Weibische Schwäche hat mich dazu veranlasst, mich mit einem Almosen abzufinden, während Balduin die reiche Handelsstadt Kirchberg zur Gänze gewann. Anstatt meine Interessen und die meines Sohnes zu wahren, habe ich mich von meinem Mitgefühl für Walrams Weib leiten lassen, deren Schicksal mich nicht das Geringste anging. Balduin jedenfalls war sie vollkommen gleichgültig, obwohl er sogar mit ihr verwandt ist.

Der Schmerz in ihrer Brust wurde so stark, dass er Loretta fast den Atem nahm. Sie sah Matthias' vorwurfsvolle Miene wieder vor sich.

Und so habe ich diese Schande ganz alleine verschuldet. Matthias hat es vorhergesehen. Warum sollte ein Machtmensch wie Balduin mich respektieren oder sogar meinen Zorn fürchten, wenn er mich nur für ein schwaches törichtes Weib hält? Oh, hätte der Dolch des Kyrburgers doch sein Ziel getroffen, dann hätte ich wenigstens um meine verlorene Liebe weinen können. So werde ich mich bis an mein Totenbett dafür schämen, einen Mann geliebt zu haben, der es nicht wert war, und deswegen meine Pflichten als Regentin hintangestellt zu haben.

Ein Zweig schnellte Loretta ins Gesicht und unterbrach ihre nutzlosen Grübeleien. Der scharfe körperliche Schmerz auf ihrer Wange riss sie zurück ins Hier und Jetzt und überdeckte den seelischen Schmerz, zumal der Striemen auch noch zu bluten begann. Sie zog ein Tuch unter dem Umhang hervor und hielt

es sich an die Wunde. Hinter sich hörte sie wieder Volkers besorgte Stimme.
»Herrin, seid Ihr verletzt?« Unwillig schüttelte Loretta den Kopf. Plötzlich war sie des Selbstmitleids und ihrer offensichtlichen Bedürftigkeit überdrüssig. Ihre Niedergeschlagenheit verwandelte sich in Wut gegen Balduin.
Was jammere ich um den Kerl wie ein altes Waschweib! Er ist um keinen Deut besser als der schurkische Wildgraf! Und den habe ich dereinst in die Knie gezwungen!
Dereinst? Das war noch gar nicht so lange her! Plötzlich begann ein Gedanke in ihr zu reifen, anfangs vage und verschwommen, bis er sich mit jeder Meile, die sie zurücklegte, Stück für Stück zu einem Plan ausformte. Er war tollkühn und unerhört. Nie zuvor hatte jemand etwas Ähnliches gewagt, schon gar keine Frau.
Sie leckte sich über die aufgesprungenen Lippen. *Und genau aus diesem Grund kann er gelingen!*

Starkenburg, November 1327, drei Tage später

»Volker, mein lieber Freund! Ich danke Euch herzlich, dass Ihr gekommen seid!« Mit einem warmen Lächeln und ausgestreckten Händen trat Loretta auf den Ritter zu.
Volker spürte, wie ihm ein Stein vom Herzen fiel. Seit ihrer Ankunft auf der Starkenburg hatte er Loretta nicht mehr gesehen. Als sie vorgestern am späten Abend im strömenden Regen eingetroffen waren, hatte sich die Gräfin vor Erschöpfung kaum noch im Sattel halten können. Doch nun sah sie frisch und ausgeruht aus, ihre Haut hatte wieder einen rosigen Schimmer, ihre blauen Augen leuchteten.
Volker verneigte sich mit der Hand auf dem Herzen. »Ich bin überaus erleichtert, dass Ihr so wohl seid, Herrin. Ich war in größter Sorge um Euch.«

Loretta winkte ab. »Ich habe zwei Nächte und einen ganzen Tag fast nur geschlafen, Volker. Nun geht es mir wieder gut.«
Sie ergriff seine Hand und zog ihn in die Fensternische der Kemenate. »Gerhild, lauf in die Küche und besorge uns warmen Würzwein! Und sag der Köchin, sie soll reichlich Zimt und Ingwer hineintun!«
Volkers Herzschlag beschleunigte sich. Offensichtlich wollte Loretta mit ihm allein sein. Was hatte das zu bedeuten?
Tatsächlich lächelte sie verschmitzt. »Die Magd wird so rasch nicht zurückkommen, Volker. Zeit genug, um Euch ins Vertrauen zu ziehen! Ich habe einen Plan ausgeheckt, wie ich es Balduin heimzahlen kann! Ihr seid der Erste, dem ich davon berichten möchte. Doch Ihr müsst schwören, vorläufig jedes Wort für Euch zu behalten!«
Er nickte verwirrt. »Ich schwöre es bei meinem Seelenheil, Herrin! So sprecht, wenn es Euch beliebt.«
Anfangs ungläubig, dann erschrocken und schließlich zunehmend fasziniert lauschte Volker Lorettas Worten. Was war diese Frau doch nur für ein tollkühnes Weib! Dergleichen fand sich im ganzen christlichen Abendland nicht noch einmal!
»Also, Volker, was sagt Ihr dazu? Sprecht offen und freiheraus!« Ihre Wangen glühten mittlerweile vor Aufregung; sie war schöner denn je!
»Herrin, Ihr seht mich fassungslos ob der Kühnheit dieses Vorhabens! Glaubt Ihr wirklich, es kann gelingen?«
Lorettas Augen nahmen den eisigen Ausdruck an, den er aus früheren Zeiten, in denen sie die Rechte der Grafschaft verteidigt hatte, schon kannte.
»Die Starkenburg ist uneinnehmbar, Volker! Das habt Ihr selbst erst vor wenigen Tagen gesagt!«
»Ihr habt recht, Herrin! Doch Ihr riskiert Eure sofortige Exkommunikation!«
Loretta machte eine wegwerfende Handbewegung. »Diese

Zuchtrute der Kirche hat seit Canossa gewaltig an Schrecken eingebüßt, Volker! Könige und selbst Kaiser wurden wieder und wieder exkommuniziert! Befindet sich nicht unser eigener König Ludwig gerade wieder einmal im Stande der Todsünde? Und kniet er im Staub vor dem Greis auf dem Papstthron? Oh nein, wie mir mein Oheim Matthias berichtet hat, denkt er sogar daran, einen Gegenpapst zu ernennen, um endlich zum Kaiser gekrönt zu werden!«

Volkers Erstaunen wuchs genauso wie seine Bewunderung. »Ihr müsst einen Spitzel an Balduins Hof entsenden, damit wir alle Vorbereitungen rechtzeitig treffen können!«

Lorettas Antlitz begann zu strahlen. »So heißt Ihr den Plan gut, Volker, und wollt mein Bundesgenosse werden?«

Wenn sie so aussah, war sie unwiderstehlich! »Mein Schwert gehört Euch gleichermaßen wie mein Herz, Herrin. Ich würde Euch in die Hölle folgen, wenn Ihr es befehlen würdet!«

Loretta lachte fröhlich. »Zu befehlen habe ich Euch in dieser Sache gar nichts, Volker! Nur zu bitten! Auch Ihr riskiert die Exkommunikation!« Einen Moment wich ihr Lächeln einem prüfenden Blick. »Sagt offen, fürchtet Ihr das?«

Spontan schüttelte er den Kopf. »Das fürchte ich nicht, Herrin. Und auch andere Ritter Eures Gefolges werden Euch unterstützen, da bin ich mir sicher!«

Loretta lachte wieder. »So sei es denn, Volker. Lasst uns dann Einzelheit um Einzelheit traulich beraten. Ich werde als Erstes meinen Oheim Matthias bitten, mir einen loyalen Priester zu empfehlen, der sich an Balduins Hof begeben soll. Sicher kennt er jemanden in Aachen, der keinen Verdacht auf sich ziehen wird, mit uns im Bunde zu sein!«

Sie legte Volker spielerisch ihren Zeigefinger auf die Lippen. »Doch bis zum Frühling bleibt dieser Plan unser beider Geheimnis, Volker! Vorher können wir ohnehin nichts unternehmen!«

Spontan griff er nach ihrer Hand und presste einen Kuss darauf. Täuschte er sich, oder wurden ihre Eisaugen weich?
Die Worte drängten sich wie von selbst über seine Lippen. »Darf ich hoffen, Herrin?«
Loretta zog ihre Hand zurück und strich ihm sanft über die Wange. »Versprechen kann ich Euch heute nichts, Volker! Solange ich für meinen Sohn die Regentschaft wahrnehme, bin ich nicht frei! Doch Hänsel wird schon in wenigen Jahren mündig sein und selbst regieren. Wenn Ihr noch so lange warten wollt, wird man weitersehen!«

Kapitel 30

Kurfürstlicher Palast zu Trier, Mai 1328

Also versagen Wir Euch die Anerkennung als Kurfürst und Erzbischof von Mainz. Wir sind zu der Auffassung gelangt, dass Ihr dieser hohen Ehre nicht würdig seid.«
Obwohl dieses Votum des greisen Papstes Johannes XXII. für Balduin keine wirkliche Überraschung war, waberten rote Schwaden der Wut vor seinen Augen. Er kannte die steile gestochene Handschrift des Schreibers. Sie gehörte ohne Zweifel Remigius, dem der Papst seine Botschaft an ihn in die Feder diktiert hatte. Schon Balduins Spitzel in Avignon hatten berichtet, dass sein ehemaliger Sekretär am Hof des Papstes rasch Karriere gemacht hatte und mittlerweile zu Johannes' engsten Vertrauten gehörte.
Doch am meisten ärgerte Balduin, dass Remigius' Vorwürfe über seinen unsittlichen Lebenswandel dem Papst einen unschlagbaren Vorwand lieferten, die wahren Motive für seine

Ablehnung zu verschleiern. Hinter seiner Weigerung, Balduin als Mainzer Kurfürsten anzuerkennen, obwohl ihn das Domkapitel kürzlich einstimmig zum Nachfolger des verstorbenen Amtsvorgängers Matthias von Bucheck gewählt hatte, standen ausschließlich politische Gründe.
Denn der Streit des deutschen Königs Ludwig des Bayern mit Johannes XXII. war vor wenigen Monaten noch einmal eskaliert: Ludwig ließ sich ohne Zustimmung des Papstes vom römischen Volk zum Kaiser krönen und machte darüber hinaus seine Drohung wahr, einen Gegenpapst zu ernennen. Balduin, der seit jeher als Parteigänger Ludwigs galt, war Johannes deshalb ein Dorn im Auge. Es lag daher auf der Hand, dass der Papst nun noch weniger Interesse daran hatte, Balduins ohnehin schon starke Position im Deutschen Reich mit der Verleihung der doppelten Kurfürstenwürde weiter zu verfestigen und auszubauen.
Plötzlich durchzuckte ein scharfer Schmerz Balduins Kiefer. Entsetzt stellte er fest, dass er die Zähne so fest zusammengebissen hatte, dass ein Stück eines Backenzahns herausgebrochen war. Er spuckte es aus und drehte den elfenbeinfarbenen Splitter in seinen Fingern. In seinem Mund pochte es dumpf. Nun würde er vor seiner Abreise nach Koblenz sogar noch den Bader einbestellen müssen, um sich womöglich einen Zahn ziehen zu lassen.
»Ludwig!«, rief er seinen neuen Sekretär herein, den er erst vor wenigen Wochen anstelle von Herrmann, mit dem er nicht zufrieden gewesen war, in sein Amt berufen hatte. »Ludwig, wann soll das Boot morgen ablegen?«
Der junge Mann in der schwarzen Kutte des Benediktiners sah ihn verwundert an. »Ihr wolltet bei Sonnenaufgang aufbrechen, edler Herr. So hatte ich Euch verstanden.«
»Jaja«, winkte Balduin ungeduldig ab. »Ist alles bereit?«
»Selbstverständlich, Herr.« Der Mönch verneigte sich. »Euer

Leibknecht hat das Reisegepäck bereits gerichtet, alle notwendigen Urkunden habe ich selbst zusammengestellt.«

»Sagt Paulus, er soll noch ein paar Ersatzgewänder einpacken! Und Ihr sucht mir alle Schreiben des Mainzer Domkapitels zusammen. Vielleicht reise ich von Koblenz aus weiter nach Mainz!«

Der Schreiber wirkte wieder erstaunt, stellte aber keine Fragen. »Ich werde das Nötige veranlassen, Herr.«

Er war schon halb aus der Tür, da rief ihn Balduin zurück. »Und schickt einen diskreten Boten zum Haus der Witwe Trude. Es ist nicht nötig, dass sich die Dame heute Abend hierherbemüht. Ruft mir stattdessen Meister Sigurd, den Bader, herbei.«

Angesichts der schlechten Neuigkeiten aus Avignon und seiner stärker werdenden Zahnschmerzen war Balduin der Sinn nach einem Abschiedstechtelmechtel vergangen. Immerhin war die dralle Böttcherwitwe zumindest ab und an in der Lage gewesen, ihn von seinen trüben Gedanken an Loretta abzulenken, die ihn nach wie vor heimsuchten.

Mit Unbehagen dachte er nun daran, dass er auf seiner Reise moselabwärts auch die Starkenburg passieren würde. Lieber wäre er nach Koblenz geritten und hätte einen weiten Bogen um diesen erinnerungsschweren Ort geschlagen. Doch ein entzündetes Furunkel hinderte ihn am Reiten und bereitete ihm selbst beim Sitzen auf weichen Kissen Beschwerden.

Ich werde ein alter Mann mit immer mehr Gebrechen, durchfuhr es ihn plötzlich. Er war jetzt dreiundvierzig Jahre alt. Gedankenvoll fuhr er sich mit der Zunge über den abgebrochenen Zahn. *Werde ich noch die nötige Kraft aufbringen, um meine Ziele zu erreichen? Oder nähert sich mir schon der Gevatter Tod?*

Er schüttelte sich leicht. *Andererseits,* versuchte er, sich zu beruhigen, *ist nicht mein ärgster Widersacher ein Greis von weit über achtzig Jahren? Wie eine Spinne sitzt er in seinem Netz in*

Avignon und will durchaus noch nicht sterben. Und lässt mich einen hohen Preis für meine Liebelei mit Loretta bezahlen, flammte sein Grimm wieder auf.
Loretta! Seit ihrem überstürzten Aufbruch von der Grimburg hatte er nichts mehr von ihr gehört. Einige Formalitäten hatte sie über ihren Oheim Matthias erledigen lassen. Balduin verstand die dahinterstehende Botschaft sehr wohl. Sie lehnte jeden Kontakt zu ihm ab, seitdem er sich auf der Grimburg geweigert hatte, mit ihr zu sprechen. Unerklärlicherweise wurmte ihn das.
Immerhin hält sie sich an den Gottesfrieden. Halb hatte Balduin im Frühjahr schon erwartet, dass ihn ein Fehdebrief der streitbaren Gräfin erreichen würde. Doch Loretta hielt Ruhe. Die Bauarbeiten an der Burg Nohfels schritten ungehindert voran, im Sommer würde die Feste bezugsfertig sein.
Trotzdem hatte er in den letzten Monaten immer wieder darüber gegrübelt, welchen Vorschlag Loretta ihm in der letzten Nacht auf der Grimburg wohl unterbreiten wollte. *Hätte es doch noch eine andere Lösung gegeben?* Unwillig schüttelte er den Kopf, was ihm erneut einen scharfen Schmerz im Kiefer einbrachte.
Müßige, sinnlose Gedanken!, rief er sich selbst zur Ordnung. *Nun gilt es, Größeres zu gewinnen als eine läppische Burg im Hinterland. Ich werde mir die Würde des Mainzer Kurfürsten nicht widerstandslos nehmen lassen. Loretta wäre mir dabei ohnehin keine Hilfe, sondern eher eine nutzlose Last.*
Trotzdem spürte er beständig ein leises Bedauern – wenn nicht sogar Schmerz in seiner Brust.
Es pochte an der Tür. Meister Sigurd, ein stämmiger untersetzter Mann, trat ein. Er verneigte sich.
»Hat sich das Furunkel erneut mit Eiter gefüllt, Herr?«, fragte er. »Soll ich es noch einmal aufschneiden?«
»Das wird hoffentlich nicht erforderlich sein, Meister Sigurd«,

seufzte Balduin. »Ein neues Gebrechen hat mich soeben heimgesucht. Ein Stück eines Backenzahns ist abgebrochen.«
Sigurd griff nach seiner Tasche und entnahm ihr einige sehr bedrohlich wirkende Instrumente. Balduin stöhnte innerlich.
»Nun öffnet den Mund, edler Herr, und lasst mich einmal nachsehen!«
Wenn überhaupt etwas Gutes über die folgende Stunde zu sagen war, bestand es darin, dass Balduin weder einen weiteren Gedanken an Papst Johannes noch an Gräfin Loretta verschwendete.

Starkenburg, Mai 1328, zwei Tage später

Als Loretta in den Burghof eilte, keuchte der Bote noch immer und hielt sich die schmerzende Seite. Er war im Laufschritt den steilen Pfad vom Moselufer bis zur Starkenburg hinaufgerannt.
»Erzbischof Balduin ist gestern Abend in Bernkastel eingetroffen und wird seine Reise heute Morgen fortsetzen«, japste er.
Loretta erschrak. »Warum erfahren wir das erst jetzt?«, schnauzte sie den Boten an.
Der zuckte mit den Schultern. »Ich weiß es auch nicht, Herrin. Möglicherweise konnte sich Euer Kundschafter erst heute Nacht aus der Burg schleichen. Jedenfalls warf er mich vor Morgengrauen aus dem Bett, damit ich Euch die Nachricht überbringe. Er wird versuchen, die Abreise des Erzbischofs zu verzögern, damit genügend Zeit für die Vorbereitungen bleibt.«
In diesem Moment trat Volker hinzu. Nachdem ihn Loretta ins Bild gesetzt hatte, lächelte er beruhigend.
»Es ist erst um die achte Stunde, Herrin. Selbst wenn der Kurfürst um die sechste Stunde aufgebrochen wäre und deshalb die Frühmesse versäumt hätte, bliebe uns noch genügend Zeit. Ich glaube allerdings eher, dass Balduin später an Bord gegangen ist,

zumal wenn ihn Bruder Ludwig durch eine List aufgehalten hat.«
»Ich hoffe, Ihr habt recht, Volker.« Loretta war so aufgeregt, dass ihr das Herz bis zum Halse schlug. »Nun sputet Euch!«
»Gemach, Herrin«, beschwichtigte sie Volker. Dann bestieg er die Wehrmauer und trat an die Brüstung. Dort schwenkte er eine Fahne mit dem Starkenburg-Sponheimer Wappen, dem Schachbrettmuster in Rot und Silber. Wenig später beobachtete Loretta, wie ein von acht Ruderern bewegtes Boot ans andere Moselufer überzusetzen begann. Selbst auf die Entfernung hin konnte sie erkennen, dass sich die Männer mächtig in die Riemen legen mussten, um es voranzutreiben. Ängstlich verfolgte sie das Geschehen und atmete erst auf, als das Boot sicher am anderen Ufer angelandet war.
»Und Ihr meint, die Kette ist stark genug, um das Schiff Balduins aufzuhalten?«
Volker nickte. »Sobald sich der Erzbischof nähert, geben wir den Gespannführern von der Höhe aus das vereinbarte Zeichen. Dann ziehen auf jeder Flussseite acht starke Ochsen die Kette straff. Gleichzeitig setzen sich die Boote mit Euren Rittern, die sich als Fischer verkleidet haben, in Bewegung und kreuzen in der Mitte des Flusses. Selbst wenn die Kette das leichte Schiff des Kurfürsten nicht aufhalten kann, kreisen wir es ein und entern es. Ihr werdet sehen, der Plan gelingt!«
Loretta nickte zaghaft. Es war nicht auszudenken, was geschehen würde, wenn Balduin aus der Falle, die sie ihm heute stellen wollten, entkäme. Er würde ihr ganzes Land mit Krieg überziehen, so viel stand fest.
»Herrin?« Volker riss sie aus ihren Gedanken. Er schaute sie voller Wärme an, als sie den Blick hob. »Ich gehe nun, unsere Truppe zusammenzurufen und mein Kettenhemd samt Waffenrock gegen den Kittel eines Fischers zu tauschen.«
Wenig später sah Loretta ihre treuen Gefolgsleute den Weg zur

Mosel hinabsteigen. Ihre Augen wurden vor Rührung feucht. All ihre Ritter hatten sich Volkers Aufruf angeschlossen, um den Erzbischof auf diese Weise zu bezwingen. Nicht nur Nikolaus von Schonenberg und die Brüder Emmerich und Hugo von Breitenfels, die bereits Friedrich von Kyrburg festgesetzt hatten, meldeten sich begeistert, nein, auch die Edelknechte Richwin von Mielen, Nikolaus von Neuerburg und Bertram von Feckweiler waren dabei. Selbst Egbert von Randeck, den Loretta spätestens seit der Kastellauner Fehde nicht besonders schätzte, machte mit. Alle zusammen waren sie fünfzehn Recken und damit doppelt so viele Männer, wie Balduin laut Bruder Ludwig begleiteten.

Nur gegen die Teilnahme Johannes' von Brunshorn erhob Loretta Einspruch. Er hatte den Gottesfrieden auf der Grimburg mit verhandelt, und Loretta befürchtete, Balduin würde besonders erzürnt sein, wenn auch er sich der Gruppe anschlösse. Noch mehr Öl als nötig ins Feuer gießen wollte sie nicht. Zumal sie Johannes erneut bei den bevorstehenden Verhandlungen als treuen Ratgeber brauchen würde.

Seit Frühlingsbeginn warteten sie und ihre Männer nun auf die passende Gelegenheit. Mehrmals schon hatten sie zu spät von einer Reise Balduins durch den Hunsrück erfahren. Einmal verfehlten ihre Getreuen ihn nur um eine Stunde, da er früher aufgebrochen war, als sie erwartet hatten.

Dies war nun ihre vorerst letzte Chance, wie sie dem Schreiben von Bruder Ludwig entnommen hatte. Gleichzeitig allerdings ihre bislang größte!

»Der Erzbischof hat sich entschlossen, zu Schiff nach Koblenz zu reisen, da ihn eine Entzündung am Reiten hindert. Dort wird er sich einige Wochen lang aufhalten, um wichtige Amtsgeschäfte zu erledigen. Er will in der Woche vor Pfingsten aufbrechen, um das hohe Fest feierlich in Koblenz zu zelebrieren.«

Seitdem das Schreiben durch einen Eilkurier eingetroffen war,

herrschte hektische Betriebsamkeit auf und rund um die Burg herum.
Nikolaus von Schonenberg hatte die Idee, das leichte Schiff mittels einer schweren Eisenkette zu stoppen. Alle verfügbaren Schmiede aus den umliegenden Moseldörfern wurden zusammengerufen, um zuvor requirierte Ketten aneinanderzuschmieden und noch weitere fehlende Teile zu ergänzen. Sie arbeiteten Tag und Nacht. Das Echo ihrer schweren Hämmer hallte weit durch das Moseltal, die Glut der Feuer leuchtete schon von weitem. Dennoch hatten Volker und seine Männer es fertiggebracht, den wahren Zweck dieser Aktion bislang geheim zu halten.
Trotz Volkers Zuversicht blieb Loretta unruhig. Rastlos wanderte sie auf der Wehrmauer auf und ab und hielt immer wieder Ausschau nach einem Schiff. Von der Höhe der Starkenburg aus konnte sie alle Moselschleifen vor Trarbach überblicken, während Balduins Steuermann nur Sicht auf die Flussstrecke hatte, die unmittelbar vor der nächsten Biegung lag. Auch das war ein unbestreitbarer Vorteil zu ihren Gunsten.
Ist dies wirklich ein Vorteil?, flüsterte ihr ihre weibliche innere Stimme zu, die sie bereits seit einer Woche mit Zweifeln plagte. *Balduin ist vollkommen ahnungslos und vertraut auf den Gottesfrieden, den du ohne Fehdebrief brechen willst.*
Er ist nicht ahnungslos, sondern überheblich, entgegnete die Stimme der kämpferischen Regentin. *Er nimmt dich so wenig ernst, dass er mitten durch dein Gebiet fährt, nicht achtend, ob er dich damit provoziert. Er tut gerade so, als gäbe es dich nicht.*
Plötzlich erspähte Loretta das weiße Segel eines sich nähernden Schiffes. Es blähte sich in der leichten Frühlingsbrise, die mittlerweile eingesetzt hatte.
Sie kniff die Augen gegen die gleißende Sonne zusammen. Tatsächlich, am Bug wehte das Banner des Trierer Kurfürsten, das rote Kreuz auf weißem Grund.

Auf Balduins Schiff, Mai 1328

Missmutig legte Balduin die Feder ab und betrachtete den beachtlichen Tintenklecks auf dem Brief, den er gerade aufzusetzen begonnen hatte. Nun rollte das Schiff in den leichten Wellen der Mosel zur anderen Seite. Das Tintenfass stürzte um, fiel vom Tisch und zerbrach klirrend auf den Planken. Sein Inhalt spritzte über Balduins Beinlinge und die weichen teuren Lederhalbstiefel, die er erst seit einigen Tagen besaß. Wütend begutachtete er das Malheur. Aus unerfindlichen Gründen stand diese Reise unter keinem guten Stern.

Um sich zu beruhigen, stieg er an Deck, trat an die Reling und atmete die frische Frühlingsluft tief ein. Das Schiff schaukelte in der leichten Brise, die gerade aufgekommen war. Balduin spürte eine leichte Übelkeit, die er von früheren Reisen zu Wasser nicht kannte.

Es muss mit dem gezogenen Backenzahn zu tun haben. Noch immer war seine Wange bläulich verfärbt und geschwollen. Wie ein Berserker hatte ihn der Bader mit seiner Zange traktiert, da der Zahn so fest im Kiefer gesessen hatte. Unwillkürlich fuhr sich Balduin erneut mit der Zunge über die Wunde.

Das Schiff steuerte auf die nächste Flussbiegung zu. Unvermittelt tauchte die Starkenburg auf den Höhen des rechten Moselufers auf. Obwohl Balduin sich für den Anblick gewappnet hatte, traf er ihn stärker, als er es für möglich gehalten hätte. Zumal er noch gar nicht damit gerechnet hatte. Zu oft war er in den letzten Jahren vom Hunsrück her kommend dort eingetroffen, so dass ihm die Uferstrecke nicht mehr allzu vertraut war.

Trotzig richtete er den Blick nach vorn. Was vorbei war, war vorbei. In der Moselmitte tummelten sich einige Fischerboote. Erstaunlicherweise ruderten ihre Insassen nicht zur Seite, obwohl sie das Schiff kommen sahen. Balduin kniff verwirrt die Augen zusammen. Was hatte das zu bedeuten?

Als sie auf der Höhe der Starkenburg waren, ruckte das Schiff aus heiterem Himmel so plötzlich, als wäre es auf einen Felsen gelaufen. Balduin verlor das Gleichgewicht und stürzte auf die Knie. Er rappelte sich gerade auf, als er den ersten Fischer über eine Strickleiter an Bord kommen sah. Über dem Kittel trug er ein Wehrgehänge mit Schwert und Dolch.

»Seid Ihr jetzt ganz und gar von Sinnen? Es herrscht Gottesfrieden zwischen Eurer Herrin und mir! Wie könnt Ihr es wagen, ihn ohne Fehdebrief zu brechen?«, fuhr Balduin, der den ersten Schreck noch nicht ganz überwunden hatte, Volker von Falkenstein an. Hinter ihm standen einige weitere ihm bekannte Burgmannen Lorettas.

Volker machte einen spöttischen Kratzfuß. »Wer spricht denn vom Bruch des Gottesfriedens? Meine edle Herrin lädt Euch zu einer Rast auf ihrer Burg ein. Schließlich seid Ihr dort nicht das erste Mal zu Gast.«

Balduin musterte ihn scharf. Hatte er sich gerade verhört, oder klang da tatsächlich ein sarkastischer Unterton in der Stimme des Ritters mit?

»Ich denke nicht daran, dieser zweifelhaften Einladung Folge zu leisten«, trat er die Flucht nach vorne an.

Mit betrübter Miene schüttelte Volker den Kopf. »Ich fürchte, Euch bleibt gar keine andere Wahl, hochwohlgeborener Fürst. Meine Herrin wird äußerst ungehalten, wenn man sich ihren Wünschen widersetzt. Gerade Ihr solltet das wissen!«

Balduin fuhr ein Stich durch die Magengrube. *Dieser Maulheld weiß von unserer Liebelei.* Nach außen hin wahrte er jedoch die Fassung und antwortete in gleicher Tonart: »Und was ist, wenn ich mich weigere? Wollt Ihr mich dann mit Gewalt auf die Burg schleppen lassen?«

Volker erwiderte seinen Blick ungerührt und legte die Hand an den Schwertknauf. »So lautet mein Befehl, Herr.«

Allmählich begann Balduin zu ahnen, dass es sich hier nicht nur um einen rüden Scherz handelte. Er blickte sich hektisch um. Seine eigenen Männer waren allesamt unbewaffnet, ihre Wehrgehänge und Streitäxte lagen wohlverwahrt in den Truhen unter Deck. Hinter Volker gruppierten sich an die fünfzehn Bewaffnete, zu denen sich nun, er traute seinen Augen kaum, sein neuer Sekretär Bruder Ludwig gesellte. Einer der Starkenburger schlug dem Priester freundschaftlich auf die Schulter. »Gut gemacht, Vetter!«

Balduin schoss das Blut ins Gesicht. »So seid Ihr ein nichtswürdiger Verräter?«, zischte er Ludwig an.

Der hielt seinem Blick stand. »Nur ein treuer Untertan des Geschlechts von Starkenburg-Sponheim. Ich diene dem edlen Dompropst Matthias.«

Balduin sah rot. »Ihr werdet alle zur Hölle fahren, Gesindel!«, brüllte er. »Der Papst selbst wird Euch exkommunizieren! Ihr entführt Euren geistlichen Oberhirten!«

»Darauf lassen wir es ankommen, nicht wahr, Kameraden?« Grinsend drehte sich Volker um. Die Männer hinter ihm grölten vor Lachen. Zu Balduins Entsetzen begannen ihn einige jetzt auch noch zu verspotten.

»Glaubt man allen Gerüchten, *ehrwürdiger* Oberhirte, werdet Ihr uns in der Hölle Gesellschaft leisten!«, rief ein junger Mann, dessen Namen Balduin nicht erinnerte, der aber aus dem Geschlecht derer von Breitenfels stammte. »Auch steht Ihr mit dem Heiligen Vater ja nicht gerade auf gutem Fuß!«

»Und das Maß Eurer Sünden steht dem unseren gewiss nicht nach«, fiel ein zweiter Spötter ein. »Landraub, Hoffart, sogar Unzucht, wie man hört.«

Balduin schäumte vor Wut. Unwillkürlich zuckte seine Hand zur Seite, doch auch sein eigenes Wehrgehänge lag unter Deck. Hilflos ballte er die Hände zu Fäusten und knirschte mit den Zähnen, worauf sein verletzter Kiefer wild zu schmerzen begann. Ringsherum sah er nichts als hämische Mienen.

So empfand er es nahezu als Erleichterung, als Volker von Falkenstein endlich einschritt. »Genug, Kameraden!«, rief er seinen Genossen zu. An Balduin gewandt, ergänzte er: »Beliebt, mir nunmehr zu folgen, edler Herr.« Er machte eine einladende Geste in Richtung der Strickleiter, über die Lorettas Männer an Bord gekommen waren. »Steigt in das Boot. Meine Herrin erwartet Euch sicher schon ungeduldig.«

Balduins Herzschlag schien seine Brust schier zu sprengen, als er den Burghof betrat. Zu seiner grenzenlosen Empörung hatte er den steilen Pfad zur Starkenburg zu Fuß zurücklegen müssen. Der Schweiß lief ihm über das ganze Gesicht und brannte in seinen Augen, denn mittlerweile stand die Maisonne schon hoch am Himmel. Auch sein leichtes Reisegewand war schweißdurchnässt, er musste mittlerweile unangenehm riechen.
Deshalb hielt er es auch für keine simple weibliche Laune, als er Loretta in der ganzen Pracht ihres purpurfarbenen Festgewandes mit cremeweißer Cotte, das er schon von ihrem Aufenthalt auf der Grimburg kannte, inmitten ihrer Burgdamen stehen sah. Sie blickte ihm mit dem kühlen Blick entgegen, den er nun schon allzu gut an ihr kannte und verabscheute. Ihr Lächeln wirkte gekünstelt.
In seiner verschwitzten und überdies tintenbefleckten Kleidung fühlte sich Balduin angesichts ihres prunkvollen Aufzugs wie ein Bettler. Nahm die Zahl der Demütigungen, die er an diesem verfluchten Tag hinnehmen musste, denn gar kein Ende?
Ohne Gruß oder eine andere höfische Geste blieb er vor Loretta stehen. »Was soll das, Gräfin von Starkenburg-Sponheim? Habt Ihr den Verstand verloren?«, herrschte er sie ebenso an wie zuvor schon ihre Männer auf dem Schiff.
Mit Volkers Reaktion hatte er daher nicht gerechnet. Blitzschnell sprang der Ritter vor, zückte sein Schwert und richtete es auf Balduins Brust. »Mit uns Männern dürft Ihr einen rau-

hen Ton pflegen, Erzbischof«, raunzte er. »Doch gegenüber unserer Regentin befleißigt Euch gefälligst der Umgangsformen, die einer Dame von edlem Geblüt zustehen.«
Wieder spürte Balduin, wie ihm das Blut ins Gesicht schoss. Loretta hob beschwichtigend die Hand. »Ich danke Euch, Volker. Doch ich sehe, unser hoher Gast ist übermüdet und erschöpft. Seid willkommen in meinem bescheidenen Haus, edler Kurfürst!« Wieder erreichte Lorettas Lächeln ihre Augen nicht. Einladend wies sie zum Söller der Kemenate. »Ich habe mein bestes Gemach für Euch herrichten lassen. Es soll Euch während Eures Aufenthaltes an nichts fehlen. Sobald Ihr ein Bad genommen, gespeist und geruht habt, werde ich zu gegebener Zeit auf Euch zukommen. Bis dahin gehabt Euch wohl!« Damit drehte sie ihm ohne ein weiteres Wort den Rücken zu und stolzierte mit hocherhobenem Kopf davon.
Zu gegebener Zeit? Was fällt ihr ein? Balduin öffnete schon den Mund zu einer scharfen Erwiderung, da fiel sein Blick auf Volkers Antlitz mit den drohend zusammengezogenen Brauen. So verkniff er sich jede Bemerkung und folgte dem Ritter zusammen mit seinem verstörten Leibdiener Paulus zum Eingang der Kemenate. Zwei bewaffnete Reisige folgten ihnen.
Sie will mich einschüchtern, dachte er grimmig. *Doch da ist sie bei mir an den Falschen geraten. Bislang habe ich sie noch immer bezwungen.*
Über das Begehren, das bei diesem Gedanken unmittelbar in ihm aufkam, ärgerte er sich noch mehr als über die gerade erlittene Schmach.

»Liebste Tante, was hat das alles zu bedeuten?« Ratlos blickte Blanche Loretta an. Auch ihre Nichte hatte sie bis zuletzt über ihre Pläne im Unklaren gelassen. »Ist denn der ehrwürdige Kurfürst nicht Euer geehrter Gast? Warum musste er denn den Weg vom Moselufer aus zu Fuß zurücklegen?«

Loretta lächelte kühl. Innerlich war sie vollkommen aufgewühlt, wollte sich dies aber um keinen Preis anmerken lassen. »So viele Fragen, meine Teure. Welche soll ich zuerst beantworten?«

Blanches Verwirrung verstärkte sich, wie Loretta an ihrer Miene sah. Sie holte tief Luft. »Nun, ich beginne mit der letzten Frage, Blanche. Selbst wenn ich gewillt gewesen wäre, Herrn Balduin ein Pferd für den Aufstieg zur Starkenburg zur Verfügung zu stellen, wäre ihm das Reiten sicher eine größere Qual gewesen als das Gehen. Bruder Ludwig, mein Späher am Trierer Hof, hat mich darüber informiert, dass der Erzbischof ein schmerzhaftes Furunkel am ...«, sie zögerte einen Moment, entschloss sich dann aber zu einer wenig damenhaften Bezeichnung, »nun, an seinem Hintern hat.«

Blanche wirkte schockiert. Loretta fuhr unbeirrt fort: »Und Herrn Balduin wird es an nichts auf der Starkenburg fehlen. Er bewohnt das beste Gemach, wird mit schmackhaften Speisen verköstigt und auch sonst alles erhalten, was er begehrt. Doch mein Gast ist er nicht. Er ist mein Gefangener.«

Auf Blanches Antlitz lag nun nacktes Entsetzen. »Was sagt Ihr da? Euer Gefangener? Was habt Ihr vor, Muhme? Erzbischof Balduin ist unser aller geistlicher Hirte. Ihr werdet exkommuniziert werden! Wenn nicht noch Schlimmeres geschieht!«

Loretta musterte Blanche mit kühlem Blick. »Nun, die Starkenburg ist uneinnehmbar, mein Kind. Und der Kurfürst wird sich hüten, seine Truppen zu entsenden, um meine Lande zu verwüsten, solange ich ihn im Gewahrsam habe. Schließlich weiß er nur zu gut, wo Friedrich von Kyrburg während seines unfreiwilligen Aufenthaltes untergebracht war.«

Langsam begann Blanche zu begreifen. Loretta beobachtete fasziniert, wie die Miene ihrer Nichte von Fassungslosigkeit zu Verstehen und schließlich zu berechnendem Kalkül wechselte. Schließlich lächelte sie Loretta bewundernd an. »Ihr seid wirklich die außergewöhnlichste Frau im ganzen Reich, Tante. Nicht einmal ein Mann hätte einen solchen Schachzug gewagt. Wenn ich es recht verstehe, habt Ihr den Erzbischof entführen lassen, ohne ihm zuvor die Fehde zu erklären. Und nun verlangt Ihr wahrscheinlich, dass er den Nohfels an Euch herausgibt.«

»Das wird das mindeste sein, Blanche. Ich werde noch heute Nachmittag Bruder Ludwig meine Sühnebedingungen diktieren und Herrn Balduin das Dokument zusammen mit seinem Nachtmahl servieren lassen.«

Wieder reagierte Blanche erstaunt. »Soll das heißen, der Erzbischof wird nicht gemeinsam mit uns speisen?«

Loretta nickte. »So ist es, Blanche. Er wird seine Tage auf der Starkenburg ausschließlich in der Kemenate zubringen.«

»Und wenn er sich wieder zur Wehr setzt? Lasst Ihr ihn dann erneut schlagen?«

Jetzt war Loretta diejenige, die fassungslos dreinblickte. »Was meint Ihr damit, Nichte Blanche?«

»Nun, Herrn Balduins Wange war ganz blau, soweit ich es gesehen habe.«

Erst jetzt wurde Loretta bewusst, dass ihr Balduins Antlitz in der Tat geschwollen vorgekommen war. Aufgeregt fuhr sie zu ihren Rittern herum, die sich gleich ihr in den Burgsaal begeben hatten und sich lautstark über den erfolgreichen Überfall unterhielten.

»Herr von Schonenberg, Bruder Ludwig! Wurde der Erzbischof bei seiner Entführung misshandelt?«

Der Mönch trat vor und verbeugte sich. »Mitnichten, Herrin. Wir haben uns exakt an Eure Befehle gehalten. Die Male in Balduins Gesicht stammen von einem erst kurz vor seiner Abreise gezogenen Backenzahn. Die Wurzel saß so fest, dass der Bader beim Herausziehen des Zahns vor Schwung sogar nach hinten auf seinen Allerwertesten fiel.«

Loretta spürte eine unbändige Lachlust in sich aufsteigen. Als auch Blanche zu kichern begann, konnte sie sich nicht mehr beherrschen und fiel in das Gelächter ihrer Nichte mit ein. Erst nach einer geraumen Weile kamen die Damen wieder zu Atem, wischten sich die Tränen aus den Augen und hielten sich die schmerzenden Seiten.

»Also ist es ausgemacht, Muhme. An der blauen Wange des Erzbischofs seid Ihr unschuldig«, japste Blanche. »Obwohl … zugetraut hätte ich Euch auch das. Ihr seid eine gefährliche Frau und schreckt wahrlich vor nichts zurück.«

Starkenburg, Mai 1328, am nächsten Morgen

Loretta pochte vernehmlich an die Tür der Kemenate, bevor einer der beiden dort Tag und Nacht postierten Wächter den Schlüssel im Schloss drehte. Um Balduin nicht in Verlegenheit zu bringen, falls er trotz des fortgeschrittenen Vormittags nicht vollständig bekleidet war oder gerade die Leibschüssel benutzte, ließ sie Volker zuerst eintreten.

Allerdings wäre diese Vorsicht nicht nötig gewesen. Wie von einer Natter gebissen sprang der Erzbischof auf, als er Loretta erblickte, die nun in Begleitung Blanches, ein paar weiterer Ritter sowie Bruder Ludwigs die Kammer betrat. Rüde stieß Balduin seinen Leibdiener Paulus zur Seite und stürzte mit ausgestrecktem Arm auf sie zu. In der Hand hielt er das Dokument mit den Sühnebestimmungen, das er am gestrigen Abend erhalten hatte. Loretta hielt Volker mit einer Geste davon ab, sich Balduin in den Weg zu stellen. Sie selbst wich nicht zurück, sondern musterte ihren ehemaligen Geliebten kühl. Trotz seiner geschwollenen Wange war er nach wie vor ein schöner Mann mit seiner schlanken, aber muskulösen Gestalt, den dunklen Augen und den mittlerweile an den Schläfen leicht ergrauten braunen Haaren, die ihm nach der Mode der Zeit in leichten Wellen über die Ohren fielen.

Und trotzdem begehre ich ihn nicht mehr. Sie konstatierte mit einer Mischung aus Erstaunen und leichtem Bedauern, dass dieser Abschnitt ihres Lebens für immer vorbei war. Jedes leidenschaftliche Gefühl für Balduin war im Nachgang der erlittenen Demütigung auf der Grimburg erloschen.

Sie straffte den Rücken. »Seid gegrüßt, Herr Balduin! Ich sehe, Ihr habt mir etwas von äußerster Dringlichkeit mitzuteilen.« Ihre Stimme klang erneut kühl und beherrscht.

Balduin schwenkte das Pergament vor ihrem Gesicht. Offensichtlich hatte er es schon mindestens einmal zerknüllt. Ohne ihren Gruß zu erwidern, fuhr er sie an: »Was fällt Euch ein, Gräfin? Ihr habt keinerlei Recht, überhaupt irgendetwas von mir zu verlangen. Ihr beraubt mich meiner Freiheit trotz Eures Versprechens, den Gottesfrieden einzuhalten, und wollt mich nun auf das schändlichste erpressen. Das ist ein offener Bruch geltenden Rechts.«

Loretta hielt seinem Blick stand. Ihr Mund verzog sich zu einem spöttischen Lächeln. »Ihr wart mir darin ein ausgezeichneter Lehrmeister, edler Balduin, und ich viele Jahre lang Eure gelehrige Schülerin. Doch ich sehe, Ihr benötigt noch etwas Bedenkzeit, bevor wir über meine Bedingungen verhandeln können.«

»Werdet jetzt nicht auch noch unverschämt, Weib, ansonsten …«

Angesichts Balduins Tonfall kehrte ihm Loretta demonstrativ den Rücken und sprach Bruder Ludwig an. »Ich glaube, der edle Kurfürst ist vorläufig nicht in der Verfassung, über seine Freilassung zu verhandeln.« Ohne Balduins Schnauben zu beachten, fuhr sie fort: »So richtet dem ehrwürdigen Herrn aus, er möge einige Mitglieder seines Domkapitels herbeirufen, die seine Position angemessen vertreten. Und sollte er sich wieder der höfischen Umgangsformen befleißigen wollen, die einer Dame von Geblüt zustehen, werde ich gerne bereit sein, erneut mit ihm selbst zu sprechen.« Damit drehte sie sich um und verließ mit Blanche im Schlepptau die Kemenate.

Teil 6

ABENDROT

Kapitel 31

Starkenburg, Anfang Juni 1328

»Herr, edler Herr Balduin! Ich glaube, ein Schiff mit dem Trierer Wappen nähert sich!«, rief Balduins Leibdiener Paulus aufgeregt.

Balduin stürzte ans Fenster und blickte über das sonnendurchflutete Moseltal. Tatsächlich, eine kleine Barkasse steuerte auf das Starkenburger Ufer zu. Balduin sah ihr nach, bis sie seinen Blicken entschwand.

»Die Herren des Domkapitels sind endlich eingetroffen. Das wurde aber auch Zeit.«

Geflissentlich übersah Balduin den verdutzten Gesichtsausdruck seines Leibdieners. Er wusste nur zu gut, woher dessen Verblüffung rührte. Denn dass die Herren erst heute kamen, hatte allein er selbst zu verantworten.

Wieder stieg die hilflose Wut in ihm auf, die ihn an jedem Tag seiner Gefangenschaft aufs Neue heimsuchte. Die ersten beiden Wochen war er standhaft geblieben und hatte sich geweigert, nach Trier zu schreiben und sein Domkapitel zu Hilfe zu rufen. Jeden Tag hoffte er abermals, Loretta würde nachgeben und ihn freilassen. Doch vergebens. Sie ließ sich nicht einmal blicken.

Stattdessen sandte sie einmal am Tag Bruder Ludwig zu ihm, der sich gleichermaßen nach seinem Befinden wie nach seiner Bereitschaft einzulenken erkundigte. Gleichmütig nahm der Mönch, dem Balduin einst vorbehaltlos vertraut hatte, seine

Weigerung zur Kenntnis und verließ die Kemenate nach wenigen Augenblicken wieder.

Doch die Kunde von seiner Gefangennahme verbreitete sich wie ein Lauffeuer. Schon nach ungefähr einer Woche traf ein Schreiben des Trierer Dompropstes Gottfried von Rodemachern ein, der dem Domkapitel vorstand. Der Geistliche erkundigte sich besorgt nach Balduins Wohlergehen und bot seine Hilfe an. In einem Wutanfall verbrannte Balduin den Brief über einer Kerzenflamme.

Als sich seine Hoffnung, Loretta ließe sich durch seine Starrsinnigkeit erweichen, als Trugschluss erwies, spürte er seinen Widerstand langsam, aber sicher erlahmen. Ein strahlender Sommertag nach dem anderen verging, ohne dass Balduin einen Fuß aus der Kemenate setzen durfte. Nicht einmal der Trost der heiligen Messe war ihm vergönnt, hatte er doch selbst nur wenige Jahre nach seinem Amtsantritt verfügt, dass Freveltaten gegen Geistliche sofort mit der Exkommunikation der Schuldigen zu ahnden seien.

Schon drei Tage nach seiner Festsetzung teilte Bruder Ludwig ihm daher mit, dass der zuständige Ortspfarrer aus Traben auf der Starkenburg vorgesprochen habe. Als sich Gräfin Loretta weigerte, Balduin freizulassen, sprach er stellvertretend für Erzbischof und Papst den Kirchenbann aus und verhängte das Interdikt über alle Bewohner der Burg und des dazugehörigen Weilers Starkenburg. Seither wurden in der Kapelle weder Messen gelesen noch Beichten abgenommen. Und Balduin durfte seine Kammer nicht einmal mehr verlassen, um, wie es ihm in den ersten Tagen zumindest vergönnt gewesen war, schwer bewacht dem Gottesdienst in der Burgkapelle beizuwohnen.

Aber am schlimmsten waren seine nächtlichen Träume. Anfangs hatte er sich schlaflos in den Laken gewälzt und sich vorgestellt, wie er Loretta auf sein Lager werfen, wie eine Hure nehmen und bezwingen würde. Doch je länger seine Gefangenschaft andauerte, desto sehnsuchtsvoller wurden seine Phantasien, die ihn nun im Wachen und Schlafen gleichermaßen heimsuchten.

Loretta, wie sie aussah, wenn sie sich ihm hingab, die Augen geschlossen, die rosigen Lippen leicht geöffnet, feine Schweißperlen auf der milchweißen Stirn. Loretta, wie sie vor Leidenschaft aufstöhnte, wenn er in sie eindrang, wie sie sich aufbäumte, wenn sie den Höhepunkt der Lust erreichte. Er glaubte, ihre vollen festen Brüste zu ertasten, die samtweiche Haut ihres Bauches zu spüren, den moschusartigen Duft ihrer Scham zu riechen. Wie ein unreifer Jüngling ergoss er sich im Schlaf in seine Laken und wachte schweißgebadet auf, gleichermaßen wütend und beschämt und doch voller Sehnsucht.

Ein ehemals flüchtiger Gedanke wurde nun zur fixen Idee. *Ich wusste es immer, dieses Weib hat mich behext. Hat sie nicht dauernd von ihrer* Gabe *gefaselt, zweifellos Teufelswerk? Warum ist mir nie aufgefallen, dass sie ein Geschöpf wider Gottes gewollte Ordnung ist? Hat nicht der Höchste befohlen, die Weiber seien den Männern untertan?*

Nach zwei qualvollen Wochen gab er endlich nach und diktierte Bruder Ludwig den Brief an das Domkapitel, wie es Loretta befohlen hatte. Eigenhändig schreiben ließ sie ihn nicht.

Doch geändert hatte sich erst einmal nichts. Loretta ließ sich weiterhin nicht bei ihm blicken, die Kemenate durfte er nach wie vor nicht verlassen. Als er die wenigen Bücher, die es auf der Starkenburg gab, gelesen hatte, plagte ihn zu allen anderen Übeln auch noch gähnende Langeweile.

Doch jetzt schlug sein Herz wieder höher. »Nun hat unsere Gefangenschaft bald ein Ende, getreuer Paulus. Genauso wie die Hoffart dieses widernatürlichen Weibes.«

Stunden später hatte sich Balduins Hochstimmung erneut in dumpfen Zorn gewandelt. Als das Schiff anlegte, stand die Son-

ne im Zenit. Doch nun war der Nachmittag bereits in den Abend übergegangen, am Himmel blinkten die ersten Sterne.
Endlich klopfte es an der Tür. Erwartungsvoll sprang Balduin auf. Doch zu seiner grenzenlosen Enttäuschung trat Lorettas Ritter Nikolaus von Schonenberg ein, gefolgt von zwei Mägden, die das Nachtmahl für ihn und seinen Leibdiener trugen. Aus den Schüsseln roch es appetitlich nach gebratenem Fleisch.
Der Ritter verbeugte sich knapp. »Die Herrin Loretta lässt Euch grüßen und Euch dieses Mahl von ihrer eigenen Festtafel schicken, an der sie gerade die Gäste aus Trier bewirtet. Lasst es Euch munden.«
Balduin schlug das Herz bis zum Hals. »Warum wurde ich nicht zur Tafel geladen?«, schnauzte er Nikolaus an. »Es sind Mitglieder meines Domkapitels, die Eure Herrin bewirtet.«
Nikolaus lächelte spöttisch. »So ist es, edler Kurfürst. Doch sie genießen Gastrecht hier auf der Starkenburg. Ihr dagegen seid Gräfin Lorettas Gefangener. Sie lässt Euch ausrichten, dass die Sühneverhandlungen gleich morgen nach dem Frühmahl beginnen werden. Wenn Ihr es wünscht, dürft Ihr daran teilnehmen.«
Der Jähzorn überkam Balduin. »Ich *darf* daran teilnehmen?«, brüllte er. Nur am Rande nahm er wahr, dass die beiden vor der Tür postierten Wachen mit erhobenen Spießen in die Kemenate lugten. »Welchen Tort will mir dieses unverschämte Weib denn noch zufügen? Welche Schmach …«
Nikolaus hob die Hand und schnitt ihm das Wort ab. »Gemach, gemach, werter Herr. Beruhigt Euch und genießt Eure Mahlzeit. Morgen wird man weitersehen.« Damit wandte er sich zur Tür.
Die Wut sprengte Balduin schier die Brust. »Da … da habt Ihr Eure widerwärtige Mahlzeit!« Mit voller Wucht fegte er die Schüsseln, die die Mägde auf dem schweren Eichentisch abgestellt hatten, zu Boden. Die irdenen Gefäße zerschellten klir-

rend auf dem kostbaren Teppich, Fleischstücke, Gemüse und Soßen spritzten umher. Die Mägde schlugen erschrocken die Hände vor den Mund.

Nikolaus schnellte herum, die Hand am Schwertknauf. Mit drohend zusammengezogenen Brauen betrachtete er das Malheur. Einen kurzen Moment glaubte Balduin, er würde sich auf ihn stürzen, doch dann entspannte sich Nikolaus' Miene.

»Ich sehe, Ihr zieht es vor zu fasten, edler Herr«, sagte er spöttisch. »In der Tat, man sagt, Fasten reinigt Körper und Geist. Eine hervorragende Vorbereitung auf die morgigen Verhandlungen.« Mit einer Geste hielt er die Mägde zurück, die sich anschickten, die Scherben aufzusammeln. »Doch ich befürchte, Ihr werdet den Teppich ersetzen müssen. Er ist ein Erbstück von Gräfin Lorettas Schwiegervater. Ich glaube, mich zu erinnern, dass Graf Johann ihn sogar aus Italien mitgebracht hat, von Eurer gemeinsamen Romfahrt. In jedem Fall hängt Dame Loretta sehr daran. Ich werde ihr ausrichten, dass sie die Lösegeldsumme entsprechend erhöhen muss.«

Wieder deutete Nikolaus eine Verbeugung an. »Und nun gehabt Euch wohl, edler Herr. Ich wünsche Euch eine gesegnete Nacht.«

Starkenburg, Juni 1328, am nächsten Morgen

»Die Herren sind jetzt alle versammelt«, meldete Hilda, nachdem sie kurz an die Tür zum kleinen Saal gepocht hatte, der sich neben der großen Halle befand.

Loretta verschränkte die Hände und versuchte, ihre innere Unruhe zu verbergen. Sie ließ ihren Blick über ihre treuen Verbündeten schweifen, die sich zu einer letzten Beratung zusammengefunden hatten.

Ihr Oheim Matthias sah noch immer bekümmert aus. Im Gegensatz zu Johannes von Brunshorn und Volker von Falkenstein hatte es ihn schockiert, wenn nicht sogar erzürnt, dass Lorettas Auseinandersetzung mit Balduin durch dessen Entführung derartig eskaliert war.

Anfangs sah es sogar so aus, als wolle er Loretta diesmal seine Unterstützung verweigern. »Ich kann Euer Vorgehen nicht gutheißen«, schrieb er aus Aachen. »Es bricht sowohl weltliches als auch kirchliches Recht. Darüber hinaus haben Vereinbarungen mit exkommunizierten Mitgliedern unserer heiligen Mutter Kirche keinerlei juristische Gültigkeit. Ich fürchte daher, ich kann Euch diesmal kaum von Nutzen sein. Doch da Ihr die Entscheidung zur Entführung des Kurfürsten ohnehin getroffen habt, ohne zuvor meinen Rat einzuholen, ist meine Wenigkeit sicher auch bei der Lösung dieser vertrackten Situation entbehrlich.«

Loretta erreichte dieser Brief an einem jener schlechten Tage, an denen sie ohnehin am Erfolg ihrer Vorgehensweise zweifelte, da Balduin sich nach wie vor weigerte, sein Domkapitel einzubestellen, um mit ihr zu verhandeln. Wieder war es Volker, der die Weinende fand, sie tröstete und sich schließlich sogar erbot, nach Aachen zu reiten, um den offensichtlich gekränkten Matthias umzustimmen. Wie ihm dies auch immer gelungen war, jedenfalls kehrte er binnen einer Woche mit Matthias zurück.

Seither zog Loretta Volker in ihren dunklen Stunden zu Rate und überließ ihm dabei mittlerweile wie selbstverständlich ihre Hand, wenn kein anderes Mitglied ihrer Burggesellschaft von Rang und Namen dabei war. Trotzdem war sie froh, dass die Anwesenheit ihrer Kammermagd Gerhild oder der treuen Hilda Volker daran hinderte, sich ihr noch mehr zu nähern.

Über Volkers Gefühle war sie sich nicht ganz im Klaren. Er beklagte sich zwar nie, wenn sie ihn nach ihren traulichen Zwiegesprächen ohne ein weiteres Zeichen ihrer Zuneigung entließ.

Aber die Enttäuschung, die aus seinen Augen sprach, blieb ihr nicht verborgen.
Ich bin dieser Tage zu aufgewühlt, um eine Entscheidung zu treffen, begründete sie ihre Unentschlossenheit vor sich selbst. *Ich kann mich Volker weder dahin gehend erklären, dass ich ihn als Gemahl in Betracht ziehe, noch, dass ich nur seine Freundschaft begehre. Erst muss ich diese Sache hinter mich bringen. Danach wird mein Herz mir den Weg weisen.*
An Volkers Loyalität hegte sie nicht den geringsten Zweifel.
Er weiß ja, dass es jetzt um die Zukunft der Grafschaft geht, beschwichtigte sie ihr schlechtes Gewissen. *Sonst stünde er mir nicht vorbehaltlos zur Seite. Sobald alles entschieden ist, wird man weitersehen.*
Und in ihren schwärzesten Momenten fügte sie hinzu: *Als landloses, von der Kirche verstoßenes Weib wäre ich ihm ohnehin nur eine Last.*
»Ist auch der edle Herr Balduin dabei?«, erkundigte sich jetzt Johannes von Brunshorn und riss Loretta aus ihren Gedanken. Hilda knickste. »Jawohl, hoher Herr.« Loretta atmete auf. Seitdem ihr Nikolaus von Schonenberg von Balduins gestrigem Wutanfall berichtet hatte, befürchtete sie, er würde sich heute aus Rache für seinen Ausschluss vom Festmahl weigern, die Kemenate zu verlassen. Nun fasste sie neuen Mut. Die Farbe kehrte in ihre Wangen zurück, sie straffte die Schultern.
»Also gut, meine Herren.« Sie blickte noch einmal in die Runde. Ihr Blick blieb für einen Moment lang zärtlich an ihrem Ältesten Hänsel hängen, den sie wie einen erwachsenen Mann zu den Verhandlungen hinzuziehen wollte. Schließlich ging es vor allem um seine Zukunft als Herrscher der Grafschaft. Er sollte ihr später keine Vorwürfe machen, sein Erbe nicht ausreichend bewahrt zu haben.
»Wir halten es, wie wir es ausgemacht haben«, fuhr sie fort. »Ich führe das Wort, sobald Matthias die Sühneforderungen

vorgetragen hat. Ihr, Oheim Matthias und Johannes von Brunshorn, springt mir bei, wenn ich Euch das Zeichen gebe.« Nach dem demütigenden Ausschluss von den Grimburger Verhandlungen hatte Loretta von Anfang an auf dieser Vorgehensweise bestanden.

»Volker, Ihr beobachtet alles und merkt Euch, was von Bedeutung ist. Und du, mein Sohn«, Hänsel zuckte empört zurück, als sie ihm über die Wange strich, »pass fein auf, was du heute für deine zukünftige Herrschaft lernen kannst.«

Dann reichte sie Matthias die Hand und ließ sich in den Rittersaal führen.

Hinter Matthias und Loretta betrat Volker von Falkenstein den Saal. Unwillkürlich fiel sein Blick zuerst auf Balduin.

Der Erzbischof erhob sich wie alle anderen Herren, um Loretta die ihr zustehende Achtung zu erweisen. Über sein Gesicht huschte einen Augenblick lang ein Ausdruck der Bewunderung, der Volker mit einer Mischung aus Stolz und Eifersucht erfüllte. In der Tat sah Loretta phantastisch aus. Es schien sich zu lohnen, dass sie keine Kosten für ihren heutigen Auftritt gescheut hatte. Ihr neues Festgewand aus zartgelber Seide war mit Ärmelausschnitten versehen, die bis zur Hüfte reichten und einen großzügigen Blick auf die leuchtend blaue Cotte gewährten, die wie das Obergewand mit aufwendigen Goldstickereien verziert war. Das prächtige, mit Edelsteinen besetzte Schapel ihres Schwiegervaters über dem hauchzarten Schleier rundete ihre hoheitsvolle Erscheinung ab.

Jetzt suchte Balduin Lorettas Blick. Volkers Eifersucht verstärkte sich. Doch Loretta betrachtete Balduin ihrerseits ohne eine sichtliche Regung. Im Gegenteil, das Eisblau ihrer Augen, das durch die Farbe ihres Gewandes noch unterstrichen wurde, vertiefte sich. Balduins Züge wurden trotzig. *Also wird er heftigen Widerstand leisten. Aber was habe ich anderes erwartet?*

Man nahm rund um die Tafel Platz, die mit blütenweißen Tischtüchern bedeckt war, auf denen Wein und Mandelgebäck standen. Nachdem die Mägde, ebenfalls in blütenweißen Schürzen, jeden Gast bedient hatten, gab Loretta Matthias das verabredete Zeichen. Der stand auf, verbeugte sich kurz und räusperte sich. Obwohl alle Anwesenden die meisten von Lorettas Sühnevorschlägen kannten, eröffnete er die Verhandlung mit deren Aufzählung.

»Im Auftrag der edlen Dame Loretta, Gräfin von Starkenburg-Sponheim und Regentin der Grafschaft bis zur Volljährigkeit ihres ältesten Sohnes Johannes, erläutere ich dem edlen Kurfürsten und Erzbischof von Trier, Herrn Balduin von Luxemburg, und den hochverehrten Mitgliedern seines Domkapitels die Wünsche der Herrin dieses Hauses.«

Volker ließ seinen Blick über die Versammlung schweifen. Überall traf er auf unbewegte Mienen.

»Die unrechtmäßig auf Sponheimer Grund erbaute Burg Nohfels wird Gräfin Loretta mit allem Zubehör übergeben. Die Gräfin kann nach ihrem Belieben damit verfahren und sie entweder als eigene Trutzburg nutzen oder niederreißen lassen.«

Die Züge der Anwesenden blieben unverändert. Diese Bedingung hatte jedermann erwartet.

»Der Kurfürst von Trier verpflichtet sich, in Zukunft niemals wieder eine Burg auf Grund von Starkenburg-Sponheim zu erbauen und Gräfin Loretta und ihren Nachfahren im Gebiet von Birkenfeld die alleinige Hoheit mit allen Rechten und Einkünften zuzusichern.«

Balduin schnaubte, hielt sich aber offensichtlich zurück.

»Als Pfand bis zur Übernahme des Nohfels werden Gräfin Loretta des Erzbischofs Burgen in Cochem, Bernkastel und Manderscheid übergeben, die der edle Johannes von Brunshorn als Treuhänder verwaltet, bis …«

Matthias' restliche Worte gingen im Tumult unter, der sich nun in den Reihen des Domkapitels erhob. »Dies sind des Erzbischofs bedeutendste Befestigungen!«, rief Gottfried von Rodemachern, der Dompropst. »Ihr Wert übersteigt bei weitem den Wert des Nohfels«, warf Johannes von Daun, der Domdechant, ein. »Diese Forderung ist unerhört«, schlossen sich die vier anderen Herren aus Balduins Gefolge an.

Matthias wartete, bis der Lärm verebbte. Voller Hochachtung erkannte Volker, wie erfahren Lorettas Oheim in Verhandlungen dieser Art war, denn seine Stimme blieb ruhig und fest, als er fortfuhr: »Ihr sagt es, meine Herren. Es sind einige der bedeutendsten Burgen des Kurfürstentums Trier. Aus diesem Grund lässt die Herrin Loretta auch festlegen, dass Herr Balduin bei einem Sühnebruch die Besitztümer nur gegen eine Pfandsumme von dreißigtausend Pfund Heller auslösen kann.«

»Dreißigtausend Pfund Heller? Das ist Wahnsinn! Wieso verdächtigt Dame Loretta unseren edlen Erzbischof der Absicht des Verrats, obwohl die Verhandlungen gerade erst begonnen haben?« Volker war überrascht, wie stark diese erst am letzten Abend beschlossene Zusatzbedingung die Herren empörte. *Liegt es nicht auf der Hand, warum sich Loretta auch gegen einen Verrat Balduins zu schützen versucht? Sie ist exkommuniziert worden. Keine ihrer Forderungen hat eine rechtliche Grundlage.*

Der Erzbischof selbst war puterrot im Gesicht geworden. Volker beobachtete, wie er die Hände zu Fäusten ballte. Doch er sagte noch immer kein Wort. Dies schien die Taktik zu sein, auf die er sich mit seinen Domherren am Morgen geeinigt hatte.

Wieder blieb Matthias gelassen. Gleichmütig wartete er ab, bis sich das Geschrei gelegt hatte. Dann fuhr er fort: »Des Weiteren verpflichtet sich der edle Herr Balduin, nie wieder Einfluss im Kröver Reich zu nehmen. Er sagt zu, weder die Vogtei zu erwerben noch die Pfandsumme einzulösen, die der deutsche König vom Geschlecht der Starkenburg-Sponheimer erhalten hat, die dafür im Gegenzug die dortige Herrschaft ausüben.«

»Dieses Recht gilt nur zu Lebzeiten des jetzigen Königs Ludwig des Bayern!« Diesmal war es der Archidiakon Boemund von Saarbrücken, der Matthias ins Wort fiel.
»Der Kurfürst verpflichtet sich außerdem auch im Namen seiner Nachfolger, diese Bedingung zu erfüllen.« Diese Forderung war ebenfalls neu.
»Was?« Jetzt verlor Balduin zum ersten Mal die Beherrschung. »Auch meine Nachfolger sollen nie die Möglichkeit haben, unser Territorium, das durch das Kröver Reich gespalten wird, zu vereinigen? Ist Eure Herrin von Sinnen? Was ficht es sie an, was meine Nachfolger nach ihrem Dahinscheiden tun werden?«
Johannes von Brunshorn schritt ein, wie es für diesen Fall vorgesehen war. Er stand auf und verbeugte sich knapp in Richtung von Balduins Platz. »Edler Erzbischof und Fürst. Meine Herrin beabsichtigt, die Verhandlungen sofort abzubrechen, wenn Ihr Euch nicht der ritterlichen Umgangsformen befleißigt, auf die sie ein Anrecht hat.«
»Ach, beabsichtigt sie das?«, fragte Balduin nun spöttisch. »Kann Eure Herrin nicht für sich selbst sprechen? Ist sie stumm?«
»Keineswegs, edler Herr Balduin.« Nur wer Loretta sehr gut kannte, bemerkte das leichte Zittern in ihrer Stimme. »Sobald alle Sühneforderungen verlesen sind, werdet Ihr Eure eigenen Vorschläge und Antworten ausschließlich an mich zu richten haben.«
Balduin fixierte Loretta mit starrem Blick. Wieder hielt sie zu Volkers Beruhigung stand.
»Fahrt nun fort, lieber Oheim«, wandte sie sich an Matthias.
Der nickte. »Das Lösegeld für Eure Freilassung wird einvernehmlich in gesonderter Verhandlung festgelegt. Dies sind die Sühneforderungen der edlen Gräfin Loretta.«
Balduin grinste und flüsterte seinem Nachbarn, dem Trierer

Dompropst, etwas ins Ohr. Volker schoss das Blut zu Kopfe. Machte sich dieser Kerl etwa über Loretta lustig?

Plötzlich geschah etwas Unerwartetes. Loretta hob die Hand und stand auf.

»Ich möchte meinen Forderungen noch eine weitere Bedingung hinzufügen«, sagte sie mit jenem zuckersüßen Lächeln, das in Situationen wie dieser nie ihre Augen erreichte. Sie fixierte Balduin, bevor sie weitersprach. Wie von einem Magneten angezogen, erwiderte er ihren Blick.

»Als Bürgen für Eure Sühneverpflichtungen stellt Ihr zwölf Adlige von edlem Geblüt, deren Lehnsherr Ihr seid. Sie siegeln unseren Vertrag ebenso wie je ein Abgeordneter Eurer fünf festen Städte Trier, Koblenz, Oberwesel, Boppard und Montabaur.«

Balduins Züge entgleisten. Fassungslos stierte er Loretta an. Auch die Herren des Domkapitels waren schockiert.

Das gab Loretta die Gelegenheit, ihre letzte Forderung vorzutragen. »All diese Edelleute und festen Städte sind im Falle eines Friedensbruchs ihres Herrn Balduin von Trier von ihrem Treueid ihm gegenüber entbunden und verpflichten sich, ihm keinen Beistand in einer Fehde gegen Starkenburg-Sponheim zu leisten.«

Balduin hielt es nicht mehr auf seinem Sitz. Er sprang auf und stieß dabei so heftig gegen die Tafel, dass Becher und Krüge umfielen. Der kostbare Burgunder ergoss sich wie Blut über das weiße Linnen der Tischtücher, und schon bald standen rote Lachen auf dem Boden.

»Eine solch bodenlose Frechheit lasse ich mir nicht bieten! Schon gar nicht von einem törichten Weib!«

Er beachtete die beschwichtigenden Blicke und Gesten seiner entsetzten Domherren nicht.

»Das würde Euch so passen, Gräfin Loretta«, er spuckte die Worte geradezu aus, »mich dergestalt vor meinen mächtigsten Lehnsleuten und reichsten Städten zu demütigen. Doch darauf könnt Ihr warten bis zum Jüngsten Tag.«

Obwohl auch Volker von Lorettas Kühnheit überrascht war, spürte er heißen Zorn in sich aufsteigen. Er sprang auf.

»Sprecht nicht in dieser Tonart mit meiner Herrin, sonst …«

»Sonst was? Wollt Ihr mich dann zum Zweikampf fordern, Falkensteiner? Hat Euch dieses Weib ebenfalls unterjocht wie jeden aufrechten Mann in dieser Grafschaft?«, brüllte er.

Bevor Volker reagieren konnte, wurde die Tür zum Rittersaal aufgestoßen. Die draußen postierten Wachen hatten den Tumult gehört und stürmten mit gezückten Schwertern herein, angeführt von Hugo von Breitenfels.

Loretta winkte ihn herbei. Alle Farbe war aus ihrem Gesicht gewichen.

»Edler Hugo«, ihre Stimme war leise, aber fest. »Geleitet den werten Herrn Balduin zurück in sein Quartier. Im Augenblick ist sein Gemüt allzu erhitzt, um unsere Gespräche fortzusetzen. Dort mag er ruhen, bis er wieder im Vollbesitz seiner geistigen Kräfte ist.«

Einen Augenblick lang glaubte Volker, Balduin würde sich mit bloßen Händen gegen die Wachen zur Wehr setzen. Doch als Hugo von Breitenfels sein Schwert auf ihn richtete, gab er nach. Bevor er den Wachen folgte, richtete er ein letztes Wort an sein Domkapitel. »Meine Herren, ich untersage Euch, diese Verhandlung in meiner Abwesenheit fortzusetzen. Ich werde keine Sühneforderung anerkennen, die Ihr ohne mich ausgehandelt habt.«

Dann hob er den Kopf und funkelte Loretta an.

Wenn Blicke Speere wären, läge sie jetzt entseelt am Boden, schoss es Volker durch den Kopf.

»Und mit Euch, Dame Loretta, verhandele ich erst wieder, wenn Ihr Eure unmäßigen Ansinnen zurückgenommen habt. Lasst mich wissen, wenn Ihr anderen Sinnes geworden seid.«

Nach diesen Worten stürmte er zwischen den verdutzten Wachen hindurch mit langen Schritten aus dem Saal.

»Und was soll jetzt werden, meine Herren?«
Kraftlos sank Loretta auf den Lehnstuhl ihres Schwiegervaters, den man in den kleinen Saal gebracht hatte. Ihre Beine fühlten sich weich wie Butter an.
»Herr Balduin wird sich schon wieder beruhigen«, versuchte Volker, sie zu beschwichtigen.
»Ihr hättet Eure Forderungen vorher mit uns abstimmen sollen, Loretta.« Matthias verbarg seinen Ärger diesmal nicht. »Sie sind so unerhört, dass Balduin nie darauf eingehen wird.«
»Aber seht Ihr denn nicht, dass er sich über uns alle lustig macht? Er wird sich an keine Sühnevereinbarung halten, wenn er nicht Gefahr läuft, dadurch seiner Ehre verlustig zu gehen.«
»Da habt Ihr sicherlich recht, Herrin«, pflichtete Johannes von Brunshorn ihr bei, um ihr im nächsten Satz zu entgegnen: »Doch Balduin ist ein stolzer Mann. Er wird nie ertragen können, sich Euch als W…« Er stockte.
Loretta vollendete seinen Satz. »Sich mir als Weib derart unterwerfen zu müssen, das meint Ihr doch, Johannes.«
Der Angesprochene schwieg betreten.
Auf einmal fiel Lorettas Blick auf Hänsel. Der Junge musterte sie mit einem unergründlichen Ausdruck.
»Nun, Johannes, mein Sohn, was sagst du dazu?«
Als der Junge sichtlich zögerte, ermutigte Loretta ihn. »Sprich freiheraus, was du denkst.«
Das ließ sich Hänsel nicht zweimal sagen. Seine Antwort traf Loretta härter als die Missbilligung ihrer Vertrauten. »Nun, edle Frau Mutter, Ihr gabt mir den Rat, heute für meine zukünftige Herrschaft zu lernen. Ich bewundere Euren Mut und Eure Stärke. Doch ein weiser Herrscher sorgt dafür, dass auch die Besiegten ihr Gesicht nicht verlieren. Das habe ich einst in einem Text über Troja gelesen, und es scheint mir viel Wahrheit darin zu liegen. Vielleicht solltet Ihr das beherzigen.«

Kapitel 32

Starkenburg, Juni 1328, zehn Tage später

»Edler Herr, bedenkt, die Gräfin ist Euch bereits dreimal entgegengekommen. Vielleicht solltet Ihr über dieses Angebot noch einmal gründlich nachdenken.« Gottfried von Rodemachern, Dompropst und Leiter der Trierer Delegation, wirkte angesichts Balduins Starrköpfigkeit zunehmend verzweifelt.

Johann von Daun, der Domdechant, sprang ihm bei. »Ehrwürdiger Kurfürst, Ihr seid bereits mehrere Wochen hier auf der Starkenburg. Eure Amtsgeschäfte in Trier warten auf Euch. Doch noch wichtiger dünkt es mich, das Mainzer Domkapitel aufzusuchen, das Euch die Kurfürstenwürde angetragen hat.«

Balduin knirschte vor Wut mit den Zähnen, bis er sich an die gerade erst verheilte Wunde in seinem Kiefer erinnerte. Angespannt sprang er auf und trat ans Fenster der Kemenate. Wieder lag die Mosel im strahlenden Sonnenschein eines herrlichen Sommertages.

»Ich denke nicht daran, nachzugeben«, knurrte er. »Bislang war meine Taktik von großem Erfolg gekrönt. Anstatt zwölf Bürgen verlangt dieses widernatürliche Weib jetzt nur noch drei, allerdings sind es meine mächtigsten Lehnsleute. Sie hat die Pfandsumme von dreißig- auf zwanzigtausend Pfund Heller gesenkt und will nur noch zwei meiner festen Schlösser als Garantie. Auch auf die Bürgschaft von Montabaur, Oberwesel und Boppard will sie verzichten und *begnügt* sich mit Trier und Koblenz.« Die letzten Worte betonte er sarkastisch.

Er drehte sich um und fixierte seine Domherren, die wie ein Häuflein Elend auf ihren Schemeln hockten. »Doch im Kern gibt sie kein Jota nach. Nicht nur ich selbst, sondern auch meine

Nachfolger sollen sich verpflichten, sich vom Kröver Reich fernzuhalten. Allein das ist eine Frechheit.«

Johann von Daun seufzte. »Und wie soll es nun weitergehen, Herr?«

»Ich bin zu keinem Zugeständnis bereit, was das Kröver Reich angeht. Richtet dies Gräfin Loretta aus.«

Balduin drehte sich um und starrte erneut aus dem Fenster. Ein Eilkurier näherte sich auf dem Uferweg und fesselte seine Aufmerksamkeit. *Was bringt er wohl für Neuigkeiten?*

Deshalb hörte er nicht zu, als Gottfried von Rodemachern ihn noch einmal ansprach. Erst das Schweigen in seinem Rücken machte ihm klar, dass man offensichtlich auf eine Reaktion von ihm wartete.

»Also, was wollt Ihr noch?«, sagte er barsch. »Es ist alles erörtert. Je länger wir standhaft bleiben, desto mehr gibt dieses Weib nach. Das liegt schon allein in der Natur der Frauen. Am Ende gilt Gottes gewollte Ordnung, unabhängig davon, was die Gräfin tut, um sich dieser zu widersetzen.«

»Das meinte ich nicht, Herr«, begütigte der Dompropst. »Ich habe Euch die Einladung der Gräfin zum Nachtmahl überbracht. Wollt Ihr sie nicht wenigstens diesmal annehmen?«

Balduin schnaubte. »Auch das würde Nachgiebigkeit an der falschen Stelle bedeuten. Bei Eurer Ankunft ließ mich die Dame in der Kemenate schmachten, um meinen Status als ihr Gefangener zu betonen. Jetzt bereut sie ihr unchristliches Verhalten. Doch nun bin ich nicht mehr bereit, eine Gastfreundschaft anzunehmen, die ohnehin nur aus taktischen Gründen gewährt wird. Ich speise weiterhin in der Kemenate.« Er wies mit einer ausholenden Geste auf den polierten Eichentisch.

Mit verkniffenen Mienen standen die Domherren auf und verbeugten sich steif.

»So gehabt Euch wohl, edler Herr.«

Erst als die Männer den Raum verlassen hatten und sich der

Schlüssel vernehmlich im Schloss drehte, ließ Balduins Anspannung nach und wich wieder der Frustration, die ihn seit Tagen quälte, die er aber niemandem eingestand. Sein Blick fiel auf seinen Leibdiener Paulus, der mit mürrischer Miene in einer Ecke hockte und ein Gewand Balduins ausbesserte.

Auf der Suche nach einem Vorwand, um eine Weile allein zu sein, schnupperte er. »Was stinkt denn hier so widerlich, Paulus? Der Aborteimer müsste dringend geleert werden.«

Paulus blickte erstaunt auf. »Aber der Eimer ist leer, Herr. Ich habe ihn erst am Morgen am Brunnen ausgewaschen.«

»Dann hast du das wohl nicht sorgfältig genug getan!« Balduin war es im Augenblick gleichgültig, dass er den Leibdiener zu Unrecht bezichtigte. »Geh sofort und säubere ihn noch einmal.«

Als sich der Bursche mit gekränkter Miene entfernt hatte, da er im Gegensatz zu seinem Herrn die Kemenate jederzeit verlassen durfte, sank Balduin auf die Bank in der Fensternische.

Wieder geriet er ins Grübeln. *Wie hat es nur so weit kommen können? Nun weiß schon das ganze Reich, dass ich hier auf der Starkenburg festsitze.*

Wieder fiel ihm die Nacht auf der Grimburg ein, in der ihn Loretta im Hemd und mit bloßen Füßen aufgesucht hatte. *Was kann sie nur damals gewollt haben? Hätte ich doch nur mit ihr gesprochen! Jetzt ist es zu spät für eine Versöhnung. Jetzt geht es nur noch darum, wer den anderen unterjocht.*

Unterjocht?

Wärst du klüger gewesen, raunte ihm seine innere Stimme zu, die ihn jeden Tag aufs Neue quälte, *hättest du jetzt sowohl den Nohfels in deinem Besitz als auch das Weib wieder in deinem Bett. Was kann es anderes von dir gewollt haben?*

Mit den Gedanken kehrten auch die Bilder zurück. Loretta nackt in seinen Armen, Loretta, die sich ihm mit geschlossenen Augen hingab, Loretta …

Es pochte heftig an der Tür. Balduin fuhr auf. »Was soll die Störung? Ich möchte allein sein.«
Ungeachtet seines Ausrufs drehte sich der Schlüssel im Schloss. Gottfried von Rodemachern stürmte in den Raum. In den Händen hielt er eine Pergamentrolle mit einem riesigen Siegel. Balduin erkannte es auf den ersten Blick.
Bevor er sich von seinem Erstaunen erholt hatte, platzte der Dompropst heraus: »Gerade hat ein Kurier dieses Schreiben gebracht. Es stammt von Eurem Neffen, König Johann von Böhmen.«

Fassungslos las Loretta das Schreiben des Königs zum dritten Mal. Denn der Kurier hatte auch eine Nachricht Johanns von Böhmen an sie überbracht.
»Er bietet uns seine Vermittlung an. Kann das etwas Gutes bedeuten?«
Zweifelnd betrachtete sie die Mienen ihrer ebenfalls verblüfften Vertrauten. Matthias fasste sich als Erster.
»Er drückt sich auf jeden Fall sehr gemäßigt und höflich aus. Wenn ich das Schreiben richtig interpretiere, sucht er eine gütliche Lösung, die beiden Parteien frommen soll.«
»Allerdings geht er bereits davon aus, dass Ihr sein Angebot annehmt«, warf Volker von Falkenstein ein. »Er kündigt nicht umsonst seine baldige Ankunft an.«
»Johann befindet sich sicherlich auf dem Weg zurück nach Prag. Meines Wissens war er im Mai bei der Krönung des französischen Königs in Reims zu Gast und hat danach seine Luxemburger Heimat besucht.« Matthias war wie immer gut informiert. »Natürlich ist ihm die Entführung seines Oheims zu Ohren gekommen. Landauf, landab spricht man dieser Tage von nichts anderem mehr, sei es in Schlössern und Burgen, sei es in den Hütten der Bauern.«
»Was wisst Ihr sonst noch von Johann?«, fragte Johannes von Brunshorn.

»Er wurde schon mit vierzehn Jahren mit Elisabeth, dem letzten Spross aus dem mächtigen Haus der Premysliden, vermählt und ein Jahr später zum böhmischen König gekrönt. Sein Vater war König Heinrich VII., der auf dem Rückweg von seiner Kaiserkrönung bei Siena einem Giftmord zum Opfer fiel. Auch Johanns Mutter Margarete starb während der Romfahrt an einem Fieber, sein Oheim Walram fiel vor Brescia. So wurde Johann schon in jungen Jahren zur Waise. Sein einziger lebender nächster Verwandter ist sein Onkel Balduin.«

»Die Fakten sind uns bekannt«, wandte Johannes von Brunshorn ein. »Allein, was wisst Ihr von seinem Charakter? Man sagt, Johann von Böhmen war nahezu zeit seines Lebens in Kriege verwickelt.«

Matthias nickte. »Das ist wohl wahr. Er musste seine Macht in Böhmen immer wieder aufs Neue behaupten. Auch weiß man, dass seine Ehe mit Elisabeth nicht glücklich verlief. Sie hat sogar politisch gegen Johann intrigiert und sich mit seinen Gegnern verbündet. Mittlerweile lebt sie von ihm getrennt.«

»Dann muss er ein verbitterter Mann sein«, vermutete Loretta, »der möglicherweise sogar alle Frauen hasst, insbesondere, wenn sie wehrhaft sind.«

Matthias lächelte nachsichtig. »Oh nein, liebe Nichte. Johann gilt sogar als Inbegriff von Edelmut und Ritterlichkeit. Immer wieder hat er versucht, die Konflikte in seinem Land zu entschärfen und Kompromisse zu suchen. Und von Verachtung gegenüber adligen Damen ist mir noch nie etwas zu Ohren gekommen.«

»So glaubt Ihr, er könnte uns tatsächlich von Nutzen sein?«

»Zumindest müsst Ihr nicht befürchten, dass er einseitig für seinen Onkel Partei ergreift. Balduins unrechtmäßiger Bau des Nohfels dürfte kaum dem entsprechen, was er unter ehrenhaftem Handeln gegenüber einer Verbündeten versteht.«

Lorettas Zweifel waren noch nicht beschwichtigt. »Wir werden sehen, wie er sich aufführt. Da er die Starkenburg aufzusuchen gedenkt, kann ich ihm meine Gastfreundschaft nicht verweigern.«

Die Tür zum kleinen Saal wurde aufgerissen. Nikolaus von Schonenberg, der heute die Burgwache befehligte, stürmte herein.

»Herrin Loretta, ein hoher Gast ist eingetroffen und wartet im Burghof auf Eure Begrüßung.«

»Schon so bald?« Loretta sprang auf. »Das habe ich nun wirklich nicht erwartet. Der Eilkurier war ihm ja nur um wenige Stunden voraus.«

Ohne Nikolaus' verwirrten Gesichtsausdruck zu beachten, verließ sie eilig den Raum und ordnete im Gehen ihren Schleier und ihr Gewand.

Der Gast stand im Schatten des Burghofs und kehrte ihr den Rücken zu. Loretta kniff die Augen zusammen. Der Mann, der von einigen Reisigen umringt war, kam ihr seltsam bekannt vor. *Ich dachte, Johann sei viel jünger.*

Plötzlich fiel ihr Blick auf den Waffenrock eines Reisigen, der das Wappen des Ankömmlings zeigte. *Zwei Fische?* Sie verharrte mitten im Schritt. Das konnte doch nicht sein!

Doch als sich der Gast umwandte, um sie zu begrüßen, erlosch jeder Zweifel. Es war ihr Vater Bernhard von Salm.

Unauffällig musterte Loretta ihren Vater, während eine Magd ihm aus einer Aquamanile Wasser über die vom Staub der Reise schmutzigen Hände goss und zwei andere den Imbiss auftischten, den sie in der Küche bestellt hatte.

Jetzt ist er wirklich alt geworden, konstatierte sie bei sich. Seit der Unterwerfung des Kyrburgers im Herbst 1325 hatte sie ihn nicht mehr gesehen. Sein immer noch volles Haupthaar war mittlerweile schlohweiß, tiefe Falten durchzogen sein Gesicht. Immerhin wiesen seine Gesichtszüge darauf hin, dass er nicht mehr unmäßig trank. Auch seine Gestalt war nach wie vor schlank und muskulös.

»Wie geht es der Frau Mutter und den Geschwistern?«

Loretta konnte sich nicht entsinnen, wann sie zuletzt einen Brief von Jeanne erhalten hatte. Es musste Monate her sein, vielleicht sogar mehr als ein Jahr. Zu vieles war in der Zwischenzeit geschehen und hatte sie abgelenkt.

Bernhard nahm einen Schluck von dem kühlen, mit Wasser vermischten Wein. »Den Umständen entsprechend. Eure Mutter kränkelt ein wenig, ein Frauenleiden, sagt man. Doch es ist nichts Ernstes. Euer Bruder Rüdiger ist mittlerweile Vater von acht Kindern, davon sind sechs Töchter. Er wird es schwer haben, die nötige Mitgift aufzubringen, um sie alle gut zu verheiraten. Klaus und Mechthild sind unverheiratet geblieben, wie Ihr ja wisst.«

Loretta verdrängte die Bitterkeit, die in ihr aufstieg. Da Bernhard von Salm das Vermögen der Familie durch verlorene Fehden und daraus resultierende Sühne- und Lösegeldzahlungen nahezu durchgebracht hatte, reichte das magere Erbe gerade einmal für seinen ältesten Sohn Rüdiger. Zwar brachte Bernhard noch die Gebühr für Klaus' Ritterweihe und Ausstattung auf. Doch hatte weder Klaus als landloser jüngerer Sohn eine standesgemäße Gemahlin gefunden, noch war Geld für Mechthilds Mitgift übrig geblieben.

Hoffentlich ist er nicht hergekommen, um sich Geld zu leihen, schoss es ihr plötzlich durch den Kopf. *In dieses Fass ohne Boden möchte ich keinen Heller vom Erbe meiner Söhne werfen.*

Sie gab sich einen Ruck, hatte sie sich doch um Wichtigeres als um die Geldsorgen ihres Vaters zu kümmern.

»Was verschafft mir die Ehre Eures Besuchs, Vater?«

»Nun, auch nach Blieskastel ist die Kunde gedrungen, dass Ihr Balduin von Luxemburg in Gewahrsam haltet.«

Loretta reagierte innerlich gereizt. *Ist er etwa gekommen, um mir Vorhaltungen wegen Balduins Entführung zu machen?* Wieder packte sie den Stier bei den Hörnern. »Erlaubt mir die Frage, Herr Vater, was Ihr damit zu schaffen habt?«, antwortete sie bewusst abweisend.
Doch diesmal hatte sie sich in ihrem Vater geirrt. Er hob den Kopf und sah ihr direkt ins Gesicht.
»Ich bewundere einmal mehr Eure Tatkraft und Euren Mut, Tochter Loretta.« Mit unerwarteter Offenheit fuhr er fort: »Ich wünschte, ich könnte sagen, Ihr hättet diese Eigenschaften von mir geerbt. Auch ich habe viel gewagt, doch fehlte mir Eure Klugheit, so dass aus Tatkraft und Mut eher Unbesonnenheit und Tollkühnheit wurde. So werde ich meinen Söhnen kaum etwas hinterlassen können, vielleicht gar nichts, wenn Ihr mir Eure Unterstützung verweigert.«
Also doch, dachte Loretta. *Er ist gekommen, um sich Geld zu leihen.*
Als hätte er ihre Gedanken gelesen, meinte Bernhard von Salm nun: »Aber ich begehre keinen einzigen Heller von Euch. Ich weiß sehr wohl, dass ich schon jetzt in Eurer Schuld stehe und die Summe für Eure Mitgift nie aufgebracht habe.« Er stockte.
Widerwillig kam ihm Loretta entgegen. »So sprecht freiheraus, welche Unterstützung Ihr erwartet.«
Ihrem Vater fiel die Antwort sichtlich schwer. »Es sind die Vögte von Hunolstein, die mir erneut Schwierigkeiten bereiten. Ich weiß, Ihr habt mich dereinst vor ihnen gewarnt«, fügte er hastig hinzu, als wolle er ihrem Einwand zuvorkommen. »Doch ich habe zu meinem Bedauern nicht auf Euch gehört.« Er machte erneut eine Pause.
»Vater, mit Euren Fehden möchte ich nichts zu schaffen haben«, antwortete Loretta brüsk. »Ich habe wahrlich genug eigene Sorgen.« Plötzlich fiel ihr etwas ein. »Es ist ohnehin Sache Eures

Lehnsherrn Balduin, Euch diesbezüglich zur Seite zu stehen. Seid Ihr gekommen, um mit ihm darüber zu sprechen?«
Bernhard schüttelte resigniert den Kopf. »Er weiß es längst, Tochter Loretta. Doch bislang hat er auf meine Bitte um Hilfe nicht reagiert. Der alte Vogt Nikolaus ist im vergangenen Jahr gestorben. Jetzt versucht sein Sohn und Erbe Johannes erneut, mir den Zugang zur Burg zu verweigern, und enthält mir die Pacht vor, die mir zusteht, da das Darlehen nun getilgt ist.«
Mit leiser Stimme fügte er hinzu: »Doch meine Familie ist auf das Geld dringend angewiesen, um ihre Ausgaben zu bestreiten.«
Loretta kämpfte gegen ihr Mitgefühl an. Gleichzeitig war sie verwirrt. »Und was begehrt Ihr von mir, wenn nicht den Zugang zu Eurem Lehnsherrn Balduin?«
Bernhard von Salm holte tief Luft. »Man sagt, dass Ihr über die Sühne für die Freilassung Balduins verhandelt, Loretta. Ich vermute, Ihr werdet den Nohfels verlangen und den Kurfürsten zwingen wollen, sich nie mehr unrechtmäßig an Euren Ländereien zu bereichern. Auch ein erkleckliches Lösegeld werdet Ihr fordern.«
»Woher wollt Ihr das wissen?«, schnitt ihm Loretta das Wort ab.
Bernhard atmete hörbar aus. »Es gehen Gerüchte im Land um, Loretta. Außerdem würde ich das Gleiche verlangen, wenn ich an Eurer Stelle wäre.« Da Loretta schwieg und ihm kein Jota entgegenkam, fuhr er seufzend fort: »Ich bitte Euch, auch mein Anliegen in Eure Sühneforderung aufzunehmen. Ihr könnt Erzbischof Balduin leicht die Bedingung stellen, den Vogt von Hunolstein ein für alle Male in seine Schranken zu weisen.«
Er senkte den Kopf. »Ich kann es nicht, Tochter.« Dieser Satz war so leise, dass Loretta ihn kaum verstand.
Rührung und Widerwille kämpften gleichermaßen in Lorettas Brust. Ihr Vater bat *sie* um Beistand, in genau derselben Angelegenheit, in der er ihre Hilfe vor vielen Jahren verschmäht und

die er sogar zum Anlass genommen hatte, um sie mit einem Krüppel zu verheiraten.

Doch hätte er dies nicht getan, wäre ich nie Regentin von Starkenburg-Sponheim geworden und säße heute nicht hier, sondern womöglich wie meine Schwester Mechthild als verblühte Jungfer auf einer verfallenden Burg.

Auch meine Mutter hat er damals vor den Ohren des Gesindes gescholten, entgegnete die widerwillige der begütigenden Stimme.

Ihre Mutter! Seit ihrer Hochzeit hatte Loretta Jeanne von Salm nicht mehr getroffen. Und hatte ihr Vater nicht sogar gesagt, sie sei krank?

Loretta fasste einen Entschluss. »Ich werde Eure Bitte meinen Forderungen für eine Freilassung Erzbischof Balduins hinzufügen, Vater. Doch ich stelle eine Bedingung.«

Resigniert blickte ihr Vater auf. »Das habe ich nicht anders erwartet, Tochter. Schließlich seid Ihr Regentin und müsst auch auf Euren eigenen Vorteil bedacht sein. Doch ich bitte Euch dringend, bedenkt dabei, dass ich kaum über flüssige Mittel verfüge.«

Loretta schüttelte unwillig den Kopf. »Es ist nicht so, wie Ihr denkt, Vater. Geld begehre ich nicht von Euch, auch kein anderes irdisches Gut. Ich möchte meine Mutter wiedersehen. Bringt sie zu mir auf die Starkenburg, dann erfülle ich Euren Wunsch.«

Starkenburg, Juni 1328, zwei Tage später am Nachmittag

»Dame Loretta, König Johann von Böhmen nähert sich mit seinem Gefolge. Der Wachmann auf dem Turm hat es soeben berichtet.«

Loretta sprang auf. »Seid Ihr sicher, Volker? Besteht keinerlei Zweifel?«

Volker von Falkenstein schüttelte den Kopf. »Ich habe mich selbst davon überzeugt, Herrin. Banner und Waffenröcke zeigen das böhmische Wappen. Die Reiter werden in Kürze hier sein.«

Loretta winkte ihrer Magd Gerhild. »Geh und sage Hilda Bescheid, dass sie meine Söhne benachrichtigen und dafür sorgen soll, dass sie festlich gekleidet sind. Dann komm schnell zu mir in die Kammer und hilf mir, mich herzurichten.«

Eine knappe Dreiviertelstunde später stand Loretta an der Spitze ihres Gefolges im Burghof. Sie hatte sich für ihr zweitbestes Gewand entschieden, das purpurfarbene mit der elfenbeinweißen Cotte, in dem sie auch Balduin nach seiner Gefangennahme entgegengetreten war. Um nicht zu prunkvoll aufzutreten, was Johann dazu hätte veranlassen können, ihren Reichtum zu überschätzen, hatte sie auf das Schapel ihres Schwiegervaters verzichtet. Stattdessen trug sie den schlichten Goldreif, den ihr die Eltern einst zur Hochzeit mit Martin geschenkt hatten, über dem Schleier.

Während sie warteten, vertrieb sich Loretta die Zeit mit der Betrachtung ihrer Söhne. Hänsel in seiner Surcotte aus dunkelblauer Seide glich Tag für Tag mehr seinem Großvater Johann. Auch Gottfried, ihr Zweitältester, wuchs zu einem schmucken Jüngling heran. Nur Robert, der Jüngste, schlug aus der Art und war seinem Vater Martin mittlerweile wie aus dem Gesicht geschnitten. Ob es das unansehnliche Äußere des Jungen war oder es andere Gründe dafür gab, jedenfalls hatte der Achtjährige zu Lorettas Überraschung vor einiger Zeit den Wunsch geäußert, Priester zu werden. Noch weniger hatte sie allerdings damit gerechnet, dass sich auch der zehnjährige Gottfried diesem Wunsch anschließen würde.

Seither plagte sie wieder das schlechte Gewissen. Je mehr Zeit die Regentschaft in Anspruch nahm, desto mehr hatte sie ihre

Söhne, die in ihren Kleinkindjahren ihr Ein und Alles gewesen waren, vernachlässigt. Immer wieder tröstete sie sich damit, dass sich die Kinder bei Hilda und Blanche in den besten Händen befanden. Doch nun überlegte sie, ob die beiden Jüngeren wohl mehr Interesse für weltliches Leben entwickelt hätten, wenn sie ihnen mehr Zeit gewidmet hätte.

Andererseits hat es auch Vorteile, wenn beide aus freien Stücken Geistliche werden möchten. Schon mein Schwiegervater Johann hat dies einst angeregt. So wird es hoffentlich zu keiner Auseinandersetzung mit Hänsel über das Erbe kommen wie zwischen Martin und Pantaleon, der in den geistlichen Stand gezwungen wurde. Und die zwei sind ja noch sehr jung. Vielleicht ändern sie ihre Meinung auch wieder.

Endlich kündigte das Hufgetrappel der Pferde die Ankunft Johanns und seines Gefolges an. Erwartungsvoll blickte Loretta dem König entgegen, der gleich hinter seinem Bannerträger in den Burghof einritt.

Johann war ein stattlicher Mann mit kinnlangem braunem Haar und einem gelockten Bart. Dunkle Augen wie die seines Oheims Balduin blitzten sie freundlich unter buschigen Brauen an. Als Johann schwungvoll von seinem imposanten Schlachtross, einem Rappen, abstieg, überragte er Loretta um mehr als Haupteslänge. Mit formvollendeter Höflichkeit verbeugte er sich vor ihr. Seine Begrüßungsworte standen der höfischen Geste in nichts nach.

»Edle Gräfin von Starkenburg-Sponheim, ich grüße Euch. Eure unvergleichliche Schönheit wird im gesamten Reich und weit über dessen Grenzen hinaus gerühmt. Doch Euer Anblick übertrifft alles, was die Bänkelsänger erdichtet haben. Ich bin stolz und froh, Euer Gast sein zu dürfen.«

Loretta spürte, dass sie errötete, während sie den Gruß erwiderte. Sie neigte den Kopf: »Auch ich heiße Euch in meinem bescheidenen Heim auf das herzlichste willkommen, edler König von Böhmen. Es ist eine unverhoffte Ehre, Euch hier empfangen zu dürfen.«

Johann lächelte leicht. Ihm war das Wort *unverhofft* nicht entgangen, mit dem Loretta ihr Erstaunen über seinen Besuch zum Ausdruck brachte. Er nahm einen tiefen Zug aus dem Silberpokal, den sie ihm zur Begrüßung reichte. Genießerisch leckte er sich über die Lippen.

»Das muss Wein aus der köstlichen Lage in Kröv sein, Dame Loretta, dessen Ruf fast so bekannt ist wie der Eurige.« In der Tat hatte Loretta dem König ihren besten Weißwein kredenzt.

»Ich freue mich, dass er Euch mundet, edler Herr. Nun möchte ich Euch mit meinen Söhnen und meinem Oheim Matthias von Starkenburg bekannt machen und Euch alsdann meine Ritter und ihre Damen vorstellen. Auch die Herren des ehrwürdigen Domkapitels zu Trier werden Euch begrüßen wollen.«

Natürlich hatte sich der Dompropst von Rodemachern mit den übrigen Trierer Amtsträgern zur Begrüßung Johanns eingefunden. Nur Balduin fehlte.

Das fiel natürlich auch Johann auf. »Darf ich Euch fragen, edle Dame, wo sich mein Oheim Balduin aufhält?«

Lorettas Gesichtsausdruck wurde ernst. »Er beliebt, die Kemenate, in der er logiert, nicht zu verlassen, hoher Herr.«

»Auch nicht, um mich zu begrüßen?«

Wieder errötete Loretta leicht. »Das habe ich nicht angefragt, hochwohlgeborener Herr. Da Euer Oheim all meine Einladungen zum Nachtmahl beständig ausgeschlagen hat …« Sie stockte, da sie nicht recht wusste, wie sie den Satz beenden sollte.

» … habt Ihr befürchtet, er würde sich auch weigern, mich zu begrüßen?« Ein ganz klein wenig hob Johann am Ende des Satzes die Stimme. Falls er indigniert über Lorettas Verhalten war, war dies das einzige Zeichen dafür.

»Ich werde ihm natürlich eine weitere Einladung für das Festmahl überbringen lassen, dessen Zubereitung bereits im vollen Gange ist.«

Johanns Miene entspannte sich. Loretta ahnte mehr, als dass sie es hörte, dass die Trierer Domherren in ihrem Rücken aufatmeten.

Johann lächelte verschmitzt. »So lasst uns den Rest des Tages der Ruhe pflegen und Eure Gastfreundschaft genießen, Dame Loretta. Die hohe Politik kann unter diesen Umständen auch noch bis morgen warten.«

Kapitel 33

Starkenburg, Juni 1328, am nächsten Tag

Und Ihr wollt wirklich alleine mit Johann von Böhmen sprechen?« Matthias von Starkenburg runzelte missbilligend die Stirn. Auch Johannes von Brunshorn und Volker von Falkenstein blickten misstrauisch drein.

Loretta zögerte einen Moment lang, dann bekräftigte sie ihre Entscheidung. »So ist es, werte Herren. Doch seid versichert, dass ich Euch alles getreulich berichten werde, was wir besprochen haben.« Zu diesem Zeitpunkt ahnte sie nicht, dass sie diese Zusage nur teilweise einhalten würde.

Mit klopfendem Herzen betrat sie den kleinen Saal, um dort auf Johann zu warten. Seit dem gestrigen Abend schöpfte sie tatsächlich wieder neue Hoffnung, dass sich ihr Konflikt mit Balduin doch noch gütlich beilegen lassen würde. Mit der Ankunft seines Neffen war wieder frischer Wind in die festgefahrenen Positionen gekommen.

Das konnte man schon an dem Trinkspruch erkennen, den dieser den beiden Kontrahenten zu Ehren ausbrachte. »Und so bin ich voller Zuversicht, dass wir eine Lösung zur allseitigen Zufriedenheit finden werden«, endete er.

Selbst Balduins säuerliche Miene entspannte sich im Laufe des Abends mehr und mehr. Loretta ließ alles auffahren, was Küche und Keller hergaben. Ihr Gesinde hatte sich unter Hildas und Blanches Anleitung bei der Zubereitung der Speisen und dem Schmücken des Saales und der Tafeln selbst übertroffen. Als die Gaukler und Spielleute auftraten, die zufällig am Tag zuvor in Trarbach angekommen waren, konnte man den Erzbischof sogar ab und zu lächeln sehen.

Loretta war in ihr neuestes Prunkgewand aus gelber und blauer Seide gekleidet und sah, wenn man Johanns Beteuerungen Glauben schenken durfte, noch schöner aus als bei seiner Begrüßung am Nachmittag. Obwohl Balduin an Johanns anderer Seite am Kopfende der hohen Tafel saß, kamen keine Verlegenheitspausen auf. Der böhmische König erzählte voller Begeisterung von der Krönung in Reims, der er beigewohnt, und seinen Eindrücken aus den luxemburgischen Stammlanden, die er danach besucht hatte. So war der Abend in prächtigem Einvernehmen zu Ende gegangen. Bei der Verabschiedung bat Johann Loretta gleich für den nächsten Morgen um ein vertrauliches Gespräch unter vier Augen.

Nun hörte sie seine Schritte in der großen Halle. Sie stand vom Lehnsessel ihres Schwiegervaters auf und straffte die Schultern. Eine Weile hatte sie überlegt, ob sie Johann diesen Ehrenplatz anbieten sollte, sich dann aber dazu entschlossen, ihn selbst einzunehmen, wie es ihr als Herrin der Grafschaft und Hüterin des gefangenen Balduin zukam.

Auch das nachtblaue Gewand mit der grünen Cotte, das sie schon seit einigen Jahren besaß, kleidete sie gut, wie sie an Johanns bewundernden Blicken erkannte. Wieder verbeugte er sich formvollendet vor ihr.

Zu ihrer Überraschung verlor der böhmische König diesmal keine Zeit mit höfischem Geplänkel, sondern kam gleich so unvermittelt zur Sache, dass sie errötete.
»Es wundert mich nun nicht mehr, schöne Dame, dass mein Oheim trotz seines geistlichen Standes sein Herz so sehr an Euch verloren hat, dass man munkelt, er sei geradezu besessen von Euch.«
Loretta starrte ihn wortlos an. Ihre Zunge war wie gelähmt.
Johann hob entschuldigend die Hände. »Ich wollte Euch nicht in Verlegenheit bringen, Dame Loretta, sondern ganz im Gegenteil Eure Schönheit und Euren Geist ein weiteres Mal preisen. Beides in dieser Vollendung vereint, findet man kaum ein zweites Mal unter Gottes Sonne.«
»Euer Oheim wusste dies allerdings selten zu schätzen.« Die Worte waren ihr gegen ihren Willen entschlüpft. Vor Entsetzen legte sich Loretta spontan die Hand auf den Mund. Was war nur in sie gefahren, dass sie ihr Verhältnis mit Balduin so freimütig preisgab? Deshalb fragte sie nun: »Wer behauptet solches über mich und befleckt damit gleichermaßen die Ehre Eures Oheims und meine eigene?«
Wieder breitete Johann begütigend die Hände aus. »Es sind die Worte eines Priesters namens Remigius. Er diente meinem Oheim längere Zeit als Schreiber.«
Loretta verzog den Mund. »Ich kenne Remigius. Doch bislang glaubte ich, er sei erst zum Verräter geworden, nachdem er Balduins Hof verließ.«
Johann lächelte nachsichtig. »Remigius war schon während seiner Dienstzeit bei meinem Onkel sowohl ein Spitzel des Papstes als auch der böhmischen Krone.«
»Ihr ließt also Euren eigenen Oheim bespitzeln?«, fragte Loretta völlig entgeistert.
Johann zuckte mit den Schultern. »In der Welt der Mächtigen lässt jeder jeden bespitzeln. Ich wette, mein Onkel Balduin hat

an meinem Hof ebenfalls einen Kundschafter. In Avignon gibt es in der Umgebung des Papstes auf jeden Fall mehr als eine Person, die regelmäßig nach Trier berichtet.«
Loretta ließ dies auf sich wirken. Sie war weiterhin schockiert und fasste sich nur mühsam.
Johann überbrückte die Pause und fuhr fort: »Doch so müssen wir einander nichts vormachen, edle Dame, und ich kann Euch und meinem Oheim besser von Nutzen sein. Ich würde Euch gern einige Fragen stellen. Erlaubt Ihr mir das?«
Loretta nickte, immer noch sprachlos.
»Ist es wahr, dass mein Onkel eine Burg namens Nohfels auf Eurem Gebiet in Birkenfeld errichten ließ, ohne zuvor Euer Einverständnis einzuholen?«
Ein bitterer Geschmack breitete sich in Lorettas Mund aus. Sie nickte. »So ist es.«
»Gab es zuvor irgendetwas, womit Ihr ihn erzürnt habt?«
Loretta überlegte. »Ich war seine treue Verbündete in zwei Fehden gegen Friedrich von Kyrburg und Walram von Kastellaun. Zu Balduins Gunsten verzichtete ich beide Male auf einen maßgeblichen Anteil an der jeweils geleisteten Sühne.«
»Ich habe bereits davon gehört. Doch aus welchem Grund tatet Ihr das?« Johann war sichtlich erstaunt. »Jedermann, der mir Auskunft über Euch gab, berichtete, Ihr würdet Eure Regentschaft genauso gut wie nur irgendein Mann versehen. Wenn nicht sogar besser«, fügte er hinzu.
Nun wurde es Loretta auch noch im Magen flau. Wütend über sich selbst, antwortete sie: »Leider trifft das in diesen Fällen nicht zu. Auf meinen Anteil an der Sühne des Kyrburgers verzichtete ich, weil ich Schuldgefühle gegenüber Balduin hegte. Mein Schwager Pantaleon hatte ohne mein Wissen seinen Teil der Burg Dill an meinen Erzfeind und Friedrichs Verbündeten Walram von Kastellaun verkauft. Balduin zieh mich der Leichtfertigkeit, weil ich keine Kenntnis davon hatte. In der Tat muss-

ten wir Burg Dill in einer verlustreichen Schlacht erobern, bevor wir zur Schmidtburg weiterzogen.«

»Die ja nunmehr zu Balduins Gütern gehört«, konstatierte Johann. »Nun gut, das kann ich noch nachvollziehen. Doch warum begnügtet Ihr Euch auch beim Sieg über den Kastellauner mit einem vergleichsweise bescheidenen Sühnegeld? Diesmal war Balduins Anteil die zweite Hälfte der Handelsstadt Kirchberg.«

Loretta merkte zu ihrem Entsetzen, wie ihre Augen feucht wurden. Johann spürte ihren inneren Aufruhr sofort. Behutsam ergriff er ihre Hand.

»Dame Loretta, ich möchte Euch nicht bedrängen. Doch ich muss verstehen, was meinen Onkel bewegt.«

Loretta holte tief Luft. Dann erzählte sie Johann vom Schicksal Elisabeths, der Gattin Walrams. »Ihr seht, diesmal habe ich aus völlig weibischen Gründen auf meinen Anteil verzichtet. Schon mein Oheim Matthias hat mich darob heftig gescholten.«

Johann wiegte den Kopf. »Glaubt Ihr also, Balduin habe Euch als weibliche Regentin nicht ernst genug genommen und sei deshalb in Euer Gebiet eingedrungen?« Er runzelte nachdenklich die Stirn. »Doch das kann nicht alles sein. Habt Ihr nicht seinerzeit den Kyrburger auf der Starkenburg eingekerkert, bis er Eurem Sohn den Lehnseid leistete? Und das, obwohl Ihr ihn ebenfalls ohne Fehdebrief entführen ließet?«

Bevor Loretta antworten konnte, fuhr er fort: »Und seid Ihr nicht die erste Frau, die eine Trutzburg errichten ließ? Daran muss Balduin doch erkannt haben, dass Ihr Euer Amt mit männlicher Stärke ausübt.«

Jetzt fand Loretta ihr inneres Gleichgewicht wieder. »So ist es, edler Johann. Und genau das nahm er mir übel. Er setzte nie einen Fuß in die Frauenburg, nachdem sie fertiggestellt war, sondern beschuldigte mich stattdessen, seine Politik nachzuahmen.«

»Was gar keine schlechte Taktik von Euch gewesen wäre. Immerhin war Balduin damit über viele Jahre erfolgreich. Doch sowohl den Baldenstein im Westerwald als auch die Trutzeltz in der Eifel und erst recht die Burgen Baldeneck und Baldenau errichtete Balduin gegen seine Feinde. Ihr jedoch wart seine Verbündete.«

»Nicht immer«, erwiderte Loretta. »Einmal bin ich ihm erfolgreich entgegengetreten.« Sie berichtete Johann von Balduins Versuch, Einfluss im Kröver Reich zu erlangen, den sie erfolgreich vereitelt hatte.

»Das ist also der Grund, warum Ihr das Kröver Reich in Euren Sühneforderungen aufgeführt habt. Ich gestehe, das war der einzige Passus, den ich bislang nicht so recht verstanden habe.«

»So kennt Ihr meine Sühnebedingungen?« Ein schrecklicher Verdacht stieg in Loretta auf. »Habt Ihr etwa auch auf meiner Burg einen Spitzel?«

Johann machte eine abwehrende Geste und schüttelte den Kopf. »Aber nein, Dame Loretta. Eure Sühneforderungen sind jedoch nicht geheim geblieben, sondern kursieren zumindest am ganzen Trierer Hof. Balduins Domherren, die zur Starkenburg reisten, sind ja nur ein Teil des Domkapitels. Sie haben zwar die Ermächtigung, im Namen der anderen Mitglieder zu verhandeln, doch sie berichten regelmäßig über die Fortschritte nach Trier. Genauer gesagt, über die mangelnden Fortschritte. Das ist auch der Grund, warum ich mich eingemischt habe. Die Gefangenschaft meines Oheims Balduin fügt nicht nur seinem Amt als Kurfürst und Erzbischof großen Schaden zu. Ebenso ist das Haus Luxemburg, dem wir entstammen, davon betroffen und damit auch das Königreich Böhmen, das schwer genug zu beherrschen ist, wie Ihr ja sicherlich wisst.«

Er wechselte das Thema. »Lasst mich noch etwas anderes fragen, Dame Loretta. Ist es wahr, dass Ihr meinem Oheim zweimal das Leben gerettet habt? Und wart Ihr ihm selbst einmal in aufrichtiger Liebe zugetan?«

Loretta nickte. Als mache sich ihre Zunge selbständig, sprudelten die Worte nunmehr aus ihr heraus. Schonungslos mit sich selbst und mit Balduin schilderte sie Johann die Höhen und Tiefen ihrer Liebesbeziehung, von den Anfängen auf der Starkenburg bis hin zu ihrer Demütigung auf der Grimburg. Die Sonne stand schon hoch am Himmel, im großen Saal schlugen die Mägde die Tafeln für das Mittagsmahl auf, als sie endlich zum Ende kam. Zu ihrem Erstaunen hatte sie weder Schuldgefühle, noch schämte sie sich, sondern fühlte sich erleichtert wie nach einer Beichte.
Johann hatte überwiegend schweigend zugehört und nur ab und zu ein paar Nachfragen gestellt. Als sie zu sprechen aufhörte, ergriff er erneut ihre Hände und drückte sie.
»Ihr seid wahrlich eine tapfere und bewundernswerte Frau, Dame Loretta. Für Eure Offenheit und Euer Vertrauen kann ich Euch nicht genug danken. Nun sehe ich klarer, und alles, was ich zuvor nicht verstand, leuchtet mir nunmehr ein.«
Er stand auf und verneigte sich zum Abschied. »Lasst mich nach dem Mittagsmahl mit meinem Oheim sprechen, teure Gräfin. Ich bin sicherer denn je, dass wir einen guten Kompromiss finden werden.«

Tief in Gedanken verließ Loretta den kleinen Saal, durchquerte die Halle und trat auf den Burghof. Noch war das Mittagsmahl nicht aufgetragen. Deshalb machte sie sich zu dem kleinen Burggarten auf, in dem es einige schattige Plätze gab, von denen man einen wunderbaren Blick auf die umliegende Landschaft genießen konnte.
Es dauerte eine Weile, bis das leise Geräusch in ihr Bewusstsein drang. Es hörte sich wie ein unterdrücktes Schluchzen an. Vorsichtig trat sie näher auf die Laube aus Kletterrosen zu, aus der das Weinen kam. Bevor sie jedoch ausmachen konnte, wer dort schluchzte, trat ein Mann aus dem Schatten und ging mit gro-

ßen Schritten auf den Eingang zum Burghof zu. Es war Nikolaus von Schonenberg, ihr junger Ritter. Sein Gesicht war hochrot. Als er Lorettas ansichtig wurde, vertiefte sich seine Röte noch einmal. Mit einer knappen Verbeugung, doch ohne ein Wort, eilte er an ihr vorbei.

Was hatte das zu bedeuten? Auf Zehenspitzen näherte sich Loretta der Rosenlaube. Vorsichtig lugte sie um die Ecke und erblickte Blanche, die sich gerade die geröteten Augen rieb. Als ihre Nichte sie bemerkte, sprang sie auf und setzte ein gezwungen wirkendes Lächeln auf.

»Wie schön, Euch zu sehen, liebste Muhme«, kam sie Lorettas besorgter Frage zuvor. »Sicher wollt auch Ihr Euch ein wenig an diesem verwunschenen Plätzchen ausruhen. Mir fehlt leider die weitere Muße dazu.«

Bevor die verblüffte Loretta etwas entgegnen konnte, huschte Blanche auch schon an ihr vorbei durch den schmalen Durchgang. Kopfschüttelnd sah Loretta ihr nach.

»Oheim, ich gestehe Euch offen, dass ich Eure Gründe, Dame Loretta jede Verhandlung bis auf weiteres zu verweigern, nicht nachvollziehen kann. Wollt Ihr denn bis zum Winter oder darüber hinaus hier auf der Starkenburg bleiben? Freilich, die Küche ist köstlich, und die Betten sind weich«, fügte er mit leisem Spott hinzu. »Doch wiegt das die Kurfürstenwürde von Mainz auf, um die Ihr Euch kümmern müsstet?«

Balduin musterte seinen Neffen mit finsterem Blick. »Seid Ihr nur hierhergekommen, um mich zu verhöhnen?«

Johanns Miene wurde ernst. »Mitnichten, werter Oheim. Ich bin in Sorge um Euer Ansehen und das unserer ganzen Familie.«

»Mein Ansehen?« Balduin war empört. »Das Ansehen dieses Weibes ist zu Schaden gekommen, nicht meines. Schließlich hat sie mich widerrechtlich gefangen nehmen lassen.«

»Ihr habt ihr wohl keine andere Wahl gelassen«, erwiderte Johann trocken.

Balduin schnappte nach Luft. Johann nutzte die Gelegenheit und kam seiner nächsten Antwort zuvor. »Was hättet Ihr selbst denn an ihrer Stelle getan? Wenn sie widerrechtlich auf Eurem Gebiet eine Trutzburg errichtet hätte?«

Aus diesem Blickwinkel hatte Balduin die Sache noch nie betrachtet. Er schwieg verblüfft.

Sie hat weder in der Fehde um die Schmidtburg noch um Kastellaun auf ihre Rechte gepocht. Doch diese Gedanken wollte er Johann gegenüber nicht eingestehen.

Sein Neffe beantwortete die Frage selbst. »*Ihr* hättet die Burg sofort geschleift. *Ihr* hättet Euch keinen Gottesfrieden aufzwingen lassen, sondern wärt in ihre Grafschaft eingefallen, um Euch an ihrem Besitz schadlos zu halten. Ist es nicht so?« Als Balduin weiterhin stumm blieb, insistierte er. »Hättet Ihr nicht genau so gehandelt, wie ich es gerade beschrieben habe?«

Balduin nickte widerwillig. »Ihr mögt recht haben, Neffe Johann. Doch das könnt Ihr nicht miteinander vergleichen!«

Nun gab sich Johann keine Mühe mehr, seine Belustigung zu verbergen. »Warum denn nicht, werter Onkel?«

»Ich habe ein Kurfürstentum, das von meinen Vorgängern über Jahrzehnte hinweg vernachlässigt wurde, zu sichern und seine Grenzen zu erweitern. Ich ziehe daraus für mich keinerlei persönlichen Vorteil, sondern tue es …«

Johann fiel ihm ins Wort: » … zum Ruhme Gottes und der heiligen Mutter Kirche?«

»Wagt nicht, auch darüber zu spotten, Neffe!«, drohte Balduin.

Johanns Züge wurden hart. »Ihr habt recht, Oheim, dazu ist die Sache viel zu ernst. Ihr wollt mir also weismachen, dass die Motive einer Mutter, die für ihre Nachkommen eine kleine Grafschaft verteidigt, deren Gebiet nur einen Bruchteil Eures Kurfürstentums ausmacht, weniger edel sind als die Euren. Obwohl

Ihr mit dem Oberhaupt der heiligen Kirche, für die Ihr zu handeln vorgebt, seit Jahren immer wieder im offenen Streit liegt. Und darüber hinaus dem von Johannes XXII. bestimmten Nachfolger auf dem Mainzer Kurfürstenthron jetzt kampflos das Feld überlasst, anstatt Eure Macht auf dieses weit stattlichere Gebiet auszudehnen. Und …«, er hob die Hand, um seine Rede zu Ende zu bringen, »und dabei sogar Eure Vorgänger auf dem Trierer Bischofsthron der Vernachlässigung ihrer Pflichten zeiht, obwohl Eure Amtsgeschäfte dort seit Wochen ruhen und das ganze Land mittlerweile Spottlieder über das Haus Luxemburg singt!« Johann redete sich zunehmend in Rage.
Balduin war betroffen. »Ist es wirklich so schlimm, Neffe?«, fragte er kleinlaut.
»Noch schlimmer«, entgegnete ihm Johann. »Zumal die Spatzen von den Dächern pfeifen, dass es sich bei Gräfin Loretta zudem noch um Eure ehemalige Geliebte handelt.«
Balduins Gesicht wurde puterrot. »Dieser verfluchte Remigius«, knurrte er.
Johann zuckte mit den Schultern. »Wenn er Euch nicht ans Messer geliefert hätte, hätte Papst Johannes einen anderen gefunden.« Er holte tief Luft und musste sich sichtlich beherrschen. »Also, was gedenkt Ihr nun zu tun?«
»Die Forderungen dieses Weibsstücks sind unverschämt«, unternahm Balduin einen letzten Versuch.
Nun wurde Johann zornig. »Sprecht nicht so respektlos über eine tapfere Frau, die Euch zweimal das Leben gerettet hat und die Euch zweifellos immer noch liebt! Wobei allein Gott, der Allmächtige, weiß, womit Ihr das verdient habt!«
Balduin war bis ins Mark getroffen. Ihm fehlten die Worte. *Sie liebt mich noch immer? Hat sie Johann das gestanden?*
Gnadenlos riss ihn sein Neffe aus diesen Gedanken. »Grübelt später über Gräfin Lorettas Gefühle für Euch nach!«, traf er den Nagel auf den Kopf. »Jetzt verratet mir bitte, was Ihr so unver-

schämt an ihren Forderungen findet. Meines Wissens verlangt sie nur von Euch, dass Ihr den unrechtmäßig erbauten Nohfels übergebt und Euch in Zukunft von ihren Ländereien fernhaltet. Was ist daran unbillig?«

»Die Ländereien in Birkenfeld sind altes kurtrierisches Lehen.«

»Die Eure Vorgänger so stark vernachlässigt haben, wie Ihr soeben richtig bemerktet, dass es heute keinen Trierer Rechtsanspruch mehr darauf gibt. Wäre es anders, hättet Ihr schon längst die entsprechenden Dokumente aus Eurem Archiv geholt, um es zu beweisen. Schließlich ist Eure Urkundensammlung eine der umfangreichsten im ganzen Reich! Ist es nicht so?«

Balduin nickte widerwillig und wich auf ein anderes Thema aus. »Gräfin Loretta verlangt sogar, dass ich mich zeit meines Lebens verpflichte, die Pfandschaft für das Kröver Reich nicht einzulösen!«

»Auch das ist mehr als verständlich. Das Kröver Reich zählt zum wertvollsten Besitz der Grafschaft. Und hat König Ludwig der Bayer den Starkenburgern nicht persönlich versprochen, dass die Pfandschaft von niemandem eingelöst werden darf, solange er lebt? Der König ist noch recht jung!«

»Loretta verlangt sogar, dass meine Nachfolger keinen Anspruch auf das Gebiet erheben. Dabei zerteilt es meine Lande in zwei Hälften.«

Johann blieb unerbittlich. »Und habt Ihr davon irgendeinen Nachteil? Schließt Frieden mit Loretta, dann dürft Ihr das Gebiet jederzeit gefahrlos durchqueren und sogar Truppen von einem Teil in den anderen bringen, sollte das je erforderlich sein.« Ihm kam eine Idee. »Außerdem könnt Ihr das von Loretta im Gegenzug sogar verlangen! Und was Eure Nachfolger mit diesem Passus der Sühnebestimmungen anfangen, wenn Ihr und Gräfin Loretta nicht mehr auf Erden weilt, muss Euch darüber hinaus nicht kümmern!«

»Also soll ich mich all ihren Forderungen widerstandslos beu-

gen? Haltet Ihr das der Ehre des Hauses Luxemburg und meines Kurfürstentums für dienlicher?« Balduin war gekränkt.
»Keineswegs, lieber Oheim.« Ganz offensichtlich hatte Johann seinen Onkel nun da, wo er ihn haben wollte. Ein breites Lächeln erschien auf seinem Gesicht. »Keineswegs! Es gilt, aus Gräfin Lorettas Forderungen nun einen Handel zu machen, der auch Euch zur Ehre gereicht! Darum hört meine Vorschläge!«
In der nächsten Stunde lauschte Balduin fasziniert. Zum ersten Mal wurde ihm klar, dass er in Loretta eine ihm ebenbürtige Gegnerin hatte. Allein dies milderte das Gefühl der Scham, so schmählich in Gefangenschaft geraten zu sein. Doch viel faszinierender war ein anderer Gedanke, der ihn immer wieder ablenkte.
Loretta liebt mich noch immer! Diese Worte gingen ihm nicht mehr aus dem Sinn.

Starkenburg, Ende Juni 1328, zwei Tage später

»So hört nun, edle Dame, was ich Euch im Namen meines Oheims vorschlagen möchte!«
An ihrem schnell gehenden Atem erkannte Johann, dass Loretta aufgeregter war, als es ihre gelassene Miene vortäuschen sollte. Auch ihre engsten Berater, die dem Gespräch diesmal beiwohnten, wirkten angespannt.
Seinerseits hatte Johann als gewiefter Taktiker absichtlich einen ganzen Tag verstreichen lassen, bevor er mit Balduins Angebot auf die Gegenseite zuging. Schon gestern hatte sein Oheim nach nur einer Nacht Bedenkzeit seinen Vorschlägen zugestimmt. Doch Johann wusste, dass Warten zermürbte, und wollte dies zum Vorteil beider Parteien nutzen. Schließlich war eine Einigung überfällig. Schon sang man in Prag auch Spottlieder

über ihn selbst, wie er einem Schreiben seines Kanzlers, das heute Morgen angekommen war, entnommen hatte.

»Mein Oheim akzeptiert Eure Forderung, den Nohfels zurückzugeben und sich in Zukunft von Euren Ländereien fernzuhalten. Auch achtet er Euren Besitzstand im Kröver Reich! Als Unterpfand bis zur Übergabe des Nohfels überlässt er Eurem Treuhänder Johannes von Brunshorn seine festen Schlösser in Cochem, Bernkastel und Manderscheid und stimmt zu, sie bei Zuwiderhandlung gegen diese Sühnebestimmungen für eine Pfandsumme von dreißigtausend Pfund Heller auszulösen!«

Ungläubiges Staunen zeigte sich auf den Gesichtern Lorettas und ihrer Berater. Matthias von Starkenburg, der erfahrenste Taktiker unter Lorettas Getreuen, fasste sich als Erster. »Was hat diese Sinneswandlung bewirkt, edler Johann?«

»Meine Vorschläge, was Ihr als gegnerische Partei einzubringen habt!«

Die Erleichterung wich sofort neuem Misstrauen. »Und um welche Forderungen handelt es sich?«, fragte Loretta spitz.

Johann verbeugte sich in ihre Richtung. »Auch Ihr, Gräfin Loretta, sichert meinem Oheim Balduin zu, niemals Anspruch auf kurtrierisches Territorium zu erheben oder eine Trutzburg in seinen Landen zu erbauen oder sein Gebiet anderweitig zu schädigen.« Insgeheim war Johann belustigt über Lorettas völlig verblüffte Miene.

Wieder fasste sich Matthias von Starkenburg als Erster. »Das zuzusichern, dürfte die leichteste Übung sein.«

Johann nickte. »Des Weiteren gewährt Ihr dem Erzbischof jederzeit freien Durchzug zu Lande und zu Wasser durch das von Euch verwaltete Kröver Reich.«

»Auch damit bin ich einverstanden«, versicherte Loretta, die ihre Sprache nunmehr wiedergefunden hatte.

Johann lächelte sie an. »Das ist gut, hohe Dame. Es wird meinen Oheim freuen. Nun hört, was ich weiter zu sagen habe. Mein

Oheim verlangt, dass Ihr ein Bündnis mit ihm gegen jedermann schließt, das erst erlischt, wenn eine der beiden Parteien stirbt. Ihr leistet Euch damit gegenseitig Beistand in jeder Fehde. Davon ausgenommen sind nur feindselige Handlungen einer Partei gegen den Papst, das Reich, das Erzbistum Mainz und unsere Herkunftsfamilien, die Häuser Luxemburg und Salm. In diesem Fall ist die jeweils andere Partei nicht zur Hilfeleistung verpflichtet, sondern darf der angegriffenen dritten Partei sogar zu Hilfe kommen.«

»Warum hat der ehrwürdige Erzbischof uns diese Ansinnen nicht längst übermittelt, edler Johann?«, fragte Johannes von Brunshorn.

»Wahrscheinlich hatte Erzbischof Balduin noch keine Gelegenheit, seine eigenen Forderungen vorzutragen.«

»Meine Herrin Loretta hätte ihm jederzeit das Wort dazu erteilt.«

Johann zog einen Lidschlag lang die Brauen zusammen. Die Bemerkung war vonseiten des Ritters gekommen, der Gräfin Loretta mit dem Blick eines treuen Hundes verfolgte, wohin sie auch ging.

»Lasst es gut sein, Volker«, beschwichtigte ihn Loretta.

Wie war doch gleich noch einmal sein Name?, dachte Johann. *Ah ja, Volker von Falkenstein. Aus niederem Adel, soviel ich weiß, doch zweifellos ein ernstzunehmender Rivale meines Onkels um Lorettas Gunst.* Ein süffisantes Lächeln spielte um Johanns Lippen. Bei passender Gelegenheit würde er es nicht versäumen, Balduin seinen Verdacht unter die Nase zu reiben. Doch nun gab es Wichtigeres zu tun.

»Mein Oheim verlangt auch von Euch eine Garantie dafür, dass Ihr die Sühnebestimmungen einhaltet«, wandte er sich an Loretta. Fast tat es ihm leid zu sehen, wie sie erblasste. »Verstößt der Erzbischof gegen diese, sind seine drei genannten Schlösser sofort wieder in die Obhut Eures Treuhänders zu übergeben.«

Er machte eine kleine Kunstpause. »Verstoßt Ihr, edle Gräfin Loretta, jedoch gegen Eure Zusagen, werdet Ihr in Ehrenhaft genommen, die Ihr in Metz oder Diedenhofen verbringt, bis Ihr Euch zur Unterlassung verpflichtet.«

»Ihr wollt meine Herrin einkerkern lassen?« Wieder mischte sich der empörte Volker ein. Diesmal fuhr ihm Matthias in die Parade.

»Volker, nun mäßigt Euch doch! Welchen Anlass, sie in Ehrenhaft zu nehmen, sollte Gräfin Loretta dem edlen Herrn Balduin denn jemals geben?«

»Ihr habt recht, liebster Onkel.« Loretta wirkte nun sogar amüsiert. »Dass ein solcher Fall eintritt, ist noch unwahrscheinlicher, als dass es Schnee im Juli gibt.«

»Kommen wir nun zur Frage der Bürgschaft«, beeilte sich Johann fortzufahren. Dieser Ritter war unberechenbar. Wer weiß, was er ihm noch für Steine in den Weg legen würde, jetzt, wo sie dem Ziel schon so nahe waren. »Auch das Folgende habe ich mit meinem Oheim Balduin besprochen. Ich habe ihm verständlich gemacht, dass Ihr Sorge habt, er würde nach seiner Freilassung keine Vereinbarung anerkennen, da Ihr Euch im Stadium der Exkommunikation befindet und somit niemand an eine Zusage Euch gegenüber gebunden ist.«

Wieder sah er Loretta erbleichen. Schnell sprach er weiter. »Daher habe ich mich meinem Oheim als erster Bürge angeboten, der für die Einhaltung seiner Verpflichtungen einstehen wird. Es wird nun nicht schwerfallen, noch weitere elf Edelleute, die ihm als Lehnsherrn verpflichtet sind, als Bürgen zu gewinnen. Auch mit der Bürgschaft der fünf festen Städte ist der edle Balduin einverstanden. Es ist ihm ein großes Anliegen, dass Ihr seine Absicht, fortan in Frieden mit Euch zu leben, erkennt.«

Er holte tief Luft. Fast war er am Ziel. Es fehlte nur noch der letzte Spielzug. »Des Weiteren rate ich Euch, edle Dame Loretta, das Lösegeld für den Erzbischof nicht allzu hoch anzusetzen.

Das wird ihn noch versöhnlicher stimmen. Bedenkt dabei, dass Ihr ihn tatsächlich entführen ließet, ohne ihm zuvor die Fehde zu erklären.«

»Was haltet Ihr denn für eine angemessene Summe?« Auf diese Frage Lorettas hatte Johann gewartet.

»Nun«, er setzte sein »Grübelgesicht« auf, wie es seine feindselige Gattin zu nennen pflegte. »Das ist schwer zu sagen.« Er machte eine weitere Kunstpause. Plötzlich schien ihm eine Idee zu kommen. »Es sollte nicht mehr sein, als Ihr von Walram von Kastellaun erhalten habt.« Die Summe von zwölftausend Pfund Heller war lächerlich für die Auslösung eines Kurfürsten.

Doch Loretta fiel auf den Trick herein und überraschte ihn sogar. »Dann setze ich das Lösegeld auf elftausend Pfund Heller fest.«

Johann beobachtete, wie Matthias von Starkenburg einmal tief Luft holte. Doch in seiner Gegenwart konnte er Loretta weder tadeln noch einen anderen Vorschlag unterbreiten.

Nun wähnte sich Johann am Ziel. Er grinste breit. Loretta ahnte offensichtlich nicht, dass Balduin diese geringe Summe als Missachtung seiner Würde als Kurfürst ansehen und deshalb wahrscheinlich aus freien Stücken erhöhen würde. Also wartete auf die tapfere Gräfin noch eine durchaus angenehme Überraschung.

Doch vorläufig überraschte Loretta *ihn* noch einmal. »Edler Johann«, begann sie. Ihre Stimme klang zögerlich. Einen Moment lang glaubte Johann, sie wolle nicht weitersprechen, doch dann gab sie sich einen Ruck. »Eine neue Forderung ist noch hinzugekommen.«

Nicht nur Johann selbst war entgeistert, auch Lorettas Berater Matthias von Starkenburg und Johannes von Brunshorn schienen von dieser Bedingung nichts zu wissen, wie er ihren entsetzten Mienen entnahm. Einzig Volker von Falkenstein lächelte triumphierend. Sollten die Verhandlungen jetzt noch in letzter Minute scheitern?

»Es geht um meinen Vater Bernhard von Salm«, setzte Loretta ihre Rede mit leiser Stimme fort. »Er hat vor einigen Jahren dem edlen Herrn Balduin seine Burg Hunolstein an der Drohn wieder als Lehen angetragen! Das Gebiet gehörte vor langer Zeit einmal zu Kurtrier.«

Und nun fordert sie die Burg zurück? Das möge der Allmächtige verhüten. Johann sah seine Felle bereits davonschwimmen. Darauf würde sich Balduin nie und nimmer einlassen.

»Erzbischof Balduin hat die Lehnsherrschaft angenommen«, sagte Loretta, noch immer zögernd. »Doch nun macht der Vogt von Hunolstein meinem Vater erneut das Leben schwer. Das war schon damals der Grund, warum mein Vater sich mit dem Besitz in den Schutz des Kurfürsten begab. Danach gaben die Vögte eine Zeitlang Ruhe. Doch nach dem Tod des letzten Vogtes hat sein Sohn Johannes jetzt wieder mit feindseligen Taten gegen meinen Vater begonnen.«

Johann fiel ein Stein vom Herzen, der zumindest der Größe des Trierer Domsteins entsprach. »Und nun möchtet Ihr den Erzbischof um Beistand für Euren Vater bitten«, ergänzte er Lorettas Rede.

»So ist es, Herr. Bislang hat mein Vater vergeblich darum ersucht und keine Antwort auf seine Schreiben erhalten. Nun möge der edle Balduin meinem Vater die Hilfe gewähren, zu der ein Lehnsherr seinen bedrängten Lehnsleuten verpflichtet ist.«

»Nichts leichter als das!« Johann hielt im letzten Moment inne und biss sich auf die Lippen. Er durfte keineswegs zeigen, wie erleichtert er war. »Ich werde meinem Oheim Eure Bitte vortragen, Gräfin Loretta«, setzte er würdevoll fort. »Ich bin sicher, er wird Eurem Vater seine Unterstützung nicht verweigern.«

Kapitel 34

Starkenburg, 7. Juli 1328

Wer hätte das vor sechs Monden gedacht, schoss es Loretta durch den Kopf, als sie, geführt von Oheim Matthias, den großen, festlich mit roten Rosen und weißen Lilien geschmückten Rittersaal der Starkenburg betrat.

Blanche hatte die Idee gehabt, den Raum in den Farben des Starkenburg-Sponheimer Wappens auszuschmücken, um einen der zweifellos bedeutendsten Tage in der Geschichte der Grafschaft gebührend hervorzuheben. Und obwohl Loretta nur ihr zweitjüngstes Prunkgewand trug, das in den Farben Purpur und Elfenbein perfekt zum Saalschmuck passte, so kleidete es sie doch besser als je zuvor.

Zudem kam dem Gewand eine symbolische Bedeutung zu. Sie hatte es in den Tagen ihrer größten Demütigung auf der Grimburg getragen, und so schien es nur recht und billig, auch heute darin zu erscheinen, am Tag ihres größten Triumphs über Balduin.

Die Gäste waren in Anzahl und Herkunft bei weitem mehr, als zuletzt anlässlich des Lehnseids des Wildgrafen Friedrich von Kyrburg in diesem Saal anwesend gewesen waren. Aufgereiht nach ihrem Rang, bildeten die Herren mit ihren in allen Farben des Regenbogens gekleideten Damen ein Spalier, durch das Loretta, huldvoll nach allen Seiten lächelnd, an Matthias' Seite schritt. Am Kopfende des Saales gegenüber dem Eingangsportal stand Johann von Sponheims Lehnsessel auf einem Podest, umrahmt von kleineren Prunkstühlen, auf denen bereits Balduin und Johann von Böhmen saßen. Beide Herren erhoben sich, als Loretta ihren Platz erreichte, und erwiesen ihr in vollendeter höfischer Manier ihre Reverenz.

Auch Balduin und sein Neffe waren überaus prächtig gekleidet. Der Erzbischof hatte sich seine knielange Surcotte aus grünem golddurchwirktem Damast eigens aus Trier kommen lassen. Johann dagegen hatte ein dunkelblaues Gewand gewählt, ebenfalls über und über mit vielfarbigen Stickereien geschmückt. Auf dem Haupt trug er die böhmische Krone.
Als Loretta sich setzte und anmutig die Schleppe ihres Kleides ordnete, verklangen die letzten Töne der Lauten und Schalmeien, mit denen eine kleine Gruppe von Spielleuten in einer Ecke des Saales die Gäste bis zu ihrer Ankunft unterhalten hatte. Mit einem leichten Nicken gab Loretta ihrer getreuen Hilda ein Zeichen, die sich unauffällig hinter einem der in großen Töpfen wachsenden Rosensträucher aufhielt, die zu beiden Seiten des Podestes aufgestellt worden waren. Die Magd, ebenfalls in einem neuen Gewand aus hellblau gefärbtem, feinem Leinen samt Haube, trat vor und stellte einen samtbezogenen Schemel schräg versetzt vor Lorettas Sessel ab.
Auf ihm nahm nun ihr ältester Sohn Hänsel Platz. Seiner stolzen Miene konnte Loretta ansehen, wie sehr es den allmählich zum Jüngling heranreifenden Knaben freute, so exponiert an der Zeremonie teilnehmen zu dürfen. Auch er trug ein neues Festgewand in den Farben des Sponheimer Wappens.
Etwas im Hintergrund, doch ganz in der Nähe des Podests verfolgten auch Lorettas jüngere Söhne das Geschehen. Sie saßen rechts und links neben Blanche, die ihr prächtiges kastanienbraunes Haar mit einem Kranz aus Rosen und Lilien geschmückt hatte. Ihre elfenbeinfarbene Surcotte über dem rosafarbenen Untergewand war mit roten Stickereien verziert, die sie zum Teil selbst angefertigt hatte.
Die ganze Verwandtschaft zollt dem Wappen der Starkenburger ihren Tribut, dachte Loretta voller Stolz. *Ich kann mich glücklich schätzen, eine solche Familie zu haben.*
In diesem Augenblick fiel ihr etwas auf. Sie warf noch einen ver-

stohlenen Blick auf ihre Nichte. *Nur Blanche macht mir Sorgen. Seit Tagen geht sie mit dunklen Ringen unter den Augen einher, als würde sie ein geheimer Kummer quälen, der sie nicht mehr richtig schlafen lässt. Sie hat zwar bestritten, in der Laube geweint zu haben, als ich sie darauf ansprach, doch ich bin sicher, mich nicht verhört zu haben.* Loretta seufzte. *Ob es etwas mit Nikolaus von Schonenberg zu tun hat? Sobald dies hier abgeschlossen ist, werde ich noch einmal das Gespräch mit ihr suchen.*
Eine Fanfare der beiden Herolde, die mit ihren Trompeten neben dem Eingang postiert waren, lenkte ihre Aufmerksamkeit wieder auf das Geschehen im Saal. Ihr Oheim Matthias trat vor, in den Händen eine zwei Ellen breite Pergamentrolle, die er nun bedächtig mit lauter, sonorer Stimme zu verlesen begann. Sie enthielt alle Sühnebestimmungen, die die Parteien vereinbart hatten. Die Zuhörer lauschten andächtig.
Da Loretta den Inhalt der Rolle mittlerweile auswendig kannte, ließ sie ihre Blicke durch den Saal schweifen. Alle waren sie heute gekommen, an vorderster Stelle Balduins mächtigste Lehnsleute, wie Johann von Böhmen es prophezeit hatte. Loretta erkannte den greisen Wilhelm von Katzenelnbogen, dessen Grafschaft zu den reichsten am Rhein zählte und der wegen seines hohen Alters als Einziger auf seinem Schemel verharrte, während Matthias las. Die Grafen von Sayn, mit den Sponheimern verwandt, waren ebenso gekommen wie die Grafen von Veldenz und von Saarbrücken und die Edelherren von Manderscheid, Virneburg und Blankenheim. In einer der hinteren Reihen erkannte Loretta den Vogt des Kröver Reichs, Ägidius von Daun, der Loretta noch beleibter erschien als bei ihrer letzten Begegnung.
Am meisten freute sie sich allerdings über die Teilnahme ihrer Eltern. Bernhard und Jeanne von Salm waren just am gestrigen Abend auf der Starkenburg eingetroffen. *Leider zu spät, um beiden ein neues Festgewand anmessen zu lassen.*
Kurz runzelte Loretta die Stirn. Ihre Eltern wirkten unter den

prächtig gekleideten Edelleuten rings um sie herum wie Entenweibchen unter Pfauen. Der Samt der dunkelbraunen Surcotte ihres Vaters war bereits fadenscheinig, die Goldstickereien an einigen Stellen brüchig geworden. Loretta kannte die Surcotte noch aus ihren Jugendjahren in Blieskastel.

Auch das Gewand ihrer Mutter war ihr bekannt. Es war dasselbe Kleid aus grüner Seide, das ihr Johann von Starkenburg, Lorettas Schwiegervater, einst zur Hochzeit ihrer Tochter mit Martin von Starkenburg geschenkt hatte. Anscheinend hatte Jeanne danach nie mehr ein neues Festkleid erhalten.

Loretta fühlte einen Hauch Traurigkeit, als sie ihre Mutter betrachtete. Jeanne war schon immer zart gewesen, doch jetzt wirkte ihr Gesicht nahezu hager. Das Kleid schlotterte ihr um die mageren Glieder. Trotzdem zeigte ihr Antlitz noch immer einen schwachen Abglanz ihrer früheren Schönheit.

Plötzlich spürte Loretta eine große Dankbarkeit in sich aufsteigen. *Wie reich und erfüllt ist doch mein Leben im Vergleich zu dem meiner Mutter – trotz aller Schwierigkeiten, die die Regentschaft mit sich bringt!* Sie freute sich auf das trauliche Gespräch, das die beiden Frauen für den nächsten Morgen vereinbart hatten.

»Und so frage ich Euch, Dame Loretta von Starkenburg-Sponheim, Regentin der Grafschaft für Euren Sohn Johannes, nehmt Ihr Euren Teil der Sühneverpflichtungen an?« Matthias war zum Ende gekommen und wartete auf ihre Antwort.

Loretta, die der Verlesung bisher im Sitzen beigewohnt hatte, erhob sich zugleich mit ihrem Sohn Hänsel. So hatten es die beiden am Vortag besprochen. Hänsel sollte mehr und mehr in die Regierungsgeschäfte einbezogen und auf seine zukünftige Herrscherrolle vorbereitet werden.

»Ich stimme im Namen meines Sohnes Johannes allen Verpflichtungen zu und gelobe, sie getreulich bis zum Ende meiner Regentschaft zu erfüllen.«

Durch einen leichten Druck der rechten Hand, die sie auf Hänsels Schulter gelegt hatte, gab sie ihrem Sohn das Zeichen für seinen Einsatz. Mit klarer Stimme ergänzte er: »Ich bin als zukünftiger Regent der Grafschaft Starkenburg-Sponheim mit allen Bestimmungen dieses Vertrages einverstanden und gelobe, diese, wie meine verehrte Frau Mutter, in allen Punkten wortgetreu zu befolgen.« Loretta spürte, wie ihr vor Rührung und Stolz die Augen feucht wurden.

Während Loretta und Hänsel wieder Platz nahmen, richtete Matthias das Wort an Balduin.

»Nun frage ich Euch, ehrwürdiger Balduin von Luxemburg, Erzbischof und Kurfürst zu Trier, nehmt Ihr Euren Teil der Sühneverpflichtungen an?«

Balduin erhob sich. Ein leichtes Lächeln umspielte seine Mundwinkel. »Ich nehme alle Verpflichtungen mit einer Ausnahme an und gelobe, sie getreulich in jedem Punkt zu befolgen.« Er machte eine kleine Pause.

Ein Raunen lief durch den Saal. Loretta erschrak bis ins Mark. Was hatte das zu bedeuten?

Hilfesuchend glitt ihr Blick zu Johann von Böhmen. Zu ihrem Erstaunen blitzte der Schalk aus seinen dunklen Augen.

Jetzt fuhr Balduin fort: »Die Lösegeldsumme von elftausend Pfund Heller erhöhe ich freiwillig auf die Summe von fünfzehntausend Pfund.« Loretta glaubte, ihren Ohren nicht zu trauen. Doch es kam noch besser. »Als Unterpfand für die Zahlung der Summe gelobe ich, so lange aus freien Stücken hier auf der Starkenburg zu verbleiben, bis das Geld bis zum letzten Heller übergeben wurde.«

Wieder hob ein Raunen an, diesmal vor freudiger Überraschung. Ringsumher sah Loretta in lächelnde Gesichter. Lediglich Volker von Falkenstein verzog keine Miene.

Balduin will freiwillig länger auf der Starkenburg bleiben? Loretta konnte es noch immer nicht fassen. Ein Blick auf Johann zeigte ihr, dass auch er von dieser Zusage Balduins nichts wusste. Zwar war es Balduin seit Johanns Ankunft erlaubt, die Kemenate jederzeit zu verlassen und sich frei im Burggelände zu bewegen, doch verlassen durfte er es natürlich nicht. Die Wachen hatten strengste Anweisung erhalten, den Erzbischof nie aus den Augen zu lassen. *Man sollte glauben, dass er es gar nicht erwarten kann, sofort abzureisen und wieder seine völlige Freiheit zu erlangen.*

Doch jetzt ging erst einmal die Zeremonie weiter. Eine zweite Fanfare kündigte den nächsten Akt an. Nacheinander traten Loretta und Balduin an den blankpolierten Tisch, auf dem Matthias die Urkunde ausgebreitet hatte, unterzeichneten und siegelten sie. Dann waren die Bürgen an der Reihe. Johann von Böhmen machte den Anfang und verließ das Podest.

»Ich bezeuge hiermit, dass sich die edle Gräfin Loretta von Starkenburg-Sponheim und mein ehrwürdiger Oheim Balduin von Luxemburg, Kurfürst und Erzbischof von Trier, zu den in dieser Urkunde niedergeschriebenen Sühneverpflichtungen bekannt und gelobt haben, sich getreulich daran zu halten.« Er hob die rechte Hand. »Ich, Johann, König von Böhmen aus dem Hause Luxemburg, gelobe meinerseits, als Bürge für diese Vereinbarungen einzustehen, da ich beiden Parteien vorbehaltlos vertraue. Im unwahrscheinlichen Fall, dass mein hochwohlgeborener Oheim, Herr Balduin von Luxemburg, gegen seine heute eingegangenen Zusagen verstößt, bin ich trotz meiner verwandtschaftlichen Bindung meiner Treue gegenüber Herrn Balduin entbunden und verpflichtet, der ehrenwerten Gräfin Loretta von Starkenburg-Sponheim oder ihrem Nachfolger, dem zukünftigen Herrscher der Grafschaft, Johannes von Starkenburg-Sponheim, unverzüglich zu Hilfe zu eilen.«

Obwohl Loretta gewusst hatte, dass Johann als Bürge auftreten würde, kam ihr diese Szene unwirklich vor. *In meinen kühnsten Träumen hätte ich nie zu hoffen gewagt, dass sich ein gekrönter*

Herrscher meiner Sache annimmt und mir persönlich seine Hilfe zusagt.

Doch es war kein Traum, auch wenn sie sich, um sich davon zu überzeugen, ab und an verstohlen mit den Fingern in den Oberschenkel kniff, während sie fasziniert und nach außen hin vollkommen gelassen den Fortgang des Geschehens verfolgte. Nacheinander traten nun Balduins Lehnsleute an den Tisch, leisteten ihren Eid mit ähnlichen Worten wie Johann von Böhmen, unterzeichneten die Urkunde und versahen sie mit ihren imposanten Siegeln. Ihnen taten es die Vertreter von Balduins festen Städten nach, deren Wappen auf den prächtigen Überröcken prangten. Schließlich hingen fast zwanzig blutrote Siegel an dem Dokument und zogen es mit ihrem Gewicht fast zu Boden.

Eine letzte Fanfare zeigte das Ende der Zeremonie an. Loretta fühlte sich unendlich erleichtert. Sie stand auf und klatschte in die Hände.

»Ihr edlen Damen und Herren!«, füllte ihre Stimme den Raum. »Ich danke Euch von Herzen für Euer zahlreiches Erscheinen und Eure Mitwirkung an der heutigen Zeremonie. Es ist wahrlich ein großer Tag für die Grafschaft Starkenburg-Sponheim.« Ein kurzer Blick aus dem Fenster zeigte ihr, dass die Sonne unvermindert strahlend vom Himmel schien. »So begebt Euch nun alle nach draußen, wo mein Gesinde im Burghof Erfrischungen bereithält, derweil die Tafeln für das große Festmahl aufgeschlagen werden, mit dem wir alsdann das heutige Ereignis gebührend feiern möchten.«

Als Loretta daraufhin Anstalten machte, vom Podest zu steigen, eilte Matthias herbei, um sie zu führen. Doch Hänsel kam ihm zuvor. Mit einer knappen Verbeugung vor seinem Großonkel reichte er Loretta die Hand. »Gewährt mir die Ehre, Frau Mutter!«

Mit stolzgeschwellter Brust führte er Loretta durch das Spalier der Edlen aus dem Saal hinaus.

Starkenburg, Juli 1328, am nächsten Tag

Johann von Böhmen wandte sich noch einmal um, bevor er mit seinem Gefolge den Hof der Starkenburg verließ, und winkte Loretta und seinem Oheim Balduin, der neben ihr stand, ein letztes Mal zu.

Sobald die Reiter die Burg verlassen hatten, spürte Loretta wieder die seltsame Befangenheit, die sie schon am gestrigen Festabend gegenüber Balduin empfunden hatte. Sie wurde weder aus ihm noch aus sich selbst schlau. Was hatte sich nur mit Johanns Besuch so plötzlich geändert?

Nach nur einem Gespräch mit seinem Neffen hatte Balduin ihren Vorschlägen in allen Punkten zugestimmt, ohne noch einmal auf die für ihn viel günstigeren Kompromissvorschläge zurückzukommen, die sie ihm zuvor unterbreitet hatte. Anzahl und Art der Bürgen entsprachen jetzt ihrer ersten Forderung, die selbst Matthias seinerzeit als unbillig hoch erachtet hatte. Doch am meisten war sie darüber verblüfft, dass Balduin die Lösegeldsumme aus freien Stücken und vor den Ohren aller Geladenen erhöht hatte.

Ihr selbst gegenüber war er den ganzen Abend über mit ausgesuchter Freundlichkeit begegnet. Doch die Wirkung auf Loretta war nicht die gleiche wie bei seinen früheren Versöhnungsversuchen. In ihrem tiefsten Inneren blieb sie misstrauisch und verwirrt, vor allem darüber, dass Balduin seinen Aufenthalt auf der Starkenburg freiwillig verlängern wollte, bis das Lösegeld eintraf, obwohl ihn dringende Amtsgeschäfte nach Trier und sogar nach Mainz riefen.

Jetzt richtete er das Wort an sie, wieder mit der Höflichkeit, die er ihr gegenüber seit Johanns Ankunft bezeugte. »Edle Dame Loretta, darf ich Euch um ein Gespräch unter vier Augen bitten? Ich habe Wichtiges mit Euch zu bereden.« Dabei verneigte er sich sogar.

Zum Glück hatte Loretta einen guten Vorwand, um seiner Bitte nicht stattzugeben. »Ich bedauere außerordentlich, ehrwürdiger Erzbischof«, antwortete sie förmlich. »Doch ich habe mich bereits mit meiner Mutter auf ein Gespräch verabredet. Ich habe sie seit vielen Jahren nicht mehr gesehen.«

Irrte sie sich, oder war Balduin einen Moment lang tatsächlich enttäuscht? *Es ist mir gleichgültig,* dachte sie trotzig. *Wochenlang hat er mir jeden Kontakt verweigert. Nun mag er selbst auch einmal warten.*

Seine Antwort verriet allerdings nichts dergleichen. »Das ist mehr als verständlich, Dame Loretta. Verzeiht meine Zudringlichkeit. Ich gedulde mich gerne, bis Ihr einen Augenblick für mich erübrigen könnt.« Nach einer weiteren Verbeugung wandte er sich zum Gehen.

Loretta ging auf ihre Mutter zu, die an der Seite ihres Gatten ebenfalls Johanns Abschied beigewohnt hatte, und reichte ihr den Arm.

»Endlich habe ich Zeit für Euch, liebste Mutter«, sagte sie warm und bemühte sich, ihre Irritation angesichts Balduins Verhalten abzuschütteln. »Da mein hoher Gast die Kemenate bewohnt und meine Schlafkammer keine Sitzgelegenheit bietet, folgt mir in den kleinen Saal neben der Halle. Dort können wir ungestört miteinander plaudern.«

Auf Lorettas Anweisung hin war dort bereits ein kleiner Kastentisch mit Früchten, Gebäck und Wein gedeckt. Als sie ihrer Mutter einschenken wollte, wehrte diese jedoch ab. »Ich vertrage keine berauschenden Getränke mehr, meine Liebe. Sei so gut und lass mir ein wenig warme Milch mit Honig bringen.« Anders als ihr Vater, der Loretta seit ihrer Hochzeit nur noch mit dem höflichen »Ihr« ansprach, behielt Jeanne gegenüber ihrer Tochter das vertraute »Du« ihrer Kindheit bei, zumindest wenn sie allein waren.

Besorgt stand Loretta auf und befahl Gerhild, die sich vor der

Tür des kleinen Saales dienstbereit hielt, das Gewünschte aus der Küche zu holen.

»Ist Euch nicht wohl, liebste Mutter?«, fragte sie, sobald sie die Tür wieder geschlossen hatte.

Jeanne winkte mit einem matten Lächeln ab. »Es ist nichts, mein Kind. Zumindest nichts Besonderes. Ein Frauenleiden, wie der Medikus sagt.«

Nun erschrak Loretta wirklich. Wenn ihr als geizig gegenüber der Familie verschriener Vater einen Medikus von seinen schmalen Einkünften bezahlte, stand es nicht gut um ihre Mutter.

Jeanne las Loretta vom Gesicht ab, woran sie dachte, und wechselte rasch das Thema.

»Ich bin sehr stolz auf dich, mein Kind.« Ihr zärtlicher Gesichtsausdruck bewegte Loretta tief. »Du hast weit mehr erreicht, als ich mir jemals für dich erträumt habe.«

Plötzlich stürmten die Erinnerungen an früher geradezu auf Loretta ein. Hatten sie nicht genau hier in diesem Raum gesessen, als Jeanne ihrer Tochter beizubringen versuchte, was eine Jungfrau in der Hochzeitsnacht erwartete? Die Bitterkeit, die sie darob noch immer empfand, überraschte Loretta in ihrer Heftigkeit selbst.

»Was hattet Ihr Euch denn für mich erträumt, Frau Mutter? Von einem Leben an der Seite eines Krüppels …« Sie stockte und biss sich auf die Lippen.

Jeanne blickte sie mit einem tieftraurigen Ausdruck in ihren Augen an. Ihre nächsten Worte beschämten Loretta zutiefst. »Ein Leben ohne Sorgen und Angst vor dem nächsten Winter, mein Kind.« Ihre Stimme klang sanft. »Einen Ehegemahl, der dich achtet und ehrt, wie er es bei der Trauung gelobt hat. Kinder, auf die du stolz bist und die eine glänzende Zukunft erwartet. Das habe ich mir für dich erträumt. Denn schon das wäre viel mehr gewesen, als mir je zuteilwurde.«

Loretta senkte die Augen. »Verzeiht mir meine Hoffart, Frau

Mutter. Ich weiß, dass Ihr mir nur das Allerbeste gewünscht habt.«

»Und zweifellos hast du vom Allerbesten ein großes Stück erhalten. Oder besser ausgedrückt, du hast es dir genommen. Du hast das Herz eines der mächtigsten Männer des Reiches erobert, wie man munkelt ...« Sie lächelte, als sie Lorettas erschrockenes Gesicht sah. »Obwohl wir in Blieskastel von allem höfischen Leben abgeschnitten sind, dringen die wichtigsten Nachrichten selbst bis zu uns vor. Doch sei unbesorgt. Ich verurteile dein Handeln nicht. Im Gegenteil, auch die Gefühle dieses großen Mannes hast du gänzlich zu deinem Vorteil und vor allem zu dem deines ältesten Sohnes genutzt. Davon konnte ich mich gestern mit eigenen Augen überzeugen. Meine Sorge um dich war also unbegründet, und das freut mich noch mehr als das Ansehen, das du dir als Frau im ganzen deutschen Reich erworben hast.«

»Von welcher Sorge sprecht Ihr, vielliebe Mutter?«

Jeanne seufzte. »Ich meine die *Gabe,* die du von deinen Urmüttern geerbt hast. Als du ein Mädchen warst, war sie sehr stark und brachte dir häufig kein Glück. Sag an, was ist später daraus geworden?«

Loretta wurde traurig. Sie überlegte. »Auch als erwachsene Frau brachte sie mir kein Glück oder nutzte mir nichts. Menschen, die mir sehr nahestanden, kamen ums Leben, ohne dass ich ihnen rechtzeitig zu Hilfe eilen konnte.« Unwillkürlich stiegen ihr die Tränen in die Augen, als sie an ihre jüdische Freundin Miriam dachte. »Und als ich Balduin zum zweiten Mal aufgrund der *Gabe* das Leben rettete, erwies er mir keine Dankbarkeit, sondern entfernte sich sogar innerlich wie äußerlich von mir. In dieser Zeit muss er mit dem Bau des Nohfels begonnen haben.«

Jeanne wirkte betroffen. »Und konntest du die *Gabe* nie zum Wohl deiner Söhne einsetzen?«

Loretta schüttelte den Kopf. »Meine Söhne waren wohl nie in

unmittelbarer Gefahr, was mich bei so drei ungebärdigen Jungen doch manchmal gewundert hat. Wahrscheinlich ist dies der guten Obhut geschuldet, in der sie aufgewachsen sind.«

Jeanne nahm einen Schluck von der warmen Milch, die Gerhild zwischenzeitlich gebracht hatte. Dann nickte sie lächelnd. »Du meinst die Nichte deines verstorbenen Gatten Martin, die deine Söhne betreut? Sie macht in der Tat einen sehr guten Eindruck auf mich.«

»Ja, Blanche ist als Erzieherin ein wahrer Schatz. Doch auch meiner früheren Hebamme und Leibmagd Hilda verdanken die Jungen viel. Sie hat sie alle auf die Welt geholt, ohne dass sie selbst oder ich zu Schaden kamen, und sie aufgezogen wie ihre leiblichen Kinder.«

»Hat dir die *Gabe* denn geholfen, deine Regentschaft zu behaupten und auszuüben?«

Loretta wurde erneut traurig. »Mitnichten, Frau Mutter, und das war auch nicht zu erwarten, wenn ich Euch damals richtig verstanden habe. Obwohl«, sie überlegte, »gegen meinen Widersacher Friedrich von Kyrburg war sie mir anfangs noch behilflich. Und auch den Verrat meines Verwalters Bertram von Enkirch habe ich gespürt und konnte ihn dadurch vereiteln. Doch schon den Vertrauensmissbrauch meines Schwagers Pantaleon, der unseren Anteil an der Stammburg Dill an meinen Erzfeind Walram von Kastellaun verschacherte, spürte ich nicht mehr so stark, dass ich handelte. Vielleicht weil ich mich nie um die Burg gekümmert habe, seitdem er sie zu Lehen erhielt.«

Jeanne seufzte. »Ja, es ist schon aus früheren Zeiten bekannt, dass die *Gabe* nicht immer zuverlässig ist. Außerdem wird sie mit zunehmendem Alter schwächer. Ich habe einmal gehört, dass so manch eine unserer Ahninnen, die sich auf die *Gabe* verließ, bitter enttäuscht wurde. Sie wirkt am besten, wenn sich ein scharfes eigenes Urteil und gute Menschenkenntnis mit ihr verbinden.«

»Und sie wirkt nicht bei Menschen, die man liebt, wenn sie einem Böses wollen«, sagte Loretta leise.
Sie spürte Jeannes mitfühlenden Blick auf sich ruhen und blickte deshalb zu Boden. »Ihr wisst, dass ich ausgerechnet Balduin den schlimmsten Tort meiner Regentschaft verdanke, liebe Mutter. Nichts bereitete mich darauf vor, dass er zeitweise zu meinem ärgsten Feind werden könnte.«
Die beiden Frauen schwiegen eine Weile. Dann ergriff Jeanne Lorettas Hand. »Es ist gut, dass du dadurch gelernt hast, dich selbst zu behaupten, Tochter. Nur das macht dich wirklich unabhängig und stark.«
»Ich danke Euch, Mutter, für Eure freundlichen Worte. Es ist sehr schade, dass wir uns so lange nicht gesprochen haben. Ihr müsst mich hier jetzt recht häufig besuchen. Versprecht Ihr mir das?«
Zu ihrem Erstaunen blieb Jeanne stumm. Plötzlich durchschoss Loretta ein eisiger Stich. Erschrocken blickte sie auf. Auch die Hand ihrer Mutter fühlte sich jetzt eiskalt an.
»Mutter, liebste Mutter, Ihr verbergt etwas vor mir! Sagt mir, was es ist.«
Erst jetzt fiel ihr auf, wie ungesund Jeanne aussah, wie tief ihre Augen in den Höhlen lagen, wie ausgezehrt ihre Züge waren, wie erschreckend mager und durchsichtig die Haut der Hand war, die sie hielt.
Jeanne lächelte müde. »Es ehrt mich sehr, meine Tochter, dass ich noch zu den Menschen gehöre, die du aufrichtig liebst. Sei versichert, so empfinde auch ich für dich. Also kündet dir die *Gabe* meinen nahenden Tod.«
»Euren Tod? Ihr seid noch viel zu jung zum Sterben.«
Jeannes Lächeln wurde nachsichtig. »Ich nähere mich meinem fünften Lebensjahrzehnt, mein Kind. So manch ein Weib ist viel früher dahingeschieden, als ich werde gehen müssen.«
Loretta stiegen die Tränen in die Augen. »Aber Ihr sagtet doch, es sei nur ein Frauenleiden.«

Anstatt einer Antwort führte Jeanne Lorettas Hand nacheinander an ihre Brüste. Entsetzt stellte Loretta fest, dass sich beide steinhart anfühlten.
»Da wächst etwas in mir, das nicht dorthin gehört«, erklärte ihre Mutter behutsam. »Anfangs fühlte es sich an wie ein kleiner Knoten. Dann begannen die Brüste zu wachsen, als wäre ich guter Hoffnung. Doch sie wurden dabei nicht weich und schmiegsam, sondern hart wie Holz. Der Medikus sagt, dass mich Geschwüre von innen zerfressen.«
»Und gibt es dagegen kein Mittel?« Loretta sprang auf. »Erlaubt mir, Frau Mutter, meine Magd Hilda herbeizuholen. Sie ist die kundigste Heilerin, die ich kenne. Sicher weiß sie ein Kraut gegen Eure Beschwerden.«
Jeanne schüttelte den Kopf. »Dagegen gibt es kein Mittel. Der Medikus, den dein Vater kommen ließ, hat im fernen Italien studiert. Er ist keiner von den Quacksalbern, wie es sie in unseren Landen zuhauf gibt, sondern ein hochgebildeter Mann. Er verlangte nur wenige Heller für die Tränke, die er mir verschrieb, damit die Schmerzen nicht unerträglich werden. Doch als dein Vater, den wohl die Reue plagt, weil er mich viele Jahre so schlecht gehalten hat, ihn fragte, was eine Heilung kosten würde, verlangte er eine Summe, die höher ist als ein Jahreseinkommen aus unseren Gütern. Da wusste ich, dass ich sterben werde. Und dein Vater weiß es auch«, fügte sie hinzu. »Seither liest er mir jeden Wunsch von den Augen ab, doch nun ist es zu spät für ein gemeinsames Glück.«
Loretta verlor die Fassung. Sie begann erst leise, dann immer heftiger zu weinen. Schließlich zog Jeanne sie in ihre mageren Arme und barg den Kopf ihrer Tochter in ihrem Schoß. Loretta klammerte sich an sie wie eine Ertrinkende.
So hielten die Frauen einander umschlungen, bis Lorettas Schluchzen verebbte.

Starkenburg, Juli 1328, eine Woche später

Balduin zögerte einen Moment, dann gab er sich einen Ruck. Irgendwann musste Loretta dazu bereit sein, wieder mit ihm zu sprechen. Heute Morgen war ihre Mutter, mit der sie in der Woche nach der Sühnezeremonie viele Stunden verbracht hatte, endlich zurück nach Blieskastel gereist. Seither kniete Loretta, zu seiner Missbilligung trotz ihrer Exkommunikation, in der Burgkapelle und betete.

Vorsichtig stieß Balduin die Kapellentür auf und lugte hinein. Das Glück war ihm hold. Loretta hatte sich erhoben und kam ihm bereits entgegen. Er holte tief Luft und sprach sie an: »Dame Loretta, würdet Ihr mir einen Augenblick lang Euer Ohr leihen? Ich habe Wichtiges mit Euch zu bereden.«

Zu seiner Überraschung funkelte sie ihn trotzig an. »Ihr seid mir als Gast willkommen, Herr Balduin, solange Ihr es wünscht. Auch wenn ich nicht verstehe, was Euch zum Bleiben veranlasst.« Noch ehe er darauf antworten konnte, fuhr sie fort: »Doch mein Seelenheil ist allein meine Sache, ob mich der Papst nun verstoßen hat oder nicht. Der Allmächtige wird es mir kaum verübeln, dass ich für meine kranke Mutter bete.«

Balduin war zugleich erleichtert und betroffen. »Ich komme mitnichten, um Euch zu tadeln, liebste Loretta«, versicherte er entgegen seiner vorigen inneren Haltung. Da keine Zeugen in der Nähe waren, tastete er sich mit der vertraulichen Anrede vorsichtig vor. Dann wagte er den nächsten Schritt. »Es betrübt mich sehr zu hören, dass Eure Mutter so krank ist. Glaubt Ihr gar, dass sie bald sterben wird?«

Lorettas Schweigen war beredt genug.

Darum wies sie mich also so hartnäckig ab. Sie hat ihre Mutter vielleicht zum letzten Mal lebend gesehen. Nun, wenn dies der Grund dafür ist, dass sie mich bislang gemieden hat, ist er weit leichter zu akzeptieren als die Gründe, die ich ihr unterstellt habe und die mich weidlich beunruhigten.

»Also, was wünscht Ihr von mir?«, fragte Loretta nach wie vor brüsk.

»Ich wollte freundschaftlich mit Euch plaudern und Euch dabei ein Angebot unterbreiten.« Etwas gekränkt war er nun doch.

Loretta wirkte skeptisch. »Noch ein Angebot? Was soll es diesmal sein?«

Balduin versuchte, seinen Unmut zu unterdrücken. »Wollt Ihr mir in den Burggarten folgen? Die Bank unter der Rosenlaube ist ein zauberhaftes Plätzchen bei diesem milden Wetter.«

Einen Moment lang kämpfte Loretta sichtlich mit sich, doch dann gab sie nach. Balduin entging nicht, dass sie sorgsam den Abstand wahrte, als sie sich neben ihm niederließ. Zudem musste ihre Magd Gerhild, die Loretta auf dem Weg in den Garten beauftragt hatte, ihnen ein kühles Getränk zu bringen, jeden Augenblick kommen.

Sie traut mir noch immer nicht. Balduin spürte den Stich der Enttäuschung stärker, als ihm lieb war.

»Also, was möchtet Ihr mir sagen?«

Anstatt ihre Frage zu beantworten, stellte ihr Balduin eine Gegenfrage. »Warum seid Ihr so abweisend mir gegenüber, Loretta? Bin ich Euch nicht in allem entgegengekommen?«

Loretta runzelte die Stirn. »Ja, das seid Ihr in der Tat, Balduin. Und genau das macht mich misstrauisch.«

In Balduins Brust kämpfte die Freude, dass auch sie auf die förmliche Anrede verzichtete, mit dem Unwillen über ihre Ablehnung. *Was muss ich denn noch tun, um sie zu überzeugen?* Doch jahrelange Erfahrung hatte ihn gelehrt, dass er mit offener Gegenrede oder gar Tadel bei ihr nicht weiterkam.

»Wie kann ich Euch nur von meinen ehrenhaften Absichten überzeugen?«

Loretta schwieg eine Weile, dann fragte sie: »Aus welchem Grund seid Ihr mir mit der Anzahl der Bürgen entgegengekommen? Ich hatte Euch vor Johanns Ankunft angeboten, dass Ihr nur drei anstelle von zwölf Bürgen stellen müsst. Auch habe ich auf die Bürgschaft von drei Eurer festen Städte verzichtet.«

Balduin lächelte ein wenig. »Mein Neffe Johann hat mir klargemacht, wie ehrenvoll es für mich ist, dass so viele Edelleute für mich einstehen wollen. Dies bedeutet immerhin, dass sie mir vollständig vertrauen und nicht damit rechnen, dass sie Euch zu Hilfe eilen müssen, weil ich die Vereinbarungen breche. Die größte Ehre hat mir Johann als ranghöchster Adliger natürlich selbst mit seiner Bürgschaft erwiesen. Doch er machte dies von der Erfüllung Eurer ursprünglichen Bedingungen abhängig. Wie hätte ich sein großherziges Angebot ablehnen können? Es war schließlich sowohl für Euch wie für mich von Vorteil.«

Als Loretta nicht gleich reagierte, fuhr er ein wenig zu hastig fort: »Ohnehin hat sich Johann als überaus weise in unserer Angelegenheit erwiesen. Auch die Bedingung, dass Ihr Euch ebenfalls aus meinen Landen fernhaltet und mir freien Durchzug durch das Kröver Reich gestattet, war seine Idee. So wollte er sicherstellen, dass all unsere Verpflichtungen beidseitig sind und keine Seite ihr Gesicht verliert.«

Loretta dachte eine Weile darüber nach. Dann nickte sie. »Eure Argumente leuchten mir ein. Doch warum habt Ihr auch das Lösegeld freiwillig erhöht? Und das sogar vor den Ohren aller Gäste der Sühnezeremonie?«

Balduin empfand fast wieder den gleichen Zorn wie an dem Tag, an dem Johann ihm die Höhe der verlangten Summe mitgeteilt hatte. »Eure Forderung war geradezu lächerlich. Eines Kurfürsten vollkommen unwürdig. Hat nicht Euer eigener Vater dem Bischof von Metz einst fünfzehntausend Pfund Heller für seine Freilassung entrichten müssen? Er ist, mit Verlaub, nur ein einfacher Graf aus der Provinz. Ich aber bin der Bruder und Onkel von Königen.«

An Lorettas finsterem Blick erkannte er, dass dieses Argument nicht bei ihr verfing. Schon fragte sie spitz: »Und aus welchem Grund habt Ihr die Summe dann nicht weit über die fünfzehntausend Pfund für den ›einfachen Grafen aus der Provinz‹ hinaus erhöht?«
Balduin schalt sich selbst einen Narren. Er entschloss sich zu einer ehrlichen Antwort. »Das wollte ich tun, doch Johann hielt mich davon ab. Er meinte, es könnte hoffärtig wirken.«
Loretta verzog spöttisch den Mund. »Nun, Hoffart oder nicht, ich hätte Euch nicht daran gehindert, mehr zu bezahlen.«
Zum Glück kam gerade Gerhild mit dem gekühlten Weißwein und frischem Brunnenwasser in die Laube. Das ersparte Balduin die unmittelbare Antwort und gab ihm Zeit zum Überlegen, bis die Magd ihnen eingeschenkt hatte.
Er entschloss sich, ein Wagnis einzugehen. Als Gerhild sich wieder entfernt hatte, sagte er: »Doch der eigentliche Grund für mein Entgegenkommen war ein anderer. Johann bedeutete mir recht überzeugend, dass ich Euch Eure Treue und vor allem Eure Liebe zu mir schlecht gedankt habe.«
Die Wirkung seiner letzten Worte war verblüffend. Spontan schossen Loretta die Tränen in die Augen. Um ihre Rührung zu verbergen, wandte sie den Kopf ab und zerrupfte verlegen eine Rosenblüte.
Balduins Herz schlug schneller. *Hat Johann also wirklich recht?*
»Er sagte außerdem, dass du mich noch immer lieben würdest, Loretta«, sprach er leise. Entzückt und erschrocken zugleich sah er, dass ihre Schultern zu beben begannen. Er hätte Loretta zu gerne getröstet, doch etwas hielt ihn davon ab.
Eine Weile saßen sie schweigend in der Laube, bis Loretta sich in ein Tüchlein schneuzte, das sie aus ihrem Ärmel zog, und sich kerzengerade aufrichtete.
»Ich muss jetzt gehen, Herr Balduin«, ignorierte sie seinen Versuch, sich ihr wieder anzunähern.

Balduin seufzte. Plötzlich kam ihm eine Idee. »Ich sehe, Ihr seid noch nicht von der Aufrichtigkeit meiner Reue überzeugt. Also lasst mich Euch einen weiteren Vorschlag machen. Schickt Euren Getreuen Volker von Falkenstein mit ein paar Mannen zum Nohfels. Ich will ihm ein Schreiben mitgeben, dass die Burg schon jetzt an Euch übergeben werden soll. Ihr wisst, dass die Sühnebestimmungen den Zeitpunkt dafür offenlassen. So habt Ihr ein weiteres Unterpfand dafür, dass ich es ernst mit unserer Versöhnung meine. Denn jedermann im ganzen Reich erkennt dadurch, dass ich keinen Versuch unternehmen werde, aus Eurem Status der Exkommunikation irgendeinen Vorteil zu ziehen.«

Und gleichzeitig schaffe ich mir diesen Burschen aus dem Weg, der nur allzu offensichtlich ebenfalls um Lorettas Gunst buhlt.

Jetzt trat ein Ausdruck von Überraschung in Lorettas dunkelblaue Augen. Es war noch keine Freude dabei, aber immerhin war es ein Anfang.

»Und bis Volker zurückkommt, bleibe ich natürlich freiwillig auf der Starkenburg, auch wenn das volle Lösegeld früher eintreffen sollte«, beeilte er sich, hinzuzufügen. *Der Ritter wird sicherlich einige Wochen fort sein, bis meine Männer abgezogen sind und Lorettas Reisige sich auf der Burg eingerichtet haben. Schließlich gehören Ausrüstung und Mobiliar weiterhin mir und sollen nach und nach auf meine anderen Burgen im Umkreis geschafft werden.*

»Das Angebot ehrt Euch, Balduin. Allein, mir fehlen im Augenblick noch die Mittel, um den Nohfels zu bewaffnen und auszustatten.«

»Auch dieses Problem lässt sich lösen. Ich werde meinem Dompropst die Anweisung geben, sofort einen Eilboten mit fünfhundert Pfund Heller aus der Lösegeldsumme auf den Weg zu schicken. Das dürfte fürs Erste reichen. Der Kurier kann in vier Tagen hier sein.«

Und die Zeit bis zu Volkers Rückkehr sollte mir reichen, um an mein Ziel zu gelangen. So recht konnte er sich seine Gefühle selbst nicht erklären. Doch er wollte Loretta stärker als je zuvor. Als sie die Laube nach einem herzlichen Abschied verlassen hatte, verfiel Balduin ins Grübeln.

Es ist nicht mehr nur körperliches Begehren, erkannte er zu seiner Überraschung. *Vielleicht ist das sogar schon länger so, doch ich wollte es mir nicht eingestehen. Dabei beneidete ich meinen Bruder einst um seine glückliche Ehe. Doch das ist sehr lange her.*

Bilder aus ihren guten gemeinsamen Zeiten tauchten vor seinem inneren Auge auf. Loretta, übersprudelnd vor Fröhlichkeit und Lebenslust und doch so ernsthaft darauf bedacht, ihrem ältesten Sohn durch ihre Regentschaft sein Erbe zu sichern.

Es ist ihr ganzes Wesen, das mich anzieht, wurde ihm plötzlich klar. *Dabei hatte ich in Italien beschlossen, mein Herz nie an ein Weib zu verlieren. Doch nun, da es unwiderruflich geschehen ist, möchte ich sie um jeden Preis wieder für mich gewinnen.*

Tief in Gedanken, strebte Loretta ihrer Kammer zu. Sie wollte nur noch allein sein. Widerstreitende Gefühle tobten in ihrer Brust, noch stärker als damals auf der Grimburg.

Er versucht erneut, dich zu betören. Sicherlich führt er etwas im Schilde.

Nein, er bereut seine frühere Niedertracht. Der edle Johann von Böhmen hat ihm die Augen geöffnet. Er gilt als ein wahres Vorbild der Ritterlichkeit. Was man von Balduin wahrlich nicht behaupten kann.

Aber es gibt weit Schlimmere dieser Sorte. Denk nur an Friedrich von Kyrburg oder Walram von Kastellaun. Auf ein solches Niveau wird Balduin niemals sinken.

Als sie die Burg durch die Halle betrat, stutzte sie plötzlich. Was war das für ein Geräusch? Es hörte sich an wie leises Schluch-

zen. *Das habe ich doch vor einiger Zeit schon einmal gehört.* Loretta erinnerte sich an ihre Beobachtungen in der Nähe jener Rosenlaube, in der sie gerade mit Balduin gesessen hatte.
Auf Zehenspitzen näherte sie sich der Quelle der Geräusche. *Diesmal will ich der Sache auf den Grund gehen.*
Vorsichtig stieß sie die Tür zum kleinen Saal, die nur angelehnt war, ein Stück weit auf. Ihre schlimmsten Befürchtungen bestätigten sich. Mit verquollenen Augen hob Blanche den Kopf aus den Händen, in denen sie ihn vergraben hatte.
Besorgt eilte Loretta auf ihre Nichte zu. »Blanche, meine Liebe, was ist mit Euch?«
Die junge Frau hob die Hände in einer abwehrenden Geste. »Es ist nichts, teure Tante.« Sie rang sich ein tapferes Lächeln ab. »Nichts, was Eure Freude in diesen Tagen des Triumphes über den Erzbischof trüben sollte.«
Loretta ergriff Blanches verkrampfte Hände. »Ihr könnt mir alles anvertrauen, was Euch bedrückt. Vielleicht kann ich Euch ja helfen.«
Blanches Lächeln wurde bitter. »In dieser Sache kann mir niemand helfen. Doch seid bedankt für Eure gute Absicht.«
Loretta beschloss, es nicht dabei bewenden zu lassen. Sie gab ihrem schon seit längerem gehegten Verdacht Ausdruck. »Habt Ihr Euer Herz an Nikolaus von Schonenberg verloren, Blanche? Und erwidert er Eure Gefühle nicht, sondern behandelt Euch schlecht?«
Blanche zögerte sichtlich. »Nein, nicht eigentlich schlecht. Ich weiß nicht, was mit ihm ist. Einmal verhält er sich so, am nächsten Tag wieder anders.«
Loretta wurde daraus nicht ganz schlau. »Was tut er denn, oder was tut er möglicherweise auch nicht?«
Blanche schwieg eine Weile. Dann antwortete sie leise: »Er ist eben noch ein sehr junger Mann.«
Loretta kam eine Idee. »Soll ich einmal mit Volker von Falken-

stein sprechen? Er ist sein Hauptmann, und die beiden sind darüber hinaus befreundet. Vielleicht kann er ihm ja raten oder auch ins Gewissen reden, je nachdem, was nottut.«
Mit glänzenden Augen sah Blanche auf. Ihre Wangen bekamen wieder etwas Farbe. »Oh, liebste Tante! Würdet Ihr das wirklich für mich tun? Ich könnte Euch gar nicht genug dafür danken.«
»Das werde ich sogar sofort tun.« Loretta freute sich über ihren Treffer ins Schwarze. »Ich habe ohnehin noch etwas mit Volker zu besprechen.«

Loretta fand Volker von Falkenstein in der Wachstube, wo er gerade ein paar Aufzeichnungen auf einen Fetzen Pergament kritzelte.
»Ich hoffe, ich störe Euch nicht, Volker. Doch die Sache ist dringlich, die ich mit Euch besprechen möchte.«
Volker sah überrascht auf. Angesichts des Strahlens in seinen Augen spürte Loretta, wie sie errötete.
»Ihr wisst, dass Ihr mich niemals stört, edle Herrin.«
Loretta lenkte ab. »Was tut Ihr da, Volker? Es sieht gewichtig aus.«
»Ich stelle gerade zusammen, welche Ausrüstungsgegenstände die Wachmannschaften brauchen. Vor allem die Stiefel vieler Soldaten sind zerschlissen. Doch auch so mancher Dolch ist schartig geworden. Zudem fehlt es uns an Pfeilen.«
Loretta sah sich in der Wachstube um. Die Wände waren verrußt, der einfache Holztisch und die harten Bänke schäbig und verkratzt.
Sie lächelte. »Zum Glück steht uns bald dank Erzbischof Balduin ein reicher Geldsegen ins Haus. Dann werde ich jedem Wachsoldaten Stiefel und Kleider anmessen lassen. Diese Stube sollte gekalkt und neu eingerichtet werden. Für das alte Mobiliar habe ich eine andere Verwendung.«

»Eine andere Verwendung? Was meint Ihr damit?«
Loretta unterbreitete Volker Balduins Angebot. Während sie sprach, entging ihr nicht, dass sich die Miene ihres Getreuen verfinsterte. Sie war irritiert.
»Ja, freut Ihr Euch denn gar nicht, dass der Erzbischof seine Verpflichtungen so bald einlösen will?«
»Er hat gute Gründe dazu«, knurrte Volker. »Er hat Euch seine besten Burgen bis zur Übergabe des Nohfels verpfändet. Es wundert mich nicht, dass er die Herrschaft darüber so bald wie möglich zurückgewinnen will.«
»Das soll mir nur recht sein«, entgegnete Loretta. »Trotz der zahlreichen Bürgen wäre es mir arg, wenn ich den Kurfürsten wegen eines Rechtsbruchs belangen müsste.«
Volker seufzte. »Ihr habt sicherlich recht, Herrin. Doch ich werde mindestens drei Wochen fern von der Starkenburg sein. Es wird seine Zeit dauern, bis die Männer des Erzbischofs ihre eigene Ausrüstung abtransportiert haben und wir für Ersatz sorgen können.« Er wies mit einem schiefen Lächeln auf die zerkratzten Möbel in der Wachstube. »Soll ich diesen Kram gleich dahin mitnehmen?«
Loretta nickte. »Sofern sich auf die Schnelle ein Ersatz beschaffen lässt.«
»Ich werde mit dem Zimmermann sprechen. Sicherlich kann er rasch etwas herstellen. Wenn ich Euch recht verstanden habe, wird Balduins Vorschuss ohnehin erst in einigen Tagen eintreffen.«
»So ist es, Volker. Aber Herr Balduin hat sogar zugesagt, bis zur vollständigen Übergabe des Nohfels noch hier zu verweilen, sozusagen als freiwillige Geisel. Auch wenn das ganze Lösegeld vorher eintrifft.«
Jetzt wirkte Volker sogar zornig. Auch seiner Stimme merkte Loretta an, dass er sich ärgerte, obwohl er sich weiterhin ehrerbietig ausdrückte.

»Das erstaunt mich sehr, Herrin Loretta. Rufen den edlen Kurfürsten nicht mannigfaltige Amtsgeschäfte nach Trier zurück? Und gefährdet er nicht sogar seine Wahl als Nachfolger des verstorbenen Mainzer Kurfürsten?«

Loretta wusste darauf keine rechte Antwort. Sie konnte ausgerechnet Volker ja wohl kaum von ihrer Mutmaßung berichten, dass der Erzbischof ihre Liebesbeziehung wiederaufnehmen wollte. Zumal sie sich selbst noch keinen Reim darauf gemacht hatte. *Es rührt mich an, doch es macht mir auch Angst.*

Sie spürte Volkers intensiven Blick auf sich ruhen. »Ich glaube, der Erzbischof möchte seine ehrlichen Absichten uns gegenüber auf diese Art unterstreichen«, sagte sie schließlich wenig überzeugend.

»Soso«, war denn auch Volkers einziger Kommentar. Loretta hätte das Gespräch am liebsten an dieser Stelle beendet, doch sie fühlte sich an ihr Versprechen gegenüber Blanche gebunden. Deshalb gab sie sich einen Ruck. »Da wäre noch etwas, über das ich mit Euch sprechen möchte. Es geht um den jungen Ritter Nikolaus von Schonenberg.«

Volker zog die Brauen zusammen. »Was ist mit ihm? Hat er sich etwas zuschulden kommen lassen?«

Loretta hob die Schultern. »Ich weiß es nicht, Volker. Vielleicht hat er Blanche, meiner Nichte, schöne Augen gemacht und sich danach zurückgezogen. Auf jeden Fall plagt sie ein heimlicher Kummer. Sie deutete an, dass es mit Nikolaus zu tun haben könnte.«

»Soso«, murmelte Volker wieder. Den seltsamen Ausdruck in seinen Augen konnte Loretta nicht deuten.

»Werdet Ihr einmal mit Nikolaus sprechen?«

»Wenn Ihr es wünscht, Herrin.« Jetzt klang auch sein Tonfall merkwürdig.

Loretta wurde das Gespräch zunehmend unangenehm. Sie beschloss zu gehen. »Ich danke Euch, Volker. Vielleicht irre ich mich ja auch. Jetzt will ich Euch nicht weiter aufhalten. Gehabt Euch wohl.«

Sie war schon auf dem Weg zur Tür, als Volker sie zurückrief. »Herrin, noch auf ein Wort. Ich möchte Nikolaus mit zum Nohfels nehmen. Fern von der Starkenburg kann ich diese heikle Sache besser mit ihm erörtern. Habt Ihr etwas dagegen einzuwenden?«

Loretta musterte Volker irritiert. Das Ganze kam ihr zwar immer seltsamer vor, aber sie wusste nicht, was die Ursache dafür war. »Nein, nein, tut, was Ihr für richtig haltet. Hugo von Breitenfels kann die Starkenburger Wachmannschaft derweil befehligen«, antwortete sie hastig.

Auf dem Weg zurück in die Halle seufzte sie. *Hat Blanche ihr Herz zum zweiten Mal vergeblich verloren? Dabei war ich so froh, dass sie sich nach Volkers Zurückweisung wieder gefangen hat. Zumal ihr doch so viele andere Männer zu Füßen liegen. Die Liebe ist wahrlich oft eine garstige Angelegenheit. Davon kann auch ich ein Lied singen.*

Das brachte sie zu ihren Grübeleien über Balduin zurück und verdrängte die Sache mit Blanche und Nikolaus vorläufig.

Kapitel 35

Starkenburg, August 1328

Die Hitze lag wie eine schwere Glocke über dem Land. Balduin war schon wieder verschwitzt, obwohl er sich erst vor einer Stunde von Kopf bis Fuß mit kaltem Wasser gewaschen hatte.

Auf dem Weg ins Schreibzimmer dachte er einmal mehr über seine Beziehung zu Loretta nach. Seine beharrlichen Versuche, wieder ihr Liebhaber zu werden, waren bislang erfolglos geblieben, obwohl er jede Nacht von leidenschaftlichen Träumen heimgesucht wurde.

Es ist wie bei meinem verstorbenen Bruder Heinrich. Auch er schätzte die Liebe seiner Gemahlin Margarete erst wieder in vollem Ausmaß, als sie im Sterben lag. Aber Loretta lebt und ist schöner denn je. Ich muss den Weg zu ihrem Herzen wiederfinden.

Vergessen waren seine Vorsätze von einst, sich in politischen Dingen nie von der Liebe zu einer Frau beeinflussen zu lassen. Sonst hätte er keiner einzigen der Sühnebestimmungen zugestimmt. Trotzdem schien Loretta von seiner Veränderung völlig unberührt. Immerhin war ihr zuletzt angespanntes Verhältnis mittlerweile zu einem ruhigen, freundschaftlichen geworden. Dazu trug in ganz erheblichem Maße bei, dass Balduin zum eigenen Zeitvertreib Lorettas jüngere Söhne Gottfried und Robert unterrichtete. Beide Jungen strebten den geistlichen Stand an und sahen ehrfürchtig zu Balduin als ihrem großen Vorbild auf. Auch jetzt erwarteten sie ihn schon mit sehnsüchtigen Augen, vor sich die Hausaufgabe, die er ihnen gestern aufgegeben hatte. Es war die Übersetzung des Paternosters vom Lateinischen ins Deutsche.

Wieder einmal bewunderte Balduin Gottes Gerechtigkeit bei der Verteilung seiner Gaben. Gottfried war der Schmuckere der beiden Jungen und würde bei einer späteren Brautschau sicherlich mit Leichtigkeit das Herz jeder Jungfrau erobern, hätte er sich nicht für die kirchliche Laufbahn entschieden. Der achtjährige Robert war dagegen eher hässlich zu nennen, aber seinem knapp zwei Jahre älteren Bruder an Geistesgaben weit überlegen. Er konnte schon im Alter von sechs Jahren lesen und schreiben. Auch jetzt war seine Übersetzung im Gegensatz zu der seines Bruders fehlerfrei.

Dennoch wirkten die beiden Jungen heute seltsam bedrückt.

Schließlich beschloss Balduin, der Sache auf den Grund zu gehen.
»Was liegt euch Knaben denn auf der Seele?«
Die Jungen wandten verlegen den Blick ab.
»Leidet ihr unter der großen Hitze?«, unternahm Balduin einen weiteren Versuch.
Es war der jüngere Robert, der ihm ein wenig altklug antwortete: »Nein, ehrwürdiger Erzbischof, die Hitze macht uns mitnichten zu schaffen. Sie wird wie alle Wetter von Gott, dem Allmächtigen, gesandt. Wir Menschenkinder haben uns dem zu fügen.« Er stockte.
»Nun, was ist es dann?«, insistierte Balduin.
Zu seiner Bestürzung traten dem Kind Tränen in die Augen. Balduin verstand kaum, was es danach noch erzählte.
»Der Burgkaplan hat zu euch Knaben gesagt, dass ihr beide dereinst in die Hölle gestoßen werdet?« Immer noch traute Balduin seinen Ohren nicht.
Die Jungen nickten. Balduin versuchte, seinen Ärger über den alten Priester zu zügeln, der ihm die Stellung als Lehrer von Lorettas Söhnen, die er selbst zuvor innegehabt hatte, wahrscheinlich neidete.
»Aus welchem Grund sollte der Allmächtige das tun, sofern ihr euch in eurem weiteren Leben keine Todsünden zuschulden kommen lasst?«
»Wir haben seit vielen Wochen keine heilige Messe mehr besuchen dürfen. Auch die Beichte wird uns nicht mehr abgenommen. Seit der Heilige Vater in Avignon unsere Frau Mutter exkommuniziert hat, leben alle Mitglieder ihres Haushalts im Zustand der Gottlosigkeit wie die Ungläubigen im Morgenland.«
Balduin war betroffen, konnte er der Argumentation des Burgkaplans doch nichts entgegensetzen. Zwar hätte er selbst Lorettas Exkommunikation aufheben können, sofern der Trabener

Pfarrer sie nach seiner Gefangennahme nur in seinem Namen ausgesprochen hatte. Doch schon wenige Wochen später war der Bannbrief aus Avignon eingetroffen, und diesen konnte nur Johannes XXII. selbst wieder rückgängig machen.
Loretta schien allerdings kaum unter dem Kirchenbann zu leiden. Und er selbst wusste sich ebenfalls zu helfen. Er betete jeden Tag vor seinem privaten Altar, den er sich in der Kemenate eingerichtet hatte, und zelebrierte dort auch dreimal wöchentlich die Messe für seinen Leibdiener Paulus.
Auf einmal kam ihm eine neue Idee, wie er Lorettas Herz zurückgewinnen könnte. »Vielleicht weiß ich ja einen Weg, um diesem Umstand Abhilfe zu schaffen«, sagte er.
Beide Jungen blickten so hoffnungsvoll zu ihm auf, dass sich Balduin seiner eigensüchtigen Motive beinahe schämte. Robert wischte sich die Tränen aus den Augen. »Ich will unseren Herrgott in jedem meiner Gebete darum bitten, dass Euch etwas einfällt, ehrwürdiger Vater.«
Und Gottfried fügte hinzu: »Dann wären wir endlich wieder unseres Lebens froh.«

Balduin fand Loretta an ihrem Lieblingsplatz in der Rosenlaube des Burggartens, der um diese Tageszeit am Nachmittag bereits im Schatten lag.
»Darf ich mich zu dir setzen?« Wenn sie allein waren, benutzten sie mittlerweile wieder die vertraute Anrede aus den Tagen ihrer Liebe.
Loretta lächelte und machte eine einladende Handbewegung. »Gerne. Wie war der Unterricht mit den Jungen?«
Balduin freute sich, dass Loretta selbst das Thema anschnitt, das ihm am Herzen lag. »Es ist wunderbar, die beiden zu unterrichten. Vor allem Robert, dein Jüngster, erstaunt mich immer wieder aufs Neue. Er ist außerordentlich begabt und wird es einmal weit in der Kirche bringen.«

Er schwieg eine Weile und sagte dann: »Jedoch liegt den Knaben etwas schwer auf der Seele.«
Wie erwartet, verdrängte sofort Besorgnis Lorettas Lächeln. »Was meinst du damit?«
Balduin seufzte. »Sie leiden unter deiner Exkommunikation. Dein dummer Burgkaplan hat ihnen eingeredet, sie kämen deshalb dereinst im Stand der Todsünde in die Hölle.«
Loretta schoss die Zornesröte ins Gesicht. *So sieht sie noch schöner aus, als wenn sie lächelt.*
Sie machte Anstalten aufzustehen. Balduin ergriff ihre Hand und hielt sie zurück. »Schelte den alten Mann nicht, Loretta. Es war sicher nicht klug, die Gemüter der Jungen damit zu belasten, doch an sich hat Bruder Wolfram recht. Weder auf der Burg noch in der Pfarrgemeinde zu Trarbach darf die Messe gelesen werden, solange dein Kirchenbann nicht aufgehoben ist. Mittlerweile bringen die Menschen ihre Sterbenden nach Enkirch oder Kröv, damit sie dort die Letzte Ölung erhalten können.«
Loretta sank mutlos auf die Bank zurück. »Aber was soll ich denn tun? Obwohl es dabei um dich geht und du mir verziehen hast, kannst du den Bann des Papstes nicht lösen.«
Balduin nickte. »Das kann in der Tat nur der Heilige Vater selbst. Und Johannes XXII. ist seinen Kindern ein gar gestrenger Vater.« Er machte eine Pause.
Wie erhofft, merkte Loretta auf. »Aber? Du hast doch eine Idee, nicht wahr?«
Balduin wiegte sein Haupt. »Wenn ich selbst an den Heiligen Vater schreibe, dass ich um Vergebung für dich ersuche, vielleicht lässt er sich dann erweichen.«
Loretta sah ihn mit ihren großen, veilchenblauen Augen an. »Das würdest du wirklich für mich und meine Kinder tun?«
»Wenn du mich auf die rechte Art darum bittest, warum nicht?«
Er sah Loretta tief in die Augen. Zu seiner Enttäuschung verdunkelten sie sich.

»Ich kann und will dir nichts versprechen, Balduin«, sagte sie leise. »Ich brauche noch Zeit, um mich zu entscheiden.«
Er lächelte tapfer und versuchte, seine Gefühle zu verbergen. »Ich werde den Brief trotzdem verfassen und hoffe weiter auf deine Gunst, schöne Dame. Derweil erlaube ich mir, dir dieses Unterpfand zu rauben.«
Damit zog er ihre Hand, die er noch immer umschlossen hielt, an seine Lippen und drückte einen leidenschaftlichen Kuss darauf.
So fand sie Volker von Falkenstein, als er die Laube betrat.

Wie angewurzelt blieb der Ritter mitten im Schritt stehen. Seine Miene spiegelte eine Mischung aus Fassungslosigkeit, Schmerz und Wut. Loretta spürte, dass sie tiefrot wurde.
Wie Kinder, die der Vater auf frischer Tat bei einem Streich ertappt hat, verharrten Balduin und sie einen Moment lang regungslos. Der Augenblick schien sich zu einer Ewigkeit zu dehnen, bis sich Balduin als Erster fasste. Er ließ Lorettas Hand los, stand auf und reichte Volker seine Rechte. Der Ritter machte keine Anstalten, sie zu ergreifen.
»Ich grüße Euch, Volker.« Lorettas Stimme zitterte. »Wir haben Euch noch gar nicht erwartet. Warum habt Ihr keinen Boten gesandt, um Eure Ankunft anzukündigen?«
Der Ritter verbeugte sich steif. »Ich wollte Euch überraschen, Herrin.«
»Nun, ich muss sagen, das ist Euch gelungen«, überbrückte Balduin die unangenehme Situation mit höfischem Geplauder, das er seit seiner Jugend am französischen Hof bis zur Vollendung beherrschte. »Hat die Übergabe stattgefunden?«
Wohl oder übel musste Volker antworten. Er wandte sich mit Absicht nur an Loretta. »Die Burg ist nun in Eurem Besitz, hochwohlgeborene Dame. Das Banner von Starkenburg-Sponheim weht über den Zinnen.«

»Nun, so sollte es ja auch sein.« Balduin wandte sich zum Gehen. »Doch offensichtlich wollt Ihr Eurer Herrin vertraulich Bericht erstatten. Daher lasse ich Euch nun allein. Ich wollte mich ohnehin vor dem Nachtmahl ein wenig frisch machen.«

Das verlegene Schweigen hielt an, auch als Balduin den Burggarten längst verlassen hatte. Schließlich zeigte Loretta auf den Platz neben sich. Volker setzte sich widerwillig. Das Holz war noch warm vom Körper seines Rivalen.

Dieser Bastard von einem Bischof. Volker verspürte eine mörderische Wut. Loretta sah ihm seinen Zustand an.

»Es gibt keinerlei Grund zur Eifersucht, Ritter von Falkenstein«, sagte sie leise und förmlich. »Der Erzbischof hat sich in Eurer Abwesenheit nichts zuschulden kommen lassen, er ist meiner Ehre in keiner Weise zu nahe getreten.«

»Das freut mich über die Maßen zu hören.« Volker klang bitter und sarkastisch.

In seiner Brust tobte ein Sturm. Wider besseres Wissen hatte er gehofft, Balduin wäre während seiner fast dreiwöchigen Abwesenheit bereits abgereist. Doch schon bei seiner Ankunft, als er erfuhr, dass dem nicht so war, schwenkte seine Freude über den Erfolg seiner Mission in Misstrauen und böse Vorahnungen um. Und nun übertraf die Wirklichkeit seine schlimmsten Befürchtungen.

Schmerz und Zorn lösten ihm die Zunge. »Herr Balduin begehrt Euch noch immer, Dame Loretta. Davon konnte ich mich gerade selbst überzeugen. Er versucht, Euch erneut zu umgarnen. Wer weiß, was er wieder im Schilde führt. Womöglich hofft er, auf diese Weise zumindest das Kröver Reich doch noch in seinen Besitz zu bringen.«

Diesmal errötete Loretta vor Empörung. »Wie könnt Ihr so etwas Ungeheuerliches behaupten, Volker«, tadelte sie ihn. »Herr

Balduin tut alles, um zu beweisen, wie ernst er seine Sühneverpflichtungen nimmt.«

»Gehört dazu auch, Euch wieder zu seiner Konkubine zu machen?«

Loretta sah ihn schockiert und verletzt an. Volker wusste sofort, dass er zu weit gegangen war.

»Mäßigt Euren Ton mir gegenüber, Herr von Falkenstein. Es steht Euch weder zu, *mein* Verhalten noch das des Erzbischofs zu beurteilen.«

Da er nichts mehr zu verlieren hatte, wagte Volker die entscheidende Frage. »Liebt Ihr ihn noch?«

Er erwartete, dass ihn Loretta nun noch härter zurechtweisen würde. Doch es kam anders.

Sie sah ihm mit einem seltsam schimmernden Blick in die Augen. »Ich weiß es nicht, Volker«, sagte sie leise. »Ich weiß nicht, wen ich liebe. Gebt mir Zeit und habt Geduld. Eines Tages werde ich es wissen.«

Neue Hoffnung wärmte seine Brust wie ein Kaminfeuer an einem eisigen Wintertag. Spontan ahmte er Balduins Geste nach und zog Lorettas Hand ebenfalls an seine Lippen.

»Ich warte, solange Ihr es wollt, Herrin«, flüsterte er. »Solange ich hoffen darf, werde ich warten.«

Schlaflos wälzte sich Loretta von einer Seite auf die andere. Die Nacht war so warm, dass es in der Kammer stickig und schwül war. Kein Lüftchen wehte durch die kleine Fensteröffnung der dicken, nun von der Sommerhitze aufgeheizten Burgmauer.

Im Bemühen, etwas Abkühlung zu finden, schlug Loretta das schweißdurchtränkte Laken zurück und fächelte sich mit einem Zipfel Luft zu. Es half ebenso wenig wie ein Schluck von dem mittlerweile abgestandenen Wasser im Krug auf dem kleinen Kastentisch.

Trotz der Hitze wusste sie, was sie in Wahrheit nicht schlafen ließ. Wieder und wieder sah sie die Szene mit Balduin und Volker im Burggarten vor sich.

Balduin umwarb sie noch stärker als zur Zeit ihrer ersten Liebe, so viel war sicher. Das war auch kein Wunder, denn damals hatte sie nicht lange gezögert, sondern sich ihm rasch hingegeben. Doch was bewog ihn nun nach so vielen Jahren dazu, erneut mit dieser Beharrlichkeit um ihre Gunst zu buhlen?

Schenke ich seinen Beteuerungen Glauben, dann hat ihm erst Johann von Böhmen die Augen geöffnet und zu neuen Einsichten verholfen. Sobald er in mir die Regentin sah und es um Macht und Regierungsgeschäfte ging, wurde seine Liebe zu mir jedes Mal abgetötet. Was auch immer ich daraufhin tat, war in seinen Augen falsch. Widersetzte ich mich ihm wie beim Streit um die Kröver Vogtei, oder wurde ich ihm zu mächtig wie beim Bau der Frauenburg, begann er, mich mit den gleichen Mitteln zu bekämpfen, die er auch bei seinen Gegnern anwandte. Aber es nutzte auch nichts, wenn ich nachgab und mich ihm unterwarf wie beim Verzicht auf meinen gerechten Anteil nach den Siegen gegen den Kyrburger und den Kastellauner. Dann neigte er dazu, mich zu verachten.

Szenen aus den vielen Gesprächen, die sie in den vergangenen Wochen mit Balduin geführt hatte, zogen an ihr vorbei. Zwar hatte er ihr dies alles nicht wörtlich eingestanden, aber Loretta erklärte sich sein Verhalten auf diese Weise. Sie wälzte sich auf den Rücken und starrte im schwachen Mondlicht an die von dicken Bohlen gestützte Bretterdecke. Im Sommer ließ sie stets den Betthimmel und die Vorhänge von ihrem Lager entfernen.

Kann ich ihm denn wirklich Glauben schenken, wenn er beteuert, dass dies nun alles nie wieder vorkommen wird? Dass er nun endlich erkannt hätte, wie sehr er mich all die Jahre geliebt hat? Und dass er heute seine Feindseligkeiten mir gegenüber zutiefst bereut? Zum Beweis führt er an, dass er sich mir letztlich aus freien Stücken unterworfen habe. Denn obwohl ich ihn gefangen hielt, hätte er nicht nachgeben müssen. Der Papst hatte mich exkommuniziert, und seine Entführung war ein grober Rechtsbruch, da ich dem Gottesfrieden zugestimmt hatte. So unrecht hat er damit nicht. Ich hätte ihn ja nicht ewig auf der Starkenburg festhalten können. Balduin ist ein mächtiger Verbündeter unseres Königs Ludwig. Hätte ich ihn nicht freigelassen, wäre am Ende sogar noch der König eingeschritten.

Sie griff nach dem Krug mit dem lauwarmen Wasser und benetzte sich das schweißnasse Gesicht. Auch das brachte keine Erfrischung. Verdrossen wischte sie sich die Tropfen mit dem Laken ab und grübelte weiter.

Doch nun versichert er mir, dass nichts mehr zwischen uns steht. Denn die Sühneverträge schreiben ja fest, dass wir einander nie wieder bekämpfen dürfen. Nun hätte unsere Liebe all den Raum, den sie brauche, um im Verborgenen blühen und gedeihen zu können. Obwohl unser Verhältnis letztlich ja gar nicht mehr geheim ist. Wird nicht alle Welt jetzt beobachten, wie es mit uns weitergeht?

Zu ihrem Erstaunen bemerkte Loretta, dass ihr dies ziemlich gleichgültig war. Etwas anderes bewegte sie weitaus mehr. *Doch kann ich Balduin wirklich trauen? Hat Volker am Ende nicht recht, dass es Balduin nur um das Kröver Reich geht? Ist das der Grund, warum er jetzt sogar freiwillig auf der Starkenburg bleibt?*

Am wichtigsten war jedoch die Frage, die sie sich selbst stellen musste. *Liebe ich ihn denn eigentlich noch? Oder ist es nur meine gekränkte Eitelkeit, die mir seine Schmeicheleien angenehm macht? Ist meine Liebe zu ihm nicht auf der Grimburg erloschen? Habe ich seitdem nicht nur noch mit Bitterkeit an unsere Beziehung gedacht, und hat mich nicht auch unsere Wiederbegegnung nach seiner Gefangennahme völlig unberührt gelassen? Ist dies nur meiner Kränkung zuzuschreiben und der Wut über seinen Betrug an mir?*

Zusätzlich zu der Pein drückender Schwüle hörte sie nun auch noch das feine Summen von Stechmücken an ihren Ohren. *Ich werde in dieser Nacht kein Auge schließen.* Seufzend griff sie nach dem feuchten Laken, um sich vor den Blutsaugern zu schützen. Volkers bleiches Gesicht erschien ihr wieder vor Augen. *Dieser Mann liebt mich wirklich. Er würde ohne Zögern sein Leben für mich geben. Doch seine Liebe gleicht dem Gebaren eines treuen Hundes.* Sie schämte sich dieses Gedankens, konnte ihn aber nicht unterdrücken. *Ich schätze Volker über die Maßen. Er wäre mir nach dem Ende der Regentschaft ein guter Gemahl. Doch könnte ich ihn je so begehren wie einstmals Balduin?*

Leise Schritte auf dem Gang vor der Kammertür ließen sie aufhorchen. Sie lauschte mit klopfendem Herzen. Tatsächlich, die Schritte verharrten vor ihrer Tür. Sie hörte mehr, als dass sie es sah, wie der Knauf vorsichtig gedreht wurde. Doch sie hatte den Riegel von innen vorgelegt. Jetzt klopfte es leise. Jemand rief ihren Namen. Zweifellos! Das war Balduin! Loretta blieb stocksteif liegen und rührte sich nicht. *Er soll denken, dass ich tief und fest schlafe.*

Endlich hörte sie, wie sich die Schritte wieder entfernten. Mit einer seltsamen Mischung aus Erleichterung und Bedauern schloss sie erschöpft die Augen.

Starkenburg, August 1328, eine halbe Stunde zuvor

In der Kemenate starrte auch Balduin an die Decke des imposanten Himmelbetts, in dem er nun schon seit Monaten schlief. In der Ecke neben dem Fenster schnarchte sein Leibdiener Paulus auf seinem Strohsack.

Hätte ich nur ein paar Pfropfen Wachs! Dieser Lärm ist schier unerträglich.

Doch im Grunde seines Herzens wusste Balduin genau, dass es nicht Paulus' Schnarchen war, das ihn nicht zur Ruhe kommen ließ. Es war Lorettas heutige Dankbarkeit und Rührung, weil er sich beim Papst für die Aufhebung ihrer Exkommunikation einsetzen wollte, in Kombination mit Volkers schlecht verhohlener Wut, als er sie in der Laube erwischte.

Ein Weib will erobert werden, schoss es ihm plötzlich durch den Kopf, als er an Lorettas Zögern dachte, sich ihm erneut hinzugeben. *Sie will dem nicht offen zustimmen, kann aber auch nicht verleugnen, dass sie selbst mit dem Gedanken spielt.*

Er erinnerte sich an ihre erste Liebesnacht hier auf der Starkenburg. *Wäre es jemals dazu gekommen, wenn ich nicht gewagt hätte, sie in ihrer Kammer aufzusuchen? Sie selbst wäre niemals zu mir gekommen. Und doch war sie mehr als bereit für mich. Obwohl sie damals sogar noch verheiratet war.*

Von der bloßen Erinnerung daran wurde sein Glied hart. Es hielt ihn nicht mehr in seinem Bett. Entschlossen sprang er auf und verließ auf Zehenspitzen die Kemenate.

Den Weg zu Lorettas Kammer hätte er sogar mit geschlossenen Augen gefunden – so oft, wie er sich während seiner vielen Aufenthalte auf der Burg schon dorthin geschlichen hatte.

Mit jedem Schritt, den er sich der Kammer näherte, wuchs seine Aufregung. Auf den Gängen war weit und breit niemand zu sehen. Endlich erreichte er ihre Tür. Behutsam drehte er den Knauf und versuchte, sie aufzustoßen. Zu seiner namenlosen Enttäuschung gab sie nicht nach. Sie musste den Riegel von innen vorgeschoben haben, wie sie es vorsichtshalber immer getan hatte, wenn er sich bei ihr aufhielt.

Seine innere Stimme riet ihm, auf der Stelle umzukehren und keinerlei Aufmerksamkeit zu erwecken. Doch seine enttäuschte Vorfreude ließ ihn unvorsichtig werden. Leise pochte er gegen die starken Eichenbretter; schließlich rief er sogar ihren Namen. Doch in der Kammer blieb alles still.

Plötzlich spürte Balduin, wie sich die feinen Härchen in seinem Nacken aufstellten. Er hatte das Gefühl, nicht mehr allein zu sein. Mit einer raschen Bewegung fuhr er herum und spähte ins Halbdunkel. Doch es war niemand zu sehen.

Seufzend machte er sich auf den Rückweg zur Kemenate. *Sie stellt meine Geduld auf eine harte Probe. Doch umso berauschender wird die Eroberung sein, wenn der Tag endlich gekommen ist.*

Denn dass dieser Tag kommen würde, daran hegte er keinerlei Zweifel.

Volker spürte den brennenden Schmerz erst, als Balduin um die Ecke des Ganges verschwunden war. Er hielt seinen Dolch so fest umklammert, dass er gar nicht gespürt hatte, dass sich die scharfe Klinge in seinen Daumen bohrte.

Mit einem leisen Fluch steckte er den Dolch in die Scheide zurück und den Finger in den Mund, um das Blut zu stillen. Es schmeckte metallisch.

Hätte ich den Bastard wirklich erstochen, wenn er in Lorettas Kammer eingedrungen wäre? Er wusste es nicht.

Auf dem Weg zu seinem eigenen Lager, auf dem er noch keine Minute verbracht hatte, spürte er seine Erschöpfung. Erst der lange Ritt, dann die Szene in der Rosenlaube, schließlich die quälende Nachtwache.

Immerhin hatte sie sich gelohnt. Seine geliebte Loretta war standhaft geblieben. Mit diesem Gedanken fiel er in tiefen Schlaf, kaum dass sein Kopf das Kissen berührt hatte.

Kapitel 36

Starkenburg, September 1328

Loretta war im Begriff, an die Tür der Kemenate zu pochen, als sie bemerkte, dass diese einen Spalt weit offen stand. Sie wollte sie gerade vollends aufstoßen, als sie ein Satz innehalten ließ. » … werdet Ihr dringend in Trier und Mainz gebraucht.« Lauschend blieb sie stehen.

Von der überraschenden Ankunft des Trierer Dompropstes Gottfried von Rodemachern auf der Starkenburg hatte sie erst nach ihrer täglichen Andacht in der Burgkapelle erfahren, bei der man sie nicht stören wollte. Nun war sie herbeigeeilt, um den hohen Gast willkommen zu heißen. Zweifellos hatte er gerade in drängendem Tonfall mit Balduin gesprochen.

»Auch hier halten mich noch dringende Geschäfte auf, Herr Gottfried«, hörte sie Balduin antworten.

Der Dompropst klang nun, als ob er bei seiner Erwiderung flehend die Hände ringen würde. »Aber welche Geschäfte denn nur, edler Herr? Das Lösegeld steht schon seit Wochen in Eurer Schatzkammer in Trier bereit. Doch Ihr habt nur einmal befohlen, Euch fünfhundert Pfund Heller zu senden. Warum habt Ihr mir verboten, der Gräfin den Rest zu überbringen?«

Noch während Loretta diese überraschende Neuigkeit zu verarbeiten suchte, entgegnete Balduin schroff: »Das geht Euch nichts an, Herr von Rodemachern.«

Loretta hörte das Rascheln eines Dokuments. Der Dompropst gab noch nicht auf. »Seht, hier ist das Schreiben meines verehrten Kollega, des Dompropstes von Mainz. Der Papst versucht mit allen Mitteln, Eure Wahl zum Mainzer Kurfürsten zu untergraben. Er hat mit Heinrich von Virneburg einen Gegenkandidaten ernannt, der ein Verwandter des gleichnamigen Kölner

Erzbischofs ist. Es versteht sich von selbst, dass der Kölner dessen Kandidatur unterstützen wird.«

Eine Weile blieb es in der Kemenate still. Aus dem fortgesetzten Rascheln schloss Loretta, dass Balduin das ihm übergebene Schreiben las.

Doch seine Meinung änderte er nicht. »Ich komme, sobald ich meine Geschäfte auf der Starkenburg abgeschlossen habe.«

Bei den nächsten Worten des Trierer Dompropstes erstarrte Loretta. »Also habt Ihr hier wichtigere politische Geschäfte zu regeln als die Übernahme eines weiteren Kurfürstenamtes?«

Balduin blieb stumm.

Zunehmend verzweifelt fuhr Gottfried von Rodemachern fort: »Wenn Ihr dabei an das Kröver Reich denkt, das Ihr gerne dem Trierer Territorium einverleiben …«

Balduin fiel ihm ins Wort. »Die Verhältnisse im Kröver Reich sind durch die Sühnebestimmungen mit Gräfin Loretta klar geregelt. Ich habe nicht die geringste Absicht, diese Verpflichtung zu brechen.«

Loretta fiel ein Stein vom Herzen. Schon war sie ein paar Schritte von der Tür entfernt auf dem Rückzug, als sie erneut ihren Namen hörte.

»So bleibt mir nur die Vermutung, dass das schändliche Gerücht, das derzeit in Umlauf ist, auf Wahrheit beruht, ehrwürdiger Kurfürst.« Nun klang die Stimme des Dompropstes zornig. »Ihr haltet Euch auf der Starkenburg auf, um Unzucht mit der Gräfin Loretta zu treiben.«

Etwas fiel polternd zu Boden. Loretta schlich sich zurück, stieß die Tür vorsichtig weiter auf und lugte durch den Spalt. Zu ihrem Entsetzen hielt Balduin den Dompropst am Kragen gepackt. »Hütet Eure Zunge, Dompropst, wenn Ihr Euer Amt behalten möchtet«, zischte er. »Ich bin Euch keine Rechenschaft über mein Tun und Lassen schuldig. Die Starkenburg verlasse ich erst, wenn es mir passt.«

In diesem Moment schaute Balduin über die Schulter des Dompropstes zur Tür, vor der Loretta wie festgefroren verharrte. Ihre Blicke trafen sich. Dann drehte Loretta sich auf dem Absatz um und entfloh.

»Also, nun weißt du alles! Das Lösegeld liegt schon längst in Trier bereit, der Nohfels ist übergeben, es gäbe also keinen Grund mehr, hier auf der Starkenburg zu bleiben! Selbst mein Schreiben an den Papst habe ich abgesandt! Obwohl dir das möglicherweise eher schaden als nutzen wird, jetzt, wo Johannes einen Gegenkandidaten auf den Mainzer Kurfürstenthron setzen will!«

Loretta beobachtete Balduin, senkte aber sofort den Blick, wenn er sie seinerseits ansah. »Du willst damit sagen, dass du allein meinetwegen noch auf der Starkenburg bist?«

Balduin durchmaß mit großen Schritten den kleinen Saal, in den ihn Loretta nach einer unruhigen Stunde zum Gespräch gebeten hatte. »So ist es, edle Dame! Ich mache mich deinetwegen zum Gespött im ganzen Reich. Aber ich habe es wohl nicht besser verdient.«

Mit zur Faust geballten Händen blieb er am Fenster stehen und sah hinaus. »Ich lege mein Schicksal jetzt gänzlich in deine Hände, Loretta! Wenn du mich fortschicken willst, sage es mir! Dann werde ich gehen. Auch wenn es mir das Herz bricht.«

»Balduin.« Loretta war noch nie so aufgewühlt gewesen wie in diesem Moment. »Balduin«, sagte sie etwas lauter, als er keine Anstalten machte, sich zu ihr umzudrehen.

Schließlich stand sie auf, trat hinter ihn und legte ihm sanft die Hand auf den Arm. Als er sich endlich umwandte, schimmerten seine Augen verdächtig feucht.

»Ich weiß, dass ich kein Anrecht mehr auf deine Liebe habe, Loretta.« Seine Stimme klang rauh. »Ich habe dich belogen, betrogen und hintergangen. Ich habe auf die eitlen Einflüsterungen des Schurken Remigius gehört und mein Gewissen immer wieder damit beschwichtigt, dass du mir schaden wirst, wenn ich dir nicht zuvorkomme.«

Balduin wusste, dass dies nicht ganz der Wahrheit entsprach. Zwar hatte sein ehemaliger Schreiber tatsächlich einige der perfiden Pläne entwickelt, die dann zu Lorettas Nachteil umgesetzt wurden, doch er, Balduin, hatte dem niemals etwas entgegengesetzt.

Dessen ungeachtet, reagierte Loretta entsetzt. »Aber wie hätte ich dir denn schaden sollen, Balduin? Und vor allem warum, aus welchem Grund?«

Balduin fuhr sich mit der Hand durch die Haare. »Heute weiß ich das nicht einmal mehr zu sagen. Aber ich fühlte mich bedroht, als du die Frauenburg erbaut hast. Du hast dabei meine eigene Taktik nachgeahmt. Und du wolltest mich durchaus daran hindern, die Kröver Vogtei zu erwerben und damit Fuß im Kröver Reich zu fassen. Allein das zeigte mir, dass du mir nicht im mindesten vertraust. Woher sollte ich außerdem wissen, was du sonst noch alles tun würdest, hätte ich meiner Liebe je erlaubt, die Oberhand zu gewinnen?«

»Dass ich den Anspruch meiner Grafschaft auf das Kröver Reich verteidigt habe, war für dich ein Zeichen mangelnden Vertrauens?« Loretta konnte Balduins Argument kaum fassen.

»Ich hätte dir ja keinen Schaden zugefügt, Loretta, wenn ich das verpfändete Land erworben hätte. Das Gebiet verbindet meine beiden Territorien miteinander und war damals für mich von ungeheurer strategischer Bedeutung. Aber ich hätte mich schon gütlich mit dir geeinigt.«

»Worüber gütlich geeinigt?«

Balduin machte eine abwehrende Geste. »Ach, hören wir doch auf, über verschüttete Milch zu lamentieren. Was geschehen ist, ist geschehen. Jetzt geht es um heute, um das Hier und Jetzt.«

Plötzlich sank er vor Loretta auf die Knie und legte die rechte Hand aufs Herz. »Loretta, ich war all die Jahre ein Narr. Erst jetzt habe ich erkannt, wie sehr ich deine Liebe brauche. Nun lege ich dir alles zu Füßen, meine Ehre, meinen Stolz, meinen Verzicht auf den Nohfels und das Kröver Reich, sogar mein Amt als nächster Kurfürst von Mainz. Was muss ich noch tun, um dir zu beweisen, dass es mir ernst ist mit uns beiden?«

Loretta spürte ihren Widerstand dahinschmelzen. Sie strich Balduin sanft über die Wange. Er griff nach ihrer Hand und bedeckte deren Innenseite mit Küssen.

Dann hob er den Kopf. Der Blick seiner dunklen Augen traf sie mitten ins Herz. »Willst du mir endlich verzeihen?«

Die Worte kamen wie von selbst über ihre Lippen. »Ich verzeihe dir, Balduin.«

»Dann lass heute Nacht deine Kammertür für mich offen!« Seine Stimme klang flehend.

Loretta antwortete nicht, sie war hin- und hergerissen. Pro und Kontra lieferten sich einen heftigen Zweikampf.

Tu es nicht, Loretta. Begib dich nicht wieder in seine Gewalt.

Er war die Liebe deines Lebens. Wer soll ihn ersetzen?

Er hat deine Liebe nicht verdient.

Hat nicht er dir erst gezeigt, was Liebe überhaupt ist?

Balduin beobachtete jede Regung ihres Gesichts, in dessen Zügen sich ihr innerer Kampf anscheinend spiegelte. Der Ausdruck von Hoffnung in seinen Augen verwandelte sich in tiefe Resignation.

Er ließ ihre Hand los und stand auf. »Ich sehe, ich kann dich nicht überzeugen, Loretta. Also habe ich mich in mein Schicksal zu fügen. Morgen früh reise ich ab. Ich gelobe, dich nie wieder mit meinen Gefühlen zu behelligen.«

Nach einer knappen Verbeugung drehte er sich zur Tür.

Halte ihn auf, halte ihn auf, sonst wirst du ihn für immer ver-

lieren. Die Panik überflutete sie wie eine Woge. Trotzdem war sie nicht in der Lage, auch nur ein Glied zu rühren.
Er hatte den Knauf schon in der Hand, als sich Loretta endlich aus ihrer Erstarrung löste.
»Nein, Balduin!«, rief sie ihm nach. »Ich möchte nicht, dass du gehst.« Als er mitten in der Bewegung verharrte und regungslos stehen blieb, fügte sie mit leiser Stimme hinzu: »Ich will, dass du heute Nacht zu mir kommst.«

Von ferne hörte Volker ein Glöckchen im Moseltal die Mitternachtsstunde schlagen. Er gähnte und spürte, wie seine Anspannung langsam wich. Seit seiner Rückkehr vom Nohfels verharrte er jede Nacht in der düsteren Nische eines Seitengangs, der in den Korridor zu Lorettas Schlafkammer mündete. Von dort hörte er jeden sich nähernden Schritt und konnte sich auf diese Weise davon überzeugen, dass niemand Lorettas Kammer unbemerkt betrat.
Der Schlafmangel machte ihm zu schaffen. Eigentlich sollte er jetzt gehen und die wenigen Stunden bis zum ersten Hahnenschrei, der ihn auf seinen Posten als Wachhauptmann rief, in seinem weichen Bett verbringen. Doch seine Glieder fühlten sich bleischwer an. Vor Müdigkeit schloss er die Augen.
Sofort suchten ihn die Bilder des heutigen Abends heim. Beim Nachtmahl hatten Loretta und vor allem Balduin ungewohnt gelöst gewirkt. Der Erzbischof scherzte und lachte, machte Loretta unverhohlen Komplimente und schien sich wohler zu fühlen als an jedem anderen Tag seiner Gefangennahme.
Er tändelt wieder mit ihr, schoss es Volker durch den Kopf, als er die beiden heimlich beobachtete. *Wie er es früher so oft getan hat.* Die Eifersucht, die seine Brust wie ein Dolch durchbohrte, war kaum zu ertragen.
Genau wie den meisten anderen Bewohnern der Starkenburg war Volker lange Zeit nicht der Gedanke gekommen, dass hinter

dem unbefangenen Umgang von Balduin und Loretta etwas anderes stecken könnte als höfisches Geplänkel. Doch heute wusste er es besser.

Sein Blick war auf den Dompropst aus Trier gefallen, der erst heute als Gast eingetroffen war. Seine verkniffene Miene verkörperte die fleischgewordene Missbilligung. *Hegt er etwa den gleichen Verdacht wie ich?*

Schließlich hatte Volker es nicht mehr ausgehalten. Mit der Entschuldigung, er sei unpässlich, hatte er die Tafel vorzeitig verlassen. Im Burghof schnappte er so verzweifelt nach Luft wie ein Fisch auf dem Trockenen. Erst nach und nach löste sich der Krampf in seiner Brust in der abendlichen Frische.

Er dachte an seine letzten Gespräche mit Loretta. Immer wieder hatte sie ihn ihrer Freundschaft und aufrichtigen Zuneigung versichert.

»Ich weiß sehr wohl, was ich an Euch habe, Volker.«

»Ihr seid mir vor allen anderen der liebste Gefährte.«

»Ich weiß nicht, was die Zukunft für mich bereithält, wenn ich die Regentschaft in wenigen Jahren an meinen Sohn übergebe. Wahrscheinlich übersiedele ich auf die Frauenburg. Auch dort brauche ich einen tüchtigen Hauptmann. Ich würde es über die Maßen schätzen, wenn Ihr dieses Amt in Betracht ziehen würdet.«

Diese und ähnliche Sätze hatte Loretta immer wieder zu ihm gesagt. Doch waren sie jemals mehr als ein Ausdruck von Wertschätzung und Achtung gewesen? Hatte sie ihn auch nur einmal mit dieser Mischung aus Zärtlichkeit und Amüsement angeblickt wie heute Abend den Erzbischof, wenn er ihr eigenhändig die Speisen vorlegte oder den Wein nachfüllte? Hätte sie auch bei ihm, Volker, zugelassen, dass sich dabei ihrer beider Finger berührten?

Andererseits, hatte sie ihm nicht auch schon erlaubt, sie in die Arme zu nehmen und zu trösten? Damals in Birkenfeld, als sie

Balduins Verrat entdeckte. Und hatte sie ihm nicht Hoffnungen auf ihre Hand gemacht, als sie gemeinsam das Komplott gegen Balduin schmiedeten? Zählte das alles heute nichts mehr?
Seine Rastlosigkeit trieb ihn auf den Wehrgang der Starkenburg. Ohne wirklich etwas zu sehen, starrte er ins Moseltal, über dem schon die ersten zarten Herbstschleier lagen. Plötzlich gab das Mauerwerk, an das er sich lehnte, nach. Ein Stein löste sich und polterte die steilen Hänge hinab. Für den Augenblick war Volker abgelenkt.
Ich muss die Nachtwachen warnen, dass sich hier der Mörtel aufgelöst hat und die Stelle gefährlich ist. Gleich morgen müssen die Maurer danach sehen.
Fröhliche Stimmen aus dem Burghof lenkten seine Aufmerksamkeit wieder auf das Geschehen des heutigen Abends. Balduin und Loretta verließen den Palas, gefolgt von weiteren Gästen des Nachtmahls. Am Eingang zum Burggarten trennte sich die Schar. Balduin führte Loretta in das kleine, mit Rosen- und Lorbeerbüschen bepflanzte Geviert. Noch waren die Nächte mild. Der Vollmond stand hoch am Himmel und tauchte die Burganlage und das umliegende Land in ein romantisches Licht.
Wie geschaffen für einen Spaziergang von Liebenden. Wieder spürte Volker die quälende Eifersucht. Zu seiner Beruhigung stellte er fest, dass Lorettas Magd Gerhild den beiden in einigem Abstand folgte.
Plötzlich dachte er an Kathi. *Was ist wohl aus ihr geworden?* Das Mädchen war vor einiger Zeit in ihr Heimatdorf zurückgeschickt worden, ohne dass er den Grund dafür kannte. Nun spürte er ein leises Bedauern. *Ich habe mir noch nie die Mühe gemacht, danach zu forschen.*
Kathis Augen fielen ihm ein, in denen ein Ausdruck unverhohlener Liebe zu ihm gestanden hatte. *So hat Loretta mich noch nie angesehen.* Wieder wühlte der Speer der Eifersucht in seinen Eingeweiden.

Schließlich bezog er seinen Posten in der Nische des Seitenganges. Er sah Loretta mit ihrer Kammermagd kommen. Nach einer Weile verließ die junge Frau den Raum wieder. Volker wusste seit langem, dass Loretta es vorzog, allein zu schlafen. Aufgrund des üblichen Platzmangels in einer Burg war dies ein Luxus. Einer der wenigen, die sie sich gönnte.

Dann war stundenlang nichts mehr geschehen. Wie immer in all den Nächten, die er hier schon verbracht hatte.

Todmüde öffnete Volker die schweren Lider und reckte sich vorsichtig. Es wurde Zeit, die eigene Kammer aufzusuchen und sich niederzulegen. Da hörte er plötzlich leise Schritte näher kommen.

Balduin drehte langsam den Knauf und drückte mit seiner Schulter gegen die Tür. Erst als sie wirklich nachgab, spürte er, wie die Spannung von ihm abfiel. Loretta erwartete ihn.

Wie früher hatte sie ein mit feinen Stickereien verziertes Leinenhemd angezogen, das ihre Figur mehr enthüllte als bedeckte. Im Licht der beiden Kerzen zeichneten sich ihre Brustwarzen und Schamhaare deutlich durch den zarten Stoff hindurch ab. Sein Gemächt wurde bei diesem Anblick augenblicklich so hart, dass es beinahe schmerzte. Er schloss leise die Tür und schob den Riegel vor. Dann trat er auf Loretta zu, die halb aufgerichtet in den Kissen lag.

Neben dem Bett war ein Kastentisch mit Wein und feinem Mandelgebäck gedeckt. Der Duft der köstlichen Kröver Lage vermischte sich mit dem Duft des Rosenwassers, mit dem sie sich parfümiert hatte.

Hastig entledigte Balduin sich seiner Kleidung und nahm Loretta in die Arme. »Heute machst du mich zum glücklichsten Mann auf dieser Erde«, flüsterte er. Dann öffnete er ihre weichen Lippen mit seiner Zunge und genoss mit allen Sinnen den leidenschaftlichen Kuss.

Die Kammertür schloss sich hinter dem Erzbischof. Wie gelähmt starrte Volker auf die dunkle Fläche aus Eichenholzbrettern.
Wider besseres Wissen hoffte er noch ein paar Minuten, dass dies nur ein schrecklicher Irrtum wäre. Vielleicht wollte Balduin Loretta etwas Wichtiges mitteilen, das nicht bis zum Morgen warten konnte. Vielleicht vermisste er einen wertvollen Gegenstand und wollte sie fragen, ob sie etwas von seinem Verbleib wusste. Sicherlich käme er jeden Augenblick wieder heraus.
Doch natürlich blieb alles still. Bis auf die leisen Geräusche, die nun an sein Ohr drangen, als er vorsichtig näher schlich. Deckbetten raschelten, Holz knarzte, und das …? War das nicht ein lustvolles Stöhnen gewesen?
Was, was soll ich nur tun? Es kam Volker wie eine Ewigkeit vor, bis er wieder in der Lage war, einen klaren Gedanken zu fassen.
Die Tür auftreten und hineinstürmen? Aber was dann? Balduin und Loretta wären zwar kompromittiert, aber was würde ihm das nutzen? Die Ehre seiner Gräfin wäre befleckt, sie alle drei würden zum Gespött des halben Reiches werden! Und er selbst würde die Starkenburg wahrscheinlich noch am gleichen Tage verlassen müssen.
Loretta am nächsten Morgen zur Rede stellen? Sie war ihm keine Rechenschaft über ihr Tun schuldig. Und würde ihm im schlimmsten Fall antworten, dass sie Balduin liebte und nicht ihn. Den Beweis dafür hatte er schon jetzt. Dazu bedurfte es keiner weiteren Demütigung mehr.
Balduin zum Zweikampf fordern? Mit welcher Begründung? Und vor allem, mit welchem Ziel? Da Loretta ihn noch liebte, würde sie ihm, Volker, jede Verletzung des Erzbischofs oder gar dessen Tod nie verzeihen.
Weiter warten und sich in Geduld üben? Er wartete schon seit vielen Jahren vergeblich auf Lorettas Gunst. Es waren die besten Jahre seines Lebens. Längst könnte er vermählt sein und eine

Schar Kinder sein Eigen nennen. Doch keine andere Frau hatte je vermocht, sein Herz zu gewinnen. Selbst die treue Kathi war nur ein Versuch gewesen, sich von seinem Schmerz abzulenken. Seine Sehnsucht nach Loretta hatte auch sie nicht stillen können.

Und jenes Weib, das ihm beständig nachstellte? Diese Dame wurde immer schamloser, glich einer läufigen Hündin. Er hatte nur noch Verachtung für sie übrig.

Also bleibt mir nur dieser letzte Ausweg. Schon früher hatte Volker manchmal mit diesem Gedanken gespielt. Wenigstens würde Loretta danach um ihn trauern. Wenn sie ihn schon nicht liebte, so schätzte sie ihn doch als Freund.

Und ich werde endlich erlöst sein.

Mit geschlossenen Augen gab sich Loretta Balduins Zärtlichkeiten hin. Sie waren ihr nicht unangenehm, doch irgendwie wollte der alte Funke der Leidenschaft nicht mehr auf sie überspringen.

Es ist schon so lange her, dass er mich in den Armen gehalten hat. Weit mehr als ein Jahr. Wir müssen uns erst wieder aneinander gewöhnen.

Balduin ließ seine Zunge zärtlich über die weiche Haut ihrer Halsbeuge gleiten. In früheren Zeiten war dies ein unfehlbares Mittel gewesen, um ihre eigene Leidenschaft anzufachen. Doch merkwürdig! Heute kitzelte es sie vor allem.

Plötzlich glitt ein kühler Luftzug über ihren Körper. Loretta schauderte zusammen.

»Was ist mit dir, meine Geliebte?«

»Ich weiß es nicht, Balduin, auf einmal ist mir so kalt. Zieht draußen etwa ein Sturm auf?«

Irritiert hob Balduin den Kopf und blickte auf das mittlerweile mit einem Bogen Pergament verschlossene Fenster. »Ich höre und sehe nichts Ungewöhnliches. Der Mond scheint, es ist eine ruhige Nacht.«

Er griff nach der Daunendecke am Fußende des Bettes. »Doch ihr Weiber seid von zarter Konstitution«, flüsterte er und zog die Decke über ihre Körper. »Lass dich nur wieder fallen, mein Lieb, ich werde dich wärmen.«

In seiner eigenen Kammer faltete Volker das Pergamentstück zusammen und verschloss es mit einem Tropfen Wachs. Seit er seinen Entschluss gefasst hatte, war er seltsam ruhig. Ob der Allmächtige ihm verzeihen würde, wusste er nicht. Es spielte auch keine Rolle. Er hatte ihm diese unaussprechlichen Qualen gesandt, und er, der tapfere Ritter, der sich vor keiner Schlacht und keiner Verwundung fürchtete, konnte ihnen nicht länger standhalten. Vielleicht fand er vor dem Jüngsten Gericht Gnade wegen seiner Schwäche, vielleicht auch nicht. Im Augenblick war ihm das vollkommen gleichgültig.

Doch überflüssiges öffentliches Aufsehen wollte er nicht erregen. Aus diesem Grund verwarf er auch seinen ersten Gedanken, sich in sein Schwert zu stürzen. So hätte jedermann gleich erkannt, dass er sich selbst entleibt hatte. Seine Eltern wären der Schande ausgesetzt, sein Körper würde auf dem Schindanger oder neben dem Galgen verscharrt werden.

Mit dem Briefchen in der Hand ging Volker hinüber zu den Ställen. Er gab sich keine Mühe, unauffällig zu bleiben. Seine Soldaten waren es gewohnt, dass ihr Hauptmann ab und an des Nachts seine Rundgänge machte.

Er entdeckte den Jungen auf seinem Strohsack am Ende der Verschläge, in denen die Pferde leise schnaubten, als sie Volker bemerkten. Er kniete sich neben den Knaben und rüttelte ihn vorsichtig wach. »Du musst mir ein Briefchen bestellen, Bertel«, sagte er leise. »Morgen bringst du das hier der Gräfin Loretta. Doch du musst mir versprechen, es nur der Herrin selbst zu geben. Kann ich mich darauf verlassen?«

Der Junge nickte verwirrt.

»Als Lohn gebe ich dir diese Silbermünze.«
»Eine ganze Silbermünze?« Nun wurde Bertel hellwach. »Ich danke Euch, Herr«, stammelte er. »Aber das ist zu viel für einen Botengang. So viel Geld habe ich noch nie besessen.«
Volker nickte. »Ich weiß, dass deine Mutter krank ist, Bertel. Davon kannst du Medizin für sie kaufen. Nun schwöre mir bei deinem Seelenheil, niemandem außer Gräfin Loretta von diesem Auftrag zu erzählen.« Als der Junge nicht gleich reagierte, wurde seine Stimme eindringlich. »Gelobst du mir das?«
Bertel hob die rechte Hand. »Ich schwöre es bei meinem Seelenheil, Herr.«
Volker stand auf. »Nun schlaf weiter, Bertel. Die Nacht ist nur noch kurz.«
Immer noch durcheinander, blickte Bertel ihm nach. Dann verstaute er Briefchen und Münze in seinem Kittel und sank wieder in den tiefen Schlaf der Erschöpfung.

Aus Gründen, die sie selbst nicht verstand, konnte Loretta sich nicht entspannen. Trotz der dicken Daunendecke fror sie mittlerweile erbärmlich, eine Gänsehaut überzog ihren ganzen Körper. Mechanisch erwiderte sie Balduins Liebkosungen. Doch das alte Begehren wollte sich einfach nicht einstellen.
Auch Balduin spürte ihre Reserviertheit. Er deutete sie auf dieselbe Weise, wie sie es anfangs getan hatte. »Mein Lieb, ich glaube, wir müssen uns erst wieder aneinander gewöhnen. Wir haben beide viel zu lange in Keuschheit gelebt.«
Zärtlich umspielte seine Zunge ihre Brustwarzen. Sie richteten sich auf, doch wieder empfand Loretta keine Spur der Lust, die ihr diese Liebkosung früher bereitet hatte. Stattdessen wurde ihr immer kälter.
Als sie den Grund dafür endlich erkannte, traf es sie wie ein Schlag. *Das* Gefühl, *es ist das* Gefühl! Plötzlich erinnerte sie sich an die Nacht, in der sie es im Bett neben ihrer jüngeren

Schwester Mechthild gespürt hatte. Die Nacht, als ihr Bruder Rüdiger beinahe erstickt war. Seine Freundin, die kleine Magd, war damals umgekommen.
Jemand ist in Gefahr. Ihr ganzer Körper versteifte sich. *Ich spüre, da draußen ist jemand in Gefahr.*
»Mein Lieb, nun lass dich doch einfach gehen«, flüsterte Balduin aufs Neue. Seine Hand glitt hinab zu ihrer Scham. Einen Lidschlag lang stutzte er. Dann benetzte er seine Hand mit seinem Speichel und begann, sie liebevoll an ihrer geheimsten Stelle zu streicheln.

Mit dem eisernen Stiel eines Werkzeugs, das er aus der Schmiede entwendet hatte, lockerte Volker noch mehr Steine an der brüchigen Mauerstelle, die er am frühen Abend entdeckt hatte. Er achtete sorgsam darauf, dass vorläufig nicht allzu viele herausbrachen. Dann warf er das Werkzeug mit viel Schwung den steil abfallenden Burghang hinab.
Ein rascher Blick zeigte ihm, dass keine Wache in der Nähe war. Wahrscheinlich saßen seine Männer in der Wachstube und nahmen einen Imbiss aus Brot und Bier ein. Der Starkenburg drohte im Augenblick keine Gefahr. Sie war ohnehin uneinnehmbar, und Lorettas Gegner waren alle besiegt.
Mit einem Sprung zog sich Volker etwa drei Schritt von der brüchigen Stelle entfernt an der brusthohen Mauer hoch und setzte sich rittlings auf die Krone. Dann richtete er sich vorsichtig auf. Die Mauer war an dieser Stelle ungefähr eine Elle breit. Mit ausgebreiteten Armen, um das Gleichgewicht nicht zu verlieren, tastete er sich mit kleinen Schritten zu der brüchigen Stelle vor.

Loretta spürte, wie sich ihr Leib immer mehr verkrampfte. Balduins Körper drückte sie nieder und schien sie geradezu auf das Lager zu nageln.

Anstatt Lust zu empfinden, während Balduin ihre Scham mit seinem Speichel befeuchtete, standen ihr plötzlich die grässlichen Bilder ihrer Hochzeitsnacht mit Martin vor Augen. Außerdem fühlte sie immer deutlicher, dass da draußen etwas Furchtbares vor sich ging.
»Balduin«, flüsterte sie schließlich. »Balduin, ich kann nicht zur Ruhe kommen. Jemandem, der mir teuer ist, droht Gefahr. Ich spüre es mit jeder Faser meines Körpers.«
»Das bildest du dir nur ein. Entspanne dich doch endlich, mein Lieb.« Zum ersten Mal wies Balduins Stimme eine Spur Ungeduld auf.
»Ich kann nicht, ich kann nicht!« Loretta war zunehmend verzweifelt. Spielte ihre Phantasie ihr tatsächlich nur einen Streich? Sie versuchte, sich aufzurichten. »Ich muss nachschauen, was vor sich geht.«
Doch Balduin rollte sich nicht von ihrem Körper herunter. »Lass mich dich erst verwöhnen. Ich bitte dich.« Seine Stimme klang nun fordernd und flehend zugleich. »Ich habe mich so lange nach dir verzehrt. Ich sehne mich danach, ganz mit dir vereint zu sein.«
Als Loretta noch immer zögerte, beteuerte er: »Gleich danach sehen wir nach, ob da draußen etwas passiert. Ich begleite dich dabei, das verspreche ich dir.«
Mit seinen Knien drückte er Lorettas Beine auseinander. Sein Penis glitt zärtlich an ihrer Scham entlang und weckte schließlich doch noch Begehren in Loretta. Folgsam öffnete sie ihre Schenkel noch weiter und ließ zu, dass Balduin sanft in sie eindrang.
Wie durch einen Zauber fand sie zu den ehemals so vertrauten Bewegungen zurück. Sie gab sich ihnen hin und genoss es, dass Balduins Stöße heftiger wurden und sie sein Geschlecht immer härter in sich spürte. Wie in früheren Zeiten bäumte sie sich ihm entgegen, die Lippen geöffnet, die Augen geschlossen. Sie hörte sein Keuchen an ihrem Ohr.

Sie war kurz vor dem Höhepunkt, da tauchte wie aus dem Nichts ein Bild vor ihr auf. Ein Mann stand auf der Mauerkrone der Starkenburg. Ein Mann, den sie kannte. Ein Mann … *Um Himmels willen, das ist Volker.* Ein eisiger Speer schien ihren Körper zu durchbohren. Sie bäumte sich erneut auf, diesmal nicht vor Lust, sondern vor Panik.
Doch Balduin bemerkte den Unterschied nicht. Mit einem kaum unterdrückten Schrei ergoss er sich in ihr. Dann sank er erschöpft auf ihr zusammen.

Ein letztes Mal ließ Volker seinen Blick über das liebliche Moseltal gleiten. Der Nebel hatte sich aufgelöst, das Licht des Vollmonds glitzerte wie Silber auf dem ruhigen Wasser. *Schöner könnte der Anblick nicht sein, bevor ich sterbe.*
Dann machte er den letzten Schritt und sprang entschlossen mit beiden Füßen und aller Kraft auf das gelockerte Gestein. Es brach sofort unter ihm ein. Volker verlor das Gleichgewicht.
Herr Jesus, ich empfehle dir meine Seele. Mit gefalteten Händen stürzte er in die Tiefe.

Loretta hörte eine Frau schreien. Die gellenden Schreie hallten in ihren Ohren nach. Erst als Balduin sie entgeistert schüttelte, erkannte sie, dass sie selbst die schmerzerfüllten Rufe ausgestoßen hatte.

Starkenburg, September 1328, am nächsten Morgen

Totenblass beobachtete Loretta, wie sich die Männer mit Volkers Leiche auf einer Bahre den steilen Hang hinaufmühten. Neben ihr stand Blanche. Auch sie war zutiefst erschüttert.
»Einst habe ich diesen Mann aus tiefstem Herzen gehasst«,

murmelte sie. »Doch ein solches Schicksal habe ich ihm nie gewünscht.«
»Weiß man schon, wie es passiert ist?« Loretta schreckte zusammen, als sie Balduins Stimme hinter sich hörte. Sie hatte sein Kommen nicht bemerkt.
Sie wandte ihm ihr vom Weinen verschwollenes Gesicht zu. »Es war ein Unfall. Die Mauer ist an einer Stelle brüchig geworden. Volker muss sich bei seinem nächtlichen Rundgang dagegen gelehnt haben und ist dabei in die Tiefe gestürzt.«
Auch Balduins Gesicht war bleich. Loretta sah ihm an, was er dachte. *So hat dich* die Gabe *also zu Recht gewarnt.* Sie nickte ihm müde zu.
In diesem Moment entschwanden die Männer ihren Blicken, da sie auf das letzte Stück Pfad zum Burgtor einbogen. Loretta verließ ihren Platz auf dem Wehrgang und ging ihnen mit Balduin und Blanche entgegen.
Nikolaus von Schonenberg führte den traurigen Zug an. Loretta bemerkte, dass er Blanche zwar grüßte, ihrem Blick aber auswich. Doch heute schien es Blanche nicht zu berühren. Wie gebannt starrte sie auf Volkers Leiche.
Auch Loretta konnte noch nicht fassen, dass Volker wirklich tot war. Mit einer Geste bedeutete sie den Bahren-Trägern, vor ihr stehen zu bleiben. Doch sie wagte nicht, sein Antlitz zu betrachten.
»Er scheint sich beim Fall das Genick gebrochen zu haben.« Wieder war es Balduin, der das Wort ergriff. »Zumindest war er auf diese Weise sofort tot und musste nicht leiden.«
Loretta schauderte zusammen. *Ich könnte es nicht ertragen, wenn er noch gelebt hätte, bevor wir ihn fanden.*
Trotz Balduins flehentlicher Bitten, das Tageslicht abzuwarten, hatte Loretta darauf bestanden, die Suche nach Volker noch in der Nacht zu beginnen. Ihre furchtbaren Ahnungen bestätigten sich schnell. Zuerst entdeckte eine Wache die Bresche in der

Mauer. Mit Fackeln durchstreiften Volkers treue Wachsoldaten alsdann die Steilhänge und Weinberge unterhalb der Burg, bis sie schließlich seinen zerschmetterten Leichnam fanden. Da er an einer schwer zugänglichen Stelle lag, konnte er erst nach Sonnenaufgang geborgen werden.

Ich hätte ihn retten können, wenn ich der Gabe *sofort Folge geleistet hätte!* Seit Stunden zermarterte sich Loretta das Hirn mit Selbstvorwürfen. *Es liegt ein Fluch über meiner Liebe zu Balduin. Als Ehebrecherin habe ich sie begonnen. Sie hat mir nichts als Unglück eingebracht. So hat mich der Allmächtige gestraft.*

»Er sieht so friedlich aus, Muhme.« Nun lief Blanche eine Träne über die Wange. »Fast so, als schliefe er.«

Loretta zwang sich dazu, dem Toten ins Gesicht zu sehen. Tatsächlich lag sein Kopf in einem unnatürlichen Winkel auf der Bahre, ein Zeichen dafür, dass die Halswirbel gebrochen waren. Doch seine Züge wirkten, als sei er in seinen letzten Momenten ganz mit sich im Reinen gewesen.

Merkwürdig, schoss es Loretta durch den Kopf. *Er muss sich doch beim Sturz erschrocken haben.*

In diesem Augenblick entstand ein kleiner Tumult im Hof. »Scher dich weg, du Bengel, sonst verabreiche ich dir eine Tracht Prügel.« Der Burgvogt selbst fuhr einen kleinen Stallburschen in einem mit Dung befleckten Kittel an und hob drohend die Hand.

»Aber ich muss die Frau Gräfin sprechen, Herr. Ich flehe Euch an! Ich habe es bei meinem Seelenheil geschworen.«

Lorettas Aufmerksamkeit war geweckt. Zugleich breitete sich eine große Kälte in ihr aus, als hätte sie einen Eiskeller betreten. Mit ruckartigen Bewegungen trat sie vor. Der Junge verbeugte sich vor ihr, ergriff ihre Rechte mit seiner schmutzigen Bubenhand und drückte ihr etwas hinein. Dann drehte er sich hastig um und drängte sich ohne Abschiedsgruß durch das gaffende

Gesinde hindurch, das mittlerweile von allen Seiten herbeigelaufen war.
Mechanisch entfaltete Loretta das Stück Papier. Sie erkannte Volkers Schrift, doch ihr Verstand weigerte sich zuerst, den Sinn seiner kurzen Botschaft zu verstehen. Als sie ihn endlich begriff, brach sie ohnmächtig zusammen.

Der scharfe Geruch von Kampfer drang Loretta in die Nase und zwang sie widerstrebend zurück in die Realität. Mit brennenden Augen blinzelte sie ins Licht, das durch die großen Fenster der Halle fiel, in der man sie auf eine Tafel gebettet hatte, die bereits zum Frühmahl aufgeschlagen worden war. Um sie herum standen Gerhild, Blanche und Balduin und musterten sie besorgt.
»Gebt mir einen Schluck Wasser für die Gräfin und lasst uns dann allein.« Balduins Stimme klang herrisch. »Auch Ihr, Dame Blanche.« Aus dem Augenwinkel sah Loretta, wie Blanche empört die Lippen schürzte. Doch sie wagte keinen Widerspruch.
Balduin hielt Loretta einen Becher mit kühlem Brunnenwasser an die Lippen. Sie trank gierig. Ihre Kehle fühlte sich an wie ausgedörrt.
Dann sprach Balduin mit grimmiger Miene. »Ich habe den Zettel, den dir der Stallbursche brachte, gelesen, Loretta. Volker ist nicht versehentlich gestürzt, er hat sich absichtlich in die Tiefe fallen lassen.«
Loretta fühlte sich sterbenselend. Stumm streckte sie die Hand aus, bis Balduin ihr das Papier reichte.
Ohne Anrede stand da: »Ich gönne Euch Euer Glück, Geliebte meines Herzens. Doch ich sterbe heute daran. Verzeiht mir!«
Die Worte verschwammen vor ihren Augen.
»Wie dramatisch«, hörte sie Balduin knurren. »Wie in einem schlechten französischen Heldenepos.«

Schlagartig kam Loretta wieder zu sich. Sie richtete sich zum Sitzen auf. »Wie kannst du nur so grausam reden, Balduin! Wo bleibt dein Mitgefühl?«

»Mitgefühl? Volker hat mein Mitgefühl nicht verdient. Er hat sich selbst entleibt. Sein Körper kann nicht in geweihter Erde bestattet werden.«

So weit hatte Loretta noch gar nicht gedacht. »Aber das können wir ihm nicht antun, Balduin! Seine Familie wäre zeit ihres Lebens mit Schande bedeckt.«

»Daran hätte Volker von Falkenstein früher denken sollen.«

»Früher denken?« Lorettas Stimme wurde schrill. »Wenn ich dich heute Nacht nicht in meine Kammer gelassen hätte, könnte er …« Sie brach ab und schluchzte auf.

»Könnte er noch leben?«, vollendete Balduin den Satz.

Loretta verstand. »Du bist eifersüchtig, Balduin. Eifersüchtig auf einen toten, zutiefst unglücklichen Mann. Du solltest dich schämen.« Die Tränen liefen ihr wie ein Sturzbach über die Wangen.

»Und wenn es so wäre?«, funkelte er sie wütend an. »Glaubst du, ich hätte nicht gemerkt, dass du mit den Gedanken woanders warst, als du in meinen Armen lagst? Gib es zu, du hast an ihn gedacht.«

Loretta konnte es nicht fassen. »Natürlich habe ich an Volker gedacht. Die *Gabe* warnte mich, dass ihm ein Unglück droht. Daher …«

Balduin fiel ihr ins Wort. »Und die *Gabe* warnt dich nur, wenn ein Mensch in Gefahr ist, den du liebst und begehrst.«

Ein Mensch, der mir etwas bedeutet, Balduin. Das ist ein Unterschied. Doch sie sprach die Worte nicht aus. Etwas in ihr zerbrach. Sie spürte es fast wie einen körperlichen Schmerz. Endgültiger als auf der Grimburg. Unwiderruflich.

»Ich möchte, dass du gehst, Balduin«, sagte sie leise. »Am besten gleich, noch in dieser Stunde.«

»Damit du seinen sündigen Leib auf einem christlichen Friedhof bestatten kannst? Ich denke nicht daran.«

Loretta erstarrte. »Dann werde ich aller Welt eröffnen, wo wir waren, als Volker sich umbrachte, und weshalb er es getan hat.«

Balduin lachte verächtlich auf. »Das wagst du nicht.«

Loretta fixierte ihn mit ihren Eisaugen. »Lege es nicht darauf an. Ich warne dich.«

Wie zwei Raubtiere starrten sie einander ins Gesicht. Loretta beobachtete ungerührt, wie sich Balduins Wut zuerst in Traurigkeit und schließlich sogar in Schmerz verwandelte.

»Gut, ich reise noch heute ab, wenn du es willst. Und ich lasse dich Volker bestatten, wo du es möchtest. Doch ich stelle dir eine Bedingung.«

»Welche Bedingung?«

»Ich möchte, dass du mir verzeihst und eines Tages zu mir zurückkommst. Versprichst du mir das?«

Als Loretta nicht antwortete, drängte er sie. »Versprich es mir! Sonst bleibe ich hier.«

Loretta holte tief Luft. »Ich werde darüber nachdenken, Balduin. Das ist alles, was ich dir heute anzubieten habe.«

Dann schloss sie die Augen und ließ sich zurück auf das provisorische Kissen aus Tischtüchern sinken.

Eine Weile rührte sich nichts. Schließlich hörte sie, wie sich Balduin ohne ein weiteres Wort entfernte.

Der Schmerz brannte so heftig in seiner Brust, dass es ihm den Atem abschnürte. Draußen war ein herrlicher Tag aufgezogen, die milde Herbstsonne strahlte vom Himmel. Doch Balduin hatte weder einen Blick für die Schönheit der Landschaft noch für die nach wie vor verstörten Mienen des Gesindes, das die Köpfe im Hof zusammensteckte und tuschelte.

Ein einziger Gedanke beherrschte all seine Sinne. *Ich habe Loretta verloren. Gerade habe ich sie für immer verloren.*

Kapitel 37

Avignon, Juni 1329

Erwartungsvoll durchschritt Loretta mit ihrem Gefolge das Tor des Palastes in Avignon, in dem Johannes XXII. als zweiter Papst, der den Amtssitz in Rom aufgegeben hatte, residierte. Von außen glich der Bau einer Festung mit dicken Mauern und mit Zinnen bewehrten Türmen. Doch innen entfaltete der Palast eine unerwartete Pracht.

Wieder betrachtete Loretta staunend die mit Mosaiken eingelegten Böden, die mit kostbaren Teppichen behangenen Wände und die zierlichen Möbel aus feinstem Rosenholz, mit denen selbst der Raum ausgestattet war, in dem man darauf wartete, zu einer Audienz beim Heiligen Vater vorgelassen zu werden.

Robert, ihr jüngster Sohn, zupfte sie am Ärmel. »Seht dort den Wandteppich, Frau Mutter.« Er zeigte auf das prachtvolle Gewebe gegenüber der mit Samtpolstern bedeckten Bank, auf der Loretta die letzten sechs Tage verbracht hatte. Bislang ließ Papst Johannes sie warten, wohl um ihre Bußfertigkeit und Demut auf die Probe zu stellen, wie ihr Oheim Matthias meinte.

»Ja, Robert, was ist damit?«

Der Junge strahlte und zeigte dabei seine schiefen Zähne. »Ich weiß jetzt, was diese Szene darstellt. Es ist Judith, die dem Schurken Holofernes gerade den Kopf abgeschnitten hat.«

Loretta schauderte ein wenig angesichts des brutalen Bildes vor ihren Augen. Doch anfangen konnte sie mit der Bemerkung ihres Sohnes nichts. Robert sah sie erwartungsvoll an, und so tat Loretta ihm den Gefallen. »Wer waren Judith und Holofernes?«

»Judith war eine Frau aus dem Volk der Israeliten«, dozierte Robert altklug. »Sie ging ins Heerlager eines feindlichen Generals und enthauptete ihn mit seinem eigenen Schwert. So rettete sie ihr Volk vor der Sklaverei.«

»Aha.« Loretta war beeindruckt. »Woher weißt du das, mein Sohn?«

»Ich habe den alten Mönch dort gefragt.« Der Junge zeigte auf einen Mann in der Kutte der Benediktiner, der die Wartenden betreute, bis es dem Papst genehm war, sie zu empfangen.

»Wie habt ihr euch denn verständigt?« Nun war Loretta wirklich erstaunt. Sie hatte die französische Sprache als Mädchen von ihrer Mutter erlernt, was ihr auf dieser Reise bislang ausgezeichnet zupasskam. Doch woher konnte Robert sie?

Ihr Sohn sah sie mit einem erstaunten Ausdruck an. »Natürlich auf Latein, Frau Mutter.«

»Natürlich«, echote Loretta. Obwohl sie einst selbst Latein gelernt hatte, war ihr diese tote Sprache zeitlebens fremd geblieben. Heute konnte sie nur noch ein paar Brocken sprechen. Doch ihr noch nicht zehnjähriger Sohn beherrschte sie wie seine Muttersprache.

Obwohl sie sehr stolz auf Robert war, spürte sie gleichzeitig eine ihr unverständliche Traurigkeit. Dann fiel es ihr wieder ein. Sie war traurig, weil sie gerade an ihre eigene Mutter gedacht hatte.

Jeanne von Salm war im vergangenen Herbst gestorben, nur zwei Monate nach Volkers Freitod. Intuition oder die *Gabe* hatten Loretta kurz vorher dazu veranlasst, nach Blieskastel aufzubrechen. Eigentlich hatte sie nur der Starkenburg entfliehen wollen, wo ihr nach der Abreise Balduins die Decke auf den Kopf fiel und sie ununterbrochen schmerzliche Erinnerungen quälten. Die *Gabe* hatte sie nicht in die elterliche Burg getrieben, aber vielleicht hatte sie diesmal auch unbemerkt gewirkt.

Als sie eintraf, war ihre Mutter bereits bettlägerig gewesen. Lorettas Zorn auf ihren Vater, der es versäumt hatte, sie zu benachrichtigen, verflog rasch, als sie den Grund dafür erkannte.

Obwohl Bernhard von Salm seit der Diagnose des Medikus wusste, wie krank Jeanne war, wollte er einfach nicht wahrhaben, dass sein Weib, das er während Lorettas ganzer Jugend schlecht behandelt hatte, bald sterben würde.

Loretta kam dieses Muster bekannt vor. *Auch Balduin begann erst, ernsthaft um mich zu werben, als meine Liebe zu ihm am Erkalten war.*

Zwei Tage verbrachten die Frauen miteinander in innigen Zwiegesprächen, in denen sich Loretta ihren ganzen Schmerz über ihre Beziehung zu Balduin und Volkers Tod von der Seele redete. Dann fiel Jeanne plötzlich in eine tiefe Bewusstlosigkeit und nahm Lorettas intimste Geheimnisse kurze Zeit später mit sich ins Grab.

Nach ihrem Tod fiel Loretta erneut in tiefe Niedergeschlagenheit, wozu in erheblichem Maße beitrug, dass der Papst sich tatsächlich trotz Balduins Bittschreiben geweigert hatte, sie in Avignon zu empfangen und den Kirchenbann zu lösen. So konnte Loretta die Feierlichkeiten beim Begräbnis ihrer Mutter nur von ferne verfolgen und blieb sowohl von der Totenmesse als auch vom Empfang der heiligen Kommunion ausgeschlossen. Noch bitterer war für Loretta, dass es auch ihren beiden jüngsten Söhnen so ging, die sie nach Blieskastel mitgenommen hatte. Sie litten jeden Tag mehr unter der Exkommunikation ihrer Familie.

Auch Volker von Falkenstein war gleich im doppelten Zustand der Todsünde beerdigt worden. Zwar wusste außer Balduin niemand von seinem Selbstmord. Doch auch ihn hatte der Bannstrahl des Papstes wegen seiner Beteiligung an Balduins Entführung getroffen, so dass der Pfarrer von Traben sich weigerte, ihn auf dem örtlichen Friedhof zu bestatten. Loretta war nichts anderes übriggeblieben, als den Leichnam zu seinen greisen, von Trauer überwältigten Eltern bringen zu lassen, die aufgrund der abgelegenen Lage ihrer Burg erst von Volkers Exkommunikation erfuhren, als er bereits unter der Erde lag.

» … an Euch.« Loretta schreckte aus ihren trüben Gedanken auf. »Was hast du gesagt, Robert?«

»Judith erinnert mich an Euch, liebe Mutter«, wiederholte der Knabe. »Auch Ihr habt Euch bislang gegenüber jedem Widersacher behauptet, der unsere Grafschaft bedrohte.«

Loretta musste lächeln. Wie gut, dass sie Robert und seinen älteren Bruder Gottfried, der heute wegen eines leichten Fiebers in ihrem Quartier geblieben war, auf diese Reise mitgenommen hatte, ebenso wie Hilda und Blanche. Die vier waren ihr durch ihre bedingungslose Ergebenheit eine ständige Quelle des Trostes und der Freude.

Wie mag es wohl Hänsel ergehen?, schoss es ihr durch den Kopf. Würde ihr ältester Sohn seine erste Bewährungsprobe bestehen? Während ihres Aufenthaltes in Blieskastel hatte Oheim Matthias die Amtsgeschäfte übernommen, doch jetzt war Hänsel erstmals auf sich allein gestellt. Dem noch nicht Vierzehnjährigen stand zwar Johannes von Brunshorn als Berater zur Seite, doch Loretta hatte ihm die Auflage erteilt, nur dann Einspruch gegen Hänsels Führung der Regierungsgeschäfte und seine Entscheidungen zu erheben, wenn er es für unerlässlich hielt.

Ich bin sehr gespannt darauf, wie sich Hänsel bewährt. Doch ich habe ihn ja lange genug auf die Probe gestellt. Schon seit zwei Jahren hatte Loretta Hänsel bei allen wichtigen politischen Fragen mit einbezogen. Sein Rat war in der Regel klug und durchdacht gewesen.

Die Grafschaft wird bei ihm in guten Händen sein, wenn … ja wenn endlich der Bannfluch von uns allen genommen wird.

Dieser Gedanke brachte sie zurück in die Gegenwart. Nur ihrem Oheim Matthias war es zu verdanken, dass sie überhaupt in Avignon war. Er hielt sich seit etlichen Monaten am Hof des Papstes auf. Und es war eine Ironie des Schicksals, dass sie ihre Chance auf Absolution nicht Balduins Fürsprache verdankte, sondern im Gegenteil der Tatsache, dass sich Oheim Matthias für dessen

Konkurrenten um das Mainzer Kurfürstenamt starkgemacht hatte. Matthias' Idee, Heinrich von Virneburg zu unterstützen, hatte schließlich im Frühjahr das gewünschte Ergebnis gezeitigt: Papst Johannes war nun bereit, Loretta zu empfangen.

Es dauerte noch einige Wochen, bis sie nach Südfrankreich aufbrechen konnte. Aber nun war sie hier. Zusammen mit ihren beiden jüngeren Söhnen, für die die Reise das größte Abenteuer ihres jungen Lebens war, sowie mit Blanche und Hilda als Gesellschafter- und Betreuerinnen.

Zehn Reisige unter dem Kommando des Ritters Hugo von Breitenfels sorgten für ihren Schutz. Loretta seufzte, als ihr eine weitere unangenehme Erinnerung kam. An sich hätte Nikolaus von Schonenberg sie begleiten sollen, der nach Volkers Freitod dessen Amt als Hauptmann der Burgwache übernommen hatte. Doch kurz vor dem Christfest war Loretta nichts anderes übriggeblieben, als ihn fortzuschicken.

Denn Blanche magerte immer mehr ab und war schließlich nur noch ein Schatten ihrer selbst. Offensichtlich ging ihr Nikolaus beharrlich aus dem Weg. Schließlich konnte Loretta es nicht länger mit ansehen und entschloss sich zum Handeln. Sie ließ Nikolaus zu sich rufen.

»Ich möchte ganz offen mit Euch sprechen, Nikolaus«, begann sie das Gespräch nach den üblichen Begrüßungsfloskeln. »Ich bin in großer Sorge um meine geliebte Nichte Blanche.«

Ein harter Zug erschien um Nikolaus' Mund. Er wich ihrem Blick aus und blieb stumm.

»Möchtet Ihr denn gar nicht wissen, was meine Sorge verursacht?«, versuchte Loretta es wieder, diesmal schon deutlich weniger zuversichtlich, doch noch eine gute Lösung für das Paar zu finden.

Nikolaus verbeugte sich steif. »Ich bedauere, wenn es Dame Blanche nicht gutgeht. Doch was hat das mit mir zu schaffen?«

Loretta schwankte zwischen Verwirrung und Empörung.

»Wisst Ihr das wirklich nicht, Herr von Schonenberg?«
Nikolaus' nächste Antwort machte sie zornig. »Nein, Herrin. Und um der Wahrheit die Ehre zu geben, es ficht mich auch nicht im Geringsten an.«
»Es ficht Euch nicht an, welches Herzeleid Ihr meiner Nichte verursacht?«
Nikolaus lachte verächtlich auf. »Herzeleid? Glaubt mir, Dame Loretta, mit dem Herzeleid Eurer Nichte habe *ich* nichts zu schaffen.«
»So habt Ihr nicht die falsche Hoffnung in ihr erweckt, Ihr würdet sie minnen?«
»Ich?« Einen Lidschlag lang war Loretta versucht, Nikolaus' Reaktion für echtes Erstaunen zu halten. Doch schon seine nächsten Worte belehrten sie eines Besseren. »In der Tat pflegt Eure Nichte falsche Hoffnungen zu hegen. Doch dafür ist nur sie selbst verantwortlich.«
Plötzlich hatte Loretta es satt. »Ich glaube, Herr von Schonenberg, es ist besser, wenn Ihr die Starkenburg für eine Weile verlasst.«
Wieder reagierte Nikolaus überraschend. »Nichts lieber als das, Herrin. Ich breche noch in dieser Stunde auf, wenn Ihr es so wollt.«
»Das ist mir nur recht«, konterte Loretta kühl. »Je eher Ihr geht, desto eher kann sich meine liebe Nichte erholen.«
Nikolaus hatte die Starkenburg noch am Abend verlassen. Und tatsächlich schien es Blanche danach von Tag zu Tag besserzugehen. *Aus den Augen, aus dem Sinn.*
Mittlerweile war Blanche wieder ganz die Alte und genoss die Reise in das fremde Land in vollen Zügen. *Könnte auch ich mich doch so rasch von meinem Kummer erholen,* sinnierte Loretta, während sie ihren Blick erneut durch den prächtig ausgestatteten Warteraum gleiten ließ. Sie seufzte. Mittlerweile war es sicher bald Mittag, nach dem Stand der Sonne zu schließen, die durch die offenen Fenster hereinschien.

Da betrat plötzlich ein Mann in schmuckloser Priestertracht den Saal. Loretta spürte zugleich Hoffnung und Abscheu. Sie kannte ihn von früher. Es war Bruder Remigius, Balduins ehemaliger Schreiber und Miturheber der Intrigen um das Kröver Reich und den Nohfels. Tatsächlich trat er nun auf Loretta zu, um den Mund das gewohnt schmierige Grinsen.
Er deutete eine Verneigung an. »Ich grüße Euch, Dame Loretta, und bin außerordentlich angetan, Euch wiederzusehen.«
Loretta verzog den Mund angesichts dieser falschen Schmeichelei. Doch ehe ihr eine passende Erwiderung einfiel, fuhr Remigius schon fort: »Ich komme, um Euch zum Heiligen Vater zu bringen. Doch sputet Euch mit Eurem Anliegen. In weniger als einer Stunde pflegt er sein Mittagsmahl einzunehmen.«

Mit klopfendem Herzen betrat Loretta mit Robert an der Hand den Audienzsaal des Papstes. Er war natürlich noch weit prachtvoller eingerichtet als der Warteraum.
Kostbare Teppiche in Rot- und Blautönen bedeckten den Boden. Überall schimmerten goldene Gefäße und Kerzenhalter, die Tische, kleine Truhen und Wandborde schmückten. Es roch betörend nach Bienenwachs und dem Duft von Jasmin, Rosen und Oleander, die teils in Töpfen wuchsen, teils kunstvoll in Vasen angeordnet waren.
Papst Johannes saß in seinem samtenen purpurroten, mit Hermelin verbrämten Ornat auf seinem imposanten Lehnsessel aus vergoldetem Holz. Sein von unzähligen Falten durchfurchtes Gesicht wirkte steinalt. Doch der Blick aus seinen kleinen dunklen Äuglein war hellwach und scharf, und er beobachtete jede ihrer Bewegungen, als sie näher trat.
Vor dem Thron des Papstes kniete Loretta nieder. Wie es ihr Oheim Matthias empfohlen hatte, küsste sie Johannes' Fuß, der mit einem Schuh aus weichem rotem Leder bekleidet war. Dann wartete sie mit gesenktem Kopf, dass der Heilige Vater das Wort

an sie richtete. Neben sich hörte sie Roberts vor Aufregung schweren Atem. Sie hoffte, dass der Knabe ebenfalls den Kopf gesenkt hielt, anstatt sich neugierig umzuschauen.

Die Minuten, in denen der Papst sie aufmerksam musterte, dehnten sich zu einer Ewigkeit. Endlich sprach er sie auf Französisch an.

»Meine Tochter, du hast schwere Schuld auf dich geladen.«

Loretta wagte es nicht, ihren Blick zu heben. »Ich bereue aus tiefstem Herzen, ehrwürdiger Vater, und erflehe Eure Gnade und Verzeihung.«

Wieder blieb es eine Weile still. »Wir werden dir und denen, die sich mit dir schuldig gemacht haben, eine schwere Buße auferlegen müssen.«

Lorettas Magen zog sich zusammen. Dennoch antwortete sie tapfer: »Ich nehme jede Strafe auf mich, die Ihr für angemessen haltet.«

»Schau mir ins Gesicht, Tochter. Wir möchten dich ansehen.«

Folgsam hob Loretta den Kopf, hielt ihre Lider nach einem raschen Blick ins Antlitz des Papstes aber weiterhin gesenkt. »Ich wage es nicht, Heiliger Vater. Ich bin eine unwürdige Sünderin.«

Hoffentlich hat mir Matthias das Richtige empfohlen.

Tatsächlich schien Johannes ihre Bescheidenheit und Demut zu gefallen.

»Wir erlauben dir, dich zu erheben.« Auf seinen Wink brachte Remigius einen kleinen Schemel mit Sitzkissen herbei, auf dem Loretta sich niederließ. Noch immer thronte der Papst weit über ihr, so dass sie zu ihm aufsehen musste. Aber es war immerhin ein erster Schritt zum Erfolg.

»Bevor Wir entscheiden, ob Wir den Kirchenbann lösen können, wollen Wir deine Beweggründe verstehen, aus denen heraus du deinen geistlichen Oberhirten, den Erzbischof Balduin von Trier, so schnöde überfallen und gegen geltendes Recht in deinen Gewahrsam gebracht hast.«

Wie sie es mit Matthias besprochen hatte, zog Loretta Robert an ihre Seite, der bislang noch neben dem Schemel kniete. Der Junge stand auf.

»Hier seht Ihr einen meiner drei Gründe, Heiligster«, murmelte sie. »Um das Erbe meiner Söhne zu erhalten, habe ich mich derart schwer versündigt.«

Wie Matthias geahnt hatte, war Johannes' Neugier geweckt. »Erzähle Uns, was du damit meinst.«

Loretta straffte sich. Dann erzählte sie dem Papst vom Bau der Burg Nohfels auf den Starkenburger Stammlanden und dem erzwungenen Gottesfrieden auf der Grimburg.

»Ich habe meinem seligen Schwiegervater Johann auf seinem Totenbett bei meinem Seelenheil gelobt, das Erbe vollständig für seine Enkel zu erhalten«, schloss sie nicht ganz ehrlich. »Anderenfalls hätte er die Herrschaft an meinen Schwager Pantaleon übergeben.«

Johannes musterte sie ununterbrochen mit seinen kleinen scharfen Äuglein. »Man sagt, du hättest deine Herrschaft auch schon vorher gegen deine Feinde verteidigen müssen.«

Loretta atmete insgeheim auf. Es war ihr gelungen, das Interesse des Papstes zu wecken. Sie erzählte ihm von der ersten Fehde gegen Friedrich von Kyrburg und den Kämpfen um Burg Dill, die Schmidtburg und die Stadt Kastellaun.

Zu ihrer Freude lauschte Johannes aufmerksam und stellte ihr nur ab und zu eine Frage. »Auch deshalb hegte ich keinen Argwohn gegen Erzbischof Balduin«, schloss Loretta ihren Bericht. »Denn ich und all meine Ritter waren ihm viele Jahre lang treue Verbündete.«

Auf die Erwähnung des Kröver Reichs verzichtete sie wohlweislich. Es hätte Johannes nicht gefreut, dass sie Balduin mit einem Brief König Ludwigs des Bayern gedroht hatte, der zu den erklärten Feinden des Papstes zählte.

Aber auch Balduin hatte schon mehrmals seinen Ärger erregt.

Deshalb nickte der Papst bedächtig. »Auch Wir haben bereits leidvoll erfahren müssen, dass auf die Treue Balduins von Luxemburg wenig Verlass ist.«

Loretta nickte, wieder mit demütig gesenktem Haupt. »Ihr sprecht weise und wahre Worte, Heiliger Vater.«

Dann geschah etwas Unerwartetes. Robert, der dem Geschehen bislang stumm gefolgt war, mischte sich ein.

»Ihr seid der Vertreter unseres allmächtigen Gottes auf Erden, Heiligster.« Robert sprach in vollendetem Latein. Loretta stockte vor Schreck der Atem. Würde Robert nun alles verderben? Seine nächsten Worte verstand sie nur teilweise. » … tapfere Mutter … schwaches Weib … edler Erzbischof … sündige Menschen … Vergebung.« Nun bedauerte sie, dass ihr ehemals gutes Latein mangels Übung im Laufe der Jahre so lückenhaft geworden war.

Zu ihrer unendlichen Erleichterung begann der Papst zu lächeln. Er stellte Robert einige Fragen, die der Junge mit immer strahlenderer Miene beantwortete. Wieder verstand Loretta nur Bruchstücke. » … hässlich … Klugheit … Priester … Vorbild.« Ratlos ging ihr Blick zwischen den beiden hin und her. Wovon sprachen sie nur?

Plötzlich begann der Papst, herzlich zu lachen, während sich Remigius' Miene verfinsterte. Nach einigen weiteren Wortwechseln, von denen Loretta nur »Güter« und »Bruder Gottfried« verstand, winkte er den Priester herbei.

»Führe den Knaben ein wenig herum, Remigius. Wir haben noch etwas unter vier Augen mit seiner Mutter zu besprechen.«

Erst als die beiden außer Hörweite waren, richtete Johannes wieder das Wort an Loretta.

»Dein Sohn sagte mir, du verstündest nur wenig Latein, Tochter. Konntest du unserem Gespräch folgen?«, fragte er, nun wieder auf Französisch.

Loretta schüttelte den Kopf. »Ich habe nicht alles verstanden«,

gab sie zu. »Früher beherrschte ich diese Sprache leidlich. Doch heute habe ich diese Fertigkeit größtenteils eingebüßt.«
»Nun, dein Sohn ist ein gar geschickter Fürsprecher für deine Sache. Er hat Uns überzeugend dargelegt, wie du dich als schwaches Weib gegen Widrigkeiten aller Art behaupten musstest. Er bat Uns dringend, dir und auch Erzbischof Balduin zu verzeihen. Ihr beide wärt sündige Menschen, doch hättet ihr auch eure guten Seiten. Balduin sei sogar sein großes Vorbild, da er ebenfalls ein geistlicher Fürst werden wolle.«
»Ja, dies ist schon seit seinen frühesten Kindertagen sein größter Wunsch«, murmelte Loretta verlegen.
»Weißt du denn auch den Grund dafür?«
Loretta plagte wieder das schlechte Gewissen. »Vielleicht sucht er Trost bei der heiligen Mutter Kirche, da ihn seine irdische Mutter aufgrund der Regentschaft seit seinen Kleinkindjahren vernachlässigt hat.«
Jetzt sah Johannes verwirrt aus. Dann begann er, erneut zu lachen.
»Nein, das ist keineswegs der Grund, liebe Tochter«, erklärte er, nachdem er sich wieder beruhigt hatte. »Er hat Uns erklärt, dass es dem Allmächtigen gefallen habe, ihn hässlich und unansehnlich zu erschaffen. Zum Ausgleich habe der Höchste ihm Klugheit geschenkt. Das sei die beste Voraussetzung dafür, Priester zu werden.«
Wieder musste Johannes lachen. »Dabei verwies er auf Remigius. Der sei ebenfalls hässlich wie die Nacht, hätte aber eine glänzende Laufbahn in der heiligen Kirche beschritten. Dem wolle er nacheifern.«
Nach ihrer ersten Verblüffung musste auch Loretta lachen. »Das hat mein Sohn Euch gesagt?«
»Jedes Wort, liebe Tochter. Und Wir haben ihn reich für seine Klugheit belohnt.«
»Belohnt?« Loretta war fassungslos.

»Wir haben deinem Sohn Robert eine Stelle als Domherr zu Trier mit reicher Pfründe verliehen. So kann er seinem zweiten Vorbild Balduin nahe sein.«

Und das hast du außerdem über Balduins Kopf hinweg entschieden, um ihn zu ärgern, und damit zwei Fliegen mit einer Klappe geschlagen, dachte Loretta respektlos.

»Auch deinen zweiten Sohn Gottfried haben Wir bedacht«, fuhr Johannes zu Lorettas großem Erstaunen fort. »Da er ebenfalls Geistlicher werden will, soll er eine Domherrenstelle in Mainz erhalten. So belohnen Wir die Großherzigkeit seines jüngeren Bruders, der sich gleich für den Älteren einsetzte, nachdem Wir ihm das Amt in Trier versprochen hatten.«

Loretta spürte eine überwältigende Dankbarkeit. Spontan kniete sie erneut vor Johannes nieder, um seinen Fuß zu küssen. Der Papst hinderte sie jedoch mit einer Geste daran und hielt ihr stattdessen seine Rechte hin. Loretta drückte einen Kuss auf den riesigen Amethyst, der den Ring des Heiligen Vaters schmückte. Dann setzte sie sich zurück auf den Schemel.

»Darf auch ich denn auf Eure Vergebung hoffen, Heiligster?«, fragte sie, nun wirklich voll aufrichtiger Demut.

Johannes' Miene verfinsterte sich. »Wir erlegen dir eine Kirchenbuße auf, Tochter. Doch Wir knüpfen eine Bedingung an deine Absolution.«

Loretta erschrak. »Welche Bedingung?«

»Dir wird Unzucht mit Erzbischof Balduin vorgeworfen. Gestehst du diese Sünde ein?«

Loretta zögerte nur kurz. *Was bleibt mir übrig?* »Ich gestehe sie ein.«

»Dann verlangen Wir von dir, dass du dieser sündigen Wollust abschwörst und dir in dieser Hinsicht niemals wieder etwas zuschulden kommen lässt.«

Loretta war erleichtert. Dieses Versprechen fiel ihr nicht schwer. »Ich gelobe es, ehrwürdiger Vater.«

In der Tat hatte sie seit Balduins Abreise niemals wieder Begehren für ihn empfunden. Traurigkeit, dass auch keine Freundschaft zwischen ihnen mehr möglich war, weil sie jedes Vertrauen in Balduin verloren hatte, Verbitterung, dass sie ihn nicht früher durchschaut hatte, Schmerz über all die erlittenen Kränkungen, Reue, sich ihm nicht energisch genug widersetzt zu haben, all diese Gefühle suchten sie bisweilen noch immer heim. Aber ihre Wollust war seit seinen grausamen Worten über den toten Volker gänzlich erloschen.

»Dann höre deine Strafe, Tochter. Du wirst am heiligen Pfingstfest öffentlich Buße in Trier tun. Du und diejenigen, die sich mit dir schuldig gemacht haben, werden barfuß und im Büßerhemd …«

Johannes' Worte rauschten an Loretta vorbei. Es war nicht angenehm, was der Papst von ihr verlangte, doch im Vergleich zu dem, was sie bislang erlitten hatte, erträglich.

Schließlich kam Johannes zum Ende. »Bist du mit alldem einverstanden, liebe Tochter?«

Loretta nickte demütig. »Ich nehme die Sühne an.«

»Dann knie jetzt nieder.«

Der Papst schlug das Kreuzzeichen über ihrem Haupt. »Damit sprechen Wir dich von deiner Schuld frei und lösen den Bannfluch der heiligen Mutter Kirche, auf dass du als bußfertiges Weib in ihren Schoß zurückkehren mögest, um dort Frieden und Vergebung zu finden. Auch deine Söhne sprechen wir los und deine Gefolgsleute, die Gewalt gegen einen Mann Gottes angewandt haben.«

Loretta spürte, dass ihr eine Last, so schwer wie ein Felsbrocken, von der Seele fiel.

Wieder senkte sie den Kopf und küsste den Ring des Papstes.

»Ich danke Euch aus ganzem Herzen für Eure Gnade und Güte, Heiliger Vater.«

Nun wird endlich alles gut.

Kapitel 38

In einem Wald in Frankreich, Ende Juni 1329

»Hm, das duftet aber herrlich.« Gottfried, Lorettas zweitältester Sohn, schnupperte genießerisch.

»Ja, mein Sohn, du hast recht. Auch ich habe schon großen Hunger.«

Über dem Feuer drehte sich ein saftiger Wildschweinfrischling am Spieß, den ein Mann aus Lorettas Gefolge kurz vor ihrer Rast mit einem gezielten Pfeilschuss erlegt hatte.

In diesem Augenblick traten Blanche und Hilda einträchtig Seite an Seite aus dem Dickicht auf die Lichtung, wo die Reisegruppe ihr Quartier für die Nacht aufgeschlagen hatte.

Hilda zeigte Loretta ein Körbchen voll bunter Früchte. »Schaut, Herrin, was wir gefunden haben. Walderdbeeren und Heidelbeeren. Damit kann ich eine herrliche Tunke zum Wildschweinbraten bereiten. Und es kommt noch besser.« Sie wies auf einen Weidenkorb, den Blanche am Arm trug.

»Die ersten Pilze, liebste Muhme. Es sind vor allem Pfifferlinge, die Ihr ja so liebt. Aber auch ein paar Egerlinge sind darunter. Hilda hat versprochen, sie in Butter zu braten. Zusammen mit dem frischen Brot aus dem Weiler und diesem Salat aus Sauerampfer«, sie streckte einen zweiten Korb vor, »wird es heute Abend ein rechtes Festessen geben.«

»Hoffentlich werden unsere Reisigen nicht neidisch«, sorgte sich Robert. »Denn die Mahlzeit wird ja nur für uns fünf reichen, oder nicht?«

Loretta lächelte ihrem Jüngsten liebevoll zu. Wie so oft dachte er zuerst an andere anstatt an sich selbst.

»Ich glaube, darum müssen wir uns keine Sorgen machen. Hugo von Breitenfels hat ein Fässchen Bier, Schinken und Speck für

seine Männer erstanden. Sie werden damit mehr als zufrieden sein.«
»So will ich mich jetzt sputen, um mit dem Kochen zu beginnen.« Hilda griff nach den Körben.
»Ich helfe dir dabei«, erbot sich Blanche. Hilda neigte den Kopf. »Gerne, Herrin, wenn Ihr es wünscht.«
Loretta sah den beiden nach, wie sie, beladen mit der Ausbeute ihres Waldspaziergangs, zum Kochfeuer gingen. *Wie schön, dass sich die beiden endlich miteinander vertragen.* Auf der ganzen Reise hatte es nicht die geringsten Spannungen zwischen den Frauen gegeben. Zwar hatte Loretta ihnen dies zur Bedingung gemacht, bevor sie ihrem Drängen nachgab, sie nach Frankreich zu begleiten. Dennoch war sie erleichtert und glücklich, dass sie sich auch daran hielten.
Überhaupt ging es ihr seit ihrer Absolution mit jedem Tag besser. Selbst das ungute Ziehen im Bauch, das sie beim Gedanken an die ihr noch bevorstehende Sühnezeremonie in Trier plagte, war schon schwächer geworden.
Nun genoss sie die liebliche Umgebung, in der sie heute übernachten würden, in vollen Zügen. Bunte Blumen blühten am Waldrand, die Vögel zwitscherten muntere Weisen, es roch würzig nach Kräutern und frischem Gras.
Wie schön das Leben doch sein kann. Loretta ließ sich auf die Decke zurücksinken, auf der sie sich von dem anstrengenden Tagesritt ausgeruht hatte. Sie fühlte sich angenehm schläfrig. Eine kleine Weile schaute sie noch versonnen zum wolkenlosen Himmel hinauf, dann fiel sie in einen leichten Schlummer.

»Und, liebe Muhme, wie hat Euch das Mahl gemundet?«
»Es war überaus köstlich, Blanche. Nicht einmal im Papstpalast haben wir derart gut gespeist.«
»Das freut mich über die Maßen, Tante Loretta. Ihr habt eine kleine Entschädigung verdient für das, was Euch bevorsteht.«

Loretta hatte keine Idee, was Blanche meinte. »Bevorsteht? Was soll mir bevorstehen, meine Liebe?« Plötzlich musste sie lachen. »Meint Ihr, ich werde meine schlanke Gestalt verlieren, wenn ich weiterhin derart schlemme, und irgendwann aussehen wie eine alte Matrone?«
Ein merkwürdiger Ausdruck trat in Blanches Augen. Loretta konnte ihn nicht deuten, spürte aber plötzlich ein Frösteln. Auch Blanches Lächeln wirkte unnatürlich. »Darum müsst Ihr Euch nicht mehr sorgen, liebe Muhme. Denn diese Mahlzeit war Eure letzte auf Erden.«
Loretta glaubte zuerst, sich verhört zu haben. »Was sagt Ihr da?«
Blanches Lächeln verzerrte sich zu einem hämischen Grinsen.
»Seid Ihr von Sinnen?« Blanche fixierte sie weiterhin ungerührt. Erschrocken sah sich Loretta um. Niemand war in der Nähe. Sie waren allein. In gebührendem Abstand vom Frauenzelt lagerten Hugos Männer und verzehrten ihre Abendmahlzeit. Hilda brachte gerade die Jungen zu Bett.
Blanches Gesichtsausdruck wurde höhnisch. »Ich bin völlig bei Verstand, Dame Loretta, und auch ansonsten bei bester Gesundheit. Doch schon in weniger als einer Stunde werden uns heftige Bauchkrämpfe befallen. Leider gab es einige giftige Pilze in unserem Mahl. Ich werde es zum Glück überleben, doch Ihr werdet sterben. Was für ein bedauerlicher Unglücksfall.«
Loretta saß wie versteinert. Sie konnte nicht fassen, was Blanche, ihre über alles geliebte Nichte, da von sich gab.
Blanches Augen verschleierten sich. »Leider wird mir Euer Tod nichts mehr nutzen. Mehr als Genugtuung bringt er mir nicht. Doch zumindest ist Volker damit gerächt.«
»Volker? Was hat denn Volker damit zu tun?«
»Seid Ihr wirklich so hoffärtig, Muhme, dass Ihr nicht einmal das wisst? Volker hat sich Euretwegen das Leben genommen, ohne je zu verstehen, warum Ihr seine Liebe niemals erwidert habt.«

Loretta verspürte pures Entsetzen. »Woher wisst Ihr von Volkers Freitod?«
Blanches Antlitz verzog sich zu einer hässlichen Fratze. Ihre Hände waren zu Fäusten geballt. »Ich habe ihn in jener Nacht beobachtet, Muhme. Wie in so vielen Nächten, in denen ich mich schlaflos in Sehnsucht nach ihm verzehrte. Ich ahnte nicht, warum er die Mauer bestieg. Als ich ihn fallen sah, war es zu spät.«
Loretta fehlten die Worte.
»Ich habe ihn seit dem Tag begehrt, an dem er mich vor dem Kloster rettete. Doch er wollte mich nicht. Selbst als ich mich nackt in sein eigenes Bett legte, wies er mich aus der Kammer, ohne mich anzurühren.«
»Wie? Du hast was getan?«
Blanche lächelte zynisch. Zusammen mit dem grausamen Blick ihrer Augen verlieh es ihrem Gesicht etwas Wölfisches. Jede Zartheit war daraus entschwunden. »Alles habe ich getan, Muhme. Alles! Ich habe mich schön für ihn gemacht, ich habe ihm kostbare Geschenke gesandt, ich habe sogar seinen Freund Nikolaus verführt, um ihn eifersüchtig zu machen. Wie eine Hübschlerin habe ich mich ihm angedient. Doch nichts, was ich tat, hat gewirkt.«
Plötzlich fiel es Loretta wie Schuppen von den Augen. »Du, du warst diejenige, die mich schon zweimal zu töten versucht hat.« In ihrer Erregung fiel sie in die vertraute Anrede, die sie sonst nur gegenüber Balduin, ihren Kindern oder Niedriggeborenen benutzte.
Blanche tat es ihr gleich. »Du hattest es nicht besser verdient. Bei jeder sich bietenden Gelegenheit hast du dich mit dem Erzbischof im Bett gewälzt. Du warst eines so edlen Mannes wie Volker gar nicht würdig. Doch nichts, was ich tat oder sagte, konnte ihn von deiner Verderbtheit überzeugen. Nicht einmal deine Hurerei mit Balduin. Es war, als hättest du einen bösen

Zauber über ihn geworfen, der ihn völlig verblendete. Ich hoffte damals, er würde sich lösen, sobald du tot bist.«

Loretta spürte plötzlich ein heftiges Rumoren in ihren Gedärmen. Sie fasste sich an den Leib. Blanche grinste sie boshaft an.

»Beginnen die giftigen Pilze, die den Egerlingen gleichen, bereits zu wirken? Schade, dass ich Hildas Mahl nicht auch damit würzen konnte. Doch leider gab es zu wenige. Das Risiko, dass du erneut mit dem Leben davonkommst, wollte ich um keinen Preis eingehen.«

Loretta brach der kalte Angstschweiß aus. »Hilda wird ein Antidot gegen die Giftpilze wissen, Blanche«, versuchte sie, Haltung zu bewahren. »Und dich lasse ich noch heute von meinen Mannen in Ketten legen. Sobald wir zu Hause sind, wird dir der Prozess gemacht. Giftmischerinnen werden gehängt.«

Sie versuchte aufzustehen, doch ein heftiger Krampf im Bauch ließ sie sich wieder setzen. Sie krümmte sich vor Schmerz zusammen.

Blanche beobachtete sie mitleidlos. »Wie es scheint, wirken die Pilze bei dir besonders rasch. Das ist ungewöhnlich. Eigentlich habe ich geplant, dass zuerst ich unpässlich werde, damit nicht der geringste Verdacht auf mich fällt. Aber auch so kannst du mir nichts anhaben. Selbst wenn du mich beschuldigst, wird es jeder für eine Folge deiner eigenen Vergiftung halten. Jedermann weiß, dass solche Pilze auch Wahnvorstellungen verursachen können.«

»Wie kannst du so sicher sein, dass du ungeschoren davonkommst? Was hast du selbst eingenommen?«

Blanche zuckte mit den Schultern. »Ein starkes Abführmittel, wie man es bei einer allzu trägen Verdauung zu schlucken pflegt. Es wird etwas unangenehm, vielleicht sogar peinlich werden, wenn es zu wirken beginnt.« Wieder grinste sie wölfisch. »Doch das ist es mir wert!«

»Und du glaubst, du kannst damit eine so erfahrene Heilkundige wie Hilda täuschen?«
Blanche machte eine wegwerfende Handbewegung. »Niemand wird auf eine Bäuerin, die im Dreck geboren wurde, hören, wenn das Wort einer Dame von Geblüt gegen das ihre steht. Auch du selbst hast mir und nicht deinen Mägden geglaubt, als es um die ersten Giftanschläge ging. Ich habe wohl gewusst, wie ich dich umgarnen konnte, damit du blind und taub für die Wahrheit warst.«
Kathi! Die Erkenntnis, Kathi derart unrecht getan zu haben, durchfuhr Loretta wie ein glühender Speer. Unwillkürlich traten ihr Tränen in die Augen.
»Also sprach Kathi damals von dir, nicht von mir.« Die Szene, die sie kurz vor Blanches zweitem Anschlag belauscht hatte, stand ihr wieder lebhaft vor Augen. *Volker hat diese Metze sogar gegenüber Kathi verteidigt. Er glaubte wahrscheinlich, das sei er Gottes gewollter Ordnung schuldig.*
»Was hat diese schmutzige Hure über mich gesagt?«
Loretta verspürte einen Moment Genugtuung. *Blanche ist auch auf Kathi eifersüchtig.*
Doch sie kam nicht dazu, ihrer Nichte unter die Nase zu reiben, dass Volker ihr die schmutzige Hure Kathi vorgezogen hatte. Wieder packte sie ein heftiger Krampf. Ihr Leib fühlte sich steinhart an. Die Panik gewann die Oberhand. Es gab nun keinen Zweifel mehr. Ihre eigene Verwandte hatte sie vergiftet.
Mühsam versuchte sie aufzustehen. Doch Blanche trat schnell wie der Blitz herbei und drückte sie zurück auf ihren Schemel.
»Da das Gift so schnell wirkt, bleibst du hier, bis es seine volle Wirkung entfaltet hat. Ich will sicher sein, dass du diesmal krepierst.«
Hilflos wand sich Loretta in Blanches Griff.
»Hilda!« Der Schrei, den sie ausstoßen wollte, war nicht mehr

als ein leises Krächzen. Nun wurde ihr auch noch schwarz vor den Augen. Eine heftige Übelkeit packte sie und ließ sie würgen. »Hilda, so hilf mir doch.« Vergeblich versuchte sie, sich zu befreien. Doch Blanche hielt sie unbarmherzig fest.
Da packte jemand Blanche plötzlich von hinten an den Schultern und riss sie zurück. Die fauchte wie eine wütende Katze. Mit aller Kraft versuchte sie, um sich zu schlagen, zu kratzen und zu beißen. Doch Hugo von Breitenfels hielt sie in eisernem Griff.
»Hilda!« Unendlich erleichtert sah Loretta ihre treue Heilkundige hinter Hugo hervortreten. Sie hielt einen Becher in der Hand, den sie Loretta an die Lippen drückte. Folgsam schluckte Loretta das bittere Gebräu. Fast augenblicklich fühlte sie sich ein wenig besser.
»Hilda, Hilda«, stammelte sie. »Blanche«, sie deutete mit zitternder Hand auf ihre Nichte, »Blanche hat mich vergiftet. Weißt du ein Gegenmittel?«
Mit grimmigem Gesichtsausdruck schüttelte Hilda den Kopf. »Gegen das Gift dieser Pilze gibt es kein Gegenmittel.« Loretta erschrak bis ins Mark.
»So muss ich denn wirklich sterben?«
Hilda verneinte erneut. »Ihr nicht, liebste Herrin, Ihr werdet leben. Die da«, sie machte eine verächtliche Kopfbewegung in Richtung der sich weiterhin windenden Blanche, »die da wird elendiglich zugrunde gehen. Ich habe das Pilzgericht, das sie Euch vorsetzen wollte, vertauscht. Sie hat das Gift selbst verzehrt, das sie Euch zugedacht hat.«

In einem Wald in Frankreich,
Ende Juni 1329, am nächsten Morgen

Mit dunklen Schatten unter den Augen saß Loretta am nächsten Morgen schon bei Sonnenaufgang am Kochfeuer. Obwohl die Luft sommerlich mild war, zitterte sie vor Kälte am ganzen Körper. In der Nacht hatte sie anfangs wieder und wieder den Ledereimer benutzen müssen. Als die Durchfälle und Bauchkrämpfe endlich nachließen, fand sie trotz Hildas Schlaftrunk immer nur kurze Zeit Ruhe, bis sie wieder, von Alpträumen geplagt, aufschreckte.

In ihren wachen Perioden schüttelten sie Weinkrämpfe. Hilda, die auf ihre Bitte hin neben ihr ruhte, tat ebenfalls kaum ein Auge zu und bemühte sich nach Kräften, ihre Herrin zu trösten.

Nun hielt Loretta einen Becher mit heißem Pfefferminzaufguss umklammert. Hilda trat auf sie zu. In ihren Armen trug sie ein dickes Schaffell, das sie Loretta um die Schultern legte.

»Wie geht es den Jungen? Hast du nach ihnen gesehen?«

Hilda nickte. »Bei ihnen hat mein Mittel besser gewirkt als bei Euch. Sie schlafen tief und fest.« Sie seufzte. »Es war schwer für die beiden, mit anzusehen, wie ihre geliebte Tante in Stricken abgeführt wurde. Doch sie sind jung und werden darüber hinwegkommen.«

Wieder traten Loretta Tränen in die Augen. Sie konnte sich kaum an einen Tag in ihrem Leben erinnern, an dem es ihr so elend gegangen war wie jetzt. Nicht einmal in der furchtbaren Nacht auf der Grimburg hatte sie sich so hilflos und ausgeliefert gefühlt. *Ich habe sie geliebt. Geliebt und bewundert. Wie konnte ich mich nur so in ihr täuschen? Oder habe ich mich in Wahrheit nur blenden lassen? Blanche dauerte mich so stark, als Volker sie abwies. Hat dies alles andere überstrahlt, so dass ich diesen Teil ihres Wesens niemals erkannte?*

»Wie geht es ihr?« Es widerstrebte Loretta, Blanches Namen auszusprechen.
Hildas sonst so freundliches Gesicht versteinerte. »Den Umständen entsprechend. Sie litt in der Nacht unter heftigen Leibschmerzen und musste sich mehrmals erbrechen.« Sie hob mit einem trotzigen Gesichtsausdruck den Kopf. »Ich habe ihr weder ein Linderungsmittel verabreicht noch ihr beim Säubern geholfen. Nur einen Eimer Wasser habe ich ihr gebracht.«
Loretta hob beschwichtigend die Hand. »Nach allem, was sie deiner Tochter und mir angetan hat, habe ich das auch nicht anders erwartet. Doch sag an! Wird sie wirklich sterben?«
Hilda nickte wieder, diesmal grimmig. »Oh ja. Doch nicht gleich.«
»Was heißt das, ›nicht gleich‹?«
»Das Gift dieser Pilze ist tückisch. Nach einer ersten Phase der Vergiftung scheint sich der Körper wieder zu erholen. Doch es ist eine trügerische Ruhepause. Inwendig wirkt das Gift umso stärker und tötet sein Opfer nach einigen Tagen qualvoll.«
Hilda beobachtete, wie Loretta verwirrt die Stirn runzelte, und kam ihrer Frage zuvor. »Ich glaube nicht, Herrin, dass Dame Blanche das bekannt war. Sonst wäre es geradezu tollkühn von ihr gewesen, Euch den Giftanschlag zu gestehen. Sie hatte zwar von den tödlichen Wulstlingen gehört, doch wie sie wirken, wusste sie nicht. Ich vermute, sie glaubte, Ihr würdet schon nach dem ersten Auftreten der Symptome sterben.«
»Natürlich«, dachte Loretta laut. »Hätte ich mich erholt, wäre sie ihrer Strafe ja nicht entronnen.«
»Aber Ihr wärt nach kurzer Zeit ebenfalls tot gewesen«, konstatierte Hilda trocken.
Loretta schüttelte sich vor Grauen. »Woher wusstest du eigentlich von dem erneuten Giftanschlag?« Sie wunderte sich selbst, dass ihr diese Frage nicht schon gestern Abend eingefallen war.
Hilda lächelte triumphierend. »Ich habe immer vermutet, dass

Blanche auf dieser Reise erneut versuchen wird, Euch zu töten. Dass sie so freundlich zu mir war, hat mich in meinem Verdacht nur bestärkt. Sie wollte mich in Sicherheit wiegen. Doch genau das spielte mir in die Hände.«

Hilda nahm einen Schluck Kräutersud. »Gestern habe ich diesem teuflischen Weib eine Falle gestellt. Als ich die Egerlinge für Euch sammelte, fielen mir auch die giftigen Pilze ins Auge. Sie sind so gefährlich, weil sie den Egerlingen ungemein ähnlich sehen und einen sehr angenehmen Geschmack haben. Ich rief Dame Blanche herbei und zeigte ihr die Stelle, wo die Giftpilze wuchsen, scheinbar, um sie davor zu warnen. Dann ließ ich sie unter dem Vorwand allein, noch ein paar Heidelbeeren zu suchen. Verborgen hinter einem Busch, beobachtete ich, wie sie die Pilze erntete und in einer Tasche ihres Gewandes verbarg. Da wusste ich, dass ich sie endlich überführen könnte.«

»Und wie kamen die Pilze danach in unser Mahl? Sie hätten doch auch alle anderen vergiften können.«

Hilda schüttelte den Kopf. »Oh nein, dazu war Blanche zu schlau. Sie wartete, bis ich die essbaren Pilze zubereitet hatte. Dann tat sie so, als wäre ihr eben erst eingefallen, dass sie selbst noch welche in ihrer Tasche trug. Ich schlug ihr vor, sie in einem kleinen Pfännchen zu braten und in Eure Schale zu füllen, da Ihr ja so gern Pilze esst.«

Die Kräuterkundige stieß einen Laut des Ekels aus. »Ihr hämisches Grinsen, als sie sich unbeobachtet wähnte, werde ich nie vergessen, Herrin. Sie glaubte sich endlich am Ziel.«

»Und woher nahm sie das Abführmittel?«

Wieder lächelte Hilda triumphierend. Diesmal mischte sich Schadenfreude darunter. Loretta konnte es der treuen Magd nicht verdenken. »Als ich Dame Blanche nach dem Diebstahl des Eisenhutpulvers zu verdächtigen begann, stellte ich ihr eine Falle. Und in der Tat fand ich auf diese Weise heraus, dass sie meine Kräutervorräte heimlich durchsuchte. Mehrere Male

brachte sie Unordnung in meine Tiegel und Töpfe, deren Platz ich mir vorher sorgfältig gemerkt hatte. Woher sie ihre Kenntnisse von heilenden und giftigen Pflanzen hat, weiß ich nicht. Aber nunmehr ist ja erwiesen, dass sie mir das Bilsenkraut- und das Eisenhutpulver stahl, mit dem sie Euch zu vergiften versuchte. Nach dem zweiten Mordanschlag versteckte ich meine in falscher Dosierung tödlichen Heilmittel, so dass Blanche sie nicht mehr finden konnte. Doch zweifellos versuchte sie es bis zuletzt und entwendete mir gestern das Abführmittel.«
»Und bei jedem Giftanschlag sollte der Verdacht auf Kathi fallen?«
»Oh nein, das glaube ich nicht, Herrin. Beim ersten Mal ging es Blanche nur darum, Euch aus dem Weg zu schaffen. Damals sorgte sie dafür, dass eine ehemalige Magd des Wildgrafen verdächtigt wurde, die sie zweifellos mit Drohungen zur Flucht veranlasst hatte, damit sie nicht befragt werden konnte. Es war Zufall, dass Kathi Euch die vergiftete Milchsuppe brachte. Doch Blanche ist gerissen, wie ich schon sagte, und machte sich diesen Umstand nach dem zweiten Anschlag zunutze. Denn als ihr in meiner Tochter eine zweite Rivalin um Volkers Gunst erwuchs, war dies ein probates Mittel, um Euch beide gleichzeitig aus dem Weg zu räumen. Ihr solltet sterben und Kathi hernach als Eure Mörderin beschuldigt werden.«
Loretta fühlte sich womöglich noch elender. »Und ich war so verblendet, dass ich Kathi tatsächlich verdächtigte. Zumindest schloss ich sie nicht als Täterin aus.« Sie ergriff Hildas Hände. »Kannst *du*, könnt *ihr* mir das jemals verzeihen?« Sie schluchzte auf.
Hilda entzog Loretta sanft ihre Hände und breitete die Arme aus. Wie sie als kleines Mädchen an die Brust ihrer Mutter gesunken war, legte Loretta ihren Kopf nun an Hildas Schulter und ließ sich von ihr wiegen, bis das Weinen verebbte. Auf einmal fühlte sie sich entsetzlich matt.

Hilda als erfahrene Heilkundige erkannte es gleich. »Ihr müsst jetzt ruhen, Herrin. In Eurem Zustand können wir ohnehin nicht weiterreisen. Erst müsst Ihr wieder zu Kräften kommen.«
Willenlos ließ sich Loretta von Hilda ins Zelt führen. Kaum hatte ihr Kopf das Kissen berührt, schlief sie ein.

Als sie erwachte, ging schon die Sonne unter. Hilda, die neben ihrem Bett saß und zerrissene Beinlinge der Buben flickte, warf ihr einen liebevollen Blick zu.
Loretta setzte sich auf. Im Gegensatz zum Morgen fühlte sie sich frischer und kräftiger. Trotzdem hob Hilda die Hand, als sie aufstehen wollte.
»Bleibt heute noch im Bett, Herrin. Ich bringe Euch eine kräftige Brühe. Mehr solltet Ihr vorerst nicht zu Euch nehmen. Die abführenden Kräuter haben Eure Gedärme in Unordnung gebracht. Sie müssen sich erst wieder erholen.«
Wenig später kam Hilda mit einer duftenden Suppe zurück, in der einige Stücke Gemüse schwammen. Eine Erinnerung blitzte in Loretta auf. »Es riecht wie die Brühe, die du mir einst gegeben hast, wenn mich meine Schwangerschaften allzu arg quälten.«
Hilda nickte lächelnd und beobachtete, wie Loretta die Brühe in kleinen Schlucken trank. Sie schmeckte köstlich. Als sie die Schale bis auf den letzten Tropfen geleert hatte, ließ sie sich zurück in die Kissen sinken.
Die trüben Gedanken holten sie wieder ein. »Wie geht es ihr mittlerweile?«
Hilda musste sich vorbeugen, um sie zu verstehen. Loretta wiederholte die Frage.
Die Magd zuckte mit den Schultern. »Besser, wie ich es Euch vorhergesagt habe. Sie hat sich von ihrem ersten Anfall erholt und ist hoffärtiger denn je. Sie beschimpft die Wachen und verlangt, von ihren Fesseln befreit zu werden. Hugo von Breitenfels musste ihr mehrfach drohen, um sie zu bändigen.«

»Und die Buben?«
Hildas Gesicht wurde traurig. »Sie tragen schwer daran, Herrin. Besonders Gottfried, den Dame Blanche von allen am meisten verwöhnt hat.«
»Ich will die beiden sehen.«
Hilda nickte. »Sie nehmen gerade ihr Nachtmahl ein. Nach dem Essen bringe ich sie zu Euch.«
Loretta biss sich auf die Lippen. Die nächste Frage fiel ihr schwer. Doch sie überwand sich schließlich dazu. »Wusstest du von Blanches besessener Liebe zu Volker?«
Hilda wich Lorettas Blick aus. »Nahezu jedermann auf der Starkenburg wusste davon.«
Loretta war entsetzt. »Nahezu jedermann?«
»Nun ja«, schränkte Hilda ein. »Die einfachen Leute wussten es. Volkers Wachsoldaten und ein großer Teil des Gesindes.«
»Sie haben es alle gewusst, und niemand …« Sie brach ab. Allein der Gedanke war ungeheuerlich.
Hilda gab die Antwort auf Lorettas unausgesprochene Frage. »Blanches Verhalten war so unerhört, dass niemand wagte, Euch davon zu berichten. Sie wurde immer aufdringlicher. Sie folgte Volker auf Schritt und Tritt, vor allem, wenn er die Nachtwache befehligte. Eines Tages schlich sie sich sogar in seine Kammer und legte sich in sein Bett. Sie benahm sich schlimmer als die Hure Babylon. Das blieb natürlich nicht unbemerkt.« Sie seufzte tief. »Blanche ist gemein und tückisch, aber sie besaß Euer ganzes Vertrauen. Hättet Ihr wirklich geglaubt, dass sich Eure edle Nichte wie eine läufige Hündin gebärdet, hätte es Euch jemand erzählt? Selbst wenn Ihr sie zur Rede gestellt oder in ihre Schranken verwiesen hättet, hätte sie danach Mittel und Wege gefunden, sich an dem Denunzianten zu rächen. Das ganze Gesinde fürchtete sich vor ihr und hat deshalb geschwiegen.«
Obwohl Loretta die Antwort bereits ahnte, war sie unfähig, die nächste Frage zu stellen. Innerlich fühlte sie sich wie gelähmt.

Mit trockenem Mund brachte sie schließlich zwei Worte hervor. »Warum nicht?«

Hilda verstand sie auch so. Sie hob den Kopf und sah ihr geradewegs in die Augen. »Warum wir Euch nicht einmal etwas von dem Mordverdacht sagten? Auch Kathi und ich befürchteten, dass Ihr uns nicht glauben würdet, Herrin. Ihr wart viel zu sehr von Eurer falschen Nichte eingenommen. Und was richtet das Wort einer einfachen Magd schon gegen das einer Edeldame aus?«

Die Antwort traf Loretta bis ins Mark. Hatte nicht Blanche ganz ähnlich argumentiert?

Hilda fuhr fort: »Außerdem entstand unser Misstrauen gegen Dame Blanche erst nach dem zweiten Anschlag. Als sie meine unschuldige Tochter offen verdächtigte, begannen wir, die Wahrheit zu ahnen. Doch beweisen konnten wir nichts. Hätten wir damals unser Misstrauen gegen Dame Blanche offenbart, hätte Wort gegen Wort gestanden. Wie hättet Ihr da die Wahrheit herausfinden wollen, zumal die Umstände eher gegen Kathi sprachen? Es wäre Euch nichts anderes übriggeblieben, als ein Gericht einzuschalten. Das hätte zweifelsohne zuerst eine einfache Magd verhört, nicht eine Dame von edlem Geblüt. Wir wollten nicht riskieren, dass Kathi am Ende durch die Folter dazu gezwungen wird, ein falsches Geständnis abzulegen.«

Loretta lauschte wie gelähmt. Plötzlich fielen ihr all die Situationen ein, bei denen sie irritiert über Blanche gewesen war. Schon kurz nach ihrer Ankunft hatte sie Loretta gestanden, dass sie gegen das Einverständnis ihres Großvaters mit Volker auf die Starkenburg gekommen war und damit einen Kampf auf Leben und Tod riskiert hatte. *Vielleicht hat sie ja auch schon meinen Schwiegervater belogen. Vielleicht hat gar nicht ihre Mutter Blancheflor, sondern sie selbst den Brief mit der Bitte geschrieben, sie auf der Starkenburg aufzunehmen.*

Und hatte Blanche nicht auch den Schmuck ihrer Mutter gestohlen? Und den Buben verboten, mit Hildas Kindern zu spielen? War sie nicht allezeit eitel und hoffärtig gegen das Gesinde gewesen? *Warum habe ich das nur all die Jahre geduldet?* Loretta wischte sich den Schweiß von der Stirn. Plötzlich empfand sie die Luft im Zelt als stickig.

Hilda sprach weiter. »Also fügte sich Kathi in ihr Schicksal und ging nach Herrstein zurück. Dort war sie außerdem vor einem Mordanschlag sicher, denn Blanche wusste ja inzwischen, dass sie Volkers Geliebte gewesen war. Ihr wisst, dass Kathi auch meine jüngeren Kinder mitnahm. Auf diese Weise konnte ich die beiden ebenfalls vor Blanches fortgesetzten Schikanen schützen.«

Loretta zuckte erneut zusammen. *Also hat Blanche auch in dieser Hinsicht ihr Verhalten nie wirklich verändert. Auch das haben alle gewusst und mir nie gesagt.*

Hilda ahnte Lorettas Selbstvorwürfe. »Glaubt mir, Herrin, das war damals die beste Lösung. Ich mache Euch keinen Vorwurf. Ihr wart so beschäftigt mit Eurem Zwist gegen den Kurfürsten Balduin. Wie hättet Ihr Euch auch noch damit herumschlagen sollen? Zudem wart Ihr ebenfalls sicherer, wenn Kathi fortging. Da Blanche niemanden mehr hatte, auf den sie den Verdacht hätte lenken können, rechnete ich nicht damit, dass sie so bald einen weiteren Anschlag versuchen würde, und behielt damit recht. Zumal sie ja auch keinen Zugang mehr zu meinen Kräutern hatte.«

»Warum hat Volker Blanche gedeckt?«, fragte Loretta leise.

Hilda lächelte traurig. »Er war ein wahrer Ritter, Herrin, und handelte darum ganz nach den Ehrbegriffen seines Standes, denen sich heutzutage kaum ein Herr von edler Geburt mehr verpflichtet fühlt. Eure Nichte war trotz ihrer Verworfenheit eine Dame für ihn. Niemals hätte er sie derart bloßgestellt.«

»Und er hat es auch Nikolaus von Schonenberg verboten.« Loretta erkannte die Zusammenhänge plötzlich ganz klar. Sie spürte ihr Gesicht heiß werden, als sie an ihr letztes Gespräch mit Volkers Freund dachte, bevor sie ihn fortschickte.

»Deshalb war diese Dirne so erleichtert, als Nikolaus die Starkenburg verließ. Während ich dachte, dass sie langsam über ihren Liebeskummer hinwegkommt, war sie in Wahrheit froh, weil der einzige Zeuge fort war, der ihre Machenschaften hätte entlarven können.«

»So ist es, Herrin. Da er ein Edelmann war, hättet Ihr ihm vielleicht mehr geglaubt als …« Sie stockte und biss sich auf die Lippen.

»Mehr als euch niedrig geborenem Gesinde«, vollendete Loretta den Satz. Vor Scham wäre sie am liebsten im Erdboden versunken.

Hilda lächelte, halb traurig, halb nachsichtig. »Am Ende ist ja alles gut ausgegangen. Nachdem ich Blanches Charakter durchschaut hatte, waren ihre Ränkespiele leicht vorhersehbar.«

Plötzlich fiel Loretta etwas auf. »Woher wusstest du eigentlich, dass es Blanche auf dieser Reise erneut versuchen würde?«

»Ich wusste es nicht, aber es erschien mir wahrscheinlich. Diesmal musste Euer Tod wie ein Unfall aussehen, denn es gab ja keinen Verdächtigen mehr, den sie beschuldigen konnte. Und Unfälle sind auf Reisen leichter herbeizuführen als in einer vertrauten Umgebung.«

Plötzlich erhob sich draußen ein lauter Tumult. »Haltet sie auf, sie darf nicht entwischen.« Das war Hugos Stimme.

Ein Schmerzensschrei ertönte, dann hörten die Frauen lautes Hufgetrappel. Durch die halboffene Plane sah Loretta Blanche auf einem ungesattelten Fuchs herangaloppieren. Sie ritt im Herrensitz und hielt sich an der Mähne des Tieres fest. Ihre Augen glühten, ihr Gesicht war verzerrt. Sie glich einer Ausgeburt der Hölle, wie sie in einer Wandmalerei der Abtei Himmerod über das Jüngste Gericht und Satans Reich sehr plastisch dargestellt war.

Noch ehe Loretta aufspringen konnte, raste Blanche schon vorbei. Als sie mit Hilda aus dem Zelt stürzte, sah sie nur noch den Schweif des Pferdes und die wehenden Haare ihrer Nichte hinter den Bäumen verschwinden.

»Mutter, verzeiht uns, ich bitte Euch. Sie hat uns versichert, dass sie nur beten wollte.«
Tränenüberströmt kniete Gottfried vor Loretta und hob flehend die Hände. Hugo von Breitenfels hatte ihren Zweitältesten gerade, unsanft am Kragen gepackt, zu ihrem Zelt gebracht. Ihnen folgte Robert, in dessen Gesicht sich Schrecken, Ärger und Scham ebenso spiegelten wie Mitleid und Traurigkeit.
Sie gab Gottfried müde ein Zeichen, aufzustehen. »Du musst dich nicht schuldig fühlen, mein Sohn. Blanche hat uns letztendlich alle über die Jahre hinweg getäuscht. Nun ist es ihr eben ein letztes Mal gelungen.«
Hugo von Breitenfels mischte sich ein. »Bei aller gebührenden Hochachtung, Herrin, die Burschen verdienen eine tüchtige Tracht Prügel. Die ehrlose Mörderin ist nicht nur entkommen, sie hat auch einen meiner Soldaten am Arm verletzt und eins unserer besten Pferde gestohlen.«
In diesem Moment kehrte Hilda zum Zelt zurück. »Ich habe die Wunde Eures Dienstmanns verbunden, edler Herr. Es ist zum Glück nur eine Schramme und wird bald heilen.«
»Und das Ross werde ich Euch ersetzen«, fügte Loretta hinzu. Sie wandte sich wieder an ihre Söhne. »Nun erzählt uns, was überhaupt geschehen ist.«
»Wir haben Tante Blanche schon heute Morgen besucht«, erklärte Robert. »Sie dauerte uns, weil sie so elend war. Wir dachten, sie müsse bald sterben, da sie ja das Gift, das Euch zugedacht war, geschluckt hat. Sie flehte uns an, sie loszubinden, damit sie sich säubern und hernach um ihr Seelenheil beten könnte. Doch die Wache wollte es durchaus nicht tun.«

»Wie hieltet Ihr sie gefangen, Herr Hugo?«
Der Ritter zog finster die Augenbrauen zusammen. »Wie es einer Metze ihrer Sorte gebührt, Dame Loretta. Gefesselt an Händen und Füßen und überdies mit einem Strick an einen Baum neben dem Pferch für die Pferde gebunden. So konnten meine Männer sie mit den wertvollen Rössern zugleich im Auge behalten.«
»Sie hatte ihr Gewand beschmutzt und stank ganz erbärmlich, Mutter. So haben wir unsere schöne Tante noch nie gesehen«, schluchzte Gottfried.
»Und wir wollten nicht, dass sie in diesem Zustand vor ihren himmlischen Richter treten muss.« Auch Robert standen jetzt Tränen in den Augen.
»Also bequatschte das Höllenweib diese unschuldigen Gemüter, einen Dolch an den Wachen vorbeizuschmuggeln und ihr …«
»Sie schwor uns zuvor auf die Bibel, dass sie keinen Fluchtversuch unternehmen würde«, fiel Gottfried Hugo ins Wort. »Nun hat sie ihr Seelenheil gleich doppelt verwirkt.«
Loretta winkte müde ab. »Ihr braucht euch nicht länger zu verteidigen, meine Lieben. Ihr habt es nur gut gemeint. Und Ihr, Hugo, müsst Euch keine Sorgen um die irdische Strafe meiner verworfenen Nichte machen. Sie wird in wenigen Tagen elendiglich sterben.«
»Wie das?«
»Sie hat sich doch wieder erholt!«
»Dann müssen wir also nicht nach ihr suchen lassen?« Die Jungen und Hugo sprachen aufgeregt durcheinander.
Loretta gab Hilda ein Zeichen. »Sie wird euch alles erklären. Ich gehe derweil ein wenig spazieren.« *Denn wenn ich hier noch länger verweile, fange ich an zu schreien.*
Loretta verkniff sich die letzten Worte und ging, so schnell es ihr möglich war, an den Rand der Lichtung. Außer Sichtweite der anderen fand sie ein liebliches, mit bunten Blumen bewach-

senes Fleckchen Gras, das von den letzten Strahlen der Abendsonne beschienen wurde. Dort gab sie sich endlich ihren drängenden Gedanken hin.

Nicht nur in Blanche, auch in Balduin habe ich mich getäuscht. Oder besser gesagt, ich habe mich täuschen lassen. Schon als ich ihn damals auf der Baldeneck besuchte, fühlte ich mich abgewiesen und war niedergeschlagen. Doch ich gab unserer Liebe immer wieder aufs Neue die nächste Chance, selbst als mir Miriam riet, ihn zu verlassen. Tief in meinem Inneren habe ich immer gespürt, dass er etwas im Schilde führt. Doch habe ich diesen Gefühlen niemals den Raum gegeben, den ich ihnen hätte geben müssen.

Sie dachte an Kathi, ihre treue Gefährtin. *Ihr dagegen habe ich unrecht getan. Habe ich nicht in meinem Herzen gewusst, dass sie mir nie etwas zuleide tun würde? Doch ich ließ mich von den gefälschten Beweisen blenden, die Blanche so geschickt arrangiert hatte. Dabei habe ich übersehen, dass ein Mordanschlag gar nicht zu Kathis Wesen passte, und alle Hinweise missachtet, die sie mir gab, um ihre Unschuld zu beteuern.*

Volkers männlich schönes Gesicht erschien vor ihrem inneren Auge. Sie sah es so deutlich, als stünde er vor ihr. Die sonnengebräunte Haut, der reizvolle Kontrast seiner schwarzen Haare zu den blaugrauen Augen, der sorgsam gepflegte Kinnbart. Sie lauschte tief in sich hinein und fand innige Gefühle der Freundschaft, Bewunderung für seinen Mut sowie Hochachtung für seine ritterlichen Tugenden.

Aber keine Liebe. Loretta war bestürzt. »Hätte ich Volker nicht lieben müssen?«, dachte sie laut.

»Dem Herz lässt sich nicht befehlen, Herrin.«

Loretta schreckte auf. Sie hatte Hilda nicht kommen hören. Unaufgefordert nahm die treue Magd neben ihr Platz.

»Wenn ich Euch störe, Herrin, dann schickt mich fort. Doch mein Gefühl sagte mir, dass Ihr jetzt eine Freundin braucht.«

»*Dein Gefühl.*« Ungewollt klang Loretta bitter. »*Mein Gefühl* hat mir immer nur bedeutet, wenn andere in Gefahr waren. Was mich selbst angeht, hat es mich vollkommen im Stich gelassen.«

»Soweit ich unterrichtet bin, ist es genau das, was Euch Eure Mutter einst über die *Gabe* gesagt hat«, entgegnete Hilda trocken. Bevor Loretta antworten konnte, legte sie ihr sanft einen Finger auf die Lippen, wie es Jeanne von Salm früher so oft getan hatte.

Loretta ließ es geschehen und behielt ihre Selbstzweifel vorerst für sich. *Ist es wirklich allein* die Gabe, *die mich gehindert hat, manche unangenehmen Wahrheiten zu erkennen? Oder wollte ich sie einfach nicht wahrhaben? Weil es so bequemer und einfacher für mich war?*

»Was sagt Euch Euer Gefühl über Volker von Falkenstein?«

Loretta holte tief Luft. Dann sprach sie endlich aus, was sie dachte.

»Er war ein sehr ehrenwerter und über die Maßen stattlicher Mann. Er hätte vielen Frauen das Herz brechen können. Aber ich …« Sie stockte.

»Ja?«, drängte Hilda sanft.

Loretta holte noch einmal Luft. »Aber *ich* habe ihn nicht geliebt. Er war mir ein treuer Freund und Gefolgsmann, nicht mehr und nicht weniger.«

Hilda lächelte. »Die Liebe geht ihre eigenen Wege, Herrin. Sie lässt sich nicht erzwingen.«

»Doch genau das hätte ich ihm sagen müssen«, entgegnete Loretta in einem Anflug neuer Verzweiflung.

»Und warum habt Ihr es nicht getan?«

»Ich habe meinem Gefühl nicht getraut. Ich fürchtete, es später zu bereuen.«

Hilda nickte stumm.

Plötzlich sah Loretta vollkommen klar. »Auch Balduin fürchtete ich durch unbegründetes Misstrauen zu verletzen und damit am Ende zu verlieren. Genauso war es mit Blanche. Deshalb verdrängte ich immer wieder, was mich beunruhigte.«

»Also hat Euch Euer Gefühl durchaus den richtigen Weg gewiesen. Ihr habt ihm nur nicht vertraut, wie Ihr es bei der *Gabe* ganz selbstverständlich tatet.«

»Und dadurch ist alles nur noch schlimmer gekommen. Dabei hätte ich so viel Unheil verhüten können.« Nun brachen die Worte nur so aus ihr hervor. »Vielleicht hätte Balduin sich früher auf seine Liebe zu mir besonnen, und die meinige wäre nicht verdorrt wie eine Blume in der Wüste. Vielleicht hätte er mich auch verlassen, aber dann hätte ich das Eigentum meiner Söhne besser geschützt. Und säße nicht hier mitten in einem französischen Wald mit der mir gerade erteilten Absolution für meine vorangegangene Exkommunikation.«

Hilda wiegte den Kopf. »Vielleicht.«

»Und Volker würde noch leben und wäre glücklich mit einer anderen Frau. Blanche hätte ich fortgeschickt. Auch die kleine Küchenmagd wäre nicht tot.« Nun liefen ihr die Tränen in Strömen die Wangen hinab. Doch allmählich wich das Gefühl der Verzweiflung dem der Reue, begleitet von einer großen Klarheit.

Hilda nahm sie in die Arme. »Was geschehen wäre, wenn Ihr nicht nur Eurer *Gabe,* sondern auch Eurem *Gefühl* getraut hättet, wenn es *nur* um Euch selbst ging, Herrin, vermag niemand zu sagen. Es hätte ebenfalls Unheil verhüten können, für Euch und für andere. So viel steht fest. Doch letztendlich weiß niemand, wie alles gekommen wäre. Denn unser aller Leben liegt allein in Gottes Hand.«

Eine Weile hing Loretta noch ihren Gedanken nach, dann richtete sie sich entschlossen auf.

»Du hast recht, treue Freundin. Was geschehen ist, ist geschehen. Da die Vergangenheit nicht mehr zu ändern ist, muss ich jetzt an die Zukunft denken.«

Hilda blickte sie ermutigend an. »Und was wollt Ihr tun, Herrin?«

Loretta straffte den Rücken. »Das Ziel erreichen, das mir am wertvollsten scheint. Das wichtiger ist als irdische Güter und weltliche Macht.«

Sie atmete tief ein und füllte ihre Lungen mit der würzigen Waldluft.

»Ich will lernen, mir selbst zu vertrauen.«

EPILOG

Trier, Pfingstsonntag 1330

An der Spitze ihrer Gefolgsleute schritt Loretta mit bloßen Füßen durch den trockenen Staub der Straßen von Trier. Am frühen Morgen hatte es noch so ausgesehen, als könnte es regnen. Dann hätten sich die ungepflasterten Gassen der Domstadt in tiefen Morast verwandelt und den Bußgang wahrlich zu einer unangenehmen Angelegenheit werden lassen. Doch zum Glück lichteten sich die Wolken wieder. Jetzt blitzte ab und zu schon die Sonne durch sie hindurch.

Die Straßen und Gassen waren dicht von Menschen gesäumt. Arme und Reiche, Bürger und Bettler, niemand wollte sich dieses Schauspiel entgehen lassen. Wer ein Feiertagsgewand besaß, trug es. Die prächtigen Roben der Edelleute und ihrer Damen glänzten seidig in allen Farben des Regenbogens. Daneben wirkten die braven Handwerksmeister mit ihren Familien beinahe unscheinbar. Doch auch sie trugen reinliche Überröcke aus gutem Stoff in Braun, Grau oder Waidblau. Die gestärkten Hauben ihrer ehrbaren Gattinnen strahlten blütenweiß und wiesen wie ihre Kleider kein noch so winziges Fleckchen auf.

Dem Zug voran schritten die Mitglieder des Domkapitels, die Erzbischof Balduin dazu bestimmt hatte. Gottfried von Rodemachern, der Dompropst, ging unmittelbar vor Loretta und trug ein mit kostbaren Juwelen besetztes, goldenes Kreuz an einer hohen Stange, so dass es weithin für die Menge sichtbar war. Hinter den Büßern folgten die weltlichen Stadthonoratioren, Ratsherren und Zunftmeister, erkennbar an ihren Amtsketten und Zunftzeichen. Zu allen Seiten des Zuges hielten die Dienstmannen des Erzbischofs in Waffenröcken mit dem roten Kreuz auf weißem Grund den Weg frei.

Loretta war wie ihre Vasallen Nikolaus von Schonenberg, die Brüder Hugo und Emmerich von Breitenfels, Egbert von Randeck und alle anderen, die nach der Entführung des Erzbischofs exkommuniziert worden waren, in ein weißes Gewand aus grobem Leinen gekleidet. Es hing allerdings nicht lose herab wie bei ihren Getreuen, sondern als Dame von edlem Geblüt hatte man ihr Untergewänder und einen Gürtel zugestanden, um jeden unziemlichen Blick auf ihre Gestalt zu verhindern.

Ihr Haupt dagegen war genauso unbedeckt wie das der Männer. Überrascht stellte sie schon bei den ersten Schritten fest, wie angenehm es war, ihre langen blonden Locken nicht unter ein enges Gebende zwingen zu müssen, wie es ihr Stand als verwitwete Frau üblicherweise vorschrieb. Nun wehten ihre Haare im lauen Sommerwind. Immer wieder musste Loretta der Versuchung widerstehen, sie vor aller Augen zu schütteln.

Der Zug hatte am Platz vor dem alten römischen Stadttor, der Porta Nigra, begonnen. Loretta nahm das Privileg in Anspruch, sich ihre vier Pfund schwere brennende Wachskerze tragen zu lassen. Auf der Starkenburg hatten sich die Knechte um dieses Vorrecht gerissen. Lorettas Wahl war schließlich auf den jungen Stallmeister Wilfried gefallen. Er war seit dem Christfest mit Kathi verheiratet, die Loretta gleich nach ihrer Rückkehr aus Frankreich zurück auf die Starkenburg geholt hatte.

Die beiden hatten sich ineinander verliebt. Loretta selbst bezeugte die Ehe und richtete den beiden ein prächtiges Hochzeitsmahl aus, dem sie als Ehrengast beiwohnte. Mittlerweile trug Kathi ihr erstes Kind und strahlte tagtäglich vor Glück.

Ihre tragische Liebe zu Volker von Falkenstein schien sie völlig überwunden zu haben.
Der Zug erreichte den Marktplatz und hielt vor der Stadtkirche St. Gangolf. Vor deren Portal knieten sich die Büßer in den Straßenschmutz, um zehn Paternoster zu sprechen.
Loretta bewegte mechanisch die Lippen. Ihre Gedanken weilten wie so oft bei Volker. *Allmächtiger Vater, erbarme Dich seiner armen Seele und lass ihn dereinst trotz seiner schweren Verfehlung in Dein himmlisches Paradies eingehen.*
Jeden Tag seit seinem Freitod schloss Loretta all ihre Gebete mit diesem Bittspruch ab. Nach ihrer Rückkehr aus Avignon hatte sie Volkers Grab besucht, das idyllisch unter einer Buche auf dem Friedhof des kleinen Weilers Falkenstein lag, der zur Burg seiner Eltern gehörte.
Dort tat sie Abbitte für ihre Versäumnisse. »Ich bitte Euch um Verzeihung für meine Blindheit und Feigheit, Volker. Ich hätte Euch niemals im Unklaren über meine Gefühle lassen dürfen. Nun kann ich nur noch für Euer Seelenheil beten.«
Schneller als gedacht, stellte sich dies als Irrtum heraus. Denn als sich Loretta an Volkers Grab von den Knien erhob, wartete bereits der Ortspfarrer auf sie. Auf seinem Antlitz spiegelte sich deutlich ein innerer Zwist wider.
»Herrin, verzeiht mir meine Unbotmäßigkeit«, begann er die Unterredung, um die er ersucht hatte. »Doch mein Gewissen zwingt mich dazu. Wie ich erst nach dem Begräbnis des edlen Herrn Volker erfahren habe, befand er sich damals im Stande der Exkommunikation und damit der Todsünde. Er hätte niemals in geweihter Erde bestattet werden dürfen. Aber seinen greisen Eltern zuliebe brachte ich es bislang nicht übers Herz, seinen Leichnam ausgraben und auf den Schindanger werfen zu lassen.«
Loretta seufzte.
»Der Heilige Vater hat uns allen verziehen und uns wieder in den Schoß der Kirche aufgenommen«, entgegnete sie.

Der Priester war nicht überzeugt. »Doch Herr Volker kann keine Buße mehr tun. Und der ehrwürdige Abt des nahe gelegenen Klosters verlangt, dass dem Gesetz der heiligen Kirche Genüge getan wird.«

Auf diese Weise erfuhr Loretta, dass der Priester nicht aus eigenem Antrieb handelte. Ihr kam eine Idee.

»Was haltet Ihr davon, wenn ich eine Buße für Herrn Volker einrichte? Ich stifte eine Messe, die an jedem Freitag für sein Seelenheil gelesen werden soll, und dazu Öl für ein ewiges Licht.«

Der Priester war es zufrieden. Auch der Abt ließ sich schließlich mit Hilfe einer großzügigen Spende davon überzeugen, dass der Papst dem toten Volker vergeben hatte.

Nur Loretta selbst plagten immer wieder Schuldgefühle. *Daran werde ich wohl mein restliches Leben lang tragen. Das ist meine wahre Buße.* Plötzlich kam ihr hier vor St. Gangolf ein neuer Gedanke. *Oder hat mir Volker bereits verziehen? Er war immer von großem Edelmut.*

Der Dompropst gab das Zeichen, den Bußgang fortzusetzen. Loretta fühlte sich etwas leichter, als sie mit demütig gesenktem Blick durch die Straße der Fleischer ging. An deren Ende machte der Zug kehrt und bewegte sich durch die Straße der Bäcker, die die Trierer »Brotstraße« nannten, auf die Hohe Domkirche zu. Bei einer kleinen Kapelle, die der Gottesmutter geweiht war, hielt der Zug ein zweites Mal an. Wieder kniete sich Loretta in den Staub und sprach die vorgeschriebenen zehn Ave-Maria.

Erneut schweiften ihre Gedanken ab. *Was ist wohl aus Blanche geworden?*

Behielt Hilda recht, war Blanche wenige Tage nach ihrer Flucht gestorben. Doch Lorettas Reisegesellschaft war weitergezogen. Niemand hatte je wieder etwas von ihrer schönen Nichte gehört.

Hat auch sie ein christliches Begräbnis erhalten? Bereute sie

ihre Sünden, und beichtete sie, als sie merkte, dass sie sterben muss, oder verschied sie im Zustand der Unbußfertigkeit?
»Du wünschst dir, dass dir Volker verzeiht. Bist du denn bereit, Blanche zu verzeihen?« Es war Loretta auf einmal, als höre sie die Stimme ihrer verstorbenen Mutter Jeanne. *Ich bin dazu bereit,* erkannte sie plötzlich. *An einem Tag wie diesem sollte ich jedem verzeihen, der mir ein Unrecht getan hat. Trotz ihrer Schönheit und ihrer Geistesgaben war Blanche ein bedauernswerter Mensch. Sie verdient mein Mitleid, nicht meinen Zorn.*
Als ob eine weitere Last von ihr abgefallen wäre, setzte Loretta ihren Bußgang fort. Nun näherte sich der Zug der Hohen Domkirche.
»Aber bist du bereit, auch Balduin zu vergeben?« Darauf wusste Loretta zunächst keine Antwort.
Sie bogen in den kurzen Weg zum Dom ein. Vor dem prächtig mit Figuren geschmückten, noch geschlossenen Portal hielt der Zug an. Unwillkürlich glitten Lorettas Finger über die glatte Fläche des Domsteins.
Hier stand ich einst als kleines Mädchen mit meiner Mutter. An diesem Tag begegnete ich Balduin. Er war damals der Inbegriff des edlen Mannes für mich, und ich begehrte ihn aus ganzem Herzen zum Gemahl.
Versonnen begann sie zu lächeln. *Es war mein späterer Schwiegervater Johann, der mich darüber belehrte, dass man einen Erzbischof nicht heiraten kann.*
Plötzlich spürte sie, dass sie jemand ansah. Der Dompropst Gottfried von Rodemachern, der sich mit erhobenem Kreuz zu der Gruppe der Büßer umgedreht hatte, musterte sie missbilligend. Rasch bemühte sich Loretta wieder um einen demütigen Gesichtsausdruck und senkte die Augen.
»Seid Ihr bereit, vor dem ehrwürdigen Kurfürsten und Erzbischof Balduin von Luxemburg, den Ihr so schwer beleidigt habt, Abbitte für den Frevel zu tun, den Ihr ihm angetan habt, Gräfin

Loretta?« Die Stimme des Dompropstes schallte über die versammelte Volksmenge hinter der Büßergruppe.
»Ich bin dazu bereit«, antwortete Loretta mit lauter, klarer Stimme.
»Bekennt Ihr Euch offen zu Eurer Schuld?«
»Ich bekenne mich dazu.« Auch diese Antwort war noch weit bis in die hinteren Reihen der Menge zu verstehen.
»Und bereut Ihr Eure Verfehlung?«
»Ich bereue sie aus tiefstem Herzen und bitte auch im Namen meiner getreuen Ritter um die Vergebung Herrn Balduins und des allmächtigen Gottes.«
Eigentlich ist das eine Lüge, schoss es Loretta durch den Kopf. *Ich würde immer wieder so handeln. Muss ich das später beichten?*
Sie verdrängte den Gedanken. Vor allem Volk ihre Schuld zu bekennen und offene Reue zu zeigen, schrieb das von Papst Johannes auferlegte Bußritual vor.
»So will ich nun den Herrn dieses heiligen Hauses, den edlen Erzbischof Balduin von Luxemburg, bitten, Euch und Euer Gefolge einzulassen.«
Mit drei lauten Schlägen klopfte der Dompropst an das noch immer verschlossene Portal. Die beiden Flügel wurden schwungvoll geöffnet. Heraus trat ein Geistlicher, der in ein prachtvolles Damastgewand gekleidet war. Es war der Domdechant Johann von Daun. Loretta kannte auch ihn aus den Verhandlungen um Balduins Freilassung.
»Ich bitte um Einlass für diese bußfertigen Sünder.« Wieder tönte die Stimme des Dompropstes über den ganzen Platz.
»Er sei euch in Gnade gewährt«, antwortete der Domdechant in gleicher Tonart.
Loretta betrat zum ersten Mal seit mehr als zwanzig Jahren die Hohe Domkirche. Die glatten Steinfliesen fühlten sich angenehm kühl unter ihren nackten, von den rauhen Gassen ge-

schundenen Fußsohlen an. Hinter ihr hörte sie die Volksmenge in den Dom strömen.

Am Hochaltar erwartete sie Balduin, im vollen Ornat des Erzbischofs. Sein prächtiges Oberkleid war wie damals aus rotem Samt und über und über mit Goldstickereien und Juwelen geschmückt. Auf dem hocherhobenen Haupt trug er die goldene Mitra.

Reglos beobachtete er, wie Loretta auf ihn zuschritt. Trotz der Gelassenheit, die sie äußerlich zur Schau trug, spürte sie, wie ihr Herz schneller zu schlagen begann, als die Erinnerungen sie überwältigten.

Hier habe ich ihm einst das Leben gerettet, als sich ein Stück aus dem Kapitell dieser Säule löste. Loretta warf einen raschen Seitenblick auf den marmornen Schaft. *An diesem Tag machte sich* die Gabe *zum ersten Mal bemerkbar.*

Eine Erinnerung war besonders deutlich. Balduin, wie er vor dem kleinen Mädchen hockte und ihm seinen Dank aussprach. *Und das Geschenk meiner Ahninnen schützte ihn sogar noch ein weiteres Mal vor dem Verlust seines Lebens. Doch es schützte weder mich selbst vor seinen Ränken, noch bewahrte es unsere Liebe.*

Plötzlich fühlte Loretta eine große Traurigkeit. Nach seinem Abschied von der Starkenburg vor nahezu zwei Jahren hatte Balduin ihr noch zweimal geschrieben, doch sie ließ seine Briefe unbeantwortet liegen und ihre amtliche Korrespondenz mit dem Kurfürstentum von Oheim Matthias oder Johannes von Brunshorn erledigen. In jüngster Zeit verfasste auch Hänsel immer mehr Schreiben.

Schließlich überließ auch Balduin die Korrespondenz seinen Schreibern und siegelte – wie Loretta – die Dokumente nur noch, um sein Einverständnis zu bezeugen. Nun würden sie sich zum ersten Mal nach dieser langen Zeit wieder gegenüberstehen.

Zu Lorettas Überraschung und Rührung wirkte auch Balduins Blick bekümmert, als sie sich näherte. Mit gesenktem Kopf kniete sie sich auf den kalten Fußboden und setzte die schwere Wachskerze, die sie dem Stallmeister beim Eintritt in den Dom abgenommen hatte, als Opfergabe ab. Ihre Gefolgsleute taten es ihr nach. Dann wiederholte sie mit lauter Stimme die Bußformeln, die ihr abverlangt wurden.

Schließlich wurde es mucksmäuschenstill in der Domkirche. Der Duft des Weihrauchs betäubte Loretta und ließ sie einen Moment lang schwindeln. Dennoch wagte sie nicht, den Blick zu heben.

Da traten rote Schuhe aus weichem Leder in ihr Blickfeld. Eine Hand legte sich sanft auf ihr unbedecktes Haar.

»Meine Tochter, sieh zu mir auf.« Das war Balduins Stimme.

Zögernd hob Loretta den Kopf. Balduins dunkle Augen ruhten auf ihr, mit dem Ausdruck, den sich Loretta viele Jahre lang vergeblich gewünscht hatte. Nicht nur das altvertraute Begehren spiegelte sich darin, sondern auch Liebe und vor allem Achtung.

»So vergebe ich dir deine Sünden und verzeihe dir allen Tort, den du mir angetan hast, meine Tochter. Erhebe dich nun und gehe in Frieden.«

Loretta stand auf. Sie fühlte sich plötzlich leicht wie eine Feder.

»Auch ich vergebe dir und wünsche dir Frieden.« Niemand außer Balduin hörte ihre Worte, die ihr spontan entschlüpft waren.

Einen Moment noch hielten ihre Augen einander fest. Dann wandte sich Loretta zum Ausgang.

Langsam schritt sie durch die Menge, die bereitwillig zurückwich, und horchte in sich hinein. Sie spürte eine leichte Wehmut. *Wie glücklich wäre ich noch vor wenigen Jahren gewesen, wenn unsere Beziehung nicht nur von Leidenschaft, sondern auch von gegenseitiger Wertschätzung getragen worden wäre.*

Doch je näher sie der Kirchentür kam, desto mehr wich die

Wehmut einem immer stärker werdenden Glücksgefühl. Sie hatte allen Widrigkeiten getrotzt und war am Ende erfolgreich geblieben. Nun erntete sie die Früchte ihrer Entbehrungen. Die Zeit der Mühsal war vorbei. Selbst Balduin erkannte und nahm sie nun so an, wie sie war.

Im nächsten Jahr würde Hänsel ihr die Last der Regentschaft abnehmen und darüber hinaus Mechthild heiraten, die Tochter des Pfalzgrafen und Herzogs in Bayern, der als Kurfürst ebenfalls zu den Mächtigen des Reiches zählte. Die Grafschaft Starkenburg-Sponheim war stärker denn je. Einen Lidschlag lang war ihr, als würde ihr Schwiegervater Johann ihr stolz aus der Menge, die den Gang säumte, zulächeln. Sie hatte sein Haus wahrlich gut bestellt.

Schließlich trat sie aus der Kirchentür in den strahlenden Sonnenschein, der nun von einem fast wolkenlosen Himmel schien. Die Menge jubelte ihr zu. Loretta winkte lächelnd nach allen Seiten. Ein einziger Gedanke beherrschte sie.

Heute beginnt ein neues Leben für mich. Endlich bin ich frei.

Anhang

Wahrheit und Fiktion

> »Man kann sich wirklich darüber wundern, wie ein solch mächtiger Herr, der viele bekannte, beachtliche und mutige Taten vollbracht hat (...) sich von einer Gräfin gefangen nehmen ließ. Wie dies aber verlaufen ist und warum, wissen [nur] die Götter, denen nichts verborgen bleibt.«
>
> *(Zur Verfügung gestellt und übersetzt durch Frau Dr. Julia Eulenstein)*

Dies ist, liebe Leserinnen und Leser, der vollständige Kommentar des Historikers Peter Maier aus dem 16. Jahrhundert über die Beziehung zwischen dem Kurfürsten Balduin von Trier und der Gräfin Loretta. Um nicht allzu viel zu verraten, habe ich ihn zu Beginn des Romans nur zum Teil zitiert.
Aber das Zitat macht sehr deutlich, dass sich schon Historiker in früheren Jahrhunderten nicht wirklich erklären konnten, was sich im Jahr 1328 auf der Starkenburg abgespielt hat.
Loretta von Sponheim lebte nach den Ereignissen, die in diesem Roman geschildert werden, noch weitere sechzehn Jahre. Nach seiner Hochzeit im Jahr 1331 übergab sie die Regentschaft an ihren ältesten Sohn Johannes und zog sich danach auf ihr Witwengut, die unter ihrer Herrschaft erbaute Frauenburg, zurück. Auch dort vollbrachte sie noch Außergewöhnliches und sorgte

u. a. dafür, dass der kleine Weiler Frauenberg am Fuße der Burg die Stadtrechte erhielt.

Doch ihre große Zeit war nach ihrer Reise nach Avignon und der Aufhebung der Exkommunikation vorbei. Es gibt keine Belege dafür, dass sie Balduin noch einmal begegnet ist. Im Alter von nur sechsundvierzig Jahren starb Loretta an einer unbekannten Krankheit.

Balduin von Luxemburg setzte dagegen seine Herrschaft nach seiner Gefangenschaft auf der Starkenburg mit großem Erfolg bis zu seinem Todesjahr 1354 fort. Tatsächlich hatte er bis 1336 die doppelte Kurfürstenwürde in Trier und Mainz inne und wurde erst durch seine eigene Exkommunikation durch Papst Benedikt XII., den Nachfolger Johannes XXII., dazu gezwungen, das Mainzer Amt aufzugeben. In seinen letzten Lebensjahren verhalf er seinem Großneffen, dem Sohn Johanns von Böhmen, als König und späterem Kaiser Karl IV. auf den deutschen Thron und überwarf sich dabei mit seinem langjährigen Verbündeten Ludwig dem Bayern.

Balduin wird bis zum heutigen Tag als der mächtigste Reichsfürst im römisch-deutschen Reich seiner Zeit angesehen.

Auch Loretta von Starkenburg-Sponheim gilt vielen Historikern als die einzige deutsche Adelsdame von Bedeutung im vierzehnten Jahrhundert. Dafür spricht allein die Fülle der historischen Dokumente, die über ihr Leben erhalten geblieben sind. Rund um diese Eckpunkte, die sich natürlich vor allem mit der politischen Loretta beschäftigen, spinnt sich meine Geschichte einer einzigartig faszinierenden Frau, wobei sich Wahrheit und Fiktion zu einem untrennbaren Gewebe verdichten.

Loretta wird als Tochter des Grafen von Salm um die Wende des dreizehnten zum vierzehnten Jahrhundert geboren. Um das Jahr 1315 heiratet sie Heinrich von Starkenburg-Sponheim (im Buch aus weiter unten erläuterten Gründen »Martin« genannt), einen Mann »von schwächlicher Konstitution«, der bereits 1323 im Alter von ungefähr dreißig Jahren stirbt.

Viel ist in den Quellen nicht über Lorettas Jugend oder die Zeit ihrer Ehe verzeichnet. Historisch belegt sind die chronische Verschuldung ihres Vaters, die nie ausgezahlte Mitgift und das Legat, das ihr der Schwiegervater zur alleinigen Verfügung ausstellte, ein für diese Zeit absolut ungewöhnlicher Vorgang. Mit diesen Fakten als rotem Faden konnte ich meine schriftstellerische Freiheit und mein psychologisches Wissen gleichermaßen nutzen, um Lorettas Entwicklung in dieser für Frauen so schwierigen Zeit zu der Persönlichkeit hin zu entwerfen, die sie war und die ich für nötig halte, um solch eine erstaunliche Laufbahn meistern zu können.

Denn nur kurze Zeit nach dem Tod ihres Gatten im Jahr 1323 geschieht das Unglaubliche: Lorettas Schwiegervater Johann bestimmt nicht seinen jüngeren Sohn Pantaleon, sondern sie selbst zu seiner Nachfolgerin, indem er sie als Vormund für ihre drei Söhne und als Regentin der Grafschaft bis zur Mündigkeit des Ältesten einsetzt. Historisch belegt ist, dass Pantaleon dies »übelnahm« und seine in der Tat von Loretta nochmals großzügig um zwei Hofgüter aufgestockte Entschädigung ebenso wie die Hälfte der Stammburg Dill an die Sponheimer Grafen der Kreuznacher Linie verschacherte.

Schon knapp ein halbes Jahr nach dem Tod seines Sohnes Heinrich (»Martin«) stirbt auch Johann und lässt die vierundzwanzigjährige Loretta mit ihrer Aufgabe allein. Wie nicht anders zu erwarten, nimmt der regionale Adel sie zunächst nicht ernst und verspottet sie als »schwaches Weib«.

Doch als Erster muss der als gewalttätig verschriene Wildgraf Friedrich von Kyrburg seinen Irrtum erkennen. Als er Loretta mit einer Fehde droht, lässt sie ihn kurzerhand samt seinem Sohn Gottfried entführen und so lange auf der Starkenburg festsetzen, bis er ihrem Sohn Johannes den Lehnseid schwört.

Aber dies ist nicht die erste und beileibe auch nicht die einzige historisch belegte Episode aus Lorettas Leben, die ich mir nicht besser hätte ausdenken können.
Ihre Politik zeigt aber auch überraschende »weibliche« Züge. Anstatt ihre Eigenleute, die sich zum illegalen Wegzug aus ihren Ländereien entschlossen haben, schwer zu bestrafen, beugt Loretta diesem Vorhaben vor. In ihren sogenannten Nichtabzugsverpflichtungen müssen ihre Eigenleute zahlreiche Bürgen benennen, die mit ihrem eigenen Vermögen dafür haften, dass die Besagten in der Grafschaft verbleiben, anstatt sich der allgegenwärtigen Landflucht in die Städte anzuschließen. Ihr Vorgehen, von mir im Buch mit der Episode um den Verwalter Johann (»Bertram«) von Enkirch beschrieben, gilt den Historikern bis heute als vorbildlich und wurde von ihren Zeitgenossen vielfach nachgeahmt.
Auch wesentliche Eckpunkte in Balduins Leben habe ich historisch korrekt übernommen. Als jüngster Bruder des späteren deutschen Königs Heinrich VII. wuchs er tatsächlich am französischen Königshof auf und wurde 1308 im Alter von nur zweiundzwanzig Jahren zum Trierer Erzbischof und Kurfürsten gewählt. Er begleitete seinen Bruder nach dessen Krönung auf seiner unseligen Romfahrt, die sich genau so zugetragen hat, wie ich es im ersten Teil des Buches beschrieben habe. Lediglich den Zeitpunkt habe ich um zwei Jahre nach hinten verschoben, um die Begebenheiten parallel zu Lorettas Jugend erzählen zu können. Wie prägend diese Italienreise für Balduin war, zeigt eine aus dreiundsiebzig Teilen bestehende Bilderchronik, die um das Jahr 1340 auf sein Geheiß angefertigt wurde.
Heutige Historiker glauben, dass Heinrich VII. bei Siena an der Malaria starb. Doch war die These vom Giftmord durch seinen Beichtvater bei seinen Zeitgenossen so weit verbreitet, dass ich ihr aus dramaturgischen Gründen natürlich den Vorzug gab.
Wann und wo sich Loretta und Balduin zum ersten Mal begeg-

neten, lassen die Quellen offen. Fakt ist, dass Balduin tatsächlich mit Lorettas Schwiegervater Johann verbündet war, der ebenfalls an Heinrichs Italienfeldzug teilnahm. Fakt ist auch, dass die Wildgrafen, allen voran Friedrich von Kyrburg, sowie Lorettas entfernte Verwandte, die Sponheimer aus der sogenannten Vorderen Grafschaft rund um Kreuznach und Kastellaun, sowohl zu Balduins als auch zu Lorettas Feinden zählten.

Um das Moment der daraus resultierenden Fehden als spannendes Element in den Roman aufnehmen zu können, musste ich mich an dieser Stelle auf die wesentlichen Punkte konzentrieren und mir mit etlichen zeitlichen Umstellungen behelfen. Das wiederum hat zu einem stärkeren fiktiven Charakter dieses Romanteils geführt, als es bei den anderen der Fall ist. Allein Balduin hat während seiner Herrschaft ungefähr fünfzig Fehden geführt. Loretta ihrerseits war außer der Auseinandersetzung mit Balduin ebenfalls in weitere Fehden verwickelt, die ich unmöglich alle hätte aufführen können. Auch die Anzahl der historisch belegten Personen, die in den Fehden eine Rolle spielten, musste ich aus Gründen der Übersichtlichkeit und Verständlichkeit erheblich reduzieren.

So wählte ich mir die beiden spannendsten Fehden aus, über die ich recherchiert hatte. Die eine war der Erbstreit um die Schmidtburg, in Wahrheit die letzte Episode einer Reihe von Fehden um diese Burg, in der der Kyrburger tatsächlich mit Walram von Kastellaun verbündet war. Dennoch ist der im Roman in Verbindung mit der Schmidtburger Fehde geschilderte Kampf um die Hunsrückstadt Kastellaun einer anderen Episode aus Balduins frühen Regierungsjahren nachgestellt. Bei dieser zweiten Fehde, die ich mir ausgesucht habe, bewog mich die Rolle von Balduins Verwandter Elisabeth, in der Realität nicht Walrams Ehefrau, sondern dessen Mutter, zur Aufnahme in den Roman. Durch ihre Vermittlung bewahrte sie die Stadt Kastellaun, der Überlieferung nach, vor der Zerstörung.

Loretta spielte in diesen beiden speziellen Fehden keine mir bekannte Rolle. Die »echte« Fehde um Kastellaun war vor der Zeit ihrer Regentschaft, die Schmidtburger Fehde nach der Gefangenschaft Balduins auf der Starkenburg. Da Balduin und Loretta jedoch immer wieder Verbündete gegen die Wildgrafen und die Grafen aus der Vorderen Grafschaft Sponheim waren, habe ich mir diese historische Ungenauigkeit gestattet, zumal über Lorettas Rolle in den von beiden gemeinsam geführten Fehden nur wenig bekannt ist.

Wann begannen dann aber die ersten Zerwürfnisse zwischen Loretta und Balduin? Durch Quellen gesichert ist Balduins Begehrlichkeit nach dem Kröver Reich. Ebenso ist auch gesichert, dass er die Kröver Vogtei zunächst erwarb, der Kauf aber wieder rückgängig gemacht wurde. Interessanterweise gibt es keinen Beleg dafür, dass dies auf Lorettas Betreiben hin geschah. Doch alle Historiker sind sich darin einig, dass kein anderer Grund dafür in Frage kommt.

Auch wo genau die Trutzburg stand, die Balduin auf Lorettas Ländereien in ihrem Hunsrücker Gebiet um Birkenfeld errichten ließ, ist bis heute unklar. Sicher ist nur, dass es diesen Bau wirklich gab, den Loretta nach ihrem Sieg über Balduin wahrscheinlich schleifen ließ. Historisch belegt ist zudem, dass Balduin dabei ein bereits mehrmals bewährtes Vorgehen wiederholte, das er unter anderem in den im Roman erwähnten Westerburger und Eltzer Fehden erfolgreich angewandt hatte.

Bei den Verhandlungen auf der Grimburg, in denen Balduin Loretta zwang, dieses Unrecht erst einmal hinzunehmen, war sie laut den Quellen selbst nicht anwesend. Doch aus dramaturgischen Gründen erschien mir dies unerlässlich, zumal ihnen die wahre Loretta sicherlich nicht freiwillig ferngeblieben ist.

Und nun geschieht schon wieder etwas Unglaubliches: Loretta lässt den Erzbischof und Kurfürsten von Trier wie weiland Friedrich von Kyrburg entführen und auf der Starkenburg fest-

setzen. Niemals hätte ich es als Autorin gewagt, eine solche Episode zu erfinden. Doch wieder zeigt sich, dass die Realität selbst die phantastischsten Geschichten schreibt.
Jedes im Roman erwähnte Ereignis rund um diese Entführung ist wahr: Lorettas sofortige Exkommunikation, die anfängliche Kompromisslosigkeit Balduins, sein Einlenken nach der Intervention seines Neffen Johann von Böhmen, die großzügige Sühne, von Balduin selbst noch einmal nachgebessert, sein Angebot, sich beim Papst für die Aufhebung von Lorettas Exkommunikation einzusetzen. Und vor allem: Die freiwillige Verlängerung seines Aufenthalts auf der Starkenburg um gesicherte vierzehn Tage, vermutlich aber sogar um zwei Monate! Das Ganze zudem noch in politisch sehr bewegten Zeiten, in denen Balduin als Kurfürst in mehr als einer Hinsicht gefragt war. Noch unglaublicher wirkt dieses Geschehen vor dem Hintergrund, dass Balduin von seinen fünfzig Fehden weniger als fünf verlor, so dass bereits die damaligen Zeitgenossen den Ausgang seines Streits mit Loretta als unfassbaren Vorgang einstuften.
Über die Gründe für Balduins Verhalten schweigen sich die meisten Historiker aus. Es heißt, es gäbe keine gesicherten Erkenntnisse darüber, ob Balduin die gesamte Zeit bis zu seinem historisch belegten »Wiederauftauchen« Mitte September 1328 tatsächlich auf der Starkenburg verbracht hätte. Es gibt allerdings auch keine Indizien, die für einen anderen Aufenthaltsort sprechen. Moralinsauer weisen einige Geschichtswissenschaftler vorsorglich darauf hin, dass Balduin als ein bis zur Askese hin frommer Kirchenmann galt.
Dagegen gibt es jedoch gleich mehrere Einwände. Balduin lässt sich noch 1340 in seiner Bilderchronik über den Italienfeldzug abbilden, wie er einem Gegner mit dem Schwert den Schädel spaltet. Der Kampf mit dem Schwert war Geistlichen allerdings streng verboten. Balduin war zudem ein ausgesprochener Machtpolitiker wie die meisten bedeutenden Geistlichen seiner

Zeit, allen voran die Kurfürsten. Und er selbst wird, wie oben erwähnt, im Zuge seiner Machtpolitik sogar exkommuniziert. Das passt für mich eher zum Charakter eines sehr weltlich eingestellten Kirchenmanns, wie es typisch für das Mittelalter ist. Man muss also keine Psychologin sein, um einen plausiblen Grund für Balduins Verlängerung seines Aufenthalts auf der Starkenburg zu finden. Loretta wird von ihren Zeitgenossen als überaus schöne Frau beschrieben. Schon die Romantiker des neunzehnten und frühen zwanzigsten Jahrhunderts, die sich zuletzt belletristisch mit Loretta und Balduin befasst haben, halten eine Liebesaffäre für wahrscheinlich. Dieses Motiv habe ich aufgegriffen.

Ich lasse diese allerdings weit vor Balduins Entführung beginnen und habe Lorettas Entwicklung in ihrer Beziehung zu Balduin von der unsicheren willfährigen Geliebten zur starken selbstbewussten Frau zum Leitmotiv des Romans gemacht. Rund um diese, natürlich fiktive Entwicklung ließen sich die wahren historischen Ereignisse hervorragend gruppieren.

Noch einiges andere ließe sich über die wahren und fiktiven Teile der Beziehung zwischen Loretta und Balduin erwähnen, doch ich möchte noch einen kurzen Blick auf weitere bedeutsame Figuren und Ereignisse meines Romans werfen.

Die »Bösewichter« Friedrich von Kyrburg und Walram von Kastellaun werden von den Chronisten tatsächlich als brutal und gewalttätig beschrieben. Anders als in meinem Roman kamen sie in der historischen Realität damit weitgehend ungeschoren davon. Zwar ist Friedrichs Mordanschlag auf Balduin fiktiv und hatte daher keine Kerkerhaft zur Folge. Doch wie so oft büßte er als Adliger für seine Untaten lediglich mit dem Verlust eines Teils seiner Ländereien im Rahmen der verlorenen Fehden.

Noch weniger wurde Walram von Kastellaun für seine Schurkenstreiche zur Rechenschaft gezogen. Im Gegenteil: Schon als

Junggraf scheint er gelernt zu haben, dass er mit Gewaltanwendung am weitesten kommt. Der Pogrom an den Trierer Juden in Kirchberg geht tatsächlich auf seine Rechnung, obwohl er sich erst im Jahr 1340 ereignete, also an sich nicht mehr in die Zeit von Lorettas Beziehung zu Balduin gehört. Doch die Juden spielten als Bankiers und Finanziers für Balduins Erfolg tatsächlich eine zentrale Rolle. Zudem häufen sich seit dem Beginn des vierzehnten Jahrhunderts die Pogrome gegen jüdische Gemeinden im ganzen Reich, bis sie im Jahr 1349 im Rahmen der großen Pestepidemie mit den furchtbarsten Ausschreitungen vor der Naziherrschaft ihren vorerst grausamen Höhepunkt finden. Balduin verlangte übrigens de facto nur eine finanzielle Entschädigung für den Mord an seinen Kirchberger Leibjuden. Das zeigt, wie wenig das Leben eines Juden damals schon zählte. Deshalb entschloss ich mich, dieses Motiv als typisches Merkmal des Spätmittelalters mit in den Roman aufzunehmen. Dies gilt auch für die historisch belegte große, zwischen 1315 und 1317 in ganz Europa wütende Hungersnot, die sich während Lorettas Ehe ereignete.

Die Figur der Miriam ist ebenfalls einer historischen Persönlichkeit nachgestellt, der jüdischen Geschäftsfrau Reynette von Koblenz, die in der Mitte des vierzehnten Jahrhunderts lebte und den Pogromen zum Glück entging.

Noch ein letztes Wort zu den vielen Namensänderungen, die ich in diesem Roman vornehmen musste: Es ist die Zeit der »Heinriche« und der »Johanns«. Allein, um zwischen Lorettas Onkel Heinrich, tatsächlich ihr ständiger Berater, und ihrem Ehemann Heinrich unterscheiden zu können, musste ich mich mit den Namensänderungen »Matthias« und »Martin« behelfen. Lorettas Sohn Heinrich habe ich in »Robert« umbenannt. Und selbst dann bleiben u.a. mit Balduins Bruder Heinrich VII., dem Kölner Kurfürsten Heinrich von Virneburg und Heinrich von Schmidtburg noch genügend »Heinriche« übrig.

Noch schlimmer ist es mit den zahlreichen »Johanns«. Lorettas Schwiegervater Johann von Starkenburg habe ich seinen Vornamen gelassen, ebenso musste ich dies natürlich mit Johann von Böhmen, dem Neffen Balduins, tun. Aber Lorettas Vater, der ebenfalls Johann hieß, habe ich in »Bernhard« umbenannt, den Verwalter Johann von Enkirch in »Bertram«. Ihren ältesten Sohn Johannes nenne ich kurzerhand mit dem Kosenamen »Hänsel«.

Johann von Starkenburg-Sponheim war darüber hinaus mit zwei »Katharinas« verheiratet. Katharina von Vianden war Martins (Heinrichs) leibliche Mutter, Katharina von Ochsenstein seine Stiefmutter und die leibliche Mutter von Pantaleon und Blancheflor. Auch hier erschien mir die Namensgleichheit verwirrend. Zudem war Katharina von Vianden zum Zeitpunkt von Martins (Heinrichs) Hochzeit mit Loretta schon viele Jahre lang tot.

Ich hoffe, Sie sehen mir diese Änderungen zugunsten einer besseren Verständlichkeit von Dialogen und Handlungen nach.

Ebenfalls verwirrend sind die Namen der beiden Zweige des Grafengeschlechts derer von Sponheim. Bereits in der Mitte des dreizehnten Jahrhunderts wurde die Urgrafschaft Sponheim in die »Vordere« und »Hintere« Grafschaft Sponheim geteilt (jeweils vom Rhein aus gesehen). Kreuznach blieb der Hauptsitz der Vorderen Grafschaft, die Starkenburg wurde der Hauptsitz der Hinteren Grafschaft. Beide Zweige stellten ihren Stammnamen dem Namen ihres Hauptsitzes voran. Johann von Starkenburg-Sponheim nannte sich also in Wirklichkeit »Johann von Sponheim-Starkenburg«. Hier habe ich die Namen umgedreht und das eigentliche Unterscheidungsmerkmal »Kreuznach« oder »Starkenburg« dem Geschlechternamen jeweils vorangestellt.

Eine letzte Unklarheit hätte entstehen können, wenn ich Volker von Starkenburg, Lorettas treuesten Gefolgsmann, nicht in

»Volker von Falkenstein« umbenannt hätte. Volker ist eine historisch belegte Figur, auch wenn sein Selbstmord aufgrund seiner unerwiderten Liebe zu Loretta reine Fiktion ist. Ebenso wie Blanche, ihre Nichte, eine völlig fiktive Figur ist.

Noch einiges mehr gäbe es zur Unterscheidung von Wahrheit und Fiktion zu sagen, doch es handelt sich dabei um Nebensächlichkeiten, die für die Handlung nicht von Bedeutung sind. Daher möchte ich Ihre Geduld nicht überstrapazieren und schließe dieses Nachwort mit dem Hinweis, dass ich mich darum bemüht habe, ein Buch zu schreiben, das so viel Historie wie möglich mit der Romanfiktion verwebt. Ich wollte ein möglichst anschauliches Bild der damaligen Zeit und ihrer Menschen vermitteln. Gerade weil in meinem dritten Buch die Hauptfiguren historisch verbürgt sind, bestand die Herausforderung vor allem darin, im Romanhaften zu bleiben, anstatt in den Charakter eines Sachbuchs abzugleiten. Ich hoffe, es ist mir gelungen.

Wieder bin ich vielen Menschen zu Dank verpflichtet, nicht nur denen, die die Entstehung dieses Buches ermöglicht und begleitet haben, sondern auch vielen, die mir den Rücken bei den Aktivitäten für meine ersten beiden Romane freigehalten haben, damit noch genügend Zeit zum Schreiben blieb.

Stellvertretend für alle Mitarbeiterinnen und Mitarbeiter bei Droemer Knaur möchte ich mich daher nicht nur ein weiteres Mal bei Frau Christine Steffen-Reimann als Programmverantwortlicher bedanken, sondern auch bei Frau Sabine Hartl für die reibungslose und sehr entlastende Zusammenarbeit im Rahmen des Veranstaltungsmanagements.

Bedanken möchte ich mich außerdem bei Frau Dr. Julia Eulenstein, deren ausgezeichnete wissenschaftliche Arbeiten über die Fehden des Erzbischofs Balduin nicht nur eine zentrale Quelle für mich waren, sondern die mir auch den Spruch aus dem sechzehnten Jahrhundert vom Neuhochdeutschen ins heutige Deutsch übersetzt hat.

Natürlich hat auch mein Literaturagent Herr Thomas Montasser erneut einen maßgeblichen Anteil am Entstehen des Buches. Seine beständige Gesprächsbereitschaft und sein unermüdlicher Einsatz für meine Interessen als Autorin sind von unschätzbarem Wert für meinen Erfolg und damit auch für meine Motivation, mich immer neuen faszinierenden Buchideen zu widmen.

Zu Dank verpflichtet bin ich selbstverständlich wie bei meinen beiden ersten Romanen meiner Lektorin, Frau Dr. Heike Fischer. Ohne ihre Aufmerksamkeit wären mir so mancher historische Fehler und so manche Ungereimtheit trotz aller Mühe entgangen, und die Diskussionen mit ihr sind nicht nur fruchtbar, sondern eine wunderbare Bereicherung meiner Tätigkeit als Schriftstellerin, die ja größtenteils einsam am Schreibtisch stattfindet.

Herzlich bedanken möchte ich mich außerdem bei meiner langsam, aber stetig wachsenden Gemeinde von Fans, die mir durch ihr Feedback und ihre Neugier auf meine neuen Bücher zeigen, dass sie regen Anteil an mir und meinen Romanen nehmen.

Wie immer haben mein Mann Jürgen, meine Tochter Viktoria und unsere Katze Tina viele Stunden ohne mich verbringen müssen, während ich meiner Leidenschaft frönte. Danke für Eure Geduld und dass Ihr mich nun schon mehr als sechs Jahre gewähren lasst, ohne Euch auch nur einmal ernsthaft zu beklagen.

Gewidmet habe ich das Buch diesmal meinen Eltern, die mir schon früh die Liebe zur Geschichte vermittelt haben. Ohne Euch hätte ich den Zauber und die Faszination vergangener Zeiten vielleicht niemals entdeckt!

Verzeichnis der wichtigsten Quellen

Zum Leben Lorettas von Sponheim-Starkenburg

Böse, G. Gräfin Loretta von Sponheim-Starkenburg. Eine außergewöhnliche Frau des 14. Jahrhunderts. Kreis Bernkastel-Wittlich. Jahrbuch 1985, S. 236–258.

Disselnkötter, H. Gräfin Loretta von Sponheim, geborene von Salm. Ein Lebens- und Zeitbild aus dem 14. Jahrhundert. Bonn: Ludwig Rohrscheid Verlag, 1940.

Mötsch, J. Loretta Gräfin von Sponheim. Rheinische Lebensbilder, 1991, Bd. 12, S. 91–110.

Rosenberger, R. Gräfin Loretta von Sponheim. Adelsdame von Format. In: *Irsigler, F. & Minn, G.* (Hrsg.), 2005. Porträt einer europäischen Kernregion. Der Rhein-Maas-Raum in historischen Lebensbildern. Trier: Kliomedia, S. 110–120.

Zum Leben Balduins von Luxemburg, Kurfürst von Trier

Heyen, F.-J. (Hrsg.) Balduin von Luxemburg. Erzbischof von Trier – Kurfürst des Reiches. Festschrift aus Anlass des 700. Geburtsjahres. Mainz: Verlag der Gesellschaft für mittelrheinische Kirchengeschichte, 1985.

Nolden, R. (Hrsg.) Balduin von Luxemburg. Erzbischof und Kurfürst von Trier (1308 bis 1354). Trier: Druckhaus Neu, 2010.

Zu den Fehden Balduins von Trier

Eulenstein, J. Territorialisierung mit dem Schwert? Die Fehdeführung des Trierer Erzbischofs Balduin von Luxemburg (1307/1308–1354). Koblenz: Veröffentlichungen der Landesarchivverwaltung Rheinland-Pfalz, 2012.

Zu bedeutenden Ereignissen der Zeit
König Heinrichs VII. Romfahrt

Pauler, R. Die deutschen Könige und Italien im 14. Jahrhundert. Von Heinrich VII. bis Karl IV. Darmstadt: Wissenschaftliche Buchgesellschaft, 1997.

Zum Leben der Juden und den Judenverfolgungen

Mötsch, J. Mit Nacht und Nebele … Die Vertreibung des Erzbischofs von Trier und seiner Leute aus Kirchberg (1340). Hunsrücker Heimatblätter, Bd. 41, 2001, S. 275–280.

Haverkamp, A. Erzbischof Balduin und die Juden. In: *Heyen, F.-J.* (Hrsg.) Balduin von Luxemburg. Erzbischof von Trier – Kurfürst des Reiches. Festschrift aus Anlass des 700. Geburtsjahres. Mainz: Verlag der Gesellschaft für mittelrheinische Kirchengeschichte, 1985, S. 437–483.

Ziwes, F.-J. Reynette von Koblenz. Jüdisches Frauenleben im späten Mittelalter. In: *Irsigler, F. & Minn, G.* (Hrsg.), 2005. Porträt einer europäischen Kernregion. Der Rhein-Maas-Raum in historischen Lebensbildern. Trier: Kliomedia, S. 138–146.

Zum Leben und Alltag im Mittelalter

Breuers, D. Ritter, Mönch und Bauersleut. Eine unterhaltsame Geschichte des Mittelalters. Bergisch Gladbach: Bastei Lübbe, 1994.

Vogt-Lüerssen, M. Der Alltag im Mittelalter. Norderstedt: Books on Demand, 2006.

Schneider, R.. Alltag im Mittelalter. Das Leben in Deutschland vor 1000 Jahren. München: Bassermann, 2012.

Glossar

anfechten – alte Bezeichnung für »etwas beunruhigt/bekümmert jemanden« (was ficht dich an? = was fällt dir ein?, das ficht mich nicht an = es kümmert, betrifft mich nicht)
Antidot – Gegengift
Beinlinge – lose Hosenbeine, die mit Bändern an einem Gürtel befestigt wurden
Bergfried – Wehrturm einer mittelalterlichen Burg
Blattern – alte Bezeichnung für Pocken
Blide – Katapult, mit dem vor allem Steine an und über Mauern geschossen wurden, um eine Burg oder Stadt zu erobern
Bruche – eine Art männliche Unterhose, die mit einem Gürtel am Leib gehalten wurde, an dem auch die Beinlinge befestigt wurden
Brünne – ein aus vielen kleinen Eisenringen dicht zusammengesetzter Hals- und Nackenschutz, oft in Verbindung mit einer Kettenhaube
Brustkatarrh – Bronchitis oder Lungenentzündung
Cotte – weibliches Untergewand
es deucht/dünkt mich – es kommt mir so vor/es scheint mir
Edelknecht – vgl. Ministeriale
Egerling – Wiesenchampignon
Eidam – alte Bezeichnung für Schwiegersohn
frommen – alte Bezeichnung für »an etwas Gefallen finden«
Gebende – mittelalterliche Kopfbedeckung für Frauen, die unter dem Kinn gebunden wurde
Gemächt – alte Bezeichnung für Penis
Gevatter/Gevatterin – alte Bezeichnung für Taufpate/-patin
heuer – alte Bezeichnung für heute
Hübschlerin – alte Bezeichnung für Prostituierte
Kemenate – Frauengemach in einer Burg
Lehen – Überlassung von Ländereien an einen Vasallen, der sich im Gegenzug zur Treue gegenüber seinem Lehnsherrn verpflichtet und ihm z. B. bei Bedarf auch Waffendienst leistet
Leibeigene – unfreie Bauern, die einem Grundherrn ähnlich wie Sklaven untertan waren

Linnen – alte Bezeichnung für Leinen

Ministeriale – (ehemals unfreie) Beamte eines hochgestellten Fürsten oder Königs; aus ihnen bildete sich später der niedere Adel

Morgengabe – Geschenk eines Ehemanns an seine Gattin nach der Hochzeitsnacht

Muhme – alte Bezeichnung für Tante

Nachtmahr – gespenstisches Wesen, das sich nachts auf die Brust eines Schlafenden setzt und ein drückendes Gefühl der Angst hervorruft; beklemmendes Gefühl

Oheim – alte Bezeichnung für Onkel

Palas – repräsentativer Saalbau einer mittelalterlichen Burg

Reichsacht verhängen – die königliche Ächtung einer Person durch einen Fürsten; der Geächtete durfte von jedermann ungestraft getötet werden

Reichsunmittelbare Ländereien – Ländereien, die unmittelbar zum Lehnsgut des Königs gehörten

Reisige – berittene bewaffnete Dienstleute

Rentmeister – Verwalter der fürstlichen Einnahmen

Schapel – Kopfreif für Damen, diente auch zur Befestigung eines Schleiers

Schindanger – Gemeinschaftsplatz zum Abhäuten (schinden) und Verscharren toter Tiere; wurde mit der Zeit auch als Friedhof für Verbrecher und Selbstmörder genutzt, denen kein Begräbnis in geweihter Erde zustand

Söhnerin – alte Bezeichnung für Schwiegertochter

stäupen – mit Ruten auspeitschen

Surcotte – Übergewand, gleichermaßen für Männer und Frauen

Tort – etwas Unangenehmes, Ungerechtes, auch Unrecht

Trippen – hölzerne Stelzenschuhe, die unter die eigentlichen Schuhe gebunden wurden, um den Straßenschmutz zu durchqueren

Unbill – Verdruss, Unannehmlichkeit

Waid/waidblau – Pflanze zum Färben der Kleidung der einfachen Bevölkerung mit einem Blauton

Wehmutter – alte Bezeichnung für Hebamme

Wehrgehänge – Gürtel, an dem Schwert und Dolch befestigt sind

Wergeld – Strafgeld als Sühne für einen Mord oder Totschlag, später auch für andere Vergehen

Wittum – Witwengut zum Unterhalt der Frau nach dem Tod des Ehemanns

wohlfeil – alte Bezeichnung für billig

Wulstling – alte Bezeichnung für Knollenblätterpilz

jemanden einer Sache zeihen – alte Bezeichnung für jemanden beschuldigen

Zelter – Pferd mit ruhiger Gangart für Damen und ungeübte Reiter

»Ob (…) Ritterorden oder Grafschaftsfehden (…),
Marita Spang spinnt daraus spannende Romanhandlungen.«
SWR Landesschau

Marita Spang

HEXENLIEBE

1613. Überall in Deutschland lodern die Scheiterhaufen, auch in der Eifelherrschaft Neuerburg. Die junge Claudia von Leuchtenberg kämpft vergeblich dagegen, dass ihr Oheim als Landesvater die Verfolgungen unterstützt. Hilflos muss sie mit ansehen, wie Unschuldige sterben und sich Richter und Henker an ihrem Gut bereichern. Erst als Claudias Jugendfreundin Barbara verhaftet und der Hexerei angeklagt wird, ersinnt sie einen waghalsigen Plan, um das System mit seinen eigenen Waffen zu schlagen.

BLUT UND SEIDE

Das Deutsche Reich um 1260. Nach dem Mord an seinen Eltern wächst der junge Ritter Simon von Montfort als Waise bei Johann von Sponheim auf. Schon als Knabe wird er von dessen Bruder Heinrich schikaniert. Dann verliebt er sich auch noch in Heinrichs Verlobte Christina, die seine Gefühle erwidert. Diesmal kann ihm auch Johann nicht helfen, schließlich ist die Verlobung seines Bruders sein Werk. Christina wird zur Ehe mit dem ungeliebten Heinrich gezwungen. Wird Simon jemals die Chance bekommen, um sein Glück zu kämpfen?

KNAUR

E V
H